散花女侠

梁羽生作品集 14

梁羽生

上

图书在版编目(CIP)数据

散花女侠/梁羽生著. -- 广州：中山大学出版社，2012.10
(梁羽生作品集)
ISBN 978-7-306-04344-3

Ⅰ.①散… Ⅱ.①梁… Ⅲ.①侠义小说-中国-当代 Ⅳ.①I247.5

中国版本图书馆CIP数据核字（2012）第254886号

广东省版权局版权合同登记图字：19-2012-059号

本书版权由传慧出版有限公司授权广州市朗声图书有限公司在中国大陆（不包括香港、澳门、台湾地区）专有使用

版权所有·侵权必究

封面题字：黄苗子　书名篆刻：张贻来

散花女侠

出 版 人	王天琪
策　 划	欧阳群
责任编辑	何　娴　熊锡源
文字编辑	林春光
内文插画	卢延光
封面设计	王　强
出 版 社	中山大学出版社
	（地址：广州市新港西路135号　邮政编码：510275）
电　 话	编辑部020-84111996　传真020-84036565
网　 址	http://www.zsup.com.cn　E-mail:zdcbs@mail.sysu.edu.cn
代理发行	广州市朗声图书有限公司（电话：020-34297719）
印　 刷	湛江南华印务有限公司
规　 格	880mm×1230mm　1/32　20.125印张　566千字　插图25幅
版次印次	2012年12月第1版　2020年6月第5次印刷
定　 价	62.00元（全二册）

目　录

第 一 回　古道山村　顽童惊侠士
　　　　　深宵石室　秘诏吓镖师 …………… 1

第 二 回　剑影刀光　奸人戕义士
　　　　　天愁地暗　皇室杀忠臣 …………… 23

第 三 回　大棒搴旗　禁城来大盗
　　　　　散花拒敌　夜半失人头 …………… 37

第 四 回　骏马嘶风　少年显身手
　　　　　高人送帖　庄主荐龙头 …………… 49

第 五 回　壮志凌云　棒惊名剑客
　　　　　妄言惹怒　剑刺大龙头 …………… 73

第 六 回　败寇成王　道旁谈史事
　　　　　伤心惊变　湖上起风波 …………… 93

第 七 回　寂寂山庄　师门情眷恋
　　　　　茫茫湖水　侠女意凄怆 …………… 105

第 八 回　骏马嘶风　散花惊妙技
　　　　　神拳却敌　飞矢射强仇 …………… 121

第 九 回　泼酒斗凶顽　夜奔荒野
　　　　　传书邀抗敌　义薄云天 …………… 137

第 十 回	小镇聚英豪　金刀杀敌 长江逢秀士　银剑诛倭	153
第十一回	青剑惊涛　疑云迷侠女 公堂看审　正气凛强梁	171
第十二回	草莽英豪　挥戈同抗日 玉堂公子　划策托空言	191
第十三回	空读兵书　战场惊中伏 出身田亩　草莽有奇才	207
第十四回	绕树穿花　书生疑玉女 兴波作浪　国手斗龙头	225
第十五回	拍岸惊涛　芳心随逝水 冲波海燕　壮志欲凌云	243
第十六回	海角风云　英雄夺宝剑 苗区怪事　稚子作新郎	263
第十七回	古堡奇情　魔头开夜宴 深宵异事　公主到苗疆	279
第十八回	手发金球　通玄参妙理 口吞火剑　炫技骇闲人	301

第一回　古道山村　顽童惊侠士
　　　　深宵石室　秘诏吓镖师

万里江山一望收,乾坤谁个主沉浮?空余王气秣陵秋;
自草新词消滞酒,任凭短梦逐寒鸥,散花人去剩闲愁。
　　　　　　　　　　　　——调寄《浣溪纱》

　　古道山村,一群顽童嬉笑的声音,冲破了山谷的寂静。

　　不知是因为有徂徕山挡住了西北的寒风,还是今年的春天来得特别早,元宵节才过了三天,山坡上就开遍了茶花和杜鹃花,有桃红花瓣包着金丝花蕊的,有青丝花蕊镶着乳白花瓣的,还有红里参白俨若大红玛瑙的,把这山村点缀得花团锦绣,春意盎然,徂徕山虽在长江以北的山东境内,这山村的景色,却有点像江南的早春了。

　　山村里有疏疏落落的人家,村子前面有个大池塘,孤零零的隔在山坳外边,也不知是属于哪个人家的,山村地势只有这里较为平坦,所以虽然内外相隔,山村里的人家还是在这里辟塘养鱼。

　　下午的阳光,晒得孩子们暖洋洋的好不舒服,他们正在塘边嬉戏,有的脱下了棉袄捉虱子,有的相互追逐捉迷藏,其中有个孩子,约摸十二三岁的样子,黑漆的面上发着油光,打着一双赤脚,小脚露出青筋,个子虽然不大,却长得极为结实,脸上现出一副洋洋自得的神气,似乎是这群顽童的领袖。孩子们正闹得欢,他忽然脱了上衣,只穿着一条牛头短裤,赤着半个身子,叫嚷道:"喂喂,谁跟我下塘摸鱼去?"春阳虽暖,但脱下棉袄还是感到寒冷,孩子们你望我，我望你，没有一个出声答话。一个顽童伸手进池塘里一试，"呸"了一声道："小虎子，你发神经，塘水还是凉沁沁的，一点儿都没有暖，你要去自个儿去。"

那被叫做"小虎子"的顽童嘻嘻冷笑，双眼一扫，嚷道："都是怕冷的胆小鬼！就没有一个敢下去吗？"众顽童都摇手道："不去，不去！"小虎子的眼光落在一个孩子身上，叫道："小龙，你和我去！"那叫做小龙的孩子道："我宁愿给你磕三个响头！"小虎子道："好，那你就过来。"突然一把揪着小龙，用力一推，只听得"卜通"一声，小龙跌下池塘，小虎子跟着跳下去，掏起塘泥，就抹小龙的面，池塘边的顽童大拍手掌，嘻嘻哈哈地笑个不停。

小龙道："喂，冷死我啦！"小虎子道："穿着大棉袄还叫冷，熬一会就不冷！"小龙哭丧着面道："这棉袄还是妈新给我缝的。"小虎子一个劲儿不理，仍然掏塘泥糊他的脸，糊他的新衣。正在胡闹，忽见岸上的孩子们背转了身，笑声突然停止……

小虎子从水里冒出来，只见从山谷外面，进来了三骑陌生的旅客。

徂徕山西面有一条驿道直通济南，从这条驿道引出一条支路，本来可以通到这个山村，只因年久失修，路基被山洪冲坏，村人走这条山路出外赶集还没有什么，马匹可是十分难走，这条路又在群山环绕之中，平素只有村人往外面赶集，可没有外面的客人进村里来，而这三个骑客，其中两个还是军官，长统马靴踏在马镫上铿锵作响，孩子们更是没有见过，另一个是约摸三十多岁的汉子，满脸虬须如戟，双目炯炯有神，长得比那两个军官还要威猛。孩子们骤然见到这三个生客，连小虎子在内，都给他们吸引住了。

孩子们可不知道，他们看到这三个生客感到惊诧，那三个客人看到他们，更是惊诧，尤其是当他们看到小虎子水淋淋地从池塘里钻出来，露出上半身的时候。

这三个客人虽然都穿着村子里从未见过的呢绒衣料，但却是衣裳破裂，满身泥土，似乎是刚刚和人打过一场大架，那两个军官衣襟上还有点斑斑的血迹，显得十分狼狈。

那条山道，因被山洪冲毁，靠近村口之处，裂开了二丈左右的大缺口，一时未能修复，上面只架了一条仅可供一人行走的木板，山风吹来，上面无人还自摇摇晃晃，要带着马匹走过那是绝不可能。三个骑客在这缺口前面，跳下了马，正打算牵着马儿涉水而过。

小虎子踏着塘水，载浮载沉，睁着一双大眼睛，盯着这三个陌生的客人，眼睛眨呀眨呀的，似乎正在想着什么事情，小龙也给他这股神气怔着了，穿着新棉袄泡在水中，竟然忘记了趁此时机，爬上岸去逃避小虎子的追逐。

行在前头的那个军官看了小虎子一眼，转过头来对那个虬须汉子笑道："老樊，真有你的，说实在的，起头我可不敢相信这山村里能有什么高人，现在看来，敢情这里面真有藏龙卧虎？"

那被叫做"老樊"的汉子笑了一笑，正待牵马涉水，忽听得背后，一声马嘶，听来还在半里之外，倏地就奔到了背后。"老樊"心中一动，这马好快！未及回头，但觉一股劲风，一团庞大的黑影，后面来的那个骑士，竟然连人带马，从他们的头顶飞过了那一道两丈长的"木板桥"。

两个军官和那个"老樊"相对望了一眼，在孩子呼喊哗叫声中，那乘客已安安稳稳地落在对岸，跳下马背。那匹宝马四蹄如雪，马身上满是白色的斑点，这两个军官都是久历戎行之士，见过不知几千百匹战马，可从没有见过这样神骏的宝马！老樊心中一动：莫非是那个人又再出山，在江湖上露面了？

看清楚时，这三人都不禁吃了一惊，只见那个骑客只是一个约摸十六七岁的少年，身材瘦削，相貌清秀之极，羊脂白玉般的脸上两道淡淡的眉毛，看他牵着马儿，缓步向那群顽童走去，温文潇洒，若然他不是穿着武士的服饰，乍眼一看，几乎还疑心他是女扮男装的大家闺秀。

"老樊"心中暗暗嘀咕：这少年和这匹神骏的宝马殊不相称，他起初以为这个骑客定是那位隐姓埋名的大侠，谁知却完全不是，这就令他更是惊疑。

那清秀的少年人缓缓向池塘走去，在池塘边嬉戏的这群顽童刚才给白马吓得四下闪躲，这时见这少年人比他们也大不了多少，脸上堆着笑容，神色甚是可亲，不知不觉又聚拢来。那少年人在塘边招手道："喂，小朋友，请你上来！"

小虎子"呼"的一声跳出水面，爬上岸来，他可没有同伴们对那少年人表示的好感，瞪着两只眼睛问道："我又不认识你，你叫我做什么？"小虎子长得高，仅仅比那少年人低半个头，那少年人看他如此神气，噗嗤一笑，笑声宛若银铃，十分悦耳，小虎子怔了一怔，道："你笑什么？你笑我难看是不是？"他赤着上半身湿淋淋的，牛头短裤大约是在水里泡得久了，褪了半截，小虎子跳上岸这才发现，急忙用手一拉，解开了裤带再打个死结将它缚牢，少年人脸上忽然泛起一层红晕，扭转了头，待小虎子结好裤带，这才回头笑道："谁说你难看，你挺惹人欢喜，你在池塘里摸鱼，不怕冷么？"小虎子满神气地道："一点儿也不冷，只有胆小鬼才怕冷，哼，哼，我可觉得热呢！"少年人微微一笑，顺着他的口气道："是呀，我也觉得热呢。好汉子不怕冷。"取出一柄描金扇子，抹一抹脸上的汗珠，轻轻挥动扇子扇凉。

小虎子龇牙露齿，冲着他嘻嘻地笑，似乎觉得这客人也并不讨厌了，小虎子问道："嗯，算你也是好汉子，你唤我作什么？"少年人道："我问你，你可知张大叔的家在哪里吗？"旁边的顽童一阵哄笑，"张大叔？张大叔就是他的爹呀，他还能不知道？"少年人双眉一展，喜滋滋地道："嗯，我果然猜对了，你叫什么名字？（顽童插口叫道：'他叫张虎子，小虎子呀！'）哦，是小虎子，小虎子，那就烦你带我去见你的爹。"

小虎子倏地又不笑了，两只眼睛睁得大大的，问道："你要见我的爹？"少年人说道："不错，你带我去，我给你糖吃。"小虎子忽地双手一扬，他双手沾满污泥，湿淋淋的未曾揩拭，这一扬就连泥带水都向那少年人迎面飞来，顽童们哗然大叫，小虎子虽然顽皮得不可理喻，但对一个生客如此无礼，可还是大出他同伴的意外。

小虎子这一下突如其来，那少年人也吓了一跳，但随即笑道："小虎子，我可没工夫和你戏耍！"只见他展开折扇，迎风一扇，那股泥水给扇得回头射去，溅了小虎子满面，那两个军官和"老樊"这时已涉水过来，驻足而观，见此情状，都不禁吃了一惊，他们怎

只见他展开折扇，迎风一扇，那股泥水给扇得回头射去，溅了小虎子满面……

样也想不到,这一个十六七岁,还未脱孩子气的少年人竟然有这样的功力,能够挥扇成风,所用的也是武林正宗的拨暗器手法。

只听得"卜通"一声,小虎子又跳下池塘,向少年人瞪眼叫道:"我也没工夫陪你,哼,哼,我的爹谁也不见。更不要见你。"少年人微笑道:"也许你爹愿见我呢?"小虎子叫道:"不,不!我的爹谁也不见。你走,你快走!"少年人道:"小虎子不要顽皮,带我去吧。你瞧,我有冰糖葫芦。"小虎子道:"冰糖葫芦,就稀罕么?偏不理你,有胆的就跳下来!"又龇牙裂嘴地冲着少年人冷笑,两手拍打塘水,像一条大鱼般地游来游去,好像在说:"我拿稳你不敢下来,你再有本事也奈我不何!"

那少年人皱了皱眉,笑又不是,气又不是,忽地说道:"小虎子你不听话,我可要迫你乖乖地自己上来!"小虎子睨他一眼,道:"小鬼头,吹大气,你老子说不上就不上。"少年人笑道:"你不信?我说要你上你就要上。"忽然蹲了下来,捡起塘边的碎石子,"啪"的一声,掷下池塘,这少年瘦瘦小小的,手劲却是大得出奇,石子掷下池塘,立刻激起一股浊水向小虎子露出来的头面猛射,小虎子一下子潜入水中,少年人待他冒出头时,又是一颗石子,看来就像两个顽童,一在岸上,一在塘中,互相嬉戏,却是各斗心机,小虎子潜水不能耐久,而且在水底也要避他的石子,渐渐地被他掷石所迫,慢慢避到塘边,看看就要被他迫得跳上岸。

小龙惊得呆了,少年人掷的石子虽不是追逐他,他可为好友担心害怕,忽见小虎子向他招手,小龙不顾石子的威胁,游到小虎子身边,那少年人似乎不愿误打小龙,缓了缓手,小虎子一把揽着小龙,似是在他耳边说了两句什么话,忽地把他举起,掷上岸来,自己却又呼地一下子潜入水中,游出丈许,又冒出头来叫道:"我偏不上岸!"

少年人道:"我偏要叫你上岸。"塘中只有小虎子一人,少年人的石子掷得更无顾忌,每一颗都是恰恰落在小虎子的身边,迫得他又向岸边逃避。

少年人正自掷得高兴,忽听得一声喝道:"欺负孩子,不要脸!"只见一个虬须汉子冲着他来,这人就是"老樊"。

老樊突然出头干预，那两个军官都感到出奇，其中一个道："老樊这家伙是怎么搞的？咱们的麻烦还不够么？他又要去招惹一个强敌？"可是"老樊"已经出手，拦阻也来不及。他和那少年已是面对面地互相瞪视了。

少年人道："我自和他戏耍，你瞧我伤了他一根毫发么？要你多事！"老樊道："他是顽童，你也是顽童么？喂，小虎子，你说要不要揍他？"小虎子恨不得两人狠狠打上一场，让他瞧瞧热闹，又在水中冒出头来，拍手笑道："好呀，揍他！"少年人一声冷笑，道："你充哪门子好汉？是好汉也不用到这里来求人家了，哼，也不知是谁揍谁呢？落汤鸡才上岸又喔喔地啼了？哈，这才真叫不要脸呢？"老樊面色一变，骂道："小顽童，耍贫嘴。"呼地一拳，当胸捣出，竟是少林派的长拳架式。

少年人折扇一挥，在老樊的手臂上一搭，又见老樊一个沉腰坐马，手臂一抢，少年人的折扇转了一个圈圈，忽地向前一送，老樊向后退了一步，左手一招"推窗望月"，吐气扬声，"吓"的一声，平推出去，两人这一交手，少年人的折扇按不着老樊的铁臂，老樊的长拳也拉不开架式，还给迫得退了一步，都知道对方的功夫了得，但比较起来，却是老樊稍稍吃亏，所以老樊这一掌绝不容情，竟然拼上了内劲，用的是大摔碑手的功夫。

顽童们不知凶险，四处散开，远远的围成一个圈子，又笑又嚷拍手顿足地在瞧热闹，那才爬上岸的小龙，一身新棉袄都沾满了污泥，湿淋淋的冷得直发抖，他本来也杂在这群顽童中间，忽见泡在池塘里的小虎子又向他狠狠地瞪了一眼，小龙突然"哇"的一声叫了出来："我回家告诉妈妈去，要小虎子赔我的新衣！"边叫边跑，连打架也不瞧了。有些和小龙相好的顽童都感到奇怪，小龙虽不像小虎子那样天不怕地不怕，但也是一副硬性子，跌倒就爬起，挨打不皱眉，要不然小虎子也不会和他那般好了。他们从不曾见小龙似今天这样的"脓包"，哼哼还好意思叫小虎子给他赔新衣呢！但那些顽童虽觉奇怪，却不会像大人那样"深究"，转瞬之间，他们又在紧张地看老樊和那少年人打架了。

老樊连劈三掌都给少年人挡了回来，那少年连点了几次老樊的穴道也没有点着,老樊上前两步,退后三步,少年人每冲上三步也要被迫退两步,虽是稍占上风,整个局势,仍是相持不下。

老樊心中暗暗叫苦,他在江湖上总算是个成名人物,哪知道连一个十六七岁的小子也打不过,正拟变招,使出少林派的罗汉拳和这少年人狠狠拼一拼,那少年人突然撮唇一啸,折扇一收,道:"我才不和你一般见识,我没工夫陪你打架啦!"一个飞身,跳上马背,那匹马放开四蹄,穿林跳涧,在山坡陡路上也如履平地,倏忽之间,已转过山坳,望不见了。那两个旁观的军官都大感奇怪。

这少年人明明占着上风,却忽然逃跑,不但旁观的军官莫名其妙,就连老樊也觉得出乎意料。小虎子从池塘里爬上来,抖一抖身上的水珠,拍掌笑道:"打得好,打得好。"老樊脸上一红,问道:"小虎子,你爹在家么?"小虎子一瞪眼,道:"你也问我爹?"小手一伸,就在老樊的胸口一抹,老樊手臂一抬,将小虎子的肘尖一托,脚底一绊,小虎子四脚朝天地摔了一跤,一个鲤鱼打挺,立即从地上跳起来,道:"你是樊大哥?"老樊点头道:"不错,这,你可记得我了?"小虎子记起四年之前,这个人曾到他家中住过一晚,教过他一招"虎尾脚",那时他还只有八岁,若不是老樊照样地绊他一跤,他可认不出这个满面虬须的汉子就是那个樊大哥,那时樊大哥可没有这么又浓又黑的须子。

小虎子不再瞪眼,笑嘻嘻地道:"樊大哥,你刚才一连劈那三掌,使得真好,我以为你的脑袋一定给他打着了,哪知这三掌连劈,竟然不用转身防守,敌人就要跳开,真是妙极了。樊大哥,这回你就教我这连劈三掌的手法。"老樊看着胸前的掌印,那是给小虎子的泥手抹上的,哈哈笑道:"小虎子,真有你的!再过两年,樊大哥可没资格教你啦。好啦,现在你就和我们走吧。"小虎子眨眨眼睛道:"你们?"老樊道:"不错,这两位大人都是我的朋友。"那两个军官听小虎子刚才和老樊的那番问话,竟是深明拳理,都大为诧异,放宽笑脸,双双上来,要和小虎子拉手,小虎子突然一瞪眼睛,给他们个不理不睬,对老樊道:"好,冲着你的面子,我带你们去,我爹若然不见那可休要怪我小虎子,这交情我已卖与你啦!"小小年纪,说话居然一副江湖口吻,那两个军官碰了一个钉子，好生没趣，但对方是这样一个孩子，却是气恼不得。

老樊和两个军官牵着马跟在小虎子后面，在弯弯曲曲的山路转来转去，走了大半个时辰，只见一座石屋，建在半山，这座石屋占地颇宽，前后三进，约有一丈七八高，像个小小的碉堡，屋子前面有好几株苍松，大可合抱，三人系好了马，只见石门虚掩，小虎子蹦蹦跳跳地跑进家门，大声叫道："爹，大须子樊大哥来看你。"里面寂然无声，小虎子突然叫道："樊大哥，快来，快来！"

只见大厅的石壁上印着三朵鲜红的梅花，也不知是雕出来的还是用模型压出来的，入石数分，娇艳可爱，老樊吃了一惊，穿房入室搜了个遍，既不见主人，亦不见其他痕迹，屋内的一切东西，也不似有人动过，那两个军官唧唧咕咕谈论，一个道："这是江湖人物留下的标记，我瞧，定是个极厉害的强盗。"小虎子歪嘴一撇，似是道："这还用你说，当然是江湖客的标记。"又一个道："敢情就是那小子抢先一步，在这里留下的。"

老樊一想那少年人突然逃走的情形，拍掌叫道："不错，九成是他！"先头那军官道："这小子功夫邪气霸道得紧，你的朋友莫非是给他弄死、毁尸灭迹了？"小虎子一瞪眼睛，骂道："放屁，我爹爹是打不死的好汉子，那小子的本事，再多两个也不在我爹爹眼内，你敢损他。"那军官气得几乎发作，老樊急忙将小虎子拉开，道："这位大人是一片好心，他没有说你爹不行。"小虎子兀自气鼓鼓地不理那个军官，老樊笑道："小虎子，去瞧瞧你爹回来没有，我们在这里等他。明儿一早，我就教你那连劈三掌的手法。呀，小虎子，大哥来了，你也不弄点东西招待我吗？你再生气，我以后可不敢来啦。"小虎子给老樊逼得格格一笑，道："樊大哥，我记得你喜欢喝酒，那年你偷偷教我喝酒，险些给爹知道。好，我给你弄两瓶酒，再弄三斤腊虎肉给你尝尝，这只老虎还是我打的呢！"老樊一竖拇指，道："小虎打老虎，好，真成！"小虎子被人夸奖，十分受用，笑嘻嘻地跑出去了。

那军官摇摇头道："这小蛮牛脾气可真大，喂，老樊你说的那位老英雄就是他的父亲？"老樊道："不错。你瞧，他儿子已经如此了得，你总可以放心了吧？"另一位军官道："他叫什么名字？为什么你总不肯说。"老樊道："这位老英雄八年前已闭门封刀,他可不愿别人再在江湖上提起他的名字。等他答允之后,那时他自然会对你说。"那军官道："既然他已闭门封刀,你还带我们来做什么?咱们之事急如星火,若他不应允,岂不反而延误了。"老樊道："也许他肯为我破一破例。两位大人若是瞧着不行,那就请两位大人另请能人,我姓樊的可没有法子啦。"那两位军官对望了一眼,心中暗道："你明明知道我们没有法子,就像溺水的人找着一根稻草也好,你这不是故意气我们吗?"又想道："听老樊的口气,似乎和这里的主人有特别的交情,呀,也只有靠他啦。"

等了一阵,小虎子还未进来,两个军官解下上衣,给自己肩上的伤口换药,一个军官说道："那蒙面强盗厉害得很,老樊,咱们几百人恐怕就你一个人没受伤了?"老樊道："我也几乎挨他一棒。"那军官道："这位老英雄单身一人能成事么?"老樊道："只要他答应,胜于千军万马。"两个军官谈起那蒙面强盗犹有余怖,一个道："若是不成,咱们的身家性命就全完啦!"一个道："咱们现在就只有靠他,于大哥,你别说不吉利的话啦。"老樊一声不响,对两个军官患得患失的心情似是甚不高兴。忽见那虚掩的石门一开,小虎子跳了进来,咬紧口唇,面色十分难看,老樊心中一凛,小虎子双手空空,根本没有带任何酒食,一开口就道："樊大哥,你可不够朋友!"

老樊道："小虎子,你怎么啦?"小虎子道："你若够朋友,就将今日的来意告诉我知,要不然我就跑去告诉我爹,叫他不要理你。"老樊道："你知道你爹去了哪里?"小虎子道："当然知道,你快些说吧,你要邀他和谁作对?"其实小虎子并不知道他爹为何突然不见,他爹七八年来,在这个时分,从不会出门,小虎子隐约觉得这是今日来的这几个陌生人(连那个少年人在内)惹来的,他刚才偷听了一阵,不知怎的,总感到这一班人将对他爹爹不利,因此立心要骗老樊的话。

老樊略一踌躇,看看那两个军官,毅然说道："好吧,小虎子,你不是普通的儿童,我就说给你听。你可得卖我的交情呀!"指指那个军官道："这位是于统领,这位是陆管带,我替他们保镖,从湖北押解三十万两漕运进京，漕运你不懂，总之是三十万两银子的官饷就是了，到了山东，就在前天，在泰山的南面，给一个蒙面强盗劫去啦。"小虎子道："樊大哥，你也不是他的对手？"老樊苦笑道："若然我是他的对手，就不用到你家来啦。这两位大人都受了伤，我们带的几百名官兵都给那强盗捉的捉杀的杀了，就我们三人逃了出来。"小虎子听得出神，道："哈，这强盗好本事！是个大大的好汉！"两个军官大为恼怒，盯了小虎子一眼，老樊干笑一声，拉着小虎子的手道："不错，要不是那强盗厉害，我又怎敢惊动你爹。我是来请你爹去捉那个强盗，夺回这三十万两银子。"小虎子起初听老樊捧他的爹爹，咧开小嘴一笑，听完之后，突然一下摔开老樊的手，道："樊大哥，你可不够朋友了！"老樊道："怎么不够朋友了？"小虎子冷笑一声，道："我爹爹最讨厌狗官，你却要请他出山，再去做官府的奴才，哼，哼！我就不答应。"此言一出，老樊与那两个军官都意料不到，不觉兀然，忽听得"砰"的一声巨响，原来小虎子忽地跳出门外，将那两扇石门关上了。这两扇石门都是半尺厚的整块巨石做的，若非两臂有三五百斤力气，也休想关得上这两扇石门。

只听得小虎子在外面笑道："樊大哥，对不住啦。我告诉爹去，他若肯放你们，我再给你赔罪。"一阵踢哒踢哒的声走出屋外，小虎子似乎跑得很欢，嘴里还哼着山歌。

两个军官骂道："小强盗！"跳上前去推门，哪里推得动，石门已给小虎子在外面反锁了。这间石室没有窗户，只上面有几个通风的气孔，老鼠也钻不过，两个军官气得泼口大骂，连老樊也埋怨了。"哼，哼，原来你的朋友这样憎恨朝廷命官，你怎么带我们进这狗强盗窝来？""一定也是强盗！樊英，你这是什么用意？"老樊面色一沉，道："两位大人且别骂，这屋子主人，他做过的官比你们的上司还大得多！"

两个军官倏地停口不骂，怔了一怔，先后问道："他是谁？""他怎么住在这里？""怎么有这样一个野孩子，哼，不止野，简直是头小蛮牛！""他既做过大官，为何反而恨做官的？"两人七嘴八舌，言下之意，既是不信，但都不像先前那样地放恣，将屋主人胡骂一通了。

老樊微微一笑，缓缓说道："这屋子的主人以前曾做过御林军的统领，又做过锦衣卫总指挥，十年之前，号称京师第一高手，他，他就是张风府，张大人！"两个军官不约而同地惊叫道："京师第一高手张风府？"老樊道："不错，京师第一高手张风府！"两个军官听后"刷"地一下面色全都变了，虽在沁凉的石室之中，也吓出了冷汗。

张风府是正统年间（即明英宗祈镇），皇帝最倚重的第一名高手，不但统率过御林军、锦衣卫，而且曾屡立战功，威震中外，当年和瓦剌在土木堡之战，明军全部覆灭，祈镇被俘，他却单人匹马，七进七出，虽然救不了皇帝，却令胡人闻名胆战，天下英雄，无不景仰。

其后明阁部大臣于谦派遣云重出使瓦剌，两国谈和，将祈镇接回，祈镇的弟弟祈钰（明代宗）不肯让位，将哥哥囚禁南宫，"晋号"太上皇，张风府立即挂冠而去，从此不知下落，有人说他是眷恋故主，不肯在新皇帝手下做官；有的人说他看淡功名，隐居修道。其实他却是受好友张丹枫所劝，看透了皇室的腐烂，更兼奸佞当朝，贤人不用（一如功勋盖世的于谦，朝廷就只准他做一个挂名的兵部尚书，不许他干预朝政），故此他心灰意冷，闭门封刀。

这两个军官万万料不到，威震中外的以前的京师第一高手张风府，竟然就是这间屋的主人，想起适才还骂他是"狗强盗"，虽然明知张风府不在屋内，亦自惴惴不安，老樊微微一笑，斜倚墙壁，再不言语。两个军官望他一眼，疑心大起，不约而同地道："樊兄，咱们是有眼不识泰山，原来樊兄竟是'真人不露相，露相非真人。'一路之上，咱们多失敬了。"原来这三十万银子官饷，是两湖盐运使贯居委托湖北巡抚派他们押解上京的，这两个军官是湖北巡抚手下最得力的两个将领，他们点了五百名精壮劲卒押解官银，自以为万无一失，不愿有人分功，不想动身之前，盐运使部又荐了一个镖师来，这镖师便是樊英。两个军官一打听，南方几省有名的镖局，都没有樊英这个人物，也不知他到底是不是镖师，只因他是盐运使荐来的人，不得不纳，心中可是不大高兴。

哪知这老樊竟是挟有惊人技业，官银被动之时，只有他一人能挡那蒙面大盗数十招，没有受伤，这还罢了，他居然还和张风府大有渊源，两个军官不觉刮目相看，同时疑心大起，摸不清是何来历。

两个军官不约而同地小心赔罪，樊英只是微微一笑，说道："两位大人言重了，樊某只是一个寻常的镖师而已，哪敢当是什么真人？"说完之后又斜倚石壁，竟自闭目养神。

这两个军官讪讪地好生没趣，想探听樊英与张风府有何关系，却又不便开口，只好唧唧咕咕地再三谈论官银被劫之事，一会儿唉声叹气，说是官银若不能追回，大家都有抄家之祸；一会儿又将张风府恭维备至，说他不止是京师第一高手，而且天下无敌，就只怕他不肯出山相助；一会儿又悄悄地谈论樊英，故意让他听见，说樊英一身武艺，不应该埋没镖行，作个镖师，又说若樊英此次请得张风府出山，讨回官银，他两人必定要据实奏禀，让樊英立刻可以为官，最少也是个正五品守备。

樊英听得暗暗好笑，但心中却是沉重如铅，他也想不到张风府归隐之后，竟然对官场如此深恶痛绝。樊英心道："其实我又何尝愿意当这个差使，这回弄得不好，不但教江湖同道疑心，只怕张世伯也怀疑我追求功名利禄了。"这刹那间，盐运使贯居邀他相助，蒙面大盗劫银等一幕幕往事，都重现出来。

"唉，我为什么要出来替官银保镖，自讨苦吃？这俩家伙不知我的来历，但江湖上的朋友，多少也知道我宣花斧樊英的小小名头，我为什么要甘心替官府当差？"樊英心中自言自语道："谁叫我是樊忠的侄儿！而那盐运使贯居却是我的世交兄弟。"原来当年张风府与樊忠、贯仲二人合称京师三大高手，张风府与明朝皇帝的世仇张丹枫相交，贯仲暗中出卖盟兄，用密折禀奏皇帝，却被张丹枫截获，将他杀了，这事情当时还引起张风府的一场误会。至于樊忠则是在土木堡被围之时，一锤击死卖国的奸宦王振，然后战死的。贯仲的儿子贯居靠着乃父的余荫在官场中混，竟混到了两湖盐运使的肥缺，樊忠的弟弟樊俊本来也是大内卫士，哥哥殉国之后，他也学张风府所为，弃官不做，归隐湖北老家。张、樊、贯三人当年结为兄弟，贯仲虽然出卖盟兄，其事只有张丹枫与张风府二人知道，二人隐恶扬善，此事从来不与外人说起（包括樊俊在内），三家后代交情仍在。此次贯仲的儿子贯居，做了两湖盐运使，恰恰驻节武昌，因要押解三十万官银上京，责任重大，他信不过湖北巡抚手下的武将，故此再三恳求世叔樊俊相助，樊俊年老，不愿出山，所以派了儿子樊英保镖。樊英与黑道上的成名人物大半都有交情，暗中疏通，一路平安无事，想不到踏入了山东境内，竟在泰山之南，被一个蒙面大盗所劫。那一幕惊心怵目的劫案还历历如在目前。

那是新年过后没有几天的事，于、陆两位军官押解三十万两官银，已踏入山东境内，若过了山东，一到河北，就是京师兵力可及范围，更不愁出事了。两个军官兴高采烈，一路自夸自赞，以为是官军的威风，吓到了江湖群盗，却不知那是樊英暗中的疏通。

那一日在距离蒙阴五十里的一个小镇歇宿，有几个叫化子前来乞讨，被陆管带叫官军打了一顿，驱逐出去，那几个乞丐，临走之时却哈哈大笑，樊英便知事情不妙，果然第二日到了泰山之南，忽听一声粗犷的大笑，一群强盗涌了出来，当前的就是那几个叫化子，纵马一冲，立刻把官军的队形冲乱。

樊英还来不及套江湖上的交情，那几个叫化子已然将于、陆两个军官打倒，樊英迫得出手，将两个乞丐斫伤，忽听得那粗犷的笑声震耳欲聋，只见一个蒙面强盗，纵马如风，手起棒落，立刻将一个军官打得脑浆迸裂，于、陆两个军官武艺较高，又见机得快，立刻便逃，饶是如此，肩头上也都吃了一棒，樊英挥斧力战，接了那强盗三十多招，那强盗手中的杆棒也不知是什么做的，樊英用百炼精钢所铸的宣花大斧，碰着杆棒就发出如巨锤击钟的轰轰之声，接了三十多招，宣花大斧的斧口都倒卷了，那强盗哈哈大笑，叫道："你也算得是条好汉，走吧！"只见他一提马缰巨棒照着装运官银的铁甲车乱打，几寸厚的铁皮，也不过挨了三棒便都裂开，他连碎三辆银车，指挥群盗，将里面的银鞘，全都驼上马背运走。那五百军官，打死的占十之六七，打伤的占十之二三，还有一些最精壮的全给群盗掳去。只有樊英和于、陆两个军官能够逃生。那蒙面大盗粗犷的笑声，手起棒落的威猛姿态，不但令得那两个军官这几天来常在梦中惊醒，即樊英想起，也觉心悸。

这蒙面大盗的来历，樊英全然不知，思量再三，只有张风府可以将他制伏，可是张风府却忽然失踪，而小虎子竟把他们锁在这个石室之内！

樊英正在闭目遐思，忽听得那两个军官道："那小、小、小顽童还没有回来，咱们可要饿死啦！"他们本来想骂"小蛮牛""小强盗"的，话到口边，却改称了"小顽童"，樊英禁不住"噗嗤"一笑，睁眼一瞧，但见室中漆黑，墙壁上的气孔透进一丝亮光，想来外面的天色已黑了，樊英也觉腹中有些饥饿，只好静坐运气，不去想它。那两个军官可是饿得肚中咕咕作响，虽然不敢再骂，却是低声埋怨。

樊英心中疑团梗塞：这山村能有多大？小虎子为什么没有找到他的父亲回来？难道张风府也遭了意外？不，不！张风府在百万军中犹自可以进出自如，他绝不会遭了意外！可是他为什么还没回来呢？

也不知过了多少时候，但觉凉意越浓，想必已是夜深时分，两个军官又饿又冷，瑟缩墙角，低声叫道："樊大哥，樊大哥！"樊英道："怎么？"姓于的那个军官道："你和张大人的交情到底如何？"樊英道："四年前我曾见过他。"两个军官叫声："苦也！"同声埋怨道："原来你和他不是深交，只怕他非但不肯出手相助，还要将我们关在这里活活饿死。你听那小、小、小顽童的口气，他不知为何如此怨恨朝廷，只怕他立心要将我们弄死了。"樊英又好气，又好笑，道："张大人光明磊落，他纵是要弄死你们，也不用使这奸计。"两个军官更吓得手颤脚颤，道："那你是说，他真要弄死我们了。"樊英笑道："在他手下丧生的都是成名之辈，咱们只恐还没有这个资格。"姓陆的那个军官道："那他为什么不回来放我们出去？连那小顽童也没见回来。"樊英心中焦躁，道："你问我，我怎么知道？"两个军官正想说话，忽见墙上的气孔透进亮光，三人精神一振，忽听得一阵磔磔的怪笑，黑室之中，如闻鬼叫，不觉毛骨悚然，那两个军官噤声不敢说话，笑声过后，一个人说道："张大人，你隐居这里享得好清福呵，只是苦了咱们兄弟找寻了。"樊英心中一凛,原来张风府已经回来,心道:"这人的笑声和说话怎么这般难听?难道是张世伯的仇家?"他久历江湖,深知凶险,捏了那两个军官一把,示意叫他们不要作声,随即施展"壁虎游墙"的功夫,附在墙上,眼睛贴着墙上的一个气孔。

隔室像是一间书房,当中一张圆形的石桌,坐着三人,面向着樊英的正是张风府,这时他已是年过五旬,但剑眉虎目,不怒自威,仍似当年模样。左边坐的那人,一个斗大的头颅,身躯却甚矮小,生成一副怪相。右边坐的却是一张阴阳面,两额太阳穴坟起,一看便知是内功精深之士。石桌后面是两张书橱,比一个人还要高,张风府本来只是粗识文字,只因受了张丹枫的影响,归隐之后,倒读了不少诗书。

只听得张风府"哼"了一声,道:"两位大人有何见教?"那阴阳面汉子说道:"张大人归隐八年,皇上可挂念得紧呵!兄弟也曾寻过三次,却原来张大人在这里纳福。张大人现在是无官一身轻,但既已享了八年清福,似乎也该为皇上分忧才是。"张风府双眼闪闪发光,似乎直可看穿对方的肺腑,那大头汉子笑嘻嘻地帮腔说道:"是呀,现在正是国家多事之秋,皇上闻鼓鼙而思良将,只怕不能任由张大人逍遥自在了。"张风府道:"两位大人之言差矣,当今满朝文武,人才济济,像两位大人就是栋梁之材,想张某年纪老迈,尚有何能为,有劳皇上挂念?而且现下太平无事,瓦剌国中内乱,也先早已被除,焉得谓为'多事之秋'?两位大人所言,我实在不明其意。"双方说话客气非常,其实却是针锋相对。

那阴阳面汉子忽地打了一个哈哈,抬头说道:"张大人,咱们都是直肠直肚的汉子,说话不必文绉绉地兜圈子了!你可知道太上皇图谋复辟,近年羽毛渐丰,已结成了党羽吗?"张风府道:"我如今是一介山野小民,久已不闻外事,皇家大事,更不敢过问。"那阴阳面汉子道:"有人说张大人当年挂冠而去,为的就是眷恋故主,因此不肯替当今皇上当差?"张风府手按圆桌,沉声说道:"皇上若然疑心张某,尽可用一纸诏书赐死,何劳两位明查暗访。"张风府想起前朝忠臣云靖被赐死之事,心中激愤,说到后来,话声高亢,那阴阳面汉子道:"张大人言重了,当今皇上,正是因为对你信赖,所以才再三叫兄弟访寻，这是圣上求宝，可不用说是什么明查暗访呵。"顿了一顿，续道："适才闻统领所说的'国家多事之秋'所指的并不是番邦作乱，而是要防萧墙之内，太上皇的作乱。张大人，你瞧，皇上若然不将你仍当为心腹，他肯将这些话都叫兄弟转告于你？"张风府厌烦之极，端坐不言，那大头汉子摇头摆脑地嘻嘻一笑，道："以前张大人不肯出山，兄弟们只好滥竽充数，此次张大人复出，我与战老兄可以卸下担子，何幸如之！张大人，这可用不着客气推让，你瞧，这是皇上的密诏，诏书上写得明明白白，'着张风府官复原职，任御林军统领兼锦衣卫总指挥。'张大人你瞧，咱兄弟俩可有半句谎言？皇上对你可真是倚若长城，恩典如山哪！"

樊英在隔墙听得骇然，室中这两个汉子竟然是京师的御林军统领和锦衣卫总指挥，都是当今声名正盛的一等好手，那阴阳面汉子名叫战三山，他练的分筋错骨手是武林一绝，现居锦衣卫总指挥之职，初到京师之时，曾在御苑比武，一日之间，连用分筋错骨手扭断十二名一级武士的臂膊，名震一时。那大头汉子名叫闻铁声，别看他样子滑稽，手底下可真有惊人的技业，他精于五行剑，能用剑尖刺穴，又擅打歹毒暗器，还有一身独到的北派地堂拳的功夫，现居御林军统领之职。当今皇上竟然派他们两个一同出马，劝张风府回朝，他两人所说的话，想来不假。

只见张风府面色一沉，徐徐说道："这诏书我不敢接。"闻铁声道："张大人还嫌官小么？"张风府道："为臣子的不敢逢君之恶，而应导君于善，请问两位大人，假如你见人家骨肉相残，手足相争，你们是劝阻的呢？还是去煽风点火，为他们助拳呢？"战、闻二人想不到张风府说话如此坦率，竟然直议皇上之非，都不觉一怔，闻铁声忽地笑嘻嘻地道："想不到张大人竟然弃武修文，学了一套腐儒的口吻了？张大人，你休怪我直说，你的高论可是迂阔不近人情。"张风府翻眼道："怎么？"闻铁声道："太上皇与皇上争位，你我岂能劝阻？为臣子的只能效忠一人，张风府你到底认谁是你的主子？"

张风府冷冷说道："我只不过是一个山野小民，哪一个皇帝登基我照样纳租缴税。"闻铁声搔头抓脑,作出一个无可奈何的神气道:"张大人你倒说得轻松,可教咱们兄弟如何复命?"战三山忽地阴恻恻地笑道:"太上皇若是复辟成功,别的不知,有一个人可是难逃性命!"张风府道:"谁?"战三山道:"那自然是于阁老了!"张风府道:"大明的江山靠于阁老只手挽回,天下谁人不知?"闻铁声嘻嘻笑道:"当今主上是于谦所立,太上皇因此丢了皇位,此事又谁人不知?"张风府道:"那时太上皇蒙尘异国,国家不可一日无君,于阁老所为,国人皆谅。"战三山阴恻恻地道:"可是有一人必然不谅,这个人就是太上皇!"闻铁声也笑道:"张大人,你在这儿替于阁老辩解,可是毫无用处。除非你接了皇上的诏书,替皇上效忠,制止太上皇的复辟,那才能保得住于谦的性命。"张风府内心交战,面色惨白,心道:"于阁部老成谋国,天下所钦,太上皇纵然复辟成功,也未必敢冒天下之大不韪,将他杀掉。"陡然想起张丹枫所说的话,张丹枫是当年和云重一同到瓦剌去接太上皇回国之人,据张丹枫之见,太上皇实是忘恩负义的人,以今晚所闻,则当今皇上也是天性凉薄之辈。张风府曾在大内多年,深知皇室的心狠手辣,这时听出两人的口气,竟然以于谦的性命作为要挟,不禁打了一个寒噤,心中踌躇难决。

阴阳面战三山冷冷地盯了张风府一眼,将诏书摊在桌上,道:"张大人,你还是接了吧。"忽见张风府面色有异,战三山侧耳一听,张风府冷然说道:"想不到我倒交了老运,一晚之中竟然有两拨人来相访。"

樊英在隔墙正听得出神,忽见战三山与闻铁声一把抓起诏书,低声说道:"张大人,为祸为福都全在你一念之间了。"两人一个转身,藏到书橱后面,樊英大感奇怪,只见张风府打开了门,在墙角的松枝火把照耀之下,面色显得分外阴沉,忽听得轻轻一响,门外突然跃进两个人来,一身黑色的武士服饰,看他们似旋风一样的入门来,那一跃一纵的身法,矫捷之极,功夫不在战、闻二人之下。樊英心中叹了口气,暗自想道:"我练了十多年的接暗器功夫,来人到了门前,这才发现,不但远远不如张世伯,即战、闻二人也比我强得多。"

张风府迎门一揖。只听得来人哈哈笑道:"老朋友啦,还拘礼么?"另一人却道:"久仰张大人的威名,今日始有缘相会。"樊英贴着墙孔,定睛一瞧,先入门的那人,五短身材,样子十分精悍,只见张风府说道:"陆兄,这位朋友是谁?请恕俺眼拙,认不出来了。"另外那人体格魁梧,与他的同伴刚好成为对比,双掌轻轻一拍,道:"俺与展鹏兄是多年旧友,与张大人却是初会,展鹏兄想来也曾齿及贱名。"

张风府"嘿嘿"一笑,道:"原来是霹雳手童三哥,在下久仰了。"隔墙的樊英又是一惊!这两人竟是大有来头,那五短身材的精悍汉子名叫陆展鹏,是正统年间大内总管康超海的师弟,正统十三年那年,开考试武特科,他曾击败无数高手,最后在擂台之上,与云重决战,争夺武状元(事见《萍踪侠影录》),大战数百回合,不分胜负,后来亏了张丹枫的暗助,云重才夺得武状元。陆展鹏虽然失败,但亦因此而扬名四海,后来被皇帝祈镇收为大内卫士,算来乃是张风府的同僚;那魁梧的大汉名叫童家骏,在陆展鹏未入皇宫之前,两人是对老搭档,纵横江淮道上,并驾齐名,号称"江淮二霸",他的毒砂掌兼有金刚手的功夫,在黑道上是个有名的歹毒人物。

只听得童家骏也"嘿嘿"笑道:"张大人,咱们今后都是一殿之臣,兄弟还得请张大人多多提挈照顾,兄弟此来参见,这厢有礼了。"张风府怔了一怔,闪过一边,不接他这一礼,诧然问道:"童师父,这是什么意思?"陆展鹏道:"皇上密诏在此,请张大哥接诏。"樊英听得莫名其妙,心道:"他们两个也有密诏?适才那战三山与闻铁声不是来过了么?"只见张风府捧起诏书,恭恭敬敬地拜了三拜道:"恕张某不能接诏,恳求陆兄在太上皇面前善为解释。"樊英这才恍然大悟,原来这两人口中所称的"皇上",不是当今的天子祈钰,而是指被祈钰软禁南宫的"太上皇"祈镇。

陆展鹏作了一个惊讶的神情,道:"一日为臣,终身是仆。如今主公有事,正要张兄扶助,拒不接诏,这是为何?"要知古代君臣之礼最严,张风府是祈镇的旧臣,而且是当年负有保护祈镇之责的锦衣卫总指挥兼御林军统领,按照当时的礼法,张风府纵然早已挂冠，故主有命，亦不能不接诏书。

张风府道："主公现在是天下至尊，受皇帝豢养，尚有何事不足，要劳两位夜顾草庐？"陆展鹏冷笑道："张大人是真不知还是假不知，这皇位本来是咱们主公的，郕王（祈钰未被于谦立为皇帝以前的'封号'）拒不退让，霸占宝座，形同篡位，将主公囚在南宫，是可忍孰不可忍？咱们曾为旧臣子的，理当助主公再夺回皇位，那才不负君臣之义。"樊英在隔墙也听得大惊，心想如此一来，宫廷之内，眼见又是一场刀光剑影，只怕兄弟内讧，又授外敌以可乘之机了。

张风府一皱眉头，厌烦之极，只觉得为一家一姓争权夺位，甚是无聊。于是肃容说道："非是风府敢忘了旧日君恩，实是不敢过问皇家的私事。"童家骏"嘿嘿"冷笑道："这是私事？"陆展鹏却把诏书一展，道："张大人你且看了诏书再说。"

张风府姑且一看，只见诏书上写明赐他"官复原职"，并加封为"英武伯"，要他立刻进京"陛见"，张风府心中暗笑道："原来也是以官职相诱，除了加封为英武伯之外，所授的官职和适才的'密诏'完全一样。我若想为官，难道现钟不打反去炼铜吗？"陆展鹏道："张大人，你可瞧清楚了？"

张风府道："多谢太上皇隆恩，微臣不敢接诏。"陆展鹏道："还是不接吗？"张风府道："朝廷自有体制，锦衣卫总指挥与御林军统领都已有人，风府不敢挑起内乱。"童家骏冷笑道："张大人，你真个瞧清楚了？"张风府见他们连问三次，心中一凛，诧道："怎么？"陆展鹏冷笑道："主公早已不是太上皇啦，实告于你，主公昨日已受群臣拥戴，再出复位了！"张风府大吃一惊，定一定神，怔怔地望着陆展鹏与童家骏，陆展鹏道："你不信么？你心中定是想道：从京城到此，快马也得三天。昨日之事，咱们兄弟如何知道得如是之快？"张风府与隔墙偷听的樊英，果然都是如此想法，只听得陆展鹏又冷笑道："皇上神机妙算，岂是你辈得知？他早已布置得万无一失，这才差遣我等出京。要不然诏书上岂能写明令你官复旧职？张风府，你还不跪下接诏么？"隔墙的樊英听得惊骇之极，心中想道："这'太上皇'竟然如此毒辣！适才那两人传皇上之命召张世伯'勤王',明明是故意试探,看张世伯愿否效忠的了。"

童、陆二人摊开诏书,目光迫射,静待张风府回答。只见张风府呆若木鸡,一副失魂落魄的样子,陆展鹏心中暗笑道:"原来你也有害怕的时候?"忽听得张风府冲口问道:"于阁老怎么啦?"

陆展鹏怔了一怔,随即"嘿嘿"冷笑道:"原来你心目之中,就只有一个于谦。"与童家骏交换了一个眼色,道:"这事你亲自去问皇上吧。我们只是问你,你到底接诏书还是不接?"张风府昂头向天,道:"不接!"陆展鹏道:"张大哥果然是说一不二的硬汉子。青山绿水,相见无期,咱们兄弟走了,你好好保重呵!"这几句话说得甚似好友诀别之言,张风府怔了一怔,心道:"这陆展鹏与我素来不合,原来他却也是性情中人。"只见陆展鹏将诏书慢慢卷起,张风府眼眶一红,道:"陆兄,拜托你替我问候于大人。在皇上跟前,替于大人美言两句。"陆展鹏拱手道:"这个自然。"就在张风府与陆展鹏互相揖别之时,童家骏突然呼的一掌,拍在张风府肩上。原来他俩早已受了祈镇的密令:张风府若然不肯接诏效忠,就得立刻将他处死!

只听得"咕咚"一声,张风府肩头一撞,将童家骏抛出门外,大声喝道:"无耻小人,敢施暗算!"话犹未了,陆展鹏已亮出了他的奇门兵器金丝软鞭,刷的一鞭,向张风府肩头疾扫!正是:

归隐山村难避祸,深宵又见剑光寒。

欲知张风府性命如何?请听下回分解。

第二回　剑影刀光　奸人戕义士
　　　　天愁地暗　皇室杀忠臣

　　樊英在隔墙看得血脉偾张，恨不得过去相助，只见那童家骏在地上一个"鲤鱼打挺"，跳了起来，"嗤，嗤，嗤"声如炒豆，发出歹毒的暗器"五毒针"，面色狰狞，厉声骂道："张风府，饶你有通天本领，今晚也难逃性命！"

　　张风府左手一压鞭梢，右手反袖一拂，将十几枚五毒针都拂得反射回去，陆展鹏的软鞭是用金丝缠上虎筋再绕上千年山藤，坚韧非常，被张风府一压一扯，软鞭不断，陆展鹏虎口却已流血，忽听得"嗤嗤"声响，急忙一个"凤点头"，疾避之时，肩膊上已被一枚五毒针透骨穿过！

　　陆展鹏大吃一惊，想不到八年不见，张风府功力又强了一倍，童家骏大叫道："陆兄，并肩子上呵！这厮中了我的毒掌，咱们缠死他！"张风府陡觉肩上麻木，手臂不灵，急忙运一口气，阻止毒气上行，童家骏一个虎跳，左臂一圈，右掌平舒，"吓"的一声，又是一下毒掌，张风府何等样人，这次焉能给他打中。故意卖个破绽，让他欺近身前，陡地反手一掌，童家骏急忙缩步，却已被掌锋扫中手腕，登时起了五道红印，手腕吊了下来。陆展鹏疾扫三鞭，回身欲走，童家骏道："不能让他有喘息的机会，今日他若然不死，咱们兄弟日后也难逃性命！"随即将两颗药丸一弹，道："这是解药，你快接着！"张风府一个虎吼，陡地飞身跃起，右掌斜斜劈下，左手一抄，童家骏双拳一架，陆展鹏软鞭一扫，堪堪抵敌得住，但那解药已给他抢去一颗。

陆展鹏中了一枚五毒针，臂膊正自发麻，急将解药服下，只见张风府也吞下了解药，竟然堵住了他们的退路，大声喝道："你们两人因何暗算于我，快说出个道理来，要不然叫你等难逃公道！"陆展鹏吓得面青唇白，只听得童家骏"哎哟"一声，原来是他把脱了臼的手腕强自接上，痛得汗出如浆，陆展鹏目光闪烁，示意叫童家骏断后，便想夺门逃命，童家骏叫道："陆兄，咱们万万放松不得，宁可三人都死，不能叫他独生！这解药是五毒针的解药，对毒砂掌可是不能济事，咱们缠死他！"陆展鹏深知张风府的厉害，回心一想，若是现在逃走，纵然暂时能夺门奔命，但容得张风府自己从容疗治，以他深湛的内功，不出十日，定能复原，那时他前来寻仇索命，自己与童家骏都是准死无疑，倒不如照童家骏所说，最多与他三人一齐战死！

童家骏的毒砂掌与五毒针，虽然都是用同样的毒药熬汁所炼，但功力却自不同，毒针细小，专打穴道，毒掌因夹有金刚掌力，却可以令敌人同时内外受伤，而且手掌的面积比毒针大数十百倍，毒力自是厉害得多，张风府虽吞下解药，杯水车薪，无济于事，虽仗着一股真元之气，护着心头，并竭力阻遏毒力发作，但功夫却因此受了影响，童陆二人以二敌一，虽然还是处在下风，张风府亦吃力非常。

倏忽之间，斗了十多廿招，双方险招迭见，陆展鹏溜滑非常，展开腾挪闪展的小巧身法，一味游斗，口中发话道："张风府，你若是好汉，应自行了结，免被天下英雄所笑。"张风府喝道："放屁！束手任你宰割，反而是好汉了吗？你这个话是哪门子的道理？"陆展鹏道："张风府，你须知今晚之事，咱们乃是奉皇上的差遣，你是臣子，主上要赐你一死，你不遵命，却反而要我们陪你死，哈哈，这道理又说得过去吗？"古代之时，君要臣死，不得不死；父要子亡，不得不亡。陆展鹏的话，倒并不是强辞夺理。但陆展鹏却没想到，张风府自从听张丹枫之劝，归隐以来，深受张丹枫的影响，早已把为一家一姓愚忠效死的观念抛之脑后，只见他虎目圆睁，怒极愤极，反而哈哈大笑道："陆展鹏，你这无耻匹夫，原来你是要我成全于你，借我颈中的热血，染红你头上的乌纱，哼，哼,这样的话,你居然也说得出!"说话之间,掌法越发越厉,只听得"咕咚"一声,童家骏被他掌风所迫,自己撞在石墙之上,险险晕倒!

陆展鹏一招"云麾三舞",将张风府挡了一挡,又发话道:"怪不得皇上早看出你脑有反骨,你果然发出这等无父无君之言。张风府,你可知叛逆之罪么?你若是束手就擒,只你一人身死,若还抗拒,定必九族皆诛!"张风府为祈镇护驾十有余年,在土木堡一战,威震中外,更是具见忠肝义胆,骤然被加上"叛逆"之名,心中大愤,瞬息之间,连劈三掌,将童陆二人,迫得连连后退,大声喝道:"也先入寇之时,你在哪儿?哼,而今反而你是忠臣,我是叛逆了?"陆展鹏道:"张风府你还不服吗?若要人不知,除非己莫为,你与张丹枫交好,皇上早已知道,张丹枫是什么人?你不知道吗?朝廷律例定得分明,与叛逆同谋便与叛逆同罪,你还有何辩说?再说,当年于谦擅立皇帝,你统率御林军做于谦的心腹,听于谦的指使,这还不是叛逆,尚有何等事情称得叛逆?"张风府圆睁双目,大喝道:"如此说来,于阁老也是叛逆了?"陆展鹏冷笑道:"这还用说?皇上早已安排妥当,一登位便要将于谦下狱,由三司会审,公布其罪,明正典刑,哈哈,张风府,你的于阁老此刻只怕已经身首异处啦!"张风府心胆欲裂,眼睛一黑,陆展鹏的软鞭和童家骏的铁掌立刻如狂风暴雨般地疾攻而上。

张风府突然双眼一睁,大声叫道:"罢了,罢了!于阁老也是叛逆,那我万死何辞?好呀!叛逆来了,吓,吓!先杀你这两个狗才!"状若疯狂,左打一拳,右劈一掌,童家骏尚自不知厉害,双掌横胸一挡,被张风府一掌斜劈,突然一个反手擒拿,用力一拗,他刚刚接好的右臂,竟被拗得在肩膊之下,齐根断了!

童家骏也确是凶悍之极,断了右臂,血流如注,仍然嘶声叫道:"缠死他,他的毒伤已经发作啦!"陆展鹏使的软鞭可达一丈开外,他绕着室中的家具游走,噼噼啪啪地挥着软鞭,照着张风府没头没脸地乱打,张风府焉能给他打中,但陆展鹏仗着长兵器的便利,使用如此狡猾的战法,张风府在一时之间,也抓他不着。

童家骏的毒砂掌厉害非常,张风府中了一掌,虽仗着精纯的内功，运气护着，但时间一长，右臂更觉麻木，转动不灵。陆展鹏看出他已是强弩之末，哈哈笑道："张风府，你还有什么后事要交代么？念在多年同僚之情，我一定能替你办到。"陆展鹏的用意是想激他怒火攻心，毒发更快。张风府陡地一声大喝，一脚将圆桌踢翻，堵着门口，接着噼噼啪啪的一阵乱响，张风府将室中的屏风桌椅等物，尽都推倒，飞身便来追击，陆展鹏吓得魂飞魄散，陡听得张风府又是大喝一声，一手抓着了陆展鹏的软鞭，陆展鹏急忙松手，伏地一滚，直滚到了书橱的底下，张风府一脚踢出，只听得"轰"的一声巨响，接着有人叫道："小心！"

书橱倒塌声中，阴阳面战三山与矮冬瓜闻铁声骤然窜出，忽闻得战三山一声怪笑，蒲扇般的大手一抓就抓着了张风府的肩胛锁骨，大声叫道："闻兄弟，快将他毙了！"这一下张风府做梦也料想不到，战、闻二人是当今皇上的御林军统领与锦衣卫指挥，陆展鹏与童家骏则是"太上皇"的亲信，两皇争位，按说双方乃是敌对之人，他们适才躲在橱后，张风府虽不望他们相助，但怎样也料不到他们却反助对方，突施袭击。

战三山的"分筋错骨手"驰名武林，这一抓赛如五把铁钳，张风府上半身顿时麻软，使不出劲来，只见闻铁声铮的一声，弹出腰间软剑，寒光闪闪，照着张风府的心头便戳，口中却嘻嘻笑道："张大人，今日是你的死期到啦！"陆展鹏亦已爬了起来，拾起软鞭，扬鞭便扫，哈哈笑道："战、闻二兄，识时务者为俊杰，咱们今后是一殿之臣啦！"

在这瞬息之间，张风府已连用几种身法，哪料战三山的分筋错骨手确有独到的手法，一被搭上，即如附骨之疽，竟然摆脱不开，眼见闻铁声的软剑与陆展鹏的软鞭都同时打到，张风府陡然又大喝一声，俨如晴天打了个霹雳，猛虎在笼，雄风仍在！这一喝吓得闻、陆二人胆战心惊，长鞭软剑竟然停在半途，猝然之间，竟是给吓着了，说时迟那时快，张风府腾地飞起左脚，接着飞起右脚，将闻、陆二人都踢了个筋斗！左肘一撞，左手翻过肩头，猛地一抓。

战三山最工于心计，他适才躲在书橱之后，听到了陆展鹏与张风府的说话，知道太上皇已经复辟，便立时决定弃掉故主，改投新君。心中想道："太上皇最忌于谦、张丹枫、张风府三人，于谦已擒，张丹枫在野，本事最大，一时捉拿不到，剩下的张风府，太上皇用官位笼络他，他又不肯为太上皇所用，难怪太上皇要杀死他。我若能将张风府杀了，改投新君，那就是最好的赎罪立功之礼了。"但忌惮张风府的武功了得，心中又想道："不如先作坐山观虎斗，待他们两败俱伤，我再出而收拾残局，那岂不是不费吹灰之力，陆、童二人恶斗之后，不死亦将残废，这御林军的统领，舍我其谁？哈哈，这一石三鸟之计，岂不妙哉！"他盘算再三，谋定而动，眼见张风府右肩中了毒掌，不能转动，适逢他们打近书橱，遂一把抓着张风府左肩胛骨，教他两臂都不能动弹，自然任由宰割。

战三山心计虽工，却想不到张风府还有这一手拼了性命的反击，给他左肘一撞，痛彻心肺，右手一抓，又扣着了脉门，战三山大叫一声，五指一勾之后，急忙松手，只听得蓬、蓬两声，张风府与战三山都跌倒地上。同时隔室也听得咕咚一声，似是有人堕地。

这就是隔墙偷看的樊英，刚才那一声"小心"也是他发出的，却不料这一叫立刻给隔室的敌人发觉，童家骏断了一臂，尚有一臂能够使用，他是暗器名家，善能闻声辨影，立刻朝着墙头的气孔，弹出了一枚"五毒针"，饶是樊英闪避得快，没有给他射瞎眼睛，但却中了中指指尖，支持不了片刻，便从墙上跌下。

童家骏嘶声叫道："隔墙埋伏有人！"陆展鹏在地上一个鲤鱼打挺，急跳起来，猛听得一声喝道："还想逃生？"只见张风府神威凛凛，堵在窗口，呼的一掌，横扫过去，陆展鹏回身一窜，脚胯已中了一掌，张风府的掌力有开碑裂石之功，陆展鹏中了一掌，痛得眼睛发黑，大叫一声："我命休矣！"忽听得闻铁声嘻嘻笑道："陆兄，休怕，他也受了重伤，无能为力了！再熬一时，合力攻他！"

陆展鹏自份必死，浑身无力，听了闻铁声之言，忽觉张风府的掌力并不如想象之大，虽然疼痛之极，仍可挣扎，急忙运一口气，又爬起来，只见张风府的右臂已吊下来，肩衣被血染得鲜红，左臂虽然能够转动，但掌法亦觉迟钝不灵，大非昔比。原来张风府的右臂中了毒掌，右手本已转动不灵，适才拼命一击，虽然解了战三山的分筋错骨手，那条右臂亦因此脱臼，再也不能使用。而左臂的筋骨被战三山捏碎几条，劲力亦减了一半，正是如此，所以陆展鹏才幸得不死。

陆展鹏见状大喜，再次拾起软鞭，熬着疼痛，上前再攻，只见战三山面色惨白，摇摇晃晃，闻铁声也一跷一拐地不敢纵跃。原来室中五人都受了伤，童家骏断了一臂，现在已是奄奄一息，不必说了。余下的四人，闻铁声给踢跛了脚，战三山给撞断了肋骨，陆展鹏给震伤了内脏，但相比起来，还是张风府伤得最重！

这一番各自负伤血战，更见凶险，张风府单掌应敌，渐觉不支，其中闻铁声伤得最轻，他跳跃不便，索性伏地一滚，施展北派的"滚地堂"功夫，用软剑削张风府的双脚，张风府忽地和身一扑，将战三山撞倒，战三山急忙施展分筋错骨手和他肉搏，张风府手法何等迅捷，五指一拿，立刻将他的手腕一扭，叫道："叫你也尝尝断臂的滋味！"战三山惨叫一声，伏地三滚，滚到墙边，捧着手臂，雪雪呼痛，那条手臂竟给张风府硬生生地强扭下来，只粘连着少许皮骨！

只见张风府一跃而起，手中已多了一把寒光闪闪的宝刀，这把宝刀他已多年不用，挂在书橱内面，如今取出，如虎添翼，陆展鹏吓得连连后退，张风府大喝道："今日若教你等生出此门，我张风府三字倒写！"跨步提刀，手起刀落，陆展鹏陡觉背心一片凉沁，衣裳已被刀锋割裂，正在生死关头，忽听得张风府大吼一声，陆展鹏回身招架之时，只见张风府踉踉跄跄地倒退几步，忽地喝道："鼠辈，你还未死么？"一脚往地上踹下，但听得童家骏一声惨叫，滚了两滚，寂然不动，想是给张风府踏死了。

原来适才张风府追斫陆展鹏之时，没想到童家骏躺在地上，他还有一手尚能使用，见张风府在他身边跨过，他手心扣了十几口毒针，用力一插，全都插入张风府的小腿！

闻铁声大喜叫道："战兄，战兄，快来助我一臂之力！"战三山断了一只右臂，勉强站起，当真是只能"助一臂之力"了！但此时此际，张风府手脚俱伤，毒上加毒，毒气攻心，这"一臂之力"，就等于给张风府添了一个劲敌。

张凤府咬一咬牙,一招"夜战八方",将三个敌手都迫开数步,顿如疯虎一般。

张风府咬一咬牙，一招"夜战八方"，将三个敌手都迫开数步，顿如疯虎一般，展开"五虎断门刀法"，指东打西，指南打北，强攻猛打。战三山沉声喝道："不要硬接，他过不了半个时辰！"张风府何尝不知毒气攻心，不能用力，但这时他已抱着与敌偕亡的心情，再无顾忌，但敌手三人，闻铁声伤得最轻，还能招架，战、陆二人在闻铁声掩护之下，绕室而走，两人都是冷不防地你发一鞭，我发一掌，要用缠斗的方法，将张风府活活拖死。张风府力不从心，只见眼前人影模糊，越来越黑。

再说隔室的樊英，从墙头跌下之后，只觉中指指尖，隐隐发麻，知道厉害，急忙解下佩刀，往指尖上轻轻一割，先把毒血挤出，再撕下衣襟，紧紧包扎，那两个军官瑟缩一隅，颤声问道："老樊，咱们怎么办？""张风府竟是叛逆，这如何是好？""呀，咱们岂不是要活活饿死在这石室之中。"樊英半句不答，摸到墙边，听隔室高呼酣斗，刀剑铿鸣，不知谁胜谁败，心中焦急非常，又想起于谦下牢，张风府被攻，忍不住血脉偾张，更为悲愤，用刀力斫墙壁，恨不得斫穿石墙，过去助战。

隔室两方，正到了生死肉搏的时候，闻铁声等人可不知隔室的石门已给小虎子锁上，听得石壁似擂鼓般咚咚声响，只道是张风府所埋伏的高手正欲破门而入，陆展鹏胆子最怯，首先吓了一跳，虚晃一鞭，又欲奔到窗口，穿窗逃命，张风府吸一口气，突然双眼一睁，精光外射，陡然一喝，横刀一劈，手起刀落，陆展鹏在张风府手下逃了两次性命，最后这一刀却逃不过了，刀锋从肩上斜斜劈下，竟把他劈成两半！

战三山吓得呆了，只见张风府刀未抽出，陡地又一声大喝，左脚一个"跨虎登山"，兜心直踢，战三山叫道："闻兄、闻兄……"叫声未绝，胸口突如中了千斤铁锤，仰天便倒。闻铁声一剑插中张风府的背心，剑锋刚刚割破皮肉，正想向前一送，听得战三山的惨叫，心中一寒，张风府向前一跃，反转身来，叫道："现在只有你了！"闻铁声叫道："张大人饶命！"张风府反手一掷，那口缅刀挟着一道寒光，刷的一声，从闻铁声的前心插入，直穿过后心，呛啷一声，跌于地上。

张风府哈哈大笑,拾起缅刀,推开石桌,走出去开了隔室的石门,喝道:"谁在里面,都给我滚出来!"两个军官抖抖索索,给樊英推了出来,张风府一见,横刀喝道:"樊英,你来这里做什么?这两个军官是谁差遣来的?"那两个军官吓得面无人色,叩头道:"我,我是来求张大人救命的!"张风府道:"什么?有这么容易?我张家是随便可以闯进的么?"他只道这两个军官也是朝廷派来的人,横刀瞪目,鼓起余勇,尚欲再战,忽听得"咚咚"两声,那两个军官都吓得晕倒地上了!

樊英抬头一看,只见张风府已成了一个血人,犹自神威凛凛,樊英忍不住热泪盈眶,扶着张风府道:"张伯伯,你怎么啦?"张风府厉声斥道:"你怎么啦?你伯父是怎么死的?你却带人到这里来!"樊英道:"伯伯,你先歇歇,容我细说!"张风府走回石室,盘膝一坐,招手道:"好,你来!"

樊英掏出金创药,欲替张风府料理伤口,张风府瞪了樊英一眼,道:"放下,谁要你这么婆婆妈妈,快说,那两个军官是什么人?"樊英施了一礼,说道:"他们所说是真,他们从湖北押解漕运入京,三十万两银子,在中途给强人劫了,他们是来求张伯伯搭救的。"张风府道:"关你什么事?"樊英道:"我是这官银的保镖。"张风府道:"你怎么这样没出息!"樊英叩头道:"这是贯家三弟的漕运,我看在先人情分……张伯伯,你怎么啦?"

张风府适才未知樊英来意,一口气强自撑住,此时已知他和那两个军官并非敌人,心头一松,真气便泄,面色渐渐灰白,樊英急忙上前料理,张风府道:"不用啦,趁我还有口气,快听我说。"樊英心头不忍,尚欲尽力,张风府斥道:"你听不听话?嗯,你也中了五毒针了?快去搜那童家骏的身子,将解药拿出来。"

樊英低头一看,只见中指红肿,一条红线已升到掌心,想不到挤出毒血之后,还这样厉害,又想起张风府中的也是这种毒,急忙搜童家骏的身子,张风府道:"就是这一包药丸,你吞它三颗。"樊英道:"张伯伯,你也快吞!"张风府惨笑道:"早一个时辰或许能活,现在嘛,纵有起死回生的仙药,也难救我!"

樊英是江湖上的大行家,抬头一瞧,只见张风府的面色已从灰白变为瘀黑,心中悲叹,那包解药跌于地下,叩头道:"张伯伯,你有什么事情要交代小侄的?"张风府笑一笑,道:"我恩仇了了,有什么事情没有交代的?嗯,就是你这桩了!听着!"刷地撕下半幅血衣,说道:"拿这半幅血衣与我的宝刀去见张丹枫,取回官银之后,叫贯居马上辞官!"

樊英接过血衣宝刀,问道:"还有什么吩咐?"张风府双眼一睁,说道:"你到这里,没见着小虎子么?"樊英道:"小虎子找你去了。"张风府一阵颤抖,生死相搏之时,他毫无半点惧意,听了樊英的话,却禁不住冷意直透心头,樊英道:"小虎子一向机灵……"张风府一镇心神,双眼一张,断断续续地说道:"若然小虎子没死,你找着他,将宝刀交与他,叫他拜张丹枫为师。"挥挥手道:"我与乡人交好,后事自有乡人料理,你可以走啦。我生报血仇,死而无憾,唯一觉得遗憾的就是没有见着于阁老和张丹枫!"

声音越说越弱,说完之后,双目一闭,樊英上前一探,已是没了气息,樊英不由得抚尸大恸,想不到这位名震中外的京师第一高手,竟然死在山村石室之中,临死之时,连亲生儿子都没见上一面。

樊英哭了一阵,听得门外悉悉索索的声音,心头一醒,想道:"我不应再耽搁啦!"藏了血衣,提起张风府的宝刀,走出门外,只见那两个军官已经醒转,正在探头探脑地张望,蓦然看见樊英提着寒光闪闪的宝刀,冲出门来,两个军官吓了一跳,叫道:"老樊,怎么啦?"樊英道:"一月之后,你们到太湖旁边等我。"两个军官道:"怎么?"樊英道:"张大人已应允啦,一月之后,在太湖边你听我的消息。"两个军官道:"一月之后,怎能等到一月之后?"樊英心头火起,将两个军官一推,朗声说道:"你们不能等就另想法去,老子不能奉陪啦!"两个军官跌跌撞撞地追出来,大声叫道:"老樊,老樊!"月光之下,马声长嘶,樊英已跨上马背飞跑了。这两个军官不敢回张风府的石屋,急忙也骑了马去追,追出村外,只见樊英已奔上官道,疾驰而去,两个军官大吃一惊,心道:"他既说在太湖边相候,何以不南下反而北上呢?这不是成心开玩笑吗?"樊英马跑如风,霎忽之间,就只看见一个黑点,两个军官呆若木鸡，留在后面，怎样也猜不到樊英的心意。

　　四天之后，京城来了一个满身风沙的客人，这人就是樊英。他马不停蹄，赶了四日四夜，到得京城，只见北京街道，到处搭有牌坊，城楼上也张灯结彩，写着"上皇复位，普天同庆"等字样，可是街头行人寥落，人人面色阴沉，说像办丧事倒差不多，哪有一点喜庆的样儿？

　　樊英走上酒楼，见酒楼四壁都贴有"莫谈国事"的纸条，酒楼上只有稀稀疏疏的几台客人，都在叽叽喳喳地低声谈论，樊英叫了一壶白酒，两斤牛肉，凝神静听，只听得人人都在互相打探于谦的消息，壁上虽贴有"莫谈国事"的字条，这些人却毫不在意，为了打听于谦的消息，他们竟宁愿冒性命之忧。

　　樊英在酒楼听了一会，又到各处平日热闹的处所，如天桥等地溜了一趟，对京师新事，约略知道了一点梗概。

　　陆展鹏之言不假，祈镇果然是谋定而动，他本来是被弟弟祈钰囚禁在皇城里的南宫内，祈镇还特别派了一员大将靖远伯王骥守备，哪知祈镇处心积虑，勾结朝臣，图谋复辟，到了后来，连王骥也成了他的党羽。就在景泰（明代宗祈钰国号）八年，元宵之后的第二日晚间，王骥打开南宫，纳入京军，攻进皇宫，闯入东华门，第二日早朝，百官上朝，只见祈镇已经复登皇位，同时宣布祈钰已经"驾崩"了，祈镇改元"天顺"，大赦天下，但也就在这一天，就在下"大赦天下"诏书的同时，却将于谦打入了天牢。

　　京城内人人嗟叹，个个怨愤。无数民家焚香祷告天地，盼上天保佑于谦。京城内还传出一个风声，说是有许多侠士，图谋劫狱。

　　就在天牢严密戒备的晚上，有一个夜行人悄悄溜到天牢附近，这人就是樊英。

　　天牢外警卫穿梭往来，樊英正自思量：如何能够进去？忽听得里面一声号角，登时瓦面上现出幢幢黑影，向西北角蜂拥而去，樊英暗暗纳罕，但这正是千载一时的时机，不可错过，在暗器囊中取出两颗飞蝗石，向天一掷，两石相撞，发出声音，墙角的两个卫士急忙跳出察看，樊英飞身一掠，立刻跃上墙头。这晚星月无光，樊英穿着一身黑色的夜行衣,他的轻功提纵术又极高明,两个守门的卫士不过三流角色,竟然没有发现。

樊英在瓦面上蛇行兔伏,隐隐听得远处有呼啸之声,刚爬过两重瓦面,忽听得有人低声叫道:"天顺",樊英知是牢中辨认自己人的暗号,含糊说了两个字,那人喝道:"什么?说清楚点!"樊英一跃而出,一支袖箭射入他的喉咙,那人还未喊得出声,登时了结,樊英剥下他的衣裳换上,跳下去伏在过道暗角。不久便有一名狱卒提灯走过,樊英一跳而出,将刀尖在狱卒面门一晃,沉声喝道:"于阁老囚在哪儿?"那狱卒吓了一跳,却立刻眉开眼笑,道:"你是救于阁老的吗?他在八号死牢。从这儿直走,到转角之处,向右边走,走到第八间房子便是了。"樊英收了宝刀,正想举步,那狱卒道:"喂,今晚的口号是天顺万年,记着了!"

樊英依言便走,沿途有人喝问口号,樊英对答如流,无甚阻滞,其中有一两个老狱卒,发现声音陌生,却也不问。走到第八号死牢,只见门前一个侍卫提着一口长剑,樊英冷不防地一扑而上,提刀便抹,那守卫身手矫捷之极,一闪闪开,樊英一击不中,暗叫糟了,那卫士回过头来,却并不还击,反而微微一笑,道:"快在我不致命的所在搠一刀!"樊英怔了一怔,立刻恍然大悟,这侍卫是有心让自己救出于谦,这样一来,反而不忍下手,那守卫道:"快些,再过半个时辰,我便换班了!"樊英举刀一搠,那守卫道:"不成,划深一些!"拉着樊英的手在腿上重重一划,又自己点了腰间的哑穴,瞪着两眼睛,熬着疼痛,面上却现出笑容。

樊英心中慨叹,削开铁锁,只听得里面有一个苍凉的声音,低声吟道:"千锤万击出深山,烈火焚烧若等闲,粉骨碎身都不怕,要留清白在人间。"这正是天下传诵的,于谦在"土木堡事变"前夕,借咏石灰而表白胸中抱负的名诗。正是:

胸中存正气,一死又何辞。

欲知樊英能否救出于谦?请听下回分解。

第三回　大棒搴旗　禁城来大盗
　　　　散花拒敌　夜半失人头

　　樊英轻轻推开铁门，摸进牢内，只听得于谦颤声说道："是珠儿么？你怎么不听为父之言，又回来了？"樊英心中一动，但时机紧迫，已无暇问谁是"珠儿"，几时来过？急忙擦燃火石，低声说道："于阁老，你没受伤么？我背你出去。"

　　火石的微光划破了牢房的黑暗，只见于谦白发苍苍，披枷戴锁，盘膝端坐地上，双眸炯炯，犹自露出凛然不可侵犯的神光，沉声喝道："你是谁？"樊英泪咽心酸，屈下半膝，低声禀道："家父是以前服侍过你的带刀侍卫樊俊。"于谦道："哦，原来你是樊忠之侄，樊俊之子，你来做什么？"樊英道："我来救你出狱。"拔出张风府留给他的缅刀，便想上前斩断于谦身上的枷锁。于谦道："这是朝廷的刑具，岂可胡来！"樊英大急，道："不把这劳什子弄断，咱们如何能够越狱？"于谦双眼一张，断然说道："我是朝廷大臣，临大节而不可夺，岂能做越狱的逃犯？"樊英料不到他如此"迂腐"，急道："大人若不越狱，这冤狱要想平反，可是绝难指望。"于谦哈哈一笑，朗声说道："我若顾惜性命，当初也就不派遣云重到瓦剌去迎皇上回来了。我早已料到今日。樊贤侄，你走吧！"樊英哪肯便走，于谦怒道："我意已决，誓不越狱！"樊英道："大人，你就不为天下苍生着想？"于谦道："我年过六旬，即算不死，也已经是油尽灯枯，无能为力了。中华儿女，代有英豪，死了一个于谦，还有千百个于谦，何须你为天下苍生作杞人之忧。"樊英道："如此死法，岂非不值？"于谦道："这有什么不值？若说不值，岳武穆王当时以莫须有的罪名屈死，又该如何？他手握百万军符，尚自不肯坏了朝廷制度，甘愿受刑，我虽不敢比拟前贤，亦当效法！"要知于谦英年出仕，直做至阁部尚书，几十年来，那正统的忠君观念已深入脑海，樊英想在立谈之间，将他说服，那是万万不能。

樊英尚欲进言，忽听得外面那个自己斫伤自己，又自己点了哑穴的侍卫在地上滚来滚去的声音，樊英知是他故意示警，急道："大人，大人……"于谦喝道："快走，你若不走，我就先碰死在你面前！"樊英长叹一声，道："阁老，你还有什么盼咐？"于谦道："我无憾于天，无怨于人，死得其所，尚有何言？快走！"樊英掩面转身，只听得于谦在背后说道："只有一事，请你代劳。"樊英停下脚步，听得于谦说道："你去太湖寻觅张丹枫，叫他赶快逃命。"樊英道："阁老放心，此事我定当做到。"话犹未了，外面的牢门已被人一脚踢开，纷纷叫道："快来呀！有人劫狱！"樊英将缅刀挥了半个圆弧，一招"夜战八方"，夺门死闯，只听得呛啷啷一片断金戛玉之声，那缅刀锋利之极，外面来的不过是二三流的脚色，手中兵器被缅刀截断，吓得急忙后退。樊英纵身一跃，立即跳上瓦面。蓦听得一声大喝："哪里走？"金刃劈风之声，已到脑后。

樊英斜身滑步，反手一刀，只听得"当"的一声，火花飞溅，樊英的缅刀，并没有将敌人的兵刃截断，虎口反而给震得发热，定睛看时，只见来的是一个黑衣卫士，使的是一柄厚背斫山刀，足有四五十斤，这种大刀，本来是在冲锋陷阵之时，马上交锋之用，这卫士竟然举重若轻，带着这样沉重的斫山刀，纵高跃低，拿来当作夜行人的轻便兵器，只这一点，已足见功力非凡。

樊英暗暗吃惊，那黑衣卫士更是诧异不小，这黑衣卫士本是御前的一等带刀侍卫，特别调来看守天牢的，被樊英的宝刀一磕，那厚背斫山刀被斫了一道缺口，虎口也给震得疼痛难当，兵器也几乎把握不住，急忙大声叫道："点子在这儿了，快来人呵！"

樊英一招"长蛇出洞"，缅刀向前一吐，斜身游走，侧面一声大喝，两颗圆忽忽的铁球，扑面打来，樊英霍地一个"凤点头"，横刀一磕,"当当"两声,那两颗铁球又缩了回去,樊英举头一看,只见左面又来了一名黑衣卫士,那两颗铁球并不是暗器却是连子锤的锤头,连子锤是一门很难使用的兵器,这人能用得如此纯熟巧妙,本领自亦不凡。

樊英力劈三刀,那使连子锤的卫士在离丈余之外,舞动铁链,左遮左拦,连子锤兼有长短兵器之长,那条铁链长达八尺有多,舞动起来,周围丈许之地,都是锤头可及的范围,樊英在迫切之间冲不过去。

那使厚背斫山刀的卫士迅即赶上,呼的一刀,拦腰截斩,樊英伏身一闪,横刀架开,蓦听得右边又是一声大喝,一条黑影倏地扑入战围,手中兵器一举,竟挟着两股劲风,指着樊英左右两肩的肩井穴。樊英急忙使个"回风摆柳"的身法,大弯腰,斜插柳,刀磕连子锤,脚踢斫山刀,堪堪避过。再挺腰看时,只见来的是个短小精悍的汉子,使的是一对二尺八寸长的判官笔。使这种短小兵器点穴的人,那自然是一位点穴的高手了。

樊英纵然本事再加一倍,此时此际,也难以冲出包围,这三名一等御前侍卫,所用的兵器都各有独特的功能,厚背斫山刀是重兵器,不忌宝刀;连子锤是远距离攻击,盘旋风舞,兼有暗器之长;那对判官笔则专点人身大穴,三种兵器,三般战法,樊英亏得有口宝刀,要不然更难招架。

但时间一久,亦是难以抵敌,樊英挡了二三十招,险象环生,下面呼喝声,脚步声嘈成一片,能上高的也跳上了十来个人,在四周瓦面埋伏,樊英咬牙力战,已是打算豁出性命,忽见对面瓦背,人影一闪,白衣飘飘,那背影好生眼熟。

樊英心中一动,那使判官笔的卫士喝一声"着!"一招"峻岭分流",双笔欺身疾点,樊英的缅刀正被连子锤缠着,无法招架,急忙闭气护穴,只觉腰胯之处骤地一阵酸麻,"贞白穴"已给他的笔锋点了一下,樊英使了一招"三转法轮",缅刀一绞,脱出手来,那使厚背斫山刀的卫士,一个虎跳,迈身现刀,呼地一刀,迎头便劈。

樊英虽然懂得闭气护穴,内功未臻上乘,被判官笔点中,酸麻未过,手臂乏力,那厚背斫山刀重达四五十斤,这迎头一劈,威势猛极,樊英明知招架不住,也只好挥刀迎挡,心中暗呼:"我命休矣!"就在这两刀相接未接之际,那使厚背斫山刀的卫士忽然大叫一声,手中那口大刀忽然脱手飞去,刚好近着左边打来的那对连子锤,当当两声轰雷般的巨响,那对连子锤也给撞得跌下去了。

只见对面瓦背上那少年哈哈大笑,笑声宛若银铃,十分好听,但见他反手一扬,夜空中顿时现出十数朵金花,上有淡月疏星,下有松枝火把,这十数朵金花倏地散开,迎空洒下,好看之极,卫士们做梦也料不到有这般厉害的暗器,金花掠过,只要被括着一下,全身立刻麻酸。埋伏在瓦面上的卫士,有半数以上都被金花打伤。樊英呆了一呆,那金花认不出友敌,樊英的臂上也给括了一下,一条臂膊登时吊了下来。

那使判官笔的卫士大呼:"快叫阳大人来!"话犹未了,只见眼前金星一晃,那使判官笔的卫士又是一声大叫,倒跃三步,樊英趁此时机,刀交左手,提一口气,疾忙掠过两重瓦面,闯出天牢,回头看时,只见瓦面上两条黑影,互相追逐,刀剑铿鸣之声,嗡嗡震耳,那两条黑影身法快极,樊英依稀认出交战的一方就是那手散金花的少年,刹那之间,化成了两溜黑烟,向西北角疾滚去了!

这银铃似的笑声,这闪电般的身法,这似曾相识的背影,几个形象骤然交结,樊英猛地一醒,原来这手散金花的少年就是日前戏弄张虎子的那个白马书生!

天牢之内,呼喝酣斗,黑影幢幢,在瓦面上奔来逐去,且已有人向樊英追来。樊英叹了口气,心想自己纵不受伤,本事也相差太远,只好将救于谦之望,寄托于那个散花少年,拼一口气,使出"陆地飞腾"的功夫,奔离虎穴龙潭,悄悄溜回客店。

回到客店,已是四更时分,樊英解衣一看,只见右臂险些脱臼,幸未伤及筋骨,樊英咬一咬牙,自己将手臂接好,敷上了金创药。刚刚弄好,只觉头晕眼花,再也抵受不住,一躺上床,立刻昏沉沉地晕迷过去,也不知过了多少时候,睁开眼时,只见室内一灯如豆，店小二披麻戴孝，面挂泪痕，站在床头。

樊英奇道："我又未死，你哭什么？"店小二道："于大人，于大人已经归天了！"樊英双眼一睁，叫道："真的？"店小二道："他是今朝一早在午门归天的，现下北京之人，除了奸臣贼子之外，人人都在家中披麻戴孝！"樊英大叫一声，又晕厥过去。

过了一阵，樊英悠悠醒转，那店小二仍坐在床头，替他捶背，樊英道："刻下是什么时候了？"店小二道："客官，你已昏迷了一日半夜，现在已是第二日的夜间了。"樊英心痛如割，想不到大明朝廷居然敢冒天下之大不韪，这样快便杀了于谦。店小二道："樊义士，你觉得如何？若能走动，早早离开了京城吧。"店小二改口称他"樊义士"，樊英吃了一惊，道："你说什么？"店小二道："义士不必多虑，你昨夜回来，刀上的血还未揩干净呢。"原来昨晚一群侠客大闹天牢，日间早已传遍北京。店小二见樊英昏迷不醒，刀上血渍犹存，联想起他投店之时，立刻便问于谦之事，心中早已恍然，当时便请了一位靠得住的跌打医生给他医治，樊英受的只是外伤，所以晕迷，全是因为疲劳过度所至，睡了一天半夜，精力已是渐渐恢复。

樊英取过宝刀，拭了血痕，恨恨说道："恨不能多杀几个奸臣贼子！"其实杀于谦的主凶，正是当今的天子，得于谦费尽心机，从瓦剌救回来的祈镇。店小二低声说道："外面谣言甚多，凡是和于阁老有往来的人听说都已被捕了。义士，你还是快走吧。"樊英抚刀叹道："大闹天牢，救不了于大人，反而促他归天，呀，我活在这世上还有何用？"店小二道："义士休得如此想法，正人君子，多死一人，国家便多损一分元气，于阁老已死，难以挽回，义士，你还要保重。"樊英瞿然一惊，道："你是何人？"店小二道："我是这客店的小伙计。"樊英又叹了口气，道："朝中大老多诿诃，反而是屠沽贱役之中，有识见恢宏之士。"问道："于大人的尸首有人收殓没有？"店小二道："听说于大人的遗骸，皇上已恩准指挥陈逵代为收殓。于大人的首级现在还挂在东门。"樊英又大叫一声，道："快弄点酒食给我。"店小二给他一斤白酒，两斤牛肉，樊英全都吃了，提起宝刀，结了酒钱道："多谢你的恩义，咱们再见啦。"

试运手足，只觉气力已完全恢复，立刻穿窗飞走，背后只听得那店小二嗟叹之声。

樊英展开夜行术，直奔东门，是晚月暗无光，到了东门城墙之下，举头遥望，只见城墙上竖着一条旗杆，旗杆上挂着一个圆忽忽的东西，依稀辨得出那是头颅，樊英大恸，也顾不得城墙上有否埋伏，立即便跃上墙头，缅刀一挥，便想斫断那根旗竿。

皇帝将于谦的首级悬之东门，实是一种诱敌之计，焉能如此轻易被樊英取去。樊英缅刀刚刚扬起，忽听得一声冷笑，两条黑影蓦然窜了出来，金刀劈风，一对钩镰枪已向下三路卷到，樊英踊身一跃，横刀一撩，又与侧面搠来的一根铁尺碰个正着，只听得那两人哈哈笑道："阳大人好见识，臭蛤蟆果然落网了！"

樊英大怒，跨步提刀，一招"白鹤亮翅"，嗖嗖两刀，一招两式，左撩右滑，那使钩镰枪的道："好一口宝刀，看在这口刀的份上，你献刀投降，饶你不死！"樊英喝道："你要刀？好，就给你一刀！"呼地一刀劈去，那使钩镰枪的叫道："哼，你这小子真个拼命？"蓦地伏身一滚，使铁尺的仗着器械沉重，不怕宝刀，奋起招架，只听得当的一声，那根铁尺几乎给樊英震飞，樊英一刀斜劈，提脚一踏，忽觉腿上剧痛，伏在地下那名侍卫，一根钩镰枪已勾着了他的小腿。

樊英舍了性命，踊身一跃，反手一刀，使钩镰枪的料不到他出此恶招，右手一松，赶忙跳开，樊英带着那根钩镰枪一跃丈许，咬着牙根将钩镰枪一拔，血淋淋地拔了出来，在空中舞了一个圆圈，向那使铁尺的掷去，使铁尺的哪里敢接，只听得"呼"的一声，那根钩镰枪给樊英掷落城墙，想是碰到了下面的石头，嗡嗡之声，传了上来，不绝于耳。

那使铁尺的见樊英犹如一头负伤的猛虎，凶神煞气，咄咄迫人，不觉胆寒，那使钩镰枪的喝道："跛脚臭蛤蟆，还怕什么？并肩子上呵！"他只剩下一根钩镰枪，但左右盘旋，龙飞凤舞，或勾或刺，或撩或截，攻势仍是十分凌厉，那使铁尺的武功亦是不弱，一对铁尺亦自舞得虎虎生风，樊英脚上受伤，跳跃不便，渐渐只有被攻的份儿。

那使钩镰枪的一占上风，又逞口角，嘿嘿冷笑道："你想要于谦的人头，哼哼，连你的也留下来吧。"樊英气红了眼，卖个破绽，将刀斜挂铁尺，故意弄得门户大开，使钩镰枪的磔磔怪笑，一招"毒蛇吐信"，挽了斗大一个枪花，劈胸刺了进来，樊英陡地大喝一声，将刀一合，这一刀用了十成力量，只听得轰的一声，有如巨锤击钟，那根钩镰枪登时弯曲，锯齿倒勾枪头，几乎折断。那卫士也真了得，虎口流血，兀自握着不放。

樊英虎吼一声，横刀疾上，只见旗竿下又跳出一人，喝道："你这两个脓包，一个跛脚的臭蛤蟆也收拾不了，快给我退下，准备缚人吧。"樊英一看，只见来人穿的御林军服饰，手提一口阿拉伯月牙弯刀，看了一眼，忽道："咦，张风府的缅刀怎么到了你的手中？"

樊英道："张风府借刀叫我杀你！"上马七星步，呼地一刀劈去，那军官怒道："死到临头，胡说八道！"樊英杀得性起，呼呼呼连劈三刀，那军官冷笑道："好一把宝刀，可惜落在你这莽汉手中。"樊英喝道："叫你尝尝我这莽汉的宝刀滋味！"左右斜劈，横空又斩一刀，霎那之间，先后劈了六刀，却都被那军官一一化了，只听得那军官又是一声冷笑，道："不叫你见识见识，你也不知道我东方洛的厉害！你再斩吧，看你的宝刀能奈我何。"樊英大怒，运足内力，又是一刀横斩，那名叫东方洛的军官举起月牙弯刀轻轻一架，樊英气力极大，适才那钩镰枪也被他一刀斫断，心想这一刀如何能够招架，却不料一刀劈去，突然感到毫无着力之处，东方洛那口月牙弯刀竟像一片薄纸一样附在他的刀上，樊英骤失重心，扑了个空，收势不及，险险跌倒，那军官哈哈大笑，月牙弯刀左右绞转，樊英对于刀法未经苦练，不识这"绞刀"的破法，手中的缅刀随着急转，只觉头晕目眩，看看缅刀就要脱手飞去。樊英大急，突然双脚齐飞，左掌一招"五丁开山"，顺着刀势劈下，樊英本来用的兵器是宣花斧，这一掌有如巨斧劈下，正是他的杀手绝招，加上那鸳鸯连环腿，威势猛极，东方洛料不到他如此拼命，不由得呆了一呆。

这东方洛乃是御林军的副统领，亦即是被张风府杀死的陆展鹏的副手，武功不在陆展鹏之下，比樊英高出许多。这时他本来可用个"孟德献刀"之式，顺着樊英扑来之势，反手一刀，劈他颈项，但若用这一式，樊英非死不可。东方洛呆了一呆，心思一转，却顺手一带，将樊英的脚步带动两步，轻轻闪过一边。

并非东方洛有意饶他性命，却是这口缅刀叫东方洛起了思疑。东方洛心中想道："这缅刀乃张风府随身之宝，绝不会借与旁人，除非是他死了，落在此人手中。"陆展鹏他们去邀请张风府之事，东方洛当然知道，心念：张风府若是死了，那也定然是陆展鹏他们杀死的，这口缅刀便当在陆展鹏手上，怎的到了此人手中？陆展鹏直至现在还未回京，莫非其中有甚变故？东方洛百思不解，所以存心将樊英活擒，问出个所以然来。

樊英武功殊非泛泛，东方洛想将他活擒，一时之间，却也不能，两人又拼了二十来招，东方洛喝一声："着！"月牙弯刀一挂，在樊英肩头上拉了一道口子，突起一脚，踢中了樊英的膝盖，樊英伏地一滚，东方洛叫道："将他缚了！"

樊英在地上一滚，忽听得"轰"的一声，有如推金钟倒玉柱的声音，只见一条黑影疾如闪电，一下子就掠上了墙头，手起棒落，将那旗杆一棒劈为两段！

这旗杆乃黄铜所铸，斧斫不倒，却被来人一棒打折，神力确是惊人！适才那两个卫士正欲上前擒捉樊英，被这轰然巨响吓住，怔了一怔，樊英已一个"鲤鱼打挺"，打地上跃了起来，奋力一劈，却不料那条臂膊竟然不听使唤，一阵剧痛，麻软软的发不出力来，那两名卫士，一个抢着半截钩镰枪，一个舞着一对铁尺，迎头便磕，樊英前晚手臂脱臼，刚刚接好，今晚肩头又受了刀伤，眼睁睁地看着敌人兵器扫来，无法抵挡。那两名卫士忽地一声厉叫，突然倒地，樊英把眼看时，只见东方洛正与一个蒙面汉子在旗杆下厮杀，棒影刀光，混成一片，樊英莫名其妙，心道："这人是谁？他怎能腾出手来发放暗器？"要知樊英站立之地，离旗杆有三四丈远，即算暗器可及，亦已乏力，怎能一举便将两人杀了？而且高手比武，一心难能两用，他又怎敢在东方洛刀光笼罩之下腾出手来？但若不是此人，又是谁人有那么高的本领。

只见一条黑影疾如闪电,一下子就掠上了墙头,手起棒落,将旗竿劈为两段。

樊英鼓起余勇，刀交左手，正想上前助战，忽听得东方洛又大叫一声，飞身一跃，跳到城墙下边，突然不见，那黑影纵声长笑，右手提着铁棒，左手提着于谦的人头，纵身一跳，也跳下墙头，如风跑了！

樊英吃了一惊，听这笑声，看这背影，这蒙面人看来竟然就是那个在山东境内，劫走他三十万两官银的蒙面大盗！想不到他竟然也千里迢迢，赶到京城来盗取于谦的头颅！

樊英又低头一看，这一看更是吃惊，只见那两名卫士的太阳穴，都印着一朵五瓣金花，这金花正是前晚那白衣少年的独门暗器；难道这白衣少年就是那蒙面大盗？可是两人的身材却绝不相类，难道这蒙面大盗也会用这种暗器？樊英满腹狐疑，提刀四顾，一片茫然。

只听得空中又是一声怪啸，两朵金花在空中一撞，倏地飞开，樊英眼前一亮，面前站的可不正就是那个白衣少年，樊英久历江湖，竟看不出他是从哪儿突然窜出来的，竟像是随着金花一同涌现，身法之快，实在难以形容。

那少年的声音宛若银铃，但清脆柔润之中却又隐隐含有一种咄咄迫人的声势，那少年问道："那蒙面人是你的朋友吗？"樊英怔了一怔，道："不是！"那白衣少年面色一变，"啊呀"一声，立刻反身便走，樊英忙道："侠客请留下姓名！"只见那白衣少年已一跃跳下城墙，白衣飘飘，在茫茫夜色之中隐没了！

这白衣少年突如其来又突然而去，用暗器救了樊英却又不肯留下姓名，饶是樊英阅历甚丰，也猜不透他的来历。正是：

散花女侠无人识，半夜偷头起大波。

欲知后事如何？请听下回分解。

第四回　骏马嘶风　少年显身手
　　　　高人送帖　庄主荐龙头

　　第二日天刚拂晓，樊英已匹马单刀，飞驰在京郊驿道之上。于谦的首级已被人盗去，他遂听从店小二之劝，立刻离开北京，准备到太湖去找张丹枫。

　　他的坐骑是千中选一的黄骠骏马，脚程甚快，中午时分，已走了一百多里，过了南苑了。通往京城的大道，往来客商，多如过江之鲫，有一个单身客商，骑着一匹青鬃五花马，马鞍上挂有两个不大不小的皮箱，想是随身携带的贵重货物，樊英初时毫不在意，黄昏时候，到了小镇琉璃河，估计离开北京已有二百五十多里，樊英策马入镇，拟觅客店投宿，无意间回头一望，只见那个单身客商，远远跟在后面，樊英不由得心中一凛：这客商的马看来并非神骏，也居然有此脚力，樊英进入客店之时，暗自留心，却见那客商投别的客店，樊英这才舒了口气，暗笑自己多疑。

　　樊英是个江湖上的大行家，心想这客商虽然没有什么异迹，但还是谨慎一些，避他为妙。于是在晚上略略养神，再敷了一次伤，樊英正当壮年，身子甚好，所受的伤只是皮肉之伤，并无大碍，只是脚上挨的那刀，还未痊愈，跳跃之时，有点不便，但一路乘马，也没觉着什么。樊英枕刀养神，未交五鼓，即便起身，结了店账，鸡鸣便走。古时的行路之人有两句话道："未晚先投宿，鸡鸣早看天。"店小二见他天还未亮即便登程，倒也并无诧异。但那些在京津一带往来的行商，舒服惯了，不比一般在小城镇贸易的客商，这时却都在呼呼熟睡之中，并无一人与他同走。

樊英走出小镇，回头一望，只见残月残星之下，四周静悄悄的连鸟儿也没离巢，樊英微微一笑，催马急走，到了中午时分，离开琉璃河最少亦有一百五十里，无意间回头一看，忽见那客商又跟在后面，樊英吃了一惊，心道："这厮的马怎么如此快法？难道他是有意跟踪我的不成？"那客商国字口脸，戴一顶皮帽，披一件斗篷，脸上发着油光，看他的神气，看他的骑马姿势，完全像一个普通的商人。樊英捉摸不定，猜不透他是有意跟踪，还是因为他的马特别快，而又恰巧同路？

樊英看看那客商一眼，立刻挥动皮鞭，把那匹黄骠马打得狂嘶疾走，端的是四蹄奔云，沙风飞起，那客商仍是安闲地骑在马背，手不扬鞭，看样子又不似有意跟踪，片刻之后，樊英已把那客商远远地甩在后面。

樊英舒了口气，他为人谨慎，故意撇开大路，专拣小路来走，傍晚时分到了保定东边百余里的白沟，这是比琉璃河更小的小镇，镇上只有一间像样的客店，樊英投宿之。

吃过晚饭，天色已黑。心中暗道：这客商总不会到这个小地方了。哪知念头才动，门外一声马嘶，那客商已在客店门前下马。

樊英大吃一惊，这一下再无疑问：这客商定然是追踪自己的了。樊英趁他还没有走进店门，慌忙悄悄地溜进房内，只听得那客商在外面吩咐要酒要肉，打水洗脸，和普通投宿人完全一样，也不知他瞧见了没有。

这客商吃饭之后，自去歇息，正在樊英斜对面的房子。樊英惴惴不安，枕刀假寐，守到半夜，却无一点声息。樊英想道：若然他是恶意，跟了两日，应该早就动手。过了三更，外面仍是静悄悄的，只隐隐听到邻房的打鼾声音。樊英忽然内急起来，难以忍受，只好提起宝刀，出去解手。厕所在外面的院子斜角，樊英解了一半，从虚掩的门缝中窥出，忽见对面屋顶，依稀有条人影，伏在瓦脊上偷伺，樊英心头一凛，赶忙草草了事，闪身走出，只见疏星淡月，夜色朦胧，那黑影一闪不见，若不是像樊英那样练过暗器，眼力极好的人，还真以为是一只鸟儿掠过屋顶。

樊英低声喝道："是哪位好朋友，请出来相会。"双指一弹，打出一颗石子，那黑影已不知躲到什么地方，再不出来，全不理会他这一套招呼。樊英狐疑不定，三步并作两步，走回屋内剔亮油灯，只见屋内并无异状，樊英再仔细一看，猛地一惊，他放在桌上的包裹本是放在正中的，现在已略略移向左边，包裹上的结，是他特别结成做了记号的，如今那结的形式亦已改了。樊英是江湖上的大行家，他房中各物，都放在一定的位置，有些并作了记号，一见变动，便知有故，敢情那人竟然就在这片刻之间，搜了他的行李。樊英打开包裹一看，包裹中只有几件衣物，现在依然是按着原来的样式叠放，想见搜他行李的人也是极为细心，这人如此从容不迫，既搜他的行李，又去窥伺他的行踪，显见是个难以对付的劲敌。

樊英想了一会，三十六计，走为上计，于是在房中放了一锭银子，作为客店的房饭钱，悄悄走出门外，跨上坐骑，连夜飞奔。

夜间小路难辨，幸喜樊英的坐骑是一匹好马，窜高纵低，并没有将樊英掼下来。跑了半个时辰，前面一片空林，遮着去路，樊英跳下马背，索性牵马走入林中，准备穿过这片林子，再觅去路。忽听得后面马声长嘶，那客商竟然也在深夜之中策马追到，而且丝毫不顾江湖上"逢林莫入"的禁忌，放马直入林中，在马背上拨得两边树枝喀喇喇地作响。樊英见他只是一人，心中想道："反正要见个水落石出，怕他何来？"横刀在手，反而迎上去道："尊驾苦苦追迫，这是为何？"

那人"嘿嘿"干笑，左手一晃，将手中的火折烧燃，突然向脚边的茅草一掷，登时烧了起来，左右扫了一眼，这才说道："各走各路，客官何故相疑？"樊英见他出手，分明是顾忌自己林中另有埋伏，所以点燃茅草，以避暗算，这一手若非江湖上的大行家，急促之间，实是难以想到。樊英哈哈一笑，横刀护胸，朗声说道："尊驾在黑夜之中策马赶路，这也未免太奇怪了。"那人笑道："然则尊驾在黑夜之中赶路，就不奇怪了么？"樊英道："彼此彼此，所以咱们还是坦开了胸，说个清楚的好！我是逃犯，你是何人？"那人道："你是逃犯，我是跟着逃犯走的人！"樊英冷笑道："你是公差，俺倒走了眼了。好呀，我就在这儿等着尊驾动手！"那人笑道："这是你自己说的，谁要和你动手，你既是逃犯，为何还不快走?"

樊英怔了一怔,喝道:"你端的是什么人?"那客商道:"真人面前不说假话,你也端的是什么人?"樊英道:"我不是对你明说了吗?"那人问道:"你犯的是什么罪?"樊英道:"我是夜闯天牢,图劫于谦的人!"那人道:"于谦的人头被谁偷去了?"樊英道:"好,我已说得清清楚楚,你是何人?"那人道:"我是暗中保护你的人,咱们都是一条路上的朋友,我也想见那位偷头的义士,若承你瞧得起朋友的话,就烦你引见如何?"

樊英眼珠一转,狐疑不定,心中想道:"看来他不像是追捕我的,但怎么认定我要去见那偷头的义士?"那人道:"怎么,你还是疑心么?你试想我若是公差,何以跟了你两日两夜,还不下手?"樊英不声不响,突然走近那客商的坐骑,那匹马正在吃草,见生人走近,蓦然一声长嘶,樊英道:"尊驾这匹坐骑,相貌不扬,确是神骏之极!"伸手一拉,那人喝道:"你干什么?"那匹马见樊英来拉,长嘶人立,举蹄便踢,樊英伏身一托马蹄,只见马蹄铁上烙着"大内御马"四字,樊英伏身一滚,在间不容发之间,在马蹄之下逃开,哈哈大笑道:"如今我认得尊驾了!"

原来樊英机警异常,见这匹马似素经训练,起了疑心,他知道御马身上必有记号,这一试果然试了出来。这一下立刻真相大白,原来这人竟是大内高手,暗中追踪,所以不早动手的原因,乃是他认定偷头之人,必是樊英一党,所以想从樊英身上追出那偷头的义士来。看他敢单骑追踪,而且长线放鹞,把樊英作为线索,企图一网打尽,这人只恐还不只是一个普通的卫士而已!

果然那人一点也不惊慌,被樊英识破行藏,反而哈哈笑道:"尊驾好眼力,凭这一点,我就值得与你交个朋友。"蓦地沉声喝道:"你听过阳宗海的名字没有?你若想我剑下留情,就乖乖地领我去捉那偷头的叛逆!"

樊英吃了一惊,当时天下几位著名的剑客,南有张丹枫,北有乌蒙夫,西有阳宗海,东有石惊涛,其中张丹枫与乌蒙夫已隐居多年,石惊涛因盗大内宝剑,犯了重案,逃亡海外,亦是久已不闻消息,只有阳宗海纵横西南,江湖上不断传出他心狠手辣的勾当。这

阳宗海已就在这刹那之间，反手拔出长剑，喝道："你也吃我一剑！"

阳宗海据说是赤城派的后起之秀,但赤城派的前辈却从不管他,而且骑的是大内御马,想来他已受了当今皇上之聘,那些卫士所称的"阳大人",大约就是指他了。

樊英吸了一口气,镇摄心神,道:"好,我领你去!"迈前一步,手腕一翻,蓦地一刀劈下,这一刀出其不意,来得迅捷无比,只听得阳海宗"嘿嘿"的一声冷笑,双指一搭,搭着刀背,往前一捺,樊英这一刀足有数百斤气力,竟被他双指一捺,刀锋反劈,说时迟,那时快,阳宗海已就在这刹那之间,反手拔出长剑,喝道:"你也吃我一剑!"樊英久经大敌,刀柄一旋,阳宗海双指一松,长剑刺到,樊英虚晃一刀,右脚疾起,刀斫掌劈,完全是拼命的招数,那一脚眼看踢到阳宗海持剑的手腕,只听得阳宗海又是"嘿嘿"的一声冷笑,身形一闪,只听得"刷"的一声,长剑已从樊英的肩头刺过,这还是阳宗海有心要留"活口",所以这一剑只是刺穿了樊英的垫肩,要不然再低两寸,樊英的琵琶骨就要穿个透明窟窿。

樊英的伯父,当年与张丹枫齐名,号称"京师三大高手",家传武艺,亦是极为了得,阳宗海这一剑稍为留情,樊英转身急退,阳宗海正待收剑再刺,樊英陡地大喝一声,反手一刀,后脚一蹬,这一招有个名堂,叫做"虎尾脚,回马刀"。避得了刀,避不开脚,阳宗海是海内有数的高手,焉能给他踢中了,但亦不能不倒退三步,避其凶锋。樊英"虎尾脚"一蹬,一踢一斫,并不回头,反而往前一扑,突然冲过火堆,拾起两块烧得火光熊熊的干柴,向阳宗海猛掷。

原来樊英自知不敌,那一刀一脚,看似反攻,实是走势,阳宗海冷笑道:"我今日若教你逃出掌心,我阳某永不在江湖行走。"那干柴带着火光,劈面飞来,阳宗海呼的一掌,劈空打出,竟在离身七尺之外,将干柴打飞,火光熄灭,但那两匹马受惊,狂嘶乱撞,阳宗海将马制伏,樊英已逃入林子。

阳宗海艺高胆大,不顾"逢林莫入"的禁忌,借着火光,紧紧追赶,樊英大叫道:"并肩子的出来呵!"阳宗海道:"你纵有埋伏,我亦不惧!"忽听得林子外隐隐有马嘶之声,阳宗海"哼"了一声,以为樊英真有同党,飞身猛扑,提刀便斫。他是想先把樊英伤了,再迎战来敌。

樊英绕树疾走,阳宗海一时之间竟也斫他不着,追得急了,樊英又招架一两刀,阳宗海武功虽远较樊英为高,但想在三招两式之内将樊英打倒,却也不能。阳宗海大怒,那口长剑左穿右刺,追着樊英的身形,毫不放松,左手却在暗器囊中掏出一把铁莲子,一颗颗地弹出去,专取樊英的十二麻穴,樊英靠着树木遮蔽,躲躲闪闪,缠了一会,阳宗海喝声"着",一脚踢折了一棵小树,樊英正绕树打圈,小树一倒,现出空隙,但听得"卜"的一声,一颗铁莲子已打着了樊英背心的"天璇穴"。樊英身上穿有护心软甲,饶是如此,背心也酸麻发痛。

樊英大叫一声,猛然扑出,反手一磕,又将两颗铁莲子打飞,这时已走到密林深处,火光在远,甚为微弱,林中荆棘甚多,樊英斜身一扑,竟冲入一堆荆棘草莽之中,挥动宝刀四处乱扫,披荆斩棘,劈开一条逃路,阳宗海的剑远不如樊英缅刀的锋利,追入荆棘丛中,被勾着衣裳,到拨开之时,樊英已越入越深,树林里黑黝黝的几乎看不见了。

阳宗海大为恼怒,突然将火折子一燃,用力一掷,火折子并不受力,竟也给他掷出两丈开外,落地即燃,阳宗海舞起长剑,施展"登萍渡水"的轻功,纵身跃走,足踏荆棘,虽然仍时时被勾着手足,但阳宗海已全不顾,这点皮肉之伤,全力追赶,转瞬便冲出荆棘遮道的密菁草莽,随手拾起燃烧的干枝,向前猛掷,不多时树林中已起了十多处火头,照见了樊英的背影。

越追越近,忽又听得马声嘶鸣,看似甚远,转瞬便近,那片林子不过三里多长,樊英一鼓作气,冲出林外,阳宗海磔磔笑道:"还想逃么?"一抖手又打出三颗铁莲子,这时全无遮蔽,樊英用刀背磕飞一颗,闪身避开打咽喉的一颗,第三颗铁莲子却避不开,正正被打中腿弯穴道,"卜"地跪倒地上。

林中火光熊熊,林外夜空,浮云已散,露出一轮明月,看得清清楚楚,阳宗海哈哈大笑,上前擒捉,忽听得骏马长嘶,马蹄声有如密雷疾响,阳宗海吃了一惊,听这声音,不知来人如何,这匹马却是天下罕有的神马!

但见一团白影,疾飞而来,马嘶声戛然而止,一匹白马已到了眼前,马背上跳下一个白衣少年,看来不过十六七岁的样子,身躯细小,清秀非常,乍眼一看,还像个刚出书房的小学生,这白衣少年看了一眼,道:"原来竟是阳大总管,阳大人哪!你追他做什么?"阳宗海心中一凛,这白衣少年年纪轻轻,竟然一口就道破了他的来历。

阳宗海惊疑不定,长剑一指,发话问道:"你是谁,敢来多管闲事?"那少年冷冷地瞪了他一眼,道:"天下事天下人管,你小爷最爱的就是打抱不平!"完全是充大人口气的孩子口吻,阳宗海又好气又好笑,心道:"管他是谁,他就是一出娘胎便练武功也强不到哪里去!"笑道:"有什么不平,要你打抱啦?"那少年道:"你以大压小,欺侮人!"阳宗海笑道:"他又不是像你这般的小孩子,怎能说我是以大压小?"阳宗海见这少年人稚气未消,十分有趣,心想那大的已中了我的暗器,不能远逃,且乐得逗这孩子一逗。那白衣少年见阳宗海反问,冷笑说道:"以你阳大人的成名剑客身份,却用暗器伤了一个平常的镖客,这还能说不是以强欺弱,以大压小吗?这样的不平之事,除非我不瞧见,瞧见了我便要管!"

樊英在地下自行揉搓腿弯穴道,舒筋活血,他已是瞧得清清楚楚,这白衣少年正是戏弄小虎子那个少年,也正是那晚在城墙之上用金花暗器伤了两名大内侍卫的那个少年。听他说话,不觉心中暗呼惭愧。这白衣少年竟然把他当作一个普通的镖客。

阳宗海更是好笑,说道:"你要打抱不平,我若与你动手,这岂不更是以大压小吗?"那少年瞪起双眼,道:"枉你是个成名的剑客,连这点见识也没有。"阳宗海道:"怎么?"那白衣少年道:"生得牛高马大又有什么用?强弱大小,是用年纪来度量的么?老实说,若非你是阳大总管,我还不屑与你动手呢!"阳宗海一听,心道:"这孩子口气好大,竟然要与我扳平身份了。"越是这样,他越觉得不便动手。要知武林之中,最讲身份,若然传将出去,说是阳宗海和一个乳臭未除的大孩子动手,岂非笑话?

白衣少年嗖地拔出一把短剑,喝道:"你怎么还不进招?"宝剑出鞘，寒光耀目，阳宗海又是一惊，若非眼见，真不敢相信这稚气未消的小子居然拥有世间罕见的名马宝剑，而且胆量大得出奇。阳宗海虽然惊奇于他的名马宝剑，却不曾将这少年放在心内，笑道："你真个要管？"白衣少年道："废话少说，进招！"阳宗海道："好小子，你回到师娘身边多学几年吧，我是何等样人，岂能与你一般见识？"白衣少年道："你进不进招？你不动手，我就不再让了。"阳宗海道："你使一路剑法待我看看，看你的师父是谁？"阳宗海打定主意绝不还手，想从他的剑法中看出他的师门宗派。那白衣少年道："好，你就看吧，看剑！"剑柄一抖，刷地就是一剑，阳宗海骈起双指，待推开他的剑刃，哪知这一剑看似平平无奇，竟然刁钻之极，刺到中途，突然一个回刃反削，阳宗海若是仍然推去，那两根手指就定然要被削断。

阳宗海真不愧是久经大敌的成名剑客，就在这电光石火的刹那之间，剑锋只差五寸就割到指头之际，手掌一翻，一招"龙形穿掌"竟然在剑身上面少许之处，几乎贴着剑柄，强行反手擒拿，那白衣少年的剑招已经发出，"刷"地一剑从阳宗海耳侧刺过，搠了个空，阳宗海的掌缘已切到他小臂的"曲池穴"。须知高手相斗，只差毫厘，这一下突然给阳宗海反客为主，只要他掌力一发，白衣少年的这条手臂，就算卖与他了。樊英在地下看得骇然心跳，"呵呀"一声，顾不得小腿还是酸麻乏力，掌心一按，撑地飞起，忽听得阳宗海"噫"了一声，只见那白衣少年剑柄往里一撞，撞的也是阳宗海小臂上的"曲池穴"，阳宗海若是不收手，两人的手臂都要同时折断，阳宗海哪肯与他两败俱伤，手心往外一登，强把身形带动两步，两人一合即分，各脱险境，樊英松了口气，又一跤跌在地上。

哪知一波未平，一波又起，樊英以为两人分开之后，必当重整旗鼓，再行相斗。哪知阳宗海与白衣少年都抱着同一心思：要趁敌人喘息未定之际，立下杀手。两人攻势都是不依常轨，但阳宗海惯经大敌，抢先了一步，白衣少年剑尖刚刚摆动，他双掌已打了个圈圈，倏地迫进了白衣少年防卫的内圈，白衣少年的双臂立即被他封住。阳宗海掌法乃是青城派的不传之秘，掌势悉仿太极图形，刚柔并济,此时只要他将两手的圈子稍稍放大,便能以手腕制死对方关节,敌人纵有利刃在手,亦无能为力。樊英虽然不识青城派的掌法,但他究是个大行家,看出了其中的奥妙,设身处地,亦无解救之方,不禁又是"啊呀"一声叫将起来。

樊英还未来得及跳起,但听得阳宗海与那白衣少年几乎是同声尖叫,樊英眼花缭乱,未曾看得清楚,竟不知那少年用的是什么手法,阳宗海的衣袖已给他割断了半截,跄跄跟跟地倒退了几步,樊英狂喜叫道:"小兄弟,真行!"他却不知那少年的手腕也给阳宗海弹了一下,登时泛起了一个红圈,比起来还是白衣少年吃亏较大。

但阳宗海是何等样人,他出道以来,还未曾碰过敌手,而今竟被一个稚气未消的大孩子割去了半截衣袖,面上已是热辣辣的挂不住了,白衣少年趁着他恼怒气浮之际,挥剑一阵狂攻,阳宗海本来以双掌之力,足可与那少年周旋,但他一动了气,心神便乱,竟被那少年制了先机,剑点洒落如雨,剑剑不离要害,杀得他竟然不能近身。阳宗海又惊又急,再也不顾成名的身份,一个转身也拔出了腰间的长剑,白衣少年嘻嘻笑道:"叫你早早拔剑,你不听话,现在如何?"阳宗海几乎给他气炸心肺,那白衣少年,发声冷诮,手底却是丝毫不缓,话声未了,刷地一剑,又指到阳宗海的咽喉。

阳宗海也不禁暗暗赞了一个"好"字,白衣少年那一剑刺得快,阳宗海也闪得快,只见剑光一闪,阳宗海已是身移步换,霎眼之间,绕到白衣少年身后,刷地一剑,就朝白衣少年后心的"风府穴"挪来,这一招用得狠毒之极,白衣少年不论向左向右躲闪,背心的穴道要害都全在敌人的剑尖威胁之下,迟早都要被他刺着,摆脱不了。樊英看得手心淌汗,只见那少年微微一闪,身法怪异之极,看看阳宗海的剑尖已堪堪触着他的背心,不知怎的,一下子就给他逃了出来,身形一动,立刻反客为主,反圈到阳宗海身后,寒光一闪,一招"猛鸡啄粟",反刺阳宗海肩后的"天柱穴"。阳宗海一招挪空,方位立变,只见他身随剑走,剑随身转,忽地一招"苏秦背剑",长剑抖动,嗡嗡作响,登时飞起三朵剑花,将白衣少年的上中下三路,全都封着。白衣少年叫道:"来得好!"不躲不闪,反而脚踏洪门,一招"李广射石",强攻敌人中路,这一下可大出阳宗海的意料之外，按照一般剑法的常规，断无不救自身之理，白衣少年却居然在剑势被封，性命危险之际，不顾一切地强攻，阳宗海不由得凛然一惊，醒起这少年的剑乃一口宝剑，若依剑法的克制之理，阳宗海的剑只要当中一截，白衣少年的剑就要给他劈落，但阳宗海的剑不是宝剑，两剑相交，也必然折断无疑。阳宗海是武林中有名的高手，纵使能把白衣少年重创，若然自己的剑折了，传出去却是天大的笑话。

只听得"当"的一声，两人身形倏地分开。原来阳宗海避无可避，在两剑相触之际，强把阳刚之力撤了回来，剑锋一转，改用阴柔之力，长剑在白衣少年的剑上轻轻一擦而过，饶是如此，也溅起了一溜火花，剑上给划了一道缺口。那白衣少年占了便宜，不知进退，刷地又是一剑！

这一回两剑相交，却不闻半点声息，樊英大为奇怪，睁眼看时，但见少年的剑竟似给阳宗海的剑吸着，连用几种身法，都摆脱不开。原来阳宗海这次全用阴柔之力，使一个"粘"字诀，将白衣少年的剑越扯越近。

白衣少年额上沁出了汗珠，阳宗海笑道："如何？"白衣少年忽地一声冷笑，道："也没怎样！"也不知他用的是什么手法，倏地又脱出身来。原来阳宗海一时轻敌，说话分了心神，那少年剑法精妙之极，短剑向前一探，立刻解了他粘连的阴柔之劲，绕到他的侧边，刷地又是一剑。

阳宗海一个"退步连环"，先避一避那少年的攻势，长剑一指，又想依样画葫芦，再吸着他的短剑，哪知白衣少年竟是溜滑之极，再不上当，却绕着阳宗海疾跑起来，左一剑，右一剑，前一剑，后一剑，宛如穿花蝴蝶，看得樊英眼花缭乱。

阳宗海暗运内力，一心想找那少年的剑，但那少年的身法轻灵之极，随意挥洒，有如流水行云，好几次两剑险险相交，却总是一掠即过，碰他不着。阳宗海不由得暗暗惊奇，猛地心头一震，看这剑法，竟似江湖上传闻的一个隐居大侠的嫡传宗派！

阳宗海起先跟他疾转，碰不着他的剑，反而迭遇险招，这时心中一悟，脚步倏停，抱守收一，长剑封着门户，只守不攻，其实每一招都是寻暇抵隙，暗藏着极厉害的反击招数，白衣少年渐觉发出去的招数每受牵制，但却又不能改变战术，只得一股劲地仍用"穿花绕树"的身法和他游斗，时候一久，但觉心跳气喘，越来越是难以支持。

樊英看得心惊目眩，这两人各以上乘剑法相扑，稍一不慎，便有性命之危。樊英对剑法虽然没有精研，却也看出那少年渐趋劣势，这时樊英运气活血，穴道的酸麻已经止了，猛地一声大喝，提起缅刀，便想上前助战。

阳宗海惯经阵仗，自是眼观六面，耳听八方，樊英身形一动，他已倏地剑交左手，长剑一震，将白衣少年迫退两步，右手一扬，发出了一把铁莲子，分打樊英和那白衣少年。这时他再也顾不得一派宗师的身份，为了怕被两人合手围攻，迫得连暗器也用出来了。

樊英脚上受伤，纵跃不灵，横刀磕飞了奔向上盘的几颗铁莲子，胫骨却又中了两颗，关节一麻，又掼到地上，忽听得那少年笑道："来得好！"樊英一个"鲤鱼打挺"跳起来时，耳边但听得满空呼啸之声，抬头一望，只见十几朵金光闪闪，形似梅花的暗器，宛如洒下了满天花雨，将阳宗海全身罩着。

樊英大喜叫道："好呵！"只见阳宗海陡地一个"白鹤冲天"，身形凭空拔起，长剑一挥，在半空划了一个弧形，顿时一片繁音空响，叮叮当当之声不绝于耳，金花四面飞射，白衣少年喝道："着！"扑前又是一剑！

只听得"嗤嗤"两声，阳宗海的两肩已各印上了一朵金花，叫道："好家伙！"肩头一摆，那两朵金花被他暗运内劲，震落于地，长剑一摆，扬空一闪，竟是若无其事地迎战那个白衣少年。

白衣少年吃了一惊，他那一手十二朵金花被阳宗海击落了十朵，已是难极，想不到打中了他肩头的两朵，竟也无济于事，心道："这阳宗海果是名不虚传，怪不得在江湖之上，竟能与我的师父齐名。"

樊英见势危险，顾不得腿上的疼痛，挥刀又上，白衣少年忽地一声长啸，那白马从林中奔出，快如闪电。樊英还未冲到两人的跟前，那白衣少年突然虚晃一剑，身形飞起，一把抓着樊英的衣领，恰好落到白马背上，白马一声长嘶，四蹄疾跑。

阳宗海一声呼啸，将坐骑唤了出来，立刻上马便追，阳宗海的坐骑乃御苑名马，自是非同小可，但比起少年的那匹白马，却又是望尘莫及，这时已是拂晓时分，追了一回，起初还能见着背影，再过片刻，便只是一点白点，渐渐没了。阳宗海叹口气，忽觉肩上微微疼痛，他跳下了马，走到溪边，解衣一看，只见双肩上有两朵淡淡的花痕。阳宗海吃了一惊，幸喜这种暗器没毒，否则两条肩膊便要废了。心想：再过两年，这少年的功力长进，那还得了。

再说樊英被掷于马背，那匹马长嘶疾跑，看如腾云驾雾，樊英暗暗心惊，觉着那少年就在身后，樊英便想回头致谢，口中说道："多谢尊驾相救，敢问尊姓大名。"那匹马突起跳过一道山涧，樊英左足受伤，挟它不稳，险些给马抛了起来，急忙用力挟住，不敢回头，只听得那少年冷冷说道："不要说话，小心骑马。"叱咤一声，向空中挥了一鞭，那匹马越发跑得快了。

但见晓色云开，朝阳渐渐升起，少年倏地勒住马缰，道："可以住了！"跳下马来，面不红，气不喘，一双妙目，注视着樊英，樊英定了定神，道："这真是天下罕见的宝马。尊驾大名，可以见告了吧？"那少年眼珠一转，忽地身形一长，一伸手，倏地就把樊英腰间的那口宝刀拿去，习武之人，保护兵刃已成习惯，樊英本能地伸手一格，想樊英武功亦非泛泛，这一格一拿，乃是擒拿手的恶招，却连少年的手指都没有碰到，待得樊英醒觉，只见那少年已捧着宝刀，面上露出疑惑的神色。

樊英亦是惊疑不定，只听那少年道："你这宝刀从何处得来？"樊英道："这是张风府的宝刀。"少年道："张风府为何将他的宝刀给你？"樊英道："恩人容禀……"将张风府那晚壮烈之死，简单说了，说着，说着，流下泪来。道："只恨我樊英无能，眼看张伯伯归天；到了京城又眼见于阁老成仁，连他的六阳魁首也给别人取去。"

那少年拔刀鞘向空中虚劈两刀，忽地仰天狂笑，道："好，张风府也算死得其时，不负，不负于阁老对他一番赏识。"这笑声苍凉之极，樊英禁不住心头一震，眼泪却自然止了。细想那少年话语，似乎和于谦、张风府都有极深的渊源。

但见那少年将刀插回鞘中，却悬挂在自己的腰间。樊英道："请相公将这口宝刀还我。"那少年瞪眼道："为何要还给你？"樊英道："恩人爱这口刀，自古道：宝刀赠壮士，红粉赠佳人。恩人也配用这把宝刀。无奈这口刀，张伯伯已托我送与他人，而且这其中有极大的关系。"白衣少年冷冷说道："什么关系？"

樊英说道："这宝刀我是要送给张大侠张丹枫的！"张丹枫的名头当时最响，天下习武之人，无不知道，若是别人听了，就算是有名望的，也恐怕要毕恭毕敬，将宝刀奉送过来。那少年眼眉一扬，却仍是淡淡说道："送给张大侠做什么？"樊英道："还有一幅血衣，张风府和张丹枫乃是至交，张风府死时以不能见着张丹枫为憾，所以这幅血衣是留给张丹枫，让他如见亡友；这口宝刀却是他留与张丹枫，请张丹枫代他寻觅儿子，若幸而寻获，则请张丹枫收他为徒，这口宝刀就交与他的儿子。"那少年道："张风府的儿子是不是那日在水塘边戏水的顽童？"樊英道："不错，他叫张虎子。"少年道："那幅血衣呢？"樊英道："嗯，在这儿。"取了出来，摊在手心，在樊英之意，以为少年尚未相信，所以拿给他看，不虑有他。那少年道了个"好"字，忽地手臂一抬，闪电般地把那幅血衣又攫了去。

樊英惊道："你，你，你这是什么意思？你是我的恩人，但要这宝刀血衣却是万万不能！"那白衣少年将血衣折好，放入怀中，道："张丹枫不见外人，这血衣宝刀，我与你交给他。"樊英道："这，这——"白衣少年突然反手一推，左脚一勾，樊英一个踉跄，向后跌倒；少年转身一跃，在樊英身将触地之际，又轻一推，将樊英推得转了个圈圈，身子却因此挺直起来，仍然站到原来的方位，这两个手法，精妙绝伦，樊英又惊又怒，只听得少年冷冷说道："这玄机掌法，你未见过也该听过吧？"樊英猛然一惊，记起张风府曾和他说起过张丹枫的玄机掌法，有内八圈和外八圈之分，能在最小的圈子里把掌力运用得收放自如，要攻敌人哪一部分，无不得心应手，看来这少年刚才所露的这一手，必是玄机掌中的内八圈无疑。樊英急忙问道："请问你与张大侠如何称呼？"

白衣少年却不答这话，反问道："凭这一手，你总信得过了吧？这宝刀血衣我代你送去，你不必多跑一趟了。"樊英道："这，这——"白衣少年道："这什么？"樊英道："我要将这血衣宝刀为凭，请张大侠代我索回官银。"白衣少年眉头一皱，道："什么官银？"樊英只好耐心将官银被蒙面大盗所劫之事和盘托出，白衣少年道："山东道上，居然有如此这般的蒙面大盗么？"樊英道："这蒙面大盗也就是那晚偷走于大人头颅的人！我瞧不出他的路数，此事非请张大侠来莫办。"

此言一出，白衣少年面色突变，跳起来道："偷走头颅的人就是他，好，此事也在我的身上。你和我去找他。上马！"樊英一阵迟疑，已被他推到马背上，中午时分，到了一个小镇，那少年道："此地已是山东境内。到蒙阴用不了三天，我给你买一匹马。"樊英正想说话，那少年嘱他在客店等候，旋风般跑出门去。待樊英吃过了饭，少年已另乘了一匹马回来。

看那匹马蹄斑白，毛色光泽，虽然远不及少年那匹白马，也不及阳宗海那匹御马，但若比起樊英原来的那匹黄骠马，却也并不逊色。樊英正在出奇：这少年竟然能在这样短促的时间，买来了一匹好马。那少年道："樊大哥，既然到了此间，我们也不迟在这一两天，我们合乘一骑，本无不可，官道上来往人多，给人见了，却怕要说我们小相。"樊英心中本无芥蒂，也并非定要与那少年合乘一马，见这少年如此郑重地解释，反而感到好笑。

这少年与樊英同行数日，任樊英如何转弯抹角地试探，总是不肯说出自己的姓名来历。樊英是个江湖上的大行家，熟知江湖上的禁忌，见这少年不说，便也不敢多问。

第三日到了蒙阴，那是樊英当日碰着蒙面大盗，被劫去官银的地方，樊英再三解释，那蒙面大盗在此做了案子之后，断无再守在此地之理，但那少年却还是要来寻找，果然探查了两三天，一点盗踪也探不到。第四日，少年还想到附近明查暗访，樊英笑道："再耽在这儿，岂不是守株待兔吗？"少年一翻眼皮，冷冷说道："那你就带我找他去。"樊英道："似这等巨盗，行踪无定，我怎能知道他的去处？"少年道："既然如此，那咱们就再到你被劫镖的地方走一趟。"樊英只得依他。被劫镖的地方是一个林子旁边,那条黄泥路上,连当日的马蹄痕都已没了。少年拔出剑来,拣那靠近路边的大树,刻了几行大字,樊英一看,几乎笑出声来。那几行字是:"号称大盗,实则鼠偷,做了案子,不敢出头。"如此做法,等于孩子吵嘴,故意激怒对方。樊英想那大盗,既敢做下巨案,自必老谋深虑,岂能像孩子般地不堪一激?

这一日的查探,自然又是落空。第五日一早,少年忽道:"此地在泰山之南,据我看来,那蒙面大盗的巢穴,多半在泰山之上。"樊英道:"泰山矗立中州,附近都是平原,山虽高却无险可守,历来大盗,极少在此安营立寨的,你若要到泰山去看名胜风景,那多的是,若要去找盗踪,那恐怕又是落空。"少年不听,樊英又只好依他。心中暗笑,这少年武功虽高,却是一点不懂江湖事体。

泰山号称五岳之一,孔子并有"登泰山而小天下"之言,其实比起中国的各大名山,泰山并不算高,只因山东地势平坦,有这么一座大山,便显得特别雄伟罢了。但正因其如此,泰山上的寺观建筑便比别的名山多,风景名胜也屡经人修缮,每年游人甚多(若像天山喜马拉雅山等之高出云霄,那就不可能有游客了),泰山脚下,也开有客店,接待登山游客。少年与樊英投宿,要了两间房,店小二便过来兜揽生意。

少年一开口便问道:"泰山上可平静么?"店小二怔了一怔,答道:"怎么不平静,若不平静,我们还能在此地开店么?两位是不是要上山游玩。我们这里有人可以陪你们去玩,只要五钱银子,省得你跑冤枉路。嗯,泰山上可看的地方可真多呢,有人带去,担保你不会漏了一处。"樊英点了点头,向少年微微一笑,少年不解他是暗含讥笑,也点头说道:"好极,好极!"

时当初春,泰山上杂花盛开,浓香满谷,山景果然秀丽,两人跟着向导,上"岱宗坊",上中天门,那向导不住地指点名胜古迹,滔滔不绝地解释:这是八仙桥,这是王母池,那是孔子登临处,那是水帘洞,那是歇马岩,那是元宝峰,少年与樊英无心观赏,不住地催那向导快走。

过中天门，看了"五大夫松"，据说那是秦始皇登山封禅，曾在树下避雨，所以把五棵松树封为大夫，听说原来的树已经死了，后人补种的也只剩下三株，其实没什么看头，游客却最多，少年更不耐烦，看了一眼便过，忽听得背后有冷笑之声，樊英回头一望，见一个道士陪着一个富商模样的人，指手划脚地似乎在那儿讲解五大夫松的来历，那富商笑道："有人登山，犹如赶集，如此游山，真不如躺在家里，睡他妈的春秋大觉还好，元任兄，你说是不是？"后一句话是对另一个同伴说的，那个叫做元任的摇头摆尾地说道："对极，对极。偷得浮生半日闲，忽闻春尽强登山。既上山来，便当尽情游览。"樊英看这两人所作的附庸风雅之状，几乎忍不住笑，白衣少年却狠狠地瞪了那两人一眼，忽道："我去一会儿。"樊英忙道："不可多事。"少年一溜烟地跑了，却并非去找那干人的晦气，而是到另一处乱石之后的隐僻所在，向导道："在山上小解不妨事的。"背转了身，樊英偷望，见乱石堆中，隐有火星飞起，心中又暗暗好笑，情知这少年哪里是去小解，敢情又是在石头上刻字去了。

少年回来把樊英拉后两步，悄悄问道："你看那两人是什么路道？"樊英笑道："依你看来，人人都与那蒙面大盗有关了。你刚才又是去留字骂人是鼠偷，不敢露头是不是？"少年笑了一笑，意似默认，却道："人不可貌相。那阳宗海难道不是扮成满身庸俗的商人模样吗？"樊英心中一凛，再看时那干人已不知到哪里游览了。樊英自己开解：世间哪能有几个阳宗海？

过了南天门，上天柱峰，那便是泰山最高处的玉皇顶了，山顶有个玉皇观，门面相当整齐，游人多到这里借宿。这时已近黄昏，樊英和白衣少年也借宿观中，樊英暗暗留心，却不见那一干人。

第二日一早起来，依白衣少年之意，便要回去。向导言道，凡有登泰山之人，未有不看日出的，樊英也道，既然来到，那也不迟在这一些时候，少年想了一想，也答应了。

在泰山绝顶看日出，果然别饶佳趣，东方刚现出鱼肚白，云层下面便抹上一层淡红的朝霞，远眺东海，一条条白色的水纹，像微风中飘动的彩带，突然一轮红日，似忽地从大海中跳出来，片刻之间,射出万丈光芒,山河大地都像披上了新娘红色的头纱,樊英长走江湖,却也未曾见过如此奇景,偶一回头,只见那白衣少年凝望云海,如有所思,眼角忽然掉下两颗泪珠,悄然吟道:"日出东南隅,大海耀明珠,谁知游子意,难报三春晖。"樊英略通文墨,却不解其中深意,只道是少年思念他父母,心中兀自暗笑:这少年到底是未出过远门的雏儿。忽听得侧面言笑喧喧,原来是另一群游客在右手边的"迎旭亭"下面看日出,其中便有昨日所见的那像商人模样的人,樊英心中一动,注视那些人,却是并无异状,渐渐爬上更高的峰顶去看日出了。

到红日升起,白衣少年已是意兴阑珊,匆匆吃过早点,便即下山,回到了客店,恰是黄昏时分,店小二出来迎接,问道:"客官游得如何,我给你保荐的向导可没错吧?"白衣少年哼了一声,樊英道:"还好,还好!"两人要了两间房,吩咐店家准备晚膳。

白衣少年回到房中,便骂那"不敢露面"的蒙面大盗,樊英走过来道:"老弟,你武功是高明极了,但在江湖之上,似乎不多行走吧?常言道得好:须防隔墙有耳……"话不说完,白衣少年便抢白他道:"哼,我若怕他,也就不来寻找他了,那号称大盗的鼠窃狗偷之辈,我巴不得他听到我骂他的说话。"越说越大声,樊英只好苦笑。忽听得外面也有吵闹之声,樊英道:"咦,怎么有这样凶的客人,咱们出去瞧瞧。"他是想借此机会,转移那白衣少年的注意,叫他不要胡骂。

外面来的三个客人,竟然是一个道士和两个乞丐,敢情是店家不让他们投宿,只听得那道士大骂道:"开馆子的不怕肚子大,开客店的不怕肮脏客,你是只看衣裳不看人的吗?为何不让我们投宿?"店小二道:"道爷,你要住房尽管吩咐,这两位花子爷,咱们的店规是不收留的。"那道士骂道:"胡说,天下哪有这样的店规?"那两个叫化子忽然笑嘻嘻地道:"道长,俗话说狗眼看人低,果然说得不错。"忽地面色一变,道:"你家花子爷不爱穿绫罗绸缎,你管得着么?""啪"地将一锭大银掷了出来,道:"花子爷的银子也是白花花的,并不比大爷们的银子缺了成色,你瞧清楚去!"

普天下的客店,虽然没有订明要何等样的客人才肯招收,但不欢迎乞丐投宿,那却是间间如此,不须说明的,而事实上也从未曾有过乞丐投宿客店之事,那叫化子一出手就是一锭雪白的银子,看来足有十两,店小二不觉呆了,半晌说道:"两位大爷既定要光顾小店,那也可以通融通融。"那叫化子又骂道:"什么通融?干脆说你愿不愿服侍大爷吧。"眼睛一瞪,那店小二道:"服侍,服侍!"赶快把那道士和两个乞丐准备上等房间。

　　白衣少年看得甚是好笑,和樊英回到房里,击桌说道:"那两个乞丐倒是妙人,骂得痛快。"樊英道:"这一干人若非侠客就是强盗,咱们不要在背后议论他们。"白衣少年道:"什么?你说他们是蒙面大盗的一伙吗?"樊英道:"这也未可料。"少年道:"好,那么我就要骂他们了。"樊英忙道:"天下异人甚多,也未必就是那蒙面大盗的党羽。"白衣少年道:"你怎么说话老是模棱两可!"樊英道:"我委实是不知道呀。你不要骂错人了。"白衣少年道:"好,那我不骂他们,专骂那号称大盗的鼠窃狗偷。"樊英拦阻不住,又只好苦笑。那少年骂了一阵,见没人答理,也就罢了。

　　第二日一早起来,店小二进来结账,白衣少年正待问他,那两个叫化子如何?樊英这时早已拾好行囊,过到少年房间等候他一同起程,那店小二却忽地捧出一个大红拜盒,说道:"今儿一早,有人将这个拜盒送来,叫我转呈两位大爷,说是请你们两位赏光。"樊英道:"什么人送来的?"店小二道:"他们说是武家庄的庄丁。"樊英"哦"了一声,却不打开拜盒,先把店钱结了,店小二道:"多谢,多谢,一路顺风,还有什么要小的做么?"樊英挥手道:"不用了。"店小二正要退出,白衣少年急忙问道:"那两个叫化子还在店中吗?"店小二道:"这两位花子爷一早就走了。呀,我可还真的没有见过这样阔气的客人!十两银子,不要找赎,全赏给我们了。"言下之意,实是想向二人多讨赏银,白衣少年却听不出来,笑道:"那你们受他一顿骂,也还值得。"店小二尴尬苦笑,一双眼睛却尽望着白衣少年,不肯退出,少年道:"咦,你还在这里做什么?"店小二道:"侍候你大爷。"少年正想说道:"不是早说过没事了吗?谁要你侍候。"却见樊英摸了一锭银子出来,道:"这赏给你,不必侍候啦。"

店小二退出之后，白衣少年笑道："樊大哥，你要和化子比阔气吗？"樊英道："咱们寻访那蒙面大盗以来，这两日才碰到一些异人异事，我瞧是有点眉目了。"不答少年适才那话，却捧着拜盒瞧来瞧去，白衣少年嚷道："你怎么还不打开？"

樊英关上房门，将拜盒放在桌上，拉白衣少年退到屋角，摸出一把匕首，少年道："樊大哥，你这是干吗？"樊英手心一旋，那把匕首打了一个弧形，斜飞出去，砉然声响，将那拜盒划开，盒盖跌在一旁，白衣少年莫名其妙，心道："开这拜盒，何用费如许力气？"只见樊英走去，将盒中拜帖拿起，笑道："这是真的了。"

白衣少年道："什么真的假的？谁的帖子？"樊英道："这是小金龙武振东的帖子，我与他不过泛泛之交，他却派人请我到他庄子去，还请了你，这倒奇怪了。"武振东是山东南面一个庄主，据说他少年时候曾做过独脚大盗，中年时候，洗手归隐，在乡下置了产业，建了一座好大的庄园，富甲一方，人言如是，是否属实，不得而知。这武振东极为仗义疏财，常年四季都有江湖上的朋友在他庄园寄食，所以人称"小金龙"，取龙能吐冰，济泽天下之意。白衣少年也似曾听过武振东的名字，道："既然是小金龙的帖子，那还有假的吗？"樊英道："老弟有所不知，武振东当然不会做假。但恐有人冒武振东之名送拜帖来，那岂可不防？所以我躲在屋角，用飞刀划开拜盒，若然有人弄鬼，那盒中必定藏有机关暗器，拜盒一开，暗器便发。如今一无所有，因此我才敢说这是真的。"白衣少年听了，暗自佩服樊英的细心。

樊英道："但仍有一事可疑。"白衣少年道："何事可疑？"樊英道："武家庄离此一百八十里，他的帖子约我们今日到他家赴宴，他怎知我们有两匹好马？老弟，你的马日行千里不足为奇，但通常的马，走一百八十里，可得两头见黑。"少年笑道："既然是这帖子不是假的，小金龙武振东难道还会无缘无故地设下陷阱，摆布我们吗？我说，细心固好，亦不必无谓猜疑，咱们马上赶路。"

白衣少年给樊英买的那匹马虽然算不得是宝马，但亦甚为健骏，不必樊英怎么鞭策，就放蹄疾跑，一刻不停，清晨动身，日头未落，便赶到了武家庄，樊英在离庄三里之地，即便下马，这是江湖上的规矩，表示恭敬之意，白衣少年亦依着做了。但见路上有诸色人等，都牵着马走向武家，樊英心中暗自诧异，看这情形，莫非是武家庄大摆筵席，广宴宾客，一抬头，忽见前日在泰山之上所碰到的那个商人模样的人，和那个"元任兄"，以及昨晚在客店闹事的那个道士以及那两个乞丐都在其内。白衣少年也"咦"了一声，樊英急忙悄悄说道："不可大惊小怪。"白衣少年横他一眼，意思是说：这个我还不懂？那一干人却并不回头，好像并不知道他们来了似的，巡进庄内。

樊英与白衣少年进入庄内，自有管事的招待，将他们带到一个花园之内。

花园甚大，摆了数十席酒，还是绰有余裕，中间还有个练武场，两旁犹有兵器架子，场上摆有石担石锁之类。那管事的将两人安置在东厢的一个房内，同席的人都不相识，但听得他们唧唧喳喳地谈论，互相探问小金龙武振东为何在今日大宴宾客？

他们坐的这席离开主席甚远，看来不过是将他们当作宾客，随便安置。坐不多久，筵席便开，只见一个年约六旬，长着三绺长须，壮老绅士的一个老者，站起来道："承蒙各位赏给老朽薄面，这次发出的英雄帖，除了元涵长老有事，柳定庵师父因病，寒江道长在湖南还未及赶回之外，其余的全都来了。今日算得是咱们北五省英雄的大集会了。承各位赏面，请先尽三杯。"樊英吃了一惊：撒英雄帖这是非同小可之事，想这武振东早已养老纳福，难道他还有什么图谋？

酒过三巡，武振东朗声道："在座的都是好朋友，我武某人少年之时，也曾做过没本钱的生意，不必忌讳。近来听说各寨之主，多有纷争，这很不好。依我之意，蛇无头而不行，因此请各位英雄到此，共推一位'大龙头'，咱们都听他的号令，一来是从此可避免纷争，二来不怕官军各个击破，三来是当今之势，瓦剌外扰又未除，尚为隐患，东南倭寇又起，而东北的女真族亦蠢蠢欲动，意图内侵，咱们有了龙头，若万一有外祸入侵，亦可各自保境。不知诸位意下如何？"在座的十之七八是绿林中人，但亦有从事正当营生的武林人物，甚至还有几个成名的捕头在内，听了之后，有人叫好,有人交头接耳地议论,有人沉吟不语。武振东双目环扫全场,双手一按,将嘈嘈杂杂的声音按了下去,又朗声说道:"这次推举龙头,虽然是以绿林豪杰加盟为主,其他白道上的朋友,各随其意加盟之后,大龙头亦绝不强迫他入伙,只是再不许与绿林中的豪杰为难,井水不犯河水,有事都可与大龙头商量,绝不让哪方吃了亏。"那几个成名的捕头听了,心中暗思,若然如此,倒也不错。若有了非追回不可的赃物,这就不必自己卖命了。要知成名的捕头,本身固然得有惊人的技业,但多半亦要与绿林中顶尖儿的人物有交情,这才能在不可转圜之时,套个面子。依武振东之言,举了"大龙头"之后,即是北五省的绿林,有人总负其责,对捕头亦有利便之处,因此立刻同声叫好,再无异议。

当下有人说道:"这大龙头自然是武老庄主当仁不让了。"武振东拈须笑道:"老朽二十年前已闭门封刀,哪还有雄心壮志。老朽心目中倒有一人,足以胜任,毕老弟,请出来与各路英雄相见。"此言一出,全场轰动。

各路英雄不约而同都跂起脚来,伸长颈子,要看这位绿林中的老英雄,小金龙武振东保举的是何等样人物?但见在武振东身边,一个身材魁伟的汉子,应声而起,浓眉大眼,短鬓如戟,年纪似乎还未到三十岁,双目闪闪有光。在场之人,过半数都怔了一怔,此人是谁?怎么从未听过?樊英却是吃惊不小,看这人的身材神态,不是那蒙面大盗还是谁人?

只听得武振东说道:"毕老弟虽然在绿林道上不到两年,但已声名大震,干下许多惊天动地之事。他曾棒打泺河三龙,独自杀败韩庄二虎,一手接了振威镖局总镖头的十二把飞刀暗器,劫了成亲王的二十万珠宝。不过这位老弟不欢喜露面,公门中人闻名丧胆的蒙面大盗就是他!"众人轰然大叫:"就是他,就是他!"敢情绿林中人,见过他真面目的亦为数甚少。武振东又道:"最近他又干了两桩惊人的事件,一件是劫了湖北解京的三十万两漕运,弄得那位贪富贵的武林败类贯居,现在要下不了台!"樊英心头一震,此事说的正就是他这一桩,武振东骂的那位"贪图富贵的武林败类贯居",正就是现居盐运使之职的他的义弟,武振东虽没指名骂他,樊英也觉面上热辣辣的好不惭愧。

　　武振东顿了一顿，接着说道："第二件事，更是惊天动地，于谦精忠为国，惨遭杀戮，天下义士，无不气愤。我们的毕老弟为此大闹京师，连斩大内卫士七名，将于谦的六阳魁首也盗了来，虽然救不了于谦之命，好坏也教他能够全尸而葬，只此一事，就足可以做我们北五省大龙头！"樊英偷眼一瞥，只见白衣少年面上变色，手摸剑柄，樊英连忙说道："贤弟别忙，且看他怎么说？"同席之人，都在听武振东的话，喝彩声响成一片，谁也没留意樊英和那白衣少年，那白衣少年放松了手，端坐席上，目不转睛地盯着那姓毕的人，面色凝重之极，平日那脸上总是流露着的那股孩子气，已丝毫不见。樊英不由得心头一震，看这白衣少年数日来的神情，又想起他在京城偷头之时，匆匆而来，匆匆而去的事情，这少年是十分急于要觅回于谦的头颅，看来他之要找"蒙面大盗"，敢情就是因为他不知道蒙面大盗偷头的用意如何？这少年和于谦又有什么关系？樊英对这少年的身世之谜，更是猜不透了。

　　只听得武振东又道："这位毕老弟虽然在绿林未久，但却也不是没有来历之人，他的父亲，想在场之人谁都听过。"众人纷纷叫道："谁？""谁？"武振东大声说道："他的父亲就是三十年前已经名驰江湖的震三界毕道凡！而今他继承了他的父亲是西北丐帮的少帮主，又是雁门关外金刀少寨主周山民的义弟，他的名字，叫做毕擎天！"听到此处，只见白衣少年眼睛闪了两闪，面有异容。正是：

　　数度相逢未识荆，而今乍听暗心惊。

　　欲知后事如何？请听下回分解。

第五回　壮志凌云　棒惊名剑客
　　　　妄言惹怒　剑刺大龙头

　　樊英见这情形，更增疑惑，低声问道："你认得他吗？"白衣少年好像全副精神都在注视那个毕擎天，心不在焉地答非所问道："嗯，原来他是震三界的儿子，怎么他不做和尚，却要当什么大龙头呢？"震三界毕道凡的家传规矩，凡是男丁，在成年之后，必要先当十年叫化，再当十年和尚，然后才能蓄发还俗，娶妻生子，毕擎天看来未到三十岁，若是依照他的"家规"，现在还正该是当和尚的期间。樊英大奇：这白衣少年恰像是初出道的雏儿，对江湖之事，一窍不通，却又偏识得许多成名人物的来历？

　　震三界毕道凡虽已逝世多年，英名犹在，武庄主点出了毕擎天的家世来历之后，四座纷纷谈论，对震三界那是人人佩服，但对他的儿子，虽说是干了许多惊人的事业，却到底是这两年才在绿林"立垛"的后辈，有许多人就不甘心了。樊英想道："绿林中人人为尊，不轻易服人，看来这毕擎天非得抖露一点本事不可。"

　　只见毕擎天双目一张，环扫全场，剑眉虎目，顾盼生威，朗声说道："当今天下，乱象已萌，自古云英雄出于草莽，肉食多为鄙夫，若要指望朝廷安邦定国，只恐有若俟河之清。因此武老庄主之言，要推举一位领袖绿林的龙头，那确是事不容缓。但说到要在下担当，却是惹人笑话，想座中多少英豪，几时轮到在下。"这话说来似是谦虚，但那口气，却是谁都听得出来，毕擎天心目中的大龙头与武振东所说的又不尽相同，那简直是隐隐以天下为己任了。

　　此言一出，场中更是轰动，武振东叫道："毕老弟何必谦让？"

前面那几席的一大群人也纷纷叫道:"自古道英雄出少年,这龙头一职,正该毕寨主担当。""有谁敢独力劫湖北盐运使的宝银?更有谁敢大闹京师,震惊海内?武庄主说得对,只凭这两件事,就该他做我们的龙头。"也有人叫道:"龙头大位,非同小可,毕寨主虽然年少英雄,在绿林似乎资历还浅!"又有人叫道:"谁不服的冲着我来。"看来那些人是极力推戴毕擎天的中坚人物。

嘈杂中忽有一人越众而出,笑嘻嘻地道:"谁做龙头我都马首是瞻,但小弟是个生意人,要我甘心情愿地做伙计,也得让我知道他有多少本钱。"樊英一瞧,正是前日在泰山所遇的那个商人模样的人。这人刚一说完,立刻有人跳上前道:"钱财不可露眼,有大本钱的人岂肯随便摊给你瞧?俺花子爷身上有两个大铜钱,够你吃烧饼稀饭,你要不要瞧?"这人正是昨日大闹客店的那个叫化子之一,此言一出,全场都笑了起来,商人大怒,叫道:"好呀,有两个小钱居然也敢请客了?"立刻亮出兵刃和他动手。

商人的兵刃出手,全场人等都觉眼睛一亮,只见金光闪闪,原来他使的竟然是黄金所铸的一把大算盘,有人叫道:"咦,怎么他也出来了?"白衣少年道:"他是谁?"说话的那人道:"你这位小哥年纪还小,怪不得认不出他。他也像武庄主一样,曾经是独脚大盗,做了几票大的,却忽然洗手不干,拿去经商,他做强盗不错,做生意更不错,不到十年八年,就身家百万,连知县知府都巴结他,知道他做过强盗的本来就少,如今更是令人都叫他做钱百万,没人敢说他是强盗了。他呀,他叫做钱通海。"另一人道:"是呀,这真奇怪,他有了那么多钱,却不在家纳福,到这里争这口闲气作甚?"白衣少年听了,对樊英微微一笑,樊英心中惭愧,凭他多年江湖的经历,在泰山顶上,对这个钱通海,竟然也看不出来。

白衣少年道:"这叫化子又是谁?"那人道:"这叫化子是丐帮的副帮主毕愿穷,是毕道凡的疏堂侄子。"白衣少年笑道:"这名字倒有趣,不愿穷却偏偏穷了。"

叫化子使的是一根竹棒,敢情那是行乞之时打狗用的,两人兵器,一个豪华之极,一个寒酸之极,相映成趣。钱通海的金算盘善能锁拿兵刃,招数甚为怪异,毕愿穷的竹棒也使得溜滑非常,两人斗了二三十回合，钱通海向前一砸一拉，算盘珠子哗啦啦作响，毕愿穷"呸"了一口道："有几个钱臭美么？"钱通海的算盘一砸，看看就要把毕愿穷的竹棒拉出手去，却不料毕愿穷突然"呸"的一口浓痰，钱通海做惯富商，不比昔日在江湖行走之时，百秽不惧，一见浓痰飞到，生怕被它溅及，不由得赶紧把算盘撤回，飞身急闪，只听得当的一声，竹棒在算盘上打了一下，算盘的柱子本来是深嵌在黄金之内，被竹棒一敲，竟然震动起来，钱通海反手一砸，毕愿穷"呸"的又是一口浓痰，待得钱通海闪身躲避之时，他又在算盘上"当"地敲了一下。

　　白衣少年和樊英都已看了出来，论招数的精奇，那是钱通海高明得多，不过毕愿穷气力较大，而且他一到竹棒将要被夺之际，就来那么一口浓痰，往往反败为胜，白衣少年笑道："这岂不是耍无赖么？"先前说话的那人道："对付钱通海，这样戏弄他一下正是痛快。"樊英听周围说话的口气，似乎对钱通海很少好感。

　　又斗了二三十回合，毕愿穷仍然是如此这般地耍无赖，钱通海越来越怒，待得毕愿穷又使劲地在他算盘上敲一记时，他忽然把算盘一震，也不知是使的什么手法，竟有两粒算盘珠子飞了起来，金光闪闪，流星飞出，只听得那叫化子哎哟一声，双腿一弯，跪倒地上，原来是给打中了腿弯的穴道，钱通海冷笑道："求饶了吧？"一脚踹下，想把毕愿穷再踢一个筋斗，然后才好取回那两粒金珠。

　　毕愿穷忽然一跃而起，左手把那两粒黄金珠子抛上抛下，右手撑着竹棒，一跳一拐的，倏忽就钻进人堆之中，哈哈大笑道："世上多少人见钱就拜，我看金子的面上也跪你一跪，那还是我有便宜。"众人见他分明被打中穴道，竟然还能纵跃，无不称奇。

　　只见场中人影一闪，一个黄袍道士倏地从席中跃起，跳进场心，身法之快捷利落，比那叫化子更胜了几分。白衣少年道："樊大哥，你看，昨日在客店投宿的这个臭道士原也是能人。"

　　钱通海心中一凛，金算盘当胸一立，未发招先防敌，强笑说道："玄瑛道长，来凑热闹么？"钱通海叫出这道人的名字，在场人等除了几个认识玄瑛道人的之外，余众都是大吃一惊，这玄瑛道人是山东上清观的观主，武功据说深不可测，但无人见过，他在山中

· 75 ·

主持道观，根本未曾在江湖上走动过，说得上是个跳出红尘的世外高人，却不料今日也来了。

只见玄瑛道人仰天一笑，淡淡说道："贫道是化缘来的。这里的人要数你老哥最有钱，没奈何只好向你化缘了。"钱通海道："好说，好说。道长要银子用么？"玄瑛道人道："你老哥出手豪阔，银子有什么稀奇，我要金子，你也不必回宝号去取。这算盘的珠子给了我便成。"钱通海知他存心较量，冷冷一笑，说道："道长既要化缘，那就自来取吧。"金算盘扬空一荡，珠子上下走动，哗啦啦一片声响。

玄瑛道人道："好，你既如此慷慨，我也就不客气了。"取下一柄拂尘，迎面就是一拂，钱通海把算盘翻了一翻，意欲将他的拂尘绕上算盘的柱子，玄瑛道人笑道："好呵，多谢了！"拂尘一缩，钱通海只觉虎口发热，眼前金光闪闪，已有三粒金珠给他卷去。

钱通海大吃一惊，这玄瑛道人手法的怪异，竟是平生仅见。心虚胆怯，不敢进招，只是紧紧封闭门户，钱通海在这算盘上下过几十年功夫，只守不攻，左避右闪，道人的拂尘穿不到他算盘柱子中间，钱通海心中稍定，忽听得玄瑛道人又笑道："你出了几粒金珠就心痛了么？不行，不行！"倒转拂尘，向他眉尖一点，势如闪电，这眉尖若给他点中，双目立即失明，钱通海知道厉害，急忙霍地一个"凤点头"，算盘斜荡。岂知道这一招却是虚招，故意迫得他将算盘迎上，只见他拂尘一拂，又是两粒金珠飞出，他展袖一接，金珠恰恰落在他的手中。钱通海要想罢手，无奈给那道人缠着，脱身不得，片刻之间，又给他卷去了十多粒，只听得叮叮当当之声，不绝于耳，玄瑛道人不住口地数道："一、二、三、四……"不多一会，已数到四十九，算盘有十三柱，每柱七粒珠子，除了被毕愿穷收去两粒外，尚余八十九粒，如今却被这道人在片刻之间取去四十九粒了。

钱通海气得哇哇大叫，猛地喝道："好呀，我与你拼了！"算盘一推，用力一震，剩下的那四十粒黄金珠子纷纷飞起，四面八方，一齐向玄瑛道人激射，这是"满天花雨洒金钱"的手法，钱通海竟然能把算盘的十三柱珠子如此运用，这暗器功夫确是别开生面，许多讨厌钱通海的人,也禁不住大声喝彩!

但见玄瑛道人飞身一掠,并不退避,反而向着金珠迎去,哈哈大笑道:"钱大爷,如此慷慨,贫道也就不客气了!"双袖齐挥,一伸一缩,霎忽之间,将满空乱飞的黄金珠子卷得干干净净,竟无一粒留下,钱通海面色灰白,站在场边,提着那把没有珠子的算盘,做声不得!

玄瑛道人微微一笑,正待说几句场面说话,在满场喝彩声中,忽听得一人阴恻恻地说道:"如此强化,教人血本无归,我就看不过眼!"声音不高,但却刺耳非常,满场喝彩之声,都压它不住,玄瑛道人一愕,说时迟,那时快,但见人丛之中,突然飞起一个庞大的身躯,竟从无数人头上飞过,倏地落到跟前,朗声说道:"钱老弟,你别走,我给你讨还金珠!"

只见那人披着一件狐裘,头戴风帽,俨然是一个百万富商的打扮,樊英心头一震,只听得武振东已先嚷出来道:"阳大哥,怎么你也来了?这位玄瑛道长是好朋友!"这人非他,正是曾与白衣少年交过手的那个阳宗海!但见白衣少年也微微一震,手摸剑柄,但随即又注目斗场。

阳宗海是当时的四大剑客之一,江湖上谁人不知,但因他向在四川云贵一带,中原的武林人物,认识他的却不多,这时听得武庄主嚷出他的名字,都不禁愕然。只听得阳宗海冷冷说道:"什么好朋友,钱老弟是正经的生意人,我只知道要替他讨回本钱!"话未说完,刷地就是一剑!

玄瑛道人料不到阳宗海如此不给面子,说动手便动手,心头火起,想道:"你虽是闻名的大剑客,难道我就怕你了?"拂尘一绕,迎着他的剑柄一缠,这一招名叫"乌龙绕柱",是玄瑛道人三十六手天罡拂尘手的得意招数之一,善能夺人刀剑,不料阳宗海剑把一翻,似左似右,飘忽之极,玄瑛道人稍一迟疑,突见青光一闪,快逾飘风,"嗤"的一声,玄瑛道人右边的衣袖已给刺穿,藏在袖管之中的金珠哗啦啦地撒满一地!

玄瑛道人大怒,使个"盘龙绕步"的身法,抢向阳宗海的右侧发招,阳宗海冷笑道:"牛鼻子道士,你抢来的财物也舍不得吗?"反手一剑,刺他右肩的琵琶骨,玄瑛道人微微一让,拂尘迎上,哪知阳宗海的剑法端的怪异非常,剑到中途,突然一转,只听得"刷啦"一声,玄瑛道人左边的衣袖又给他刺穿了。

哗啦啦一片声响,藏在玄瑛道人左边袖管中的金珠又撒满了一地,全场人等无不吃惊,要知玄瑛道人的武功,在他们眼中,已经算得是第一流的人物,哪知碰上了阳宗海,连接两招,剑无虚发,就把他的两个袖管刺穿。玄瑛道人怒气更增,但却力持镇定,脚踏五行八卦方位,一柄拂尘,不住地遮拦招架。本来玄瑛道人的武功,与阳宗海虽有距离,但却不至于相差得如是之远,只因他双袖藏有金珠,跳跃不便,故此一交手便吃了大亏,而今撒了金珠,反而能够有攻有守了。

玄瑛道人为着要挽回面子,不停地觑着机会进袭,阳宗海忽地喝声"着",剑尖一挑,玄瑛道人急忙跳起,心中正自惊讶,这一剑的来势,并非刺他要害,实是甚易躲避,何以他口出大言,先行喝"着",忽见金光一闪,原来阳宗海已挑起一粒金珠,向钱通海掷去,钱通海站在场边,伸手一接,将金珠装入算盘,阳宗海这两下手法,干净利落,竟能用剑尖的劲力,挑起地上滚动的金珠,这内力收发自如,确是难能之极!

场中响起一片喝彩声,阳宗海越发卖弄,但见他挥剑如风,迫得玄瑛道人不住地左避右闪,而他则每发一招,趁玄瑛道人一闪之时,他就挑起一粒金珠,玄瑛道人虽然明知他的用意,但却是无法拦挡,只听得叮叮之声,不绝于耳,就如刚才玄瑛道人卷去钱通海的金珠一样,只是如今主客易势,阳宗海挑起一粒,就震剑弹给钱通海,一收一发,片刻之间,地上的八十九粒金珠,都物归原主,嵌入了钱通海的算盘上,玄瑛道人面色铁青,收了拂尘,奔到毕擎天面前,稽首说道:"贫道无能,反丢了寨主的面子,请恕我先走了!"不听武振东和毕擎天的拦阻,径自走了。

玄瑛道人这几句话,自然是含有要毕擎天替他挽回面子的意思,全场人等又不约而同地注视毕擎天,看他如何说话。阳宗海却似毫不在意地弹剑长啸,忽地向钱通海道:"贤弟,你的本钱都收回来了吗?"毕愿穷哈哈一笑,钻出人丛叫道:"要有钱人挖腰包真是难于登天，好吧，既然有阳大爷出头，我这穷化子，只好把到口的东西也吐出来了。"双指一弹，两粒金珠破空飞出，钱通海武功在毕愿穷之上，趁势卖弄，将算盘往上一迎，两粒金珠端端正正地落在一根柱子上，他顺手一接，将珠子穿入金柱，金算盘恢复原状。

毕愿穷嘻嘻笑道："有钱的大爷，本钱已收回了，你难道还要利钱吗？"这话其实是请阳宗海早走的意思，阳宗海伸出双指，在长剑上铮地弹了一下，淡淡说道："不错，咱们做生意的当然是还要利钱！"

此话一出，全场震动，武振东心道："莫非他也想争这大龙头的座位？他武功虽高，行事却是不大正派，若教他做了北五省绿林的大龙头，大事可就糟了。"场中抱着同样心思的人大约还真不少，所以在阳宗海露了这几手惊人的武功之后，所获得的彩声反而寥落，喝彩的少数人，敢情多是他的党羽。

只见毕擎天缓缓而出，走到阳宗海的跟前，双眼一张，目光如剑，直射到阳宗海面上，阳宗海冷冷说道："大龙头有何见教？"毕擎天仰天打了一个哈哈，言道："想毕某末学后辈，哪敢当这大龙头之任？只是我这位兄弟乃是一个穷叫化子，他哪有利钱给你？没奈何只好我替他付了。"阳宗海大笑道："好极，好极！那我就不客气向你讨了！"话声未了，刷地一剑，就直刺毕擎天咽喉下三寸的"璇玑穴"。

毕擎天回身棒起，"呼"地一声，抖起一个碗口大的棍花，将阳宗海的长剑格开，手起棒落，身形未换，就是一招"武松打虎"，劈肩扫胯，阳宗海笑道："好快！"长剑一挑，剑光棒影之下，只见毕擎天跄跄跟跟地向前直扑几步，这才收得住棒势，而阳宗海也向后连退几步，才稳得住身形。原来阳宗海想用阴柔的粘沾之劲，借他的阳刚之力，将他的棍棒扭过来，叫他重重地跌一跤，若然两人所用的劲道相差无几，或者毕擎天的劲力虽大，但却不能使用巧劲，那就非大吃其亏不可，却不料毕擎天天生神力，这一招"武松打虎"，有若金刚猛扑，勇不可当，阳宗海虽把他扯了过来，但自己亦禁不住这股神力，给他震退；而毕擎天见势不好，在棒剑一触之际,立即棍尖一弹,向左稍歪,用巧劲止住了前倾之势,故此两人虽各给对方带动,但一个前扑,一个后退,又都不能趁敌人身形未稳之际,即施攻击,故此这一招虽是险极,但却未分出输赢。

两人一个盘旋,又是剑飞棒起,只见剑似游龙,棍如飞凤,杀得个难解难分。在场的各路英豪,看得惊心骇目,又都不禁暗暗惊奇:看这毕擎天还不到三十岁的年纪,居然能与成名的大剑客赌胜争锋,走了五十来招,丝毫未显败象。

但听得阳宗海一声长啸,剑法倏变,只见剑光缭绕,有如水银泻地,花雨缤纷,一口剑就如化成了数十百口一般,在毕擎天的身前身后,身左身右,交叉穿插,毕擎天虽是棍重力沉,却似是给他这路剑法所困,渐渐有点应付不暇,钱通海在场边嘻嘻冷笑,把算盘珠子拨上拨下,自言自语道:"这利钱是付定了!"

毕愿穷在场边也嘻嘻冷笑,自言自语道:"这利钱是付定了,但却不知是谁付呢?"钱通海怒目横视,毕愿穷笑道:"有钱的大爷,我可惹你不起!"抱头一缩,挤入了人丛之中。

钱通海给他这么插科打诨地搅了一阵,再看斗场,只见形势又变,阳宗海的剑势虽然仍是凌厉之极,但那毕擎天也改了棒法,适才他出手全用阳刚之力,如今却但见他舞动杆棒,旋转绕身,好像全是防守,并无一招进攻,但在场的行家看来,他这柄杆棒盘旋起伏,作的都是柔劲的圆形或半圆形,竟把一条杆棒使得如同软鞭一样,这可是非同小可。武学有云:"枪怕圆,鞭怕直。"枪杆是同一路数,即是说若有人能把枪杆运用得如同软鞭一样,成为圆形,那就非极度小心,谨慎将事来应付不可了。果然如此一来,阳宗海登时减少了嚣张之势,剑招渐趋缓慢,东一指西一划地好像挽着千斤重物似的,白衣少年悄悄说道:"这位阳大总管居然运用起最上乘的内家劲力了,且看他如何破这路棒法。"

话声未了,忽听得咔嚓一声,剑棒相交,火星乱发,毕擎天的棍棒脱手飞出,众人哗然大呼,但就在这一瞬之间,只见阳宗海也怔了一怔,凝立不动,竟不敢乘机攻袭,毕擎天身手何等快捷,也就在这一瞬之间,飞身一掠,便把棍棒抄在手中,就在半空中舞起一个斗大的棍花，宛如巨鹰飞啄，呼地一棒当头劈下。

原来若论本身气力，那是毕擎天大得多，但论到内功的修养，却是阳宗海深厚，而且阳宗海比他经验丰富，善能借力破力！适才那一招，他顺着毕擎天的棒势一截，用上了八九分气力（高手比武，气力不能使尽，否则敌人趁机反扑，便无法持续，用到八九分气力，那已经是到了极限了），本以为毕擎天的这条杆棒非折为两段不可，哪知毕擎天的这条杆棒，乃是他父亲遗给他的，世代相传的宝物，这条杆棒名为"降龙棒"，是用南天山之上的降龙树所造，坚逾金铁，当年张丹枫和毕道凡比武，张丹枫所使的是一口宝剑，尚自不能削断此棒（事见拙作《萍踪侠影录》），何况阳宗海所用的只是一把比普通刀剑较为锋利的兵刃，所以这一招，阳宗海虽然能用内力把杆棒震飞，但他的利剑亦给杆棒碰了一个缺口，毕擎天的气力又大，两刀一撞，棒既不断，剑便回旋，阳宗海的虎口也给震得流血。这一招是毕擎天占了兵器的便宜，但他的杆棒脱手震飞，人所共见，阳宗海虎口流血，却无人知道，所以说来还是他较吃亏，只是接着这一棒打下，立刻又使得满场皆惊。

只见阳宗海长剑一挺，剑尖抵着棒端，毕擎天这凌空一击，何等厉害，在半空中已挟着呼呼的风声，众人都以为这一次剑棒相交，必定比上一次还要激烈，哪知双方的兵器一接，竟是寂然无声，毕擎天的降龙棒就像粘在阳宗海的剑尖上似的，人也落不下来，只听得阳宗海大喝一声，跨前三步，长剑一甩，毕擎天连人带棒，粘在他的长剑之上，身子悬空，竟似陀螺旋转不停，在场群豪，莫名所以，无不惊诧。

白衣少年与武振东等武学深湛之士自然明白，这是阳宗海有心和毕擎天较量内力，将"粘劲"和"掤劲"连同使用，以力借力，以巧降力，这正是最上乘内家功夫，哪知毕擎天的功力虽较阳宗海稍逊，但他这凌空一击，自上而下，劲道较在平地上发招几乎强了一半，再加上他本身的重量，使劲下压，这一棒之力，何止千斤！阳宗海虽然将他的来势用巧劲卸开，但到底还是感受着当头重压，粘是粘住了，"掤"却掤不开，竟变成了僵持之势。

但是阳宗海不停地在场中绕着圆圈，长剑一伸一缩，毕擎天在上面也不停地打转，阳宗海甩他不动，他也没办法自己下来，不多时，两人都是满身大汗。

武振东暗呼不妙，看这情形，虽然暂时还是相持之局，但时间一久，那却定是毕擎天吃亏，因为毕擎天厉害之处，乃是在刚才的凌空一击，一击未能收劲，身子悬空，就不易使力了。

武振东眉头一皱，走出场中，对阳、毕二人一揖说道："两虎相斗，必有一伤，阳大哥和毕贤弟都可以罢手了。"两人似视而不见，听而不闻，看情形是两家都在倾尽全力，运劲相持，罢手不能。武振东又道："阳大哥，你是成名的剑客，毕贤弟乃是后辈的英雄，阳大哥你一向在西南发迹，若然是有意到北方地头开山立寨，这大龙头之事可以好好商量呀！"武振东并不知道阳宗海已经做当今的大内总管，只以为他有意和毕擎天争大龙头之位，故出此言相劝，用说话点醒阳宗海，请他注意自己成名剑客的身份。

哪知阳宗海全然不理，他如今已占了上风，哪肯收手，只见他的圈子越绕越急，毕擎天连人带棒附在他的长剑之上，就像一叶轻舟，在狂涛骇浪之中颠簸起伏，情势越来越险，武振东拿他没法，想出手解开，自忖又没有这份功力。

正当全场人等惊心注目，武振东踌躇无计之际，忽听得一声清脆的声音说道："人家是阳大总管，才不稀罕你的大龙头呢！"话声未了，只见一朵金花，在空中一闪，"铮"一声，恰恰打中了阳宗海的剑尖。

这一下恰到好处，阳宗海的剑尖一歪，毕擎天在半空中一个盘旋，飞身掠下，只见一个白衣少年，衣袂飘飘，越众而出，那金花暗器自然是他所发的了，场中群豪，连武老庄主在内，都无不惊诧，瞧这少年年纪轻轻，竟居然有这份功力！其实白衣少年这一手飞花解困，所用的全是巧劲，趁着阳、毕二人的内力相推相接之际，他的暗器恰恰在这两股大力之间轻轻一碰，所用的正是武学中"四两拨千斤"的道理，故此便能将两大高手一下分开，其实论起功力，他比阳、毕二人相差尚远。毕擎天自是明白其中道理，但见那少年运用得如此巧妙，暗器打得如此之准，竟然不差毫黍，心中也是极为佩服。

那白衣少年缓缓走出,一双俊目在场中一扫,最后盯着阳宗海问道:"阳大总管,我可没有说错你吧?你服侍皇上只怕还分不过身来呢,哪有工夫做北五省绿林中的大龙头?"

此言一出,全场震动。须知阳宗海接受祈镇之聘,做大内的总管,还未够一月,且是在祈镇复辟的前夕,当时祈镇还被囚南宫,成败尚未可知,所以聘请阳宗海之事,极为秘密,除了陆展鹏等有限几人之外,江湖之上无人得知,这少年一口将阳宗海的来历道破,武振东首先问道:"阳大哥,这是真的?"场中各寨寨主更是纷纷议论,有的表示怀疑,有的勃然动怒,有的发语冷消,有的向旁人探问,场中登时混乱。

阳宗海傲然说道:"你这里推举龙头帮主,强者为王,我做什么,与此事何涉?"武振东勃然变色,仰天打了一个哈哈道:"井水不犯河水,山野之夫不敢陪伴贵人,阳大总管,恕我失敬,也请恕我不敢招待你了。"阳宗海一看,只见各寨寨主都手按兵刃怒目而视,心知武振东虽不敢明目张胆反抗朝廷,但各寨寨主都是亡命之徒,什么事做不出来,他虽武功高强,在众目怒视之下,也不觉心亏胆怯,当下将长剑一收,干笑两声,掩饰窘态,对钱通海道:"好呵,原来这里的大龙头不是以技压当场,没本钱的也做大生意,咱们还在这里做什么?咱们是正经的生意人,只好走了!"毕愿穷在场边冷冷说道:"什么正经的生意人?捧着皇帝老子的腿想升官发财那是真的。"也有人喝道:"什么技压当场?你也没赢了毕寨主,哼哼,还是成名的大剑客呢?留下来咱们再比划比划!"喝骂声冷消声响成一片,阳宗海不敢回头,携着钱通海等一班党羽走了。众人这才明白,钱通海虽然身家百万,号称富商,原来心还未足,又巴结上了大内总管,敢情他是富则求贵,还想做官呢。

武老庄主正想说话,忽见那白衣少年拔出一把精芒四射的短剑,向着毕擎天一指!

武振东怔了一怔,心道:"难道这乳臭未干的小哥儿也要争夺大龙头之位?"只听那白衣少年道:"你做龙头我不管你,但你做龙头之前,可得把偷去的东西交还出来!"武振东大奇,心道:"毕擎天可偷了什么东西?毕擎天不做案则已,一做案非有上万两的银子不肯动手，那不是偷，而是明目张胆的'劫'，莫非这少年受了哪个事主所托，要向毕擎天讨还被劫的银两么？"忙道："这事好办，都在我的身上，还你好了。"

白衣少年冷笑道："他欠我一颗人头，你还得了么？"武振东莫名所以，吓了一跳，毕擎天道："人头是你的么？"白衣少年忽地眼圈一红，道："你还不还？"毕擎天双手一摊，道："现在要还给你，可也真难！"白衣少年面色倏变，刷地就是一剑，毕擎天轻轻一架，不料白衣少年剑法迅捷无伦，霎时之间，就在上下中三路，接连刺了九剑，毕擎天一被他抢了先手，登时受困，好不容易才解成平手，但见那白衣少年剑势如虹，变幻莫测，着着进攻，若然只论剑法，竟比阳宗海还要精妙得多！

武振东叫道："这位小哥，你有什么过不去之事，说出来大家听听。杀人不过头点地，我叫毕寨主向你摆酒赔罪，替你主持公道便是了。"在武振东之意，还以为毕擎天是真的杀了什么人，而这人和白衣少年有关系，故此前来寻仇，这也是江湖上常有之事，不足为奇，所以出言劝解。

不料白衣少年毫不答话，运剑如风，仍是强攻猛搏，毕擎天使个"金龙戏水"的招数，降龙棒左右一个盘旋，将白衣少年的短剑迫住，大笑道："你现在还当我是鼠窃狗偷么？"白衣少年道："偷了东西便跑，也算不得什么好汉。人头你到底还是不还？"说话之间，又过了数招，毕擎天哈哈大笑道："你要一颗人头有何用处，我还你全尸，你要办的事情我早已替你办了。"白衣少年短剑一收，道："真的？"毕擎天道："我舍了性命，拿来人头，难道是当耍的吗？"白衣少年眼圈又是一红，道："如此说来，那你便是我的恩人，咱们不再斗了。"

在场人等，不明其中缘故，无不奇怪。武振东心中想道："人头大事，怎么忽然却又罢手了？"但天色已晚，先推定大龙头之事最为要紧，而且与那白衣少年刚刚相识，也不便多问，便道："毕寨主见识过人，武艺高强，适才大家都见着了。他做大龙头，可有人不服的么？"在场的各路英雄，轰然叫好，毕擎天还待推让，武振东道："众家寨主一致推戴，贤弟你也不必客气了。"白衣少年忽然又拔出短剑,道:"且慢,我还有话说。"

武振东眉头一皱,甚怕这白衣少年又生事端,果然听得白衣少年一开口便说道:"大龙头,我还有一笔账要与你算算。"毕擎天眼睛一眨,大笑道:"你这小哥儿,可也真算得多事,冤有头,债有主,事主就在这儿,要你替他说话?"武振东又是一怔,毕擎天似乎早已知道这是什么账,指明要当事人出来了。

只见一个粗豪大汉应声而出,满脸虬须如戟,双目炯炯有神,场中早有认识他的人叫道:"宁花斧樊英!"但见樊英双拳一拱,朗声说道:"毕寨主,咱们在泰山南面已会过了,今幸识荆,那一笔三十万两官银可能赏面赐还吗?"此言一出,场中群豪登时又骚动起来,"怎么宁花斧樊英就是那笔官银的保镖?""这事情可真是意料不到,哦,原来武庄主刚才所说的那笔湖北盐运使解京的漕运,就是毕擎天在樊英手中劫去的,这可有热闹瞧了。"樊英是武学名家之后,为人正派,在江湖上也颇有名气,此事一经说出,众人代毕擎天设想,都觉大是为难。按说为了结交樊英这么一个朋友,那三十万两银子应该交还,可是按照绿林的规矩,这种官银既然劫到了手,就不能吐出,何况湖北盐运使贯居又是贪图利禄的武林败类。若然因此依循情面,将银两交还,岂非办事不公,有失绿林威望?

众人都在看着毕擎天,看他如何发付,樊英面上一阵红一阵白,见毕擎天久久不语,讷讷说道:"此事说来有愧,但小弟实是另有苦衷,我本托了张,张……"毕擎天双目一张,忽地纵声大笑道:"我知道那狗官是张风府的把侄,但此事若说与张风府得知,张风府也未必认他是侄子。况且我毕某人还有一个脾气,我做的案子,你就是托了武林中顶儿尖儿的人物前来说项,我毕某人绝不吃这一套,你就是托了泰山来压我,我也不服!"樊英本来想说的是张丹枫,毕擎天却误以为是张风府,反而说了樊英一顿,樊英更是尴尬,白衣少年面上变色,手指又摸剑柄。忽听得毕擎天又是哈哈大笑道:"但我看在你能接我三棒巨灵棒的硬份上,这事情倒是有得商量。"樊英忙道:"那么,我就听寨主示下了。"

毕擎天双掌一拍,叫道:"将人带来!"众人都在看着毕、樊二人,不留神那毕愿穷不知在什么时候,已带了一个顶戴整齐的官儿从人丛中钻了出来,嘻嘻笑道:"升堂,升堂!湖北盐运使大老爷来了!"

樊英吃了一惊,那官儿可不正是自己的把弟贯居!只见贯居面如死灰,身躯颤抖,失惊无神地在众目睽睽之下,看看毕擎天,又看看樊英。那情形就像一个被押上法场的死囚一样。

毕擎天大笑道:"樊大哥,我将你的把弟从盐运使的衙门里请来了,这可够朋友了吧?"樊英又惊又气,惊者是贯居的武功亦非泛泛,衙门里更是防卫森严,毕擎天竟然能从数千里外的湖北盐运使衙门中将他缚了来,这可真比在大内盗宝还不容易!气者是他竟一点不留情面,官银未见交还,反而将贯居也押来了,这岂不是要他们当场丢脸!

毕擎天笑道:"贯大人,这几天可委屈了你呵!"贯居见此情形,自料难免,反而比先前镇定,抗声叫道:"我是朝廷命官,宁死不辱,你要杀便杀,何必多言!樊大哥,后事我托付你了,张世伯那儿,也烦你去报讯了。"他临死之前还托出张风府的名头想吓吓毕擎天,却不知张风府早已血溅荒村,与四名大内高手同归于尽。

樊英平素不值贯居的所为,但到底是几代世交,禁不住泪咽心酸,正想发话,与毕擎天一拼,忽听得毕擎天又大笑道:"什么朝廷命官?朝廷正在追究你呢!我如今若放你回去,你交不出那三十万两官银,可得全家处斩!哈,你死不足惜,累了你的妻儿,这可是你朝廷的'恩典'哪!"贯居给他一吓,知道朝廷法制极严,他的说话可是一点不假,缴不出官银那真是抄家灭门之祸,不禁又吓得面青唇白,不由自己地低声说道:"请寨主开恩,我谢寨主的恩典。"

毕擎天看了樊英一眼,笑道:"你做了三年盐运使,积下的钱也不少了呵!"贯居道:"哪,哪,哪有什么钱,不多,不多。"他料不到毕擎天有此一问,语无伦次。毕擎天大笑道:"你的身家一共是十五万六千四百两银子,不连你在故乡新起的那间大屋在内,这数目我没说错吧?"贯居大吃一惊,料不到他比自己还要清楚,只得说道:"不错,不错。"毕擎天笑道:"我如今看在你樊大哥的面上,这笔官银,我已替你缴到京师去了,你没事啦!"

这一下可真是喜出望外,贯居呆在场中,说不出话来。忽见毕擎天面色又是一沉,道:"但你那些不义之财,也不能就此由你享用,这三十万两官银,我实是替你缴了一半,那另一半就是拿你自己的身家去填补的。我让你留下一座大屋,另外六千四百两银子,也足够你下半世过活了。你的盐运使肥缺早已被朝廷开革,谅朝廷今后也不会再用你为官了。这倒是救了你呵,你服不服?"

这话是向贯居所说,其实却是说给樊英听的。樊英大为心服,他曾好几次劝贯居不要为官,贯居总是不听,想不到毕擎天却用这种釜底抽薪的手段,叫他永不能为官,这确是"救"了他。贯居虽然心痛,但得保全性命,亦已喜出望外,不住价地点头道:"服了,服了!"

不但贯居亲口说出"服"字,场中各路英雄亦无不心折,毕擎天笑道:"贯大人,你可以走了,不过你这一身二品大员的顶戴服饰,一到外面,还是换了的好。愿穷,你送他出门。"贯居在官场混得久了,不自觉地双腿并拢,垂手应道:"是,谢朝廷,不,谢寨主恩典!"竟是一副下属对上司的口吻,绿林群豪,无不失笑。毕愿穷嘻嘻哈哈,两手作击鼓之状,口中唱道:"咚,咚,咚!"唱一声,打一下,大叫道:"大老爷退堂啦,咚,咚!"贯居哭笑不得,毕擎天道:"别闹啦。"樊英道:"我也送二弟一程。"毕擎天盯了樊英一眼,微笑道:"老樊,你们哥儿俩可不要走到一路呵,我还在这里等你回来。"樊英心中一凛,此话大有深意,于是也仰天打了一个哈哈,笑道:"我当然还要回来,毕寨主,你放心好啦!"

樊英与毕愿穷送到门外,樊英执着贯居的手,含泪说道:"贤弟,你这回因祸得福,以后好好做人才是呵。"贯居见樊英如此为他出力,心中不无感动,道:"小弟听大哥的训诲。"毕愿穷嘻嘻哈哈地唱了个喏,道:"请大人更衣。"装模作样地呈上一个包袱,贯居尴尬之极,打开一看,内中是一套平民的便服,贯居的官已被朝廷开革,再穿官服,那便是犯了律例,因此这套便服正合他用。心中虽很难过，却也不能不感激毕擎天替他设想得周到。

樊英送了贯居回来，毕擎天已正式就了大龙头之位，有若干纠纷，也当场解决了。其中有一宗是河南独行大盗鲁不邪偷了成亲王的一顶珍珠冠，成亲王责成一个老捕头追捕，这老捕头向毕擎天禀明了苦衷，毕擎天立刻替他取回。还有几桩事情，也处理得甚为公平合理，果然有大龙头的风度。

这一晚樊英和那白衣少年便在庄中住宿，樊英一晚没有好睡，思来想去，只觉许多事情都怪不可解，例如白衣少年为何要千里追踪，一定要取回于谦的首级？他的身世，为何半点不肯透露？毕擎天与他似是相识，但又不似相识，毕擎天假借武庄主之名，将他们请了来，目的是不是就只为着了这两桩公案？

第二日一早起来，毕擎天已派人前来相请，樊英随着来人，走进武家庄园，只见毕擎天和白衣少年已在那里相候，另外还有武老庄主和几位武林中的成名人物，毕擎天道："我请各位来做个见证。这位小哥要我还他一颗人头，人头是我拿了，但如今不便取下，我另外还他一具装有全尸的棺材，这位小哥要是还不满意，那我就没有办法了。"在场的除了樊英与武振东之外，其他都莫名其妙。

众人随毕擎天走过一条曲曲折折的甬道，到了花园的尽头，一间灰白的小屋子孤零零地靠在角落，窗户之间有袅袅香烟飘出，众人都是一怔，但见毕擎天推开了门，深沉地对白衣少年说道："你瞧，我不是都替你办妥了吗？"

只见屋内一具铜棺，当中一张供案，炉香袅袅，上面有一块写着"阁部大臣于谦"的灵位，棺前一个老太监，白发萧萧，见众人进来，殊无惊诧之意，只是当他的眼光扫到了白衣少年面上之时，却忽地轻轻"噫"了一声。

毕擎天面容沉肃，缓缓上前，将铜棺揭起，原来里面还有一具水晶棺材，十分精致，那铜棺四边都可以开合，等于那水晶棺的棺罩，毕擎天将铜棺褪下，但见水晶棺内，躺着一具尸体，蟒袍玉带，顶戴极品朝冠，想是内中放有防腐的妙药，面目犹自栩栩如生，只是颈项之间有一条红线，看得出是断首之后缝上去的，这正是双手挽回大明国运，却被他救回来的当今皇上惨杀了的阁部大臣于谦。

樊英一直在留心那白衣少年，这时只见他忽地面容大变，一跃上前，匍伏在棺材前面，大放悲声，哭道："好苦命的爹爹呀！"

此言一出，众人都是意料不到，原来这白衣少年，竟是于谦的儿子！即算樊英，虽然早就料到白衣少年与于谦大有关系，却也猜不到他们竟是父子之亲。霎时间有好几个疑问从心头升起，于谦位极人臣，他的儿子却怎的在江湖飘荡？那身惊人的武功又是谁人所授？

于谦精忠报国，天下同钦，众人都不自禁地随着白衣少年向于谦的遗体跪下行礼，同放悲声。白衣少年更是哭得死去活来，渐渐哭声嘶竭泪珠如线，猛地抬头，忽见灵位上边的墙壁，挂着一张条幅，写的是一首七言绝句，诗道："千锤万击出深山，烈火焚烧若等闲，粉骨碎身都不怕，要留清白在人间！"正是他父亲生前借咏石灰以言心志的诗句，这诗稿不知毕擎天从何处得来，裱糊在此？白衣少年泪珠断断续续，忽地哑声狂笑道："粉骨碎身都不怕，要留清白在人间，爹爹呵，你这一死，千古留名，但却又死得多么不值呵！"笑到后来，又变成哭声，渐渐哭笑不分，显是神智昏迷，心中伤痛之极！

毕擎天却并不随众跪拜，也不放声痛哭，只是在灵前添了炷香，叩了个头，他也一直注视白衣少年，这时忽然言道："曹公公，于谦哪儿来的这个儿子？"那太监瞥了白衣少年一眼，欲说还休，白衣少年忽地翻身跳起，怒道："你替我收殓了父亲，我这一生都感激你的大德。但你说什么？天下哪有冒认父子之理？"众人亲见白衣少年的悲痛之情，确是真情流露，假冒不来，都在奇怪，何以毕擎天说话如此违背人情？不安慰也还罢了，却反而伤了孝子的心。

那太监扶着棺材，面对毕擎天和白衣少年，缓缓说道："不错，他的爹爹就是于大人。"白衣少年刚才全神注视于谦的遗体，这时才发觉老太监在旁，四目相交，白衣少年眼睛一眨，似乎想说什么却又没说。樊英在侧面看得清楚，毕擎天在背后却瞧不见他的神情，见老太监如此说法，心中颇是诧异，怔了一怔，随即说道：

"于兄,既然于大人乃是令尊,那就请恕在下失言。请问于兄准备将令尊金体如何处置?"

白衣少年不过是个十六岁的大孩子,未懂世事,加以伤痛未已,一时之间,也未曾想到如何办理后事,被毕擎天陡然一问,一时答不上来。毕擎天道:"听曹公公言及,令尊大人生前最喜爱杭州,临死遗言,愿埋在名山之下,与岳坟为伴。如若于兄相信在下,在下一定能遵照令尊大人的遗志,将他安葬杭州。"白衣少年见他替自己办得如此周到,转身叫了一句"恩公"。便欲施礼,毕擎天双手一扶,道:"你该多谢这位公公。"白衣少年身子一缩,呆呆地看着那个太监,眼中充满疑惑的神情。

毕擎天道:"这位曹公公是内庭的侍读太监,专伴太子读书,当今的皇帝在做太子之时也是他侍读的。他在宫中三四十年,以前皇帝有什么物事要赏赐大臣,多遣他前往,想必也曾到过你家?"白衣少年含糊应了一声,道:"怪不得如此眼熟。想来是见过也说不定。"

毕擎天续道:"这位曹公公极钦敬你父为人,他舍了性命恳求皇帝准他收殓你父遗骸,其时令尊大人的首级已给我盗去,皇帝老子也知群情汹涌,便乐得做个顺水人情,批道:姑念于谦乃两朝元老,准予收殓。这样曹公公才得将他的尸体运出来,是我截着了他,将尸首合一,聊尽一点心意。曹公公也打算此后终老此间,不再回朝了。"

白衣少年热泪盈眶,想到毕擎天为他父亲如此尽力,而自己却一点也不知道,反而误会了他的好意,心中歉疚,毕擎天虽然不肯受他大礼,他亦一再道谢。后来毕擎天请曹太监出面,果然派人将于谦的灵棺运到杭州,筑基安葬。后人张苍水(明末的大忠臣)有诗曰:"国破家亡欲何之?西子湖头有我师,日月双悬于氏墓,乾坤半壁岳家祠。"便是将于、岳二人相提并论的,这是闲话,表过不提。

且说白衣少年一再向毕擎天道谢,毕擎天忽道:"于大人一片忠贞,自足名留青史。但依毕某看来,令尊却也还未算得是个通人,更未算得是个豪杰!"白衣少年面色一变,心中极不舒服,樊英亦觉毕擎天此话实是失言，抢着问道："毕大龙头，此话怎说？"毕擎天哈哈一笑道："可惜他只是忠臣，若然他真是英雄豪杰，也不至于落得今日的枉死了。"

毕擎天侃侃而谈，一口气往下说道："若真是读通了的人，岂不闻：天下者乃天下人之天下也，并非注定是一姓一家的私产，秦始皇无道，项羽说：彼可取而代之！这才是大英雄真豪杰！"樊英吃了一惊，这人口气好大！看来其志不在于做一个大头，而是要和朱家争夺大明的天下了。

白衣少年淡淡说道："原来你是想做皇帝，哼，江山代有英雄出，各苦生民数十年！想称王称霸的人也不见得就是真英雄大豪杰。"这回轮到毕擎天面色一变，只听得白衣少年续道："有人大有机会做皇帝，他却薄天子而不为，这才是英雄豪杰的胸襟。"樊英脱口叫道："你是说张大侠张丹枫！"毕擎天勃然变色，武振东插口道："此一时彼一时，张丹枫自是英雄，但若在今日，也不见得还愿一心扶持明室。"白衣少年一阵迷茫，正自思索，忽听得毕擎天冲口骂道："张丹枫是什么英雄？我说他是不肖子孙，行事乖谬，欺世盗名的假侠客！"

当时张丹枫名满天下，谁不钦敬，毕擎天此言一出，满座失色，樊英正想出声，只见白衣少年怒容满面，叱道："你是什么东西，敢骂张大侠！"倏地寒光一闪，他制剑快如闪电，一抖手就向毕擎天正在张开的嘴巴刺去！

毕擎天原是因为见这白衣少年武功极高，又是于谦之后，因此想将他说动，共谋大事，不料他突然一剑刺来，相距又近，躲已不及！

只听得毕擎天大叫一声"好呵！"嚓的一声，剑已刺入，樊英也吓得哇然大呼！几乎就在同一瞬间，武振东伸掌一拍，想把他的宝剑拍开，忽见白衣少年身子往前一倾，武振东站在他的侧边，这一掌原是朝他的手腕拍去，料不到白衣少年身子一倾，方位立变，他的身体斜倾，这一掌拍下，正当他左边的太阳穴，掌力一发，便是致命之伤！

武振东、白衣少年和毕擎天站在一排，这一下骤然之间，三人同时发难，其余的人距离较远，想解救也来不及，只见就在这电光石火的刹那，毕擎天张口一喷，疾退数步，喷出一口鲜血，大骂道："你杀父之仇也忘记了吗？你的剑不去刺当今的狗皇帝反而刺我是何道理？"原来适才白衣少年本是想惩戒他一下，并未使劲，不料他反而张口迎上来，咬着剑尖，牙床软肉竟被划伤了。白衣少年慌忙抽剑，而武振东那一掌已然拍下。

毕擎天正在大骂，忽然"啊呀"的大叫一声，众人的目光都随着他看到白衣少年的头上！正是：

出言不逊缘何事？剑刺喉咙怪事生。

欲知后事如何？请听下回分解。

第六回　败寇成王　道旁谈史事
　　　　　伤心惊变　湖上起风波

　　只见白衣少年的帽子已跌落地上，方巾亦已散开，露出满头秀发！原来武振东虽然急忙收掌，但掌风已把他的帽子与方巾震得跌落散开，众人因为毕擎天受伤，一时未曾注意，听了毕擎天的惊叫之声，随着他的目光看到白衣少年头上，这才知道他竟然是个少女！

　　这一下当真是变出意外，大家都说不出话来！忽听得那老太监道："承珠，承珠！果然是你！毕寨主于你有恩，不可动手！"白衣少年呆了一呆，剑尖一挑，将帽子挑起，重新戴上，忽地抚剑一揖，缓缓说道："毕寨主，大恩不言报，日后你若有所需，水里火里我都听你差遣，只是你若然骂张大侠，那就休怪我与你反目成仇！"收剑一跃，旋风般跑出屋外，毕擎天大叫道："于兄，请留步！"他叫开了于兄一时间未能转口，只见那"白衣少年"高声长啸，他的那匹白马本在园中，应声而来，"白衣少年"一跃上马，这马端的是神骏之极！被主人在背上一拍，竟然跳过丈多高的围墙，只听得密密的马蹄声有如擂鼓，霎忽之间蹄声渐远渐隐，想是去得远了。众人均是惊诧之极，猜不透她何以如此不近情理？

　　这白衣少年名叫于承珠，正是于谦的独生爱女（曹太监知道于谦无子，曾对毕擎天言及，所以刚才毕擎天怀疑她的身份）。昔年云蕾在于谦家中，见她生得可爱，甚是喜欢。她与张丹枫结婚之后，便收于承珠为徒，带她到太湖去住了几年，学成了一身武艺；云蕾和张丹枫不但把玄机逸士所创的剑法倾囊传授给她，云蕾还把她的暗器绝技飞花打穴也教了她，云蕾初出道时，曾仗着这路暗器得了个"散花女侠"的美名，如今经过将近十年的熟习精研，更是出神入化，云蕾有个心思，她因自己在江湖上不过两三年便遁迹太湖，因此想于承珠不但承继她的武功，也承继她"散花女侠"的雅号。

于承珠几年来得张丹枫与云蕾的悉心传授，不但承继了他们的武功，也承继了他们的气质，张丹枫夫妇如今亦不过是三十岁左右的中年人，与她的年龄距离不算很大，故此她对张、云二人，不但是师徒情分，而且视同父母，视同好友，比老父还要亲近得多。她是个未经世故纯任性情的少女，所以一听有人辱及她的师父，在那一霎之间，便立刻心情激动，竟不管这人是于自己有恩，也要拔剑而起了。

这时她已驰出十数里外，激动的心情渐渐平静下来，想起自己刚才的行事，不觉一阵迷惘，喃喃自语道："我做得对呢，还是不对？"

于承珠心中闷闷，策马前行，想起那毕擎天的粗迈豪犷，自是有一种英雄气概，但总是不能叫自己心折，到底是有什么不顺眼之处，自己也说不上来。刚才那一剑刺得对是不对，自己也不能判定。父仇该不该报，如何报法，这种种都引起了于承珠思想的纷乱。要知她不过仅仅是个刚满十六岁的女孩子，别人在她这个年龄，可能还不解忧愁，只知道嘻嘻哈哈地过日子呢，而她却遭遇了惨痛的巨变，心灵上负上了与她的年龄大不相称的重担。这时她只有一个愿望，但愿早日赶回太湖山庄，抱着师母痛哭一场，然后再向师父请教。

那匹白马本来疾跑如风，不知怎的忽然慢了下来，于承珠轻拍马背，柔声叫道："马儿呵，快些跑吧。"那白马嘶了两声，口中吐出白沫，走得更慢了。于承珠大是奇怪，她从未曾见过白马会这个样子！这匹白马本来是张丹枫的坐骑，名为"照夜狮子"，乃是世所罕见的宝马，端的是日行千里，逐电追风，于承珠平素只嫌它走得太快，想不到它如今竟是一步一步地挨着走，连病马也不如。于承珠跳下马背，只见白马在嘘嘘喘气，口中白沫飞溅，于承珠又不懂医马，心中大急，毫无办法，想起这白马从来未生过病，又是心痛，又是怜惜，抱着马头，轻轻抚拍，柔声说道："再走几里路吧，到了前面的小镇，我给你吃个饱饱的，再找人替你治病。"那白马似是熟知人意，忽地一声长嘶，前蹄微屈，往时它主人骑它之时，它总是这个样子，于承珠心中不忍，但见那匹马嘶鸣顾盼，待着自己，只好跨上马背，白马嘶了一声，又放开四蹄疾跑，但只是过了一阵，又慢了下来，竟似不胜疲劳，口中的白沫喷得嘶嘶作响，于承珠正想下马牵它，忽听得背后马蹄疾响，有人叫道："于姑娘，你的马走不动啦，咱们再谈一谈。"

一回头，只见那人浓眉大眼，短须如戟，可不正是毕擎天，于承珠正没好气，说道："有什么好谈的？"毕擎天道："我刚才骂了张丹枫，惹你生气。你可知道我为什么要骂张丹枫？"于承珠心中恼怒，手按剑柄，道："我不要听！"说出之后，似觉太过，又道："你替我收殓爹爹，我自是感激你的大恩，但我早就说过，不许你再提张大侠的名字！"毕擎天道："咦，这倒奇了。张丹枫是你的什么人？"于承珠道："不要你管。毕大龙头，咱们各走各路，你的恩情，我日后总有报答于你。"

毕擎天笑道："好，你不听我就不说。我有一个故事，你听不听？"于承珠心道："怎么他还有闲情逸致给我说故事？"她到底是小孩心情，便道："好，你有什么故事，说出来听听。"

毕擎天道："很久很久以前，有一个和尚，他的本事大得不得了，不但精通武功，而且熟知兵法。他有三个徒弟，一个是小叫化，一个是运私盐的，还有一个既做过和尚，又做过叫化，后来大徒弟和二徒弟都曾经称王称帝，后代也曾享富贵荣华，只有最小那个徒弟，一无所成。他为二师兄和大师兄在长江交战，战死之后，连尸骸也捞不到。他的后代便永远流浪江湖，做叫化做和尚，还要时时提心吊胆，逃避皇帝的追缉。

"但这小徒弟在未战死之前，却和他的师父做了一件震古烁今之事，那小徒弟既不想称王，也不想称帝，他长年伴着师父云游四方，帮助师父将各地的山川险要、用兵攻守之地，画成了一份军用的天下详图，谁人若得此图，便可图王霸之业，后来他和二师兄在长江战死之后,这份地图不知下落,那个大师兄,亦就是那个小叫化,自此统一江山。但仍不放心,传下遗诏,要后代的帝皇,追查那两家后人和那份地图的下落。

"按说这份地图应该是两家共有,何况那第三个徒弟出力最多,更应该有权处置。不料事过百年,那份地图又再发现,落在二徒弟的后人手中,这人竟然将地图献与仇人,让他子孙万代,永为皇帝,失了天下英雄之望,你说这事情应不应该,公不公道?"

于承珠冷冷一笑,道:"原来你说来说去,说的还是张大侠张丹枫。那可并不是很久很久以前的事情。老和尚是彭莹玉,小叫化是朱元璋,运私盐的是张士诚,那个既做过和尚又做过叫化的第三个徒弟大约是你的祖先毕凌虚了。毕大龙头,这些陈年旧账你还提它做甚。"(按:朱、张、毕三家之事,详见拙著《萍踪侠影录》。)

毕擎天道:"即算张丹枫名满天下,我也说他这事情做得不合。"于承珠怒道:"那时瓦剌入侵,你不知道吗?抵御外敌岂不是紧要于自家争王争帝?"毕擎天道:"这地图乃是张、毕两家之物,实在说来,我毕家更应做大半个主人,他说也不与我们说一声,就拿去交给皇帝!"于承珠道:"不,他是交给我的父亲。"毕擎天目光一闪,往下说道:"这是第一个不合,抵御外敌固然紧要,但总也该取得我家同意。"于承珠冷笑道:"原来你是争一口闲气。"毕擎天不理这话,仍然往下说道:"再者这地图照理他应留下副本,或者在打退瓦剌之后,就应取回,总之,张丹枫总会保有一份,但我爹爹临死之前,曾派帮中兄弟问他取回,他却坚说没有。如此不顾当初两家的义气,这岂不是第二个不合?"于承珠冷笑道:"张大侠又不想称王称帝,他为何要留下副本或向我爹爹取回!他说没有就是没有。你敢不相信他!"

毕擎天哈哈一笑,道:"你如此偏袒,我也就不必说下去了。"于承珠怒道:"好,你再说。"毕擎天道:"就算他真的没有留下副本,天下谁不知道张丹枫聪明绝顶,过目不忘?他就是默写一份也可以写得出来。"于承珠听他称赞自己的师父,怒气稍敛,微微一笑,只听得毕擎天往下说道:"再说若他真的没留下副本,那就更为不妙。我已查明这地图并不在你家中,那当然是落到皇宫大内之内了。"于承珠面色一变,"呵呵"地叫了一声,毕擎天笑道:"这有什么奇怪?这忘恩负义的皇帝什么事做不出来?他杀了你的爹爹,抄了你的家,这幅地图还有放过的?"

于承珠想的可不是这个,她听了毕擎天的话,料想毕擎天定是到她家中搜查过那张地图,大约是他来搜查之时,家中财产已被没收入宫,地图当然没有找着,父亲的诗稿则可能是抄家的人不放在眼内,随便抛弃,以致被捡去。于承珠心道:"我本以为他冒险入京,闯天牢,劫人头,纯然是为了我的父亲,哪知他另有所图,敢情那张地图才是他最看重的东西!"于承珠一片纯真,起先虽然因为毕擎天骂她师父,令她大为反感,但心中仍是对他非常感激,如今听了这话,那感激之情,自然而然地打了一个折扣。在神色上也就自然地表露了出来,毕擎天也似察觉到了,只见于承珠作了一揖,道:"毕爷的话说完了吧?我可要走了。"面上没有怒容,话也说得客气,神情却是冷漠之极,毕擎天平素豪气干云,这时却不自禁地心内一酸,好生失望。

于承珠手抚马背,骑着马刚走得两步,忽听得毕擎天叫道:"回来!"于承珠道:"毕大龙头,你还有何指教?"毕擎天道:"你还有什么事情忘记的没有?"于承珠想了一想,道:"嗯,是了,我父亲的诗稿,请你交回。"毕擎天哈哈笑道:"果然是个孝女。除了那首咏石灰的诗我已裱糊伴你父亲的灵堂,其余的诗稿都在这里。"于承珠接过诗稿,淡淡道谢,缓缓说道:"那首诗你读多两遍,很有好处。"毕擎天面容一端,盯着于承珠道:"你敬爱父亲,继承家学,自然算得尽了孝道,可惜还不是真的孝女!"于承珠道:"怎么?"毕擎天道:"你父亲冤死,上下同愤,为什么你无动于衷?"于承珠怒道:"你这是什么话?"毕擎天道:"你的父亲是谁杀的?你为什么不想报仇?如今北五省的绿林豪杰,结为同盟,你为什么不留下来,与我们共图大事?"于承珠道:"原来你是想我也留下来,奉你为大龙头!"毕擎天皱眉道:"天下百姓如处沸汤,我岂是为自己打算?"于承珠道:"古往今来,凡想做皇帝的人都会说这句话。"毕擎天冷笑道:"如此说来,你还是大明忠臣于谦的女儿,但却不是一个孝义双全敢作敢为的女中豪杰!"

于承珠一阵惶惑,她年纪还小,叫她在即时之间,决定自己今后一生的出处,实是超出了她心灵的负担。只听得毕擎天又冷笑道:"难道留在我山寨之中,就玷辱了你千金小姐的身份?"于承珠怒道:"我父亲一生廉洁,日常亲自缝衣补屋,天下所知,你当我是什么人了?"毕擎天道:"那么一言立断,你愿不愿报仇,你愿不愿留下?"于承珠道:"报仇与留下,这是两件事情,再说我也得问过师父。"无意之间,她不觉泄漏了自己师门的消息。

毕擎天哈哈大笑,道:"我早就看出了你是张丹枫的徒弟,怪不得对师父如此维护。"于承珠道:"你既知张大侠是我师父,就不该在我面前,出言诋毁。"毕擎天道:"张丹枫自己的仇也不曾报,他会替你报仇?"于承珠柳眉一竖,道:"我师父为了大敌当前,捐弃私仇,这才是真英雄大豪杰的胸襟。"毕擎天道:"此一时,彼一时,如今朝廷无道,英雄纷起,你难道说他们要把朱明天子,取而代之,为的就只是私仇,不算豪杰?"于承珠睨了毕擎天一眼道:"那也不可一概而论,你是不是英雄豪杰,这要待日后方知!"毕擎天的话实是借别人而说自己,于承珠一口气说了出来,直言答复,毕擎天也觉尴尬,面上发热,只是于承珠又作势欲走,毕擎天又叫道:"回来!"于承珠道:"对不住,毕大龙头,我可要趁早赶路。"

毕擎天笑道:"你要走也走不了,你的马儿可不肯替你赶路!"边说边走近于承珠那匹"照夜狮子马",那匹马忽地怒嘶,扬起前蹄,似是发了脾气,竟要踢毕擎天,毕擎天退后两步,笑道:"虽在病中,亦还这样神骏,果然是匹宝马!"于承珠本就聪明,又受了张丹枫这几年的熏陶,机灵之极,见此情状,心中一动,道:"毕大龙头,你是北五省的绿林领袖,你可不能欺瞒我一个女子。"毕擎天道:"怎么?"于承珠道:"这匹马是不是真的生病?还是给什么人作弄了?"

毕擎天心中一凛:"这女孩子对大事虽然不能决断,但见事却是极为机警!"原来他见于承珠如此美貌年轻,武功却那么了得,又是于谦之女,张丹枫之徒,心中实在非常想把她留下,故此昨晚就做了手脚,把一种药混在草料之中,给马吃了,这种药并无毒害,但却是一种缓性的麻醉剂,马吃了之后,跑起路来,不多久便会疲倦，非有他的特制解药，不能恢复。他一心要留下于承珠，故此不惜以大龙头的身份，作了此事，在他以为这乃是一番好意，不料于承珠却非常认真地正言质问，毕擎天的豪气雄风，在这样一个机灵的女孩子面前，竟如万丈洪波，突然被石堤迫住，飞不出来。

毕擎天避开了于承珠的目光，从马背上解下一个盛得满满的皮囊，缓缓说道："那么你是真的要走了？好吧，你拿这一皮囊的水给马喝了，不用半个时辰，它可以恢复如初。"于承珠心中冷笑道："果然是他干的。"只听得毕擎天又道："于姑娘，我是一心盼望你留下来，你一定要走，我也没有办法。我是个粗人，不懂得留客之道，有些事也许令你生气，于姑娘，咱们是不是可以交个朋友？"这几句话说得温柔之极，既委婉地解释了为什么要作弄她的宝马，又表达了心中的情意。于承珠尚不解男女之情，但觉这样一个魁梧奇伟的粗豪汉子，像女人般地压低了嗓子说话，甚是滑稽好笑，但见他说得如此诚恳，亦自心中感动，说道："毕大龙头，你是我的恩人，只要你不骂我的师父，我自是对你感激，我也愿你好好地做出一番事业。"伸出手与毕擎天一握，表示愿意和他做朋友，只觉毕擎天的手指微微发抖，于承珠甚是奇怪，轻轻放开，将皮囊的水倒给马喝，只听得毕擎天又道："你回去见了师父，不妨将我今日之话，告诉于他。若然他能默写出一份地图，就烦你替我带来。其实我对你的师父也并无恶意，但地图既是两家之物，也就怪不得我问他讨。"于承珠道："好，我对他说便是。"跨上马背，那白马体力渐渐恢复，不用主人催促，立即放开四蹄，越走越快，于承珠只听得毕擎天在后叫道："那么，咱们再见啦。"白马已跑出里许之地，回头一望，只见他还在远远地招手。

十多天之后，于承珠单人匹马回到苏州。张丹枫在苏州有一处产业，那便是他从九头狮子殷天鉴手上赢来的快活林，本是张丹枫先祖张士诚在苏州称帝之时所建的行宫，张士诚兵败，财产没收入官，那座行宫卖给了殷家开作赌场，到重归张丹枫之手后，加意布置，然后恢复了园林之胜（张丹枫赌赢快活林之事，见拙作《萍踪侠影录》）。但张丹枫归隐之后，不喜热闹，选择了太湖山上的洞庭山庄作为住所，快活林则交给云重和澹台镜明夫妇管理。于承珠也曾到过快活林游玩。如今到了苏州，当然想去先见他们，于是骑了白马，一路来到了快活林，只见园门紧闭，上面贴有一张通告，还有几个闲人在下面仰天观望。于承珠下马一看，只见通告写道："此园已经本人买入，修理时期暂不开放。快活林主人龙天仕白。"于承珠吃了一惊，心道："我师父又不缺钱用，怎么把快活林卖了？这龙天仕是什么东西？"只听得那几个闲人中有人谈道："哈哈，快活林又要改回赌场啦！咱们兄弟也托赖有个生计了，龙帮主请我做打荷哩！"看样子是个地痞，于承珠更是奇怪，心道：就是卖也得拣个买主，怎的卖给人重开赌场。

另一个闲人叹了口气，道："呀，开了赌场，这地方就不能安生了。听老一辈的说，十年之前这里开赌场的时候，偷劫殴斗，几乎日日都有，子弟们学坏，那是更不消说了。"另一个道："是云状元好，他在这里的时候，咱们虽然不能随意进出，但每个月初一十五却是任人游赏，咱们托赖有个清静的去处，可以看花、观鱼、赏松、听雨。将来给龙帮主在这里开了赌场，怕不闹得一片乌烟瘴气，咱们这些穷措大想找个消闲的地方也不能够了。"看样子这人似是个穷秀才。于承珠插口问道："这园子原来的主人是个状元吗？"那人道："小哥，你是外地来的吗？大名鼎鼎的武状元云重你没听说过吗？这位状元爷不但精通武艺，曾为大将，而且文才也很不错，你只看他这园林的布置，就知道他胸中不但罗列甲兵，而且也隐有烟云，确是个风雅之士呢。"这人摇头摆脑，说话酸溜溜的似通非通，于承珠因为要探听云重的消息，所以明知故问，听了这话，微微一笑，心道："你哪里知道这园子的主人就是我师父，园林的布置，都是他设计经营的？"那酸秀才道："小哥为何失笑，可得闻乎？"于承珠道："既是状元，自不愁没钱用，为何将这园子卖了而且还卖给别人开赌场。"那酸秀才道："呀，小哥，你有所不知，云状元一家都搬走了，这位龙帮主，咳，咳……"那地痞瞪他一眼，酸秀才似乎颇有顾忌，讷讷说道："这位龙帮主久已想开赌场，难得有这片好地方，所以就买下来了。"于承珠心中更是纳罕，云重何以要举家搬迁。连忙问道："云状元搬到了何处？"那地痞大笑道："云状元若然肯说给他听，他早已是这地方的名流了，还会跟我们在一处吗？"那酸秀才满脸不以为然的神气说道："人家云状元虽然做过大官，可没有一点架子，我就和他说过话，那才不是什么稀罕的事情。"可是他始终说不出云重搬到什么地方，地痞就对他大大嘲笑。

于承珠无心听他们争论，闷闷不乐，走了出来，转过街角，忽见两个人尾随自己，好生眼熟。于承珠停下来一看，原来就是在张风府家乡所遇的，和樊英在一道的那两个军官。那两个军官走上前来望了好一会子，姓陆的那个管带（七品武官名称）道："喂，这位小哥，你不是和咱们老樊打过架的那位小哥吗？"于承珠道："怎么？你们想替朋友报仇吗？"姓于的那位统领说道："你后来有没有再碰见过老樊？"于承珠心中暗暗好笑，道："碰见又怎样，没碰见又怎样？"陆管带道："老樊约我们在太湖边见面，现在过了十多天啦，还没有来。"于承珠故意问道："他约你们来做什么？"那两个军官彼此相望，支支吾吾地不敢直说出来。

于承珠究是小孩心性，虽然讨厌这两个军官，但却怜悯他们，心道："他们在此等候，不见樊英，每日都有身家性命之忧，不知道多焦急呢！"姓于的那个管带道："小哥，你但说在哪里碰见过他，我们好知道他的确实所在，来是不来，也免得我们在这里死等。"于承珠一笑说道："樊英约你们在这里同去找张丹枫，好讨回那三十万两官银，是也不是？"那两个军官吓了一跳，但他们那日见过于承珠的身手，早知道他不是寻常的少年，定了定神，说道："不错，你们大约是不打不相识，老樊都和你说了么？"于承珠笑道："你们见到张丹枫没有？"那两个军官道："没有老樊相陪，我们这些无名小卒，怎敢去见张大侠？"这两个军官平日官气十足，在真有本领的人面前，却又显得十分萎缩自卑。于承珠又是微微一笑，说道："你们不必等啦，那三十万两官银早已有人替你们的上司缴还给官家了！但你的上司却也丢了官，你们趁早回湖北吧，要不然新官上任，不见你们报到，你们的官职只怕也保不住。"那两个军官又喜又惊，又是不敢相信，于承珠笑道："你们今晚可以安心睡一觉了。"一笑跑开，她可不知，这时已有两名大内卫士听到了她的说话，暗暗地缀在她的后面。

于承珠第二日一早起来，骑了白马，走到太湖之边，平日湖边游艇甚多，这时却只见一只小船，系在柳荫底下，于承珠又是暗暗纳罕，心道："现在正是暮春时节，最好游湖，怎么游艇反而少了？"那小船的艄公，浓眉大眼，体格魁梧，一见于承珠，立刻解开绳缆，赔笑说道："这位相公是去游湖的吗？"于承珠道："不错，你撑我到西洞庭山去。"艄公道："好极，好极，呀，你这匹马真好，我给你牵进来。"

春风拂面，湖水溅衣，湖中山峰隐约，远远望去，俨如海上神山，湖光潋滟，万顷茫茫，水天一色，于承珠心中记挂着师父师母，却是无心观赏，偶一抬头，忽见两只大船向着这边划来，看船的样子不是普通游艇，两只大船，船头上都站着一条大汉，目光灼灼地盯着于承珠，于承珠心中一动，想道："难道他们看出我是女扮男装吗？怎么如此盯着人家，好生无礼！"正自气恼，忽听得那艄公唱道："老子生长太湖边，不爱交游只爱钱，昨晚应酬神许了愿，哈哈，今朝果然碰到了只大肥羊！"于承珠吓了一跳，道："你唱什么？"那艄公道："相公，你喜欢吃板刀面，还是喜欢吃馄饨面？"于承珠道："什么叫板刀面，什么叫馄饨面？"那艄公倏地从船舱底下取出一口板刀，笑道："吃板刀面就是一刀两段，"作了一个手势，虚斫一刀，又道："吃馄饨面就是将你缚了起来，哈，卜通一声，丢下湖心！"

于承珠怒道："白日青天，你竟敢谋财害命？"那艄公喝道："快将身上的东西都放在一边，咱老子也不要你的性命，你可得乖乖地跟着我走。"那两只大船越来越近，船头上的大汉高声叫道："还和他多说什么，把他丢进湖心去先淹个半死！哈哈，咱们拿去见阳大总管，可是一功。"那艄公叫道："好，先请你吃馄饨面。"左手提板刀，右手提绳索，扑进船舱，就在这一瞬之间，忽见于承珠右手一抬，眼前金星一闪，那艄公还未叫得出声，已被于承珠的金花暗器打中喉咙，卜通地跌下湖心，自己先吃了馄饨面！于承珠本来还不想下这辣手，只因听了那个大汉的叫嚷，才知道这伙人原来还不仅是谋财害命的强盗而已，一时火起，那朵金花竟然穿入了艄公的喉咙，只见他在湖心冒起又沉下，冒起又沉下，不过一刻，船边湖水就是一片鲜红。

那两条大汉叫道："好哇,这小子还真有两手!"命令大船舟子,越发加快摇船,左右两边,夹着于承珠的那只小舟,于承珠不懂水性,不晓划船,艄公一跌下船之后,船就在湖心滴溜溜地转,于承珠大怒,双手齐扬,金花左右并发,分打那两个船头大汉,这时于承珠的小船和那两只大船距离都约有十余丈之遥,湖中风大,船又在转,本不似在陆地之上易取准头,但每边三朵金花,仍然直飞到大船的船头,分射那两条大汉的上中下三处要害,那两条大汉都是大内的一级卫士,左边的那个叫做杨千斤,右边的那个叫金万两,杨千斤胁力沉雄,挥动一条铁链将三朵金花一齐打飞,金万两善于腾挪闪展的小巧之技,舞起一口单刀,左躲右闪,上遮下挡,也把一朵金花磕飞,其余的两朵则给他闪过,射入了船舱之中,直陷入船舱的板壁,金万两见距离如此之远,单刀与金花相碰,虎口兀自发麻,不禁大吃一惊。杨千斤力大,虽然不觉怎样,但见他在船上发放暗器,竟然认穴如此之准,亦是心惊。两条大船都不敢过于迫近。

但不消片刻,这两个人就看出了于承珠不懂使船,不通水性,杨千斤哈哈大笑,喝道："来而不往非礼也!"一枚铁胆掷了过来,却不是打于承珠,而是打她的小船,那铁胆重可数斤,打在船板上,登时裂了一个洞,湖水沁入,于承珠大惊,第二枚铁胆又到,于承珠急忙发出两朵金花,左右牵带,用内家的上乘功夫,卸了铁胆的来势,那铁胆碰不着船板,就在船边落下,激起了丈高的浪花,小船越发震荡,在湖心乱转,于承珠只觉头晕眼花,似欲呕吐,好不容易才忍住了。杨千斤见状又是哈哈大笑,叫道："把压船的大石头拿来,待我先把这小子的船砸沉了!"正是:

无风忽起波三丈,险恶江湖不忍看。

欲知后事如何?请听下回分解。

第七回　寂寂山庄　师门情眷恋
　　　　　茫茫湖水　侠女意凄怆

　　大凡在湖海行船,若然船大货少,载重不够,遇上风浪,就容易颠簸,甚或覆舟,是以老于经验的舟子,就在船舱底下堆了许多大石用以压舟,名为"压舟石",这两条大船,每条船中只有三个人,两人把舵,另一人站在船头和于承珠动手,舟大人少,又无货物,所以每条船都堆了两三千斤的大石头。

　　杨千斤一声呼喝,舟子将石头都抬了出来,杨千斤哈哈大笑道:"好小子,你再接这个!"双臂一振,挥了一个圆圈,将一块重逾百斤的大石,呼的一声抛了出去,落在湖中,登时激起数丈高的波浪,于承珠的小舟被波浪一抛,几乎翻转,于承珠急使"千斤坠"的功夫,将全身气力都运在脚上,紧紧踏着船头,定着小船,这种功夫要内功外功都有了相当的火候,才能在波涛险恶之中,定着船身,于承珠虽然得了张丹枫的内家心法,究竟年纪还轻,气力不足,外功配不上内功。她虽然使尽吃奶的气力,小舟暂时不致翻转,但亦已被波浪抛上抛下,于承珠只感到一阵阵头晕,几乎就要呕吐。杨千斤哈哈大笑,一声大喝,又捧起一块更大的石头,丢到于承珠小舟的左侧,小舟被波浪一卷、一抛,立刻倾斜,浪花如雨,于承珠衣裳尽湿,只听得"轰隆"一声,杨千斤又抛出了第三块大石,落在于承珠小舟的右侧,两股浪柱,在湖心卷起了漩涡,小舟在漩涡之中急转,于承珠更觉头晕眼花,"哇"的一声将早上所吃的东西都呕了出来,手脚软绵绵的,一身气力都使不出来,心中又惊又怒,却是无法抵挡,只见杨千斤又捧起一块大石,这第四块石头抛出，于承珠的小舟定然覆没。

忽听得一声胡哨，湖面上突然现出一条小船，箭一般地疾驶过来，竟然闯入了两条大船与小船的中间，杨千斤喝道："你找死么？敢来趁这趟浑水！"那小船理也不理，船中伸出一个头来，笑道："白日青天，居然谋财害命，这还成什么世界呵！"声音清脆之极，像个孩子的口音，于承珠昏昏沌沌，一听之下，也禁不住心中一动，这声音好生耳熟，急把眼望时，只见那小舟中钻出一个小厮，一身黑色衣裳，头上也披着黑色斗篷，只露出两个眼睛，于承珠头晕眼花，一时之间看不清楚。只听得杨千斤大声喝道："好，你这不知死活的小家伙，也吃我一块石头！""轰隆"一声巨响，第四块大石掷下湖心，那黑衣童子头下脚上，冲入碧波，小舟登时翻了。

于承珠大吃一惊，忽觉自己这只小船似乎给人用力推了一把，又被水流一冲，倏地如箭疾飞，顺流而下，不但脱出漩涡，而且一下子就驶出了十数丈外，远远地离开了那两条大船。

于承珠又惊又喜，小船脱出了漩涡，湖面风平浪静，于承珠顿时减轻了晕浪的感觉，定了心神，运了口气，气力渐渐恢复，抓起桨来乱划，她虽然不懂划船，但水流平静，恰恰顺着水流，居然给她划动小舟，虽然不快，但亦慢慢地向前流去。

于承珠记挂那个小童，回头一望，只见那小舟翻倒湖面，小童不见踪迹，想必是沉到水底去了。于承珠一阵难过，心道："呀，想不到他这样一闯，无意中救了我，他却白饶了一条性命。"忽听得杨千斤呱呱大叫，那条大船竟然也像她的小舟刚才一样，在湖面上团团打转。大船上那两个舟子叫道："有人在下面捣鬼！"其中一个立刻跳了下去，杨千斤叫道："金大哥，你去追那个小子！"

金万两气力不如杨千斤之大，两船相距二十来丈，他可不能像杨千斤那般如法炮制，用大石砸沉于承珠的小船，可是他们善于使船，比于承珠顺着水流行走的小船自然要快得多，不消片刻，距离拉近，于承珠一扬手打出五朵金花，金万两举刀便挡，不料于承珠甚是聪明，知道打他不中，其中两朵金花绕着桅杆一旋，将风帆的绳子割断，风帆卸下，大船吃重，速度大减，另外两朵金花分打船边那两个掌舵的舟子,左边的那个避过,右边的那个却给金花打中,跌下湖中。还有一朵金花则从金万两的头顶飞过,叫他忙于招架,不能救援那两个舟子。金万两吃了一惊,大船被阻了一阻,于承珠的小船又离开他二十来丈了。金万两抢过一条桨,还想划船再追,忽听得杨千斤在后面的那条船上大叫道:"金大哥,快划回来!"

回头望时,只见湖心一片通红,刚才跳下去的那个舟子,尸身已浮上水面,杨千斤那只船渐渐下沉,湖水已灌满船舱,原来那条大船,竟被黑衣小童在船底做了手脚。弄开了一个大洞,杨千斤也不懂水性,故此呼唤金万两回来援救。

金万两只得放开敌人,回来救友,两船相距五六十丈,看看划近,那大船已经沉下,只露出船顶,杨千斤站在船顶,水已浸至脚踝,船中的另一个舟子跳下水中,霎眼之间,又泛起一片血水,想是又像他的同伴一样,被黑衣小童杀了。

金万两叫道:"杨大哥,你瞧准了!"抛出一块木板,杨千斤纵身一跃,恰恰落在那块板上,只见黑衣小童在水中冒出头来,伸手就抢那块木板,嘻嘻笑道:"大个子,下来玩玩吧!"杨千斤呼的一掌拍向水面,这一掌拼了性命,用力奇大,击得湖水飞了起来,连他的脚踏的这块木板,也被波浪冲开,立足不稳!

那黑衣小童叫道:"哈!哈!没打着!"头颈一缩,又没入水中,杨千斤武功确是高明,就在这绝险之际,脚尖轻轻一点木板,跃起一丈多高,一个转身,恰恰落在金万两的船头,气喘吁吁地道:"这小贼是个水鬼!金大哥,你下去看!"金万两善打暗器,颇晓水性,急忙跃下水中,手中扣着铁筒弩箭,潜伏水底,只待那黑衣小童游近,就扳开机括,用弩箭射他。只见水中一条黑影,就像一条飞鱼倏地从身旁数丈之外游过,直奔于承珠的那条小船去了。金万两自问追他不上,只好回到船上。

再说于承珠脱险之后,顺着水流,小船慢慢前行,她回头望见那两只大船,一只已沉,另一只也不追赶,心中大奇,想那小童武功,就怎样高明,要独力弄沉那条大船,却是难以思议。正自思索在何处见过这个小童,忽觉船底似乎有什么东西震动,小舟忽然飞快起来，于承珠叫道："喂，你这个顽皮的小家伙快上船来！"湖面水波不兴，于承珠蹲下来在船边望下水底，人影不见，心中想道："这小童就算如何精通水性，也该瞧出点踪影来！"奇怪之极，那小舟仍在急速前驶。

小舟离岸已是不远，转瞬之间，便到了西洞庭山的山脚，于承珠将小舟泊岸，舟中白马忽地一声长嘶，刚才湖心激战之时，它一点也不害怕，没叫过一声，现在却纵声长嘶，于承珠笑道："快到家啦，你还叫什么？"转身牵马，忽地舟中跃出一条黑影，猛不防地在她胸口一抹，又在她面上一抹，湿漉漉的满是泥浆，连眼睛也几乎睁不开，于承珠一甩头一掌斜拍，那黑影已跳到岸上，嘻嘻笑道："这回你还不着我的道儿！呵，你这小子，原来不是小子，是个大姑娘！"

于承珠睁开眼一看，看清楚了，原来这黑衣小童就是张风府的儿子小虎子！真是喜出望外，心道："张风府临终之时，托樊英转托我的师父觅他的踪迹，收他为徒，人海茫茫，正不知何时寻到！原来他却先来了这里！"这一喜令她恼怒全消，笑道："小虎子呵，你这小顽皮，看你逃到哪里？"跃上岸来便抓，小虎子叫道："我不与小妞儿戏耍，哈，人来啦！"发足飞奔，捷似猿猴，爬上山坡，躲入树林子去了。

于承珠呆了一呆，这才发觉自己的束头巾已被小虎子扯脱，头发散乱，胸前印有掌印，面上满是泥浆，衣裳那就更不消说了。远处忽然有两个乡人走来，于承珠甚是爱洁，如此形状，自觉不雅，急忙回到船中，理好头发，洗净了脸，换过衣裳，再出来时，不但小虎子早已不见，那两个乡人也走过了。

于承珠独自登山，心中疑惑不解，想道："那小虎子虽然机灵之极，没人带领，他如何能寻到此间？仅仅相隔月余，看他身手，武功竟是大大增长，那定然是有高手指点的了。这个人又是谁？莫非就是我的师父？难道他早已知道消息，出去寻访，将小虎子收为徒弟了？"

于承珠一路思索，不知不觉已行至半山，太湖中的西洞庭山是个花果之山，山下田亩成行，山上尽是果树，浓薄相接，花果飘香,在这个暮春时节,正是乡民忙于操作的时候,但如今一路行来,既不闻采茶姑娘的山歌酬答,亦不见山下插秧的农夫,除了适才那两个过路的乡人之外,稻田里果林中,竟是静悄悄的阒无人影,这种反常的现象,连于承珠亦感怔忡不安。当下加快脚程,急急向洞庭山庄奔去。

"洞庭山庄"本来是云重的岳父,澹台仲元的产业,后来云重夫妇住快活林,这里便让张丹枫一家人居住,山庄建在山腰的万木丛中,依着山势,建了许多亭台楼阁,面积不及快活林之大,但风景幽美,却有过之而无不及。于承珠走到庄前,有如游子回家,胸襟舒畅,轻扣庄门,尖声叫道:"我回来啦!"

于承珠在洞庭山庄长大,她的声音,无人不识,不料叫了三声,无人答应。于承珠好生诧异,心道:"那些庄丁哪里去了?"轻轻一推,庄门应手而开,原来是虚掩的。

于承珠大声叫道:"师父,我回来啦!"声音飘荡在空旷的园子里,显得更是冷冷清清。于承珠不禁打了一个寒噤,抬头看时,但见紫藤盘径,繁花照眼,绿草如茵,亭榭水石,参差掩映,仍是往日的景致,不似无人料理。于承珠一颗心七上八落,穿过假山,绕过回廊,先到云蕾平日练功的静室,叩门叫道:"师父,是我回来啦!"里面寂无人声,于承珠推门一看,但见四壁萧条,连字画都不见了。

于承珠心道:"难道师父也搬了家?"又跑到张丹枫的书房,推开一看,里面除了墙壁上挂着张丹枫自画的《长江秋色图》之外,亦是空无所有。画上题的一首诗墨痕犹新,以前未见,想是新添上去的,于承珠念道:"谁把苏杭曲子讴?荷花十里挂三秋。那知卉木无情物,牵动长江万古愁!"这是张丹枫平日最爱念的诗,常常朗吟之后,大笑一回又大哭一回,于承珠见了师父的笔迹,写的又是这一首隐藏着师父身世之痛的诗,更是不安,突然间一个念头升起:"莫非是师父遇了意外了?"但随即自己啐了一口,叫道:"这是绝不可能之事!我师父武功盖世,岂有遭遇意外之理!"

偌大的山庄,一点声息也没有。于承珠虽然深信师父武功盖世,不致遭遇意外,却也有点心慌。她穿房入室,寻寻觅觅,处处都是冷冷清清,凄凄寂寂,她高声叫嚷,空屋里只有自己的回声,最后她来到了张丹枫的卧房,门缝间隐隐传出檀香的气味,这是云蕾平日的习惯,在卧房里总喜欢燃起一炉檀香。于承珠心道:"怎么师父师娘白天也躲在房间里面?"她心中渴念师父,虽然见了庄中异象,仍是自己安慰自己,认定师父师娘还留在庄中。

她伫立门外,轻叩门环,低声道:"师父,是我回来啦。"房中仍是无人答话,贴耳一听,却又似听到呼吸的气息,于承珠大是奇怪:"难道师父他们白天也睡午觉?"踌躇了一阵,终于轻轻地推开了房门,闪身入内。

只一眼,就几乎把于承珠吓得跳了起来。只见房中两张卧榻,上面各有一人盘膝而坐,左边的全身漆黑,右边的却连眉毛都是白渗渗的怪得怕人,一黑一白,相映成趣,只是除了肤色不同之外,身材相貌却又甚为相似,像是一母所生的兄弟,这两人都是卷发勾鼻,狮口深目,一看就知是外国人。而且这两人的身上还散发出一种膻腥的气味,连檀香的气味都掩盖不了。

这两个怪人对于承珠的进房竟似视而不见,听而不闻,在卧榻上盘膝趺坐,动也不动。两人都没有穿鞋子,一双脚板,又大又黑,在雪白的床毡上印出了肮脏的黑印。于承珠大为生气,指着那两个怪人喝道:"喂,你们是谁?怎的这般没有礼貌?"那两个怪人连眼睛也不眨一下,对于承珠的话竟是相应不理。于承珠更怒,又喝道:"喂,这是我师父的卧房,你怎么可以随便钻进来?还把他的床也弄脏了。"两个怪人这才眼睛眨了一下,四道眼光一齐射到于承珠面上,但随即又合十低首,连看也不看她了。

张丹枫与云蕾都是好洁之人,房间里纤尘不染,于承珠瞧着又是气愤,又是心疼,嚷道:"你们再不理,我可要不客气啦。"伸出手掌,朝左边面目黧黑的那个怪人一推,只觉手所触处软绵绵,好像打在一堆棉花上似的,毫无着力之处,于承珠大吃一惊,这怪人竟然具有一身上乘的内功。她一转身,右边那个怪人正在龇牙咧嘴地冲着她笑哩!于承珠一怒,呼地一掌向他腰间的软麻穴拍去,忽觉有如触着一块烫热的铁板一般,于承珠急忙缩手,只见那人上身微微晃了一下,仍在怪笑。于承珠大怒,刷地拔剑出鞘,斥道:

"你们走不走，张大侠的房间，岂容你们胡搅?"剑光一闪，先刺那黑面怪人的腰胁。

于承珠这口剑乃是云蕾所赐给她的宝剑，名为"青冥"宝剑，与张丹枫的"白云"宝剑一雌一雄，都是玄机逸士花了十年工夫所炼成的宝剑，端的削铁如泥，吹毛立断，就是金钟罩铁布衫的功夫也抵挡不住，于承珠一时怒起，刺那黑面怪人，出手之后，心中一凛，只用了三分力量，拣不是要害之处，轻轻刺下，剑尖刚一触及那怪人的衣裳，陡然一滑，歪过一边，那怪人忽地哈哈大笑，叫道："你给我抓痒吗？抓痒也得用点力呀！"于承珠又惊又怒，一抖剑柄，用力一送，只听得嗤的一声，衣裳划破，于承珠又是一惊，反而怕将他刺死，忙不迭地缩手，不料剑尖又是一滑，那口青冥宝剑，竟似给一堆棉花裹住，拔不出来，二尺八寸的剑身已有一半穿入他的胁下，给怪人挟着，不能转动，怪人身上像涂了油脂一样，剑尖滑来滑去，不能着力，休说刺伤，连皮肉也没有划破。

于承珠涨红了面，用力拔剑，颈脖上忽然给人吹了一口凉气，是小虎子的声音格格笑道："你欢喜找人打架，找到我的师父那可是倒霉。喂，要不要我给你帮手?"那怪人忽地肌肉一松，放开了于承珠的剑，哈哈笑道："果然不愧是张丹枫夫妇的徒弟！真好功夫！小虎子，你吹什么大气，你再练三年还赶不上他呢！他将来是你的师兄，你赶快过来拜见。"

于承珠睁大了眼睛，持剑在手，惊异之极，道："你们端的是什么人?"那黑面怪人笑道："你师父没有和你说过么？我们是黑白摩诃！"

这黑白摩诃是一母孪生的兄弟，生于印度，却在中国做珠宝买卖，和张丹枫乃是至交。不过张丹枫归隐太湖之后，他们却没有来过。

这黑白摩诃练有印度的瑜伽之术，全身柔若无骨，各部肌肉都可随意扭曲屈伸，于承珠最初只用了三分力量，那自然容易给他一下卸开剑势。这种功夫和中国的上乘内功"沾衣十八跌"，有异曲同工之妙，当年张丹枫初会黑摩诃时，也几乎吃过他的亏，何况如今又过了十多年，黑摩诃的功夫已练至出神入化之境。不过，这种功夫也全看对方的功力，不可轻易尝试。若然是换了张丹枫，则不要说用宝剑，只是一把竹剑，黑摩诃也不敢让他刺中的。

黑摩诃赞于承珠"不愧是张丹枫夫妇的徒弟"，于承珠面上热辣辣的更觉不好意思。其实这句话绝非嘲笑，以于承珠的年纪之轻，一掌能将白摩诃推得上身摇晃，一剑能划破黑摩诃的衣裳，这已是难能可贵之极的了。

于承珠听说是黑白摩诃，心中怒气消了一半，但仍是怪他们不该如此无礼，心道："你们纵是师父的好友，也不该登堂入室，箕踞在卧榻之上！"

黑摩诃咧嘴笑道："你这小娃儿简直不知好坏，要不是我们和你师父有过命的交情，我们才不高兴躲进这娘儿的房间受闷气呢！"于承珠道："怎么？"白摩诃道："什么怎么不怎么的？"指着于承珠道："你刚才在湖上和狗腿子们打了一架，是也不是？"小虎子笑道："还给人打得好狼狈呢，你瞧，这里还有污泥。"顺手一抹，在于承珠的袖子上又印上一个掌印。于承珠反手一拿，轻轻在他腋窝一捏，小虎子笑得气也透不过来，于承珠骂道："都是你这小鬼，再顽皮，瞧我不把你整治个够。"小虎子叫道："你第一次见我就弄得我满身污泥，今次是一报还一报，你还怪我？哎哟！我不和你玩啦，你这妞儿就专会欺负人。"小虎子虽然只有十三岁，但却长得比于承珠仅仅矮半个头，于承珠咯吱小虎子的腋窝，顺手一拉，小虎子几乎伏倒她的身上，于承珠这才一笑将他推开。

只听得黑摩诃续道："狗腿子们连你也不放过，又怎肯放过你的师父？"于承珠心中一凛，想起张风府的遭遇，叫道："我的师父一定是怕皇帝害他，所以走了。"她最是崇拜师父，以为师父什么都能应付，故此连这点浅显的道理，一时也想不起。白摩诃道："你师父不愿惹事，我们兄弟却偏偏要替他出一口气。"于承珠道："我的师父到哪里去了？"黑摩诃道："他可走得远呢……"忽然停了说话，侧耳一听，笑道："小虎子，我前天教给你的拳经，你还记得么？"小虎子道："记得，要不要我背诵给你听。"黑摩诃道："单会背诵有什么用，要紧的是能够临敌应用，等下我就教你一课，教你怎样在敌众我寡的情形之下，运用罗汉神拳。"小虎子道："好啊，是到后面的练武场教么？"黑摩诃道："不，就在这里，等下你瞧得仔细一些！好，现在，你们就躲到衣柜上去。"张丹枫的卧房中有一个大衣柜，约有两个人高，小虎子正在奇怪，怎么练拳要到衣柜上去练，忽听得门外纷沓的人声脚步声，于承珠把他一拉，跃到衣柜上，两人挤在一起，于承珠低声笑道："有好戏看啦，你的师父要借敌人做靶子，练拳给咱们看了。"

只听得房外有人叫道："皇上有诏，宣张丹枫跪接！"黑摩诃捏着嗓子，学张丹枫的口音叫道："什么狗屁皇帝，咱老子偏不接他的狗屁诏书！"黑摩诃是印度人，中国话本来就讲得不好，口音虽学得有几分相似，但却显得粗里粗气，生生硬硬，更妙的是，张丹枫何等斯文，黑摩诃却满口粗话，于承珠几乎忍不住笑，心中骂道："真是狗屁，我师父从来就不讲狗屁。"房外的人更是惊诧万分，大声喝道："张丹枫你敢这样无礼，不怕抄家灭族吗？""砰"地一声，踢开房门。

门外高矮肥瘦，堆满了人，杨千斤、金万两二人亦在其内，这些人都是奉了皇帝祈镇之命，来捉拿张丹枫的，祈镇知道张丹枫武功盖世，起初本想派水师来将西洞庭山团团围着，但水军出动，风声必露，深怕张丹枫闻风远遁，所以改派了七名大内的一等卫士前来，不料张丹枫一听到太上皇复辟的消息，早已知机，先自走了。这些人来到太湖，扑了个空，心有不甘，遂环伺湖边，每日轮流派出二人在城中及湖上侦察。这日杨、金二人，发现了于承珠的可疑迹象，布下陷阱，追到湖心，不料却栽了个大大的筋斗，于承珠脱险上山，他们随即也纠众跟踪到。

他们还以为张丹枫是真的还未曾远去，躲在房中，"砰"的一声，踢开了房门，见了黑白摩诃的怪相，吓了一跳，喝道："你这厮是谁？"黑摩诃龇牙咧嘴地冲着他们一笑，道："我们是专向狗腿子追魂夺命的黑白无常。"杨千斤叫道："这两个小贼也在这里！"一抖铁链，砰砰两声巨响，将房门打烂，白摩诃笑道："哈哈，我正愁没有锁鬼的铁链，原来你自己给我带来了！"

金万两阴恻恻地一笑说道："在判官面前装鬼作怪，吓得谁来？"他是暗器高手，一抖手一低头，弩箭、飞蝗石、铁莲子，一连发出十几枚暗器，张丹枫的卧房不过两丈见方，黑白摩诃又是盘膝端坐在床上，这暗器断无不中之理，只听得黑白摩诃同声大笑道："哈，你这小鬼还会抓痒！"弩箭、飞蝗石、铁莲子全都打中，却都是在身上一擦即坠，纷纷落在床上，黑白摩诃拍拍衣裳，就好像拍掉灰尘似的，哈哈笑道："再来，再来！"衣裳上连一个小孔都没有。

金万两大吃一惊，杨千斤沉不住气，大吼一声，一跃入房，铁链抖得哗啦啦作响，这条铁链有一丈七尺，一抖开来，在门口可以打到内墙，铁链一个盘旋，呼地一声，向黑摩诃拦腰扫到，索尾则缠向白摩诃，只见黑摩诃振臂一挥，叫道："妙呵，妙呵！"那铁链陡地飞了回来，杨千斤正在用力，被黑摩诃的劲力一送一拉，身不由己地顺着铁链向前疾奔，白摩诃拿着铁链的另一端，轻轻一绕，立即将杨千斤的双手束着，反缚背后，笑道："缚着一个小鬼了。"那铁链甚长，缚着了杨千斤，剩下的那大半截还有一丈，被黑摩诃一挥，长蛇般地伸到门口横空一卷，六名卫士个个纵身前跃，全都给铁链迫进房中，陡见黑摩诃从床上飞起，几乎就在同一瞬间，卫士入房，他却落到门口，当门一站，就如一个拦门的黑煞神，高声叫道："小虎子，你瞧清楚了！"

卫士们见此声势，不寒而栗。但恃着人多，鼓勇而上，说时迟，那时快，已有一名卫士，手挥铁尺，朝着在床上盘膝而坐的白摩诃，当头一棒，白摩诃大吼一声，左拳一冲，右拳一落，"咔嚓"一声，那名卫士的腕骨当场碎裂，一条手臂吊了下来，黑摩诃叫道："这是虎拳！"白摩诃飞身跃起，第二个卫士冲到，被他一拳劈下，急急斜闪，但哪里还避得及，黑摩诃拳头在他面上一晃，一个勾拳，正正打中鼻尖，鼻子打塌，连他的眼珠也打得凸了出来，黑摩诃叫道："这是豹拳。喂，打得慢一些，让小虎子瞧清楚了。"小虎子道："我瞧着呢！"一名卫士见势不好，立刻反奔，这人擅长三十六路谭腿，脚上功夫，十分了得，一转身就起连环飞脚，夺门而奔，白摩诃道："哥哥，这是你的了。"黑摩诃五指靠拢，握拳如锄，五根指骨全都凸出，只见他轻轻一"啄"，那卫士大叫一声，膝盖给他的指骨"啄"得碎裂，痛入心肺，飞起的左脚还未及落下，失了重心，立足不稳，一跤跌落，黑摩诃左拳顺手一个斜飞之势，一挥一送，"砰"地一声，又把那人击回房内，白摩诃叫道："这是鹤拳！喂，你也不要打得这样快呵，给咱们练靶子的小鬼就只这几个啦！"小虎子拍掌笑道："哈，大师父真的像一只大鹤，可惜不是白的，要是二师父那就更像啦！"

杨千斤力大异常，双手虽被铁链所缚，用力一震，扣着的两节铁环竟然给他挣断，趁着白摩诃说话的当口，用力一拳，向他胁下猛击，白摩诃"啪"地一下，左手握拳，左右掌上一擦，掌卷拳落，双拳碰个正着，杨千斤虽然力大，却哪挡得住白摩诃的内家真力，登时惨叫一声，虎口流血，五根指骨全都给白摩诃捏碎，黑摩诃叫道："这是龙拳！"口中说话，手底丝毫不缓，一招长蛇出洞，先吐掌后出拳，"砰"地一声，又把一名卫士打了一个筋斗，小虎子叫道："这个我知道，这是蛇拳！"

黑摩诃道："不错，再看一招，这是什么拳？"双拳环抱，一个回旋，左拳拳背朝外，右拳拳背朝内，朝着一名卫士的背腹夹击，只见那名卫士一个吞胸吸腹，掌心一翻，用了一招太极拳的"扇通背"，竟然卸了黑摩诃的拳势，脱出身来，但给黑摩诃的劲力一撞，也在地上不由自己地打了几个圈圈。小虎子叫道："这是龙拳，但没有打着，只打得敌人弯腰曲背，这是崛尾龙！"

这人是七名卫士的首领，名为李涵真，是阳宗海的副手之一，黑摩诃若用全力，自可将他一举击倒，但他为了给小虎子练招，只用了三分力量，李涵真是太极高手，自然知道，第二招不敢再接，一窜身闪到同伴的背后。

黑摩诃大笑道："你挡得我的一拳，也算是难得的好手了。饶你不死，下次不可再来，再来就不饶了！"一个箭拳，将掩着他的同伴击得飞起，跌落床上，左手一抓，已把李涵真抓了起来，向门外一甩，只听得哗啦啦的一片屋瓦碎裂之声，敢情是给掷到第二间房的屋顶去了。小虎子叫道："嗯，这不是罗汉神拳，这是大摔碑手！"

黑摩诃道："哈，好小子，有眼力。瞧着，罗汉神拳来了！"刚才给击到床上的那名卫士，反手一按，刚刚弹起，被他一拳又击个正着，再跌回床中。小虎子道："这法子不错，在床上跌他不死，可以多练几趟。"

黑白摩诃连出七拳，所受的人或轻或重都受了伤，哪里还有斗志，可是白摩诃在房内，黑摩诃在门口，他们想逃也逃不出去，只听得拳风虎虎，乒乒乓乓地乱响，黑白摩诃把那些卫士一个一个地都击得头昏眼花，抛到床上，待他跃起来时，又立即将他击倒，床上棉褥温软，多跌几次，亦是不妨。小虎子看得开心之极，不住地拍手赞妙。

黑白摩诃所用的罗汉神拳，乃是五种拳法的总称。五拳就是"龙拳""虎拳""豹拳""蛇拳"和"鹤拳"。拳经上说，"龙拳"旨在"练神"，注重轻静变化，内劲最长；"虎拳"旨在"练骨"，注重起落有势，刚猛伤残；"豹拳"旨在"练力"，注重跳搏凶狠，变化灵捷；"蛇拳"旨在"练气"，注重舒长灵活，最为机巧；"鹤拳"旨在"练精"，注重稳准狠凝，一击即中要害。这五种拳法，本来源出"少林"的拳法，溯源推始，又是来自印度的达摩祖师所授，黑白摩诃是印度人，对达摩在印度这派的拳法，早已熟习，到了中国之后，再学"少林"的五拳，虽然因在两国分传，已有变化，但到底源出一祖，有许多共通之处，黑白摩诃把中印两国所传的达摩拳法熔于一炉，端的神妙之极。张风府原是少林高徒，小虎子自小也练过罗汉拳，所以黑白摩诃收他为徒之后，就授他拳经。只是拳经上的道理奥妙非常，小虎子年纪太小，尚还不能理解，如今看到黑白摩诃一招一式地演将出来，将敌人打得不亦乐乎，拳经上的道理不须讲述，已豁然自悟。这一仗虽然是强弱悬殊，黑白摩诃对那些卫士，恰如猫儿戏鼠，但小虎子却得益甚大，于承珠也因此增长了不少临敌的见识。

两人挤在衣柜上观战，于承珠看到一招"鹤拳"，把敌人的手臂扭曲，反打另一个敌人，正自叫好，小虎子忽道："喂，你那日见着了我的爹爹吗？"这句话他一见于承珠便想问了，直到现在才趁个空隙，问了出来。于承珠心中一酸，想道：原来小虎子尚未知他父亲已死。

七名大内卫士，杨千斤已被打得半死，李涵真被摔出屋外，剩下的五人，除了金万两之外，其他个个受伤。金万两的本领并非比同伴高强，而是他最为狡狯，躲躲闪闪，被掌锋一触，就躲在床上诈死，从不正面接招，黑白摩诃正打得高兴，反正是有人可打，打谁都是一样，一时之间，却也并未注意及他。这时黑摩诃一招"鹤拳"连打两个敌人，金万两也被碰跌床下，直滚到衣柜旁，抬头一望，见于承珠与小虎子讲话，正自出神。金万两一咬牙根，突然发出两枝袖箭。

小虎子正在追问爹爹下落，忽见两枝袖箭射到，衣柜之上，无法躲避，小手一伸，便待硬接，只见于承珠双指一弹，"铮"的一声，两枝袖箭给她弹个正着，激飞射回，接着金光一闪，一朵金花暗器打入了金万两的咽喉，金万两惨叫一声，跃起丈余，几乎碰着屋顶，白摩诃双眼一睁，怪声笑道："哈，你还没死！"伸手一抓，立用分筋错骨的手法，将他的肋骨全都捏碎，一把摔出屋外。

于承珠弹袖箭，发金花，两个动作，一气呵成，快捷之极，小虎子也不禁暗暗佩服，叫道："好姐姐，师父的功夫难学，学到姐姐的功夫我也心足了！"黑白摩诃一直以为于承珠是个男子，听了小虎子的话，这才知道自己看走了眼，惊奇不已，心中更是佩服张丹枫，同时也起了争胜之念，要把小虎子调教成材，再让他归入张丹枫门下。

于承珠伤了敌人，小虎子拍掌叫好，于承珠却是毫无得意之色，反而眉尖紧蹙，露出愁容。小虎子道："好姐姐，你怎么啦？咱们刚才说到哪里？嗯，那日你见着了我的爹爹吗？"于承珠道："他有两样东西，等下我交给你。"小虎子道："嗯，那你是见着他了。东西慢慢再给我不迟，喂，快瞧，师父打得真好呵！"

只见黑白摩诃发拳如雨，运掌如风，将剩下的那四名卫士打得不亦乐乎，黑白摩诃的劲力用得恰到好处，将敌人击倒床上，便立即弹起，接着又是一拳击到，黑摩诃叫道："小虎子，瞧清楚了，这是罗汉五行拳整套拳法的运用，共有一百零八招，我现在从头打起。"两兄弟把敌人当作练拳的沙袋，这样的教法的确别开生面。那四名一等卫士可就苦了，虽然跌不死，可是习过武功的人，遇到外力打击，自然会运劲对抗，强弱悬殊，所受的苦比普通人更甚，黑白摩诃的罗汉五行拳还未练到一半，这四人的劲力已全都消失，每人都是汗流如雨,床褥尽湿,就像给人用强力榨取一样,看看就要油尽灯枯,性命不保。有两个忍受不住的,臭汗流尽,屁滚尿流,卧房里登时弥漫着一片臭气,于承珠掩口叫道:"臭死啦!别弄脏了我师父的房间,快打发他们去吧!"

黑白摩诃哈哈大笑,将敌人一个个抓起,摔出门外,摔一个,骂一声,最后抓起了杨千斤,多用了两分劲力,将他的脊柱骨摔断,喝道:"回去说给你那狗皇帝知道,若再派人来骚扰张大侠的家园,你们就是榜样。"黑白摩诃杀人不眨眼睛,还是因为近几年年事渐长,火气渐消,所以这次出手,除了将杨千斤、金万两打得重伤残废之外,另四名卫士不过丧失了武功,还能像常人一样走动,还有一个李涵真,则连武功也得保全,七"大"卫士,竟无一人丧命,对黑白摩诃来说,这已经是破例的仁慈了。

黑白摩诃将敌人打发之后,白摩诃笑道:"小虎子呵,你今天不够运道,咱们的罗汉神拳还只练了一半。"小虎子道:"下一次你再练给我看,这次练的一半,已经够我学好几个月啦。"黑摩诃哼道:"傻小子,下一次哪还能有这样的好机会?"于承珠叫道:"喂,别尽留在这房中说话啦。呀,我师父若然见到他的睡房糟蹋成这个样子,不知多生气呢!"

黑白摩诃一笑出房,于承珠、小虎子跟在后面,黑摩诃道:"你师父至少要三年之后才能回来,回来之后也包管他不会生气。"于承珠道:"你们见着了我的师父了?我师父可有什么说话交待?他们到哪儿去了?"黑摩诃道:"哈,张丹枫真是收得好徒弟。我们给你师父卖命,你连多谢也不说一句,就记得问师父。"于承珠小嘴儿一撇,手指头在面上一划,羞他们道:"什么卖命,你这是教自己的徒弟,我师父可不领你的情。"白摩诃道:"哈,你真是不知好坏,我这是给你的师父教徒弟。"黑摩诃道:"我们是三天前来的,你师父刚刚离开。他叫我们也从速避祸,我们却偏偏留下来,要替他管管闲事。"小虎子道:"大师父说谎话,你在路上不是说要向张大侠借一样东西吗?你是凑巧才碰上这场闲事的。"

黑摩诃摇了摇头道:"你还没有拜张丹枫为师,就先帮着未来的师父,真叫我灰心。对啦,你师父料定你会寻来,那东西叫你找给我。"于承珠道："什么东西？"黑摩诃道："张家的镇国宝弓。"张丹枫的先祖张士诚在苏州称帝，曾铸有一把大弓，足有五百斤重，要几个人才抬得起来，张士诚那时以为自己必得天下，铸下这张大弓，准备作为传国之宝，意思是要继位的儿孙不忘弓马，这张大弓不过是用作镇压天下的象征，并不能在阵前实际应用，张士诚兵败之后，这张宝弓藏在快活林行宫的石洞之中，后来张丹枫重得快活林，再把宝弓运回山上。于承珠听说黑白摩诃要借这张大弓，心中极是奇怪，道："这张大弓携带极不方便，你要它有什么用？"

白摩诃道："你这小妞儿别管闲事，拿给我们，自然有用。"于承珠道："你不说，我就不给你拿。还有你是怎样见着我的师父的？我的师父有什么说话？你们还都没有说呢？你说了，我给你拿。"黑摩诃一看天色，道："真是要命，收女徒弟就是这样不好，专会要挟撒娇。好，你一边走，我一边给你说。喂，走得快一点。"黑摩诃一边走一边说道："我都不瞒你，我本来是要找你的师父对付两个大仇人。偏偏你的师父怕皇帝找事，全家远走，那天只是在湖滨匆匆一面，我们大家把事情说完之后，他教我一个法子，用这张宝弓应付强敌。他走得实是匆忙，我们带小虎子前来，本来是准备强迫他收徒的，也还来不及说呢！"

于承珠大为诧异，心道："我师父常说，以黑白摩诃的武功，纵横天下，已是无敌，若以一敌一，他和黑白摩诃也不过是打成平手而已。瞧他戏弄七名卫士，那是何等神通，他们还须惧怕什么强敌？"白摩诃抬头一看天色，道："不好，那两个对头，就要来了，快给我们拿弓。"于承珠本来还有许多话要问，给白摩诃一催，也只好忍住，带他们到后山宝库，宝库藏在山洞，那本是张士诚当年的藏宝之地，后来张丹枫将宝藏都献给了朝廷，里面所藏的就只是先朝遗留下来的武器与一些值得纪念的东西了。于承珠曾入过"宝库"多次，知道开库之法，在岩石上左转三转，右转三转，宝库石门，两边分开，白摩诃擦燃火石，入内一看，那张宝弓摆在当中，想是因为搬运不便，所以张丹枫并没有带走。宝弓之旁，有三支长箭，光辉灿烂，原来竟是黄金打的，黑摩诃蹲身抱起大弓，哈哈笑道："正是合用。"白摩诃将三支长箭一并拿起，走出石洞。

黑摩诃道:"我本想找你师父帮忙,你师父不在,你们两个小家伙帮我一下,好么?"小虎子知道有热闹可瞧,大声叫好,于承珠奇道:"你们的对头,我们怎能抵敌?"黑摩诃道:"我听张丹枫说,山庄下面有一个石阵,是按诸葛武侯的八阵图摆的,你知道么?"于承珠道:"知道,我师父第一次到西洞庭山时,就几乎被陷入石阵之中。"白摩诃道:"你知道阵法么?"于承珠道:"我知道怎样走出生门,要运用可是不能。"黑摩诃道:"那就行啦。我只要你们下去,将我们的那两个对头引入阵中。那两个对头是阿拉伯人,你一见就会知道。快去,快去!"小虎子立刻飞跑,于承珠转眼就赶过了他,道:"喂,小虎子,怎么引法?咱们商量商量。"小虎子眨眨眼睛,道:"这还不容易,你随我来。"说得极为神气,竟似胸中早有成竹。于承珠正想说话,抬眼一看,只见山脚已现出两条人影。正是:

初生之犊不畏虎,将门之后非凡童。

欲知后事如何?请听下回分解。

第八回　骏马嘶风　散花惊妙技
神拳却敌　飞矢射强仇

　　这两人穿的都是黄绢长袍，搭着白绸披肩，束有头巾，高鼻深目，一看就知是阿拉伯人。更妙的是两人不但一般打扮，面目也完全一样，只是一个缺了左耳，一个缺了右耳，小虎子道："妙呵，妙呵，我看这两个怪人也是和我的两位师父一般，乃是双生兄弟。两对双生兄弟做大对头，真是天造地设，妙不可言。"西洞庭山虽不甚高，但从山脚来至山腰，亦有数十百丈，而且山路迂回，果林遮道，少说也得走半个时辰，也不见这两人作势奔跑，竟是晃眼之间，就到了半山，小虎子话刚说完，两人已到了石阵左边的山坳，看他们所走的方向，不必经过石阵，便可上山。于承珠甚是着急，小虎子道："好，我引他们，你的金花暗器可要发得合时。我去也。"跑到果林中，抱着一棵枇杷树，迅即猱升树顶，于承珠不知道小虎子打的是什么主意，但知道他鬼怪精灵，必有古怪的法子，便在小虎子附近数丈之地埋伏。

　　转眼之间，那两个人已走入果林，以这二人的武功，当然知道林中有人，但见树顶上是个小孩子，却是不以为意，只当是想偷摘枇杷果的顽童，两人边走边谈，说的是叽哩咕噜的阿拉伯话，于承珠一句也听不懂，只见他们刚刚走到小虎子那棵枇杷树下，两人低头说话，小虎子忽然拉开裤子，撒下一泡尿来。

　　两人吃了一惊，飞身一跃，左右分开，脸上已溅了几点尿珠，臭味攻心，两人勃然大怒，喝道："小顽皮，想找死么？"说的竟然是中国话。这两个怪人一挥左掌，一挥右掌，在距离枇杷树二丈开外,就发出劈空掌来!

只听得呼呼两声,枇杷果纷落如雨,树上枝叶簌簌摇落,就如打大风一般,树身也摇动了一下,于承珠见这威势,亦是惊心,立刻将扣在两手手心的金花暗器,一齐发出,每边六朵,各奔一个怪人。

六朵金花,打的都是要害穴道,端的非同小可,那两个怪人"咦"了一声,只见两兄弟动作如一,一个向左跳起,一个向右跳起,各自伸出蒲扇般的大手,打横一捞,各自替对方接了那六朵打穴金花,于承珠的金花暗器,周围长着棱角,可以割破皮肉,这两个怪人竟是毫不顾忌,一抄就全都抄入掌中,碌碌怪笑,再张开手时,只见金花都已被他们捏得变成粉屑,就如洒下了一蓬金光闪闪的金砂!

只见小虎子在枝叶果子纷飞的当中,一个筋斗冲了下来,立刻飞跑。原来这两个怪人见小虎子是个顽童,虽然恼怒,却也不想致他于死,所以劈空掌只用了三成力量,打算将他震落地上,再行责骂。要不然小虎子哪还有命在。

那两个阿拉伯怪人是一对孪生兄弟,大哥名叫阿萨玛,二哥名叫阿合玛,是伊朗王子所供养的两位国师,足迹遍及欧亚,这次为了一件伊朗的宫闱奇案与黑白摩诃兄弟有关,其中还牵涉了一件盗宝案,两兄弟追踪黑白摩诃,从伊朗追至印度,从印度追至中国,黑白摩诃胜不了他们,他们也拿不住黑白摩诃,双方武功在伯仲之间,万里追踪,兀是分不出胜负。这两兄弟也像黑白摩诃一样,武功甚杂,学兼欧亚,他们的劈空掌便兼具有阿拉伯的外功和西藏密宗的柔功,掌力刚柔相济,收发自如,非同小可,两兄弟见小虎子是个顽童,这一劈空掌只用了三成力量,满以为小虎子必定会给掌力震晕,哪知小虎子从树上一个筋斗倒翻下来,居然还能奔跑,倒是大出他们兄弟意料之外。怔了一怔,又给于承珠的金花暗器阻了一阻,霎眼之间,小虎子已在于承珠掩护之下,逃出了二三十丈之地。

阿萨玛一声怪笑,用阿拉伯语对兄弟道:"哈,想不到在这里居然有这样本事的娃娃,我要那个大的,你要那个小的。"他的意思是想收于承珠与小虎子为徒,阿合玛应了一声,两兄弟心意如一,脚尖一点,倏地掠出了六七丈,各挥右掌,发出了五成掌力,于承珠正在奔跑,陡觉背后劲风疾扑,脚步一滑,稍稍避开,距离虽远,上身仍不由自己地晃了两晃,阿萨玛掌力加强,见于承珠仍然不倒,更是诧异,脚尖一点,又飞出六七丈地,猛地双掌齐发,用了八成力量,论于承珠的功力,若然给阿萨玛的掌力直接打到身上,那自然是抵挡不住,但劈空掌力,即算练到上上的境界,也和对敌时直接相触的实际掌力有所距离,何况还隔着十余丈地,于承珠听风审力,自问还支持得住,但小虎子却抵受不了,好个于承珠,不愧是张丹枫夫妇的爱徒,机警之极,阿萨玛掌力一发,她陡地使个"一鹤冲天"之势,顺手将小虎子抓了起来,跃起二丈来高,奋力一挥,叫道:"站稳了!"掌风呼的一声,从她脚下掠过,几乎就在这一瞬之间,小虎子已给她掷入石阵。

阿合玛跟踪追到,于承珠前脚已跨入阵中,回头笑道:"好不要脸,欺负孩子。"阿萨玛道:"你拜我们为师,有你的造化。"于承珠道:"你有什么本领,要收我为徒。"阿萨玛伸手一抓,于承珠反手一剑,寒光疾起,剑锋一颤,分刺阿萨玛胸口的"璇玑穴"和胁下的"关元穴",正是百变玄机剑法中的一个杀手绝招,要兼用了全力,那自然不是她刺黑白摩诃之时,心存顾忌所可比。

阿萨玛见她出剑如风,变幻无方,也不禁微微一惊,想不到一个乳臭未干的少年,居然有这样精妙的剑法,倒也不敢怠慢,看剑光杀到,立即前身一倾,伸指一弹,左手干横一捞,只听得"铮"的一声,于承珠的青冥宝剑竟然给他弹得几乎脱手飞去。他这一弹一捞乃是阿拉伯的摔跤时所用的擒拿术,于承珠本来避不开,但她机灵之极,这一剑实是以进为退,被他一弹之后,立刻借力反跃,并不前攻,反而后退,阿萨玛捞了个空,身子扑入石阵,阿合玛跟着也进来了。

这石阵乃是彭和尚当年按着诸葛武侯的遗法所布,分成休、生、伤、杜、死、景、惊、开八门,一入阵中,千门万户,若非熟知阵法,走出生门,即算有多大本领,也走不出。阿萨玛兄弟,不知所以,在乱石堆中,绕来绕去,但见于承珠与小虎子在阵中忽隐忽现，东斫一刀，西刺一剑，扑上去抓时，忽然又不见了他们的踪迹，霎眼之间，他们又从斜刺或者背后杀来，两兄弟虽然不惧受伤，但却也给他们弄得头昏眼花，越来越深入石阵。

阿萨玛心中一凛，对兄弟说道："咱们找的是黑白摩诃这两个老怪物，何苦与这两个小家伙纠缠。"各出一掌护身，寻觅退路。小虎子扮了一个鬼脸，叫道："你们又说要收我为徒，我就在这里，你们怎样又不敢来了，师父也怕徒弟么？"阿萨玛兄弟给他一激，回身反扑，小虎子一跳就跳到了于承珠旁边，跟着她转了几转，阿萨玛兄弟跟着乱转，越陷越深，竟然给他们引入了死门。

阿萨玛渐觉心烦意躁，小虎子、于承珠不住地发言冷诮，阿合玛大怒，双手一抱，抱着一个凸出来的石笋，喝声"起"，硬生生地把一条重可百斤的石笋拔了出来，在石阵中左劈右打，只打得沙石纷飞，于承珠将宝剑舞成一圈银虹，紧紧地护着小虎子，沙石一触剑光，立刻给激飞开去，那石阵虽是乱石堆成，并非山峰可比，但每堆乱石，亦是高达数丈，要打塌一个石堆，大非容易，阿合玛打得筋疲力竭，不过打塌了几个石堆，仍是找不到通到外面的门户。

阿萨玛较为沉着，将兄弟喝止，定睛一看，那些石堆，每个高约十丈，寻常之人，自是攀不上去，但却难不住阿萨玛兄弟，阿萨玛叫兄弟给他在下面守护，预防于承珠的暗器，他自己手脚并用，从一个乱石堆猱升上去，那些乱石尖削如刀，幸而阿萨玛练得全身铜皮铁骨，不怕受伤，不过一盏茶时刻，就攀至上面。刚刚伸头一看，忽听得山顶上传来哈哈的怪笑之声。

只见黑白摩诃站在山顶，居高临下，黑摩诃挽着一张大弓，白摩诃手握长箭，黑白摩诃身材本就高大，这时张弓搭箭，并立山头，威风凛凛，俨如天神。阿萨玛吃了一惊，只听得黑摩诃哈哈笑道："你们连我的徒儿都对付不了，还逞什么强？识趣的快回去吧！"阿萨玛怒道："装鬼弄怪，暗布陷阱，算什么英雄好汉？大胆的咱们再决一死战！"黑摩诃大笑道："好呀，你不服输，咱们就再较量，接箭！"他们二人用阿拉伯语对骂，于承珠与小虎子虽然不懂，但听得声音铿锵震耳，乱石堆中回旋着嗡嗡之声，俨如金铁交鸣,怒涛击岸,也自不禁骇然!

于承珠与小虎子躲在阵中"生门"一角,抬头仰望,忽听得"嗤"的一声,长箭破空,劲风呼啸,阿萨玛一个倒栽葱,从上面直跌下来,阿合玛手攀石笋,飞跃猱升,张手一接,接不着哥哥,只听得又是"嗤"的一声,阿合玛也跌了下来,两兄弟肩头都是一片殷红,石阵之中,金光一闪,两支长箭插在石上,箭尾兀自震动不休,铿锵之声,久久不绝!

原来黑白摩诃与阿萨玛兄弟功力本在伯仲之间,若在平地,打三日三夜,也未必分得胜负。如今黑白摩诃仗着神弓之力,在高峰放箭,力道之强,无与伦比,阿萨玛兄弟在石阵之中又转得头晕眼花,竟然躲闪不开。两箭均中,还幸黑摩诃手下留情,射的是肩头并非要害之处,饶是如此,阿萨玛兄弟受了神箭的冲击之力,破了真元之气,非再苦练一年,不能恢复原来的功力。

小虎子虽是顽皮,见如此威猛的声势,也自吓得目瞪口呆,他初学内功,略窥门径,见阿萨玛兄弟竟然硬挡了这两箭,若非内功有极高的造诣,这两箭定然穿过肩头,射碎筋骨,如今阿萨玛兄弟虽给射中,却能将那极刚劲的箭势消解了一半,震落地上,而且那消解之后的力道,还居能令长箭插在石上,双方功力之深,确是骇人心魄!小虎子对阿萨玛兄弟衷心佩服,非但没有出言讥诮,反而上前去扶起他们。

阿萨玛睁着一双怪眼,手掌朝岩石一拍,突然一跃而起,道:"你这小娃儿倒好心眼。"左手一伸,把小虎子一把揪着,将他打了个转,左掌在他背心一拍,于承珠大惊,急忙抢过来救,只见阿萨玛出掌快极,在小虎子背心连拍三下,一下将他推开,小虎子腹内咕咕作声,在地上转了几圈,突然跃入阵中躲到一堆乱石的后面,于承珠道:"你怎么啦?"小虎子伸出半个头,连连摇手道:"你不要来,我要撒屎。"于承珠又好气又好笑,但见他面色如常,声音不改,却也放下了心。阿萨玛似笑非笑,两只怪眼仍然瞪着于承珠,把于承珠搞得莫名其妙,不知他弄的是甚玄虚?

只听得山峰上黑摩诃叫道:"看在你师弟这份见面礼的人情,承珠,你领他们出去。"阿萨玛恨恨叫道:"黑摩诃,我可不领你这个情!"黑摩诃道:"你要与我较量,也得待一年之后啦!你瞧着,我这里还有一枝未射,给你开路!"石阵布在山腰,离山顶少说也有百来丈高,两人说话,竟如面对。但于承珠却也听出,阿萨玛的声音短促,显是强用精神,中气不足。

话声未完,长箭破空之声又起,噼啪一声巨响,竟将阻在阿萨玛面前的一块石头射得分开两半,阿萨玛知道这是黑摩诃有意示威,下逐客令,冷冷一笑,道:"好威风,只是你这威风也不过仅仅一年。"拉起阿合玛随于承珠走出石阵,回头打量了于承珠一下,道:"你也是那两个怪物的弟子吗?"于承珠道:"我的师父是张大侠张丹枫。"阿萨玛道:"哦,张丹枫,好,我领你的情,我记着啦!"

于承珠走回石阵,捡起那三支长箭,箭是黄金所铸,沉重非常,于承珠抱在手中,好不吃力。走到生门,见小虎子正走出来,面色苍白,好像瘦了一些,于承珠道:"你怎么啦?"小虎子道:"没什么,只是大泻了一场,反而觉得非常舒服。"原来阿萨玛有一样绝技,能用推拿之法,给人治病,小虎子初练内功,过于求进,胸中郁积,他自己尚未知道,阿萨玛在他背心连拍三掌,助他以气行血,将体中的浊气全都下降排泄,令清气上升,流转四肢,对小虎子将来的内功修练大有裨益。

小虎子道:"怪不得我的两位师父要借你师父的静室练功,原来是要对付这两个怪物。"于承珠道:"你是怎样碰到这两位师父的?"小虎子道:"那天晚上我把樊英锁在石室,出来找我的爹,行到村头,便碰见两位师父,他们以前到过我的家中,我知道他们叫黑白摩诃。大师父黑摩诃道:'小虎子呵,有坏人找你爹的麻烦,你不好回家去了。'我说:'有坏人来,我更要回去说与爹爹知道。'二师父白摩诃道:'你本事还未练成,你去帮不了你爹,给人误伤,那你爹就反而给你拖累了。那两个坏人不是你爹的对手。你不如随我走吧,我带你去见张丹枫,你爹以前对我说过,想让你拜在张丹枫门下,我们此来就是想将你带去的。但你爹爹现在有事,我们也有急事要找张丹枫,不能再多耽搁,所以我们就不去见你爹啦。我们已在你家门前留下信息,他今晚把那两个坏人打发之后,自然会来找你。'嗯,承珠姐姐,你见着了我的爹,为什么他不和你一道来?"于承珠听了,这才知道原委,心道:"可惜黑白摩诃只见着先来的那一拨坏人,亦即祈钰派来的那两个使者战三山和闻铁声,却不知祈镇也派有两个使者还在后头,要不然黑白摩诃纵有天大的事情,也会留下来相助。"

小虎子道:"咦,你受了什么委屈?眼圈儿都红了?哦,是了,我爹爹不愿见客,你一定是硬闯入我的家中,被他责骂了一顿了,是么?哎,不要哭,不要哭,我爹说过的,男人大丈夫,流血不流泪……"小虎子见于承珠眼角滴下泪珠,莫名其妙,于是充作大人,出言安慰,忽想起于承珠不是男子,爹爹说的那句话对她并不适用,正想另用说话劝解,于承珠道:"你爹爹被害了!"小虎子叫道:"什么?我爹爹被害了。"于承珠道:"就是那些坏人将他害死的。"小虎子呆了一呆,忽地大叫道:"你胡说,我爹爹英雄盖世,那些坏人岂能害得了他?"

于承珠忍着眼泪,抽出张风府留下的那柄缅刀,又从怀中掏出那幅血衣,道:"小虎子,你说得不错,你爹爹确是英雄盖世,那些坏人一个个都被他杀死了。他的仇他自己已经报了。"小虎子面色刷地变得惨白,道:"我爹——"于承珠道:"你爹爹死也瞑目了。这口宝刀留给你用。"小虎子两眼血红,定着眼睛盯着于承珠,猛地举起拳头朝着胸口一捶,这才"哇"的一声哭得出来,于承珠拭去脸上的泪珠,柔声说道:"小虎子,你爹说的,男人大丈夫,流血不流泪。"小虎子接过宝刀血衣,拔刀出鞘,向空中乱砍几刀,叫道:"我不哭,我不哭!"哭声停止,泪珠仍是簌簌落下,于承珠道:"嗯,这才是好孩子。"小虎子道:"我要用这柄刀杀尽天下坏人。好姐姐,你将来教我武艺。"于承珠道:"你有这个志气,还愁练不成武艺吗?你的两位师父和我的师父都会教你武艺。"

于承珠对小虎子柔声劝导,她自己心中却也是十分难过,想起张风府的血仇他自己生前已报,可是自己的杀父之仇,又该向何人索报?她劝小虎子别哭,自己的眼泪却是禁不住夺眶而出,忽听黑摩诃叫道:"哈,你这两个小娃娃是怎么搞的?打退了强敌还不高兴,反而在这里流泪?"她和小虎子相对流泪,黑白摩诃到了身边,他们这才发觉。于承珠道:"张风府伯伯死了。我劝小虎子别哭。"黑白摩诃怔了一怔,叫道:"张风府怎么死了?就是那天出的事吗?"于承珠将听自樊英的张风府惨烈而死的情况转述了一遍,黑摩诃道:"好,生是英雄,死是好汉。小虎子你有如此英雄的父亲,还哭什么?"又对于承珠道:"我本该让你把小虎子带去找你的师父,但小虎子武功未成,万里远行,只恐于你不便,我们要赶回印度,就让小虎子先跟我们两年,然后再送给你的师父,你说可好?"于承珠道:"这更是小虎子的造化了。嗯,现在你该将我师父的消息告诉我了。"

黑摩诃道:"我听你师父说,他们要到云南的大理去,你太师祖在大理的点苍山上,今年恰巧是他八十一岁的大寿,你师父趁此时机,一来避祸,二来替他老人家拜寿。"于承珠的太师祖即是玄机逸士,十年前与大对头上官天野化敌为友,一同归隐,这事于承珠亦曾听师父说过,现在才知道原来他们就是隐居在点苍山。

黑摩诃又道:"你师父曾等你三日,不见你来,这才出走,他说有一封信留在书房给你。"于承珠回来之后,正因见不着师父心中怅怅,这时听说师父曾等她三日,又有书信给她,心中甜丝丝的,深感师门情重,悔恨自己在路上多耽搁了时日。

白摩诃道:"那些大内卫士给咱们打了一顿,料想短期间内,不敢再到洞庭山来。只是此去云南,万里迢迢,你在路上,可要小心。将来我们也要取道缅甸到云南来见你师父,你见到师父先替我们问候。"黑白摩诃携了小虎子先走,于承珠再入书房,她往日经常在书案前侍候张丹枫写字,知道师父习惯把琐物放在当中的抽屉,打开一看,果然见到里面有两封信,一封信上写着她的名字,另一封写的却是周山民的名字。另外还有一对小小红旗,一面旗上绣着一轮红日,另一面则绣着一弯眉月,于承珠先把给她的信打开来看,只见除了信笺之外,还有一张图画,画中一对中年男女,虽不似自己师父师母一对璧人,相貌却也不俗。于承珠抽出信笺念道:

"承珠女弟如晤,惊闻令尊噩耗,痛明室之自毁长城,伤丹枫之丧失师友,新亭流涕,焉然未勒,抚膺痛泣者岂徒我二人哉。唯望女弟念世变正殷,河山多难,节哀为国,继承父志,毋负平生。

"太上皇狠心辣手,我所深知,复位之后,必将诛戮功臣,而缇骑所及,此间亦非净土。我固无惧,但女真崛起东北,倭寇扰乱东南,尚应合力同心,共御外敌,我仍一本初衷,不欲与朝廷作对也。因是暂时为避祸之计,远赴滇南,亦趁此时机,与你太师祖拜寿。我知你必将随来,但目前另有大事,须你代办。所留日月双旗,你当随身密藏,作为信物,见字后即携带同函件,往北疾驰,若逢画中男女,即金刀小寨主周山民夫妇也。"

于承珠读完信后,心中虽是悲痛,但得聆师训,心头纷乱却已稍稍解开。随即策马下山,她也曾听师父谈过金刀寨主周健的故事,心中想道:"周健年老,听说大小事务,都已交与他的儿子,周山民夫妇怎么敢冒险入关,我的师父又怎么知道?"但她素知师父神机妙算,料事如神,虽然不明其中缘故,仍是按照师父嘱托,快马疾驰。

于承珠策马下山,来到湖边,但见浩瀚波光,却无帆影,正在踌躇,忽见柳荫深处,荡出一叶渔舟,舟上渔翁含笑说道:"于姑娘,你要到无锡去吗?我是山腰枇杷林子里住的薛老三呵,你还认得我吗?"西洞庭山上,通共不过数百人家,于承珠在山上住了八年,对山上居民,虽然未必叫得出名字,大半都能认得,薛老三一说,她立即记了起来,有点难为情地笑道:"刚才我上山时,你不是也正在上山吗?我换了这身男孩子的衣裳,亏你也认得出,你倒胆大呵,他们都躲起来了。"薛老三道:"我知道你定要渡江,特别来送你一程。姑娘,咱们上船再说。"

薛老三把白马牵到船上,竹篙一撑,小舟如箭离岸,他叹了口气说道:"幸亏你们打败了那些家伙,要不然我们哪敢出来。张大侠真是好人,他临走时早已料到有一场祸事,叫我们躲起来暂避风头的,嗯,他去了哪里,不知几时才能回来?"扁舟一叶,不减风帆,于承珠回头一望,后面山峰隐约,洞庭山庄也望不见了,她在这里住了八年,早已把洞庭山庄当成了她的家,想起自己也不知何时方能回来,不觉一阵心酸,漫应道:"嗯,我师父去的地方远着呢，但他最爱这儿，我瞧他过不了几年，迟早总要回来的。"

薛老三唠唠叨叨地和她道说张丹枫初来这里住时的种种情事，不知不觉已到湖心，太湖七十二峰，倒有过半数的山峰留在后面了。于承珠不住回头遥望，洞庭山上，白云深处，仿佛还见她的师父白衣羽扇，徜徉其间，骤然间，她脑海中忽然泛起毕擎天那粗豪的样貌，只一出现便立刻给她师父的影子压下去了，她心中想道："若拿毕擎天来比我师父，真如蛮牛之比凤凰。"其实毕擎天也没有如是之糟，他温文尔雅之处，自是不能与张丹枫相提并论，但那股豪气，却也并不见得输于张丹枫。西方的心理学家分析，女孩子总是爱慕自己最亲近最崇拜的人，在她情窦初开的朦胧意识中，她第一个情人的幻影，常常就是按照她的父亲或者她的先生的影子描画的。这话未必全对，但在于承珠却正是这样。

到了无锡上岸，于承珠谢过薛老三，独自乘马北行，照夜狮子马脚程迅疾，她怕错过了要找的人，不住地勒紧马缰，不许它跑得太快，第一天还没什么，第二天却可觉得有点异样，时不时见有三山五岳各种各样的可疑人物在驿道上奔驰，黄昏时分，她正想放马疾行，赶到前面的一个小镇投宿，忽见两骑马擦身而过，一匹马上骑的是个满面胡须的汉子，另一匹马的骑客奇怪之极，竟然是个乞丐。

那叫化子鹑衣百结，却骑着一匹枣红大马，马上锦垫雕鞍，已显得不伦不类，这时忽地回头，龇牙露齿地冲着于承珠笑道："于相公……于姑娘，咱们的大龙头想念你可想念得紧呢，好呵，你也来了，我替大龙头向你请安。"他身子一转，半边屁股侧坐马背，双手捧着打狗棒，唱了个喏，就像官场中的小官见大官之时，高捧名刺，通名谒见一般，样子甚是滑稽。于承珠一看，原来这叫化子正是在小金龙武振东家中见过的那个毕愿穷。于承珠又羞又气，玉手一扬，一朵金花破空掷出，斥道："谁要你这肮脏化子请安！"金花打在棒的正中，只听得"铮"的一声，打狗棒脱手飞出，毕愿穷在马背上一跃，打狗棒落下，恰恰给他接着，只见他在半空中一个筋斗，倒翻下来，又端端正正地落在马背上，歪着头嚷道："自古云礼多人不怪，你架子再大，也不该伸手打我这个笑面人，呀，呀,你这个姑奶奶真难侍候!"横棒在马背上一敲,那匹马立刻泼喇喇地向前疾跑。

于承珠大怒,依她性子本想飞马追上,再打他两朵金花,但又怕他胡说乱嚷,揭破自己的庐山真貌。路上人来人往,若给人听到一个叫化子叫自己做"姑奶奶",这可多难为情。于承珠虽然任性,如此一想,却是有所顾忌,反而勒紧了马,不敢与毕愿穷同行。

走了一阵,小镇已然在望,忽听得背后马铃疾响,又一匹马飞奔而来,擦身而过,这人赶路甚急,不住地挥动马鞭,作势赶马,冲过于承珠身边时,不知是有意还是无意,噼啪一鞭,竟然误打到于承珠的马身,于承珠这匹照夜狮子马生来未曾受过主人鞭打,蓦然中了一鞭,发了性子,扬起前蹄便踢,那乘骑客是个胖和尚,在马背上一个转身,举手一拦一按,竟然把照夜狮子马拦着,按得它倒退几步。

于承珠吃了一惊,须知照夜狮子马非同凡马,这一踢之力足有五六百斤,那胖和尚能按得它倒退,这一按之力,没有千斤,也有八百。于承珠不假思索,扬手又是一朵金花,那胖和尚的坐骑已跑出十余丈,听得后面暗器嘶风之声,马鞭一圈,竟将金花卷住,扬鞭一甩,回头赔礼道:"洒家赶路心急,误鞭宝马,请小哥多多恕罪。"于承珠本想和他大打一场,见他笑面赔礼,又想自己身有要事,不愿无谓缠斗,只得作罢。

到了镇上,天色未黑,于承珠有心避过那毕愿穷,经过一间客店,见毕愿穷那匹枣红大马,拴在门外,她立刻改了主意,想再赶一段路程,哪知抬头一看,却忽然发现了一宗物事,令她怔在客店门前。

那客店青砖绿瓦,是座两层高八角形的建筑物,飞檐翘角,饶有古意,楼上住客,楼下是个大堂,设有雅座,兼营酒馆生意,客店规模相当宏伟,放在大城市中,也可以算得是间中上的客店,小镇之中,居然有此建筑,已是一奇,但令于承珠吃惊的还不仅是它的建筑,客店的正门,左右两边墙上,各有一幅壁画,一边是一轮红日,一边是一弯眉月,色泽如新,好像是刚刚画上去的。这明明是周山民日月双旗的标记。

于承珠略一踌躇，便即下马，将马拴好，跨入客店的大堂，只见店内已有十多个客人，分成五六处坐，奇怪的是，在普通的酒店，有这么多客人，必定嘈嘈杂杂，甚或猜枚行令，吵闹不堪；而这间酒店，却是寂静无哗，气氛十分肃穆，那些客人，倒不像是在喝酒，而像是到什么圣地朝拜似的。毕愿穷和那粗豪汉子坐在西面临窗的一付座头，毕愿穷见于承珠进来，咧嘴一笑，于承珠心中惴惴，却喜他并没有说什么刻薄的话儿，再一看那胖和尚也独据一桌，于承珠看他时，他也正瞅着于承珠。

于承珠甚为纳闷，选了一处临窗的雅座坐下，店小二走来，不住地打量她，于承珠装做漫不经意地将那对日月双旗露出，店小二点点头，低声道："客官要什么东西？"于承珠要了半斤卤牛肉，一斤白酒，店小二又瞅了于承珠一眼，面上露出疑惑的神色。于承珠放眼一看，好几处桌上，都有一碗热气腾腾的鲫鱼汤，于承珠甚是奇怪，怎么他们不约而同地都要这一味菜。

那胖和尚自斟自饮，忽地叫道："怎么我要的菜还没来？"店小二道："客官要的是什么？"胖和尚道："我一进来就吩咐过了，我要的是红烧肘子。你们是怎么搞的，客人要什么菜你们都忘记了？"店小二赔笑道："刚才伺候你老的伙计进厨房去了，我再去催一催。"座中客人对那胖和尚注目而视，却也没有说什么。不一刻，有一人离座而起，走上楼梯，上面是旅客住宿的房间，不知他是访友，还是他本是这里的住客？过了片刻，又上去一个人，胖和尚忽然无缘无故地嘻嘻冷笑。

过了一会，店小二端了一碗热气腾腾的鲫鱼汤出来，捧到毕愿穷的桌子上，胖和尚双眼一瞪，忽地站了起来叫道："我比他先叫，怎么他的倒先来了？"店小二赔笑道："你老别急，就来就来！"胖和尚大踏步走去，于承珠还以为他向掌柜的理论，忽见他横肘一撞，将店小二撞倒地上，四脚朝天，那碗热气腾腾的鲫鱼汤泼将下来，毕愿穷和那粗豪汉子虽然躲闪得快，还是给淋得满头满面。那汉子大怒喝道："贼秃驴，你是故意消遣老子来了？"朝着那胖和尚劈面就是一拳！

那胖和尚道:"洒家正在手痒,不消遣你这蛮牛消遣谁?"左掌一伸,抓着他的拳头,右手一招"推窗望月",托着那大汉的肘尖一推一送,那大汉庞大的身躯登时飞了起来,直向柜台撞去,掌柜的是个花白胡子的老汉,慢腾腾地道:"客官们打架到外面打去,小店本钱短少,可赔不起!"那大汉身躯撞到,掌柜的顺手抓起一把算盘,往上一架,叫道:"打坏店里的东西,这可不行呵!"看那老汉有气没力,这算盘一架,却把那大汉又推回去。于承珠吃了一惊,看这掌柜的一推之势,两股力道对消,他立即凭着本身的功力,在半空中一个倒翻,"砰"地一脚将一张桌子踢起,向那胖和尚搂头劈下,那胖和尚双臂一振,叫道:"好,咱们好好地打一架!"那张桌子被他双掌震飞,登时裂成四块,飞向四方,有一块飞到于承珠的头上,于承珠一掌将它打飞,放眼一看,其余三块也都已同时被人打落。看来在这店中的客人,连同掌柜的,跑堂的在内,个个都有一身功夫。

店中诸人个个对那胖和尚怒目而视,那胖和尚"砰"的一拳,又将那条大汉打得跄跄跟跟,叫道:"不要脸的,就来群殴!"座中客人都是江湖上有身份的人物,虽然恨那胖和尚蛮横无礼,却无一人动手助那壮汉。

毕愿穷嘻嘻一笑,道:"我叫化子最不讲究面子!"抖起木棒,往那胖和尚腰胁一点,胖和尚身躯虽胖,转动却很灵便,回身一个劈挂掌,将毕愿穷的打狗棒带过一边,跟着一个箭拳,平胸打到,那粗汉子双掌一挡,堪堪挡住,胖和尚左拳化掌,招数快极,轻轻一捺,掌风飒然,又照着毕愿穷胸膛印下,毕愿穷认出这是少林拳中铁琵琶掌的功夫,看似轻飘,其实内劲蕴藏,被他"印"下,胸骨必然折断,毕愿穷平素虽然滑稽突梯,这时却不敢有半点大意,将棒舞得风车般地团团疾转,这路棒法是毕家世代所传,有圈、转、点、打、劈、挂、刺、扫八法,变化甚为复杂奇妙,加上那大汉的五行拳也打得甚为纯熟,虎虎生风,以二敌一,旗鼓相当,打得桌子倒翻,板凳折断,客店中顿时空出一大片地。

掌柜的不住叫嚷,这三个人打得性起,哪里肯住,正在打得不亦乐乎,门外又进来了两个客人,一老一少,老的像是个乡下老头,抽着一杆旱烟袋,少年也有三十多岁,却生得又矮又胖,像个冬瓜。这两人一进来,店中的客人们目光都注到他们身上。

那老头子抽了一口旱烟,将烟杆一指,老气横秋道:"店中闹成这个样子,掌柜的你怎么不管?"掌柜的上前请了个安,道:"郭老爷子,孟大爷,咱们开店的可不敢管客人呵。"于承珠心中一动,想起师父曾和她谈过北五省各路英雄,其中有一个山东省的独脚大盗,名唤郭成泰,样子像个老头,长年捧着一根旱烟袋,他烟管打穴的功夫,在绿林中却是一把了不得的好手,他有一个徒弟名叫孟长生,像个矮冬瓜,郭成泰因材施教,传了他一套地堂拳,也是后辈中的英杰。想必就是这两个人。

郭成泰听掌柜的说了,皱皱眉头,道:"该敬重的客人自该敬重,胡闹生事的客人么,也该管管。你管吧,有什么事情,我老头子担承。"

掌柜的稍一踌躇,奔入场中,道:"客官看在郭老爷子的份上,停手了吧。小的在这儿给你赔罪了。"那胖和尚道:"什么郭老爷子?你要赔罪,给我叩三个响头,叫我爷爷。"口中说话,手底却是丝毫不缓,"砰""砰"两拳,左拳将那粗豪汉子打了一个筋斗,右拳将毕愿穷的木棒击飞,于承珠大吃一惊,这两拳正是罗汉神拳中的"龙拳"和"豹拳"的手法,虽然不及黑白摩诃传给小虎子的那样神妙,却也中规中矩,具见功力。看来这胖和尚竟是有心取闹,适才未出全力,见到有人来干预时,才显出功夫。

郭成泰胡子一翘,掌柜的咳了一声,道:"大师父,你这样闹法,小的只好请你出去啦。"两手一伸,搭在胖和尚的肩上,别看他是个枯瘦老头,这一抓却是武林罕见的大鹰爪力的功夫。胖和尚肩头一沉,气达四梢,一个"渔夫晒网",卸去了掌柜的大力鹰爪功,肩头却是火辣辣地疼痛,两人都是心头暗惊,知道是碰到了劲敌。胖和尚叫道:"我的银子可不是腥的,你开店子凭什么不许我吃东西?哼,哼,你要撵我出去,我就先把你这店子拆了。"霎忽之间,连出三拳,那是罗汉五行神拳中的"虎拳""蛇拳"和"鹤拳"的联合运用,三拳连出,三种变化,那掌柜的大力鹰爪功只是堪堪抵挡得住。

毕愿穷拾起木棒，想上来助战，却见同伴倒在地上，还未爬得起来，不知他有否受伤，无暇攻敌，先行救友。郭成泰的徒弟孟长生已忍耐不住，一个箭步，冲上前来，那胖和尚一拳捣出，还未击中，他已扑倒地上，跌了个滚地葫芦。于承珠心道："他在绿林中也是个响当当的角色，怎么如此不济，未中拳就被拳风震倒了?"正是：

有心挑战火，无意会英雄。

欲知后事如何？请听下回分解。

第九回　泼酒斗凶顽　夜奔荒野
　　　　　传书邀抗敌　义薄云天

却见那孟长生在地上一个"懒驴打滚",横掌便削那胖和尚的小腿,胖和尚急忙缩脚,孟长生仰卧地上,双脚一踢,又踢到和尚的膝盖,原来他并不是被和尚的拳风所震倒,而是在那里大耍北派的"地堂拳"。只见他在地上滚来滚去,有如辘轳乱转,忽而脚踢,忽而手抓,时而以肘支地,时而以肩承重,倒竖蜻蜓。身子灵活之极,肩、肘、指、臂,各个部分都是一沾地,即能借力腾起,竟如一个皮球一般,所发招数甚是怪异,却无一不是攻向敌人要害,于承珠虽然听师父说过有这路功夫,却未曾亲自见过,这时见那胖和尚被矮冬瓜迫得连连后退,形状滑稽之极,不禁失声笑了出来。

忽听得有人叫道:"反脚踢他背脊!""奔坎位踏他手背!""走离方挑他鼻梁!"郭成泰一瞪眼睛,只见一个短小精悍的汉子,不住地指着场心口讲指划,竟是指点那胖和尚用鸳鸯连环腿去破孟长生的地堂拳,看来他对地堂拳极为精通,竟把孟长生的后一着,即将滚动的方向都喝破出来。地堂拳全仗在地上盘旋滚转,扰乱敌人心志以取胜,在不熟习地堂拳的人看来,但觉他乱转乱滚,难以预测,其实内中实有法度,并非杂乱无章。那胖和尚的功力本来比孟长生高出许多,这时一得同伴指点,更如生龙活虎,上面用罗汉五行拳,下面用鸳鸯连环腿,同时对抗两个强敌。那掌柜的施展大力鹰爪功,尚能应付余裕,孟长生却给他一顿连环腿踢得在地上东闪西躲,狼狈之极,猛听得那胖和尚喝一声"着"!腾地飞起脚,将孟长生踢了一个筋斗。

郭成泰胡子翘起,一口口地喷出浓烟,显见心中愤怒之极,只是场中已是以二打一,以他的身份,自然不好再去帮场,毕愿穷这时已将同伴扶起,那粗豪汉子虽然中了胖和尚一拳,他皮粗肉厚,却无大碍,毕愿穷一晃大棒,盯着那短小精悍的汉子道:"阁下既然技痒,我这个化子倒愿陪阁下玩玩。"那汉子道:"君子动口不动手,哈,斜走巽位,再给他一脚,管保他不能再打。"胖和尚依言一脚,果然又把孟长生重重地踢了一脚,踢得他在地上连打三个大翻,碰倒了两张桌子,果然不能再战了。

毕愿穷一生戏弄人,这时却反被那汉子嘲笑,心头火起,便待下场,只听得"格登""格登"的脚步声,有人走下楼梯,登时全场肃静无哗,毕愿穷将跨出的脚步又缩了回来,显出恭敬侍候的样子。于承珠大为奇怪,抬头一看,只见一对中年男女,正在一步一步地走下楼梯。

这对中年夫妇年纪不过三十多岁,衣服华丽,乍眼看去,似是贵家公子携同眷属出游,但眉宇之间,英气勃勃,酒店中那些三山五岳的人马,一见他俩走下楼梯,立刻肃然起立,鸦雀无声。于承珠心道:"什么人竟有这样大的气派?"看清楚时,却原来就是张丹枫要她寻找的那对画图中人——金刀少寨主周山民和他的妻子石翠凤。

那掌柜的一听到脚步声便想跳出圈子,胖和尚却是一点也不放松,他对周围肃静的气氛,竟似毫无感觉,忽地叫道:"掌柜的老儿,你要走这可不成!"左手骈指一撩,右拳突出,"砰"的一声,又将那掌柜的摔了一个筋斗,那掌柜的大力鹰爪功比起胖和尚的罗汉神拳功力虽然稍逊,但也不至于输得如是之惨。只因他忙着要迎接周山民,料不到胖和尚居然如此无礼,故此冷不防便着了胖和尚的道儿。

这一下全场皆怒,有几个摩拳擦掌,便想跳出,郭成泰火红了眼,提起旱烟管便奔下场,忽听得周山民道:"郭老爷子,你也来了?有劳前辈,实不敢当。"郭成泰涨红了脸,想起自己的身份实不宜在周山民面前,跟这个胖和尚动武。周山民微微笑道:"有什么事过不去,坐下来谈谈不好么?"那胖和尚大叫道:"你们这一伙都帮着店家欺负俺出家人,洒家可是不惧!"周山民笑道:"怎见得我就帮定了店家,你说出理来,咱们评评。"有两个少年人忍不住气,在周山民说话的当儿,便奔上去要拉下胖和尚,胖和尚一招左右开弓,将两个少年都打倒了。

郭成泰叫道:"好呀,欺负到我的头上还不打紧,如今竟然欺负到金——"底下的话还未说出,周山民摆了摆手,郭成泰猛醒起周山民不愿在生人面前表露身份,但这口气却咽不下,"金刀寨主"几字含糊带过,却跟着大喝道:"俺不教训你这秃驴,俺不姓郭!"这时他怒火攻心,再也顾不得在周山民面前失仪,一抖烟管,奔向胖和尚。

胖和尚大笑道:"我正要领教领教你烟管打穴的功夫。"随便立了一个门户,伸拳待敌,忽见面前人影一晃,一个清脆的声音说道:"你这几招把式,配向郭老前辈请教么?"这人身形快极,声到人到,倏地便是一个冲拳击到面门,胖和尚吃了一惊,心道:"怎么这厮也会罗汉神拳?"伸掌一拨,左掌用的是铁琵琶手,右手还了一招"鹤拳",那少年身形左晃,避过他的铁琵琶手,屈起五指,猛然一啄,用的也是"鹤拳",但招数却是怪异之极,一啄之下,招式未变,立刻便是一个肘锤,接着长拳横拖,脚底一拨,胖和尚咕咚一声,跌倒地上,这少年正是于承珠。

于承珠的功力本来不及胖和尚的深厚,却何以仅仅在三两个照面之间,便能将胖和尚击倒?原来胖和尚使的是正宗的少林派所传的罗汉神拳,于承珠使的却是黑摩诃所传的、掺进印度拳法、经过变化的罗汉神拳,胖和尚不知道其中变化的精妙,用正规的罗汉神拳去对付,被于承珠一个巧劲,便将他的拳法破了。

那胖和尚一跌即起,满面懊恼之色,向于承珠望了一眼,大踏步便向外走,郭成泰喝道:"你这样便一走了事么?"胖和尚道:"这位小哥的拳技果是高明,我认输便是。你呢,我可还没有领教,你不许我走,也得像这位小哥的拿出点本事来!"郭成泰大怒,烟杆一摆,道:"老夫也没什么本事,你要试尽管来试,你若能在我烟杆底下钻出门去,我今生永不在江湖上行走。"周山民见这个胖和尚似是存心挑衅,但却又十分直爽,输了便服,倒不像是个坏人,心中大是疑惑,当下拦在两人中间,笑道:"四海之内皆兄弟也,有什么过不去的事情,非得拼个你死我活?"孟长生爬了起来,站在他师父的旁边,气呼呼地指着胖和尚道:"这个秃驴一进来就捣乱,人人皆见,你问他是什么道理?"那胖和尚双眼一翻,也嚷道:"大家都是进来喝酒吃饭,却为何要厚此薄彼,你问问这掌柜的又是什么道理?"两人七嘴八舌地吵起来,周山民好不容易才明白了原委,哈哈笑道:"原来是为了这一点小事。店家,摆好席位,再做一些拿手的小菜来,兄弟今日请客,郭老爷子,大和尚,这位小哥,都看在我的面上,来喝一杯。"周山民是个寨主身份,说话自有一股威严,那胖和尚果然不再言语,与他同来的那个短小汉子却打了一个眼色,道:"萍水相逢,无谓叨扰人,咱们还是走吧。"周山民哈哈笑道:"这位大哥的话太过不像江湖汉子的说话了,岂不闻红花绿叶,都是一家,一杯水酒,也值得扭扭捏捏,像个娘儿们的客气?"石翠凤横他一眼,道:"娘儿们就都是扭扭捏捏的么?"周山民哈哈笑道:"好,我说错了,自罚三杯!"那胖和尚见他如此豪爽,一屁股便坐下来,道:"好,我也自罚三杯!"那短小汉子瞪他一眼,周山民拉他道:"你也来同喝一杯!"

正在拉拉扯扯,忽听得门外有人笑道:"好呀,咱们也来同喝一杯!"只见门外走进两个军官,都是体格魁梧,腰悬长剑,于承珠一眼瞥去,认得头一个正是大内总管阳宗海,门内诸人都变了颜色,周山民故作镇定,拱手说道:"好极了,难得两位大人到来,真是出门逢着贵客,请也请不到呢!"店家早已把桌椅重新摆好。那两个军官老实不客气就坐着当门的一桌。

两个军官四只眼睛,不住价地在周山民面上溜来溜去,周山民沉住了气,道:"请教两位大人高姓大名。"阳宗海道:"兄弟小姓阳,贱名宗海。这位是御林军的统领娄桐荪。"众人吃了一惊,阳宗海是天下闻名的四大剑客之一,娄桐荪则是前任锦衣卫总指挥战三山的师兄,他们的师父是晋北武学大师石鸿博,以分筋错骨手,和五行剑点穴法称为武林双绝,娄桐荪的功夫尽得师父所传,比他的师弟要高明得多。阳宗海做了军官已是一奇,娄桐荪也变成了御林军统领，众人更是意想不到。原来战三山被张风府打死后，皇帝祈镇遣人请石鸿博出山，假说战三山是被张丹枫打死的，要石鸿博为他的徒弟报仇，石鸿博推以年老，但他一时糊涂，信了使者的话，一来是憎恨张丹枫不看他的情面，打死战三山；二来也想本派武技扬名中原。遂派了大徒弟进京，祈镇果然重用，立刻授了他御林军统领之职。

阳宗海和娄桐荪占着当门的桌子，众人心中一凛，看样子竟似拦门堵截，不怀好意。那短小精悍的汉子趁着众人不留意他们之际，把胖和尚拉了出来，也坐在靠近大门的一张桌子上，与阳宗海、娄桐荪成为了犄角之势。郭成泰嘿嘿冷笑。阳宗海的眼光在众人面上扫过，看到了于承珠时，眼光停注一下，面上微现诧色，于承珠丝毫不惧，直着眼睛盯他。阳宗海哈哈笑道："真是踏破铁鞋无觅处，得来全不费功夫。座中都是英豪，今日的酒喝得最痛快了。"不待人劝，仰着脖子就连喝了三大杯。

周山民拱手道："两位大人公事在身，兄弟不敢劝酒。喝了这三杯，大家随量吧。要酒要饭，各人自便。"阳宗海道："兄弟的公事，得老兄帮忙，想已没有问题，这三杯酒我多谢了。"周山民吃了一惊，按着杯子道："大人此话，是何意思？"阳宗海道："皇上请你老兄进京！"周山民虽料到阳宗海会知道他的身份，却想不到他对着自己这边这么多人，竟敢单刀直入，一按酒杯，昂首冷笑道："小弟一介书生，连考几次秀才都考不上，哪有福分见当今皇上，阳大人不是说笑话吗？"阳宗海哈哈笑道："明人面前不说假话，少寨主，你文武双全，皇上想望得紧哪。"那胖和尚忽然叫道："阳大人，这位小哥的武艺也好得很呀，你要请该一并请去。"这胖和尚是个浑人，他哪里知道此间危机一触即发，还以为阳宗海是好意邀请他们入京，保着他们一官半职，他佩服于承珠，也不问自己与阳宗海有无交情，便行推荐。阳宗海大笑道："了缘大师说的是！所有这里在座的男女英雄，我都一并邀请了！"

阳宗海这几句话轻描淡写，眼中竟似全不把各路英雄看在眼内。郭成泰纵横绿林，几十年来从未受过人这般轻视，首先按捺不住，大喝一声，推开座位，叫道："好呀，阳大人请客，老朽先去!"阳宗海紧紧盯着周山民,看也不看郭成泰一眼,一摆手道:"那好极了,褚兄,你接待客人。"那短小精悍的汉子应声而起,一推那胖和尚:"了缘大师,咱们一齐接待。"郭成泰飞步抢门,铁烟杆一指,就点那汉子腿弯的软麻穴,那汉子扑地一滚,突然摸出一柄单刀,在地上一倒,便削郭成泰的胫骨。原来他也精于北派的滚地堂刀法。

郭成泰"哼"了一声,冷笑道:"孔夫子门前卖百家姓!"烟杆往下一挑,当作短花枪用,那汉子一滚闪开,只听得"卜"的一声,郭成泰那支烧红的烟斗已在他的膝盖上敲了一下,那汉子的武功还算不弱,郭成泰这一记本来是用作打穴的,给他避过,但这一敲却是郭家独有的手法,将烟斗从"点穴橛"又变成了"七星锤"使用,那汉子却避不过了。

胖和尚"咦"了一声,叫道:"阳大人好好请客,你怎么倒动起粗来了!"奔上去救,郭成泰恨胖那和尚适才打了他的徒弟,烟杆一抖,刺胖和尚腰胁,烟杆颤动不休,在刺戳之中,又随时可变为打穴的手法,胖和尚叫道:"好厉害!"一转身双拳齐发,左面的拳势是龙拳,右面的拳势是虎拳,这少林派的五行罗汉神拳,循环变化,妙用无穷,郭成泰年老力衰,只能巧取,不敢力接,情知这烟杆刺下,定可打中和尚的穴道,但自己最少也得挨他一拳,迫得撤招再刺,胖和尚哈哈笑道:"原来你只会吹牛,却也不敢和我硬拼!"迈步直上,拳出如风,霎眼之间,就一连打了七八拳,拳势凶猛之极,有如铁锤击石,巨斧开山,只要中了一拳,便是筋断骨折之祸,郭成泰展开小巧的身法,一根烟杆,时而当"点穴橛",时而当"小花枪",时而当"七星锤",或刺或点或敲,也是在霎眼之间,便变了七八种手法,胖和尚打不着他,他也不敢欺身进击,看来两人是各有擅长,半斤八两。胖和尚又叫道:"原来你还有这几下散手,我倒是看错你了,你确不是吹牛!"胖和尚是个浑人,说话戆直,这几句话,倒是真心称赞,郭成泰气得七窍生烟,将烟杆舞得更急。

忽听得阳宗海叫道:"你们真的是敬酒不吃要吃罚酒,哈哈,那就恕我不再客气了!"

只听得一声长啸，周山民亮出金刀，振臂一挥，金刀在空中虚劈一刀，噼啪作响，大声叫道："兄弟们抢门，阳大人这杯罚酒，兄弟来领。"阳宗海只是盯住周山民，对其他人毫不理会，但听得"铮"的一声，他的长剑亦已出鞘，刀剑相交，周山民的刀重，阳宗海的剑轻，周山民的金刀却反而给他磕开，石翠凤拔出柳叶刀，隔着一张桌子，便是一招"蝴蝶穿花"，盘旋飞舞地隔着桌子斫来，周山民一改刀势，从斜抹变为直劈，这两招全是拼命的招数。

阳宗海冷笑道："贤伉俪同来，那真是求之不得，阳某促驾了！"腾地飞起一脚，将桌子踢飞，挡了石翠凤的刀，刷地一剑，刺周山民小腹，这一剑来得轻灵迅捷，周山民刀已劈出，回招不及，百忙中抓起一个盛汤的铜鼎一挡，汤水泼了满地，铜鼎被阳宗海一剑削为两半。石翠凤救夫心切，汤水溅污了她半幅罗裙，她丝毫不觉得，跳过一张桌子，挥刀便斫，"铮""铮"两声，阳宗海一招"双龙出海"，剑势左右一分，将两口刀都同时架开了。

这时众人都已抢到了门口，娄桐荪关上了大门，当门一站。有两个少年好汉，各舞一柄铁锤，便冲上去砸门，娄桐荪"嘿嘿"冷笑，忽地叫道："都给我躺下！"他手法快疾之极，众人连看都未看得清楚，那两个少年好汉的铁锤已是脱手飞出，厉叫一声，双双倒在地上，原来都被娄桐荪用分筋错骨手扭断了手臂！众人大惊，抢上来救，娄桐荪出手如风，左一抓右一抓，霎忽之间，又有几人给扭伤筋骨，这"分筋错骨手"在混战之时，最见厉害，一近身便得受伤。众人不敢近身肉搏，只好用长兵器迫着娄桐荪，娄桐荪也不进击，只是紧紧地把守门口，形成了相持之局。

这时客店之中，桌倒椅翻，成了三处的混战厮杀之局，胖和尚与郭成泰打得难分难解，娄桐荪挡着了抢门诸人，周山民夫妇力敌阳宗海，那短小精悍的汉子早已爬了起来，裹好了膝盖，站在娄桐荪的旁边，拉开一张弹弓，噼噼啪啪地乱打，他的弹子还打得真狠，有几个想转身去助周山民的，都给他的弹子打退了。

这三处混战，周山民夫妇处境最危，阳宗海的长剑霍霍展开，剑势飘忽之极，似左反右，忽实忽虚，每一招都似同时攻击两人，周山民夫妇都仅能自保，双刀无法配合，虽然并肩抵敌，却似各自为战。

激战中忽听得"咔嚓"一声,周山民的金刀已被阳宗海的长剑"截"了一个缺口,阳宗海用的并不是宝剑,凭着内家真力,竟能把周山民的厚背金刀弄得伤损,确是声威夺人,周山民、石翠凤都不禁心中一凛,阳宗海得理不饶人,刷刷两剑,左刺周山民的"阳白穴",右刺石翠凤的"乳突穴",剑势连绵不断,顿时把两夫妇迫得手忙脚乱。

忽听得叮叮数声,于承珠突然越众而出,扬手三朵金花,将那短小精悍的汉子所发的弹子全打落,青冥宝剑寒光一闪,直取阳宗海,阳宗海反剑一迎,想粘住于承珠的宝剑,周山民夫妇双刀齐下,于承珠趁势一个回剑反削,"嗤"的一声,将阳宗海的衣袖削去半截。于承珠这两剑是"玄机剑法"中的突袭奇招,又得周山民夫妇双刀助攻,竟然被阳宗海闪开,心中暗暗戒惧。

阳宗海也是吃惊非小,须知江湖之上,把他与张丹枫同列为四大剑客之一,如今张丹枫的徒弟居然能削断他的衣袖,阳宗海自是面上无光。但阳宗海经验丰富,虽然愤怒,却是沉住了气,不取强攻,每一招招数都不用老,专门寻瑕抵隙,哪一方露出弱点,剑势就向哪一方施展。于承珠等三人联手,虽是稍占上风,阳宗海却也是有攻有守。

于承珠居中抵挡,将阳宗海的攻势一一接了过去,石翠凤忽然叫道:"喂,你是张丹枫的什么人?"于承珠道:"是我师父。"石翠凤道:"你师母好吗?"石翠凤与云蕾曾做过"假凤虚凰"(事见《萍踪侠影录》),交情最好,一见于承珠的剑法,喜不自胜,迫不及待就赶忙打听。一分神几乎中了阳宗海一剑,于承珠道:"很好,他们都惦念你呢。嗯,把这厮杀了,我再将详情告诉你。"

阳宗海沉住了气,又斗了十余二十招,忽地长啸一声,哈哈笑道:"你们想杀我,莫做梦啦!我已安排了五百名弓箭手将你们围着啦。要命的快放下兵刃,一个个都随我进京去!"于承珠屏神一听,外面果然传来了纷乱的马蹄声。

那胖和尚与郭成泰正打得难分难解,忽闻张丹枫之名,怔了一怔,膝盖给郭成泰的烟斗敲了一记,疼得跳了起来,却冲着阳宗海嚷道:"你怎么这样子的请客法?"阳宗海笑道:"了缘大师,你不必多管,你只要缠着那糟老头子,把紧大门,便是一功!"

胖和尚露出惶惑之色,只听得外面的马蹄声,已是越来越近……

周山民金刀一摆,叫道:"小兄弟,你去抢门!"众人被围在客店之中,若然五百弓箭手开到,乱箭射入,那后果可是不堪想象。于承珠想到时机险急,撤剑便走,哪知阳宗海突然反守为攻,刷刷两剑,又向周山民与石翠凤连施杀手,于承珠迫得回剑接他攻势,挡了几招,于承珠叫道:"我来断后!"周山民夫妇双刀硬往外冲。阳宗海武力虽高,在三五十招之内,却也不能将于承珠杀败,周山民夫妇倏忽之间奔到大门,那把门的汉子叫道:"了缘大师,他们想群殴呵,你不要怕,我用弹弓助你。"那胖和尚被郭成泰烟斗敲了一记,杀得性起,左右开弓,双拳齐出,周山民夫妇见他拳势凶猛,双刀一立,封着门户,郭成泰将烟杆当作小花枪用,一招"神龙入海",刺胖和尚小腹的"愈气穴",那胖和尚的本事与郭成泰在伯仲之间,加上周山民夫妇,胖和尚自是难以抵敌,看看这一招非中不可,忽听得呼的一声,一条人影从诸人头上掠过,随手一带,将郭成泰的烟管拨过一边,把胖和尚也带得退后几步,靠着大门。这人正是阳宗海,他怕众人攻破大门,竟然使出险招,一剑压住了于承珠的攻势,随即飞身掠起,抢先到了门边。

这一来,阳宗海、娄桐苏、胖和尚与那汉子四人守紧大门,阳宗海剑光闪闪,专刺穴道,娄桐苏更是厉害,一近身便被他用"分筋错骨手"扭伤,胖和尚气力惊人,罗汉神拳使开,一丈之内,近身不得。那短小精悍的汉子武功较弱,但他弹子打得很准,舍近攻远,对抢门诸人,也是一个威胁;周山民这边,只有他两夫妇、于承珠、郭成泰四人可以与高手一战,其他诸人,与阳宗海、娄桐苏却是相差太远,虽然仗着人多,也不过是个相持之局,想在迫切之间攻破大门,那却是难极!门外纷乱的马蹄声越来越近,听来已到门前,阳宗海哈哈大笑道:"金刀寨主,认命了吧!这一杯罚酒,你非喝不行啦!了缘大师,这一拳改用虎拳,先把他的金刀打掉!"周山民正用金刀横劈,攻那胖和尚,阳宗海想把周山民生擒，故此出言指点。

忽听得"轰"的一声巨响，那胖和尚不打周山民，却忽地转过身来，将大门一拳打开，这一下当真是变出意外，阳宗海吃了一惊叫道："了缘大师，你干什么？快快堵住敌人！"那汉子也叫道："了缘大师，你跟我说什么来着？你还想在京师立足吗？"那胖和尚气呼呼地大叫道："洒家才不明白你们搞些什么？谁是敌人？我可不认金刀寨主为敌！"阳宗海双眼圆睁，更不打话，俯身一剑，一招"弯弓射虎"，长剑便刺那胖和尚的丹田，于承珠抢上去一剑架开，周山民反起刀背一拍，将那个不知所措的把门汉子打跌，郭成泰接着抓起他一摔，众人立即涌出门外。

那短小精悍的汉子武功确是不弱，被摔出门外，跌到官兵丛中，刚一沾地，便一个"鲤鱼打挺"跳了起来，随手格开两根长矛，大声喝道："你们瞎了眼睛吗？是我！"弓箭营的统领匆忙叫道："是褚大人，休得放箭！"其实附近的官兵已认得是他，要不然数十根长矛齐下，他再有本领，也难免成为肉酱。

紧接着那位"褚大人"之后，胖和尚旋风般地打出来，官兵中有人认得他是"褚大人"的好友，叫道："这是了缘大师，都是自己人。"那胖和尚丝毫也不理会，忽地怒吼一声，砰的一拳就将一个管带击倒，抢了他的马落荒而逃，弓箭营管带大为吃惊，莫知所措，只听得那"褚大人"高声叫道："这贼和尚吃里扒外，快放箭呀！"就在这个纷乱之际，郭成泰等一干人已是纷纷地向外冲杀，官兵们一面拒敌，一面放箭，那胖和尚脱下袈裟，在马背上迎风飞舞，赛如一面铁牌，他的马已跑出一里开外，纵有些强弓硬弩能够射到，也都给他的袈裟拨落了。

原来这位了缘和尚乃是蒲田少林寺的弟子，性情戆直，甚得他师父觉慧禅师喜爱，觉慧死后，他因偷吃狗肉，喝酒胡闹，被掌寺的师兄所责，他不惯拘束，难守清规，一时性起，竟然偷出寺门，私逃下山，打算还俗。他怕在南方碰到同门，不好意思，索性一不做，二不休，越逃越远，想跑到北京去看京师的繁华。那短小精悍的汉子名叫褚玄，是皇帝跟前三品带刀侍卫，随阳宗海、娄桐荪二人出外办案，他们侦知金刀少寨主周山民入关，分头查探。褚玄和了缘和尚是旧相识,在山东道上相遇,褚玄听说他私逃下山,要到京城去混,大为高兴。于是一口担承给他在京师找个镖局的位置,诳他同行。又指使他在客店中胡闹,用意便是引周山民夫妇出来。

哪知了缘此人虽然糊涂,大是大非却也还能分辨。他生平最佩服的是两个人,一个是张丹枫,一个便是在雁门关外抗拒瓦刺的金刀寨主周健,所以一听于承珠是张丹枫的徒弟,心中已是起疑,再听周山民竟是周健的儿子,而阳宗海等人竟要捕他,忍不住心中大怒,痛恨褚玄骗他,不由分说便打出去了。

再说周山民夫妇二人,本来也随着郭成泰等人外冲,但阳宗海、娄桐荪认定他是主犯,宁可放走其他人等,却断断不能放过他,这一来,郭成泰师徒冲到外面,他们夫妇和于承珠反而被截在里边,只阳宗海一人,他们三人已是难以取胜,更何况还加上一个娄桐荪,更何况外围还有五百弓箭手,当真是险象环生。于承珠大为着急,急忙撮唇呼啸,那匹照夜狮子马听得主人呼喊,不管千军万马,竟自直冲入来。

阳宗海心中一动,想道:"得到这匹宝马,那可比什么都强!"急忙扬声叫道:"不准伤了这匹白马,要活捉它!"照夜狮子马神骏非常,一声长啸,四蹄飞起,把几名要捉它的兵士踢得翻倒地上,屁滚尿流,娄桐荪喊了一声,双眼放光,舍了于承珠,立刻奔向那匹白马。

那匹马在官军阵中搞得天翻地覆,不准伤它,而要活捉,那可比捉一只老虎还要难办,官军照应不暇,郭成泰师徒与一众好汉已冲到外边,脱出险境。孟长生忽道:"师父,你保众人脱险,我回去接应。"他身躯矮胖,扑在地上一滚,却是十分灵活,官军们几曾见过这样战法?一近身就被他的滚地堂刀砍伤脚骨,竟然拦他不住。

娄桐荪跑近白马,心中直乐,正想用"分筋错骨手"扭伤马足,将它制伏,忽见一个肉球贴地滚来,娄桐荪的分筋错骨手拿手扭伤敌人的四肢关节,却伸不到地上,对付孟长生这滚地堂刀可是毫无办法,急忙闪躲,避过他的刀锋,胫骨却给他的刀背拍了一下,痛得哇哇大叫,那匹白马向前一冲,又踢倒两名军士,泼喇喇地直奔向主人。

娄桐荪气得七窍生烟,他虽然不懂滚地堂刀,武功却比孟长生高出数倍,一个"盘龙绕步",用内八圈的八卦步法随着孟长生转了两转,孟长生砍他不着,被他腾地飞起一脚,踢出两丈开外,不能动弹,立时给官兵捆缚了。娄桐荪一转身又追白马。

阳宗海一口剑挡住了于承珠等三人,见娄桐荪追赶白马,心中七上八落,须知像"照夜狮子"这样神骏的一匹宝马,在武士们的心目中那可比连城之璧还更珍贵,阳宗海生怕娄桐荪得去,心中盘算道:"我先擒了这匹白马,再捉周山民也还不迟。"于承珠似是猜到了他的心意,乘他剑势一缓,忽地飞身掠起,一回首就是三朵金花,阳宗海举剑拨落,发足便追,只这样地缓了一缓,白马已跑到于承珠跟前,于承珠飞身上马,旁边一个军官挺矛上刺,被她一剑削断手臂,顺手夺过了一根长矛。

周山民夫妇双刀急往外冲,于承珠大叫道:"向这边来!"拨转马头,斜刺迎上。娄桐荪距离得近,急忙抢出拦截。阳宗海叫道:"娄兄,先捉钦犯!"周山民这时如猛虎出笼,金刀左砍右劈,霎忽之间,连斩了十多名军卒,看看就要与于承珠会合,娄桐荪心中虽然爱煞那匹白马,可是阳宗海的说话,他却不敢不听。阳宗海的职位虽然和他属于平辈,但阳宗海假公济私,要他就近先擒"钦犯",这却是万万违抗不得。

娄桐荪只好反身一跃,双掌划了一个圆弧,左击周山民,右击石翠凤,周、石二人都给他迫退几步,周山民金刀一招"顺手推舟",自左向右横削,这一刀一面封闭着自己胸前门户,一面砍敌人劈进来的双掌,确可算得是一招攻守兼备的好招,哪知娄桐荪的"分筋错骨手"的确是出神入化,变化莫测,他本来双掌齐出都是攻向周山民的,掌到半途,却忽地左掌在右掌之背一拍,反手一挥,斜击石翠凤的颈项,这一掌只要给他削实,石翠凤可就得变成个"歪头美人",周山民救妻情急,金刀一拖,转过刀背,疾忙拍出,哪知娄桐荪虚虚实实,他是佯攻石翠凤,实际却正是要诱周山民上当,周山民这一变招,立刻露出破绽,只见娄桐荪左手一按,五指一划,"嗤"的一声,周山民的衣裳裂成几片,胸口露出了五根指印。周山民跄跄踉踉地倒退数步，石翠凤抢救不及，脸都青了。

这时间，恰好一个统带押着一小队人过来，正是酒店中的几个店小二和掌柜，那个统带一点也不知道这个"衰老"的掌柜身怀绝技，只是循例地按照办案的规矩将酒店中人都押出来，准备带到营部审讯，对几个精壮的店小二还加上手镣，对那个老掌柜却因手镣不够用，连手脚也没有捆缚。这队人离开娄桐荪不过十来步远，娄桐荪正要赶上周山民再劈一掌，适才在混战之中，那老掌柜忽地大喝一声，一转身就抓着了那个统带的手臂，旋风一舞，倏然摔出，掌柜的一点不露，用意本在保存这片店子，如今见周山民危急，一出手就是"大摔碑手"，那肥猪一般的统带被他摔得呼呼带风，像一个肉山般地向娄桐荪当头压下。

娄桐荪还真的给他吓了一跳，迫得举手一挥，又把那统带像肉球般地推了出去，掌柜的叫道："少主人快走！"没命地疾奔过来，缠着娄桐荪，周山民知道这老掌柜不是娄桐荪的对手，奋力举起金刀，还想助战，可是那条臂膊不听使唤，金刀举到胸口，又再垂下，于承珠快马掠到，叫道："快上马！"石翠凤知道这是一匹宝马，时机稍纵即逝，不由分说，一把抱起周山民，飞身跃上马背，于承珠倒骑马背，左手挥长矛，右手舞宝剑，远刺近削，硬冲出阵，阳宗海如飞赶到，在百步之内，他的轻功真不亚于骏马，于承珠居高临下，长矛力搠，只听得"咔嚓"一声，矛头已被阳宗海折断，但于承珠已趁着这个空档，飞马掠出数十步，阳宗海大喝一声"着！"将矛头作为暗器掷出，于承珠举剑一格，那断矛向前一跳，插入石翠凤肩头，登时血流如注，阳宗海又大喝道："放箭！"

于承珠挥舞长矛，拨打乱箭，那匹照夜狮子马一声长嘶声，四蹄疾走，端的是匹久经战阵，惯于冲锋陷阵的名驹，驮着三人，仍是腾跃跳纵，毫不费力，对着飞蝗般的箭雨，了无恐惧。周山民忽然嘶声说道："回去救那掌柜的。"于承珠道："再迟一会，咱们三人都逃不了。"石翠凤柔声说道："大哥，你先脱险要紧。"周山民厉声道："他救了咱们，咱们岂可弃他？"忽听得娄桐荪一声怪啸，周山民在马背上回头一瞥，只见那老掌柜已被娄桐荪举起，两手反剪，想是已被他用"分筋错骨手"擒了。娄桐荪把那掌柜的在空中一舞，抛给一个牙将，立即也发足奔来，周山民大叫一声，一口瘀血喷了出来，晕倒马背。石翠凤大惊，一手抱着丈夫，一手用长刀劈刺，忍着创伤，浴血力战，白马冲开箭雨，所到之处，宛如波分浪裂，霎眼之间，就把官军抛在了背后。阳宗海追之不及，见白马如此神骏，心中越发爱惜，他挽起长弓，咬了咬牙，将箭比了又比，箭在弦上，却迟迟不发，迟疑之间，白马早已去得远了。

暮色苍茫，白马奔出数里之地，隐隐听得东边角上，有行军鼓角之声，于承珠恐怕再碰到军官，拨转马头，向西疾走，再过片刻，杂声俱寂，四野空无一人，白马走入了山谷的羊肠小道，确实脱离了险境。石翠凤精神一松，顿觉全身酸软，摇摇欲坠，于承珠急忙抱紧了她，只见她肩上殷红一片，血流未止，于承珠一手撕开她的衣裳，就在马背上给她敷上了金创药。

周山民悠悠醒转，正见着于承珠撕开他妻子的衣裳，一只手伸了过来，紧紧地搂着妻子，不觉气往上冲，喝道："你干什么？"于承珠怔了一怔，急切之间，还未曾想起自己是个乔装打扮的"男子"，忽听得石翠凤笑道："大哥你嚷什么？她是个大姑娘！"原来石翠凤昔年曾被云蕾乔装戏弄，闹出了许多笑话，有了那番经验，故此对于同样也是女扮男装的于承珠早已看破了。于承珠失声笑了出来，把包头的方巾解下，露出满头秀发，道："周寨主，你吃这个干醋做什么？"

日落西山，人伤马乏，于承珠将周山民夫妇扶下马来，细一审视，石翠凤虽然被矛头所伤，未及筋骨，敷了金创药后，已无大碍；周山民被娄桐荪的指力所伤，却是甚为严重，于承珠给他服下两颗安神静气能治内伤的少阳小还丹。周山民歇了一会，精神稍稍恢复，恨恨说道："我对瓦剌敌兵，大小数百战，从未有今日之惨败，不意今日反伤在官军之手，此仇我立誓必报。"歇了一歇，问于承珠道："你师父呢？我们就是因为听到朝廷将不利于他，特地来接他的，他没有事么？"于承珠道："我师父早已避开了，他有一封信给你。"周山民看过了信，忽地长叹一声道："唉，你师父竟然不许我报仇！"

石翠凤道:"张丹枫说些什么?"周山民道:"他说,东南沿海一带,倭寇正在为患,若然无人制止,日后必酿成巨患。他说以目前形势而论,瓦剌已是强弩之末,倭奴则是新张之寇,他劝我将大寨的一部分兵力,撤到江南,和东南沿海的义士,合力抗倭,这事情可不容易呵!"于承珠道:"有什么为难之处?"周山民道:"我们在雁门关外,一来北人不习水战;二来我们多年与朝廷为敌,大队弟兄要通过官军的防地,难于登天;三来,这,这岂不是反助了朱家天子么?"于承珠道:"练到似你我这般的武功,是不是比练熟水性更难?"周山民道:"练武功当然比学游水更难。"于承珠笑道:"这可不就对了?谁都不是生来会的。北人到了南方,自然便习水战。"石翠凤道:"至于说到大队行军,难于通过官兵防地,我们可以叫弟兄扮成各色人等,化整为零,都混到江南来呵。"周山民哈哈笑道:"你们都如此说,我岂可不如巾帼?其实我何尝不知道张丹枫说的是正理,救民于水火之中,乃是我辈的本分,岂可推辞。我就是不服气朱家的天子,我们为他出力,他却反过来要消灭咱们。"石翠凤道:"张丹枫也没有出过怨言,论起来他比我们更该怨恨朝廷。"周山民道:"好,只要我能回大寨,必定发兵。"他说了许多话,伤口又隐隐作痛,面上神情,甚是痛苦。

　　石翠凤道:"咱们去找一家人家,暂宿一宵。"但荒山静夜,不知哪里方有人家?周山民夫妇又受重伤,不便行走。于承珠想去探道,却又不敢舍开他们,正自踌躇无计,忽听得一声马嘶,于承珠的白马突然跳跃起来,也发声长嘶,似是和那匹马遥为呼应,于承珠大为奇怪,只见照夜狮子马竟然不听自己的约束,独个儿便奔过山坡,于承珠大吃一惊,不假思索,便追上去。

　　刚转过山坳,忽听得一声大喝道:"好大胆的偷马贼,张丹枫的坐骑你也敢偷?"声到人到,月光之下,看得分明,是个浓眉大眼的和尚,拿着碗口般粗大的一根禅杖,见了于承珠,不由分说,便呼地一杖打下来。

　　于承珠回剑一迎,正想说话,那和尚的禅杖泼风般地打来,有如泰山压顶,力道强劲之极,于承珠给他迫得手忙脚乱,不敢硬接,只好施展轻灵的剑法,与他游斗,心中暗暗吃惊:这和尚的功力比起了缘，那可是高强得多！那和尚横扫直劈，禅杖起处，沙飞石走，见于承珠居然挡得二十多招，面上也露出诧异之容，于承珠好不容易才缓得口气，叫道："大师请听我说！"那和尚霍地一跳，碗口般粗大的禅杖直弹起来，喝道："说什么？"禅杖一弹一跳，只听得当的一声，火星飞溅，于承珠的宝剑已脱手飞去！正是：

小镇金刀才脱险，荒山又遇莽头陀。

欲知后事如何，请听下回分解。

第十回　小镇聚英豪　金刀杀敌
　　　　长江逢秀士　银剑诛倭

　　那和尚哈哈大笑,道:"原来你是张丹枫的弟子。真是一代胜于一代,叫我们做长辈的愧死了!"于承珠惊疑不定,拾起宝剑,只见那和尚年近六旬,红光满面,手横禅杖,禅杖被自己的宝剑截了一个缺口,却毫无愠色,咧开大口,向自己笑个不停。再一看,只见自己的那匹照夜狮子马正在和另一匹白马嬉戏,那匹白马和照夜狮子马一模一样,只是身上多了许多斑点,照夜狮子马屈了前蹄,半跪地上,挨着那匹马摩擦,两匹马都在不断地嘶叫,好像久别的亲人在异地相逢一般。

　　于承珠心中一动,忽听得周山民叫道:"呵,原来是潮音大师!"只见石翠凤扶着周山民一步一拐地走来,未到跟前,便张口大叫。于承珠这一喜非同小可,急忙跪倒,叩了三个响头道:"徒孙于承珠,叩见师伯祖。"

　　这潮音和尚在玄机逸士门下排行第二,以天魔杖法威震江湖,论起辈分正是张丹枫的二师伯,他那匹白马乃是照夜狮子马的母亲,所以照夜狮子马和它那般亲热。

　　潮音和尚道:"少寨主,你怎么受了伤了?"石翠凤将前事说了一遍,潮音和尚道:"原来你们也是找张丹枫的。"笑道:"我也正要找他给我报这两刀之仇呢!"撕开肩衣,只见左边肩背交叉两道伤口,已贴上膏药。于承珠大骇,心道:"怪不得师父说他的外家功夫登峰造极,伤了一边臂膊,还居然这般了得。"周山民道:"谁吃了老虎的心,豹子的胆,敢与大师作对?"石翠凤也急忙问道:

"这两刀是谁砍的？"潮音和尚恨恨说道："他们岂止与我作对，东南沿海的百姓被他们杀戮得盈千累万，幸而我这根禅杖还不含糊，要不然怕不被他们斩为肉酱。这两刀是倭寇砍的！"潮音和尚说出经过，原来他平生最爱打抱不平，听说倭寇在东南沿海大肆杀戮，义愤填膺，便跑到浙江台州去助那里的义民首领作战，但寡不敌众，在一次战役中，以数百义民对抗三千倭寇，虽然杀敌无数，但义民亦折损过半，潮音和尚保护义民首领叶宗留、邓茂七冲杀出来，混战之中，肩背被倭寇砍了两刀。

于承珠道："我师父已到大理去了！"潮音和尚道："他一定是想去邀我的大师兄出山。"于承珠道："听说他是去给太师祖拜寿。"潮音和尚敲敲头道："哈，我倒忘记了今年是师父的八十大寿啦。"又笑道："丹枫这孩子貌似归隐，实则一腔热血，比我更爱管闲事。他曾有书信给叶宗留，叫叶帮主和山民兄及山东各寨主联络，请你们速发救兵。他此去拜寿，定有所图，我看他至迟明年，必回江南。"于承珠道："周寨主你的伤怎样了？"周山民笑道："服了你的药丸，好了一点。听得潮音大师所说的抗倭英勇事绩，更是精神一振，我看不妨事的。"潮音和尚猛醒道："你看我好糊涂，尽管和你说话，你们都该去歇歇啦。"

石翠凤道："去哪儿找歇息的地方？"潮音和尚道："转过这边山坳，有一家猎户，是自己人。"于承珠扶周山民夫妇上马，潮音和尚在前引路。周山民忽道："于姑娘，请你每隔十步，给我在树上留一个记号。"于承珠道："什么记号？"周山民道："日月双旗和一支大棒。"于承珠心中一动，道："是留给毕擎天的吗？"周山民道："不错，我这次来除了想找你的师父之外，还想与他会盟。他是我的义弟。哈，潮音大师，此人豪气干云，确是后辈中难见的英杰。与你性情必定相投。"

于承珠心头震荡，毕擎天粗豪的相貌在她脑海中浮泛出来，不知怎的，她感到有种难以言说的厌烦，不想再见到他。潮音大师却是兴致勃勃，向周山民打听毕擎天的为人和来历，哈哈笑道："原来是毕道凡的儿子，那么说他该叫我做世叔。"毕道凡生前和潮音和尚至为要好，潮音和尚听得故人之子做了北五省的"大龙头"，心中自是喜悦。

转过山坳,淡月星光之下,果然隐约见有一家人家,潮音和尚道:"少寨主,你的伤说重不重,说轻不轻,恐怕也得调养个把月,这家主人颇通医理,你正好在这儿静养。"刚说话间,忽见山下有火把光,有一骑马奔上山坡,潮音和尚"咦"了一声,叫道:"这人骑术精绝,骑的马亦非凡品,周兄,你快看看,可是毕擎天吗?"于承珠一眼瞥去,尖声叫道:"是阳宗海!"潮音和尚道:"哪一个阳宗海?是川西剑客阳宗海吗?"石翠凤道:"是当今的大内总管阳宗海,是杀伤我的那个狗贼阳宗海!"

阳宗海骑的是御苑骏马,仅次于照夜狮子,他一路追于承珠的马蹄痕迹,追到此地,在马背上将火把一晃,哈哈笑道:"周寨主原来还在这儿,阳某又要来促驾了!"于承珠拔剑出鞘,潮音和尚沉声道:"这贼子交给我,你保护周寨主。"蓦地一声大吼,抡动禅杖,卷地便扫马足,那匹枣红大马双蹄人立,纵起一跃,阳宗海大怒,将火把劈面掷下,被杖风一震,火把斜飞数丈之外,夭娇有如火蛇。

说时迟,那时快,只这一瞬之间,潮音和尚第二杖又到,而阳宗海也跳了下来,长剑一招"毒蛇吐信",刺了进去。潮音和尚叫道:"吓,好快!"倒转杖尾一挡,叮当一声,剑杖相交,各退两步。阳宗海叫道:"你是何人?"潮音和尚道:"我是专打恶狗的降魔天尊!你这无耻小子也敢称为剑客,吃洒家三百禅杖!"禅杖直上直下地迎头痛打,阳宗海试出他的力气,还真的不敢和他硬碰,却展开小巧腾挪的身法,一口气长剑活似灵蛇,忽伸忽缩,寻瑕抵隙,专刺潮音和尚的关节要害!

潮音和尚久战阳宗海不下,心中烦躁,陡地大喝一声,禅杖抡圆,呼呼猛扫,有如猛蛟出洞,饿虎下山,一派拼命的招数,阳宗海不住后退,但门户封得更其紧密,每一出剑,都是用极巧妙的剑法,将潮音和尚的猛劲轻轻化解。于承珠看得暗皱眉头,心道:"怎么师伯祖如此鲁莽?竟然完全看不出敌人以逸待劳的战法?若是我的师父,焉能给阳宗海占了便宜。"原来在玄机逸士门下弟子之中,潮音和尚气力最大,武功却是最弱,张丹枫虽是师侄,却比他强了不知几倍。

但虽然如此,潮音和尚倘若是不急不躁,仗着他登峰造极的外家功夫,还可以和阳宗海打个平手,一动了气,狂呼猛扫,久攻不下,气力渐渐消耗,加之他一边臂膊受伤,更是难以持久,三十招过后,阳宗海嘿嘿冷笑道:"我道是谁,使得这样刚猛的天魔杖法!原来是张丹枫的师伯。可惜你似笨牛一样,全不懂得上乘武功的奥妙,且待我指点于你。喏,这一杖不应如此横扫,这一杖用的劲道不对!"他是有意激怒潮音和尚,潮音和尚果然中计,恨不得一杖将阳宗海打死,高手相斗,哪能动气,一怒杖法便乱,阳宗海哈哈大笑,剑法一变,着着反攻,剑势如虹,杀得潮音和尚慌忙回杖护身,攻守之势,顿然一变。

于承珠瞧不过眼,按剑欲起,但潮音和尚辈分比她高出两辈,自己上去相助,却又怕他挂不住面子,手心暗扣三朵金花,想道:"我不如用暗器助他一臂之力。"正在踌躇未决,忽听得白马一声长嘶,周山民叫道:"有贼子暗算!"于承珠一回头,只见那名叫褚玄的短小精悍汉子,不知什么时候,偷偷摸摸地摸到一块岩石后面,正曳开弹弓,想打周山民,却给白马发现了。现在他正用弹子打白马哩。

于承珠大怒,金花飞出,先不打阳宗海,三朵金花都奔向褚玄,咔嚓一声,第一朵金花将褚玄的弹弓打得从中断裂,弹弓两边弹起,褚玄虎口流血,说时迟,那时快,第二朵金花又到,褚玄一缩头,头上一片沁凉,金花五朵花瓣都是锋利的刀片,将他一大片头发削去,头皮也刮伤了。褚玄吓得魂不附体,抱头一滚,他擅长北派的滚地堂功夫,这一滚还真算躲闪得快,第三朵金花从离开他后脑五寸左右飞过,却没有伤着他。

于承珠正想再打,忽听得马蹄声来得甚急,褚玄刚滚下山坡,一个魁梧奇伟的大汉已策马奔上,忽地跳下马背,朝着褚玄就是一脚,褚玄一闪跳起,一照面就给那大汉擒着,周山民大喜叫道:"毕贤弟!"那大汉叫道:"是周大哥吗?"口中说话,手底却是极为狠辣,扼着褚玄的咽喉一捏,呼的一声,将他抛下山麓,褚玄连叫也叫不出来,便给他摔死了。

阳宗海正在得手,招招进迫,占尽上风,忽见毕擎天杀到,只一照面就将褚玄摔死,不由得吃了一惊。心中想道:"毕擎天、潮音和尚与于承珠三人,若然单打独斗,都不是我的对手,但若联手攻我,那我可是难于抵敌。"阳宗海此人久经阵仗,抱定能胜则战,不能胜即走的主意,猛攻三剑,将潮音和尚迫退几步,陡地飞身便走,潮音和尚气得大呼小叫,却追他不上。他那匹马是大内御马,一上马背,转瞬之间便奔下山坡,看不见了。

毕擎天与潮音和尚见过,各道仰慕之忱。周山民道:"毕贤弟,你是怎么来的?"毕擎天道:"我听说大哥南下,欢喜之极。只恨有些琐事在身,不能早来迎接。所以先派毕愿穷来,他和你已见过了。"周山民叹口气道:"见过了。这次咱们可折损了不少人呢。"毕擎天道:"大哥宽心,除了有限几人外,其余的人我都救出来了。"周山民大喜道:"你是怎么救出来的?"毕擎天道:"我和十三家寨主快马骑来,正好碰着官军,大杀一顿,官军之中,只有那娄桐荪最为厉害,其余的人,却阻挡咱们不住。娄桐荪见势不好,立刻撤退,被俘虏了的弟兄,大半都救回来了。我听说你们向这边退走,就跟着马迹寻来。"周山民道:"那老掌柜呢?"毕擎天道:"救回来了。"周山民道:"那孟长生呢?他是郭老英雄的弟子。"毕擎天道:"他受伤最重,不能跳跃,被押在囚车之中,娄桐荪亲自把守,救不回来。"周山民一喜一忧,黯然不语。毕擎天哈哈大笑道:"只要咱们兄弟联盟,大明的江山都是我们的,何争在一个孟长生。"于承珠听来甚不顺耳,正想说话,却又忍住。毕擎天眼光一转,正对着她,柔声道:"嗯,于姑娘,咱们又碰上了,这可真是机缘呵!这回你可参加咱们的盟约了吧?"潮音和尚看了于承珠一眼,笑道:"原来又是个女扮男装的,真像当年的云蕾。你这手暗器是她教的吧?"潮音和尚这一打岔,将于承珠引去和他说话,毕擎天甚不高兴,好不容易等到个空儿,又柔声问道:"地图的事,你可问过你师父了吗?这可是有关天下的一张地图呵!"于承珠冷冷说道:"争天下紧要还是救老百姓紧要?"毕擎天怔了一怔,道:"这话什么意思?"潮音和尚叫道:"不错,承珠的话和她师父的话一样。丹枫的意思也是请你们先发兵去救东南沿海的百姓,近来倭寇正在沿海一带肆虐,你不知道吗?"毕擎天道:"倭寇癣疥之患而已!"潮音和尚道:"癣疥若然不理,便成大患。何况也未必是癣疥呢!毕兄,我刚从台州回来,我给你说说那边倭寇的情形,唉,那边可真是惨呢。"顿了一顿,敲了一下光头道:"你看,我好糊涂,周寨主夫妇都要歇息。咱们还是回到那家猎户去说吧。"

到了那家猎户,于承珠推说疲倦,先去睡了。周山民忍着创伤,却是精神奕奕,和毕擎天、潮音和尚等在大厅谈论抗倭的事情。

于承珠哪睡得着,只听得潮音和尚大声说道:"毕寨主毕老弟呀,只要你到沿海一带看看,你非得气炸肚皮,发竖目裂不可。那些倭寇简直不是人,杀人掳人,那是不消说了,他们连孩子也杀,我就亲眼见过,有十几名倭寇,用一大锅沸汤淋一大群三几岁的婴孩,婴孩们呼号哀叫挣扎,那些倭寇还在旁边拍手笑乐呢。那天可惜我到迟一步,虽然把那些倭寇都打杀了,那群婴孩却救不回来了。我为此好几个晚上睡不着觉。一般的海盗,志在劫掠,劫掠之后,便呼啸而去;倭寇呢,可比一般的海盗狠毒上百倍千倍,他们劫掠之后,还要掳人,还要奸淫,还要残杀,最后还要放一把火将村庄烧光,你说稍有点血性的人,能看得过去么?毕老弟,你发不发兵?"

毕擎天沉吟半晌,道:"发兵那是该当的。请问潮音叔叔,倭寇的厉害之处在什么地方?他们之中也有武功高明之士么?咱们可得知己知彼。"潮音和尚道:"倭寇其实也没有什么厉害之处,但他们分成数十小股,彼此呼应,倒不像是乌合之众,他们到处流窜,官军又只是各守防地,不肯拦堵,只靠义民办的团练,团练又没有统一指挥,那就往往吃了倭寇的亏了。还有他们所用的倭刀却是比一般我们所用的刀剑锋利,在短兵相接肉搏之际,团练也往往招架不住,所以我说非得有一班学过技击,像你们的部下那样精锐之师去抵挡他们不可。说到武功,听说日本的武士多练有'柔道'和'剑道',柔道有点像我们中国的太极拳,剑道即是日本的剑法,以劈刺为主,看来也似是从中国传过去的,但和中原习见的剑法却又不尽相同。听说他们的柔道剑道,都以'段'分级,最高的九段，我打败过两个五段的，九段的高手，却未曾碰过。"

毕擎天又是一阵沉吟，周山民道："就算倭寇最厉害，咱们也非去不可。潮音大师，你的马快，我将我的令箭交付与你，另外再给你一封书信，你给我赶到雁门关外，传我的令箭。叫他们立即混进关来，到浙江义乌集合。那时我的伤也定然养好了。我亲自带他们去，雁门关外的老巢，留下十分一二的人力，我看也就够了。"潮音和尚大声叫好，又道："毕老弟，你呢？"毕擎天道："那当然要追随骥尾了。不过，有一件事咱们可得先商量好。"潮音和尚道："什么事？"毕擎天道："刚才听你所说，沿海的义民和地方的团练都是各自为战，这不大好。咱们得推一个首领。按说以周大哥的资望，那是最适当不过的了。但当地的叶宗留、郑茂七等人，不知道肯心服么？"潮音和尚大叫道："谁肯抗倭，我就服谁。谁做首领，这有什么问题。"毕擎天大笑道："打仗的事，没有统帅，那可不行。何况咱们还不只是打平倭寇就算了呢。这统帅是非先推定不可的，周大哥，你说是不是？"

潮音和尚道："蛇无头而不行，这倒是真的。至于谁做头儿，我可没有意见。"毕擎天道："那自然该是周大哥了，金刀寨主的威名，天下谁人不知？"周山民道："不，论到雄才大略，毕贤弟，你胜我远甚，而且你是北五省的大龙头，这五省的绿林和帮会都听你的，你既得地利，又得人和，若要推举抗倭的首领，非贤弟不可。"毕擎天道："小弟托庇，做了个大龙头。但大哥在前，小弟岂敢僭越？何况，若论到地利人和，当地的叶宗留和郑茂七等人，那又要比小弟更强了。"潮音和尚大笑道："又不是做皇帝，何必你推我让。依我说强龙不压地头蛇，哈，我说错啦，毕老弟是名正言顺的大龙头，怎能比作地头蛇？我的意思是，毕老弟是主，周寨主是客。若要推举首领，毕老弟该当仁不让。至于叶宗留和郑茂七，他们早就说过，不论是毕大龙头或周少寨主到来，他们都忠诚拥戴。毕老弟，不必多说啦，你就是要做皇帝，我潮音和尚也一力保你登基。"三人都哈哈大笑，毕擎天尤其笑得响亮，不知是笑潮音和尚的戆直，还是为他的一力推戴而得意。于承珠在里房只听得他故意谦让了一番，终于答允了。

这一瞬间，于承珠陡然觉得心中作闷，毕擎天那粗犷的笑声，越发惹起她的反感。于承珠不由得暗自想道："原来此人貌似粗豪，却也甚有机心。他明明要做头儿，却偏有许多做作！不过他肯派遣北五省的绿林豪杰抗倭，那倒是大功一件。"

只听得外面潮音和尚又道："救兵如救火，明日我便赶往雁门关外，传周寨主的绿林箭。毕老弟，你明日也先带随你来的人到台州去吧。"毕擎天道："哪有如此简单，我还要回山东本寨，召集各家寨主，各路龙头，再说我这大龙头的职务，也得稍作交代才行呀。"潮音和尚道："你派人回去传令不行吗？"毕擎天笑道："此等事情，岂能遣人替代？"潮音和尚道："台州的抗倭义军，形势危急，最少也得有个得力的人前往报讯，好振奋军心才是。"周山民苦笑道："谁去呢？"石翠凤道："我去！"潮音和尚道："你要守护周大哥，如何能去？"

毕擎天踌躇不语，忽听得一个清脆的声音叫道："我去！"却原来是于承珠走了出来，毕擎天抬头一望，和她眼光碰个正着。毕擎天心中一荡，想道："若留得她在我身边做个帮手，那真是最好不过！"

"那真是最好不过！"潮音和尚哈哈笑道："我怎么没有想起你这个娃娃？哈哈，你肯去那真是再好不过！"毕擎天被潮音和尚的笑声惊醒，只见于承珠冷冷地看着自己，缓缓说道："毕大龙头，烦你修书一封，复台州抗倭的义军首领，好让他们得知，援兵就要到来。我马上给你送到台州去。"

这家主人不是个普通的猎户，他还精于岐黄之术，是个医生，家中备有纸笔，听了于承珠的说话，立刻拿来，放在毕擎天的面前，毕擎天双眼一扫，只见众人的眼光，都在望着于承珠，于承珠的神色十分平静，有一种令人肃然起敬的光辉，毕擎天禁不住心中一动，面对着这样一个少女，既是爱慕，又是敬佩，心中想道："她一个孤身女子，为了抗倭，竟敢身入虎狼之地，千里传书，我是个自命为顶天立地的英雄豪杰，岂可不如她了？"这一瞬间，忽觉得自己适才的想法，想永远留着她在自己身边的想法，十分渺小，一抬头，又碰着于承珠那如剑铓一般的眼光，好像看穿了他的肺腑，毕擎天禁不住面上一热，慌忙低下了头，避开于承珠的眼光，抓起狼毫，立刻在纸上疾书，不一刻就把信写好了。

潮音和尚道："毕老弟，你也给我写两封信。"毕擎天道："写给谁？"潮音和尚道："一封写给叶宗留，就说我到雁门关外请兵，叫他安心。另一封写给长江边上的一个舟子。"毕擎天诧道："一个舟子？"潮音和尚道："承珠人生地不熟，也得有人带她去见叶宗留呀。这个舟子名叫张黑，住在靖江，是叶宗留派在长江边，专司联络之职的。你说这个小姑娘是我的师侄张丹枫的徒弟，叫他好生照顾。"

待到毕擎天把信写好，晨曦已透进窗户，众人一夜未睡，只因胸中热血沸腾，却无丝毫倦意。于承珠将信藏好，向众人裣衽一礼，朗声说道："多谢毕大龙头，多谢周寨主和师伯祖，我先走了。"毕擎天道："你就走了么？"于承珠道："救人如救火，天快亮了，我不走待何？"众人送出门来，于承珠跨上白马，便在晨光曦微之中，扬鞭东去。毕擎天好生惋惜，但却怎说得出口要将她留住？

照夜狮子马日行千里，两日之后，就到了长江边，但见烟波浩渺，水天相接，江涛滚滚，于承珠顿觉胸襟开阔，朗声吟道："大江东去，浪淘尽多少英雄豪杰"。想起张士诚当年与朱元璋在长江决战之事，心中十分感慨。

第二日到了靖江，依着住址在东门之外找到了那个舟子张黑，将潮音和尚的信交给他，张黑欢喜无限，道："于相公，你来得正是时候。台州沿海又来了两股新的倭寇，义军处境更为危急，咱们的援军虽然未到，毕大龙头那封信等如给他们吃了定心丸，军心一振，就不怕了。"当日张黑就备了小舟，渡于承珠过江，照夜狮子马不便携带，留在张黑家中。

小舟如箭，顺着江风，疾行而下，于承珠立在船头，遥望水天相接之处，激越情怀，难以自抑，正想与张黑谈论抗倭之事，忽听得岸上有人叫道："舟子，舟子！"

只见一个少年书生在江边招手叫唤，张黑诈作不闻，双桨一划，小舟顺流而下，那书生赶上两步，气喘吁吁地又叫道："舟子，舟子!"于承珠道:"出门之人,该与人方便,撑回去让他上船吧。"张黑道:"江湖险恶,咱们有事在身,假如搭了一个坏人,岂不误事?"于承珠笑道:"一个文弱书生,何须顾虑?"张黑见她如此说,只好停船,那书生好不容易地赶到,曳起长衫,接着张黑抛过来的桨,跳上船头,身子摇摇晃晃,一只脚踏了个空,几乎跌下水去。于承珠伸手一拉,暗用劲力相试,那书生身子一倾,几乎跌入于承珠的怀中,于承珠急忙将他扶住,那书生兀自晃了几下,才稳得住身形,于承珠心道:"习武之人,碰着外力,必生反应,这书生看来非但不会武功,而且弱不禁风,张黑确是过虑了。"那书生汗流满面,气喘吁吁,掏出一张丝帕,慢条斯理地拭汗,好半天才说得出话道:"多谢了!"

于承珠请那书生到船舱坐定,拱手说道:"请问兄台贵姓大名,渡江何事?"那书生道:"小弟姓铁,贱号镜心。家父有病,小弟要赶回台州探望。"于承珠心中暗笑,这书生文弱雅静,与他姓氏可是大不相称。说道:"那好极了,小弟也要到台州去的。"书生道:"如此说来,渡江之后,咱们还是同路。请教兄台高姓大名?"于承珠毫无顾虑,依实说了。说了之后,忽地心中一动,问道:"听说台州倭寇为患,道路恐怕不甚好走哪。"那书生道:"听说倭寇是在台州沿海一带肆虐,台州城还在官军手中。危险是有的,只是为人子者,父亲有病岂可不回去探视?"于承珠触起心事,想起自己的父亲,幽幽地叹了一口气。书生道:"兄台叹气何来?"于承珠道:"东南沿海,倭寇荼毒生灵,朝廷又不能保民,是以浩叹。"那书生道:"兄台仁者之心,小弟敬佩。"转过头去。于承珠道:"兄台意欲赏览江上风景么?"只见那书生举袖在脸上一拭,回转头来,道:"小弟眼睛,有点毛病,被江风一吹,不觉泪下,失礼了。"于承珠见他眼眶红润,眼角果有泪痕,本来不以为意,只是听他语音酸涩,竟似忍着泪说出来的,心中又不禁隐隐起疑。

再留神看时,那书生眉清目秀,眉宇间却隐有一股忧郁之气,于承珠心道:"是了,想必是他记挂父亲的病,所以心中闷闷不乐。"正想说话劝解,忽见上流来了一只大船,船头刻成龙形,那条船其大无比,共有两层,船楼上似有许多人,正在那里饮酒作乐，弦歌细细，随着江风送到耳中，于承珠的师父都是博学多才之士，她自幼受熏陶，亦能审音辨律，但仔细一听，这乐声却全不似中原之音！

楼船直驶而来，涌起层层波浪，看得更清楚了，一眼望去，船楼上密密麻麻站满了人，个个都是身躯粗矮的汉子，于承珠笑道："哪里来的这么多萝卜头？"楼船上的歌声粗犷之中带有一股悲凉的韵味，于承珠侧耳听时，一个字也听不懂，他们唱的是什么"依罗哈尼阿与陀，嗤里奴鲁喝！"那少年书生忽地歌道："花虽芳馥兮，飘零无依。这是日本樱花歌！"张黑停了划桨，叫道："不错，这是倭奴的贡船。"

于承珠吃了一惊，道："怎么任由倭寇的楼船在长江行走？"张黑道："相公有所不知，倭奴狡猾得很，他们一面在沿海劫掠，一面假借进贡为名，做走私的生意。"于承珠道："有这等事？"张黑叹口气道："官家的市舶司还将他们奉为上宾呢。"原来在明朝的正统（英宗）年间，正当日本的"战国时代"，各地诸侯拥兵割据，这些诸侯争派贡船向中国进贡，因为根据明朝"市舶司"（即海关）的规矩，外国贡使带来的"私货"可以免税，那些诸侯便乘此大做走私生意，以图巨利。明朝间起倭寇骚扰的事件，他们便说这是本国的"浪人"，政府无法管辖，其实这些"浪人"十之八九都是得到日本各地诸侯的支持，甚或是直接遣派来劫掠财货的。

于承珠道："他们在中国地方焚烧劫杀，为什么中国的官员还要待如上宾？"张黑道："还不是为了一个利字？他们的身份是贡使，本来朝廷规定他们三年只能进贡一次的，每次来的贡使人数也有限制，可是日本各地的诸侯都争着来进贡，每条贡船都贿赂市舶司早些放他们入来。"于承珠摇了摇头，心中无限愤慨！

那条日本的贡船越来越近，张黑道："咱们快避开它？"于承珠血脉贲张，怒道："为什么要避开它，我说迎上去！"张黑使个眼色，道："相公，你不是赶着过江有事么？这些倭寇的贡船，无恶不作，撞着了它，闹出事来，可不是好耍的。"于承珠本是一时愤激，被张黑提醒，默然不语。

张黑使船如使马，船头一转，立刻掉过方向，霎忽之间，划出十余丈地，忽见江中有一条渔船，船上有个老渔夫和一个女子，似是他的女儿，正在贡船附近经过，船楼上的那些日本浪人"呀依呜嗳"地乱叫一通，百桨齐划，竟然直追那条渔船。少年书生叫道："不好，他们要捉这个渔家女。"于承珠大怒，道："张黑，天大事情，咱们也要碰他一碰。快划回去。"只见那条贡船堪堪赶上，船上有人抛出两条挠钩，要钩那条渔船。张黑用力一划，小船如箭驶过，于承珠大喝一声，拔出青冥宝剑，一剑就把那两条挠钩削断。

贡船上的日本浪人纷纷骂道："八格鸦鹿！"说时迟，那时快，两个浪人拔出倭刀便跳过来，于承珠早有准备，玉手一扬，两朵金花破空飞出，一个浪人给打得跌下水去，另一个浪人却跳上了船头，于承珠青冥宝剑一挥，那浪人哈哈大笑，雪亮的倭刀横砍直劈，忽听得"咔嚓"一声，那柄倭刀断为两截。这个日本浪人，是国中的四段好手，自恃倭刀锋利，哪里将于承珠这样一个"小孩子"放在眼内？不料三招之内，倭刀便被削断，呆了一呆，于承珠叱咤一声，刷的一声，剑尖从前心透过后心，飞起一脚，将那倭寇的尸身踢下长江，登时江面染红了一大片。

贡船上的日本武士大叫道："八格鸦鹿，以爹时！"上一句是骂人的说话，下一句却不由得衷心赞好，要知在日本，三段四段的武士虽然不算稀奇，但像于承珠那样交手就连杀两个上段的武士，即算九段的高手，也未必能够。

张黑掉转船头，便想逃走，早有两名日本武士又跃了过来，这两名武士身法极快，一跳上船头，小船登时沉了一截，于承珠见刚才杀得如此容易，不以为意，宝剑一伸，挽了一个剑花，用了一招"虚式分金"，剑锋一颤，分刺两个日本武士，不料那两个日本武士大喝一声，两柄长长的倭刀，一上一下，横劈过来，攻势竟是极为凶猛，于承珠断不能同时削断两把倭刀，若然仍用原式，势必两败俱伤，迫得倒退两步，用轻灵的身法，避开了这两刀，那两个日本武士刀发如风，一抢上来，交叉疾劈，忽听得有人大叫一声，扑通跌下水去，原来是张黑见状凶险，举起铁桨，向一个日本武士偷袭，这日本武士是六段高手，尤精于柔术，一低头让那铁桨从头顶打过,张黑收势不及,扑倒他的背上,被他使出"柔道"中"背投"的绝招摔下江心。

这样慢得一慢,于承珠早已站稳脚步,短剑回环反削,用牵引粘连之劲,将两柄倭刀的凌厉攻势一一化开,这两个日本武士一个是五段,一个是六段,见于承珠小小年纪,竟然深明借力打力的道理,与他们所练的柔道不谋而合,哪里还敢轻视,三人迅即之间拼斗了十余招,于承珠一步不让,以绝妙的剑法,将两个日本武士迫在船头,不能再前进半步。但这两个武士狡狯之极,知道她手中所使的乃是宝剑,两柄倭刀此呼彼应,教于承珠不能乘隙专攻一人,于承珠想在迫切之间,杀两个五段六段的高手,却也不能!这时那条日本贡船又已迫近,离开于承珠的小船,不过十丈之遥了。贡船上的日本水手,又伸出十几支挠钩,只待两船相接,便要立即将于承珠的小船钩住,于承珠只有一双手,势难分出手来抵御。这情势当真是危险之极!

而且于承珠又不懂水性,张黑已被打下水去,这条小船在江心滴溜溜地乱转,三人乒乒乓乓在船中恶打,小舟忽而倾向左边,忽而倾向右边,震荡不休,船篷也给倭刀砍得稀烂,于承珠不耐震荡,渐觉头晕眼花,那条贡船疾驶而来,船上浪人轰然大叫,倏地伸出十几支挠钩,于承珠心中一慌,右首边那名日本武士暴喝一声,倭刀挥了半个圆弧,自左至右,连劈带削,左首那名武士,虚劈一刀,施展柔术,反手一挟,便要用"负手反投"的绝技,将于承珠掷下江心。

这两名武士来势都急,于承珠用一招"河马负图",短剑挥成一个圆形,当胸一挡,右首那名武士,刀锋已到,忽地大叫一声,手臂垂了下来,于承珠见机快捷,急忙一个盘龙绕步,闪过一边,左首那名武士,施展柔术,一挟不中,正欲再击,忽觉胸口似给利刃划了一下,痛得大叫一声,腾身飞起,于承珠一剑刺去,凑个正着,在他小腹上划开了一条裂缝,接着反身一剑,又将右首武士的胳膊斩断,两名武士都忍痛跳下水中,于承珠惊疑不定,忽见小船滴溜溜一转,船首掉了个方向,又划开了数丈,十几条挠钩,都扑了个空。

于承珠在百忙中回头一望,只见那少年书生似笑非笑地忽地避开了自己的眼光,低头把舵,于承珠心中一动,道:"多谢你啦!"书生淡淡说道:"多谢什么?快躲进舱来!"江心一个大浪打到,小船倾过一边,浪涛中忽地跳起一人,口中咬着一柄倭刀,两手各提一个头颅,跃上船来,这人正是张黑,只见他将两颗头颅向倭船掷去,取下倭刀,喝道:"谁再追来,这就是榜样。"回首哈哈一笑,道:"确是真人不露相,露相不真人,铁相公竟是个身怀绝技的侠士!"原来张黑精通水性,被掷下水,并无受伤,他潜在水中,追上自己这条小船,见那两名受伤的武士沉下水中,他一口闷气正待发泄,便在水中割了那两人的头颅,抢过一柄倭刀,再跳上来。当他在水中制伏那两个倭寇时,发现两个倭寇的胸前,各插着一把小小的匕首,他知道于承珠用的是金花暗器,船上再无别人,匕首定然是书生的暗器无疑。

张黑抓起了桨,助那书生划船,小船去得更快,于承珠吸了口气,正自庆幸可以脱险,忽听得张黑叫道:"不好!"于承珠随着张黑的眼光一看,只见那小船的船板,不知什么时候,已裂开了两道破缝,江水汩汩浸入,张黑丢下了桨,慌忙将水泼出。那条日本贡船,扯起风帆,迅即追上,船首一条粗黑的武士大叫道:"达古山摩时儿鲁达!"双手高举一条大铁锚,高叫:"咽至、泥、山……"一、二、三,旋风一舞,呼的一声抛出!

那铁锚重达二三百斤,被那日本武士一举抛出,神力确是惊人,于承珠武功虽高,但年小力弱,要接这样沉重的铁锚,却是力所不能。那铁锚挟着一股巨风,有如泰山压顶,正正向着小船落下,于承珠跳出船头,正欲拼死抵挡,忽然被人一带,于承珠未及看清,那铁锚已呼的一声掷到,忽见那书生抢上一步,双臂一挺,接过那支铁锚,大喝一声:"来而不往非礼也!"铁锚飞去,直奔船楼,倚在船舷助威的日本浪人纷纷逃避,那黑武士是日本的七段高手,急忙沉腰坐马,力贯双臂,将铁锚接着,接是接着了,可是那书生掷过来的力道,却比他大得多,他放下铁锚,随着一口鲜血喷了出来。

船上倭寇大惊,他们这条贡船共有两个七段高手,两个六段高

贡船上哗然大呼,千箭齐发,那书生人在半空,银剑却挥起一圈银虹,将乱箭纷纷拨落。

手,还有六七个四五段的好手,而今六段高手死了一人,五段好手死了一人,三四段的好手死了两人,这全船倚为长城的七段力士又受伤了,真个是伤亡惨重,不觉都寒了心。有人主张不追,另一个未有受伤的七段高手,看出于承珠这条小船已经漏水,排众喝道:"天皇武士,岂可失威。迫近去,用乱箭射他!"他说的是日本话,于承珠听不明白,张黑与那书生在海滨长大,懂得日语,听了可是大吃一惊,小船漏水,裂口扩大,难以持久,被乱箭攒射,纵然抵挡得住,也难免覆舟灭顶之祸。

张黑咬牙说道:"咱们与他拼了。只可惜信息传不到叶大哥耳中。"书生道:"哪位叶大哥?"张黑道:"台州义军首领叶宗留,咱们是给他报信的。"张黑知道了书生是自己人,说话再无顾忌。书生"哦"了一声,突然挥手说道:"你们快划船逃命,抄小路去台州。"在腰间一拍,忽地解下一柄软银剑,身形一起,似大鹤一般飞了起来!贡船上哗然大呼,千箭齐发,那书生人在半空,银剑却挥起一圈银虹,将乱箭纷纷拨落,将近船边,身子一沉,只见他双脚一踏,左脚踏在右脚脚背上,一借力身子又升高数尺,恰恰落下第二层的船楼,日本人哪曾见过这样的轻功绝技,十有八九目瞪口呆,有两名四段武士不知死活,乘他一上船楼,便来偷袭,尚未沾身,都给他长剑刺伤了。

那名七段武士气极怒极,他是国中有数的剑客,是九段剑客江口富士技的入室弟子,拔出长剑,站了个门户,便想挑战,其他的日本武士也各拔出倭刀,围在四边,排了一个以众欺寡的群殴局面。那书生被围在核心,傲然不惧,目光如电,周围一扫,神威凛凛,众人都曾眼见他大力掷铁锚,飞身拨乱箭的本领。一时间,竟没人敢上前动手。正是:

且看长江波浪涌,英雄浩气扫倭氛。

欲知后事如何?请听下回分解。

第十一回　青剑惊涛　疑云迷侠女
　　　　　　公堂看审　正气凛强梁

　　那书生喝道："叫你们的通译来。"他虽然懂得日语，在倭寇面前，却一句也不肯说。那些日本浪人有一半以上懂得中国话，用中国话道："看你也是一个英雄，你有什么后事可要交代，说与我们听也是一样，何必要什么通译？"那书生双眼一翻，朗声笑道："我上了这条船来，本来就不打算活着回去，可也得邀你们这一干人陪我到阴间走走。"剑把一翻，银光骤起，出其不意地一举将两名四段武士的倭刀削断，那名七段武士大吼一声，长剑一振"刷"的一声，反手刺扎，七段高手，功力果是不凡，只听得"当"一声，火花飞溅，那书生倏地腾空飞起，几柄倭刀从他的脚下砍过。交换了一招，大家都知道对方不好相与，那名七段武士恃着人多，无须防御，连进几手招数，乘着那书生身子悬空，难以用力，挽了一个剑花，转瞬之间，连刺了五六剑，那书生在半空中翻了一个筋斗，头下脚上，一口剑如银蛇乱掣，向下疾刺，也是转瞬之间，就连刺了五六剑，每一次都是书生的剑尖触到七段武士的圆头剑，便借力飞起，连挡了五六剑都未沾地，真如苍鹰扑击，蜻蜓点水，仙鹤回翔，日本的武士们，哪曾见过这样的轻功绝技配上绝妙的剑法，吓得目瞪口呆，竟有一大半人忘了动手，只有那名七段高手，全神贯注，一剑紧似一剑，心中想道："凭你这样身子悬空，如何能够挡得住我的连环攻击？"外围的那些武士，惊魂稍定，也发一声喊，纷纷把倭刀砍来！

　　忽听得那书生猛喝一声，他相貌清秀，看来身材瘦弱，这一喝却如晴天起了个霹雳,连那个七段武士也吓了一跳,只觉得耳鼓给震得嗡嗡作响,说时迟,那时快,但见那书生在半空中旋风一转,两名三段武士眼前一黑,被他扯着和服的箍腰提了起来,那名七段高手收手不及,刷刷两剑,都刺到同伴身上,幸他见机得快,剑锋稍偏,饶是如此,那两名武士的脚筋也已被剑锋挑断。

那书生动作快似电光石火,将两名武士一抛,迫得那些包围的武士纷纷闪避,一转身又将两名倭寇踢下长江,待那七段武士睁眼看时,只见他已背倚着船楼的铁栏杆,手中长剑兀自颤动不休,嗡嗡作响,大声喝道:"好呀,谁陪我到阴间走走?"一副拼命的神气,他背面是长江,无后顾之忧,日本的贡使也自心慌,想道:"若然合众武士齐上,纵能将他杀死,自己这边的武士,只恐也得伤亡过半!"

船楼里走出一个人来,这人却是明朝官员的服饰,原来是台州知府派来陪同日本的贡使进京的,这官员一见书生,面色刷地一下变得苍白,低声呼道:"铁公子!"

被称做"铁公子"的书生按剑喝道:"你是谁?"那名官员施礼道:"台州守备黄大庆,我和尊翁相识多年。"那书生沉声说道:"那更好了。听得你们正要找我?"黄守备打了个千道:"不敢!"那书生道:"有什么敢不敢的?我如今是自己投案来了。你与倭奴的贡使说去,我自到台州投案,叫他派一条小船送我去。再不放心,加派几名武士与我同去也行。若然他们定要在这里擒我,杀我,那也行,我一概奉陪,只是刀剑无情,我就是命丧长江,这条倭船的贡使也未必能保着头颅到北京进贡!"长剑一抖,又是嗡嗡作响。

那贡使粗晓汉语,听了这番说话,又惊又喜,将那黄守备拉过一边,悄声说道:"原来他就是那个杀人越货,胆敢撕毁我们太阳旗的铁镜心?"守备道:"他说——"贡使道:"他说的我知道啦。你看他是真心投案吗?"黄守备道:"中国的读书人最讲重尊君孝亲之道,我看他是真心投案的。"那贡使点了点头道:"好,我们尊敬他是条好汉,就这样办啦。等下我们放一条橡皮艇,由大门卫和你押他去。现在请他先用酒饭。"大门卫就是那个七段武士的名字。黄守备将贡使的话转述了,那书生哈哈笑道:"我死亦不惧,何怕喝他的酒,叫他拿出来,陪着我喝!"笑声震荡长江,随着江风直送到于承珠的耳中。

于承珠这只小舟,已撑出了二三里的江面之遥,听得那书生的笑声,于承珠站在船头,极目远眺,依稀见到那书生在倭寇的簇拥之下举起一个大红葫芦,往口里倒,似是喝酒,不禁大为奇怪,心道:"怎么适才打生打死,现在又与倭奴喝起酒来了。"于承珠心恐书生中了倭奴的诡计,依她的心意,还想撑回去看。张黑苦笑道:"咱们大事在身,怎好回去。再说这条船就快沉啦,逃命还不能够呢,尚说回去?"

船舱的那条裂缝现在已渐渐扩大,江水汩汩浸入,张黑舀水泼出,入多出少。原来这两条裂缝是适才打斗之时,那两个日本武士脚上穿着钉鞋,故意用力踏裂船板的。在这大江之上,船到中流,如何补漏!

于承珠不懂水性,罗袜被水浸湿,脚板冰凉,心头也感到一股凉意。忽见一条小船斜刺驶来,原来是那条老渔夫的船,老渔夫在船头上长揖说道:"多谢相公救命之恩,请过来受我父女一拜。"这条小船来得正是时候,张黑立刻和于承珠过去,破船不久就在江心沉没了。

那渔家女和张黑把艇划桨,于承珠和那渔翁在船舱中叙话,原来那渔翁是台州人氏,谈起倭寇在台州一带的横行无忌,那渔翁叹口气道:"台州今日虽然有朝廷的知府大衙,倭寇却成了太上皇啦,别说我们,连官家也怕他!"

于承珠道:"倭寇猖獗竟一至于斯么?"那渔翁道:"谁说不是呢!上个月有条走私货的倭船,驶至宁海,宁海有个商人,贪图小利,上了他的钩,在港口讲明以货易货,那条倭船竟然强卖强买,抬高自己的货价,压低那商人的货价,那商人当然不允,倭船的船主就在港口众目睽睽之下,居然恃强行凶,硬指那商人违反合约,将商人打得死去活来,把商人的货船凿沉,船上的货物全都劫上倭船,这还不算,那商人的妻女也在货船之上,倭船的船主连他的妻女都劫了过来,说是要抵偿损失。那商人身受毒打,又目睹妻女被劫,一口气转不过来,立刻投江死了。这时,已惹起了公愤,在港口围观的闲人，纷纷喝打，那条倭船，雇有十多个中国脚夫，这时船到港口，理应结清夫力，那倭船船主又恃强不给，脚夫也纷纷和他理论；这样一来，船上的脚夫和岸上抱不平的闲人，都围着那条倭船，那条倭船的浪人忽地拔出倭刀，指着船上的'膏药旗'，哈哈笑道：'有这面旗子便可横行中国，你们的官府见了这面旗子，都要恭恭敬敬礼待我们，你们敢在这面旗子之下鼓噪？'脚夫和闲人不理他这面旗子，仍然和他理论，那倭船上的浪人一不做二不休，先下手为强，竟然挥刀乱斩，脚夫和抱不平的闲人手无寸铁，立刻给杀伤了十多个，那些浪人还要追杀。这时忽然在岸上围观的闲人中走出一个少年，大声喝道：'凭这面旗子就可以横行无忌了么？'只见他飞身一跃，捷似猴猿，上了倭船，升上桅杆，将那面膏药旗取下来，撕成四片，那倭船的船主拔刀斫他，被他一剑挥为两段，接着把那十几个行凶的浪人，个个打倒，将那些浪人的倭刀，全部折断，抛下江中。放了那商人的妻女，哈哈大笑，便扬长走了。"

于承珠听得眉飞色舞，连声叫道："痛快，痛快！这青年是谁？"那渔翁道："本来没人知道这青年是谁，不知怎的被一个汉奸打听到了，这青年原来是台州一个告老回乡的御史的儿子。这老御史姓铁，名叫铁鈜，在台州算得是名门大族，世代为官，铁鈜做到左都御史，据说是二品大官了。前年才告老回乡的。这汉奸密报给倭奴在台州的市舶使（管领贸易的官，相当于今日领事馆的商业参赞）。倭奴的市舶使迫台州知府要人，但那青年已找不到了。台州知府无可奈何，竟把铁老御史软禁起来，迫着他交出儿子。这件事情轰动了台州，现在还未了结呢。你说倭寇是不是太上皇，连台州府也不敢对他们有半点违抗。"说罢又长长地叹了口气。

于承珠心中一动，想起适才那同船少年自称铁镜心，失声叫道："莫非他就是铁鈜的儿子！"

老渔翁问道："你说的是哪一位？"于承珠道："就是适才大杀倭寇，跳上倭船的那个少年书生。"老渔翁道："果然好俊的身手。台州的知府被倭奴威胁，正要拿他归案呢，若然真的是他，这回独上倭船，岂非自投罗网？"于承珠不知怎的，一路闷闷不乐，为那少年书生担心。

渡江之后，于承珠与那渔家父女分手，与张黑匆匆赶路，数日之后，来到台州，台州在浙江沿海，倭寇正在台州附近一带乡镇骚扰，台州人心惶惶，市面一片萧条，虽在白天，十家商店，倒有六七家是关上店门的。

张黑带于承珠到一位同伴家中住下，准备与义军联络好后，便即动身。过了两天，忽听得市上纷传，说是铁公子已自行到台州投案，也有人说是给日本的武士押解来的，于承珠听了，便叫张黑去打听，张黑在台州的朋友甚多，衙役中也有熟人，晚上回来一说，果然是实，听衙役所描绘的形貌，确是舟中的书生无疑。并且据衙役所报的消息，铁镜心现在还扣押在衙中，三两日后就恐怕要移交给日本人了。还听说知府大人因为他是铁御史的公子，对他甚为优待，并不关在牢房，而是软禁在知府大人的花厅内。

于承珠一打听清楚，并叫张黑再仔细探明，绘出了一份知府衙门的图，当晚过了三更，于承珠便换上了夜行衣，独自去探知府衙门。张黑虽然不大赞同于承珠前去冒险，但想到若能将铁镜心救出，对义军抗倭，亦是大有帮助，因此也就不阻拦了。

于承珠早把知府衙门的地图熟记心中，按图索骥，毫不费事地就混入内衙，来到花厅，她的轻功虽然还未到来去无踪、飞行绝迹的境界，但要瞒过府衙的那些捕头护院，却是绰绰有余。

花厅内灯火未灭，从窗外望进去，隐约可见到铁镜心那清秀的影子，于承珠正待破窗而入，忽听得里面有人咳了一声，于承珠怔了一怔，只见屋中又多了一个人影，穿的是五品官服，想来当是那台州知府，于承珠一纵身跳上屋檐，用一个"珍珠倒卷帘"的姿势，足尖勾着檐角，探头内窥，心中想道："且听这官儿和他说些什么？"

只听得铁镜心微微笑道："府台大人日夜辛劳，为晚生的事情大费精神，晚生真是过意不去呵！"那知府面上一红，干咳两声，尴尬说道："好说，好说，这回实在是委屈世兄了。"铁镜心道："家父是否还在府衙，可否让晚生见他一面？"知府道："尊大人已释放回府了。世兄的案件尚未结束，按朝廷律例，暂时还是不见为宜。以免反累了尊大人。"铁镜心哼了一声,道:"儿子纵然有罪,也不应难为他的父亲,你们这次扣押家父,不知是依据哪一条律例?"

那知府涨红了脸,笼袖作揖道:"世兄息怒,这次我实是情非得已。世兄,你要鉴谅我的苦衷呵!"铁镜心道:"你是朝廷的官还是倭寇的官?"那知府道:"我当然是朝廷的官。可是铁世兄,你也不是不知道,台州城外,便是倭寇的世界,这城内的日本官又催迫得紧,朝廷又没发兵袭倭,市舶司还在恭迎日本的使者,你,你,你叫我怎生去做?咳,我的为难之处,有谁能够明白?"一副可怜的样子,于承珠初来之时,本来也恼恨这个知府,本想把他一刀杀掉,便抢铁镜心出去,如今听了他这一番诉苦的说话,虽然仍是觉得他可怜可鄙,但一腔怒气,已全转移为痛恨倭寇了。

铁镜心愤然说道:"好,我都明白啦。那你准备将我怎生处置?"那知府捋了一捋花白的胡子,低声说道:"这里的日本市舶使一定要得世兄,请世兄念在台州父老的份上,委屈一些,明日换个地方吧。"铁镜心冷笑道:"我是大明的子民,有罪也只应由你来审,你口口声声说朝廷的王法律例,请问朝廷的法律,可以由外国人来审问本国的人么?"那知府连忙作揖道:"世兄,话是这么说。但你也要念到我的为难之处,若然我不依从他们的意思,他们叫城外的倭寇打进来,那时岂不连累了阖城百姓?世兄,你是明白人,你,你,你要体谅下官的苦衷呵!"

铁镜心无限激愤,心中想道:"我怎么不明白,无非是你自己要保全头上的乌纱,所以怕倭寇怕成这个样子!"但见他那副可怜的样子,却也不忍再将他责难。那知府用哀求的眼光看着他,铁镜心忽地昂头说道:"我性命不足惜,但由你交给倭奴,这朝廷的尊严,你将置于何地?你也确实为难,好吧,那我就替你想个两全之道。"那知府忙道:"愿闻其详。"铁镜心道:"由你主审,让日本的市舶使来陪你听审,他们既然控告我,那么也得传他们的'原告'出庭,审判之时,应准台州百姓听审!"知府道:"这,这——"铁镜心道:"这什么?这顾全了朝廷的王法,也顾全了日本使者的面子,让你在日本人面前交代得过去,这还不好么?你若不依,我就一跑了事,千百倭寇尚自拦我不住,你拦得住我么?"越说越气愤,"砰"的一声,一掌击下,将一张檀木茶几削了一角。

那知府素知铁镜心本领非凡,又曾听到他连杀几个日本武士的故事,见他发怒,心中害怕,忙作揖道:"既然世兄是这个意思,那么我明日和日本的使者说去,还望世兄千万以台州的父老为念呵!"作出一副可怜相,蹑手蹑脚地回内室去。

知府一走,于承珠飘身跃下,破窗而入。铁镜心笑道:"你来了许久了,都听见了吗?"

于承珠吃了一惊,心中想道:"我只道是人不知鬼不觉,却原来早已被他看破了。"对铁镜心的本领好生佩服。只听得铁镜心又道:"你既然都听见了,还进来做什么?"于承珠愠道:"特为来探望你呵。"铁镜心笑道:"那日在长江之上,多承搭渡;如今弟在缧绁之中,又承于兄探望,高谊隆情,小弟在这厢谢过了。"于承珠正自气恼他说话没有礼貌,忽见他又酸溜溜地作揖道谢,忍不住噗嗤一笑,说道:"你说我不该进来,我说你也不该留在这里。"铁镜心道:"怎么?"于承珠道:"你的父亲既已释放出去了,你为何还要留在这儿受气?你当真能够忍受倭奴的使者高踞堂上,看你受审么?"铁镜心道:"知府大人说的话你还没有听明白么?"于承珠道:"他害怕倭寇,简直害怕得魂魄不齐,难道你我也害怕倭寇?自古道兵来将挡,水来土掩,倭寇若真的敢来攻城,咱们就不能设法将它打退么?"铁镜心一笑吟道:"你我二人当然不惧倭寇,但只你我二人就能打退倭寇么?请问若倭寇大举攻城,吾兄有何破敌良策?"于承珠只是凭着一股少年的冲动,问到她破敌之策,却是没有想过。反问道:"难道你甘愿受审,也没有什么破敌之策么?"铁镜心一笑吟道:"弯弓欲射南山虎,磨剑思除北海蛟。射虎除蛟还待弯弓磨剑,何况是要驱逐比猛虎长蛟更凶残的倭寇?"于承珠听他说得好似胸中早有成竹,心道:"难道他的甘心受审,也等于弯弓磨剑一样,是在做准备的功夫么?这倒令人莫测高深了!"但见铁镜心眼光中充满自信,又微笑道:"多谢你来探望我,现在你可以走啦。到我受审那天,你再来看我吧。"于承珠意有不怿,道:"铁兄有何嘱托,小弟愿尽绵力。"铁镜心有点奇怪,想道:"这少年倒是性情中人，萍水相逢，便把我当知己看待。"眼光射去，和于承珠碰个正着，忽见于承珠转头避开，脸上似泛起一片红霞。铁镜心暗笑道："真是小孩子，刚才还说得那么慷慨激昂，似个大人，现在却又害羞了。"铁镜心可没有想到于承珠竟是个女子。

铁镜心略一沉吟，抬头笑道："多谢吾兄心意，那么就请吾兄给小弟带一个口信吧。"于承珠道："带给谁？"铁镜心道："在离城东郊七八里的地方，有一个小村叫做白沙村，村子西边，靠山的所在，有一家人家，这家门前有三棵白杨树，门首有一对石狮子，最易辨认。你见着了这家主人，就把你今晚听到看到的事告诉他吧。"于承珠道："这家主人是什么人？"铁镜心道："你见着了自然就知道啦。"说话之间，忍不住微微一笑，笑得颇为神秘。于承珠回到居处，兀是想不明他这一笑是什么意思。

第二日，派去和义军联络的人，还没有音讯回报，于承珠便独自一人上白沙村去。

时序正是初秋，郊外田亩金黄，蝉鸣稻熟，一派天然景色，令人心醉，只是路上却冷清清的甚少行人。于承珠心中叹道："若无倭寇侵扰，这里倒真是无殊世外桃源。"白沙村离城不到十里，于承珠问明道路，不一刻便走到了。

那是一个小小的山村，村中只有十数家人家，东一家，西一家，疏疏落落。于承珠走了一段盘旋曲折的山路，在两山合抱的山坳处，只见一家人家倚山建筑，孤零零的无邻无舍，山坡上种满桂花，山风吹来，香气袭人，有说不出的舒服，于承珠心道："这家主人定然是个风雅之士了。"穿过那一片桂花林子，果然见着一对石狮子在石阶上面，门前三棵垂杨，遮去了红楼一角，于承珠端详了好一会子，心中想道："这必定是铁镜心所说的那家人家了，为什么他不肯告诉我，屋中的主人是什么人呢？"

于承珠正待叩门，忽觉背后微风飒然，有一个娇滴滴的声音斥道："什么人鬼鬼祟祟地来此窥探？"于承珠身形一闪，回头看时，只见一个俏丽的小姑娘，穿着短袖的杏黄衫子，头发梳成两个叉角，看来稚气未除，年纪和自己也不相上下，可是却板起面孔，装出一副大人的腔调，于承珠万万料想不到屋中的主人竟是这样的一位小姑娘，只见那小姑娘声到人到，右臂一圈，左掌穿出，用的竟是七绝手小擒拿手法，把自己当成一个小偷。

本来于承珠只要一说出铁镜心的名字便可以无事，但她一想到铁镜心在缧绁之中，谁都不记挂，只托自己带信给这个小姑娘，不知怎的，突然童心大起，要试试这小姑娘的本事，当下双掌一起，一招"烘云托月"，化解了那小姑娘的擒拿手法。这招"烘云托月"，是左掌托开敌人的肘尖，右掌跟着反抓，左掌是虚，右掌是实。那小姑娘冷不防被她托起手肘，"噫"了一声，双肩一沉，迅即还了一招"七星手"，反击于承珠前胸，于承珠右掌那一抓竟然落空，心中也不禁暗暗佩服那小姑娘变招的迅速，当下立即双掌一分，左臂如弓，右手骈指如箭，从"烘云托月"一变而为"弯弓射雕"，于承珠对于掌法虽非所长，但她师承的"百变玄机剑法"，最讲究身手的快捷，这一下出手如风，左臂拦住了那小姑娘的双掌，右手中食二指倏地点到了那小姑娘胸前"乳突穴"，那小姑娘杏面飞红，突然伸口一咬。于承珠猛地醒起，自己现在是男子打扮，这一招"弯弓射雕"，大是无礼。

那小女猝然张口一咬，这一下"怪招"大出于承珠意料之外，幸而于承珠缩手得快，要不然两根指头几乎给她咬断。于承珠心中好笑，正想说话，那少女掌法一变，左掌一拍，右掌疾上，一掌接着一掌，竟似狂涛骇浪般翻翻滚滚而来，绝无半点空隙，于承珠吃了一惊，仗着身法轻灵，腾挪闪展，转瞬之间，已躲过了她的七七四十九掌，几乎给她迫得透不过气来，心中暗暗惊奇：这少女的功力显然较自己为浅，但掌法的凌厉迅速却远在自己之上，而且她每次出掌都是双掌相连，形成一个个的圆圈，不住地向前推迫，就如一个波浪接着一个波浪，前浪未逝，后浪又来，当真是见所未见。于承珠的师父张丹枫博识各家武学，平日也常与于承珠谈论，但却从来没有说过这种掌法。

这少女的掌法以七七四十九掌成一段落，循环反复连用，四十九掌一过，稍微一遏。于承珠立刻用"小天星"掌力，将内家真力凝于掌心，轻轻一引，把那少女的双掌封出外门，笑道："好掌法，咱们不必再打啦。我是给你带信来的。"

那少女用力一挣,没有挣脱,但觉对方的掌心似有一股粘力,将自己手掌吸住,牢不可脱。要知张丹枫自得了彭和尚的遗书——"玄功要诀"之后,经过了十年来的静心参悟,已练成了最上乘的正宗内功,于承珠虽然年幼,功力未到,但所得的是张丹枫的真传,已是非同小可。

那少女颇感诧异,问道:"带什么信?"于承珠道:"铁镜心的口信。"那少女问道:"铁镜心托你带信给我?你在什么地方见着他了?"于承珠道:"在知府的衙门,他明天就要被知府交给日本人呢!"那少女秀眉微蹙,忧形于色,于承珠见了,不知怎的,心中微感酸意。那少女忽道:"当真是铁镜心托你带信?你叫什么名字?"于承珠道:"我姓于名叫承珠。你呢?"那少女道:"于承珠?没听他说过这个名字。"于承珠道:"我们是新认识的好朋友。"那少女忽地一声冷笑,道:"铁镜心怎会有你这样的朋友?轻薄狂徒,冒名骗子,吃我一剑!"于承珠和她一边说话,不免分心,那少女骤出不意地双掌一沉,摆脱了于承珠的掌力,倏然之间就拔出剑来,当真是快如闪电!说到那个"剑"字,剑尖晃动,身形未换,已接连地刺了三剑。

于承珠心中生气,想道:"你剑法虽然厉害,难道我会怕你不成?"正想拔剑抵敌,忽听得山背后一阵追逐喊叫之声,那少女突然收剑,叫道:"是成二哥吗?"于承珠与她不约而同地回头望去,只见山坳已转出两个人来,一个军官挺着长剑正在追逐一个少年汉子。

那少年汉子生得浓眉大眼,穿着一件打开纽扣的开胸短衣,一张面孔晒得黑里泛红,完全是滨海渔民的打扮,样子朴实无华,功夫却颇有根底,只见他手使一根缠头金丝杆棒,被那军官追得急了,时不时地突然回头就是一棒,那军官使的是一柄月牙弯刀,招数精奇之极,少年汉子的突袭每每被他轻描淡写地化开,但那汉子惯于行走山路,他的轻功不及对方,就用突袭来阻止对方的追击,只要阻得一阻,便立即跳到地形崎岖、荆棘尖石密布之处,那军官往往要绕路来追,因此竟给他逃到了石屋的面前。

这时于承珠和那少女已经罢斗,不约而同地往前迎上,那军官

那少女骤出不意地双掌一沉,摆脱了于承珠的掌力,倏然间就拔出剑来,当真是快如闪电!

见了于承珠，似乎颇吃一惊，嚷道："哼，你这小子也在这里，你是石老头的什么人？"于承珠这时已认出这军官不是别人，正是御林军的副统领东方洛，于承珠在京城偷父亲的首级时，曾与他交过手，深知他的厉害，她虽然不知"石老头"是什么人，料想东方洛来此必无好事，当下立即挥动青冥宝剑，便待与那少女联手夹攻强敌。

却不料那少女抢快一步，刷刷两剑，刺到东方洛胸前，与东方洛先交上了手，同时大声叫道："成师哥，你给我对付这个小子，这小子胆敢来欺侮我，他不是好人！"口中说话，手底毫不放松，一口青钢剑紧紧地缠上了东方洛的月牙刀，叮叮当当的打得好不激烈。

于承珠怔了一怔，那少年汉子非常听他的师妹的话，竟然抛开了当前的强敌，杆棒一压，就将于承珠的青冥宝剑压住，于承珠怒道："你们怎么这样不识好坏！我是来帮你的！"宝剑一探，化解了杆棒的压力，那少年颇出意外，但仍是不敢放松，追上两步，杆棒一横，遮住门户，睁大眼睛，喝道："你是什么人？"那少女叫道："成师哥不要听这小子的花言巧语，他刚才还胆敢对我无礼呢，你给我先将他打走。"那少年汉子一听说于承珠曾对他的师妹"无礼"，勃然大怒，冷不防又是当头一棒，于承珠大为生气，施展出移形换步的上乘身法，在棒底一钻，滑似游鱼地一闪闪开，反手一剑，刷的一声，将那少年衣服的两颗纽扣挑开，冷气森森，直沁肌肉，那少年吃了一惊，却见于承珠突然地将宝剑抽回，冷笑说道："真是狗咬吕洞宾，不识好人心，不看在铁镜心面上，我这一剑就将你刺了个透明的窟窿！"那少年汉子心头一震，急忙问道："哪个铁镜心？"于承珠冷笑道："还有哪个铁镜心？还不就是现在正被监禁在知府衙门的那个铁镜心！"

那少女一面挥剑抵挡着东方洛的攻势，一面却仍在留神听他们谈话，这时又叫道："不要听他胡说，铁师哥哪有这样的朋友。"忽听得当的一声，原来是东方洛趁那少女说话分神之际，猛斫一刀，几乎把那少女手中的青钢剑震得脱手飞去。

那少年吃了一惊，金丝杆棒转了一个方向，那少女又叫道：

"不必管我,我对付得了,你替我打发那个小子。"她竟然十分好胜,不愿要师兄相助。那少年稍一踌躇,结果还是听了师妹的话,霍地一棒,又向于承珠的下三路卷来。于承珠大怒,腾身一跃,一招"金针度线",想索性把那少年的纽扣全都挑开,教他知难而退。那少年的功夫远不如铁镜心,亦不如他的师妹,但究竟是曾得名师传授,刚才吃了于承珠的亏,这次已有了防备,他轻功稍逊,臂力却是极为雄浑,杆棒一个盘旋,将全身遮得风雨不透,于承珠的宝剑竟然刺不进去,那少年居然还乘隙进攻,于承珠剑走轻灵,和他拆了十多招,忽地用了一招绝妙的剑法,将他的杆棒迫住,宝剑一个回环反削,当的一声,将他的杆棒削去了一截。于承珠叫道:"你不信我,也该信你的师兄铁镜心。"

那少年汉子貌似粗鲁,人却朴实,不似他师妹那样猜疑,心中想道:"这小子剑法不在我铁师兄之下,若然他真是怀有坏意,刚才那两剑岂能对我留情?"虽然仍未放松戒备,手中杆棒却已按着不动,睁着两个大眼睛问道:"你到底是干什么来的?"于承珠道:"是给你的师兄带口信来的。"那少年道:"带什么口信?"于承珠道:"他被禁在知府衙门,明日可要交给日本人了。"那少年"哼"了一声,道:"就是这么几句么?"听他语气,瞧他神色,似乎这些事情他早已知道。于承珠道:"你还要问什么?"那少年略一沉吟,昂头问道:"依你所说,我的师兄被软禁在知府衙门?"于承珠道:"不错。"那少年道:"我师兄有降龙伏虎之能,草上飞行之技,何以他肯让知府交与倭奴?"于承珠道:"那是他自己的意思,什么用意我也不知道。他向我念过两句诗,说是要:弯弓欲射南山虎,拔剑思除北海蛟。听来好像他别有打算呢!"那少年眼睛一亮,忽地叫道:"师妹,这人说得不错,他确实是替咱们的师兄带口信来的。"

那少女一声不响,于承珠心中奇怪,抬头望时,只见她和东方洛打得非常激烈,一片刀光剑影,耀眼欲花,两人相斗,竟化出了十数条人影,却又全不闻兵刃碰击之声,但站在离他们十数丈之处,也感觉到寒风飒飒,冷气沁人。于承珠是个剑法上的大行家,只一看,便知道他们各以最迅捷的招数厮拼,两方都在乘瑕抵隙,避招进招，看似游斗，其实却凶险之极。哪一方稍有不慎，只怕就要立刻血溅黄沙！

那少女的剑法和掌法同一路数，一招未尽，第二招又已发出，连绵不断，而每一剑招划成一圆圈，一个圆圈接着一个圆圈，有如后浪之推前浪，与任何一家剑法，都绝无半点相类之处。东方洛也使出了极其飘忽不定的刀法，行前忽后，行左忽右，每劈一刀，都挟着呼呼的风声，但碰着了少女这种惊涛骇浪般滚滚而上的剑招，也给迫得四边游走，刀锋挑不破剑圈。于承珠看得目眩神摇，心中暗道："若然这少女功力稍高，东方洛绝不是她的对手！"猛地想起一人，冲口问道："你们是石惊涛的弟子么？"那少女诧道："你怎认得家师？"

当时天下有四位著名的剑客，南边是张丹枫，北边是乌蒙夫，西边是阳宗海，东边是石惊涛。四大剑客之中，以张丹枫的年纪最小，声名却最大，石惊涛的年纪最大，知道他的人反而不很多。因为他在二十多年之前，就曾因为盗了大内的宝剑，犯了重案，逃亡海外，二十年来江湖上不闻他的消息。所以后一辈的许多都未听过他的名字。张丹枫也只知道他创有一套"惊涛剑法"，年轻之时，曾执晚辈之礼谒见过自己的师祖玄机逸士请教。玄机逸士那时正练成了白云青冥两把宝剑，就随便拿起了一把青冥宝剑和他试招，在十招之内，将他的长剑削断。当时玄机逸士便曾大大地称赞过石惊涛的剑法，同时也给他指出了剑法中的许多破绽。玄机逸士的话绝无半点客套，要知玄机逸士那时已是天下第一高手，晚一辈的能够和他拆到十招，那确是绝无仅有。但石惊涛却甚感羞愧，同时又羡慕玄机逸士所练的宝剑。虽然他也深深佩服玄机剑法的精妙，但私心里却认为玄机逸士之所以能在十招之内削断他的兵刃的，那还是靠宝剑之力（殊不知玄机逸士只因为恰好有这两把宝剑在手边，所以便顺手拿来过招。若用普通的刀剑，也同样可以削断石惊涛的兵刃的）。因此他后来才动了到大内盗剑的念头。

于承珠是见了少女这套独特的剑法，俨如惊涛骇浪，又听得东方洛说出"石老头"三字，这才想起来的。果然一猜便中，那少年汉子甚是惊诧，正在追问，忽听得叮当一声，火星飞处，东方洛横刀疾斫，自己的师妹却不住地后退。原来那少女剑法虽妙，气力却是大不如人，东方洛趁着她气力不继，四十九路剑法告一段落之际，突然反扑，惊涛剑法全在那股凌厉的去势，忽然受阻，就似波涛碰到了石堤一般，冲不过去，浪头反而倒抛回来。那少女给东方洛连迫数招，剑锋反弹回来，几乎伤了自己。那少年大叫一声"不好"，正待上前助战，忽听得"嗤"的一声，东方洛刀上的月牙，已勾破了少女的衣袖。

东方洛这手刀法当真是使得非常狠毒，刀上的月牙勾着了少女的衣袖，明晃晃的刀尖便向里扎，少女的半边身子受了牵制，手臂转动不灵，青钢剑也被东方洛的刀柄格住，急切之间，不能撤剑回防，眼见那刀尖扎下，便将是断腕折臂之灾。于承珠一声长笑，叫道："好妹子，你们师兄妹叙叙，让我接替你吧。"长笑声中，金花脱手飞出，当的一声，第一朵金花将东方洛的刀尖打歪，第二朵金花把少女的衣袖割断，那少女手臂活动，急忙反手一剑，东方洛跳过一边，却被于承珠截着了去路，那少女回剑再前，于承珠已与东方洛交上了手。

那少女呆了一呆，只见于承珠剑势轻灵翔动，转瞬之间，已与东方洛拆了七八招，那少年汉子抹了一额冷汗，上前拉着他的师妹道："我看这位少年英雄是真心真意来帮你的。"少女"哼"了一声，杏脸飞红，不发言语。那少年又道："他说是咱们铁师哥的好友，我看并非虚假。"少女怒气未消，含嗔说道："怎么见得？"那少年将她拉过一边，唧唧咕咕地低声说话。于承珠一面抵挡东方洛的攻势，一面冷眼偷窥，心中暗暗好笑。见他二人交头接颈地谈笑，态度甚为亲热，心中忽地一松，想道："原来她和这位师兄，交情更好。"那少女适才出言不逊，屡次要驱逐她。于承珠本来有点生气，这时却不知怎的忽然对她好感起来，觉得她稚气未消，大是惹人怜爱（其实于承珠与她一般年纪，同样也是稚气未消）。

于承珠分了心神，胡思乱想，剑势稍松，东方洛立刻乘机反扑，月牙刀一伸一缩，俨如毒蛇吐信，几乎刺到了于承珠的咽喉。那少年汉子一眼瞥见，叫声不好，杆棒一挥，奔上几步，忽听得"叮当"一声，火星飞溅，东方洛刀上的月牙，已被于承珠的青冥宝剑削去了两齿。原来于承珠自出道之后，经过了大小十数次的厮杀，实战的经验增长了许多，而且又得黑白摩诃讲授五行拳精义，武功上也有增益，与第一次斗东方洛之时，已是大不相同，那一次她与东方洛只不过交换了十来招，打成平手。这一次东方洛仍想欺她年轻识浅，用繁复的进手刀法，趁她分神之际，欺身劈斫，哪知招数用老，于承珠突然使出玄机剑法中内八圈的精妙剑法，一举反击，若非东方洛经验丰富，武功也确有造诣，变招得快，月牙刀也几乎被她削断。

那少年不禁大声叫道："好！"他的师妹虽然没有喝彩，心中却也暗暗佩服。只听得于承珠扬声叫道："你们师兄妹都打得累啦，好好地歇歇谈谈吧。"咭咭地笑了几声，那少年汉子面红耳热，但见他师妹瞪眼鼓腮，却是目不旁瞬。

于承珠和东方洛这时已斗了一百来招，大家都出了全力厮拼，越斗越烈。但见于承珠那口宝剑翻腾飞舞，倏进倏退，时如彩蝶穿花，时如蜻蜓点水，剑光霍霍，赛如冷电寒霜，缤纷飞舞，那少女不禁倒抽了一口冷气，心道："我只道我们的惊涛剑法，已是天下无双，哪知世上还有如此精妙的剑法！"东方洛的月牙刀法，亦是自成一家，刀口背和刀上的月牙，都有不同的功用，或劈或斫，或拍或勾，一口刀兼有钩剑之长，每一招都是阴狠恶毒，亦确是武林罕见的刀法。但比起于承珠的"百变玄机剑法"，却还是不免相形见绌。本来东方洛的功力和经验要比于承珠稍胜一筹，他原可以以这两样长处，善自运用，来抵消招数上的吃亏。但于承珠除了招数精奇之外，还兼有一柄削铁如泥的宝剑，东方洛的月牙刀不敢和他硬碰，刀上的月牙，不能近身，功用减了几分，这样在兵器上又吃了亏，更是相形见绌了。

斗了一百来招，于承珠渐渐抢到了上风，精神大振，剑势如虹，变幻无方，越发凌厉。那少女看得出了神，心中的怒气，早已化为乌有。那少年汉子见于承珠占尽上风，心头一松，忽而问道："师妹，师父他老人家是不是真的回来了？"少女一心观战，正看到紧张之处，信口答道："来了，来了！"原来她正看到于承珠使出一招绝妙的剑法，这一剑本来是自左而右，划成半个圆弧，剑到中途，却忽然一变，剑锋突然一颤，从右边反削过来，以少女这样的全神贯注，竟然看不出于承珠的手法如何变化，是以禁不住叫出声来。

这一叫不打紧，却把东方洛吓了一大跳，心中想道："这几个小畜生分明是石惊涛的晚辈，已这样厉害，石惊涛来了，那还了得？"他本来是奉皇命来搜捕石惊涛的，初来之时，还恃着本身技业，以为石惊涛虽是久已成名，但而今年老力衰，未必是自己的对手，哪知初碰那少年汉子，捉他不着，再碰那个少女，已是难斗，如今战于承珠，要保持不败，亦恐不能，心中早是气馁。一听说石惊涛来了，吃一大惊，于承珠刷地一剑反削，"咔"的一声，将他肩上的两根骨头，削去了一大截。东方洛反身一跃，顾不着疼痛就急忙滚下山坡。于承珠收剑不追，哈哈大笑，转过身来，对那少女道："如今你该相信我了吧？"

那少女瞪了瞪眼，她的师兄已抢前一步，施礼说道："多承相助，小弟在这厢谢过了。"于承珠道："咱们忙着和这厮打了半天，还没有请教姓名呵。"那少女仍不出声，那少年却爽爽快快地答道："我的师妹叫石文纨，我叫成海山。我师妹就是石老剑客的女儿。"

石文纨双辫一甩，鼓气说道："你又不是和他对亲，向他背家谱作甚？"于承珠"咭"地笑了一声，石文纨言语出后，才觉得自己太没遮拦，羞得满面通红。

成海山被师妹责备，不敢回嘴，但低下头低声下气地辩解道："别人早已知道咱们师父的名字，何况又不是外人，说与他听有何妨碍？"于承珠接口道："我叫于承珠，我的师父叫张丹枫，说起来当真不是外人。"

成海山"呵呀"一声跳了起来，叫道："原来是张大侠的弟子，怪不得如此本事！"石文纨抬头瞧了于承珠一眼，心中想道："张丹枫名震当世，义侠无双，却怎么收了这么一个轻薄小子为徒。"

于承珠道："我师父久仰尊师大名，无缘相会，今日我自当代表我师父谒见石老剑客，就请文纨姐姐为我引见。"成海山忙道：

"不敢当，不敢当！"须知张丹枫虽然年轻，却是四大剑客之首，于承珠说得太客气了，成海山是个老实人，故此立即替自己的师父谦谢，同时心中想道："这姓于的文质彬彬，怎么我师妹却说他无礼？"

石文纨冷冷说道："即算我父亲在家，他也不会见你！"成海山道："师妹，你，你怎可……"石文纨瞪他一眼，道："你，你，你什么？"成海山本想说："你怎可如此失言？"见他师妹一瞪眼睛，后半截话缩了回去，改口问道："师父他老人家不是回来了吗？怎么又不在家中？"石文纨道："谁说他回来了？"成海山一怔，道："你说的呵！"石文纨道："你见了鬼啦，我几时说过？"成海山大奇，道："那么敢情是我听错了？那个鹰爪子也听说是他老人家回来了，这才追着我来呵。"石文纨道："我父亲数日前曾托人捎了信来，说是不日就要搭海船回来，却还没有来到呵。哼，哼，那鹰爪子耳目倒真灵，活该他送上门来受这一剑。"忽而想起"这一剑"乃是于承珠刺的，又不言语了。

于承珠道："如此说来，我也无缘拜见了。"石文纨一面孔的冷意，并不回答。于承珠站在她的门前，见她并不邀自己进门去坐，情知她是恨自己适才出招"轻薄"，却苦于无法向她解释，讪讪的甚觉不好意思，停了一停，见石文纨仍无言语，只得拱手说道："我的口信已带到了，没什么事，我告辞啦。"成海山拱手说道："多谢你今日拔剑相助。咱们铁师兄的事，我们早已知道啦，铁师兄特意让你带口信来，让咱们认识，可见铁师兄确是不把你当作外人。铁师兄之事，自然逢凶化吉，你放心好啦！"成海山此话，特意点明铁镜心不把于承珠"当作外人"，其实是说给他的师妹听的，于承珠听了，心中却好生奇怪。

于承珠不禁想道："原来铁镜心的打算他们早已知道了，而且看来是早已有了安排。既然如此，那何必还叫我带什么口信？"她却不知，铁镜心是因为见她盛意拳拳，好像若不给她一些事情代做，她就不安心似的，故此特地叫她到白沙村来会见自己的师妹，却料不到于承珠糊里糊涂和他的师妹结下隙怨。

于承珠回到城中，与张黑说了这两日的经过。张黑也猜不透铁镜心打的是什么算盘,告诉于承珠道:"叶大哥那边已有了消息,说是大后天就一准有人来与咱们联络,可是大后天恰巧是台州知府和日本人'会审'铁镜心的日期。"于承珠忙问道:"你怎么知道?"张黑道:"外面出了告示啦。许多人都说要去看会审呢。"原来这公开会审乃是铁镜心力争得来的,日本人自恃势力,不虑有它,也就答应下来了。于承珠道:"既然如此,到了那天,你留在家中等待叶大哥派来的人,我去看审。"

中国的知府会同日本的市舶使同审犯人,而又准人观审,这乃是台州从来所无的事,群情汹涌,都在恼恨日本官的凶横,不满知府的怯懦,让外人干预司法。这一日一大早就有无数人涌到衙门,于承珠亦混在其中。午时一到,只见台州的知府伴着一个肥肥矮矮的日本官升堂,众人指点说道:"这就是日本的市舶使高桥了。"高桥带有两名武士随侍,其中一人于承珠认得那是贡船中的七段剑客江口,另一个听旁人所说,却是日本驻在台州的武官濑越,据说也是一位六段的武士。

知府升堂,装模作样地一拍惊堂木,从签筒中抽出一支签来一摔,喝道:"将犯人带上!"不一刻差役将铁镜心带到,只见他昂然直立,双目炯炯,盯着那日本官,正气凛然,毫无惧色。高桥给他瞪得反而有些怯意,拍案喝道:"好大胆的支那犯人,你知罪吗?"他这话是用日语说的,自有通译译成汉语,铁镜心朗声说道:"不知!"高桥道:"你杀人越货,打死了我们日本的船主,抢我们日本船的货物,还胆敢扯下我们大日本的太阳旗,罪证确凿,当受极刑。支那的知府官儿,我说这不必审啦,就由濑越大佐监斩了吧。"后面半段是面向知府说的,一副骄横之气,咄咄迫人!

铁镜心一声冷笑,说道:"你们的船长先打死了我们的中国人,抢了他的货物,另外还伤了十多个人,我路见不平,即算打死你们的船长,也只是一命赔一命。我们抢回来的是中国船自己的货物,你们的船当日就溜走了,哪曾有什么损失?"高桥勃然大怒,面向台州知府斥道:"贵知府岂可容犯人咆哮公堂,给我拿下!"正是:

城中究是谁天下?咆哮公堂倭焰张。

欲知后事如何?请听下回分解。

第十二回　草莽英豪　挥戈同抗日
　　　　　玉堂公子　划策托空言

　　台州知府吓得面青唇白，抖抖索索。被铁镜心怒目一瞪，抓着一支竹签却又不敢摔下，只听铁镜心大声喝道："公堂之上，讲的是道理，道理未讲清楚，谁敢前来拿我？"观审的中国人虽然久处倭寇的压力之下，也禁不住喝彩为铁镜心助威。高桥气得面色铁青，喝道："好，你说我们大日本的船主打死你们的支那人，有何凭证？再说你为什么撕下我们大日本的太阳旗？"

　　铁镜心高声说道："日本船到中国来，就该守中国的法律，那条船既然杀人抢物，又偷运私货，我们就只当它是海盗船只，料想你们贵国也不会承认这种海盗的船只是你们政府的。既然是海盗的船只，挂起日本旗，其实就是侮辱你们自己的国家。我替你们将海盗船上的太阳旗除下，其实是为你们保全了国家的体面。说来你还该感激我！"铁镜心理直气壮，侃侃道来，把高桥气得连连拍案骂道："强辩，强辩！"

　　铁镜心不予理会，继续说道："至于说到证据吗？那有的是！"话声未了，只见一个披头散发的女人，哭哭啼啼地走上堂来，哭道："求青天大老爷作主呵，我的丈夫给日本人打死，我也给打伤，货物被抢，追回来的还不到一半呵！"正是那条被抢掠的中国货船船主的未亡人。紧跟着一片哭声，只见数十人拥上堂来，每两个人抬着一张床板，床板上都躺着一个受伤的人，有的断手，有的折足，有的伤口还在流血，都是那日被日本船上浪人打伤的中国人。铁镜心叫道："这些都是苦主，你还有何话说？"

高桥绝对料想不到这些"支那苦主"居然敢出来指证，睁大眼睛，正要发作，只听得公堂上哭声四起，接着一群一群的人出来控告，有白发苍苍的老妈妈出来指责倭寇杀了她的儿子，有满腔眼泪的少妇，哭诉倭寇杀了她的丈夫，有一个老爷爷更不顾性命地冲到公案前面，控诉倭寇杀了他的儿子，抢了他的闺女，还放火烧了他的房屋。

高桥气得双眼凸出，心中又是十分害怕，他哪想得到他一向认为是"绵羊"一般的"支那人"，忽然会像火山一样地爆发起来，控诉他的"大和民族的优秀国民"？高桥大喝一声："给我打发这群支那猪！"濑越横蛮已惯，应声跳下公堂，啪地一掌，就将那个老大爷打翻，还想动手再打一个老妈妈，另一个七段武士江口则拔出长剑去刺铁镜心。

只见铁镜心身形一晃，江口的长剑刺了个空，说时迟，那时快，铁镜心一个虎步，一扑而前，双掌一落，立刻抓着濑越的背心，救了那老妈妈的一命。

濑越精于柔术，被铁镜心抓起，居然败中反扑，脑袋一仰，双手反穿下来，扭铁镜心臂弯关节，铁镜心腰身一俯，忽地只见两人的身形突似风车一转，主客易势，铁镜心反而被濑越背到背上，看看就要被他"背投"绝技，挞下石阶。

于承珠惊叫一声，越出人丛，就想来救，另一个七段武士江口见铁镜心被他的同伴制着，心中大喜，哈哈笑道："好小子，原来你也有败在我们日本武士手中之日。"长剑一挥，噼啪作响，立刻向铁镜心头颅斩下。他在近，于承珠在远，于承珠要救他也来不及。

众人惊叫声中，忽见濑越脚步跄踉，向前一冲，恰恰迎着江口的长剑，"波"的一声，长剑刺入了濑越的胸骨，铁镜心哈哈大笑，一跃而下，信手打了江口两记耳光，喝道："你在中国公堂之上，恃强行凶，目中还有我天朝皇法吗？"这一下变出意外，江口绝对料想不到，空有一身武艺，长剑刺入同伴的身体，急忙间未能拔出，眼见铁镜心巴掌打来，竟是毫无办法抵挡。

原来铁镜心是将计就计，故意让濑越得手，将他反背起来，他

众人惊叫声中,忽见濑越脚步踉跄,向前一冲,恰恰迎着江口的长剑,"波"的一声,长剑刺入了濑越的胸骨。

却用擒拿手扣着了濑越的背心"天柱"大穴，"天柱穴"位在脊椎的神经末梢，感觉最为灵敏，被铁镜心用力一扣，又麻又痒又痛，濑越的柔术非但丝毫施展不出，而且给铁镜心弄得如发狂癫，向前乱冲，这一冲就恰恰冲到了江口的剑上。

江口被打了两记耳光，这才将剑拔出，只听得濑越惨叫一声，血如泉涌，眼见他不死亦成残废，江口又惊又怒，长剑一圈，猛施杀手，突然间又不见了铁镜心的影子，江口暗叫一声"不好"，跳起来时，手腕已给铁镜心抓住，轻轻一拗，登时脱臼，长剑当啷一声跌落地上。本来以江口七段武士的本事，铁镜心纵能将他打败，也得花半个时辰，但铁镜心机智百出，先用濑越作为盾牌，叫他吃了大亏，待他拔剑之时，铁镜心已绕到他的身后，论起身法的轻灵，江口绝不能与铁镜心相比，更何况被铁镜心一出手就制了先机，自然就只有挨打的份儿了。

铁镜心脚尖一挑，把江口的长剑挑起，接到手中，用拇指一顶剑身，单手一抖，咔嚓一声，那柄长剑断为两段，江口爬了起来，见他显了这手功夫，哪敢再斗。铁镜心将两截断剑一抛，朗声说道："倭奴无礼，胆敢在知府衙门，拿刀弄剑，打人伤人，众目共见，求知府大人处置。"知府早已吓得哆哆嗦嗦说不出话来，猛听得高桥拍案大骂道："反了，反了！"突然从衙门后面涌出一队日本兵，个个拿着雪白的长柄倭刀，发一声喊，都扑向铁镜心。

那是高桥早就带来了的护卫，只因不便公开露面，故此埋伏在知府后衙，而今听得堂上大乱，被他们欺侮惯了的"支那人"居然敢闹起事来，这些日本兵横行已惯，听得高桥在外面呼喝，哪里还会想到什么后果，于是个个拔出倭刀，争着涌出。

大堂上本来就挤满了观审的中国人，一直排到石阶底下，少说也有七八百人，本来就是已愤怒不堪，这时突见日本兵杀出，更是群情汹涌，有许多少年人奋不顾身，赤手空拳就奔上去迎敌，倭刀锋利异常，稍一碰上就有皮破血流之祸，铁镜心拦在前面，呼呼发掌，用大摔碑手的重手法，一连摔死了五六个高桥的卫士，但那队日本兵有三十多人，铁镜心一人自是阻挡不住，涌上去的少年人仍有多人受伤，有一个伤得最惨的，竟被斫断了一条手臂。

忽地只听得"铮铮"之声连响,于承珠一扬手就是五朵金花,除了一个日本武士能够避开之外,其余四朵金花全都命中了敌人的要穴,登时有四个日本卫士扑地不起。于承珠随身所携带的金花暗器有限,打伤了四个日本卫士之后,立刻拔出宝剑,正待越众而出,几乎就在同一时间,只见东面门首拥挤着的人群发一声喊,两边一分,一个红衣少女手挥利剑,杀了进来,后面跟着一大群渔民打扮的人,或持鱼叉,或持鱼钩,行动矫捷之极,每两人一个小组,一人用鱼叉迫住倭刀,另一人就用鱼钩勾敌人的双足,日本人习惯纵膝盘地而坐,腿肥脚短,跳跃不灵,那群渔民似是久经训练,鱼钩勾下,从不落空,片刻时间,就把那队高桥的卫士全都擒了。其中一个本领较高的武士,是这队日兵的队长,也不过几个照面,就被那红衣少女削断了一条臂膊,一并擒了。

这红衣少女正是于承珠昨日所见的那个石文纨。于承珠恍然大悟,心道:"怪不得成海山叫我不必担心,原来他们是早有准备的了。"

这一仗高桥带来的人全军覆没,高桥吓得魂不附体,意欲逃走,双脚却不听使唤,在公堂上抖个不停,被铁镜心拖了下来,反手缚住,推到知府的面前,朗声说道:"倭奴蔑视我天朝皇法,在公堂上纵兵行凶,知府大人,你守土有责,不能不理。"知府也吓得几乎说不出话来,透了一大口气,半晌才嗫嚅说道:"这,这……这如何是好,若倭寇围城,本府兵力单薄,如何抵挡?"铁镜心笑道:"有这么多人,还愁没人抵挡!"公堂上这时已挤得水泄不通,众口同声地叫道:"我们抵挡。"还有人叫道:"若然知府大人惧怕倭寇,那就快快逃命,台州之事,我们自理。"知府见民气如此,怕再对日本人忍让之时会激起民愤,只得说道:"铁相公,今日之事,我只好由你作主了。"

铁镜心道:"保土卫民,人人有责。公祖是台州父母官,那更是责无旁贷的了。"当下立即推出了几位绅襟和地方上的公正人士,和知府一同协商抗倭的大计,那群被擒的日本人,连同高桥在内,都一并被收监了。

知府本要将铁镜心留下,共同商量,铁镜心说他还有要紧的事情待办,想先到外面走一趟,知府想起他被羁囚多日,想出去会会亲友,也是人情之常,而且知府也有点忌惮铁镜心,生怕他再弄出什么花样,教自己骑虎难下,当下稍一沉吟,也便准铁镜心先行告退。

石文纨留下那一队渔民,跟着铁镜心挤出大门,众人都对他们欢呼,于承珠也不自觉地送他们出去,石文纨还没留意,铁镜心却瞥见了她,微微一笑,将她一把拉着,道:"咱们一同走吧。"石文纨望于承珠一眼,于承珠向她点点头,石文纨也冷冷淡淡地向她点了点头,两人却都没有谈话。于承珠从来没有被一个男子紧握过手,很不自然,脸上泛起一片红霞,好在众人喧闹之中,铁镜心也没有留意到她的异样神情。

三人走出府衙,但见附近的街道上都挤满了人,纷纷谈论从府衙内传出来的消息,有的人在夸赞铁镜心,有的人在大骂倭寇,铁镜心怕被人群发现,带着于、石二人穿过横街小巷,走了好远好远,还隐隐闻得背后喧闹之声,铁镜心笑道:"倭寇越是蛮不讲理,越是恃强逞凶,咱们的民气便越发激昂,今日之事,可作见证。"于承珠恍然大悟,道:"原来你甘愿受倭奴的会审,就是想激发民气的,这道理我前日还想不清楚呢。"

但还有一样于承珠未曾想得清楚的是:台州父老正在府衙同商抗倭大计,铁镜心却为何没有参加,而要急急出外?难道还有什么比抗倭更要紧的事情?正想问他,铁镜心又微笑说道:"你们认识了吧?"他这话是面向石文纨说的。石文纨轻轻地"哼"了一声,道:"你交的好朋友呵!"铁镜心怔了一怔,道:"这位兄确是够朋友。我们是在长江船上认识的,第一次会面我就曾见他奋不顾身地救两位渔家父女。"石文纨道:"那真是一位侠义之士了。就……"铁镜心道:"就什么?"石文纨本想说:"就可惜行为轻薄。"但她有几分畏惧这位大师兄,见大师兄如此称赞于承珠,话到口边又吞了下去,改口道:"就是太年轻了一点。"铁镜心忍不住"噗嗤"一笑,原来他有一个想法,想给师妹撮合姻缘,他还没有知道成海山对石文纨早已萌了爱意。

于承珠道:"铁兄,你去哪儿?"铁镜心反问道:"你去哪儿?"

于承珠道:"我当然是回家去呵。"铁镜心道:"那么我也就是要到你的家呵!"于承珠见他不似说笑,心中奇道:"他又说有紧要的事情,怎么却又有空跟着我走?"虽然纳闷,心中却是欢喜。不一刻走到了张黑寄住的家。忽见张黑和一个意想不到的人迎了出来。

这人原来就是成海山,仍是前日那般老老实实的渔家装束,铁镜心、于承珠和成海山一见,三人都同时叫出声来:"咦,原来是你!"

张黑道:"这位成大哥就是叶统领叶宗留大哥派来的人,由他带领我们到叶大哥那边去。"铁镜心道:"你几时认识叶统领的,怎么连我也不知道?我听师妹说叶统领派有人来,我问她是谁,她不肯说,却原来是你。"成海山道:"这几个月我和师妹就在叶大哥那边,和倭寇也打了几次仗啦,还是前几天才回来的。师哥,这几个月你游学在外,我们还没有机会告诉你哩。"铁镜心笑道:"你们都长大成人,懂得办事啦,我还当你们仍然住在老家,成天捉鸟呀钓鱼呀闹着玩呢。"成海山也笑道:"我们这几天是在老家呀,幸好你不知道我们曾离家他去,要不然你也不会请这位于相公到白沙村找我们啦。我也料想不到这位于相公原来就是叶统领请来的救兵。今早我得到叶大哥送来的信,叫我到这里接一位从山东请来的大豪侠,我还以为是毕擎天毕大龙头,却原来是于相公。这真是巧极了。前天若不是碰着于相公,我和师妹都几乎要给鹰爪子伤了。"于承珠道:"你也认识毕擎天么?"成海山道:"没见过面。可是北五省大龙头的威名谁不知闻。"铁镜心皱皱眉头,道:"人的名儿,树的影儿,这俗语说得有几分道理。但也不见得人人都是名实相符,咱们也不必震于别人的威名。我听说毕擎天是北方丐帮的首领,作江湖上的龙头帮主,大约还是够资格的。"成海山默然不语,于承珠虽然对毕擎天殊无好感,对铁镜心这话,亦感到些微不快,心道:"你又没有见过毕擎天,怎么就信口月旦人物?难道草莽之中就没有人才,丐帮的首领就只配当龙头帮主吗?"铁镜心是官家子弟,文才武艺都出色当行,对于草莽人物,潜意识中总有一些轻视。这和于承珠却微有不同,于承珠虽然也是阁老的独生女儿,但于谦为人,和普通的大官完全不同,做到阁老,平日也亲自操劳，并无官家习气。而于承珠又最受师父张丹枫的影响，张丹枫少年时候闯荡江湖，历经忧患，所结交的更多是草莽英雄，所以于承珠和草莽人物相处，容或觉得气质不大相近，但对其中的英雄豪杰，总不失掉敬意。

于承珠对铁镜心这几日的行事，佩服之极，所以这些微不快，转瞬亦云散烟消。只听得铁镜心又问成海山道："什么鹰爪子？怎么他要来伤害你们？"成海山道："鹰爪子听说咱们的师父回来了，他要来搜捕咱们的师父呢。"铁镜心微现诧异之色，道："这是什么道理，他老人家犯了什么法了？"

成海山道："这个我可不知道了。"铁镜心眼光向石文纨一扫，石文纨嗫嚅说道："这个我也不知道。"于承珠十分奇怪，心道："石惊涛是因为盗了大内宝剑，大闹皇宫，这才逃亡海外的。铁镜心是他的得意高足，怎么会不知道？看石文纨的神情，她分明是知道的，为何却又不告诉大师兄？"若是在一年之前，于承珠心直口快，一定会将所知告诉铁镜心，这一年来多少经过了一些磨炼，稍稍懂了一点人情世故，话到口边转念一想，心道："石惊涛瞒着这个徒弟，其中定有道理。石惊涛盗宝闹皇宫等事，武林中知道是他干的，也只有我太师祖等有限几人，师父信得过我，平日才肯将一些江湖上成名人物的隐秘告与我知，我岂可随便乱说。"

成海山道："叶大哥的意思，叫我送他们二位到达之后就回来相助台州民团守城，师兄你说如何？"铁镜心道："唔，也好，等我向知府保举你便是了。师妹，你呢？"石文纨道："我也愿意留在此助成师哥。"成海山道："叶大哥很盼望你也帮他。"铁镜心稍一沉吟，道："好吧，待我先回家禀告父亲。我听说叶宗留现正处在危难之境，抗倭大事，人人有责，我去是应该的。"他说得很平淡，但于承珠却听出他自负的心情，好像他一去什么都会好转，不知怎的，心中又感到些微不快，但想到铁镜心确实是个大有本事的人，心中的不快，迅即又烟消云散了。

傍晚时分，铁镜心回来，神情有点失望，对成海山道："我父亲一得保释之后，就离开台州，进省去了。呀，我千里迢迢地赶回来救他老人家，却见不着他一面。"于承珠又感奇怪，心道："父子骨肉连心，铁鋐怎么不等他儿子的案子终结就走了？是有人迫他如此的？还是他害怕这危城不可久居？"成海山道："那么大师兄明天同我们一道走么？"铁镜心仰天吟道："英雄血洒胡尘里，国难方深那管家！走，当然走！"

第二日一早，铁镜心、于承珠、张黑、成海山等人离开台州，由成海山带路，走了两天，到达义军驻管之地。那是滨海的一座山头，这座山是仙霞岭的支脉，虽然不算峭拔，却也山高林密，义军的管地就在密林之中，四人走入山中，随处见到义军或在斫柴，或在种菜，衣衫都很褴褛，可以想见他们支持的艰苦，但人人都是嘻嘻哈哈地一面操作一面谈笑，并无愁苦之容。于承珠甚是佩服。铁镜心却在想道："这些乌合之众，怪不得难以抵敌倭寇，我可得助叶宗留给他好好整顿一下军队才行。"

叶宗留听得他们到来，极为高兴，立刻请他们到帐中相见。那帐篷是用牛皮做的，算是最好的了，但也有几处破烂。

铁镜心、于承珠等走入帐中，只见几个人一同迎了出来，其中一人短须如戟，黑漆发光的脸，穿着补了几个绽的土布衣裳，活像久经雨淋日晒的乡下长工，一见他们进来，立刻伸出两只又大又黑的手掌，叫道："日日盼望你们，真是想死我了，这位是铁公子么？"双掌一拍铁镜心肩头，在他自是表示亲热，一拍下来，铁镜心的衣裳登时现出两个黑掌印，四人之中，铁镜心的衣裳最为整洁，料子也很不错，那大汉一拍之下，立刻发现，赔笑说道："哎呀，弄脏了贵客的衣裳了。"急忙替铁镜心轻轻拂拭，他想是刚刚从地上回来，指甲也还沾着尘土，越拂越脏，铁镜心颇有点尴尬，抱拳说道："这位是叶统领么？""统领"是义军公推他做的，可并不是朝廷的命官。那汉子哈哈笑道："什么统领，我叫叶宗留，弟兄们或者叫我做叶老黑，或者叫我叶大哥，你们不必和我客气，我比你们痴长几岁，我托大一点，你们叫我做叶大哥也就行啦。"铁镜心暗道："在台州几乎日日听到叶宗留的大名，人人都说他是了不得的汉子，却原来是个乡下佬的模样。"他可不知，叶宗留岂止是"乡下佬"，还是个当时社会所贱视的当矿工出身的。他手下的弟兄，有许多就是他矿场上的伙伴。

于承珠将毕擎天和周山民的亲笔书信交了给他,叶宗留打开一看,道:"哈,有好多字它认得我,我不认得它。你给我念。"随手将书信交给旁边一人,那人约摸四十多岁,背有点佝偻,衣服虽然也打了许多补丁,洗得还洁净,看样子似乎是他的师爷,接过两封信念了,无非是表示愿同心抗倭,不日即将率众来到等语,只有毕擎天的信尾附有两点说话,说的是:"久仰吾兄大名,东南沿海得以少免糜烂,全仗吾兄之力也。弟忝位五省龙头,自惭德薄,当在吾兄帐下,听候驱驰。"叶宗留听了,哈哈大笑道:"毕擎天写信,怎么也这样文绉绉的,这信一定也是他的师爷代笔的。他是乞丐头儿,我是矿工头儿,正好搭档。他本事比我大得多,我正要奉他做大哥,这些弟兄都交给他使唤,他却和我客套,这岂不太笑话吗。哈,哈!这封信一定不是毕擎天亲笔写的!"岂知这封信正是毕擎天亲笔写的,毕擎天貌虽粗鲁,内里却甚有机心,他祖先是张士诚手下的大将,子孙要做十年和尚,十年乞丐,乃是家规,所以毕擎天并非一般乞丐,他乃是粗通文墨的。

铁镜心听了,微感不快。铁镜心是无意与叶宗留争位的,但他听得叶宗留对毕擎天如此推崇,人还未到就准备让位了,显见叶宗留对毕擎天更为看重,铁镜心心里可有点不舒服。

于承珠的想法却又完全不同,于承珠想道:"毕擎天其实是处心积虑,想做首领,却偏偏惺惺作态,比起叶宗留的光明磊落,品格上那是有所不及的了。"

义军被困山中多月,全军上下吃的都是糙米野菜,这晚为了铁镜心他们初到,特别烤了一只野猪待客,糙米杂有许多谷壳砂子,于承珠本来吃得不惯,但见叶宗留殷殷劝客,尽把大块大块的野猪肉夹在铁镜心和自己的碗子里,于承珠反而感到惭愧不安,不知不觉地扒了两碗糙米饭,比平时还吃多半碗。

于承珠等四人被招待在一个新搭好的帐篷中住宿,也是牛皮帐篷,新净完整,不怕漏雨,比叶宗留自己住的那座帐篷还好,也很宽敞,于承珠、铁镜心、张黑、成海山等四人各占一角。

这一晚,于承珠翻来覆去睡不着觉,脑海中接连翻出几个人的影子,先是张丹枫,再是铁镜心,然后是毕擎天,最后是叶宗留。

"嗯，铁镜心是有几分像我的师父。"这印象在长江初会之时，于承珠就已有了，如今铁镜心的影子随着张丹枫的影子飘过，这印象便更分明了。于承珠不觉从心底笑了出来。但转瞬之间，另一个念头又在心中泛起，忽觉得铁镜心虽有几分像张丹枫，但却有更多的地方不似，他们好像是并不属于同一类型的人，分别在什么地方？于承珠一下子可答不出来，这个印象是今晚才有的，也越来越鲜明了。于承珠忽然感到心头有点沉重，让张丹枫与铁镜心的影子都从脑中闪过，再想起了叶宗留，"叶宗留在铁镜心面前是显得多么笨拙，但他也有几分似我的师父。"这样一想，连她自己也觉得奇怪，张丹枫狂侠温文，潇洒脱俗，叶宗留怎么似他？但又确似有些地方相像。哪些地方相似，于承珠一下子也答不上来，须得好好地想。叶宗留质朴豪爽，和铁镜心对照起来，更显得一巧一拙，他又不善于言词，但他所说的话，每一句都似是出自肺腑，令人觉得诚恳可亲。于承珠忽而觉得，张丹枫与叶宗留表面看来，虽似处于两个极端，完全不同类型，但两个人的性格又都各有其可爱之外，甚至有共通的地方。铁镜心比将起来，反而显得有些失色了。至于毕擎天也自有其豪侠可敬之处，不过比起其余三人，毕擎天又似乎显得更逊色了。这一晚，于承珠翻来覆去地尽在想，毕擎天的影子后来完全被铁镜心的影子压住了。她想得最多的还是铁镜心，连自己也莫名其故。呀，她自己不知，她可是在成长中的少女了，张丹枫、叶宗留虽然"可爱"，却是比她长一辈的人，只有铁镜心是和她年纪相若的俊秀少年。

可是一想到铁镜心与张、叶二人的不同之处，虽然那只是模模糊糊的感觉，也令她感到心头抑郁。呀，一个少女要找到样样合意的人，那可是并不容易的呵。

过了两日，台州来了一队渔民，约有二三百人，都是成海山与石文纨在渔村居住之时，训练出来的。渔民到来，说起台州城中已成立了团练，就是缺乏指挥的人才，叶宗留便叫成海山回去，铁镜心也想回去，却给叶宗留留下了，就叫他带那队渔民，整编为抗倭军的一个支队。

铁镜心到了营地之后，好几次请命出击，叶宗留总不允许，铁镜心颇为烦躁，私下对于承珠埋怨道："义军久困山中，吃的穿的，都很困难，不敢出击，岂非自取败亡？再说咱们到此，为的是打倭寇，如今来了半个月了，还闷在这儿，有什么意思？"于承珠道："叶大哥不允出击，必有他的道理。"铁镜心冷笑道："什么道理？我看他是惧怕倭寇。"于承珠一向佩服铁镜心的见识，但此次听他言语之中对叶宗留大有蔑视之意，心中却好生不快，冷冷说道："只是你有谋略，别人就没有谋略么？'弯弓欲射南山虎，磨剑思除北海蛟。'抗倭不是徒逞一时之快，这是你说过的。也许叶大哥现在做的就是'弯弓磨剑'的功夫呢！"铁镜心见于承珠愠怒，又拿自己说过的话替叶宗留辩解，当下不再言语，但心中却是不服，想道："我熟读兵书，叶宗留岂能与我相比。"

叶宗留虽然按兵不动，但每日都派有探子下山打探军情，这日探子回来报道：倭寇大举搜山，兵分三路，现在已到了山脚了。叶宗留非常镇定，道："敌人爬上山来，最少也得半日，咱们先看看敌人来势，再商量如何应付吧。"带铁镜心、于承珠等上高峰眺望敌情，铁镜心、于承珠都具有上上的轻功，铁镜心还故意卖弄本领，片刻之间，就登上高峰，叶宗留也居然能够亦步亦趋，和铁、于二人同时到达，丝毫不见面红气喘，铁镜心暗暗佩服，把轻视他的心情去了几分。

只见倭寇从东西北三面登山，东北两面，队伍蜿蜒有如长蛇，尘土蔽天，野兽奔走，西面一路，寥寥落落，看来只有三五百人，队伍上空，有一群飞鸟，越飞越高，转瞬不见。看了半晌，大家回到帐幕商议。

铁镜心朗声说道："用兵之法，十则围之，五则攻之，倍则分之，敌则能胜之，少则能逃之，不若则能避之。这是孙子兵法中攻谋篇所讲的法则。意思是说，有十倍优势的兵力就包围敌人，有五倍优势的兵力就进攻敌人，只有一倍优势的兵力就要分散敌人，同敌人兵力相等就要能战胜他，比敌人兵力少就要能退却，比敌人军队弱就要能避免决战。孙子兵法，那是绝对没有错的。"义军的头目听得莫名其妙，大家都瞧着铁镜心，不懂他何故在军情紧急之时，居然还有闲心"背书"？

有人低声说道："咦，到底是读书人，背得这样熟。"有人低声问道："谁的孙子，有多大年纪？为什么孙子讲的话就没有错？那么老子讲的话岂不是更没错了。"铁镜心傲然一笑，道："现在倭寇攻山的兵力比咱们大得多，若然咱们也分兵抵挡，那是必败无疑的了。但倭寇西路的兵力薄弱，咱们若把兵力都集中起来对他的西路，可能比他多出一倍，就可用到孙子兵法上倍则分之的道理了。我说咱们先消灭倭寇的中路，然后打他的东路，他的东路兵力大约和咱们相等，可以用孙子兵法上'敌则胜之'的道理将他打败。"那师爷"哦"了一声道："原来你说的是各个击破，左一句孙子兵法，右一句孙子兵法，倒把我弄糊涂了。"

叶宗留道："咱是一个粗人，不懂什么孙子兵法，老子兵法，依我说倭寇来了，咱们就给他打磨磨转着玩儿。"于承珠道："什么叫做打磨磨？"叶宗留道："你见过驴子拉磨吗？驴子跟着磨跑，转来转去，转得头昏眼花，你放了它它还是打转。"于承珠道："这和打倭寇有什么干系？"叶宗留道："哈，大有干系。咱们要把倭寇变成笨驴，引它跟着咱们满山乱转，咱们不和他打仗，却和他兜圈子、捉迷藏，咱们地形比他熟，跑山路比他快，准能把他累死。"叶宗留讲的都是俗话，明白易懂，大小头领听得眉飞色舞，轰然叫道："对呵，就照统领讲的做，把倭寇累死。"铁镜心冷笑道："历代的兵书从来没有讲过这样打法的，咱们粮草又不够，别弄得自己先累死了。"有人叫道："倭寇远道来攻，他又能带多少粮草？咱们靠山吃山，靠水吃水，又有老百姓帮咱们，怕什么和他磨？"铁镜心不理闲人说话，面对叶宗留问道："若照你所说的样子和倭寇捉迷藏得花多少时候？"叶宗留道："这个没准儿，十天不定，半月不定，一个月也不定。"铁镜心冷笑道："这样说来，咱们什么时候才能够把倭寇都赶下海去？你怕和倭寇打硬仗，尽是避他，外面的百姓受苦受难你就不管了！你和倭寇捉迷藏去吧，我要打！"义军头目全都变色，叶宗留急忙用眼色止住众人，有人已骂出声道："咱们哪一个不曾出死入生，和倭寇硬拼过来，你，你……"叶宗留急止住众人道："铁公子也是一番为国为民之心，咱们不要吵闹。铁公子想把倭寇分路击破，也有道理。不过倭寇滑似狐狸，须防有诈呵!"铁镜心道:"管他滑似狐狸,狠如虎豹,我也不惧。我带我这队人去打。"

叶宗留苦笑道:"既然如此,我派人助你。"铁镜心道:"不用,你自去和倭寇捉迷藏吧。"叶宗留送铁镜心出帐,忽然紧握铁镜心的手道:"铁公子,你定要硬打,我也不便拦阻,但你可得小心一件事!"说得十分诚恳,铁镜心也禁不住心头一动,静听他说什么。正是:

兵书活读方能用,草野英豪亦将才。

欲知后事如何?请听下回分解。

第十三回　空读兵书　战场惊中伏
　　　　　　出身田亩　草莽有奇才

　　叶宗留道："倭寇善于用诈，须得提防他藏有伏兵。"铁镜心暗道："这点军事上的常识，何用你来提醒。而且我在高峰上瞭望，看得清清楚楚，这路倭寇最多不过五六百人，哪里有什么伏兵。"毫不在意地答道："这个我理会得。"叶宗留又道："行军布阵之时，你这队最好不要都摆在一起，打仗讲究的是胆大心细，要想法子打胜，也要防止打败仗，我劝你先派一小队作为先行，试探敌人的实力，你自己率领中军，再由于相公率一队人在后面策应，这样就算遇着伏兵，也不至于被困。"铁镜心哈哈一笑道："小弟虽然不才，兵法还稍懂一二，不劳吾兄指点。"叶宗留尚待说话，掌旗牌的头目已跑来请他速回大寨主持，叶宗留临走时还殷殷嘱咐道："若果万一中伏，速向东南撤退。"铁镜心淡淡地点点头，说道："知道啦。"

　　铁镜心将全队二百多人聚在一起，下令从速奔至西面山坳，立即应战。于承珠道："叶大哥刚才说的……"铁镜心冷笑道："他懂什么，前怕虎，后怕狼，这打什么仗？我早看清楚了没有伏兵，倭寇最多有五百人。咱们有二百多人，一个敌他两个，对付得了。可笑叶宗留还劝咱们分开三队，咱们人数已少，再分成三队，还能打吗？"铁镜心一心想大获全胜，可完全没顾虑到会打败仗。

　　山路崎岖难走，铁镜心下令加紧行军，走了两个多时辰，赶至西面山坳，除了铁、于二人之外，人人都已有点气喘，奔出山口，只见一队倭寇，三三五五地搜索登山，铁镜心大喝一声，银剑一挥,当前冲下,这队渔民组成的队伍,平日深受倭寇的祸害,这次第一次与倭寇正式打仗,又见主将已然冲下,个个热血沸腾,奋不顾身,忘掉疲劳,紧跟着铁镜心一冲而下,只见铁镜心剑光到处,如汤泼雪,倭寇或则被他斩断手足,或则被他踢下山坡,转瞬之间,铁镜心一人已杀了十几名倭寇,登时溃不成军,被义军队伍一冲,纷纷逃走。铁镜心哈哈大笑,对于承珠道:"如何?"于承珠料不到倭寇竟是如此不堪一击,杀得高兴,也随着铁镜心追杀倭寇。追到半山,山茅野草,高逾人头,倭寇纷纷钻入茅草中掩藏,铁镜心叫道:"逃进窝里,也要把他掏出来!"仗剑开路,这队义军,都没有打仗的经验,杀得性起,衔尾急追,也都冲入了茅草丛中,忽听得一声炮响,倭寇伏兵四起,从茅草丛中纷纷杀了出来,登时把铁镜心的队伍围住,有两个身材高大的倭寇,抢上来挥刀便斫铁镜心,铁镜心刷刷两剑,竟然被那两个倭寇使刀架住。

这两个倭寇一个是在贡船中会过的七段武士大卫门,另一个也是七段武士板田荣男,两人都是使刀好手,铁镜心被他们缠着,急切间竟脱不出身来,这一队伏兵有一千人,都是精悍的倭寇,连上先头诱敌的倭寇,不下一千五百人之多,比铁镜心的这一队义军,多上了五六倍,强弱悬殊,众寡不敌,义军虽然拼命冲杀,包围的圈子却越来越缩小了。

铁镜心又急又怒,猛然大喝一声,长剑一划,一招"石破天惊"分刺二人,这两个七段武士几曾见过如此精妙的剑法,板田荣男躲闪稍慢,臂上已先中了一剑,大卫门横刀扑救,被铁镜心剑柄一撞,也险险跌倒,但这两个倭寇凶悍之极,被打伤了仍然不退,从旁边又来了数人,把铁镜心紧紧围着。

于承珠见势不好,刺伤了两个倭寇,飞奔来救,人未到暗器先发,一扬手就是五朵金花,只听得叮叮当当一片声响,五朵金花明明都打中了,却只有两人倒下,于承珠怔了一怔,立刻醒悟,这些倭寇敢情身上都披有软甲,所以有三朵金花打向穴道的,都不能伤害敌人,被打倒的那两个倭寇,乃是因为被金花穿过喉咙而致死的。

于承珠再发金花,这回全是瞄辟倭寇的喉咙,五朵金花飞出,果然又杀了三人,只有那两个七段武士能够用刀磕开,但大卫门因为分神抵挡暗器,又给铁镜心劈了一剑,虽然身上披着软甲,那条手臂却也给震得不能动弹,这回不敢再缠,慌忙逃走。

铁镜心之围虽解,但整队义军陷在敌人包围之中,却是难以解围。铁镜心、于承珠二人浴血苦斗,倭寇层层包围,杀过一层还有一层,以二人之力如何能尽杀千余倭寇?而且义军衣甲不全,被荆棘茅草勾伤的也为数不少。铁镜心咬牙叫道:"我今日拼死此间,也要为你们突围冲出。"长剑挥舞,叱咤杀敌,倭寇见他神勇莫挡,纷纷躲闪,但却截住其他义军,铁镜心只顾冲杀,不知不觉已被倭寇截断,单身陷入重围,回头一看,只见于承珠力抗倭寇围攻,和义军一起,结集成一个圆阵,借以减少伤亡,铁镜心凛然一惊,想道:"我只管向前冲杀,纵然我杀得出,这二百多个弟兄岂非要全丧阵中?"急忙再杀回来救应,他那口剑不是宝剑,连杀了几十名倭寇,剑口也已钝了。铁镜心叹了口气,暗道:"悔不听叶宗留之言!"这时那大卫门与板田荣男养好气力,又来缠斗,铁镜心冲杀几次都冲不开,想回到义军阵中亦是为难,但见包围圈子越缩越小,义军的圆阵竟被冲破一环,幸有于承珠奋勇杀敌,堵住缺口。

义军冲不出去,铁镜心在急切之间又杀不回来,正在万分危急之际,忽听得数声响箭,划过长空,只见山坳处突然冲出一支义军,前来援救,被围的义军士气大振,登时冲破了一层包围。倭寇有两门土炮押阵,能打得数十丈远,急忙开炮向那队援军便打,土炮的杀伤力虽然大,但一炮打出,铁砂如雨,援军身伏地上,却也被阻住了。铁镜心叫道:"于兄,我替你开路,你杀那两个炮手。"抛开长剑,双手一抓,蓦然抓起两个倭寇,当成兵器,泼风般地打出去,那两个倭寇被他抓着穴道,双手还能活动,昏昏沌沌,不辨天南地北,手中的倭刀也是乱舞乱斫,近身的倭寇被杀伤不少,这两个倭寇自亦很快地便丧命在自己人手中,铁镜心依法炮制,丢开死的,又抓活的,把倭寇作为人质,当成武器,冲开一条血路,于承珠飞身掠出,一扬手两朵金花,全打入了那两个炮手的后头。两尊土炮登时哑然无声。

两队义军汇合一起,这队援军的首领竟是义军的副统领邓茂七,铁镜心又喜又愧,连忙问道:"叶大哥呢?"邓茂七道:"叶大哥叫我来接应你,他率队向东南方撤退。此时只怕也与倭寇遭遇了。"义军总共不满千人,铁镜心一看邓茂七带来的约有四五百人,心中一惊,道:"这怎么使得?他分出了一半兵力,如何能抵挡两路倭寇?"邓茂七道:"叶大哥说,咱们的力量能保全多少便保全多少,他熟悉地形,你们却是初来乍到,所以先要救出你这支兵力,叫你不必挂虑他。"铁镜心愧悔交并,叫道:"咱们马上向南方撤退。"援军虽到,兵力还是比倭寇少一半,铁镜心奋战开路,邓茂七押后,于承珠掌管中路义军,且战且走,混战了半个时辰,走出了那片草地,再混战半个时辰,刚刚走至山口,倭寇紧追不舍,铁镜心大为焦急,看情形激战半日,方走出数里,几时才能赶至东南方的战场与叶宗留会合?

板田荣男与大卫门这两个七段武士养好了气力,率军包抄,绕过义军前头,将铁镜心的开路部队堵住,铁镜心大怒,抢过一柄倭刀,与他们厮杀,论起武功,铁镜心本来能够取胜,但苦战了半日,纵是铁铸的身子也疲倦了,幸而铁镜心拼死恶战,还能堪堪打个平手,可是前面的去路又给堵死了。于承珠急率中军冲上,正在激战,忽见前面尘沙大起,一队兵马旋风般地杀上来,当前一人手挥大棒,手起棒落,转瞬之间,劈翻了十几个倭寇,有如虎入羊群,于承珠大喜叫道:"毕擎天!"只见毕擎天朝着她点头一笑,手底丝毫不缓,一下子就冲到了铁镜心这边,手起棒落,一棒向板田荣男头颅劈下。

板田荣男举刀一格,用的是施刀上盘刺扎手法,只要一刀格开棍尾,接着便是两下上手刀,在日本武士惯用的"神风刀法"中算得是极厉害的招数,板田荣男是日本有名的七段武士,力能扛鼎,以为这一刀一定可以格开,哪知毕擎天天生神力,这一棒打下,有如泰山压顶,力道何止千斤,板田荣男大叫一声,虎口流血,倭刀荡过一边,接着刺出,已是不成章法,毕擎天见一棒劈他不倒,又加了几分力气,大喝道:"好呀,再接一棒。"手起棒落,板田荣男无力招架,翻身便走,却给铁镜心飞起一脚,踢中膝盖,摇摇欲坠，毕擎天顺手一棒，将他的天灵盖都打碎了。那大卫门比较滑溜，一见同伴吃亏，立刻飞奔走了。

毕擎天这支援军，人数约有一千，兵力合起来已超过倭寇，何况是新开到的生力军，登时反客为主，把倭寇杀得大败，奔逃溃不成军，死伤狼藉，毕擎天犹想挥军痛袭，于承珠顾虑到叶宗留，劝他回去接应。毕擎天道："我已派了毕愿穷另带一千人去接应大寨义军，料可无妨。"于承珠怕那两路倭寇人数众多，仍不放心，毕擎天见已大获全胜，漏网的倭寇不过十之一二，也便算了。

铁镜心聚集他率领的这队义军，一点之下，伤亡了五六十人，一场大战，只伤亡五六十人，实在已算得非常少了，但这队义军是成海山苦心训练的海滨渔民，总数不过二百多人，一战就伤亡了四分之一，铁镜心心头酸痛，紧握着于承珠的手叹道："我熟读兵书，哪知还是不能临阵实用，伤亡了这么多的兄弟，呀，教我有何面目去见叶大哥？"

毕擎天见铁镜心与于承珠态度亲热，心中不快，但却仍能忍着不发，反而哈哈笑道："胜败兵家常事，何足介怀？你以数百义军，敌倭寇千余劲卒，亦足自豪了！兄台贵姓？"毕擎天见铁镜心武艺高强，以为他是义军中的重要领袖，有心笼络，铁镜心道："小弟铁镜心，是从台州来投奔叶大哥的，毕大龙头，今日幸是你及时赶到，兄弟拜谢了。"邓茂七在旁说道："这位便是铁御史铁鈜的公子，在台州鼎鼎有名，文武全才，十分难得。你们两位亲近亲近。"毕擎天听了铁镜心的身份，心道："原来却是一个公子哥儿。"斜眼一瞥，见于承珠刚刚摔脱他的手，却还是傍在他的身边，心中又增了几分不快，暗地冷笑道："于承珠也算得是位巾帼英雄，怎地却会看上这样没出息的书生。"猛地想起于承珠最崇拜的就是她的师父张丹枫，而张丹枫也是一个书生，先前只是不快，这时却莫名其妙地暗中对铁镜心有了几分"敌意"。

铁镜心本来对毕擎天这种人物颇为轻视，经过这场挫败，反而对"草莽英雄"的观感改了许多，对毕擎天大道仰慕之忱，毕擎天哈哈笑道："兄弟是一个粗人，既未读过兵书，也不知道兵法，有愧了。"此话暗中存着讥刺，铁镜心面色一变，心道："草野匹夫，敢来笑我？你不过仗着一支新开来的生力军，偶然打了一次胜仗，也不见得有什么真实的本领。"好生不悦，自此对毕擎天也存成见，两人都有心病。

于承珠何等机灵，见两人话不投机，便催他们急走，奔到东南山口，只见一彪兵马走了出来，叶宗留陪着一个花子并肩走上，这花子正是毕愿穷。原来叶宗留熟识地形，引倭寇到一个绝谷，凭险固守，只以他这四五百人的兵力，已足够与千余倭寇周旋，毕愿穷的援军一到，很快就打了胜仗，这时他们正在清理战场呢。

毕愿穷生性滑稽，他如今做了毕擎天的副手，仍是穿着一身补丁的百衲衣，头戴瓜皮小帽，一见于承珠，立刻跑了上来，嘻嘻笑道："哈，真是人生无处不逢君，当日我们的大龙头留你，你嫌我们的池小水浅，不肯留下，如今咱们还是走到一条路上来了。嘻，我的好，好——"于承珠生怕他说出什么好"姑奶奶"之类的话来，柳眉一竖，斥道："狗口不长象牙，胡说八道。现在是抗倭嘛，又不是帮人打天下，我为什么不来？"毕擎天怕于承珠道破他想做皇帝的用心，喝住了毕愿穷，毕愿穷伸伸舌头笑道："龙头有命，我只好让你三分，好，咱们不再斗嘴啦，我给你作揖。"装模作样地竟然真的作起揖来，把于承珠弄得啼笑皆非。叶宗留不知他们说些什么，只道他们是早已熟识的朋友，也陪着他们嘻嘻哈哈地笑。

这一晚山寨里人人高兴，叶宗留破例宰了十几口大猪，开筵祝捷，铁镜心私下里向叶宗留道歉，叶宗留笑道："这也没什么，我不过和倭寇打得多了，有一点经验罢了。我过后一想，你所讲的那什么孙子兵法，确是有点道理。你不是说孙子兵法讲过，敌众我寡之时，就要避免决战吗？我当时想的和倭寇磨的打法，其实也是避免决战，要选择最有利于我们的打法呵。今后我得请你每天替我讲一章孙子兵法，不知你老哥可愿意收我这样愚笨的学生么？"铁镜心见叶宗留有功不居，毫无骄矜之色，反而说想要拜自己为师，心中大为佩服，惭愧说道："现在我才知道只是熟读兵书，还是没有用的。孙子兵法说过的道理，我却自作聪明，将它牵强应用，怪不得会有今日之败。只是我尚有一事未明，要请叶大哥指教。"

叶宗留道："不敢，不敢，请铁相公说来，咱们参详参详。"他与铁镜心相处多日,知道了铁镜心的习气,与他说话之时,也学会客气。铁镜心道:"大哥,你怎知道中路的倭寇藏有伏兵?"叶宗留一笑走出营幕,外面杀猪宰羊,一片喧闹,林子里的鸟都飞了起来,有几只未曾飞远的尚在空际回翔。叶宗留道:"今早在峰头瞭望之时,可不是见着那一片草坡的上空,有许多飞鸟吗?"铁镜心恍然大悟,道:"是了,草丛中若没有伏兵,鸟儿也不会吓得惊飞了。叶大哥,你观察得真仔细。"叶宗留笑道:"这算得什么,每一个庄稼汉都有这一套本领。我不过把庄稼汉懂得的东西,运用到打仗上罢了。"铁镜心暗叫惭愧,这才知道世界上的"学问"原不是限于书本,怪不得古人有云:"世事洞明皆学问,人情通达亦文章"了。

第二日寨中祝捷,叶宗留提出要请毕擎天做抗倭义军的总指挥,自己甘愿做他的副手,这事情叶宗留早已向部属疏通,本来无甚异议,毕擎天心中其实是千肯万肯,表面上却再三谦辞,叶宗留一力推荐,毕擎天看看"戏"已做足,正想装出无可奈何的样子,将这总指挥的职位接过来,铁镜心忽道:"这事万万使不得。叶大哥与倭寇作战已久,熟悉敌情,又是本地人,更有许多便利之处,正所谓驾轻就熟,换了别一个人,纵使他的本领更大,对付倭寇,终是没有叶大哥的经验。"叶宗留道:"毕大龙头威震五省,与官军大小百战,作战经验远胜于我,而且抗倭之事,上下同心,大家计议,我们都等于毕大龙头的臂膊,又何分彼此。毕大龙头本领比我高明百倍,还是请他做这个统领的好。"铁镜心既有异议,毕擎天自不能不再谦让一次,铁镜心道:"是呵,抗倭既不分彼此,那又何必让来让去呢?何况与官军作战,又不同于对倭寇作战,如今沿海几省谁都知道叶大哥是抗倭的义军首领,换了个人,弊多利少,叶大哥让位,足见他礼贤下士,毕龙头谦辞,也足见他光明磊落。两位都值得钦佩。叶大哥应该接纳毕龙头的推戴,不必再让了。"铁镜心说的大条道理,义军头目本来就有许多人不愿叶宗留让位,只因鉴于叶宗留事前的疏通,才推戴毕擎天,如今听铁镜心说得有理,又纷纷挽回起叶宗留来。毕擎天把铁镜心恨得牙痒痒的,但见情势转变,叶宗留的统领已成定局,念头一转,反而哈哈笑道:

"铁相公到底是个读书人，见识远大，将我心里的话都说出来了。叶大哥你是众望所归，不必再推让了。而且抗倭寇终有了结之日，咱们将来还有许多大事情要携手合作呢。"于承珠怔了一怔，心道：毕擎天怎么把到口的馒头又推掉了，难道他的野心已收敛了么？但听他的说话，其中又似含有深意。

叶宗留对待自己人是一片至诚，胸无城府，听毕擎天如此说法，便道："毕大龙头既然极力要我勉为其难，我只好遵命了。毕龙头说得对，咱们除了抗倭之外，将来还有许多事情要携手合作。那么，我看就这样办吧，目下仍由我做这个抗倭义军的统领，但却要奉毕龙头做盟主，毕龙头现在已是北五省绿林的盟主，将来由我负责，把苏、浙两省的绿林英雄都请来一同加盟，待将来将倭寇驱逐下海，沿海平安之后，我们都听毕大龙头的指挥。"这正是毕擎天所期望的事情，听叶宗留自己说出，略一推辞，便即歃血为盟，铁镜心对绿林的活动完全不感兴趣，虽然对毕擎天不满，却也未曾想到毕擎天有那么大的野心，想利用叶宗留将来替他打江山，见他们两人已得到协议，便也不再出言干预。

歃血定盟之后，毕擎天将叶宗留拉过一边，唧唧咕咕地密谈，于承珠一眼瞥去，忽见叶宗留也正溜过来，对自己微笑，于承珠一怔，想道："难道他们不是在商量什么大事，却在谈论我么？"转眼一瞧，又见毕愿穷也在斜眼飘向自己这方，于承珠心中一凛，想道："这里几千人，知道我是女子的只有毕擎天与毕愿穷二人，如果他们将我的秘密揭露出来，我可不好意思再耽在这儿了。"但见叶宗留与毕擎天谈话之后，如常处理军中事务，对自己亦无异容，于承珠才放下心。

自成海山回去后，于承珠本来是和张黑、铁镜心二人同一帐幕的，这一晚叶宗留叫人多搭了三座帐幕，一座给铁镜心，一座给毕擎天，一座给于承珠，说是因为他们远来助战，应该让他们住得舒服一些，铁镜心最欢喜得人尊重，毫无疑心，于承珠心思缜密，却立刻想到那定然是因为毕擎天不愿意自己与铁镜心同一帐幕，所以叫叶宗留如此处置，敢情他把自己的真相也向叶宗留说了。于承珠心中有点不快，觉得毕擎天心地不够光明，但能独自住一帐幕，却也正是她心中所愿，免得日子一长，会被铁镜心看出痕迹，所以也便高高兴兴地谢过叶宗留。

大捷之后，叶宗留重新整顿义军，并与各地民兵联络，事务繁忙，对于承珠神色如常，毫无半句风言风语，于承珠也猜不透他究竟知不知道自己是个女子。

过了半月，义军经过整编，战意昂扬，叶宗留下令开拔出山，与各地民兵联合，一连打了几次胜仗，将倭寇赶到离海边只有十多里的西坞，倭寇得到一批从国内来的浪人支持，两军仍在相持，叶宗留分兵堵住倭寇的去路，只留下向大海的这一边，免它向内地流窜，正在准备决战，一日，倭寇的统帅忽然派遣了两个使者前来下书。

那两个日本使者态度傲岸，叶宗留接过书信，只见上面写着："贵我两军，相持不下，曷不小休？敝军明日举行秋季武道大手合，稽之贵国古史，列国相争，亦有观兵射御之赛，贵军健儿，其亦有意前来角逐乎？""大手合"是日语的大比赛之意，看来这封信是投降倭寇的无耻文士所写，用中国的史实，又用日本的名词，不伦不类。铁镜心将信中的意思解释给叶宗留听，说道："倭寇请咱们参加他们军中的武道比赛，定无好意。春秋战国之时，列国相争，虽然也常有敌对的两国，在春秋佳日，双方停战，作射箭骑马的比赛，但那到底是自己人之间的纷争。如今咱们是对外作战，倭寇亦不是日本的正式军队。即依古礼，亦不能作为'敌体'看待，这封信乱引中国的史实，不值一哂，依我说不必理它，将这两个使者打五十棍，驱逐出去便罢。"

毕擎天笑道："亏你还有心思讨论他的信写得对是不对，干脆扯碎了轰他出去。"叶宗留沉吟半晌，忽道："倭寇诡计多端，但如今咱们的兵力足可应付，也不必惧。好吧，咱们索性将计就计，就去参加他的什么大手合。"铁镜心道："大哥有什么计策？"叶宗留微笑道："临机应变，一时也难以说定。只是咱们挑几个有胆量的壮士前去，即在千军万马中也能夺关闯出来的。"铁镜心道："我和于承珠去。"毕擎天侧目睨视，笑道："铁相公，这是性命相扑之事，可不比吟诗作对啊。"铁镜心勃然变色，叶宗留道："铁公子武功超卓，料想不会失手。不过多去几个人也好，毕大哥，你也有意去趁热闹吗？有你去那就更稳当了。"毕擎天最初本来是没有意思去的，后来听得铁镜心要邀于承珠同去，心中妒忌，也想出声同去，但却又顾到自己"盟主"的身份，不便开口，却喜叶宗留请他也去，占了身份，当下笑道："大哥有命，岂敢不遵？"立即便答应了。

于承珠、铁镜心、毕擎天另外加上义军的头目邓茂七、郑赶驴共是五人，第二天依约到了倭寇军营，只见他们在海滨辟出一片广场，数千倭寇围拥四周，广场中有几十个日本武士相扑为戏，见毕擎天他们进来，立即停止，上前欢迎，为首的一个身材高大的武士伸出手来，用日语说道："支那武士勇气可喜，咱们亲近亲近！"毕擎天抢在前头，伸手与他一握，毕擎天用的是金刚指力，想把这个武士的手骨捏碎，哪知用力一捏，只觉敌人五指如铁，指力竟然也是强劲非常，毕擎天固是暗暗奇异，那日本武士更是胆战心惊！

那日本武士名叫石井太郎，是新从国内来的八段武士，不但柔道、刀法都是出色当行，而且全身骨骼自幼用药水浸过，坚如钢铁，他也是想把毕擎天的手骨捏碎，哪知却被毕擎天的金刚指力反击回来，指骨隐隐作痛，这一惊非同小可，急忙放开了手，又待和于承珠握手，于承珠嘻嘻笑道："免礼啦！"脚尖一起，将一块石头踢得粉碎，石井更为吃惊，心道："这个俊秀的小伙子敢情比那个大个子更厉害？"不敢再试。却哪知于承珠是暗中使诈，她的指力实在还不及石井，而且也不愿和他毛茸茸的大手相撞，所以暗暗使力将脚下的石头踏了几下，她穿的鞋是镶有铁片的"刀马鞋"，加上她用的是正宗的内功劲力，踏了几踏，石质已经松软，再装作被石头绊脚的样子，鞋头一踢就将石块踢碎了。

石井锐气一折，不敢多事，将毕擎天等引进广场，场中一个武士，两边太阳穴鼓起，相貌虽然丑陋，眼光却炯炯有神，石井介绍道："这位是此次大手合的仲裁长，我国鼎鼎大名的九段高手长谷川！"铁镜心精神一振，他们与倭寇作战以来，碰到最高段的只是七段，想不到如今在此会碰到一位九段高手，自然禁不住兴奋起来。

那长谷川高傲之极，他身为九段高手，已不必参加比赛，而是以总裁判的身份，主持比赛，对铁镜心等人漫不为礼地点了点头，道："好吧，我们现在正在比试角力，目下场中得胜的是七段武士近卫三郎，你们谁下去和他试试。"他说的是日语，自有通译译成汉语。

邓茂七对毕擎天道："其他的武艺我可不懂，笨气力还有几斤，待我试试。"出去和近卫三郎相扑，不过几下子，就给近卫摔了一跤，日本人哈哈大笑。铁镜心暗皱眉头，心道："邓茂七是义军的副统领，怎的如此不济？"邓茂七一摔倒便爬起，又是不过几下子，又给近卫用柔道手法挞了一跤，哪知邓茂七刚一触地又跳起来，仍然拼命相扑。如是者七八次之多，近卫用各种厉害的手法摔倒他，总不能叫他受伤，总是一摔倒便起。原来邓茂七练的是外家硬功，又在矿山磨炼了几十年，皮粗肉厚，就是用石头砸他，他也顶得住，摔那么十下八下只当抓痒，依角力摔跤规矩，敌人只要还能跳起，有力量继续角斗，那就不能休止，近卫三郎摔他不倒，心中慌了，邓茂七忽地大喝一声，把近卫三郎的臂膊一扳，一摔就将他摔出几丈之外，近卫的额角碰在石子上，穿了一个大洞，流血不止，休说爬起，连动也不能一动。

日本武士大哗，立即有一个人跳了出来，拔出倭刀，在空中虚劈两刀，呼呼作响，高声叫道："还是白刀子进红刀子出地比刀来得爽快！"于承珠嘻嘻一笑，步出场中，却不拔剑，而解下了一条束腰的绸带。

场中的日本武士莫名其妙，那使大刀的名叫小昭，也是七段好手，见于承珠挥舞绸带，状如儿戏，怪而问道："你这是干什么？"于承珠道："你们不是说要比武吗？"小昭道："既是比武，为何不拔出剑来？"于承珠道："我们中国的规矩，比武要看对手，所用的兵器也就因人而施，对付你嘛，不值得我拔出宝剑……"绸带一挥，矫如游龙，一笑接道："这便是我的兵器了！"他们之间的对话，当然是通过通译说的，通译已把于承珠轻蔑的语气减了几分，但小昭还是可以看得出于承珠对他轻蔑的神色，气得哇哇叫道："你要用这根带子来对付我的宝刀？"于承珠道："不错，我还要让你先劈三刀！"通译把这话传了过去，小昭勃然大怒，霍地挥刀便砍，喝道："好，你便用带子挡吧！"

这一刀劈得又狠又疾，旁观的日本武士大声喝彩，于承珠故意卖个破绽，让他的刀劈到胸前，纤腰一折，便避了开去，姿势有如风中摆柳，美妙非常，铁镜心看得出神，喝了声彩，忽地心中一动，想道："这一闪一避，刚健之中显出婀娜，咦，于兄弟的身法怎么竟似个女子？"平时无心相向，并不觉得什么，这时却忽地触了起来，联想起诸多痕迹：于承珠在人前从来不肯脱下外衣，沐浴之时一定要将自己和张黑请出帐外等等，以前只道是她的习惯，而今一想，不觉呆了。忽见毕擎天狠狠地向他瞪了一下眼睛，铁镜心凛然一惊，只听得场中一片喧闹，原来于承珠又用美妙的身法避过了小昭的第二刀。

小昭第三刀连环斫至，这一刀用的是神风刀法，刀光闪闪，把于承珠的前后左右全都封住，不论她怎样闪避也闪不开，满以为这一刀定能砍中，于承珠忽地用个"一鹤冲天"之势，身子突拔起数尺，小昭那一刀刚好从她的鞋底削过，日本人哪曾见过这等轻功妙技，连在场边替小昭助威的那群武士也情不自禁地喝起彩来。小昭手足无措，倭刀尚未收回，只见于承珠已落在一丈之外，笑盈盈地将绸带一挥，道："三刀已过，轮到你接我的了！"

小昭一刀劈去，刀风震荡，绸带轻飘，忽地如长虹疾卷，转了个弯，朝他手腕卷到，小昭慌忙伸手去抓，他眼明手快，这一抓还真算迅疾，但于承珠的绸带缩得更快，小昭抓了个空，绸带又从侧面袭来，绸带是极柔软之物，回翔飘舞，钢刀虽利，却休想将它砍断。小昭累出了一身大汗，但见绸带飘飘，忽伸忽缩，在旁观者看来，那是美妙之极，好看煞人；但在小昭看来，却无殊毒蛇吐信，防不胜防。不消半刻，小昭已是头晕目眩，忽听得于承珠格格一笑，喝声"着！"绸带忽地把刀柄缠着，只一卷就卷了去，于承珠将绸带一抛，倭刀嗖地向空中飞出，银光映日，倭刀给她抛高得只见一片刀影。

倭刀飞得高，跌得快，霎眼间刀在空中打了个转，刀锋向下，挟着一道光，宛如白虹疾射，须知物体在空中落下，位置越高，下

于承珠用一个一鹤冲天之势，身子突然拔起数尺，小昭那一刀刚好从她的鞋底削过，日本人哪曾见过这等轻巧妙技。

降愈速，力量就愈大，一颗石头，也往往可置人死命，何况是一柄重达十余斤、锋利异常的倭刀，散播在场边的人都纷纷走避，只见那口刀流星闪电般地向小昭飞去，铁镜心道："好一个打暗器的上乘手法呀！"原来云蕾的金花暗器，有一个独特的打法，能把金花飞出，落下之时再伤人，而今于承珠借敌人的刀变作敌人的暗器，这手法就正是云蕾所授。

忽听得一声怪笑，一个日本武士，飞步抢出，抛出一根长索，索上打有一个活结，那根长索被他抖得笔直，"呼"的一声，近着倭刀，恰恰套着刀柄，那日本武士一拉，立刻将倭刀收到手中，这一下抛索套刀，所取的准头，所用的劲力，无一不恰到好处，与于承珠适才用绸带卷刀的手法，有异曲同工之妙，铁镜心吃了一惊，不料倭寇军中，竟也有这般好手，场中的日本武士，轰雷般地喝起彩来。铁镜心懂得日本话，听他们欢呼喝彩，高叫那日本武士的名字，知道这武士名叫芥川龙木，竟然是一位八段高手。原来这次倭寇从国内增援，其中有一个九段高手，两个八段高手，九段高手长谷川，例不下场比赛，其他两个八段武士，一个是刚才接待众人的石井太郎，一个便是现在向于承珠挑战的芥川龙木，这两个武士原本是安排了来对付中国最厉害的选手，准备最后才出场作决赛的，哪知中国选手连胜了两场，于承珠的轻功妙技更令得倭寇慑服，是以芥川龙木只得提前出场。

只见芥川龙木右手接刀，左臂转了几个圈子，那根长达三丈有多的绳索绕在臂上，厉声喝道："咱们也来比比，你爱用什么兵器俺都一准奉陪！"通译正在传话，于承珠还未回答，他忽地身形一扑，左臂一振，长索突然飞出，一卷卷着了于承珠的绸带，于承珠料不到他会突然偷袭，只觉一股猛劲将自己往前拖，索长带短，先吃了亏，竟给他拖动两步。

芥川龙木格格怪笑，左臂又转了几个圈子，将绳索收短，同时倭刀一扬，疾地劈出，他这两招，同时应用，厉害非常，就在这一时间，忽听得"卜"的一响，声如裂帛，那根长索尚未收回，却已当中断了，于承珠身形如箭，倐地便到面前，不知什么时候，手中已多了一口寒光闪闪的短剑，芥川龙木急忙旋身斜劈，"叮当"

一声，那柄倭刀又已断为两截。原来论气力于承珠虽比不上芥川，但内力的运用之巧，却远为高明，她趁芥川将绳索绷紧，绸带一绕一拉，登时绳索与绸带都断，但索粗带细，旁观的人，便只看到芥川龙木吃亏。

芥川龙木已试出于承珠气力比他弱，不知怎的，突然给她用巧劲弄断绳索，措手不及，又给于承珠削断倭刀，惊惶不已，垂头丧气地站在一边。于承珠断索、拔剑、削刀，三个动作一气呵成，快如闪电，心中得意之极，忽听得铁镜心叫道："小心！"陡然间只见刀光一闪，芥川龙木已换了一把倭刀，突然偷袭，刀锋且已剁到她的面门！

以于承珠的本领，若然稍加留意，芥川龙木焉能偷袭？只因于承珠的临阵经验到底还浅，而且胜来容易，不把日本武士放在心上。芥川龙木究竟是日本八段高手，日本分段，非常严格，那是经过全国武士的比试选出来的，能够上段，已非幸致，上前高段（七段以上称"高段"），更是寥寥可数。当时日本一国，只有三名九段高手，八名八段高手，芥川龙木能列名在十一名"高段"武士之内，武功自有过人之处。他被于承珠断索削刀之后，看出了敌我的优劣，知道于承珠是胜在身法轻灵，而且有一把比百炼倭刀还要锋利的宝刀，立即在心中盘算取胜之法。

偏巧于承珠轻敌过甚，没有留意，又以为他的倭刀已断，别无兵器，更不防备。她一时没有省起，芥川龙木被她削断的那把倭刀，乃是他接了小昭的，他身上还另藏有一把自己用惯的倭刀。连他那副垂头丧气的样子，也是装出来，以便松懈敌人的。

芥川龙木这一刀猝出不意，当真狠毒非常，于承珠在千钧一发之际，霍地一个"彩凤回头"，使出"铁板桥"的功夫，上半身后仰，柳腰弯折，秀发几乎触及地面，芥川龙木呼的一刀从她面门削过，却没有伤着她。

说时迟，那时快，就在数千倭寇轰雷般的喝彩声中，只见于承珠脚跟一旋，乘着敌人招数用老，青冥剑在地上一碰，立刻反弹，人未跃起，剑锋已削到敌人的手腕，这一招怪异之极，是张丹枫从"百变玄机"剑法中，参悟变化出来的，专能败中求胜，只听得刷的一声,于承珠一剑把芥川龙木的围腰皮带削断,毕擎天大声叫好,替芥川龙木助威的倭寇登时哑口无声。

就在毕擎天大声叫好的同时,忽听得铁镜心失声叫道:"呀,不妙!"毕擎天愠道:"怎么不妙?"话未说完,只见芥川龙木左掌一拍,倏地一拿,硬抓于承珠的手腕,右手的倭刀又欺身直进,劈于承珠的上臂。于承珠那一剑本来是想把倭刀削断的,哪知芥川的刀法快极,于承珠使出怪招,虽然削断了他的腰带,却没有碰着他的刀,表面是占了便宜,实际却给芥川抢了攻势。芥川龙木的"神风刀法"在日本国中,坐第三把交椅,仅次于两个使刀的九段高手,神风刀法以快速见长,第一流的高手如芥川龙木者可以在一秒钟的时间连劈七刀,端的是凌厉无匹,一抢了先手,攻势绵绵不绝!正是:

剑影刀光飞舞处,且看女侠挫倭锋。

欲知后事如何?请听下回分解。

第十四回　绕树穿花　书生疑玉女
　　　　　　兴波作浪　国手斗龙头

　　于承珠一时捉摸不透这种刀法，只想用剑削断他的倭刀，只是芥川龙木那"神风刀法"使开，有如迅雷掣电，快得难以形容，每一刀都是攻敌之所必救，于承珠临阵经验尚浅，被他占了先手，只能头急医头，脚急医脚，随着敌人刀锋所指，运剑化解敌招，这样一来，全居被动，更难削断倭刀。

　　芥川龙木连劈了数十刀，被于承珠一一化解，也自暗暗惊心，神风刀法使得更加凌厉，但见四面八方都是刀光剑影，芥川龙木更不时以日本的"无刀术"，来硬抢于承珠的宝剑，日本的"无刀术"和中国的"空手入白刃"同属一类功夫，讲究的也是一个"快"字，不过手法却各有巧妙不同，于承珠仗着身法轻灵，任他使尽诸般手法，青冥宝剑挥洒自如，不过在敌人刀掌齐攻之下，添了一层顾忌，宝剑的威力更减了几分。

　　这时芥川龙木完全占了上风，看上去于承珠竟只有招架的份儿，场中的日本武士大声喝彩，为同伴助威，连铁镜心和毕擎天也暗暗为于承珠担心，倏忽间，忽见于承珠身法一变，在刀光剑影中穿来插去，左手骈起中食二指，忽伸忽缩，不住地寻瑕抵隙，欺近身去点敌人的穴道。芥川龙木的凶焰登时被压了下来，铁、毕二人这才松了口气。

　　原来于承珠经验虽浅，到底是受过张丹枫熏陶的一个机灵之极的姑娘。她看出了敌人的长处全在刀法的一个"快"字。心中想道："我出剑虽然没有他快，但身法的灵快却远胜于他，何不以己之长制敌之短。"心意一决,立即便用云蕾所授的"穿花绕树"身法与芥川游斗,同时用点穴的功夫,去制他的"无刀术"。

这"穿花绕树"的身法乃是第一等的移位换位的功夫,有如舞蹈,美妙之极。铁镜心看得呆了,低声吟道:"霓裳妙舞差堪拟,飞燕轻盈不及伊。"毕擎天一皱眉头,狠狠地横了他一眼。

但芥川龙木亦甚为狡猾,并不跟着于承珠转动,以快速的刀法以守为攻,又过了数十招,于承珠身形稍慢,芥川龙木心道:"你转得如此之快,气力自是难以支持。"觑准机会,猛劈一刀,于承珠身子向前一仆,似欲倾倒,场中日人轰雷般地喝彩,却不料就在这一霎那,只听得"嘭"的一声,芥川龙木庞大的身躯已跌出了三丈开外,倭刀也到了于承珠手中,被她折为两段。原来这是于承珠的诱招,诱他短兵相接,突然点中了他手腕的关元穴,此穴被点,全身麻痹,哪里还能挡得住于承珠的一击?

芥川龙木输得"莫名其妙",日本武士哗然大闹,立即又推出一个人来挑战,这人正是与毕擎天暗中较过指力的八段武士石井太郎。

毕擎天知道石井太郎的武功比芥川龙木更高,本想出去和他对抗,但转念一想,石井太郎不过是八段武士,他们这边还有一个长谷川是九段。自己是"大龙头"的身份,应该与他们的九段旗鼓相当,他却不知道日本武士道的规矩,在没有同级的武士竞赛中,九段是例不下场的。

毕擎天正在踌躇未决,只见铁镜心已走出场来,毕擎天一喜一忧,心中想道:"这石井太郎的气力与我差不多,铁镜心怎能是他的对手?"随即又想道:"我方已连胜了三场,便败一场也无关紧要,且由得这书呆子被挫一挫骄气。"

场中石井太郎与铁镜心已交上了手,石井太郎拳沉力重,每一拳打出,呼呼风响,拳风所至,砂飞石走,威势确是惊人,铁镜心施用腾挪闪展的小巧手法,与他周旋了十多回合,摸熟了他的拳路之后,掌法一变,左掌一拍,右掌疾上,双掌相连,形成一个圆圈,恰似狂涛骇浪地翻翻滚滚而来,场中的日本武士看得目瞪口呆。要知神风刀法是日本武士奉为至高无上的刀法,日本武士以为世上没有比"神风刀法"要快的了,哪知铁镜心的惊涛掌法有如迅雷闪电,出手比刚才芥川龙木的神风刀法更快,他们焉得不惊。

说时迟,那时快,忽听得铁镜心喝一声"着",啪的一掌打中了石井太郎的背心,石井太郎身形微晃,哈哈大笑,忽地转身一拳打到,铁镜心这一掌打下,如触铁石,掌心隐隐作痛,冷不防他一拳打到,避无可避,只得一侧身,左肘一抬,消解了他的几分劲力,用肩头硬接了他一拳,石井太郎那一拳有七八百斤气力,满以为铁镜心必将骨断肋折,哪知一拳打中,铁镜心的肩头竟似涂了油脂一样,滑不溜手,拳头一擦即过,铁镜心也不过微微地晃了一下。

这一来,两人都是暗暗心惊,铁镜心知道对方的硬功,已练到极高的境界,虽然不知道他练的是什么功夫,但看来却与中国外家拳中顶厉害的金钟罩、铁布衫差不多。石井太郎也是心中暗暗嘀咕,想道:"久闻中国武士有一种内功,善能消解对方的拳力,莫非这文弱清秀的武士,就练有这种神奇奥妙的内功?"但他自恃全身坚如木石,却也并不畏惧。转眼间,两人又交手了几十回合,铁镜心连用重手打中了他数掌,打得他暴跳如雷,骨骼隐隐作痛,但却总不能将他打倒。这其间,石井太郎也打了铁镜心两拳,亦是被铁镜心用巧妙的手法,上乘的内功消解了,他的劲道,两人竟是谁也伤不了谁。战到分际,铁镜心虚晃一掌,忽地用日语叫道:"且住!"

石井太郎道:"怎么?"铁镜心道:"咱们打了半天,你伤不了我,我也伤不了你,是么?"石井太郎道:"不错。"铁镜心道:"那么再打下去也没有什么意思。"石井太郎道:"你想就此算了么?不行,不行,你们已胜了三场,这一场非分出胜负不可。"铁镜心微微一笑道:"这样打法,再打半天也分不出胜负。"石井太郎道:"那你说怎地?"铁镜心道:"你给我打三拳,我也给你打三拳。你打我时,我一不躲闪,二不还手;我打你时,你也要一样。"石井太郎道:"若然还是彼此无伤呢?"铁镜心道:"这方法是我提出来的,若然还是彼此无伤,那便算作我输好了。"石井太郎大喜,他被铁镜心用重手法打了十几下,周身骨骼都已隐隐作痛,心中想道:"再打下去,只有吃亏。难得天下竟有如此笨蛋。"急忙问道:"那么谁人先打?"铁镜心一笑说道:"我们中华上国乃是礼让之邦,自然让你先打。"以脚跟为轴,接连划了两个圈圈,道:"谁要是被打出这个圈圈,也算输了。"

石井太郎大喜叫道:"好,那么承让了!"举起碗口般粗大的拳头,"嘭"的一拳就照铁镜心头面打去,心想:"任你内功练得多好,总不会练成铁头。"哪知铁镜心霍地一个凤点头,石井太郎这一拳对准了他的天灵盖,铁镜心一低头,这一拳恰好从他的头皮擦过,石井太郎收势不住,几乎仆倒。铁镜心的脚步丝毫没有移动,身子直挺挺地站在圈子当中,那自然不能算他闪避。铁镜心笑道:"还有两拳,看准了再打吧。"石井太郎想道:"是了,我打的目标应该放大一些,那他就不能取巧了。"大喝一声,第二拳朝铁镜心的心口打去,圈子狭窄,就算他侧身或弯腰也要中拳,铁镜心有意卖弄,提了一口内家真气,把胸脯一挺,"嘭"的一声,石井太郎的拳头有如撞到了一块铁板,拳头给弹了出来,吃了一惊,心道:"看不出这个文弱书生,竟然也练得一身铜皮铁骨,似我一般。"其实铁镜心所练的功夫和他完全不同路子,他是把全身的内家气力都运来保护心口,要是石井太郎临时变卦,打他别处要害,他就万万不能抵挡。可是石井太郎怎能知道?

铁镜心笑道:"只有最后一拳了,打吧!"石井太郎手臂一挥,运足气力,突然蹲下马步,第三拳照铁镜心的小腹打去,心想小腹的肌肉浮软,总不能练成铁板一般,哪知一拳打下,好像打进了棉花堆里一样,软绵绵的毫无可以着力之处,拳头也被吸着了。铁镜心肚皮一挺,将石井太郎弹出数尺,举起拳头,哈哈笑道:"现在轮到我了!"石井太郎目瞪口呆,惊疑不止,想道:"莫非他是会妖法的么?"任他如何骁勇,心中也不禁恐惧。

但见铁镜心剑眉一竖,两道眼光如寒冰,如利剑,只是往敌人身上扫射,他拳头高高举起,却迟迟不向下打。石井太郎就像一个将被行刑的犯人一样,最初本是鼓起勇气,作出一副凛然无所畏惧的样子。这时在铁镜心的拳头威胁之下,就像犯人被推到铡刀刀口,见着刀光闪闪,而铡刀又将下未下之时,心情不由得大为紧张，畏缩起来。

石井太郎心中恐惧，肩膊不自觉地耸了一耸，但他到底是八段武士，心中恐惧面上绝不表露出来，硬着头皮，大声喝道："支那坏蛋，你打还是不打？"铁镜心哈哈一笑，道："来啦，来啦！"拳头一晃，倏地打下，未曾触及石井太郎的身体，却又倏地收回，这一瞬间，但见石井太郎颈脖一缩，略略侧身，用左肩横扫上来，铁镜心忽地收手，他却几乎收势不住，右脚向前移了一步，大声骂道："八格鸦鹿！"骂声刚刚出口，铁镜心"砰"的一掌扫去，在他右肩的琵琶骨上狠狠地劈了一记，石井太郎身子失了平衡，登时又向后退了两步，几乎给铁镜心这股猛力推出圈子，幸而他收势得快，脚步刚刚踏在圈子的边缘。急忙向圈子中心站定，吓出了一身冷汗。

原来铁镜心此人，有时虽然读书不化，但一份小聪明却是有的。他刚才的做作，正是试探石井太郎身上的弱点所在，看了石井太郎的神情，立刻知道他后颈颈窝凹下的数寸之地，便是最怕攻击的地方，那部位正是"天柱穴"的所在，铁镜心心中大喜，适才恶斗之时，他已经屡次想点石井太郎的穴道，只因石井太郎一身硬功，身如铁石，点穴讲究轻快，难以运用真力，指力不透，虽然点中穴道，也没有用处，所以不敢尝试。而今看出了他的弱点，比赛的规矩，又不能闪躲还手，这情况与双方交手的正式比斗大不相同，点穴自可全力施为。但他背向外边，如何能够打到他的背后。

九段武士长谷川忽地喝道："支那坏蛋就要使诈，你留心背后。站稳了硬挺，不可侧身。"铁镜心懂得日语，心头一凛，居然给长谷川看出了他的心意，但这话也提醒了他。说时迟，那时快，只见铁镜心手掌挥了半个圆弧，倏地往他胸口的"璇玑穴"一按，石井太郎刚才被他劈中琵琶骨，疼痛未已，这个部位抵抗的力道最弱，铁镜心这一按正是"惊涛掌法"中最精妙的招数，含有左旋右转的两股力道，石井太郎虽然得长谷川提醒，身子也不禁旋转起来，转了一个一百八十度，背脊恰好正对敌手。铁镜心大喝一声，倏地化掌为指，往他的"天柱穴"一戳，这一下力透指尖，就是有金钟罩、铁布衫的功夫也被破了，何况石井太郎只是用药水浸练出来的硬功,更何况那个部位正是他最脆弱的所在!

只听得石井太郎一声厉叫,喷出一口鲜血,登时跌倒,日本武士大惊,急忙上前抢救,但见石井太郎面如金纸,上气不接下气,竟然是受了极重的内伤,纵然能够救活,这身硬功也要废了。

两个八段武士接连惨败,全场震动,上前抢救的日本武士又惊又怒,摩拳擦掌,纷纷拥上,铁镜心负手背后,仰天大笑道:"这就是日本国的武士道精神么?"忽听得长谷川厉声喝道:"都给我退下!"登时全场肃静,只见长谷川面色如铅,一步一步地踏出场来。铁镜心正待发话,只见长谷川向他一指,道:"你也退下。你知道我是何人?我堂堂九段高手,岂能乘你之乏!咄,你们的队长是谁?"

毕擎天应声而出,其实他们来时,并没有定好谁是"队长",不过在毕擎天的心目中,早已是以"首领"自居,一听得通译传话,立刻迈步出场,哈哈笑道:"你找我么?好极,好极,我正要领教你们九段武士的手段。"

长谷川翘起大拇指道:"你是中国好汉的大首领么?"倭寇军中,自有通番卖国的奸细,对义军中重要人物的底细打探得一清二楚,毕擎天是北五省的"大龙头",早已有奸细报告给长谷川,不过长谷川不懂得中国的"大龙头"是什么,用日语说出来时,就变成了大首领。

毕擎天得意之极,心道:"原来你也知道我的盛名!"哈哈笑道:"中国的好汉指不胜屈,胜过我的也不知多少。何须大首领与你较量?"长谷川瞋目说道:"你不是大首领么?"毕擎天道:"不敢,谬承他们推选,我可不敢以大首领自居。"长谷川道:"你们支那人总不爽快,既然是了,又何必谦虚。好,我今日以大日本九段武士的身份,向你们支那的大首领挑战!"要知日本的九段武士,除非有同一级的高手在场,否则例不下场。长谷川以九段武士又兼总裁判的身份,本来是不准备出场的,但见两个八段武士惨败,自己再不出场,日本武士道的面子全被丢光!迫不得已,出来挑战,又故意点明毕擎天的身份,含混地把毕擎天抬高为"中国好汉的大首领",那是说给本国人听的,表明自己并不是为了一个普通人物而破例下场。

这一下当真是全场耸动,在场的千多日人,个个都是又兴奋又担心,他们本来对九段武士奉若神明,认为他们战无不胜,但今日接连看了几场中国武士的奇妙武功,这信心却又不免多少有点动摇,生怕长谷川也吃败仗。人人都睁大眼睛,看这有关日本武士道荣辱的一场决战。

全场鸦雀无声,连一根针跌在地下都听得见响。场中的长谷川与毕擎天二人瞪目对视,状若斗鸡。双方都在凝神待敌,不敢抢先发招。

这边厢,于承珠与铁镜心也暗暗捏了一把冷汗,他们二人各自胜了一个八段武士,胜来殊不容易,八段如此,九段可知,毕擎天既已自认是他们的领袖,若然这场输了,则以前连胜的几场,也将黯然失色。

数千对眼睛全神凝视斗场,忽听得场中二人同时大喝一声,飞身猛扑!毕擎天一出手便是大摔碑手,他天生神力,大摔碑手又是最刚劲的掌法,手脚起处,全带劲风,登时卷得砂飞石走,在旁边驻足而观的日本武士纷纷退后,这威势比适才的石井太郎更要惊人!

铁镜心见毕擎天掌力如此雄劲,也不禁暗中喝彩,看看那一掌已打到长谷川的身上,忽见长谷川手掌一切,两人身形倏地分开,各自跄跄踉踉地倒退三步,两人的动作都是快到极点,围在场边的日本武士,但见他们一合即分,稍沾即退,都不知道其中奥妙,铁镜心却是大吃一惊,长谷川的出手,用的竟是上乘的借力打力功夫!

原来长谷川的"柔道"功夫,在日本首屈一指。"柔道"本来是从中国传去的太极拳变化出来的,所用的武功原理和太极拳一样,练到最高的境界之时,都能借力打力,有"四两拨千斤"之妙,长谷川当然还没有练到这等境界,但与中国一流的太极高手亦已相去无多,毕擎天那一掌扫出,力逾千斤,一股猛劲,突然给他卸开,重心登时失了平衡,本来非跌倒不可,幸亏毕擎天也是内外双修,见机得早,就在那一瞬之间,强把大摔碑手的猛劲,突然煞住，左掌同时反劈，将长谷川的眼神一引，又倏地变掌为指，反手点长谷川额上的"白虎穴"，长谷川知道中国点穴法的厉害，迫得退后三步，而毕擎天也因突然煞住，立足不稳，给自己的那股猛劲的反力推得后退三步，这才重新维持了身体的重心。

两人交换了一招，双方都没有取胜的把握，毕擎天使出家传的降龙掌法，左掌用的是阳刚之力，右掌则用阴柔之力，刚柔互济，把敌人拒在离身八尺之外，长谷川的"柔道"一定要触及敌人的身体才能施展，毕擎天左攻右守，总不让他欺近身前。但如此一来，毕擎天也无法打中长谷川，两人游斗了数十回合，兀是成了个两平之局。场中的倭寇看得暗暗纳罕，他们国中，以九段为最高的荣誉，寻常的武士根本没有资格参观九段的角斗，更不要说这些出国作海盗生涯的浪人倭寇了。所以他们也是第一次见到九段高手的技艺，想不到九段高手出场，竟然是场闷战，在他们看来，还远不及刚才那几场的精彩刺激。可是在铁镜心与于承珠看来，那却是一场极凶险的搏斗，看来虽是闷战，实则双方都在寻瑕觅隙，哪一方稍有不慎，就立刻有性命之忧。

久战不决，毕擎天渐渐焦躁，心中想道："于承珠和铁镜心他们都胜得光彩漂亮，我若输给这个倭寇，有何面目做他们的大龙头？"想起于承珠和铁镜心那两场都是以点穴法取胜，也想依样画葫芦将长谷川点倒，可是长谷川的"柔道"功夫高明之极，只要被他一触着身体就可能给他借力打力，手指怎点得到他的身上？

场边铁镜心与于承珠并肩观战，看到此际，铁镜心才松了口气，对于承珠道："毕大哥原来亦是粗中有细，用这样的战法，纵不能胜，亦可保持不败。只要这一场打成平手，咱们今天就胜定了。"于承珠点点头道："论真实的功夫只怕是那长谷川还胜一筹，好在毕大哥的降龙掌法厉害，内力也比敌人强得多，这样缠斗下去，并不吃亏。怕就怕他贪功躁进。"话犹未了，只见毕擎天掌法一变，有如长江大河滚滚而上，一派粗犷之气，手脚起处，全带劲风，长谷川给他迫得步步后退，场中的日本武士，全都相顾失色！

铁镜心低声叫道："糟啦！"只见毕擎天猛地一个虎跳，左掌一穿，拨开长谷川的手臂，倏地骈指如戟，向他胁下的"中孚穴"

狠狠一戳，这一下冒险犯难，手法干净利落，确是极其高明的点穴招数，于承珠一怔，心道："怎么会糟啦？"心念未转，说时迟，那时快，只见长谷川一个反身合抱，双手已扳着了毕擎天的臂膊，反剪背后，这一着乃是柔道中极为厉害的一着手法，称为"反手自投"的绝技，毕擎立双臂受制，长谷川只要借他本身的挣扎之力，就可将他举起摔个大筋斗。日本武士们轰雷般地喝彩，就等着瞧长谷川怎样摔毕擎天。

却不料场中两人忽然都似石像一般，僵立不动，长谷川仍然扳着毕擎天的臂膊，可是却并没有将他举起来，毕擎天双脚牢牢钉着地面，有如打桩一般，身子纹风不动，两人四眼，相对怒视，令人心悸，形状却又透着有点滑稽。

原来毕擎天是想以快打快的掌法，出其不意地突然去点敌人的穴道，他也知道长谷川柔道功深，但不冒险无以取胜，故此拼着被他摔倒，也要一试，他点的"中孚穴"是人身的九大麻穴之一，以为长谷川若给他点中，全身便立时麻软无力，那时自己纵然给他摔倒，也不会受伤。哪知长谷川的柔道已练到九段境界，肌肉可以扩张收缩，随心控制，毕擎天一指戳下，忽觉敌人的腹肌突然内陷，点穴的指力竟被消于无形，立知不妙，这时万万不能给他举起摔倒了。毕擎天是身经百战的好汉，临败不乱，一被敌人制住，立刻施用"千斤坠"的重身法，将身形定住！

借力打力的要诀是善于利用敌人向自己攻击的力道，反过来打击敌人，攻击之力越大则反击之力越大，现在毕擎天全身的气力都用来防卫自己，双脚钉牢地面，有如铜浇铁铸一般，但除了双脚之外，其他部分却并无半点攻击敌人的力道，长谷川扳着他的臂膊，只觉软绵绵的无半点力道可"借"。既然无力可借，若要将敌人举起，那就得本身的气力比敌人大得多才行，长谷川却又怎比得上毕擎天的神力？

如此一来，双方都只好僵持下去，不敢放松。毕擎天固然不敢挣扎，怕一挣扎便被敌人借力反击，长谷川也不敢放开他的臂膊，另外攻击他处要害，因为这时两人面面相对，距离极近，若一换手，毕擎天的气力比他大得多，立刻就可利用他换手的空隙致他死命。

　　围观的千多倭寇都看得呆了，起先是大家屏息而视，渐渐便有人鼓噪起来，铁镜心频频搓手，大为焦急，于承珠知道他们二人一向不和，见铁镜心如此着急的神情，确有同仇敌忾之心，毫无幸灾乐祸之象，对铁镜心的好感稍稍增了几分。

　　倭寇鼓噪之声渐大，于承珠听不懂日本话，问道："他们嘈些什么？"铁镜心道："他们不忿气被我们打输。说我们连胜几场，用的都是邪术。他们还以为他们的九段也是被毕擎天用邪术定住了。"于承珠冷笑道："这些倭寇不懂得中国武功的奥妙，难道他们七段八段的武士也这样愚昧无知？"铁镜心心中一凛，道："看来这场大手合的主持人，是故意利用倭寇的无知，好向我们发动攻击。"须知若真的照日本"武士道"所标榜的"精神"，输了便得认输，如今倭寇硬说中国武术不是用真实功夫取胜，那便有借口群殴了。

　　铁镜心料得不错，没多久果然有好些倭寇咆哮鼓噪向他们走来，适才被于承珠打倒的那个八段武士芥川龙木，经过按摩之后，活动了被点穴法所麻痹的关节，竟然也带头冲来。铁镜心大喝道："你们日本武士道的精神原来就是这样子吗？"芥川龙木到底是八段高手，被铁镜心一喝，心中惭愧，踌躇不前。

　　忽听得远处传来闷雷似的炮声，有一个军官模样的倭寇忽地振臂大呼道："支那人不讲信义，一面派人来和咱们合手，一面却又偷袭咱们的营地，咱们要把支那坏蛋全都杀净。"冲上来的倭寇也纷纷叫道："这几个支那坏蛋用邪术打伤咱们光荣的武士，先把他们杀了。"霎时间刀枪并举，齐冲过来，铁镜心一挥手将两根长枪震得飞上半天，嗖地拔出佩剑，喝道："你们要见识真实的功夫是不是？"横剑一削，登时一片断金戛玉之声，六七柄倭刀被他在举手之间，全都削为两段。可是倭寇如潮，铁镜心、于承珠纵有天大的本领也抵挡不住。

　　瞬息之间，在最先头的铁镜心已被倭寇团团围住。有几个日本武士正冲出场心，看情形是去对付毕擎天。于承珠心头一震：铁镜心形势虽险，却远不如毕擎天之甚，毕擎天正在全力应付长谷川，对外来的袭击那是毫无办法抵抗的了。便是一个小孩子在旁边劈他一刀,也可致他死命,何况是凶狠异常的日本武士?于承珠不及细想,立刻便飞身掠起,"呼"的一声,从一大群倭寇的头上"飞"过,倭寇哗然大呼,埋伏在场中的弓箭手登时千弩齐发,于承珠三伏三起,冲到离开场心数丈之地,被密集如蝗的羽箭阻住,再也不能纵起前进(因为若人在半空,全身都是目标,既不能趋避,又不能抵挡,怕不被乱箭射得变成刺猬),只好挥剑拨箭,幸亏她的青冥剑是一把削铁如泥的宝剑,略一挥动,便如护身的一道银虹,射来的羽箭,只要略沾着宝剑的锋芒,便纷纷折断。于承珠救人心切,犹想拼硬冲开箭雨,忽见芥川龙木已是挥刀追上,大呼小叫,暴怒如雷,于承珠虽然听不懂日本话,但看芥川龙木这愤怒的神气,料知他必是不忿败在自己点穴法下,因此又赶来拼命。芥川龙木的神风刀法迅速惊人,一交上手,非三五十招不能摆脱,奔向毕擎天的那几个倭寇,又已到了毕擎天的背后,倭刀闪闪,再迈一步,刀锋便可触及毕擎天的头颅,于承珠大为着急,顾不及取好准头,一扬手便是三朵金花飞了出去,几乎就在同一时间,背后金刀劈风之声已到,于承珠反手一剑,刚好荡开芥川龙木的倭刀。

长谷川正在与毕擎天全力相持,见同伴赶来,似欲助己暗袭敌人,他到底是九段武士的身份,瞋目喝道:"都给我退下。"突见金光闪闪,奔来的倭寇,三人中已有两人倒下,还有一朵金花向自己飞来,长谷川不由得放松了手,大袖一挥,将那朵金花拂了开去。毕擎天喝道:"好,你不要人相助,我也不要人相助,再斗一场。"本来毕擎天可以趁他松手的那一刹那,乘势反击,制敌死命,但他也要顾住"大龙头"的身份,心想在于承珠暗器相助之下,胜之不武,故此甘心放弃了这最难得的机会。

长谷川粗通汉语,喝道:"好,果然是条好汉子!"在腰上一拍,忽地手中多了一把寒光闪闪的宝刀,原来他的倭刀曾经百炼,从百炼钢变成了"绕指柔",可以围在腰间当成腰带。毕擎天使的是"降龙棒",因为今日说好是来比角力与刀剑的,他自己托大,竟没有将兵器带来,被长谷川连劈两刀,连连后退。长谷川哈哈大笑,忽地出手,抢过同伴的一口倭刀,掷给毕擎天道:"接好了,咱们再比比刀法！"貌似公平，实则是长谷川占尽便宜。毕擎天既不精于刀法，倭刀又不是合适的兵器，有等于无，仍然给长谷川杀得手忙脚乱。

毕擎天、于承珠、铁镜心三人竟被截成三处，不能呼应，这形势实是凶险之极。幸在长谷川以九段国手的身份，坚持单打独斗，毕擎天虽然被他杀得手忙脚乱，一时之间，尚不至有性命之忧；于承珠持有宝剑，只守不攻，亦还可以勉强自保；铁镜心却被五六个日本武士围攻，险象环生。幸而邓茂七、郑赶驴二人与他相距甚近，拼命冲杀，居然给他们汇集在一起，三人品字形站立，互为守护，邓茂七用的是一根软鞭，他气力沉雄，施展起来，丈许之内，但见鞭形翻飞，当者辟易；郑赶驴使的两柄流星连子锤，可以当作活动的暗器使用，抛出去专打敌人的头颅，有几个凶悍进攻的倭寇，被他一锤一个，打破了天灵盖，立刻血溅黄沙，铁镜心的一口剑居中策应，更为厉害，他展开惊涛剑法，顾不及杀伤敌人，只是专削敌人的手指，手指被削，兵器自是无法把持，但见剑光所至，倭刀纷纷坠地。三人三种兵器，各展所长，倭寇虽多，却不敢近身，可是外面层层包围，三人被围在垓心，也是冲不出去。

铁镜心叫道："咱们杀一个够本，杀两个有赚，多杀几个敌人！"挥舞长剑，奋不顾身地意欲杀开一条血路。邓茂七忽地叫道："叶大哥早有安排，铁相公不必心急。咱们三人休要自己乱了阵势。"铁镜心想起叶宗留行事谨慎，必然会料到今日之事，断不致他们陷入绝境，心中一宽，精神倍增，有两个日本六段武士，乘着铁镜心身形向前移动之际，忽地从侧边向邓茂七偷袭，却不料铁镜心倏然之间，转过身来，反手一挥，刷刷两剑，又把那两个六段武士的手指削掉，堵住了缺口。只听得嗤嗤两声，一道蓝色的火焰升上天空，原来是邓茂七趁此时机，射出了求救讯号的蛇焰箭。

蛇焰箭射出，倭寇更是群情汹涌，登时调集了一队藤牌军，加紧包围的压力，数十面藤牌形成了一面屏风，一步一步地向前推进，缩小包围圈子，铁镜心虽然大展神威，杀翻了几人，可是他们有藤牌护身，难以削断他们的手指，究不如适才的顺手，藤牌军前仆后继，卷地压来，三人渐渐被挤作一团，纵然本领再高，在百数

铁镜心虽然大展神威，杀翻几人，可是他们有藤牌护身，难以削断他们的手指。

十面藤牌挤迫之下，竟只有待毙的份儿。

正在极度紧张之际，忽听得杀声震天，倭寇阵形大乱，有一彪人马杀了进来，铁镜心大喜狂呼："援军来啦！"张眼一瞧，只见冲进来只有一小队人，看来不满百人，而且都是渔民打扮，并非义军，铁镜心大为失望，忽见一个长须老者，从渔民队中冲出，迎着倭寇，一手一个，便像摔稻草人似的，一抓着便甩，倏忽之间，摔死摔伤了几十名倭寇，这大摔碑手的功夫比铁镜心高明不知几倍！铁镜心几乎不敢相信自己的眼睛：这位突如其来的老者，原来竟然是他的师父。

铁镜心与他的师父会少离多，这几年来石惊涛逃亡海外，铁镜心更是不知道他的踪迹，突然见他在此出现，又惊又喜。那一队人人数虽然不多，个个勇猛非常，以一当十，转瞬之间，就从外面攻了进来，与倭寇的藤牌军混战。石惊涛扬手与徒弟打了一个招呼，身形却并不停下，直向场中的毕擎天与长谷川扑去。

长谷川正使到神风刀法中的一招绝妙杀手，刀锋向外疾展，倏地一卷，毕擎天用了一招"横架金梁"，刀背反磕，想仗着腕劲大过对方，把长谷川的宝刀磕飞。哪知长谷川这一手神风刀法刚中有柔，"柔道"中借力打力的功夫，竟然给他运用到其快无比的神风刀法上，毕擎天那一招刚刚使出，忽觉一股急速的旋转之力紧紧地扯着自己这口倭刀，吃了一惊，急忙往外夺刀，哪知不用力也还罢了，一用力那股反旋之力就更急更强，毕擎天虎口欲裂，手指一松，只听得当的一声，手中的倭刀已给敌人卷走，长谷川振刀一甩，把那口倭刀削为两段，随手抖起一个刀花，向毕擎天分心便刺，神风刀法的厉害之处就在于几个杀着接连而来，长谷川的卷刀、削刀、刺腕、插胸，脚步未换，四式极厉害的杀手刀法已是一气呵成，毕擎天手中没有合适的兵器，输得极为不忿，一口闷气还未转得过来，长谷川明晃晃的刀锋已刺到了他的胸口，而且刀锋两边摆动，将他左右趋闪的去路也全都封住。长谷川这一刀使得狠毒之极，竟不许毕擎天有半点逃生的机会！

哪知长谷川空自打了一个如意算盘，他的刀快，有人比他更快，就在毕擎天千钧一发之际，忽然被一股大力一撞，毕擎天庞大的身躯突然给人抛了起来，身不由己地在空中连翻了两个筋斗，顺着这股巧势，竟然轻轻巧巧地落在地上，毫发无伤。张眼一看，只见一个长须飘拂的老头正在向着长谷川睥睨冷笑。

长谷川大怒，喝道："兀你这老头子冷笑什么？"石惊涛懂得日语，却用中国话答道："笑你这岛国虾夷，学中国的东西，懂得几手刀法，就妄自尊大！"长谷川对中国话能听不能说，日本的武功本来源出自中国，但经过了日本武士的参悟变化之后，创立了"柔道"和"神风刀法"这两种极厉害的武功，已不肯以学生自居，妄自以为天下无敌了。长谷川身为九段武士，哪曾受过人如此轻视？宝刀一挥，噼啪作响，喝道："你快拔出刀来，咱们比划比划。"若不是他见到石惊涛刚才救人的那一手功夫，又被石惊涛用说话一激，他还真不肯"自贬"身份，要和石惊涛斗刀比剑。石惊涛腰悬长剑，听了长谷川的话，却睨他一眼，冷笑道："凭你这一点点微末之技，就敢叫我抡刀拔剑么？"

这口气简直把日本的九段武士视同无物，长谷川怒不可抑，反而纵声大笑道："好呀，我生平不斩无名之卒，我本不想杀你，那是你自己凑到刀口上来了！"宝刀划了一个半圆，倏地削出，石惊涛身形略侧，让过刀锋，伸出双指在刀背一推，那口刀本如毒蛇吐信，又狠又疾，被他双指一推，突如毒蛇的七寸被人踏住，倏地反窜回去，长谷川大惊，手腕一沉，将这股力道解了，刀锋一弹，转了个弯，又向石惊涛的小腹刺下，哪知刀锋一出，但觉微风飒然，眼前的敌人已失了所在，长谷川到底是身经百战的九段武士，心知不妙，宝刀立刻反卷回来，变作了一圈护身的刀环，石惊涛正在施展小擒拿手勾他的手腕，见他变招得快，应付得宜，笑道："能挡三招，饶你不死！"缩手避开刀锋，长谷川若然只守不攻，本来还可挡得十余二十招，但见对方是个老头，且又空手，自己还连走下风，只觉颜面无存，心头火起，不及思索，宝刀又再挥出，石惊涛哈哈一笑，长袖一拂，引开长谷川的眼神，左手骈指一弹，铿锵一声，那口刀立刻反弹起来，几乎刺着了自己的额角，长谷川忙沉肩却势，说时迟，那时快，只见石惊涛长袖拂处，虎口辣辣作疼，再奋力斫出之时，连刀柄也给石惊涛卷住了。石惊涛喝道："还不放手么?"轻轻一卷一拉,长谷川的身子禁不住向前冲出,心中大惊,明知敌人使的也是借力打力的功夫,但使得比自己神妙得多,竟是无法卸解,只得松手抛刀,翻身后跃。总共不过五招,一个鼎鼎大名的九段武士,竟被石惊涛弄得抛刀而逃。

石惊涛道:"好一把宝刀,正好给我的徒弟。喂,饶你不死,刀鞘拿来。"长谷川正在奔跑,忽地肩头被人一拍,急忙转身挥拳,只见石惊涛已在离身丈许之外,自己围在腰间的蛇皮软刀鞘也给他解去了。

长谷川附近本有许多日本武士围着观战,只因长谷川是九段身份,故此不敢上前助拳,这时见长谷川败得如是之惨,齐都吃惊,纷纷拥上。长谷川突然从同伴手中抢过一柄倭刀,叫道:"罢了,罢了!"横刀在肚皮上切了一个交叉十字,登时血如泉涌,倒地身亡!原来这是日本"武士道"的风气,身受奇辱,无力报复,便得切腹自杀,长谷川身为九段高手,被人空手缴械,石惊涛虽然饶他不死,他也不能不死了。

场中倭寇又恨又怒,八段武士芥川龙木舍了于承珠,指挥倭寇,将石惊涛团团围住,石惊涛笑道:"现在我可以试试自己的这把宝剑了。"拔出宝剑,一招风卷四方,此时听得叮叮当当之声,不绝于耳,沾着宝剑的倭刀都给削断了!

石惊涛这口剑是偷自大内的宝剑,剑质不在玄机逸士所炼的青冥、白云两把宝剑之下,这时拔出宝剑,如虎添翼,转瞬之间,就与于承珠汇到一起,两柄宝剑,左右齐发,杀得倭寇伤亡遍地,毕擎天也用重手法,掌毙了许多倭寇,但倭寇顽强之极,竟似拼了性命,要为九段国手报仇,前仆后继,仍然蜂拥而来。

石惊涛带来的那队渔民,骁勇之极,他们一手持钩,一手提刀,藤牌军的藤牌,护上盘易,护下盘难,被他们一钩一个,钩翻了便是"咔嚓"一声,片刻之间,杀伤了一大半,其余的也都溃败而逃,铁镜心脱出重围,反过来接应石惊涛。忽听得外面隆隆炮响,又是一彪军马杀了进来,领军的是叶宗留的另一位副手杨宗武,在马上扬刀大呼道:"外面的倭寇已全军覆灭了,只剩下这里的一小股,咱们把他赶下海去!"

原来倭寇的头领狡猾非常，定下诡计，他前两日接到消息，知道今日将有一批援军从国内开来，不过人数不多，只有千人之谱，仍然不足解围。因此便定下了今日作武士的竞赛大会，邀请了义军派选手来参加，想乘着义军不防，突施偷袭，分兵三路，一路是新开来的倭寇，从台州西边三桠湾登陆，抚义军之背；一路以原来的倭寇作为主力，攻击正面防线；另外一路则是留在海滨广场假作参观竞赛的千多倭寇，这一路倭寇准备将义军派来的选手杀死了后，在午牌时分，便冲出去，绕过临海的小山，攻击义军的总部，由九段武士长谷川率领。三路倭寇约好午时动手，所以当铁镜心他们清晨来到之时，他们尚未发动，接连比了几场。在长谷川的心目中，以为自己这方拥有两个八段武士，其他六段七段的武士也有十多人，不必自己出手，已可稳操胜券，实不必用围攻的办法，哪知一败涂地，连长谷川自己也要切腹自杀，还未能冲出去配合其他两路，已经反被敌人包围了。

倭寇的计划本来周密，叶宗留料敌如神，早已防到他的偷袭，恰好石惊涛刚从海外回来，他带的一百多人都是东海各岛的义军，听得倭寇扰沿海家乡，自愿回来抗倭的。他们在海上见到倭寇增援的船只，回来立刻报与叶宗留知道，叶宗留便请石惊涛先去援救铁镜心等人，自己另派大军到三桠湾去迎击登陆的倭寇，可怜那一批倭寇，刚一上岸，便陷入了义军的罗网，全都被歼灭了。这时只剩下了海滨广场的这一路倭寇，哪禁得起内外夹攻，纷纷逃命，千余倭寇，十折八九，只剩百多人抢到船只下海逃命。正是：

义士挥戈同抗敌，倭氛终见化冰消。

欲知后事如何？请听下回分解。

第十五回　拍岸惊涛　芳心随逝水
　　　　　　冲波海燕　壮志欲凌云

　　倭寇伤亡八九，余众也尽都被赶下海去。于承珠痛快之极，取出一方丝绢，抹青冥剑上的血渍，宝剑确是不同，杀了许多倭寇，剑刃上只有几丝淡淡的血痕，轻轻一拭，光芒耀眼。石惊涛目不转睛地注视着于承珠这把宝剑，于承珠正在把宝剑插入鞘中，石惊涛忽地一伸手将于承珠的宝剑夺了过来，这一下猝出不意，于承珠吃了一惊，嚷道："石老前辈，何故戏弄？"只见石惊涛将青冥宝剑迎着他原来那把宝剑一削，两剑相交，当的一声，火星飞溅，两口剑竟都是各无伤损，于承珠猛地省道："是了，他以前曾败在我太师祖的青冥剑下，因此他才去偷大内的宝剑，现在想是试试这两口宝剑哪口更好。"

　　石惊涛哈哈大笑，把青冥宝剑还给于承珠，问道："玄机逸士是你何人？"于承珠道："是我太师祖。"石惊涛道："那么你的师父是张丹枫了？"于承珠道："正是。家师曾屡次提起前辈大名，佩服之极。晚辈替家师问候。"石惊涛叹口气道："徒弟如此，师父可知。江湖上的朋友将我与张丹枫并列，同称四大剑客，老朽能不惭愧？"跟着又笑道："长江后浪推前浪，世上新人换旧人。见了你们这一辈少年英侠，老朽一面惭愧，一面却也是高兴得很呵！"其实石惊涛的辈分比张丹枫要高出一辈，他对张丹枫的师父一辈如潮音和尚、董岳等人还不大放在眼中，更不要说张丹枫了。江湖上将他与张丹枫并列，他以前还是不大服气的，现在见了于承珠的剑法，不由得大为佩服，知道张丹枫的本领实在要比自己高得多，再找玄机逸士比剑的念头，那是想也不敢想了。

毕擎天从后面赶来，石惊涛救了他的性命，他还未向石惊涛道谢。石惊涛笑道："这算什么，何劳言谢？这位好汉是——"邓茂七在旁说道："这位是北五省的毕大龙头。"石惊涛道："哈，原来是毕擎天毕大龙头。老朽这两年来虽在海外，也曾听到毕大龙头的名字。当真是名不虚传。我门下的弟子，看来只有铁镜心可以跟你比一比，其他两个可就差得远了。嗯，你见过我的徒弟没有？"毕擎天听得自己名传海外，本来甚是高兴，但一听石惊涛将他与铁镜心相比，把自己当作他的徒弟一辈看待，心中又大是不悦，神色显得颇为尴尬。恰好铁镜心也赶了上来，问候师父，石惊涛道："喏，他就是了。你们两人认识了么？"毕擎天强笑道："令徒年少英雄，这次抗倭，得他相助不少。"石惊涛很是欢喜，拉着毕擎天话长话短，连铁镜心也插不进话去，不知不觉之间，铁镜心与于承珠已走在众人前面。毕擎天见他们二人喁喁细语，有说有笑，心头更不舒服，很想赶上前去，隔开二人，可是石惊涛不停口地和他说话，他只好瞧着二人干着急，而且还不能不装出恭恭敬敬的样子敷衍石惊涛。

铁镜心对于承珠的身份本来就有了几分起疑，刚刚又见到于承珠用丝帕拭剑，男子身上，哪会藏有这等物事？疑心不禁又增了几分。他们沿着海滨走回营地，浪涛拍岸，海中倭船只见到几点小小的黑点了。于承珠豪兴遄飞，和铁镜心谈讲今日的比武，铁镜心若不经意地说道："于相公，你今日和那个八段武士比武那场，轻身的本领真是俊极了，那是什么身法呀？"于承珠道："那是我师母传授的，名叫穿花绕树的身法。呀，你不知道，我们太湖山庄的风景多美，我师母又最爱花，庄前种了无数花树，桃花、李花、梅花、玫瑰花，什么都有。春天来的时候，百花齐放，更是灿若云霞。我和师母就在这花树丛中练这种穿花绕树的轻身功夫，头两年我非但追不住师母，还时常被树枝或刺勾着衣裳，练了三四年，这才能够穿绕自如，练到第五年，才抓得着我师母的裙。"铁镜心笑道："你师母对你这样好，真令人羡慕。我看她对你是有如对待亲生儿女一般了。"

石惊涛忽地一伸手将于承珠的宝剑夺了过来，这一下猝出不意，于承珠吃了一惊。

于承珠一看，见铁镜心似笑非笑，面色有异，这神态有几分似他的师父张丹枫，不觉心中一动，又不禁心中一惧，猛然想起自己无意之中说溜了嘴，男徒弟哪有和师母这样不拘痕迹的？面上一红，只听铁镜心又笑道："穿花绕树，这名称真美。我看你戏弄那武士时，就真像穿花的彩蝶一般，那简直不是比武，而是看你作天女散花的舞蹈！真是美极啦。美极啦！"于承珠道："你再胡捧瞎赞，我不和你说啦。"铁镜心道："说得不对么？赞得不够美妙，也用不着生气呀。说真的，我还真想请你教我呢。"于承珠笑道："你比我年纪长、本领高、见识多，我要请你指教，那才是真的，你怎么与我客套？"铁镜心道："武林之中，彼此琢磨，那是应该的。你会的教我，我会的教你，好得很呀。于相公，今晚我到你的帐幕，咱们抵足而眠，拼着一夜不睡，互相谈论武功，好么？古人云：听君一夕话，胜读十年书。读书如是，想来对武学的钻研，亦是差不多的。大家谈一谈对武学的心得，胜过独学无友，那是不消说了。"

　　于承珠红透脖子，不待铁镜心说话，着急说道："胡说八道，谁和你同一帐幕？你进来我就拿剑刺你！"铁镜心故作惊诧，"咦"了一声道："贤弟何故生如此大气？咱们初来之时，不是也同过帐幕么？"于承珠一想，自己说话太急，不觉又露了痕迹，定一定神，平静说道："我最不欢喜与人同住，初来之时，山寨中一切因陋就简，那是没有办法。"她想装出镇静的神情来加以解释，却不料心中虚怯，自然流露出来，尽管她说话从容，却掩不住尴尬的神色。

　　铁镜心哈哈一笑，他本来不是轻薄之徒，故意说要与于承珠抵足夜谈，那是试探她的。一见她如此着急的神情，知道了她是一个女子，绝对无疑。不忍再迫她着窘，于是笑道："贤弟既然嫌我这个臭男子，那么为兄的自然不方便到你的帐幕去了。过两天咱们再来这里，倭寇给咱们开辟了这一座大武场，正好在这里请你指点。"于承珠听他话中有话，知道庐山真相给他窥破，羞得无地自容，幸而铁镜心说至此即止，知道她是女子之后，神色反而比前庄重了。

　　离开海滨，走进山区，各队义军都已获胜归来，铁镜心忽然瞧见师弟和师妹也在那里，急忙走过去问，原来成海山与石文纨协助台州团练守城，这两个月中，曾打退了倭寇的几次偷袭，最近因为叶宗留的义军势盛，各路倭寇调去增援，台州的安全已经可以无虑了，因此他们带了数百名自愿抗倭的义民前来助战。恰好石惊涛也在这个时候归来，父女师徒，相见自是一场欢喜。

石文纨似乎还记着于承珠向她戏弄的旧恨，见了面冷冷淡淡的，不理不睬，于承珠心中暗暗好笑。乘机撇开了铁镜心，走过一边，毕擎天想找她说话，她却钻入了人丛之中，忽见人丛之中有一个似是从台州来的团练人，目不转睛地望着铁镜心，在人丛中挤过去，还似乎悄悄地向铁镜心打眼色。于承珠有点奇怪，但她为了避开毕擎天与铁镜心的纠缠，自己也钻入人丛之中，那个人转眼之间也不见了。

是夜义军营地，热闹非常，附近居民，得知大捷的消息，纷纷杀猪宰牛，担米挑酒，前来犒军。叶宗留请石惊涛、毕擎天、铁镜心、于承珠等四人坐在上座，自己坐在下手相陪，将这次大捷的功劳，大部归于四人。铁镜心和于承珠都觉不安。毕擎天却不住地和叶宗留谈今后的计划，喝了几杯，毕擎天似乎有了醉意，哈哈笑道："叶大哥你这次指挥若定，确是一个了不起的将才。驱逐倭奴，只不过是牛刀小试而已。将来澄清四海，建大功创大业，也还有待吾兄呢！"他虽然没有明说，但听这样的口气，竟是想劝叶宗留和他同谋大事。铁镜心极为不悦，但见毕擎天已有了酒意，又是祝捷的欢宴，不便和他吵翻，索性自饮闷酒，他正好坐在于承珠的侧边，不住地用眼角瞟于承珠，醉中看美人越看越美，铁镜心也不禁渐渐露出一些狂态。于承珠给他瞧得心中烦躁，不待席散，便向叶宗留告罪，推说不胜酒力，回去睡了。

但于承珠哪里睡得着觉，整晚忐忑不安，想起铁镜心日间的说话，羞愧与气愤的心情交织不清，又防铁镜心会闯进来，连外衣也不敢脱，枕着宝剑，坐在床上，胡思乱想。

张丹枫、铁镜心、毕擎天的影子又一次地从她脑海中飘过，自从来到义军军中之后，她和铁、毕二人朝夕相见，已是不止一次地将他们二人与自己的师父比较，又将他们二人比较，越来越有这样的感觉：如果把张丹枫比作碧海澄波，则铁镜心不过是一湖死水，纵许湖光潋滟，也能令人心旷神怡，但怎能比得大海的令人胸襟广阔；而毕擎天呢？那是从高山上冲下来的瀑布，有一股开山裂石的气概，这股瀑布也许能冲到大海，也许只流入湖中，就变作了没有源头的死水，有人也许会欢喜瀑布，但却不是她。不过毕擎天固然令她讨厌，铁镜心也没有讨得她的欢心。此际，她想起了日间之事，给铁镜心窥破了她的庐山真相，心中既是焦躁不安，又是惶惑失望，这种种不同的情绪，纠结不清，折磨着一个十七岁少女的芳心。连她自己也不明白自己为何有那些情绪？例如铁镜心与她何关？为何她每当在看不顺眼，听不顺耳之时，就觉得心中失望？

夜已三更，喧哗渐寂。她翻了个身，听得远处海风呼啸，惊涛拍岸之声，竟似他的师父在向她招唤。她在这世界上除了师父之外，就再也没有亲人了。想起了师父来，心中自然有一种甜蜜的感觉。忽地心中想道："倭寇今日吃了这个大败仗，几乎是全军覆灭，各地虽然还有小股的零星倭寇，已是不足为患，何况还有周山民的援军，就将来到，更可安枕无忧。我还留在这里作什么？我为什么不去跟我的师父？"但想起若然明日正式地向叶宗留告辞，则不但叶宗留必定挽留，铁镜心与毕擎天二人只怕也会向她纠缠。

她想了又想，忽地披衣坐起，拾好行囊，留下了一封向叶宗留告别的书信，悄悄走出帐幕，这晚是上弦月夜，月色并不明亮，铁镜心的帐幕和她的靠近，相距不过半里之地，帐幕中隐隐透出灯光。"原来铁镜心还没有睡呢！"她心中忽然起了一股奇异的感情，想从他的帐幕旁边走过，在他的帐幕旁边留下自己最后的足印。铁镜心终究是她的一场朋友，不能说完全没有不舍之情，但她又怕给他发觉，于是施展绝顶轻功，借物障形，想从他的帐幕旁边悄悄溜过，顺便看一看他的影子。这是多么奇怪的而又矛盾的感情呵！然而十七岁少女的心情，本来就是这样奇怪而又矛盾的呵！

忽听得帐幕旁边的灌木林中，似有人低声私语，其中一个声音清清楚楚是铁镜心的。于承珠大吃一惊，心道："这样晚他还没睡。却在这里鬼鬼祟祟地和人私语作什么？"于承珠飞身跳上一棵大树，她轻功比铁镜心高得多，落在树上，连树枝也不摇动一下，定睛一看,和铁镜心说话的人原来就是日间那个偷偷盯着铁镜心的那个台州团练。

只听得铁镜心道:"王安,你不在杭城侍候老爷,却来这里作什么?义军又不差你一个人。"于承珠心道:"原来这个团练乃是他的家人。只是铁镜心这句话可大不对。"王安道:"是老大人差遣我来的,要我给你带个口信,白天人多,我不方便说。"

铁镜心道:"老爷差遣你的?什么口信?"语气之间,颇为惊诧。王安道:"老大人说义军之中龙蛇混杂,听说各省的绿林大盗也借抗倭之名,聚集了来。叫你不要和这些人再混在一起了。"铁镜心道:"官兵不敢抗倭,绿林豪杰肯投效义军,共同抗倭,那也是好的。"王安道:"话是这样说,但督宪大员可不是如此想。老大人说,咱家世代为官,犯不着和盗匪们混在一起,若然他们将来犯上作乱,牵连在内,这可不是当耍的!叫你想清楚了!"铁镜心默然不语,义军的首领叶宗留等人,正直无私,他是佩服的,但也总是觉得自己和他们到底不是一路人。至于毕擎天等人,那是更不消说了。铁镜心陡然想起了毕擎天今晚的酒后狂言,想道:"只怕这厮还不止是像普通的盗匪作乱,而是想抢夺大明天子的江山呢。我爹爹所虑,果是见识深远。"王安又道:"老大人叫你马上回去,反正现在倭焰已消,依老奴之见,就学公子适才所说,义军也不差你一个人,公子还是回去吧,免得老大人挂心。"

铁镜心仍是默然不语,踌躇莫决。他不是不肯离开义军,却是想起了于承珠,舍不得离开于承珠。王安催道:"公子,你早点拿定主意。"铁镜心道:"待我再想一想。老爷在杭州可好?"王安道:"他住在抚台的衙门,这位抚台叫卫春廷,你记得么?"铁镜心点头道:"记得,他是老爷的学生。老爷的学生,官做得最大的就是他了。"王安道:"不错。难得他还念起师生之谊,一听说老大人迁居杭城,就立刻迎接我们到抚台衙门去住,招呼得很周到。"铁镜心道:"那我就放心了。王安,你先回去吧。我就是走也要迟两天。"

王安道:"迟两天也好,老大人还有一桩事情,叫你斟酌着办。"铁镜心道:"什么事情?"王安道:"老大人接到皇上密旨,要他督令你协助御林军的统领捉拿一个钦犯。"铁镜心道:"这可奇了,捉拿钦犯与我何干,我又不是朝廷命官,皇上圣明,哪有这样糊涂之理,莫非你听错了?"王安道:"这钦犯不是旁人,是你的石老师!"铁镜心这一惊非同小可,叫道:"什么,石老师是钦犯?"王安道:"不错,圣旨是御林军统领娄桐荪带来的,由卫抚台交给老大人。据说石老师三十年前曾大闹皇宫,偷去了大内宝剑。现在才访查到他的下落。"

这消息像一个晴天的霹雳,把铁镜心惊得呆了!这刹那间,与师父遇合的经过,又似闪电般地一幕幕从脑中闪过——

那是十年前的一个秋天,铁镜心还是个十二岁的孩子,他的父亲在京供职做御史大夫,家中没人管他,他读书之外,就喜欢跟护院的武师拈刀弄棒。他家在台州城外,有一个别墅,每年夏天,他都和堂兄弟到别墅避暑,到了秋凉时分才回台城。在别墅中练武,那更是无拘无束。这一年新请到两位本领高强的武师,一个善使二郎棒,一个自称懂得铁砂掌,铁镜心曾见到他一掌将一块青砖拍得碎裂,佩服得了不得。他们在海滨别墅,整天挥拳舞棒,简直乐而忘返,将近中秋,还未舍得回城中老家。

这一天晚上,忽然有一伙强盗,明火执仗地进来抢劫,护院的武师一个个都被打倒,强盗还要缚架他,那两个本领最高的武师却藏匿不见,形势十分危急,幸喜铁镜心身形溜滑,人又矮小,在别墅中溜来溜去,强盗们好半天还没捉到他。有一个强盗头子急了,曳开弹弓就想打他。

忽听得一声长啸,一个长须飘拂的老渔夫不知什么时候,突然出现在假山前面,只是一个照面,就将那强盗头子的弹弓夹手抢去,强盗们大怒,抡刀动斧纷纷上前劈斫,这老渔夫拔出一口宝剑,只听得一阵断金戛玉之声,强盗们的兵器几乎全给他削断,这老渔夫喝道:"我宝剑不杀无名小卒,快给我滚!"霎时间,强盗们逃得干干净净,那些护院的武师还哼哼唧唧在地上爬不起来。

这老渔夫哈哈大笑,拉着铁镜心的手端详了好一会儿,忽而又叹气道:"可惜,可惜!天生的一副学武资质,却误在庸师之手。"这时那两个本领最强的武师才从里面钻出来,沉着面道:"老师父责备得当,我们都是来混饭吃的。我们本当立即告退,但我们不知自谅,还想请老师父再给我们开开眼界。"突然左右夹击,一个用木棒劈老渔夫的头颅,一个用铁砂掌劈老渔夫的背心,但见老渔夫振臂一挥,木棒"咔喇"一声,断为两段,前面的那个武师立即扑倒地上;但后面那个武师的一掌,却结结实实地打中了老渔夫的背心。铁镜心虽是个小孩子,但已知道辨别善恶,一见这两个武师行为如此卑劣,大是生气,奔上前面斥骂那个自夸懂得"铁砂掌"的武师,却见那武师捧着手腕雪雪呼痛。老渔夫笑道:"小哥儿不必再责骂他了。他已够受啦!"那武师的臂膊肿得如同吊桶,手掌翘起,五指僵硬,再也不能弯曲,后来铁镜心才知道,这个武师不但一条臂膊再也不能使用,全身的武功也被废了。

经此一来,护院的武师全都走了。铁镜心便要拜这个老渔夫为师,但老渔夫却要他先答应一个条件。

铁镜心正在兴头上,不要说一个条件,十个条件也肯答应。却原来那个条件是不许他将拜师之事说与旁人知道,即至亲如父母兄弟也不许告诉,同时他绝不到铁镜心家中传技。铁镜心问他是不是要跟他到别的地方去学,那老渔夫摇摇头笑道:"我怎敢带你这个官家子弟到别的地方去,不怕落了个拐带的罪么么?"铁镜心问他怎么传技,他说:"我也知道你过几天便要回台城老家,我先教你一套扎根基的吐纳功夫,这一年中你依法练功,明年你再到此处避暑,我自然会再来见你。"铁镜心回家后,果然只把遇盗之事告知家人,却将拜师之事瞒过。

第二年铁镜心带了心腹的家人再来避暑,那老渔夫果然依约而来,但却不在别墅中教他武功,原来这老渔夫有一间小屋在海边,他叫铁镜心每天假作游玩,到他的屋子来,这老渔夫还有一个女儿,只有八岁,老渔夫就叫他和女儿一同习武。这时,铁镜心才知道这个老渔夫的名字叫做石惊涛,他的女儿叫石文纨。如此这般,铁镜心每年跟石惊涛学三个月的武功,其余的时间,便在家中暗自练习。石惊涛有时在晚上也会来到别墅看他,但台城的老家,却一次也没来过。

如是者过了七年,在这七年之中,发生了不少变化,石惊涛又收了一个渔家子弟成海山做徒弟,铁镜心的父亲卸官回家,铁镜心也在县里考中了秀才,但他每年仍是照例到海滨避暑,每天仍暗中练习武功,他家中又请来了新的护院武师,他也偶尔跟护院武师学学花拳绣腿,谁也不知他身怀绝技。

到了第七年的春天,倭寇开始侵扰沿海一带,有一次他路见不平,拔刀相助,把一小股倭寇打退,救出了一家乡民,这一来他会武的名头立刻传播出去,他的父亲铁鈜也知道了,一天晚上便唤了他来诘问。

铁镜心自小敬服他的父亲,在父亲盘诘之下,忘掉了对师父的誓言,将暗中投师学技的事情和盘托出,他父亲又惊又喜,喜者是儿子学成了文武全才,惊者是怕儿子交结这类江湖异人,会惹出祸事来。

这一年的夏天,铁镜心到别墅去,石惊涛却不来了,铁镜心问师妹石文纨,石文纨说他的父亲行踪无定,什么时候回来,她也不知。铁镜心在别墅等了一个夏天,都没有得到师父的音讯,一直到了今天,才在义军中出其意外地重逢。

往事一幕幕从脑海中闪过,师父诡秘的行径,以前无法理解的行径,现在才真相大白,原来师父竟然是大内所要缉拿的御犯。

铁镜心听了王安的话,登时呆若木鸡,饶他自负聪明,这时却想不出半点办法。武林之中,叛师乃是一种无可饶恕的大罪,何况将师父捉拿?但皇命更是不可违抗!

淡淡的月光,透过繁枝密叶,于承珠伏身树顶,只见铁镜心的影子在地上东飘西晃,显见是绕树彷徨,心情烦躁之极。忽听得王安干咳一声,郑重问道:"公子幼读诗书,人伦的尊卑之序,那自然是知道的了。"铁镜心道:"天地君亲师,这是三尺童子都知道的,你问这个干什么?"王安道:"照这样说来,除了天地之外,就是君上最尊,其次是父子之亲,最后才是师生之谊了。"铁镜心打了一个寒噤,厉声说道:"你是教我做个叛师的不义之人么?"色厉内荏,话声说到后来,已是微微颤抖,心情惶恐不安又有一些奇怪,想不到王安也会以"微言大义"相责,他不知道,这番话其实是他的父亲教王安说的。

王安道："奴仆怎敢教公子做个不义之人，但奴仆更不愿见公子做个不忠不孝之人！"铁镜心颤声说道："你是说我若不遵圣旨，我父亲会有危险么？"王安道："只怕重则有抄家之祸，轻亦有缧绁之灾。"铁镜心面色惨白，在月色之下，神气显得十分难看，完全失了主意，像个随风飘荡的幽灵。只听得王安又道："老大人现在其实是已被软禁抚衙，吉凶祸福就全在公子手上了。"铁镜心道："你不是说抚台乃是我爹爹最得意的学生么？"王安道："奴仆跟随老大人三十年，官场的事儿，奴仆还略知一二，碰到利害的关头上头，官做得越大就越不会顾念情谊。想皇上深居九重，他怎会知道石惊涛是公子的师父？"铁镜心道："是呵，那么这圣旨莫非有假？"王安道："圣旨怎会有假？公子不懂官场之事。娄桐荪以御林军统领的身份出来捕捉钦犯，他身上自然带有皇上所赐的盖有御印的空白折子，填上去那就是圣旨了。听说石老师的来历和下落是娄桐荪探出来的，娄桐荪一个人不敢来捕拿石老师，因此用圣旨责成卫抚台和老大人替他出力，若然公子不肯助他，不但是老大人立有灾祸，连卫抚台也脱不了关系。那娄桐荪只怕也会到这儿来呢。"铁镜心喃喃说道："我若卖师求荣，定受天下英雄唾骂！"王安道："老大人若有不测，公子不孝之罪，倾长江之水只怕也洗不清！"铁镜心面孔铁青，挥手叫道："不要说啦，你且回去，此事待我三思而行。"

于承珠在树上也听得惊心动魄，想道："好呀，铁镜心到底是义侠之士，或是个卑鄙小人，也全看他今晚的行事了。"于承珠最尊敬师父，不管如何，卖师求荣，在她看来，那是绝对不可饶恕之事，何况石惊涛又是与她师父齐名的侠义之士！

树上的于承珠、树下的铁镜心两人都是各有心思，这时已是月过中天，在万籁俱寂之中，忽听得有人长啸，朗声吟道："不负青锋三尺剑，老来肝胆更如霜！"一人弹剑而歌，渐行渐近，竟就是铁镜心的师父石惊涛。

铁镜心心头咚咚打鼓，迎上去道："师父，你还没睡么？"石惊涛弹剑笑道："今日一战，大快平生！我高兴得睡不着，咱们师徒也有三年没见啦，今天白天没空和你说话，特来看你，原来你也没睡。嗯，你怎么啦？神色可不大好，是不是白天苦斗一天，太过累啦？"铁镜心张皇失措，道："是，是有点累，不紧要。师父，你这口剑可真是把宝剑呵！"

石惊涛哈哈一笑，道："你喜欢这把剑？你的剑术大有进境，文纨和海山的资质可差得多，哈，想不到我石家的剑法，倒让外姓之人得了真传！"顿了一顿又道："这两年来，我又悟了许多奇妙的变招，明儿有空，一股脑儿都传授给你，让你继承我的衣钵。"石惊涛三个徒弟，连女儿在内，他最欢喜的却是铁镜心，过去他因为铁镜心是官家子弟，身世和心事一直不敢向他透露，而今见他参加了抗倭的义军，连叶宗留也赞赏他，自觉老眼昏花，收了个好徒弟，他的防备之心尽都消散，简直是将他当作儿子看待了。他今晚此来，就是准备将自己最心爱的冒了性命危险得来的宝剑传授给他，并立他为掌门弟子的。

若然是在往日，铁镜心听得师父要把新奇的剑法一股脑儿都传授给他，必定大喜拜谢，而今听来，却如芒刺在背，更为惭愧不安。石惊涛见他一副失魂落魄的样子，大为惊诧，柔声问道："你不舒服么？"

铁镜心讷讷说道："师父，你这口剑是从哪儿来的？"石惊涛心中一凛，道："你问这个干什么？"铁镜心道："没，没什么！"石惊涛厉声说道："是谁教你问的？"铁镜心道："没，没人教我，是我自己问的。"石惊涛盯了铁镜心一眼，道："你拜师之时，曾说过什么事都听师父的话，还记得么？"铁镜心道："记得。"石惊涛问道："那么，你何以要瞒骗师父？为什么你要问我这把宝剑？"

铁镜心道："师父，恕弟子斗胆，你这口宝剑是不是从皇宫大内偷来的？"石惊涛道："不错！是偷来的！如此神物利器藏在宫中乃是暴殄天物，我拿来有什么不对？"铁镜心不敢作声，石惊涛双指一弹，宝剑之声有如龙吟虎啸，石惊涛仰天笑道："为这口剑我亡命四方，从无后悔！"声音一转，又盯着铁镜心问道："快说，是谁教你问的？"铁镜心道："是御林军统领娄桐苏教我问的。"石惊涛道："他在哪儿？叫他前来问我。"铁镜心道："是他迫家父，要家父迫我拿你。"石惊涛冷笑道："拿我？"忽地醒悟，道："是了，你若不肯助他拿我，他就要对你父亲不利，是这样么！"铁镜心哭出声来，道："是呵，我父亲现在已被软禁在巡抚衙门了。"石惊涛道："好，咱们师徒一场，你说实话，你心中打算如何？是不是想拿我的颈血去染红你父亲顶上的乌纱？"

铁镜心哭道："弟子不敢！"石惊涛道："男子汉流血不流泪，我石惊涛既敢大闹皇宫，天塌下来，我也不怕，哭些什么？什么敢不敢的？你快说，你到底是打什么主意？"铁镜心道："师父，你的武功现在已练至炉火纯青之境，与你可以并肩相比的当世没有几人，你已无须乎一把宝剑，师父，你何苦为了一把宝剑担了个叛逆的罪名！"声泪俱下地劝说，石惊涛沉声说道："你我不是外人，不必多下说词，依你说，我该如何？"铁镜心道："师父不如将这把宝剑给我，让我交回大内，请求皇上销了这场公案，岂不是两全其美？"

石惊涛冷冷说道："好，好主意！"这刹那间，他伤心到了极点。他本来就准备将这把剑送给铁镜心，却想不到由铁镜心先说出来。更想不到的是铁镜心把他的行为当作"叛逆"，竟敢要求他缴剑求全，这实是犯了武林的大忌，他本来打算去救铁鈜的，然后带铁镜心父子一同远走高飞，却想不到铁镜心替他出了这个主意。

铁镜心怔怔地望着师父，师父好似突然间换了个人，面上一派漠然的神色，好像不认识自己似的，铁镜心低声叫道："师父……"石惊涛淡淡说道："我不是你的师父！"声音平静，内中却含有无限的愤激。铁镜心惊道："师父，你——"石惊涛道："啰唆什么？宝剑拿去！"倒持剑柄，将宝剑送到了铁镜心的面前，一泓精光，耀人眼目，铁镜心茫然无措，不敢伸手去接，石惊涛道："拿去呀，让你做个忠孝两全的人，怎么还不拿去？"铁镜心哆哆嗦嗦举起了一只手，石惊涛道："宝剑给你，我教你的武功，你也还回给我！"要知天下没有师父向徒弟"缴械"之理，铁镜心这才知道，石惊涛说从此不再是他的师父，原来是这个意思。

铁镜心泪流满面，呜咽说道："徒弟不肖，师父责罚，罪有应当。但求师父不要将弟子逐出门墙！"石惊涛面孔铁青，"哼"了一声道："我哪有福气收这样好的徒弟？我教你的那一点微末之技，谅你也不在乎，我将你的武功收回，从今后咱们各走各的，这把剑你拿去献给皇上，算是我最后送给你的东西。我平生说一不二，这把剑为何还不拿去？"铁镜心此时心中悲苦之极，若是不接此剑，孝道难以保全，纵不抄家，父亲也要受缧绁之辱；若接此剑，则师徒之义断绝，自己一身武功也将化为乌有。脑中不觉又浮起那个被师父废了武功的护院武师的惨状，不禁打了一个寒噤。石惊涛喝道："人贵当机立断，你怎的这样缠夹不清？宝剑拿去，武功还来，我有半点亏待你么？"右手持剑在铁镜心的面前晃动，左掌扬起，只待铁镜心接剑，他就要一掌拍下，把铁镜心变成废人。

于承珠在树上听得惊心动魄，尽管她对铁镜心并不同情，但无论如何也不愿见他的武功化为乌有，淡淡的月光透过繁枝茂叶，于承珠隐约看见石惊涛的手正缓缓地向铁镜心的顶头拍下，于承珠吓得几乎叫出声来，这刹那间她呼吸都停止了，只觉一阵晕眩，不自觉地把眼睛闭了起来。忽听得石惊涛一声长叹，于承珠的心猛地一跳，随即听得呛啷一声，那是宝剑跌落地上的声音，于承珠睁眼看时，石惊涛的影子已经不见，铁镜心一副失魂落魄的样子，呆若木鸡地站在树下，那把宝剑就插在他的脚边，于承珠怔了一怔，随即醒悟，石惊涛顾念师徒之情，毕竟下不了手，想起他掷剑之时的一声长叹，心中正不知充满何等绝望与凄苦的心情？

林子里一片静寂，良久良久！才见铁镜心弯腰拾起那把宝剑，于承珠这时心情也是复杂之极，对铁镜心似是有点憎恶，又似有点怜悯，对他似是相当熟悉，却又那样陌生。

忽见林子外边人影一闪，铁镜心抬头看时，只见老家人王安陪着一个四十多岁的大汉走来，这人穿的也是台州团练的服饰，脸上堆着狡狯的笑容，盯着自己手上的宝剑，铁镜心认不得这人，于承珠可是大吃一惊，此人非他，正是曾和她交过手的御林军统领娄桐荪！

娄桐荪笑嘻嘻地走到铁镜心跟前，伸手在他肩头一拍，道："铁公子，得手了么？怎么让那老贼跑了？"铁镜心睁眼喝道："你是谁？"王安道："我见石老师刚才走来，怕公子遇险，所以请娄大人前来，娄大人本来是和我一道从台州来的，恕老奴未曾禀告。石老师和公子闹翻了么？没有动手吧？"铁镜心大吃一惊，道："你是娄桐荪？"娄桐荪笑道："正是区区。"铁镜心手臂一振，长剑脱手飞出，道："宝剑拿去，从今后休来见我！"娄桐荪轻轻一闪，抓着剑柄，随手一挥，咔嚓一声，把一株树枝削断，啧啧赞道："果然是大内宝剑！哈，铁公子，你这件功劳可不小呵！"铁镜心沉声说道："宝剑到手，还不快走？"娄桐荪笑道："宝剑是有了，钦犯可还没有就擒，铁公子，你为人为到底，送佛上西天！"铁镜心道："什么？"娄桐荪笑道："大义灭亲，何况只是师徒，石老贼失了宝剑，凭你我二人之力，大约可以对付他了，哈哈！"笑声未已，忽见铁镜心双睛怒凸，瞳仁中似要喷出火来，娄桐荪心头一震，却忽地奸笑道："尊大人在巡抚衙门日夕盼望公子，有什么事情令公子如此生气，气坏了身子，老大人也心疼呵！"铁镜心猛地想起父亲还在他们手中，心头一沉，蓄劲待发的一掌竟然发不出去。娄桐荪又嘻嘻笑道："铁公子是聪明人，若然再立一件大功，今后一生的功名利禄，那是不用愁了。"

娄桐荪正拟威胁利诱，再下说辞，忽见铁镜心面色大变，突然捶胸大叫道："天呵，我做了什么错事，给人当作无耻小人！"娄桐荪吓了一跳，铁镜心喝道："我若要求取功名利禄，我何不自己拿了这柄宝剑，入京面圣，你再敢胡言乱语，我就拼个身死名灭，做个不忠不孝之人！"娄桐荪道："喂，有话好说，你大叫大嚷做什么？"铁镜心胸中郁恨难堪，在娄桐荪一迫再迫之下，忽如火山爆发，眼泪簌簌而下，对娄桐荪的话毫不理会，又大声叫道："石老师呵石老师，什么时候，我再能见你表明心迹？"娄桐荪面色铁青，恨不得一手扼着铁镜心的喉咙，但他也知道铁镜心武艺非凡，自己纵能胜他，亦非三五十招不可，而且义军中高手如云，一动手惊动众人，只怕自己难以走脱，好在宝剑已经到手，虽然未获钦犯，也可以交差了。

王安从未见过少爷如此难过，心中甚是不安，低声叫道："公子，你和我一同回去见老大人吧，早早离开这是非之地。"铁镜心大吼一声，喝道："你也给我滚，从今后休再见我！"忽地捶胸痛哭起来，王安手足无措，娄桐荪忙道："你家公子已经疯啦，咱们快走!"他一怕铁镜心惊动众人,二怕王安被义军擒获,问出真相,急忙拉了王安飞逃。

铁镜心哭了一阵,渐渐气衰力竭,这一场内心的交战,比起他对八段高手,还更伤神,留下的创痕,那是毕生难以磨灭的了。于承珠在树上也觉一片伤心,但见他颓然坐在地上,好像一尊失了知觉的石像。

于承珠暗暗叹了口气,不知道是怜悯、是惋惜、还是鄙夷?林子外传来嘈杂的人声和脚步声,想是听到了铁镜心适才的叫嚷,匆匆从山寨里赶来。

于承珠猛地想起自己要离开此地,朝着地下的铁镜心再瞥了一眼,脚尖一点树枝,立如离弦的箭,嗖地一下窜出树林,铁镜心这才发觉树上伏有人,极目看时,依稀认得于承珠的背影,不觉呆了。

于承珠窜出树林,跑下山岗,抬头一看,但见星月西沉,曙光未露,但大海碧波之上,已有三两只绝早离巢的海鸥在掠水飞翔。乱石穿空,惊涛拍岸,于承珠的心情也随着波涛起伏,想起初来之时,兴高采烈,而今独自离去,怆然神伤。她回头一望,海风呼啸,隐约似闻铁镜心向她呼唤。她不知道石惊涛抛开铁镜心之时心情如何?但想来自己的难受也不在他之下。以前她想起铁镜心时,虽然有许多令她不能满意,但心中总有一丝甜蜜的感觉,而今想起来时,却似喝了一杯变了味的葡萄酒,感觉满不是味儿。她随手捡起一块石头向海中抛去,好像要抛掉自己的回忆,波涛一卷,石块立即无影无踪,她的心情也像随着海涛东逝。正是:

滚滚浪涛东逝水,可怜消尽女儿情。

欲知后事如何?请听下回分解。

于承珠不觉朗声吟道:"乱石穿空,惊涛拍岸,卷起千堆雪。江山如画,一时多少豪杰!"

第十六回　海角风云　英雄夺宝剑
　　　　　苗区怪事　稚子作新郎

　　天将破晓，大海潮生，海面涌起千条白练，隐隐闻得轰轰发发之声，转眼之间，浪头打到，冲击海堤，卷起千堆白浪，浪花如雨，有如飞珠溅玉，湿颊沾衣，有几点溅到于承珠面上，冷沁沁的令人精神一爽，于承珠不觉朗声吟道："乱石穿空，惊涛拍岸，卷起千堆雪。江山如画，一时多少豪杰！"这是苏东坡"大江东去"的名句，于承珠心中笑道："大江怎如大海，苏东坡还没有我的眼福！"但念到"浪淘尽千古风流人物""江山如画，一时多少豪杰！"等句，心中的感慨，不殊苏老当年。痴痴想道："比如在义军之中，多少英豪之士，但又有谁像公瑾当年的风流人物？配得上大好江山的真英雄、大豪杰？"只觉自离开师门之后，就没有遇过一个值得自己倾心的人物。铁镜心、毕擎天等人的影子，一一随着波涛消逝，叶宗留虽然值得佩服，但那却不是少女心目中的"英雄"。想到此时，不禁暗暗羡慕自己的师母，真有福气。
　　东边渐渐露出鱼肚白色，海浪奔腾呼啸，愈来愈急，浪头卷得更高，曙色波光相映，但见天连水、水连天，白茫茫一片，浩淼无涯。于承珠目眩神迷，震惊于大海的雄奇壮阔，只见波翻浪涌之中，那群海鸥还是一样地掠水戏波，回翔如意，于承珠胸襟一爽，郁闷顿消，自顾自地笑道："海鸥尚自能够冲波冲浪，展翼凌云，我难道就不能像它？"忽然有了一种轻快之感，疾向前行。
　　曙光显现，不但大海泛起清光，海边山地，也像突然间无形的巨手，揭去了一层薄雾轻绡，轮廓一一豁露。于承珠正自醉心观赏这海滨的清晨景色，忽听得一阵急促的脚步声，飞奔而来，于承珠吃了一惊，心道："难道是叶大哥派人来追我回去？"但听那脚步声，却不是从后面来的，心中一宽，却又暗暗起疑："怎么这样早就有人赶路？"脚步渐来渐近，只听得一个人气呼呼地叫道："躲在暗中偷袭，算哪门子的好汉？有胆的敢在光天化日之下，出来比划比划么？"声音好熟，听清楚了竟是御林军统领娄桐荪的声音！于承珠惊奇之极！以娄桐荪的本领，还远在她与铁镜心、毕擎天诸人之上，有谁敢在暗中向他偷袭？

霎眼之间，人影已在路边转角之处现出，不是娄桐荪是谁？于承珠急忙觅地躲藏，恰好路边山脚，有两块相连的大石，中间缝隙，刚可容身，于承珠钻了进去，娄桐荪亦已来到，只见他披头散发，面上青一块，黑一块，衣服上也沾满污泥，样子竟是十分狼狈。于承珠更是惊奇不已！心道：纵使是石惊涛石老前辈，也未必能把娄桐荪弄成这个模样！何况石惊涛心灰意冷，也没有这样的闲心！于承珠自知不是娄桐荪的对手，躲在大石缝中，连呼吸也不敢大声，生怕给他发觉。

你道娄桐荪何以狼狈如斯？原来他取得大内宝剑之后，听得山寨派出人来寻觅铁镜心的声音，急急抛下王安，连夜飞逃，他怕在海滨路上会撞到哨兵，虽然不惧，动起手来，总惹麻烦，于是专拣靠近山边的小路行走，那条小路要通过一片山岗，娄桐荪钻入林子，估量离开义军的营地已有三十里之遥。于是放松脚步，抽出宝剑一看，但见一缕寒光，脱匣飞出，在黑沉沉的树林中，宛如照路的夜明珠，离身五步之内，可以看得相当清晰，娄桐荪大喜赞道："大内宝剑，果然名不虚传！怪不得石惊涛这老儿为它大闹皇宫！"想到将宝剑缴呈皇上，定有重赏，心中狂喜，咧开嘴笑个不停，又自言自语道："幸亏阳宗海没有同来，若给他得了这把宝剑，我看他连大内总管这个官职也不稀罕，准会挟带了这把宝剑私逃。呵，可惜我当年没有学剑，要不然我也舍不得缴回大内。"他虽然不擅长剑法，但一些普通的招式还是会的，宝剑在手，禁不住乱舞一通，忽听得"叮"的一声，不知从何处掷来一粒石子，恰恰碰着剑尖，震得嗡嗡作响，娄桐荪一惊，叫道："哪条线上的朋友，请出来一见。"林子里寂然无声,娄桐荪舞剑护身,四面探望,忽听得东边隐有笑声,娄桐荪飞扑过去,扬声叫道:"娄桐荪在此候教!"他亮出"万儿"(名头),以为不论黑道白道,总得卖他的账,哪料话犹未了,又是一粒石子飞来,这一次劲道比前更大,碰得宝剑反弹起来,连虎口也有点发麻!

娄桐荪大怒,飞身扑去,那笑声忽地又转到西边,娄桐荪破口骂道:"鬼鬼祟祟,再不出来,我可要骂啦!"忽地一股污泥的臭味攻入咽喉,一团湿漉漉的东西,塞入了口中,娄桐荪哇的一声吐了出来,可不是污泥是什么?还想再骂,第二团污泥又到,打得他面上痛辣辣的,笑声又转到南边了。

试想娄桐荪是何等武功,寻常暗器,随发随接,永无失手,竟然给人接连打中两次,心中不禁由怒生惧,想道:"莫非这是鬼魅不成?"不敢再骂,只求走出这片林子,哪知才走得几步,猛听得一个低沉的声音喝道:"回去!"呼的一声,又是暗器破空之声,劲道比前几次更大,娄桐荪迫得向后倒纵避开,前几次是小石子和湿泥团,这次却是鹅卵般的石块,以那人的劲力,给打中了,骨头也会碎裂。

就这样的,娄桐荪被这个不露面的怪人赶得直往回头路走,时不时还飞来几团湿泥,无声无息地打到他的身上,把他的衣服头面弄得泥水淋漓,天色未亮,娄桐荪空自气得七窍生烟,不敢发恶。原来他练的分筋错骨手虽然独步武林,这种功夫,却只能近身肉搏,而且他不是打暗器的高手,没练有"夜眼"(一流暗器高手,在黑夜之中也百发百中),在黑夜里更是吃亏。

好容易挨到天亮,娄桐荪被赶得昏头昏脑,海风吹来,精神一爽,把眼看时,只见已回到海滨路上,心中暗暗吃惊,想道:"再过数里之遥,就可望到义军营地,幸在而今天色已亮,要不然被他赶到营前,那可不是惹人笑话!"天色一亮,他胆气顿壮,四面一望,晨曦初现,路上还没有行人,那个怪人,也始终没有露面。

娄桐荪骂了一通,吁了口气,倚着路边的岩石休息,他跑了半夜,腹中已是有些饥饿,于是把剑插在地上,掏出干粮来吃,他却没有细心察视,那块岩石其实是两石相连,在侧面有一道窄缝,缝

・265・

隙中藏有一个少女。

却说于承珠藏在石缝之中，忽听得娄桐荪的喘息之声，这一吓非同小可，过了一阵，未见动静，想是他未发现石头侧面有缝，略略宽心，仍是不敢大声呼吸，忽然眼睛一亮，从石缝中望出，但见那把宝剑插在地上，伸手可及。

于承珠心念一动，想道："我何不把宝剑偷了，将他一剑刺倒！"意动手动，倏地抓着剑柄，哪知刚刚拔起，娄桐荪已是听到声息，侧身一抓，于承珠的手腕上好似突然加了一层铁箍，娄桐荪一看，哈哈笑道："原来是你！"用力一拖，于承珠不待他力道用足，倏然趁势跳出。

好个于承珠，真不愧是久经张丹枫熏陶的名家弟子，临危不乱，应招机警之极，就在趁势跳出的一瞬之间，青冥宝剑已是脱鞘而出，她右手手腕被娄桐荪抓着，身形本已向前倾俯，重心不稳，但左手宝剑这么一刺，却正好加强了向前冲刺之力，只见青光一闪，剑尖几乎触及了娄桐荪的咽喉，娄桐荪将于承珠的手腕一扭，于承珠右手仍然握紧那把大内宝剑，被他一扭，剑身翻了上来，当的一声，与青冥宝剑碰个正着，于承珠被娄桐荪所制，虽然两手都握有宝剑，却非但刺不着敌人，反而左右手的宝剑交起锋来。

不过这样一来，于承珠的那条右手，倒可以保全了，本来娄桐荪可以拗折她的手腕，但为了要"借"她右手的宝剑，挡着左手的宝剑，只能用阴柔之力移转操纵她的手腕。于承珠摆脱不开，又气又愤，猛地银牙一咬，左手的青冥剑用力一挥，竟然向着自己右手的手腕横切下去，娄桐荪的手指若不松开，就连他的手指也一齐斩断！

这一招大有"毒蛇缠臂，壮士断腕"之概，娄桐荪大吃一惊，手指急松，于承珠早料到他会如此，哈哈一笑，两口宝剑都旋风般地杀了过来，娄桐荪骂道："好狡猾的小子！"使出分筋错骨的擒拿手法，竟然在两口宝剑纵横交击之下，施展空手入白刃的功夫，可是于承珠的玄机剑法，变化无方，娄桐荪的武功虽然比她高出许多，一时之间，却也不能将她制伏。

霎时间斗了三五十招，两人都感焦躁不安。娄桐荪顾忌那神出鬼没的怪人，于承珠也怕毕擎天追来，对她纠缠。百变玄机剑法，以两人合使，威力最大，于承珠一人使左右双剑，右手剑招有如流水行云，左手剑招却还不能随心如意，娄桐荪窥破弱点，忽地欺身一拍，左掌引开于承珠的青冥宝剑，右掌突然化抓为拿，大喝一声："撤剑！"中食二指在她手腕上一敲，反手一夺，那口大内宝剑到了他的手中。娄桐荪哈哈大笑，举剑一挡，左掌又用分筋错骨的手法来扭于承珠的臂膊，又喝道："撤剑！"竟想把青冥宝剑也夺过来！哪料于承珠一剑在手，却比以前更为灵活，左手虚捏剑诀，一招"白虹贯日"，剑光一绞，立即分心便刺，娄桐荪剑法本非所长，双剑一交，竟被于承珠的剑直压下去，剑尖堪堪刺到他的胸前，娄桐荪顾不得夺剑伤敌，迫得撤掌回防。于承珠得理不饶人，刷刷刷一连三剑，把娄桐荪迫得连退数步，娄桐荪大怒喝道："我若夺不了你的剑，我娄字倒写！"正拟插回宝剑，仍用分筋错骨手法胜他，忽听得一人叫道："好剑法！"一颗石子突然飞来，叮当一声，把两口宝剑都荡开了。

娄桐荪急忙跳出圈子，回头一望，只见离身十步之外，有一对中年男女，负手旁观，意态闲适，似乎已在旁边看了多时，男的衣饰特别，似是回疆装束，女的背插双钩，穿的裙子也非汉人打扮，娄桐荪不禁大吃一惊，凭他这一身武功，敌人来到身前，竟然毫无知觉！不问可知，这男的定是昨晚在林中掷石的怪人了！

忽见那男的指着于承珠道："喂，你这个女娃儿是张丹枫的徒弟吗？"于承珠怔了一怔，心道："他怎么一眼就看出我是女扮男装。又知道我的师门宗派？"猛地一醒，叫道："你是乌伯伯，乌蒙夫伯伯！"原来乌蒙夫是上官天野的衣钵传人，比他的大师兄澹台灭明武功还强，那女的则是他的师妹金钩仙子林仙韵，上官天野与张丹枫的师祖玄机逸士齐名，脾气极怪，不许门下弟子结婚，后来全靠张丹枫之助，又讲服了上官天野，乌蒙夫与他的师妹才得以结成夫妇，是故乌蒙夫与张丹枫不论班辈，结为好友，兄弟相称（事详《萍踪侠影录》）。于承珠日常也听师父谈过，所以一见了他们二人的兵器和装束，便猜到他们是谁。

乌蒙夫、张丹枫、石惊涛、阳宗海同称天下四大剑客，娄桐荪听了，心中自是大惊，但自恃分筋错骨的功夫天下无敌，在白日晴天之下，却也并不怎样畏惧，冷冷说道："乌蒙夫，想你也是个成名人物，怎么却专在黑暗之中，不敢抛头露面，我娄某今日领教了！"

乌蒙夫冷冷地看了娄桐荪一眼，却问于承珠道："你知道这厮是什么人吗？来这里做什么？"于承珠道："他是御林军统领，奉了皇命来捉拿石惊涛石老前辈的，还想抢我的宝剑，哼，哼！是个大坏蛋。"乌蒙夫冷笑一声，转向娄桐荪道："昨晚我不知道你的来历，所以手下留情，哼，你却反而骂我？你一心要抢别人的宝剑，我也想要你的这把宝剑，来，来，咱们比划比划！"岩石旁边有一丛野竹，乌蒙夫说到"比划"二字，哈哈一笑，随手折下一株嫩竹，手掌削了几削，变成一柄不到三尺长的竹剑，虚劈一下，朗声说道："你用你的宝剑，若能打败我的竹剑，我立刻重回漠北，从此不到江南！"

娄桐荪气往上冲，道："若是你的竹剑给我削断了又如何？"乌蒙夫道："那自然算我输了。"娄桐荪心道："我虽然剑学不精，但这柄剑削铁如泥，吹毛立断，岂有削不断你的竹剑之理？"冲口说道："好，你也是个成名人物，咱们一言为定。你若用竹剑打败我，这柄大内宝剑双手奉送！"

说到一个"送"字，剑诀一领，倏地一招横云断峰，拦腰疾斩，乌蒙夫笑道："吓，好快！"一闪身就到了娄桐荪背后，竹剑刺他脑后的"风府穴"，娄桐荪的剑招用老，急切之间撤不回来，暗叫一声不妙，慌忙反手一抓，这一招使出的却是"分筋错骨手"的功夫，乌蒙夫大笑道："说是比剑，狗爪子也伸出来啦！"娄桐荪面上一热，虽然事先并未说明不许用掌，但以彼此成名人物的身份，这一下总是失了颜面！

娄桐荪想仗宝剑之利，连施攻击，却不料乌蒙夫身法怪极，闪展腾挪，无不恰到好处，娄桐荪反而有几次险险给他的竹剑刺中穴道，心中一凛，想道："如此下去，总有疏失之处，别要上他的当。"剑法一变，舞成了一圈银虹，他剑学虽然不精，但防身的剑法，只守不攻，却遮拦得甚为严密。心中想道："看你如何攻得进来。只要给我宝剑的锋芒沾上，你的竹剑就要被削为两段。"哪知他剑势方自急攻改为固守，转换之间，剑势稍慢，乌蒙夫竹剑一伸，搭上了他的长剑。

娄桐荪急忙转动剑身，想削断他的竹剑，那柄竹剑竟似乎粘在他的剑上，轻飘飘的全不受力，娄桐荪接连变了十几种招式，总是摆脱不开。这尤不已，粘在剑上的竹剑，初时本如一张薄纸，娄桐荪的剑身并不受力，过了一阵，那竹剑却忽而变得沉重起来，再过一会，娄桐荪的剑尖竟似挽了千斤重物一样，渐渐连招式也施展不开！娄桐荪大大吃惊，想不到敌人的内力运用得如此神妙！乌蒙夫道："你还有何话说？"娄桐荪咬牙说道："宝剑给你！"猛地往前一送，宝剑脱手向乌蒙夫心房插去。

于承珠不禁惊呼，只见乌蒙夫竹剑轻轻一引，一眨眼间，那柄大内宝剑便到了乌蒙夫手上，连于承珠也看不清楚他用的是什么手法。心中大为叹服：世上竟有这样奇妙的武功。想道："怪不得他能与师父齐名了。"其实乌蒙夫的辈分比她的师父张丹枫还高一辈，乌蒙夫这手竹剑克敌的功夫，乃是从他师父的好友，当今辈分最高的女侠萧韵兰那里学来的，萧韵兰当年曾用一枝竹剑和谢天华、叶盈盈的双剑合璧打成平手（事详《萍踪侠影录》），那更是天下罕见的武功了。

乌蒙夫接剑在手，哈哈大笑，娄桐荪面色一沉，冷冷笑道："你用竹剑夺剑，何足为奇？看我空手夺你的宝剑！"双掌一错，猝然发招。于承珠喊道："呸，不要脸！"乌蒙夫笑道："不让他施展他那点看家本领，他输了也不甘心。好，且见识见识你鹰爪门独步天下的分筋错骨手的功夫。"说话之间，娄桐荪已是狂风暴雨般地接连攻了七八招，乌蒙夫道："咱们在掌法上再比划比划！"将长剑衔在口中，凝神接招，把娄桐荪的攻势一一化解。乌蒙夫是天下知名的剑客，他如今舍长用短，那自然是明让娄桐荪了。

娄桐荪一声不响，双臂箕张，手脚起处，全带劲风，果然好一派粗犷凌厉之势，乌蒙夫四面游走，不让他近身肉搏，一攻一守，转眼间斗了三五十招，娄桐荪心中烦躁，大声喝道："乌蒙夫，你不敢接我的掌，这样斗法，斗到何时？"乌蒙夫笑道："我让你多玩一会,你还不领我的情,我若要打倒你,何须用一掌之力!"他口中衔剑,声音从牙缝中透出来,显得诡秘之极,说话之间,不知是有意还是无意,胸前竟是露出破绽,双掌都侧向一边,娄桐荪大喝一声:"着!"左掌一托,右掌穿出,疾抓乌蒙夫胁下的那三条软骨,这一招正是分筋错骨手中最厉害的一招杀手,若然被他用上,乌蒙夫必将筋断骨折,纵有多好功夫,也是终身残废的了。于承珠看得惊心动魄,正自不明乌蒙夫何以如此疏失大意,忽见娄桐荪那一抓,指尖堪堪沾着乌蒙夫的衣裳,乌蒙夫突然反指一弹,姿势美妙之极,娄桐荪一声惨叫,倒纵出数丈之外,乌蒙夫笑道:"你居然挺得住我的一指弹功,也算难得,饶你不死,回去好好将息七日吧!宝剑拜领了。"左手一举,手中已多了一把剑鞘,原来他右手使出一指弹功,左手也在同一瞬间,抓到了娄桐荪腰间悬着的剑鞘,两招最上乘的武功同时使出,如此功夫,娄桐荪望尘莫及,哪里还敢再斗。乌蒙夫取下宝剑,插入剑鞘,娄桐荪已逃得没了影儿。于承珠喜不自胜,跑上前去迎接乌蒙夫。

"金钩仙子"林仙韵拉着于承珠笑道:"长得真像当年的云蕾,你师母当年也是女扮男装,闯荡江湖,和你一模一样。蒙夫,你瞧丹枫收的徒弟多好,咱们可没有这样的福气,好像天下虽大,好徒弟都给别人抢光啦。"于承珠兀是想不明白,何以他们一见,就知道自己是女扮男装。问道:"乌伯伯、伯母,我的师父师母到苍山去,你们见着了没有?"乌蒙夫笑道:"要不是见了你的师父,我还不会到江南来呢。嗯,你师母听说你加入了义军,又是欢喜,又是担忧,怕你失事。哈,想不到你年纪轻轻,已尽得师门心法,连娄桐荪这老贼也难奈你何,真是可喜可贺。"林仙韵也笑道:"我回去和你的师父师母一说,保管乐坏他们,你师母也不用挂心啦。"

于承珠腼腆一笑,道:"我也要赶到云南苍山给太师祖拜寿。"乌蒙夫道:"我正想去找石惊涛,听说他在义军之中,是么?"于承珠道:"不错。"乌蒙夫笑道:"我和他素未谋面,这回张丹枫叫我到江南找他,碰巧我而今给他追回宝剑,正好作个见面之礼。就烦你给我引见如何?"于承珠道:"石老前辈只怕如今已不在这儿,我猜他是回到台州老家去啦。"乌蒙夫道:"他的宝剑怎么会到了娄桐荪的手中？"于承珠将昨晚之事约略说了一遍，乌蒙夫笑道："我道以娄桐荪那点微末之技，他怎敢去抢石惊涛的宝剑，原来如此。昨晚我就是因为不明他的来历，想把他赶回到义军的营地，查问个明白，再作处置。幸亏遇见了你，石惊涛既不在此，我也费事在此耽搁啦。"

于承珠若有所思，忽道："乌伯伯，你给他送回这把宝剑，他定然不受，徒惹他的伤心。"乌蒙夫道："那怎么办？这样的神物利器总该有个主儿，我可不能要他的。"于承珠道："你给我吧，我给你交给妥当的人。"乌蒙夫道："那是最好不过。但听你所说，他的那个什么姓铁的徒弟也不配有这一把宝剑。"于承珠面上一红，道："我不是交给他。"

乌蒙夫将宝剑交给于承珠，对林仙韵道："那么咱们趁早走吧，先找石惊涛，再寻阳宗海，把事情办好，免得误了回去给玄机前辈拜寿之期。"于承珠心中一动，道："你们还要去找阳宗海？"乌蒙夫道："是呀，石、阳二人和我们同称四大剑客，在我来说，那是武林朋友给我面上贴金，但他们可是名实相副。我也该见见他们呀。"于承珠小嘴一撅，道："阳宗海才不配和你们并称四大剑客。"乌蒙夫道："是么？你和他交过手了？"于承珠道："据我看来，他的武功与娄桐荪不过在伯仲之间。"乌蒙夫面色沉重，道："如此说来，这事情倒棘手了。"于承珠奇道："这怎么说？"乌蒙夫道："他的武功已经如此，他背后的人物厉害可知！"

于承珠道："难道还有什么人能强过上官前辈不成？"乌蒙夫笑道："天外有天，人外有人，这话也很难说。阳宗海是赤城派第二代中有头面的人物，他敢胡作非为，自然是有所恃的了。"于承珠心中一凛，想起师父曾和她提过赤城派的创派祖师赤城子，曾说赤城子也是一个武林怪杰，曾先后三次拜访过自己的太师祖玄机逸士，每一次玄机逸士都请他到静室之中，第一次留了一日，第二次两日，第三次三日，当时玄机逸士门下，还只有董岳一人，奉命守在门外，不准旁人进来干扰，连董岳也不知道他们二人在里面做什么，若说是较量武功，却又丝毫不闻动拳脚的声息，只是每一次赤城子走时，都露出垂头丧气的样子，过了三次之后，就再也不来了。最后那次，两人留在静室之中三日，大家都是滴水不进，只是这一份功夫，就足以惊世骇俗。于承珠心道："莫非乌伯伯所说的，阳宗海背后的厉害人物，就是赤城子不成？"但见乌蒙夫行色匆匆，自己又心中有事，不便再详细查问。

乌蒙夫夫妇走后，于承珠捧起那把大内宝剑，剑柄上镌有"紫虹"二字，匣中隐隐露出淡淡的紫色光芒，于承珠想起昨晚之事，心中不胜慨叹。这时天色已是大白，远远望去，一轮旭日好像从海中升起，海面上金霞万道，丽彩霞辉，耀眼生缬。义军的营地已响起晨操的号角，于承珠急忙赶路，忽听得背后马蹄疾响，回头一望，只见一双青年男女，飞马赶来，男的是成海山，女的是石文纨。于承珠见不是叶宗留和毕擎天，心中一松，转身迎接他们。

只听得石文纨嚷道："我说过这小子不是好人，师哥，你还不信？嚓，你为什么私自逃走？"说到后面这句话时，于承珠已走到了她的面前，她这句话是向于承珠喝问的，于承珠捧起宝剑，凄然一笑，万语千言，正不知从何说起，忽见石文纨似乎怔了一怔，呆呆地看着自己，突然嚷道："怎么，你是一个女的？"于承珠吃了一惊，不自觉地随着她的目光所注，一掠云鬓，却原来自己的头巾，不知什么时候裂了一角，秀发露了出来，不知是给娄桐苏抓裂的，还是在石缝中跃出之时给勾破的。于承珠这才恍然大悟，乌蒙夫为什么一眼就看破她女扮男装，而石文纨也是恍然大悟，原来以前怪"他"轻薄是怪错人了。

于承珠微微一笑，道："妹妹，这把剑你拿去！"石文纨惊诧之极，顾不得追问于承珠是男是女，急忙问道："我爹爹的剑怎么到了你的手中？"于承珠道："你不要问，这把剑你只管收下，当作是我转送你的好了。你爹爹现在伤心之极，正要你在身旁慰解。你快回家去看他吧。我也要走了。文纨妹妹，你要好好侍奉他老人家，劝他开怀呵！"

于承珠这几句话说得诚挚非常，真情毕露，有如自己也是石惊涛的女儿一样。石文纨耸然动容，对于承珠再无半点怀疑。她思念老父，心中如焚，接过宝剑，道声："多谢！"急急忙忙与成海山策马飞驰，并辔而去。

于承珠目送马蹄扬尘，人影消逝，幽幽叹了口气，心道："这小妮子倒有眼光，成海山的质朴实胜过他的师兄！"成海山的样子看来笨头笨脑，与铁镜心的潇洒聪明相比，不啻天渊之别，于承珠以前曾对石文纨之会选择成海山大感不解，如今想来，不禁黯然自伤。但觉过去与铁镜心相处的几个月有如一场梦境。

猛一抬头，只见红日东升，海波如镜，是一个大好晴天，大海极目无边，海上的天空，也显得特别蔚蓝，令人心胸开阔明净，蓝天白云之上，海燕飞翔，于承珠抖落身上的泥尘，陡然间心情轻快似冲波穿云的海燕，头也不回地向前走了。

数日之后，她渡过长江，船到中流，仍不自禁地想起与铁镜心初会的情景，但这些前尘往事，也只是一闪即过，好像随着大江东逝了。

于承珠的"照夜狮子马"当日因为渡江不便，寄养在长江岸边的张黑家中。于承珠渡江之后，第一件事就是到张黑家中去取回自己的宝马，张黑的家人对这匹马照料得非常周到，养息几月，比前更加神骏了，见着主人，欢嘶不已，于承珠又不禁暗生感慨，想起自己自离开师门之后，虽然认识了不少人，但最要好的朋友，还是这匹白马。

张黑的家人纷纷探问抗倭的消息，听于承珠说倭寇已被驱逐下海，张黑不日也可回来，欢声雷动，纷纷夸赞抗倭的英雄，对于承珠更是赞扬备至。于承珠又是惭愧，又是兴奋，想起这几个月火热的生活，想起那些激动心弦，永不能忘的战斗，虽然这一次在她心上留下的创痕也永不能磨灭，但她却绝不后悔此行。

于承珠在张黑家住了一天，第二日便策马西行，离开了江南的山明水秀之乡，经过了一个多月的旅程，进入了西南的丘陵山区，风景迥然不同，若把江南比做明媚动人的少女，则西南应是质朴豪犷的男儿。于承珠心中忽然有一个奇怪的联想：铁镜心似是江南园林中的牡丹，而叶宗留等义军的首领则似云贵高原上的松杉。

于承珠取道贵州前往云南，到了贵州，山岭更多，到处都是绵亘峻峭的峰峦，到处都是葱郁茂密的松林，山岭上随处可闻苗族妇女的山歌，健硕的苗族姑娘像男人一样在山间操作，与江南足不出门的闺秀,大不相类。于承珠年来女扮男装,总有拘束之感,到了贵州之后,见男女都是一样操作,便索性回复了女儿身份,收起了男子的衣装。

苗人最为喜客,山路边的凉亭常常放着从山下挑来的泉水,还放着草鞋,让过路的旅人口渴了可饮清凉的泉水,鞋破了可换合适的草鞋。纵是最穷的人家,有陌生的旅人投宿,他们也奉如贵宾,悉心照料,家中没有吃的也会到外面张罗,务必令到客人称心满意为止。所以于承珠以一个孤身少女,通过山峦重叠的苗区,却也没有感到什么不便。

在苗区走了半月,到了贵州西部的野马川,大约还有六七日路程,就可以穿过苗区,进入云南边境了。这一晚于承珠在山边一家苗家投宿,这一家苗家本有母子二人,儿子到土司家执役去了,家中就只剩下老大娘一人,对于承珠殷勤招待,为她杀了家中仅有的一只老母鸡,于承珠过意不去,帮她淘米煮饭。

黔西汉苗杂处,苗人多懂得汉语,这位老大娘说得虽然不大流畅,彼此却也能够交谈。吃过晚饭之后,两人坐在门外的大树下闲话家常,这位老大娘非常欢喜于承珠,拉着她的手不住地赞叹:"我也曾见过许多汉人姑娘,只有你比我们苗族最美的姑娘还美,这双手怎么长得这样白又这样嫩,就像鼓儿词里面所歌唱的公主一般。"于承珠被她一赞,反而觉得有些惭愧,忸怩笑道:"我哪儿比得上你们苗族的姑娘,你们的姑娘那双手才真是能干呢,又会做饭,又会种地,还会绣花,我才真是羡慕得不得了。"老大娘笑了一笑,道:"你不笑话我们命苦,真是难得。"拉着于承珠的手问道:"你今年几岁啦?"于承珠道:"十七岁啦。"老大娘道:"有婆家没有?"于承珠面上一红,道:"没有。"老大娘道:"我们这里的姑娘,十七八岁,很少没有婆家的,尤其像你这样长得美丽的姑娘,求亲的早就挤破门啦。"于承珠道:"这么小的年纪就结婚?"其实在那个时候,汉人也是盛行早婚,十六七岁做新嫁娘是很普通的事。不过于承珠一心学文练武,没有留意到这上头罢了。

谈笑间忽听得山坡那边飘来一阵阵的乐声,非常好听,乐声中杂有苗族姑娘的歌声,于承珠虽然听不懂歌词,但也感到歌声中的欢愉情调,老大娘笑道:"你没有看过咱们苗族的婚礼吧?"于承珠还未脱少女心情,喜欢新奇热闹,一听说有人结婚,非常高兴,立刻央求那老大娘带她去看。

老大娘带于承珠转过山坡,只见前面一个大草坪,草坪中有几棵花树,小伙子和姑娘们都绕着花树跳舞,有的弹奏古瓢琴,琴如瓢形,乐声柔和;有的吹着长长的芦笙,这是用六根竹子做成的乐器,吹出来的声音雄浑粗犷,热情洋溢,于承珠听得入迷,忽然有两个苗族青年走到她的面前。

于承珠一愕,只见那两个苗族青年弯下了腰,面上堆着笑容,张开两条臂膊,两个人你挤我我挤你地争着要挤到于承珠面前。于承珠道:"你们这是什么意思?"那老大娘连忙说了几句苗语,两个青年显出极其失望的样子,怏怏不乐地走了。

那老大娘随手摘下两朵白花,给于承珠簪在鬓边,微笑说道:"谁叫你长得这么漂亮,小伙子们都争着请你跳花啦!"于承珠道:"什么叫做跳花?"老大娘道:"喏,这不就是跳花?"场中的小伙子各持芦笙,边吹边绕树而行,古瓢琴的乐音也弹得更其悦耳,少女们边唱边跳,不久就各自配成了对儿,绕着场中花树,翩翩起舞。于承珠笑道:"真好看,可惜我既不会唱歌,又不会跳舞。"老大娘笑道:"我知道你们汉人的姑娘多害羞,所以我给你簪上两朵白花啦。"于承珠道:"簪上白花,别人就不会来邀请了,是么?"老大娘道:"不错。那是表示你已有了心上人,但心上人不在这儿,你只是来看热闹的罢了。你不要怪我,不这样,任你怎样推辞,小伙子们都不放过你的。喏,说真的,你有了心上人没有?"于承珠杏脸泛红,不知怎的,忽然觉得一阵怆凉,但草坪上歌舞正欢,芦笙吹散了她淡淡的哀愁,转瞬之间,她又转为欢乐了。

月亮渐渐升高,到草坪来唱歌跳舞的小伙子和姑娘们更多了,时不时有一对对的青年男女携手走入林中,他们的位置迅即被后来的补上。老大娘笑道:"我们这里的风俗,有一对结婚,就可以撮合好多对姻缘。"于承珠羞不可抑,急忙转掩话题道:"新娘子呢?还没有出来么?"

老大娘道:"快啦!"过了一会儿,忽见两个穿着彩衣的壮汉,牵着一头牛出来,绕场行了一匝,草坪上欢声雷动,人们纷纷上去帮忙,把牛的四脚捆好,有一个巫师模样的人走了出来,用斧头在牛的脑袋上击了三下,那头牛昏倒地上,场中的小伙子们立刻动手开膛剥皮,生火烤肉,原来这是苗族的婚宴,称为"打牛"。老大娘道:"打牛之后,新郎新娘就要出来了。"

于承珠道:"是谁家结婚,场面真热闹!"老大娘笑道:"若是穷人家,哪舍得用这条肥牛?这是我们土司女儿的婚礼!"她留到现在才说,欲令于承珠意外欢喜,于承珠果然甚感兴趣,目不转睛地注视场心,等候新人出现。

忽地里场中的歌舞都静止下来,只见八对童男童女,簇拥着一对新人鱼贯走来,新娘撑着一把彩色鲜明的纸伞,新郎胸结有大红绸花,遮过了半边脸孔,一到草坪,场上的青年男女立刻拍掌欢呼,新娘子把纸伞交给伴娘,有人把新郎的绸花解下,披到新娘身上。这一瞬间,于承珠几乎不敢相信自己的眼睛,这小新郎竟然是小虎子!

不见一年,小虎子已长得高多了,但比起新娘,却还矮半个头。世界上出人意表的事情很多,但眼前之事,却是绝对难以想象——小虎子竟然会到苗族作新郎!要不是草坪上有这么多狂欢庆祝的人群,于承珠还以为是顽皮的小虎子在玩"娶新娘"的把戏,但摆在眼前的情景,这可不是小孩子的游戏,而是实实在在的婚礼呀!"小虎子不是跟随黑白摩诃到天竺去么?怎的会单身一人来到这儿?""黑白摩诃到哪里去了?""土司的女儿怎会嫁他?"一连串难以解答的疑问,做梦也想象不到的事情,把于承珠的脑袋都弄得昏眩了。

那位苗族的老大娘笑道:"怎么啦,很令你惊奇了,是不是?小新郎是你们的汉人呢!"于承珠道:"这小孩子是怎么来的?土司为什么把女儿许配给他,你知道吗?"老大娘摇摇头笑道:"土司家里的事情,咱们怎么敢去打听?在我们的上一辈,苗人汉人结亲家的不多,近年来这却并不是什么稀奇的事了。"其实于承珠惊诧的并不是因为新郎是汉人,而是因为新郎是小虎子!

老大娘又笑道:"你说新郎是小孩子,你们汉人没有娶童养媳

'抱郎'的事情吗？"以前有些人家，孩子只有两三岁，父母就给他"娶媳妇"，媳妇比他大十几岁，都不稀奇，媳妇娶了回来就像母亲一样照料小丈夫，这种风俗在苗汉都是有的。老大娘又道："咱们土司的女儿今年十六岁，听给两人合八字的巫师透露，这小新郎是十四岁，年纪相差还不算大。"

　　草坪上的小伙子们把那条肥牛烤了，撕下一块块的牛肉喝酒，轰饮呼啸，老大娘道："咱们苗族的婚宴是不必人邀请的，你也去吃点烤牛肉吧。"于承珠道："我不饿。"老大娘道："你若不吃牛肉，又不喝酒，那就是不给主人面子了。好吧，你不好意思跟那些小孩子挤，我给你拿来。"于承珠任得那老大娘作主，她只是全神贯注在小虎子身上，只见小虎子目光呆滞，一点也不像以前那活泼顽皮的模样，他呆呆地站在场中，就像一尊任人摆布的木偶，于承珠大是起疑。忽听得一个苗族的小伙子用汉语唱道："天上的月亮伴彩霞，地下的凤凰怎能配乌鸦？哈哈，漂亮的大姑娘为什么配丑娃娃？"场中男女哄然大笑，那小伙子边唱边跑出来，于承珠心道："哼，说小虎子是丑娃娃？小虎子可比你俊得多！"那小伙子喝得满面通红，醉态可掬，跑到小虎子跟前，伸手掌拨他下巴，叫道："小娃娃，让我看你的乳牙长齐没有？"小虎子闷声不响，忽然"啪"的一掌，把那小伙子打得跌出一丈开外，门牙也掉了两齿！

　　草坪上参加婚宴的人群哗然笑叫。有人唱道："这是麒麟龙凤配，不是凤凰配乌鸦。"于承珠从他们的眼光里看得出来：适才他们对小虎子大半存有嘲弄的神气，而今却都是惊奇佩服的眼光了。那位苗族老大娘取了牛肉回来，将一个装酒的竹筒和一块烤牛肉递给于承珠吃，笑道："这小伙子若非喝醉了酒，也不敢这样胡闹！"于承珠道："这小伙子是什么人？"老大娘道："这小伙子是土司属下一个头人的儿子，他自小暗恋土司的女儿，前年还和土司的女儿跳过一次花，土司的女儿也像甚欢喜他，却不料土司忽然将女儿配了这个来历不明的汉人，想是他心中不忿，故此借酒行凶。嘿，这个汉人小娃娃还真有本事，你不知道，刚才那小伙子是我们苗族中出名的勇士呢！"

　　于承珠心中疑惑更甚，小虎子只有十四岁，他根本还未懂得结婚是什么一回事儿。但若说他是全然不愿吧，以他这身武艺，谁又能强迫他？他怎会与新娘一同走来，又为什么要把那小伙子打跑？

忽听得有人将一支长长的牛角呜呜地吹了几下，一队乐手又吹起芦笙，弹起古瓢琴，老大娘道："行婚礼啦！"只见一个苗族长老端出两个牛角杯，杯中盛满美酒，有人将牛血滴到杯中，长老唱道："吃罢交杯酒，恩爱到白头！"将两杯血酒分递给新人。新娘含羞答答，接过酒杯，小虎子却忽然伸指一弹，道："我爸爸吩咐过的，我还未长大，不许喝酒！"酒杯被弹，登时飞上半空，血酒倾洒，淋了长老满头！于承珠不禁失笑！小虎子竟然还记得他父亲生前的教训，那样子你说他是傻又不像傻，说他不傻他却在婚礼当中闹出孩子的脾气！

长老大惊失色，交杯酒被泼，这乃是大不吉之兆，于承珠暗暗好笑，和场中的青年男女一样，都睁大了眼睛，看他怎么办？忽听得一个低沉的声音说道："再斟一杯给他！"旁边走出一人，貌似汉人，穿的却是苗族服饰，约莫有四十多岁的样子，相貌威严，令人望而生畏，只见他将一个盛满了酒的牛角杯递到小虎子面前，小虎子道："我说过不喝酒嘛！"蓦然伸出双指，又向酒杯一弹，那人沉声喝道："不要胡闹！"手掌一托，那酒杯到了小虎子手中，忽然向小虎子口中倒下，小虎子还未合嘴，呛得他喷了出来，但总算是喝了这杯"交杯酒"了。旁人看不清楚，还以为是小虎子自己倒入口中的。于承珠可是大吃一惊，那人用的竟是最上乘的"借刀杀人"的手法，比借力打人的功夫还要高明，竟然借小虎子的手迫他自己喝酒，真是匪夷所思。

场中青年男女欢呼跳叫，伴娘将纸伞打开，遮着这对新人，小虎子似给人推着一般，陪着新娘缓缓走出草坪。老大娘道："婚礼告成啦，等下子就是到土司府中去闹新房啦！"正是：

少小未知人世事，这般婚礼太离奇。

欲知后事如何？请听下回分解。

第十七回　古堡奇情　魔头开夜宴
　　　　　深宵异事　公主到苗疆

于承珠不知不觉地挤在小伙子中间，跟在新郎新娘后面，走出草坪。老大娘笑道："怎么，你也想去闹新房么？我老大娘头发都白了，可不方便随着你们小伙子胡闹啦。"于承珠心中一动，趁势说道："对啦，这婚礼真有意思，难得看到一次，我跟他们去看闹新房，老大娘你累啦，你先回去吧。"

苗族的闹新房比汉人的花样还多，要新郎和新娘共嚼一粒槟榔啦，要新郎替新娘除下头纱啦，要新娘唱歌谢客啦等等。于承珠挤在人丛中留神看小虎子的动作，但见他目光呆滞，显出一副魂不守舍的模样，任由旁人摆布，闹了好一会，适才那个迫小虎子喝酒的男子说道："够啦，新郎面嫩，再闹他就要哭啦。"众人哗笑声中，伴娘取出一柄扇子，递给小虎子，叫他在新娘香肩上打三下，小虎子寒着脸，忽然说道："她对我很好，我为什么要打她？"此言一出，哄堂大笑，伴娘在小虎子耳边说道："这是礼节，你就随意地轻轻打三下吧。"伴娘的说话低声得好似蚊叫，小虎子似乎还没听清楚，旁边耳朵灵敏的小伙子却听到了，大叫道："不成，不成！要重重地打三下，要不，就是怕老婆。"众人都大笑，小虎子眼睛一眨，露出一点惶惑的神气，似乎他也懂得了"怕老婆"是件"羞耻"的事情，拿起扇子，卜、卜、卜地在新娘肩上敲了三下。每打一下，新娘娇躯一颤，打到最后一下，新娘子双肩一耸，跳了起来，眼角噙着泪珠，面色都全变了。闹新房的小伙子们嘻哈大笑，高声叫好，于承珠可是看得骇然，心中惊疑不已！要知小虎子虽然年小，但所练的内家真力，即算蛮牛一般的壮汉，也禁不住他轻轻一击，他这三下扇子，不知是糊涂还是受激，用的竟是内家重手法，而这新娘居然能忍着疼痛，哼也不哼一声！

笑声忽然停止，只见新娘肩上的衣裳，已被打得片片碎裂，露出了雪一般的白肉，小伙子们才知道小虎子的手劲之大，不敢再闹，有人舀了两瓢水，一瓢泼到新娘身上，一瓢泼到小虎子身上，小虎子道："唏，你敢泼我？"扇子一张一拨，把泼向他身上的冷水都反泼回去，淋得那些闹新房的小伙子满头满面，众人大惊失色，原来这也是苗族婚礼的一个礼节，泼水是表示庆贺的意思，泼得越湿就越好兆头。那汉子急忙拉着小虎子的臂膊，在他耳边说了几句，再一瓢水照头泼下去，可是第二次才能泼到小虎子身上，这已是大大的不吉之兆，照苗族的迷信，这对新人，将来不是男的再婚就是女的再嫁了。闹新房就这样地草草收场，不欢而散。

于承珠却悄悄地躲在院子里的假山暗角，待得众人散尽，她却偷偷地去看小虎子洞房，伏在屋檐上，瞧入房中，只见小虎子和新娘毫无表情地坐在新床上。

过了好一会，才听得新娘怯生生地说道："嗯，你说喜欢我，原来那是假的。"小虎子道："谁说假的？我对小龙都没有对你那么好。"新娘道："小龙是什么人？"小虎子道："小龙是我邻家二伯的儿子，从小咱们就在一起玩耍，他呀，就是胆小一些，三月天时，还不敢下池塘捉鱼，怕冷！"于承珠想起初见小虎子之时的情景，他正在池塘里戏弄一个顽童，敢情那顽童便是小龙。心中暗暗好笑。

于承珠拼命忍着笑，新娘却已笑出声来，道："小龙怎好与我来比，我是你的妻子。"小虎子道："什么叫做妻子？"新娘道："妻子就是你至亲至近的人。"小虎子"哦"了一声，看情形他正在疑惑，并不肯承认这个小姑娘是他的亲人，可又不好意思说出来。新娘愠道："你到底认不认我做妻子？"小虎子道："怎么你老是问我这个？"新娘道："你为什么不和我饮交杯酒？"小虎子道："我年纪小，不喝酒。"新娘气恼之极，嘤嘤啼泣，小虎子好像有点着慌，叫道："我又不欺负你，你哭什么？"新娘道："还说不欺负我？你为何重重地打了我三下,现在还痛!"小虎子道:"他们说不打就是怕老婆。呵,原来你是为了这个恼我,那么我也给你打回三下好不好?你若还不够,我可以让你一连打六下。"

说话之时,小虎子眼睛眨呀眨的,渐渐又露出了一丝于承珠所熟悉的他以前的那种顽皮神态了。于承珠暗笑道:"天下间哪有做了新郎还说这样的孩子气说话。"心中忽地起疑,想道:"小虎子活泼机灵,儿童中罕有其匹。怎的他今晚一副痴呆的神气?完全像个不懂事的村童?依他的性儿,他又怎肯任人摆布?莫非是迷了本性不成?"她记起张丹枫曾经说过,一个人大喜大忧可以迷失本性,但小虎子还未成人,论理还未很懂得人世的哀乐,这又该如何解释?

只听得那新娘说道:"真的?"小虎子道:"怎么不真?你欢喜打现在就打!"新娘拿过那把扇子,小虎子将新衣脱下,袒露上身,道:"好吧,我脱了衣服让你打个痛快,你总该高兴啦!"新娘倒提扇柄,果然"卜"的一声,向小虎子胸膛直戳。

于承珠奇道:"怎么新娘子也是这么地小孩子气。"猛地吃了一惊,只见那把扇子一抖一戳,用的竟是点穴手法,扇柄指向小虎子的璇玑穴,于承珠掌心暗扣一朵金花,只待新娘将小虎子点晕,她就立刻要进去救人。只见小虎子吸了口气,新娘子在他胸膛连戳三下,他的肌肤上好像涂了油一般,扇柄一沾着他的身体,就立刻滑开。新娘子虽然用的是重手法点穴,小虎子只当她是抓痒。

于承珠看得又惊又喜,想不到一年不见,小虎子的功夫竟是精进如斯!本来内功练到最上乘的境界,可以自闭穴道,不惧点穴,但那即使是天资极好的人,也非十年以上的功力不行。但印度的瑜伽功夫,却另有一种闭气和练肌肉的方法,同样可以不惧点穴,武功有根基的人,练上两三年便行,现在小虎子只跟了黑白摩诃一年,居然任人用重手法点穴,进境之速,那是非常罕见的了。这种功夫与中国上乘的内功之理相通,不过所走的路子却全然两样。瑜伽在某些方面(如闭气练筋)见效较速,而中国正宗的玄门内功,讲究的是葆真养元,根基却是较为深厚。

于承珠看得出神,只听得小虎子笑道:"你也回了我三下,气消了吧?"新娘道:"不成,你今晚打我之时,我痛得泪水都流了出来,你却连眉头也不皱一下,可知是一点疼痛都没有的了。"小虎子道:"呀,那有什么办法?我是师父教的,你怎么打我,我都不会疼痛,别人学不来的!"新娘道:"你可以学会,别人为什么不能学会?"小虎子睁大眼睛,似乎觉得她说的颇有道理。新娘道:"喂,你这个功夫教我成不成?"小虎子呆了一呆,眼睛里露出惶惑的神气,摇摇头道:"不成!"新娘道:"为什么不成?"小虎子道:"这,这是不能教别人的。"新娘道:"胡说,别人你可以不教,我是你的妻子,夫妻如同一体。你怎么可以不教?"小虎子哭丧着脸道:"妻子就有这么厉害吗?"新娘道:"一点不错,妻子要什么丈夫都要给她!"小虎子道:"哎哟,那我这一生都不要妻子!"新娘怒道:"你我已然成婚,你想甩掉也不成!"小虎子越发惊恐,呆呆地想了一阵,忽道:"那么,我把这功夫教给你,你不做我的妻子成不成?"

于承珠见小虎子如此傻气,心想新娘必然要发怒的了。哪知新娘托腮一想,居然说道:"呀,你既然不愿做我丈夫,那也勉强不得。你把这功夫教我,我不做你的妻子罢了!这功夫要练多久才成?"小虎子道:"迟则三年,快则一年。不过学了运功的秘诀,就可以自己练了。"新娘道:"学会运功方法要多久?"小虎子道:"十天嘛差不多。"新娘道:"好,你十天之内教会了我,我十天之后放你走!"小虎子喜道:"真的?"新娘道:"我们苗家的话说一不二!"小虎子道:"好,那么马上就教!"

于承珠疑云大起,心中想道:"这新娘子看来并不是真心想嫁小虎子。她年纪虽然比我还小,却似甚有计谋,可能是大人教她的。唉呀,不好,莫非这是设就的圈套,要骗小虎子的武功。"要知各派的武功心法,都是本门之秘,绝对不能传给外人的,除非得到业师的允许。于承珠见小虎子就要传授,心中大急,不假思索,忽然从屋檐上一跃而下,跳入新房!

那小新娘突然见屋上跳下一个人来,这一吓非同小可,张开了嘴巴,却叫不出声来。小虎子一派茫然的神色,定着眼睛盯着于承珠,显得非常惶惑,于承珠不理那个新娘,冲着小虎子嚷道:"小虎子，你认得我么？"小虎子退后两步，低声说道："你，你，你是谁？咱们在哪儿见过？"那副说话的神气，就像梦游患者一样，也许他正在苦苦地思索，在哪儿见过于承珠？

于承珠心中悲痛，看这情形，小虎子定是吃了迷药无疑，可怜一个机伶的孩子，竟被折磨成这个模样！于承珠一伸手，抓着了小虎子的肩膊，叫道："我是你的承珠姐姐，你不记得了么？"小虎子喃喃说道："承珠姐姐？"似乎记得却仍然不敢认她。于承珠忽地想起张丹枫所授的"玄功秘诀"中，有一个方法能医失心疯的，于是突然伸出指甲，在他的人中掐了一下，小虎子"哗"的一声叫了起来，于承珠抢过新床上的那把扇，张开一拨，道："记得我吗？"小虎子双眼一张，道："嗯，这手法是你教给我的！承珠姐姐！"于承珠去年春天，初见小虎子之时，曾用扇子反拨小虎子泼她的污水，小虎子今晚以扇拨酒的手法，正是于承珠所授，于承珠用这方法，果然叫小虎子记起来了。

于承珠大喜，道："记得便好，快跟我走！"小虎子忽然现出惊惶之色，甩脱了于承珠的手，道："不，我不走，你也要做我的妻子吗？"原来小虎子确是吃了迷药，于承珠用医失心疯的方法医他，并不对路，小虎子虽然记起了有一个"承珠姐姐"，但人却并未清醒。

于承珠又好气又好笑，道："我不会做你的妻子，我是要救你出去，你怕什么？"一把拖着小虎子便往外跑，忽听得背后金刃劈风之声，原来是那新娘抽出了一柄利刃，恶狠狠地向于承珠手臂便斩，口中骂道："不要脸的女人，为什么抢我的丈夫！"

于承珠哪里把她放在心上，反手一抓，立刻把她的那柄利刃夺了过去，掷出屋外，气她不过，回头骂道："呸，你才不要脸，你哪里是诚心嫁他？你小小年纪，怎么这样奸猾，要骗他的武功？"那小新娘忽地哇然大哭，在地上一滚，双脚突然乱踢于承珠，居然是莲花腿的功夫，小虎子正自叫道："不错，你也说过不做我的妻子的！"忽见新娘乱哭乱踢，霎时间又没了主意，于承珠反掌一扫，小虎子虽然神智不清，却还知道这是一记杀手，急忙拉着于承珠的臂膊叫道："不要伤她，她是好人！"于承珠道："什么好人？"

扬手又要打下，小虎子忙道："不要打她，我跟你走便罢！"于承珠正是要他说这句话，放过新娘，拖了小虎子立刻窜出门外。

刚跑到外面的院子，忽听得一个阴恻恻的声音说道："好大胆的妖女，居然敢到这儿抢新郎来了！"但见一个人拦着去路。

正是在婚礼中强迫小虎子喝交杯酒的那个汉人，他穿的却是苗家服饰，两边臂膊各有五个银环，说话之时，以手作势，摇动银环，叮当作响，更显得诡异非常！

于承珠懒得打话，"玉手一扬"，预先扣在掌心的三朵金花立即破空飞出，分打那怪人的眉尖、阳白、血海上中下三处大穴，那怪人哈哈一笑，手臂一挥，也不知他用的是什么手法，只听得呜呜怪啸，左臂的一个银环忽然脱臂飘出，天下的暗器，十九都是直线飞行，这怪人所发的银环，却是上下盘旋，走一个半弧形的路子，来势远不如于承珠金花的迅猛，转眼之间，却把于承珠所发的三朵金花都卷入环中，更奇妙的是那银环能发能收，于承珠正拟拔剑抵御，那银环又已回到了怪人手中，怪人取出金花，微微露出诧异之色！

于承珠也是吃惊不小，看那怪人所发的银环暗器，不止是手法奇妙，而且纯凭内力操纵控制，这一份功夫，也足以震世骇俗，于承珠急忙叫道："小虎子，你想出去，咱们可得并肩闯呵！"心中想道："小虎子这一年来功力大进，有他相助，对付这个怪人，谅不至于吃亏！"

却不料小虎子并无回答，于承珠回眸一瞥，但见他一片茫然的神色，竟是呆呆地观战，毫无半点出手的模样。于承珠大急，叫道："小虎子，你怎么啦？"忽听得那怪人又是一声狞笑，冷冷说道："抢新郎也得要人心甘情愿才行呵！呸，这样拖拖拉拉的，连一点羞耻都没有么？"于承珠大怒斥道："你们才是硬抢新郎，呸，骗小孩子，不要脸！"那怪人冷笑道："你要拉男人这里有的是，他不愿跟你走，你还在这儿纠缠什么？看在你这三朵金花的面上，我不伤你，你给我滚！回去告诉你师母知道，就说是赤城门下蒙元子将这三朵金花留下了。她要取回金花，可到乌蒙山来！"

于承珠几曾受过如此侮辱。气得玉颜变色，嗖地一声拔出青冥

他穿的却是苗家服饰,两边臂膊各有五个银环,说话之时,以手作势,摇动银环,叮当作响,更显得诡异非常。

宝剑，厉声说道："小虎子快跟我走！"向前便闯，蒙元子喝道："小虎子留下。你给我滚！"长臂一挥，两个银环盘旋飞至，竟是要迫于承珠逃走，于承珠大怒，脚尖一点，身形疾起，不待那两个银环飞到，刷刷两剑，迎着银环便斩，于承珠的轻功剑法除了稍欠火候之外，在江湖上已罕有匹敌，那怪人还真料不到她来得如此之快，银环未及收回，已被她那把削铁如泥的宝剑削为四片！

于承珠剑走连环，身形一移，青冥剑的锋芒已在蒙元子的眼前疾闪，蒙元子喝声："好一把宝剑！"挥袖一拂，突然横掌切腕，擒拿手法的既快且狠，竟不亚于娄桐荪，于承珠的剑招用老，急切之间竟是抽不回来！眼看持剑的手腕就要被那怪人一掌切断！

小虎子"呵呀"叫了一声，忽见于承珠左手所捏的剑诀突然一收，五指靠拢，中食二指微屈，指骨如棱，轻轻一"啄"，蒙元子还真料不到于承珠有此怪招，急忙后退，那手擒拿手自是不解而解。小虎子忽然叫道："这是鹤拳！"于承珠道："不错！"剑尖一指，左拳一个勾拳在剑底穿出，小虎子又高声叫道："这是豹拳！"当日黑白摩诃在太湖山庄教小虎子练"罗汉五行神拳"，把大内的七名卫士当作"活靶子"，打得他们落花流水，其时于承珠与小虎子同在旁边观战，心领神会，都学会了这种上乘拳法。

小虎子虽是受人作弄，中了迷药，但灵性尚未完全消失，忽见于承珠使出这种拳法，师父当日授拳的情景，依稀记得，苦苦思索，一时之间，却还未能想得起来，忽见蒙元子双臂箕张，拳打脚踢，狠狠扑击，于承珠又给迫得连连后退，小虎子呼道："为什么不使龙拳？"于承珠道："我忘记啦！"其实并不是她忘记，而是因为罗汉神拳的五种拳法中，龙拳最为用力，于承珠到底是个少女，气力远远不如对方，所以虽然知道这一招最好用龙拳化解，却不敢与对方硬碰。蒙元子看出她的弱点，在擒拿手中杂以刚猛无比的混元真力，幸而于承珠的剑法轻灵奇妙，青冥宝剑又专破金钟罩、铁布衫这类硬功，罗汉五行拳中的鹤拳、豹拳、蛇拳不须用甚气力，正合于承珠使，于承珠右手使百变玄机剑法，左手使罗汉神拳，虽然处在下风，却也尚能抵敌。

那小新娘不知什么时候已走到旁边观战，忽地叫道："小虎子，你说话算不算数？"于承珠道："小虎子，还不快走？她又要缠你做丈夫啦。"说话分心，险些被蒙元子一抓抓中，小虎子凛然一惊，大叫道："为什么不用虎拳？"于承珠道："哎哟，虎拳我也忘记啦！"蒙元子反掌一扫，于承珠踉踉跄跄倒退三步，竟不知她是否受伤。

小虎子忽然跃起，"砰"的一拳打中蒙元子的肩膊，叫道："这不就是虎拳？"蒙元子料不到小虎子会突然助阵，冷不及防，给他打得颇为疼痛，大怒喝道："小虎子，你造反啦？"于承珠叫道："对，再用龙拳！"身形一起，疾地点了那小新娘的哑穴，叫道："小虎子，我与你合力将这大个子打倒，她就不会做你的妻子啦。"那小新娘本想拿话问住小虎子，要迫他传授功夫，岂知被于承珠点了哑穴，硬说她要缠着小虎子做丈夫，小虎子果然恐惧，同时对于承珠又有了几分亲热之感，蒙元子恐吓也没有用，只见他又是"砰"的一拳打出，叫道："瞧，这不是龙拳？"

于承珠乐得哈哈大笑道："不错，这是龙拳！"青冥剑挽了一个剑花，一招"倒卷银河"，从上刺下，以蒙元子的武功，小虎子自是和他差得很远，于承珠这一剑虽然厉害，他要躲避，亦非难事。但而今拳剑一齐攻到，他躲得开拳，就避不开剑，避得开剑，就定要中拳，权衡利害，自是不愿被于承珠的宝剑穿胸刺腹，而宁愿挨小虎子的拳头。只听得"砰"的一声，蒙元子的腰胯又中了一拳，登时身形晃了几晃，好容易才用擒拿法化解开于承珠的剑招。

小虎子虽然只是十四岁的大孩子，但他从周岁的时候起，刚刚学走路，他的父亲张风府就用药水替他浸炼筋骨，一懂人事，就督着他磨练武功，故此他习技的年龄，并不在于承珠之下。加以张风府这一门的武功，乃是先练外功，后练内功，以外功为基础的内外双修之学，所以若论武艺，那是于承珠比小虎子强，若论气力，小虎子反而比于承珠大得多。这一拳打下，足有三四百斤力气，蒙元子虽然不至被他击倒，也几乎痛得哼出声来！

于承珠大声喝彩，手底丝毫不缓，刷、刷、刷，又是连环三剑，叫道："好，小虎子，我和你比一比，看是你的罗汉神拳厉害，还是我的玄机剑法厉害？"小孩子十九好胜，小虎子一连击中蒙元子两拳,哈哈笑道:"当然是我的拳头厉害,你看这大个子连闪也闪不开!你看,我再用豹拳打他鼻梁!"一伸腰,左掌横拨,右拳倏地穿出,于承珠的剑势如银虹横掠,封着了蒙元子的退路,蒙元子迫得向前一跃,只听得又是"砰"的一拳,果然给小虎子正正击中鼻梁,就好像蒙元子特意凑上去挨小虎子揍一样。小虎子可乐坏了,又叫道:"瞧,你看我再用鹤拳!"鼻梁脆弱,一拳击中,鲜血直流,蒙元子心中暗暗嘀咕,想道:"这一拳可不能给他击中面门了。"反手一掌解开了于承珠的攻势,提腿上踢,想踢开小虎子的拳头,哪知五行神拳妙用无穷,鹤拳讲究的是轻灵迅捷,蒙元子的弹腿虽快,小虎子的拳头更快,只听得"卜"的一拳,正正击中了蒙元子的膝盖,蒙元子登时弯了半截,小虎子叫道:"呀,你要向我跪地求饶么?我可不好意思再打你了。"

他们这一场激斗,早惊动了土司堡内的人,有些闹完新房还留在外面跳花的人也跑进来,于承珠叫道:"不好,你不将这大个子打倒,咱们可走不脱啦!"青冥宝剑一起,疾刺蒙元子咽喉,迫蒙元子露出背心要害,竟无防御,小虎子叫道:"好,我再来一记龙拳!"用力劈了一拳,蒙元子一连挨了几拳,气力大耗,这一拳再也禁受不起,一拳打下,立时大叫一声,仆倒地上,爬不起来!

于承珠纵入人丛,伸掌舒指,有如彩蝶穿花,片刻之间,将涌进来的人,都点了穴道,非过十二个时辰,不能自解,于是拖着小虎子的臂膊,一溜烟地跑出土司府门。

月亮已过中天,跳花的小伙子们也全都散了,幽会的男女也藏到了密林深处,看不到踪迹了,山中一片寂静。于承珠与小虎子经过适才举行婚礼的那片草坪,草坪上余火未灭,花环丢得遍地都是。于承珠一看,小虎子身上穿的还是新郎服饰,不禁哑然失笑,又觉一片茫然,今夜的奇遇,真似一场梦境。

小虎子却还似在梦境中未曾醒过来,一对眼珠滴溜溜地转来转去,尽瞧着于承珠,半晌问道:"你要带我到哪儿去?"一副茫然无所适从的神气,于承珠反问道:"你想去哪儿?"小虎子道:"不知道。"于承珠道:"你是怎么到这儿来的?"小虎子道:"不知道!"于承珠道:"怎会不知道?难道你是从天上掉下来的吗?你想一想:

你那个小新娘是几时出现在你的身边的？难道她是从地下钻出来的吗？"说着噗嗤一笑，小虎子低头默想，眼光甚是惶惑，半晌说道："真奇怪，她真像是从地下钻出来的。我好似是一觉醒来，就见她在身边服侍我了。"

于承珠奇怪之极，又问道："你的师父呢？"心中想道："黑白摩诃相貌怪异，小虎子总不应忘记吧。"小虎子道："师父，什么师父？"于承珠道："你的武功是天生的吗？谁人教你的武功，你记不记得？"小虎子想得头昏脑涨，道："好像有许多人教过，哈，对啦，你也教过！我用扇子拨酒的功夫就是你教的，你是我的师父。"

于承珠啼笑皆非，想道："他不知吃了什么迷药，连师父都忘记了？但看这情形，他又似乎不是完全迷了灵性，例如他见了我之后，却也还能记得起来。"

小虎子问道："姐姐，师父，咱们现在去哪儿？"于承珠也不知道要去哪儿，只是笑道："我不是你的师父，我是你的姐姐。你的师父是一黑一白的两个印度人。"小虎子眼珠一转，若有所思，忽道："我怕。"于承珠道："怕什么？"小虎子道："怕你！"于承珠笑道："干嘛怕我？"小虎子道："她说过的，除了她之外，就没有好人。你今晚将她也打伤了，我怕。"于承珠知道他口中所说的"她"是指那小新娘，笑问道："你这样信她的话吗？"小虎子没有回答，于承珠道："那么她要做你的妻子，你不怕吗？"小虎子身躯一震道："是呀，看来每一个人都可怕。"看他的神气，竟似是有些畏缩，不敢跟自己走了。

于承珠心中自思："怎样才能令他相信自己？"忽然在他腰间一触，道："你爸爸遗给你的缅刀还在么？"小虎子呆了一呆，道："在！"那缅刀从百炼钢炼成绕指柔，小虎子缠在腰间当作腰带，连他的"新娘"也没有发现。

小虎子解下那口缅刀，在空中虚劈两刀，道："这不就是！"一时兴起，就在草坪上使出一路五虎断门刀法，笑道："你瞧，我还没忘记呢！"于承珠道："不错，你的记性真好，再想想看，这路刀法是谁教给你的？"小虎子傲然说道："当然是我的爹爹，我爹爹是一个大英雄，大好汉！"于承珠忽道："你爹爹的那片血衣呢？"小虎子又呆了一呆，喃喃说道："血衣？"于承珠道："是呀，血衣！这样的事，你怎能忘得了？"

要知人为万物之灵，不论什么厉害的迷药，可以教他忘了一切事情，但总不能教他忘了父子的天性。何况正像于承珠崇拜她师父张丹枫一样，小虎子最崇拜的是他的父亲，这一下渐渐唤起了他模糊的记忆，呆了一呆，说道："咦，我爸爸为什么留给我这片血衣？他是受了什么冤屈死的？"于承珠猛然问道："你爸爸是不是好人？"小虎子怒道："那还用说！"于承珠道："这把缅刀和这片血衣是谁交给你的？"小虎子睁大眼睛了，突然叫道："是你！呀，承珠姐姐，我相信你了，你是好人！告诉我，我爸爸为什么要将血衣留给我？"

于承珠微笑道："你相信我那便好了。你父亲的事情以后我再告诉你。你快想想，你是怎么到这儿来的？你那两位师父又到哪儿去了？"于承珠怕他再受刺激，故此不愿在他神智尚未完全清醒的时候，重把旧事提起。

可是小虎子仍然想不起来。于承珠没有办法，忽地想道："我早听说苗区中有许多古怪的药草，不如我带他去问问那个老大娘。"这时小虎子已是完全信服了于承珠，对她的说话百依百顺，服服帖帖地跟她到了那苗族老大娘的茅舍。

那老大娘刚刚熟睡，忽被于承珠惊醒，起身说道："闹新房闹完了吗？我还以为你要到天亮才回呢！"燃起松枝一看，不觉大吃一惊，好半晌才说得出话来："你，你，你不是新郎吗？呀，好大胆的闺女，你怎么把土司的新郎也拉回来了？"

于承珠道："他是我的弟弟，他不知是吃了什么迷药，糊里糊涂地把什么都忘记了。他并不情愿做土司家的新郎！"老大娘张口结舌，道："有这样的事？"将火把在小虎子脸上仔细照了一照，忽地惊惶失色，将于承珠拉过一边，道："不好，他不但是吃了迷药，而且还中了蛊，一年之后，若不讨得放蛊之人的解药，必死无疑。敢情是土司的女儿怕你弟弟变心，所以放了蛊。迷药已难解救，蛊药更是非亲自放蛊的人解救不成。"于承珠吃惊非小，但听那老大娘口气，好像迷药并非绝对无解，心中反而稍宽，便求那老大娘解这种迷魂药,老大娘沉吟半晌,匆匆出门,过了一会,采了一束草药回来,立刻煎茶给小虎子喝。

小虎子喝了一口,皱眉说道:"好苦!"于承珠温柔地看他一眼,道:"英雄好汉,天不怕,地不怕,还能怕苦?"小虎子道:"对!"一仰脖子,把苦茶咕噜咕噜地喝得干干净净,忽道:"呀,我想打瞌睡。"老大娘轻轻拍了他两下,道:"好吧,你就睡一会儿。"

小虎子盘膝一坐,闭目假睡,看那姿势,正是打坐运功的姿势。于承珠取出一锭银子,道:"老大娘多谢你啦!"那苗族的老大娘怫然不悦,不接银子,说道:"我是见你心好,才帮你的忙,难道是贪图你的银子来了?"于承珠连忙道歉,老大娘叹了口气,道:"我这解药也不知成不成呢?"于承珠心中一凛,道:"怎么?"老大娘道:"我采的这种草药虽然能解一般迷药,你弟弟吃的却似是我们苗区中也很难寻获的'忘忧草',更加中了蛊,只怕吃了我的解药之后,也未能完全清醒。不过在他吃了迷药之后的种种事情,却一定能清楚地记起来。"

过了一会,忽见小虎子伸了一个懒腰,张眼叫道:"好舒服!我记起来啦,我的两位师父在一个古怪的屋子里和人打架。"于承珠大喜,急忙谢过那位老大娘,老大娘道:"不错,你们应该赶快逃走。天一亮,那就不容易逃啦。"

于承珠与小虎子跑到外面,赶忙问道:"你的两位师父和什么人打架?你和他们又是怎样分手的?"小虎子道:"我和两位师父好像是从很远很远的地方来,有一天,不知怎的忽然闯进一个古堡,古堡里正在摆设筵席,里面的人相貌都是奇奇怪怪的,有一个头顶光秃秃,皮肤干瘪,活像僵尸模样的怪人,更是可怕。不过他们对我的两位师父却像很恭敬,请他们喝酒,不知怎的却忽然打起架来啦,我帮两位师父打那个怪人,被他抓了一下,登时不省人事,一觉醒来,却睡在土司的家里,她给一碗热茶我喝,喝了便觉糊里糊涂,不过她对我却真好,天天衣不解带地服侍我,我病好之后,她又天天缠我,说要做我的妻子。早知妻子这样不好惹,我也不敢答应啦。"

于承珠噗嗤一笑,听小虎子说话,许多事情他已能够记忆,尤其是到了土司家中之后,更记得明白,不过神智还未完全清楚。于承珠想道:"中蛊之事,要一年之后才发作,尽有时间迫那妖女拿出解药,倒是黑白摩诃的下落应该先查个水落石出。"便问小虎子道:"那古堡坐落何方,你还记得吗?"

小虎子道:"我试去找找看,好像就在对面的那个山谷中。"这回是他带着于承珠走,山路迂回曲折,亏他居然记得方向,走了好一会,穿进一个幽暗的峡谷,月光被岩石挡住,只有一点点漏下来,仅能辨出模糊的景物,山上老鸱夜啼,幽谷中时不时刮来一阵阵的寒风,令人毛骨悚然,于承珠也不觉有些心怯。走了好久,小虎子道:"到啦,你瞧,就是这个古堡!"

那古堡式样奇特,四周建有城墙,左右两侧,却有一个圆塔形的建筑,城墙下面开有一道窄门,仅可容一人通过,里面透出灯火,门户打开,内间谈笑之声,隐隐可闻,这时已是四更时分,堡内却还有灯火人声,满透着怪异之象,于承珠略一踌躇,便挽着小虎子的手硬闯进去。

只见大厅上摆着一个长桌,桌上堆满酒席,却只是主位上坐着一个人,客位空空如也,这人头顶光秃秃的,皮肤干瘪,果然像个僵尸,酒席两边的长廊上,却各有一队男女排立伺候,好像在等候什么尊贵的客人。

小虎子叫道:"就是这个人!"那僵尸模样的怪人,骤然见小虎子出现,"咦"了一声,叫道:"你不在土司家里作新郎,来这里作什么?"小虎子大叫道:"我不要妻子,我要师父!"那怪人冷冷说道:"你有什么师父?"小虎子嚷道:"我怎么没有什么师父?我不止一个师父,黑师父和白师父那天不是在你这里打架吗?快还我的师父!"那怪人面色越发难看,向旁边一个弟子说道:"是谁给解药给他吃了?快给我将他拿下!"那名弟子刚踏出脚步,被于承珠发出一朵金花,打中穴道,双臂伸出,作势擒拿,却动也不能一动。那怪人磔磔怪笑,道:"原来有张丹枫在背后给你撑腰,怪不得敢到这儿来讨人!"仰天大笑三声,叫道:"张大侠盖世英名,怎的却这样藏头露尾?派两个小孩子来扰乱,自己却躲在一边,不怕

· 293 ·

传出去给别人笑话吗？相请不如偶遇，请进来同喝三杯，又有何妨？"

于承珠见那怪人装腔作势，弯腰张手，作请客进来的神气，不觉噗嗤一笑，道："你见鬼么？我师父现在大理苍山，你要请他赴宴，快写请帖让我替你带去！"那怪人绝对料不到于承珠有这样的胆子，以为定是张丹枫和她同来，还以为小虎子也是张丹枫解救的，心有忌惮，故此不敢对他们动手，而今一听，张丹枫还在大理苍山，面色一沉，对小虎子道："你听不听我的话？"两道眼光在小虎子的面上一扫，又向于承珠狠狠地瞪了一眼，小虎子和于承珠都不自禁地机伶伶地打了一个冷战，于承珠但觉目光中似有一股魔力，令人心神恍惚，不寒而栗，于承珠急忙镇摄心神，悄悄对小虎子道："快运玄功，不要看他！"

小虎子呆了一呆，似是受了那怪人的催眠，却又忽然惊醒，大声叫道："谁听你的话？我只听师父的话。我的两位师父呢？"那怪人道："你的两位师父不是我的对手，给我打跑啦！"小虎子叫道："胡说，我两位师父盖世英雄，你够他打？"那怪人道："好，你不信我就带你看他们去！"瞪着眼睛，一步一步向小虎子行来，面上却露出极其诡异的笑容。

于承珠暗叫不妙，一扬手打出三朵金花，那怪人冷笑道："米粒之珠，也放光华！"舒掌一挥，五指疾弹，只听得铮铮数声，三朵金花都给他弹得向侧方斜飞，嵌入殿上梁柱之中，列成了一个品字形，按照这个方位，若然是打在人身之上，那就是左乳突穴、右乳突穴和脐门穴了。三朵金花分打三处穴道，竟然被他挥手之间，全数弹开，而且方向不变，这手功夫，确足以惊世骇俗。于承珠也不禁变了颜色。要知于承珠的金花，四边锋利，从无人敢用肉掌来接，这怪人却只用手指轻弹，便能将金花弹飞，听那铮铮之声，竟似碰到金属一般，好像他的手指竟不是血肉做的。

于承珠叫道："小虎子，快用龙拳！"她的青冥剑也立即出鞘，小虎子在前，"蓬"的一拳，先击中了那个怪人。其声有如败草，小虎子年纪虽小，这一拳少说也有三四百斤气力，那怪人竟是连身躯也不晃动一下，挥袖一拂，又将于承珠的宝剑荡开，哈哈笑道：

"宝剑虽利，能奈我何？"侧目斜睨，却盯着小虎子道："哼，你敢不听我的话！"小虎子又是机伶伶地打了一个冷战，于承珠挥剑急上，刷，刷，刷，惊雷迅电般地疾使连环三剑，那怪人傲慢之极，过于大意，仍然施展飞袖的功夫，想用内力荡开于承珠的宝剑，哪知百变玄机剑法端的是变化莫测，要不然怎能称得上天下第一精妙的剑法？于承珠两剑虚削，最后一剑，突然转换方位，只听一声裂帛，那怪人的长袖已被削去了半截。

于承珠暗叫可惜，这一剑她原是想削断那怪人的手腕的。虽然如此，那怪人的傲气亦已消了几分，一转身，避开了于承珠的一剑，小虎子又是蓬的一拳，打中了他的小腹，忽觉他的小腹却有一股吸力，拳头拔不出来，小虎子涨红了面，刚叫得一声"姐姐"，陡地似腾云驾雾般地给那怪人抛起，于承珠大惊，一招"天河倒挂"，反手削他臂膊，那怪人右边长袖一卷，把宝剑一裹，于承珠剑锋一颤，又把他的长袖割断，心念方动，想趁势刺他胸膛，却忽地闻到一股异香，从他的袖管中飞出来，于承珠急忙闭气抵御，剑尖尚未刺出，却被那怪人点中了穴道。那怪人哈哈笑道："我倒想容你把剑法使全，看看玄机剑法有何等精妙，只可惜我要款待贵宾，难以奉陪了。"

于承珠与小虎子都被点了穴道，被那怪人杂置在廊下的弟子行列中，于承珠不能动弹，心头却还清醒，好奇之念，油然而生，不知这魔头的宾客，又是何等样的怪人？只见那怪人换过衣裳，命令奏乐。乐声一停，两个人走了进来，于承珠忽觉眼睛一亮，但见来的乃是一男一女，那女的竟然是金发的西域美人，只见她长裙曳地，仪态万千，自有一种雍容华贵的气度。如此贵妇出现在如此怪异的地方，真是令人难以想象。

那男子身长貌秀，有如玉树临风，一眼瞥去，却不知他是胡人还是汉人？他穿的乃是胡服，高高的鼻子，双眼熠熠有光，但却是黄色的皮肤，黑色的头发，面貌也似汉人，这时男女牵手同出，态度甚是亲热，小虎子看得出神，于承珠却在心想：他们是不是一对夫妇呢？

忽听得那男子说道："多谢王爷你的招待，我们在贵堡已混扰多日,实在不便久留,今日告辞了。"说的乃是汉语,不过有些生硬,好像是远离了家乡的归客,乡音未改,但已不能说得流畅自如了。

于承珠暗暗嘀咕:"这僵尸般的怪人是哪门子的王爷?"心中疑云大起。须知于承珠乃是阁老于谦的女儿,对明朝的体制大致知道,明朝自太祖朱元璋开国之后,虽然分封各王子到各地为王,但并未听说有皇子封到贵州来的,而且即算是王爷,他的"王府"也不会设在这样的荒山幽谷之中,那分明是冒充的了。

那僵尸般的怪人对他们执礼甚恭,面上堆满笑容,躬身说道:"小王得蒙公主和驸马光临,真是三生有幸。驸马既执意要走,小王也不便久留。但此去中国京都,山长水远,路途不靖,必须有能人护送,才得安心。"

于承珠更是惊奇,心道:"果然是一对夫妇,不知是哪一国的公主。既然贵为公主,何以没有随从,中国虽号称上国,但国势衰微,很久以来,已没有远方国家的使者来朝贡,更何况公主亲临,而且即算是他们代表本国,要到北京朝贡,也不须取道贵州,更不须穿过这样的穷山峻岭,事情怪诞不绝,疑团百出,莫非又是假冒的不成?但看这两人神气,均是雍容华贵,自有一种尊严,却又不似假冒。"于承珠百思莫解,暗暗纳罕。

那被称做驸马的男子稍稍现出踌躇的神色,半晌说道:"我们本来有两位异人相送,中途失散,久候不来,我们只好先走了。"那怪人道:"这样不成,不如我派人护送公主和驸马吧,请驸马将国书和礼物交托给他,此人是有名的勇士,武功高强,忠实无比,驸马可以放心。"

那驸马摇摇头道:"不必啦,礼物我已付托给那两位异人,我们空身上路,没有什么顾虑,路上纵有些毛匪,我大约也还对付得了。"那怪人又赔笑说道:"驸马爷文武兼资,小王佩服得很。但公主到底是金枝玉叶,即算是仅受惊恐,那也很不值呵。噢,驸马你说的那两位异人是不是一黑一白的印度珠宝商人,名叫黑白摩诃的孪生兄弟?"那驸马奇道:"贵王怎么知道?"那怪人道:"他们派一个小徒弟到这儿说的,我还不敢相信,原来真是他们。"那驸马喜道:"黑白摩诃的小徒弟在哪儿?"那怪人道:"在这儿!"立即走到众人中将小虎子拉出,于承珠冷眼旁观,知他已用极利落的手法解了小虎子的穴道,但却还是暗扣着小虎子的脉门。

小虎子打了一个冷战,乖乖地跟着那怪人走,于承珠好生怀疑,心中想道:"小虎子素性倔强,虽然脉门受制,也不应如此服帖?"仔细一看,但见那怪人冷森森的目光,紧紧地盯着小虎子,小虎子竟然显出精神恍惚的模样,于承珠大为着急,却叫不出声来。

只听得那怪人问小虎子道:"你和你的黑白师父一路同来的,是么?"小虎子道:"不错。"那怪人道:"你到这儿来找师父,是么?"小虎子道:"正是。"那怪人又道:"你等到师父之后,还要和他们同走的,是么?"小虎子道:"是呀,一点不错!"那驸马忽道:"小虎子,你还认得我们吗?"小虎子呆呆地望着他们,似是依稀认得,一时间记不起来。那怪人微笑道:"小孩子记性差,驸马爷没和他见过几次面吧?"那驸马道:"嗯,在天竺喀林邦的时候见过一面,那时他好像还机伶得多!"那怪人说道:"他到这儿,水土不服,病了几天,刚刚才好。"拍拍手道:"请蒙元子来!"一个穿着苗装的男子从内间走出来,正是在土司府中摆布小虎子的那个人。

那怪人又道:"小虎子,你还记得这人吗?"小虎子道:"记得,昨晚他还和我在一起。"那怪人面对驸马道:"这位蒙元子和黑白摩诃是好朋友,黑白摩诃这几天就会到来,驸马若是急着起程,我叫蒙元子护送你们,让黑白摩诃随后赶上好了。"那驸马见了小虎子之后,对那怪人的话,似是信了几分,点了点头。那怪人道:"好,那么我给公主和驸马饯行。"在白玉酒杯中倒了一杯碧绿色的酒,先递给驸马,这酒正是苗区中独有的迷魂酒。

驸马接过酒杯,刚刚碰到唇边,忽见眼前金光一闪,呛啷一声,白玉杯裂成四片,脱手飞去,只听得一个清脆的声音叫道:"酒中有毒,这厮不是好人!"

却原来在这一会工夫,于承珠已运用内功,自行冲关解穴,那怪人料不到她年纪轻轻,竟有这样上乘的内功,冷不及防,阻止已来不及。于承珠运剑如风，向那怪人疾攻猛刺，那怪人衣袖一抖，一缕异香，直冲于承珠鼻观，于承珠屏息心神，反手一剑削出，转头换气，忽听得那怪人大喝一声："撤剑！"于承珠只觉剑尖好似有千斤压力，原来那僵尸般的怪人趁着这个空隙随手在桌上拿起一双玉筷，挟着了于承珠的剑尖，那怪人的功力比于承珠高出何止一倍，于承珠虽有绝好的剑法，毫无办法施展。

小虎子忽地叫道："承珠姐姐，不要着慌，我来助你！""砰"的一拳打出，龙拳的招式刚使到一半，胳膊突然给蒙元子一下反扭，蒙元子今晚被小虎子连打了几拳，心头气恨未消，这一下擒拿手扭得甚为厉害，小虎子痛彻骨髓，也亏他挺得住，居然未叫出声。那驸马眉头一皱，正想发话，忽听得门外一声怪笑，有人喝道："谁敢欺负我的徒儿。"

轰隆一声，大门倒塌，有如迅雷暴击，狂风骤起，大厅上烛光摇曳，人人变色，只见黑白摩诃已冲了进来。这两兄弟形貌相同，心念如一，连说话的声音也一模一样，两人同时怒喝，说话的快慢语句均是不约而同，就似是出于一人之口，有如金铁交鸣，直震得人耳鼓嗡嗡作响，蒙元子急忙放手，说时迟，那时快，只听得"砰"的一声，蒙元子已被黑白摩诃打得飞了起来，给抛到厅中心的长桌上，那桌上摆满食物，被蒙元子的身躯一压，桌腿登时断了，桌上的碗碗碟碟，更是破碎无遗，哗啷啷一片刺耳的嘈音杂响，这威势的是骇人之极。

黑摩诃哈哈大笑，叫道："龙拳要这样打才够劲道。小虎子，瞧清楚了，我再教你练拳！"衣袖一拂，又是呼的一拳打出，他距离那僵尸般的怪人尚有数丈，拳风一起，拳头已倏地打到了那怪人的面门，于承珠只觉剑上一轻，原来就在此时，怪人挟着于承珠宝剑的那双筷子，早已被黑摩诃的衣袖拂断。黑摩诃拳袖两用，招数的奥妙已是匪夷所思，而衣袖这样柔软之物，竟被他运用得有如刀剑，那双筷子被"削"得整整齐齐，从中分为四段，内功之强，更是到了难以置信的地步！

那怪人避已不及，随手抓起两个小徒弟一挡，这两个小徒弟能有几年火候，比起蒙元子来更是大大不如，幸而黑摩诃临时收势，只用了三成力量，饶是如此，这两个小徒弟亦已禁受不起，被黑摩诃一拳打飞，一个断了肋骨，一个折了手臂，都倒在地上哼哼唧唧的爬不起来。廊下的众弟子大为寒心，纷纷走避，生怕被师父抓起来当作盾牌。

那怪人忙叫道："黑白摩诃，有话好说！"白摩诃道："有什么好说？我这拳头还未发市呢！喂，小虎子，你的罗汉神拳忘了没有？"小虎子哭丧着脸说道："师父，我这条臂膊不能用力啦！"白摩诃道："胡说，怎么不能用力？"抓着他那条被扭伤的臂膊一按，轻轻一拉，小虎子登时痛楚若失，白摩诃道："好，那人扭伤你的臂膊，你去打他十拳。"蒙元子刚爬起来，被小虎子迎面一拳，又打得皮开肉裂、跄跄跟跟地直退了十来步，几乎又再仆倒。

黑白摩诃哈哈大笑，喝道："好呀，你这老魔头也吃我一拳。"两兄弟同时飞起，双拳齐出，那怪人抓起一个云石茶几一挡，云石也给打得碎裂纷飞，那驸马忽道："两位师父休得莽撞！"黑白摩诃瞪眼说道："怎么？你请我们护送，却怎的不许我们打人？"那驸马道："他是藩王。"黑摩诃大笑道："什么藩王？他是乌蒙山的妖人盘天罗，在这里弄鬼作怪！"两兄弟追上去再打，盘天罗叫道："黑白摩诃，我好意与你商量，你当我怕你不成！"在腰间一拍，手中忽地多了一件奇形怪状的兵器。

这兵器似是一条软鞭，但鞭的周围，却满是锯齿状的尖刺，名称就叫做"锯齿鞭"，这种鞭法，只有乌蒙山的赤霞道人门下能使，不但可以卷走敌人的兵刃，更厉害的是这种"锯齿鞭"专破气功，只要身体一被沾上，立刻皮开肉裂，多好的内功也难抵挡。

黑白摩诃纵声大笑："乌蒙山的看家本领也拿出来啦！你有神鞭，咱们也有宝杖，倒要看看是你的神鞭厉害，还是咱们的宝杖高强？"黑摩诃抽出绿玉杖，白摩诃抽出白玉杖，绿光白光，交叉飞舞，只听得一阵叮叮之声，俨若繁弦急管，有如琵琶圣手，用飞快的轮指奏乐一般！盘天罗倒抽一口冷气，抽鞭一看，只看鞭上的锯齿全都倒卷，原来在这刹那之间，他们已过了十余二十招，黑白摩诃这两柄宝杖是至坚至硬之物，当年张丹枫用青冥宝剑与他们交手，也不能将这两柄宝杖损伤，何况是锯齿鞭？反而是锯齿被宝杖磨钝了！

黑白摩诃双杖一合，一步一步地向中心合围，盘天罗这条锯齿鞭长达一丈五尺，舞动起来，二三丈内，无人敢近，不料而今却撞着了克星，不但武功及不上对方，连兵器也不及对方，眼看圈子越缩越小，再过片时，盘天罗定然要伤在黑白摩诃杖下。

忽听得于承珠叫道："小虎子，你怎么又不打啦？"白摩诃回头一瞥，只见小虎子眼光呆滞，站在蒙元子面前，拳头慢慢垂下，蒙元子双眼圆睁，目不转睛地盯着小虎子，沉声叫道："小虎子，你得听我的话！"

白摩诃大吼一声，倏地跃出圈子，喝道："小虎子，你怎么啦？我教你的罗汉神拳，你都忘了？"于承珠道："小虎子吃了他们的迷药啦！"白摩诃叫道："原来如此！"把小虎子一把扯过，在他脑门、背心、左胁连拍三掌，叫道："快去打他，他是坏人！"白摩诃这三掌是瑜伽术中一种极奇妙的功夫，神经错乱、灵性迷失的人被他一拍即醒，小虎子眼神骤长，霎时间好像换了个人，忘记的事全都记了起来，蒙元子对他的折磨，将他摆布等等情事，都历历如在目前，小虎子叱咤一声，不须于承珠再叫，果然便像一头小老虎似的扑了上去，一口气连使出龙、虎、豹、蛇、鹤五种神拳，蒙元子适才中了黑白摩诃一拳，功力已消了一半，如何经受得起，被小虎子打得皮开肉裂，筋断骨折，仆在地上，上气不接下气，再也爬不起来了！

在这一段时间，只剩下黑摩诃独斗盘天罗，威力减了一半，盘天罗勉强能够抵敌，但仍是被黑摩诃着着进迫，极处下风。这时见白摩诃抡杖又上，急得连连发声怪叫。

黑白摩诃大笑道："好，我就让你把帮手唤出来再打！"双杖支地，侧目斜睨，只见怪啸声中，大厅上又突然涌出两个怪人！正是：

双双异国奇人到，虎斗龙争又一场。

欲知后事如何？请听下回分解。

第十八回　手发金球　通玄参妙理
　　　　　　口吞火剑　炫技骇闲人

　　这两人穿的都是一式黄绢长袍，顶束帛锦，高鼻深目，更妙的是，不但打扮相同，面貌也完全一样，只是一个缺了左耳，一个缺了右耳。古堡中的一众人等，先前见了黑白摩诃这对孪生兄弟，已自觉得奇特，哪知天下之大，竟是无奇不有，不到一盏茶的工夫，竟然又来了一对孪生的怪人，众人都看得呆了。

　　这对孪生的怪人，正是去年在太湖洞庭山下，被黑白摩诃神箭所伤的那对怪人——阿萨玛和阿合玛。黑白摩诃见是他们，也不禁一怔，随即哈哈大笑，抱拳说道："贤昆仲果是信人，一年之期还差三日未满呢！"

　　阿萨玛"哼"了一声，抱拳还礼，却并不回答黑白摩诃的话，转身向那西域美人弯腰行礼，叽哩咕噜地讲了一大段话，除了黑白摩诃稍能听懂之外，其余等人都是莫名其妙。只见那西域美人柳眉微蹙，眼角有晶莹的泪珠，渐渐面色不对，越来越显出怫然不悦的神气，阿萨玛态度亦是越来越恭敬，但仍是唠唠叨叨地说个不休。

　　于承珠大为诧异，心中想道："以阿萨玛兄弟的本领，对这西域美人执礼如此之恭，看来她真是公主的身份了。但何以却又和黑白摩诃及这古堡怪人牵连上关系呢？"

　　于承珠猜得不错，这西域美人果然是波斯国的公主，她的丈夫就是那个身长玉立的男子。这男子面貌有一半似汉人，却又有一半似阿拉伯人，其实却是大理白族人，名叫段澄苍。大理段家，首屈一指，在宋代以前，世代为王，元灭大理国，改封当时段家的后代段功为"平章"（宰相），这位段功曾在大理留下许多政绩，比起他的前代那些大理国王建树更多，至今滇人尚称道不衰。段澄苍是段功的七世孙。当年蒙古兵威，震慑世界，曾横扫欧亚，远达非洲，建立了举世无匹的四大汗国。段功有个儿子曾领师旅随蒙古军西征，蒙古的大帝国瓦解之后，他们仍留在波斯（即今之伊朗），几代相传，均娶波斯妇人。段家从段功那代起，个个精于剑术，段澄苍尤为特出，年未弱冠，已经饮誉波斯，被称为波斯剑术第一高手，波斯国王聘请他为宫廷的剑术教师，不意波斯公主，竟然对他垂青，两人暗恋数年，国王也听到一些风声了，为了保持皇室的尊严，公主绝无下嫁一个宫廷的剑术教师之理，国王是公主的长兄，听到风声之后，便催妹妹出嫁。公主把心一横，竟随段澄苍出走，随身带了许多波斯宫中的宝物。

阿萨玛兄弟是波斯的国师，国王闻讯大怒，立命他们万里追踪，务必要将公主和段澄苍缉回。段澄苍自知不是阿萨玛兄弟的对手，逃到印度，得人介绍，求助于黑白摩诃，黑白摩诃本来是大珠宝商，行踪遍印度、中国、波斯等国（他们的妻子就是波斯人士）。公主以重宝为酬，黑白摩诃对他们甚是同情，便答应护送他们到中国来。

但阿萨玛兄弟已立即追踪而至，在印度喀林邦的首府便与黑白摩诃大斗了一场，不分胜负，黑白摩诃来不及携带波斯公主，只好让她和段澄苍隐蔽在自己印度朋友的家中。阿萨玛兄弟却只顾向黑白摩诃要人，一路追赶，纠缠不休，直追到中国，黑白摩诃十分烦恼，本来想请张丹枫出来，把他们打发，岂知到了太湖洞庭山，张丹枫又已弃家出走，避难滇中，幸亏遇到了于承珠，借到了张士诚当年的镇国宝弓，连发三箭，才把阿萨玛兄弟射伤，把他们逐走。

于是黑白摩诃重回印度，再护送段澄苍与公主来华。公主同意来华，却另有一番心事，原来蒙古自也先兴起之后，又再强盛起来，也先佐脱脱不花建国瓦剌，在土木堡之役，几乎再灭中国，其后也先虽被蒙古另一个大部落的酋长阿剌击灭，但脱脱不花的儿子乌珂克图又再继起，明朝称之为"小王子"，国势更盛，兵力直到中亚细亚，几与波斯帝国接壤。波斯当年曾受蒙古铁蹄蹂躏，提起

"黄祸"，人人色变。波斯公主虽然弃国逃亡，但对祖国的忧患，那却是无时不挂在心头。因此她想以波斯公主的身份，到北京谒见中国的皇帝，求他与波斯联盟，共防鞑靼（"小王子"统领瓦剌旧部，称号鞑靼可汗）。波斯公主一片天真热情，哪知明朝的现势，段澄苍数代以来，羁留异国，也不知中国国情，还真想回国之后，创立一番事业，为中国为波斯效劳。

黑白摩诃十余年前，曾在北京成亲王王府盗过珠宝，又因与张丹枫来往，得罪了当时的皇帝祈镇，通缉在案，而今祈镇复登皇位，黑白摩诃虽然是天不怕地不怕的人物，但却不能不怕牵累了波斯公主，故此一路上不敢同行，只是暗中保护，他们本想先到云南大理，一者是想找张丹枫商量，二者是段澄苍亦得偿还乡之愿，哪知在云贵高原的丛山峻岭中，忽然走散，黑白摩诃几经探听，才探出段澄苍是被盘天罗设下陷阱，引来此地。

盘天罗是乌蒙山赤霞道人的大弟子，赤霞道人三个弟子，盘天罗居首，武功亦是最强，但因足迹不出贵州，长年侍奉师父，名字反而不为外人所知。阳宗海排行第三，最得师父喜爱，传了一手赤城剑法，在西南一带，扬名闯万，因此得与张丹枫等人并称天下四大剑客，那个蒙元子排行第二，武功却是最弱。

阿萨玛兄弟受了箭伤之后，就去拜访盘天罗，请他拔刀相助，截击黑白摩诃，订下协定，阿萨玛兄弟只要截回波斯公主，至于他们随身携带的珠宝，则尽归盘天罗所有，盘天罗自是怦然心动，但他们亦久闻黑白摩诃的威名，不敢造次，商量再三，才想出一个办法。

赤城派的弟子在云贵高原有极大的潜势力，由盘天罗密令徒众，中途截劫段澄苍和波斯公主，而他却趁黑白摩诃未赶到之前，先率人来解救，又假冒是明室的藩王，将公主迎回他的古堡，殷勤招待。黑白摩诃第一次赶来，因为当时还查不到实据，大闹一场之后，非但无结果而退，反而又失落了小虎子。

阿萨玛兄弟与盘天罗等人最忌惮的是黑白摩诃从瑜伽术所修炼来的奇妙内功，擒获了小虎子后，如获至宝，想从小虎子口中，套取黑白摩诃的内功心法，哪知小虎子虽然年小，却是机灵之极，绝不受骗。因此盘天罗和蒙元子遂定下毒计，令小虎子吃上迷药，当地土司的女儿是蒙元子的徒弟，蒙元子又叫土司招赘小虎子为婿，这就是于承珠在洞房内所窥见的秘密了。

且说黑白摩诃见阿萨玛兄弟唠叨不止，白摩诃首先忍耐不住，冷笑说道："公主不愿回去，你还在这里啰唆什么？就此回转波斯，还可以保得住你国师的荣华，哼，哼，要是再不知趣，咱们兄弟可不像上次的客气了。上次你们只损了一年功力，设若多损几年，试问你们的国师地位如何还站得住脚？"

阿萨玛兄弟上次受了箭伤，引为奇耻大辱，听白摩诃的说法，竟然因他们损了一年功力而小觑他们，都禁不住勃然大怒，只听得"刷"的一声，两兄弟同时拔出了一柄月牙弯刀，阿拉伯刀极是有名，不在缅刀倭刀之下，这两柄刀更是千锤百炼的宝刀，一出刀鞘，便觉冷气森森，刀光耀眼。

黑白摩诃双杖一伸，但听得叮当之声，震得人耳鼓嗡嗡作响，只在那一瞬之间，两方已硬拼了十余招，黑摩诃大叫道："好一把宝刀"，绿玉杖霍地一扫，阿萨玛已在宝杖上连劈了三刀，于承珠曾见过日本八段武士的"神风刀法"，但觉阿萨玛出手之快，更在"神风刀法"之上。于承珠还未瞧得清楚，阿萨玛已是怒吼一声，闪身疾退，阿合玛跟着一刀，却被白摩诃的白玉杖荡开，两兄弟一退复进，出手越来越快，但却与先前大不相同，只见刀光飞舞，俨若电光疾闪，却不闻兵器碰击之声。

原来阿萨玛适才连劈三刀，双方内力撞击，黑摩诃的绿玉杖毫无伤损，阿萨玛刀上的月牙却都已折断了。阿萨玛兄弟与黑白摩诃相斗过何止百次，以前双方功力悉敌，每次交手，都是不分胜负，双方的兵器都没有伤损，而今阿萨玛兄弟的元气尚未完全恢复，功力稍逊，便立见吃亏。因此两兄弟再不敢以兵器硬拼，只能仗着迅疾的刀法和黑白摩诃游斗。

黑白摩诃胜券在操，却是好整以暇，并不和敌人抢攻，两兄弟的宝杖左右相连，敌人的刀法越快，他们的杖法却越慢。好像筑起了一道长堤，任它波涛冲击，兀然不为所动。

众人哪曾见过如此激战？屏神息气，但见两道白光，俨若玉龙夭矫，与黑白摩诃宝杖的绿色光华互相纠结，渐渐绿光大涨，那两柄月牙弯刀所发出的白光渐渐减弱，终于压到了阿萨玛兄弟的头顶，小虎子大喜叫道："我的师父打赢啦！"话犹未了，忽听得阿萨玛兄弟同声暴喝，连于承珠也看不清他们用的是什么身法，倏然之间已脱出绿光的包围，倒纵出一丈开外。阿萨玛叫道："今日誓必要报这一箭之仇！"手掌一扬，众人眼睛一亮，但见三个圆球，金光闪闪，带着呜呜的怪啸声，向着黑摩诃疾袭，黑摩诃大笑道："好阔气的暗器，喂，你有多少，我都收购，你要多少价钱？"黑白摩诃是珠宝商人身份，说话不离本色。阿萨玛冷冷说道："只怕你收买不起"，一扬手又是三颗金球，那一边阿合玛也是用这种金球暗器去对付白摩诃。于承珠心道："这有什么稀奇，不过与我的金花一样，能够打穴而已，怎伤得了黑白摩诃？"

但见前头那一组三颗金球，被黑白摩诃的宝杖一荡，向着阿萨玛兄弟激射飞回，却被他们续发的金球一撞，又飞过去，如是数次，阿萨玛兄弟连发三十六个金球，互相碰撞，大厅上金光闪闪，满是金球飞舞，每个金球都是镂空了的，迎风发声，好像什么野兽的怪啸，惨厉之极，众人都觉心魄动荡，纷纷撕裂衣襟堵塞耳朵，于承珠心道："原来这种暗器还有勾魂摄魄的功用，但内功有火候的人，也不至于就被扰乱心神。"再一看时，只见那三十六颗金珠，飞去飞回，竟无一颗跌落地上，有时是互相碰击，有时是阿萨玛兄弟用弯刀去拨那金球，看不多久，已看出每颗金球都是认定对方一个穴道袭击，三十六颗金球，竟是分打人身的三十六道大穴，于承珠十分奇怪，再看些时，才看出其中道理，原来有些金球被黑白摩诃的杖力震歪，阿萨玛兄弟就立刻用弯刀将它拨正，所以每一颗金球飞向黑白摩诃之时，都是对准他们的穴道。于承珠这才大惊失色，想不到世间竟有如斯神妙的手法。

小虎子道："姐姐，你看！"只见于承珠看得如醉如痴，好似连他的叫声都听不见，小虎子连叫三声，于承珠才答应道："别吵，别吵，我看着呢！"原来在"玄功要诀"之中也载有讲发暗器的上乘功夫，将心、意、眼、手、步五法讲得十分详细，但于承珠未曾见人用过，虽明其理，却还谈不上真正领悟，而今一见，心窍大开,正在默想如何将这种手法运用到自己的金花暗器上,金花花瓣锋利,若然他日能练到阿萨玛兄弟这种功夫,除了打穴,还可伤人,那定然是比阿萨玛兄弟的金球更厉害了。于承珠正在用神,被小虎子打断甚不高兴,忽见小虎子小嘴一扁,道:"这有什么稀奇,我师父的手法才奇妙呢,你看,你看!"

于承珠定神注视,只见黑白摩诃杖法一变,黑摩诃右手执绿玉杖,白摩诃左手执白玉杖,两柄宝杖都在头顶抢圆,绿光白光,首尾相衔,形成了一道两色的光轮,但听得叮当之声,不绝于耳,阿萨玛兄弟所发的金球,一进入光轮之中,便似泥牛入海,再也飞不出来,不多一会,黑白摩诃的两柄宝杖上,都挂满了一长串的金球,光轮中金星闪闪,奇丽无俦!原来刚才阿萨玛兄弟所发的金球,能够飞去飞回,固然是由于他们奇巧独特的暗器手法,同时也是由于黑白摩诃宝杖的反震之力,而今黑白摩诃双杖合围,就如张起了一张巨网,本来可以将金球都拦在"网"外,但黑白摩诃却故意放它进来,黑白摩诃的内力较阿萨玛兄弟稍胜一筹,那些金球又都是镂空了的,被黑白摩诃宝杖所发的力量一挤,都一一飞到了杖上,让黑白摩诃自然而然地将金球贯串起来!

于承珠看得心神如醉,阿萨玛兄弟所发的暗器,已是奇妙惊人,而黑白摩诃破暗器的手法,更是难以思议。于承珠想道:"纵是渔翁撒网,也有漏网之鱼,这手法是怎么练的?何况他们又要让一些金球进来?能令敌人的暗器有去无回,一无漏网,这真是难上加难的了。"忽而联想到自己师父师母双剑合璧的威力,想道:"我师父常说双剑合璧的奇妙威力,天下无双。那定然是比黑白摩诃的双杖合围更为厉害了。可惜这种剑法必须两人同使,若是一人可以同时使出师父师母的两种剑法,再将黑白摩诃双杖合围的妙法掺入其中,那么天下任何厉害的暗器也都能破了。"于承珠在张丹枫门下十年,早已将那本"玄功要诀"读得烂熟,看了黑白摩诃这一场激战,但觉书上许多精微奥妙之处,尤其是对暗器的运用与破解这一章,平时难以领悟的,现在都一一迎刃而解。

忽听得黑白摩诃纵声大笑,黑摩诃叫道:"这场买卖咱们是赚定啦!哈哈!天下竟然有不花一文本钱,就赚到了这么多黄金,这样的买卖一生中也难遇见一次！你们还有多少金球？有多少我就要收多少！"阿萨玛兄弟的三十六颗金球，已只剩下六颗，这时都收回手中，不敢再发，提着月牙弯刀愣在当场。

盘天罗瞧见势风不对，忽地里一声怪啸，身形疾向小虎子扑来，阿萨玛兄弟也同时出手，双刀盘旋，再扑黑白摩诃，盘天罗来得快极，锯齿鞭扬空一挥，立刻卷到小虎子身上，于承珠就在小虎子身边，饶是她拔剑得快，立刻挡开，但那鞭梢的锯齿，已把小虎子的衣襟撕去了一大片！

盘天罗长鞭一振，一招"毒龙出海"，鞭梢颤悠悠地指到了于承珠胸前，于承珠用了一招"玉女投梭"，鞭剑一交，火星飞起，那条锯齿鞭霍地卷到，变为"老树盘根"，这条锯齿鞭放尽，长达一丈有余，将于承珠前后左右的退路全都封住，鞭上的锯齿，看看就要勾上于承珠的衣裳，就在这刹那之间，只见一条人影凌空飞起，倏地青光四泻，叮叮之声，宛如繁弦急管，悦耳非常，盘天罗大叫一声："好俊的剑法，再接一鞭！"原来就在这三招之内，于承珠的宝剑已把盘天罗鞭上的锯齿，全都削断。

这三招迅如电光石火，于承珠虽然一一破解，已是使尽吃奶之力，要知盘天罗的武功实力，比之阳宗海最少要高出一倍，于承珠更是远非其敌，她之所以能够削断盘天罗鞭上的锯齿，固然是仗着精妙绝伦的"百变玄机剑法"，另一半却是占了青冥宝剑的便宜。

呼的一声，盘天罗的第四鞭又到，这一鞭势沉力猛，长鞭在空中舞成一个圆圈，于承珠挡了三招，虎口疼痛，更兼人未着地，气力更难使用，若然硬接，只恐青冥宝剑也要给震得脱手飞去！

小虎子一个"鲤鱼打挺"，刚刚从地上跃起，见了于承珠险状，大声叫道："姐姐，不要着慌，我来帮你！"于承珠道："呀，你怎么成？"心念方动，小虎子已是一拳才出，只听得"蓬"的一击，小虎子身形弹起，盘天罗的鞭梢却也稍稍歪过一边，于承珠趁势一招"乘风蹑虚"，挽个剑花护着前胸，飘然着地。盘天罗反手一鞭，鞭头指着于承珠的"璇玑穴"，鞭梢却扫向小虎子的方向，小虎子的轻功远不如承珠，悬在半空，更难应敌，若然落下，那岂不是送上去挨这一鞭。

于承珠大为着急，忽见绿光一闪，盘天罗的锯齿鞭荡过一边，黑摩诃哈哈笑道："小虎子，成呀！你这一招龙拳可以出师了。"小虎子被敌人反力震飞，心中正自惭愧，还以为师父取笑自己，岂知他那一拳打得盘天罗鞭梢稍歪，已是大不容易，黑摩诃乃是诚心夸奖他的徒弟。

黑白摩诃双杖一合，将盘天罗与阿萨玛兄弟都圈在当中，阿萨玛兄弟多了一个帮手，堪堪与黑白摩诃打成平手。盘天罗一声胡啸，两廊弟子都拔出兵器，就想来个以多为胜，黑摩诃叫道："承珠，你保护公主先闯出去！"段澄苍道："咱们同走了吧！"黑摩诃叫道："不成，我非把这厮痛打三拳不可！"

堡中诸人纷纷涌上，于承珠提剑立在波斯公主身边，只见她神色自若，那股雍容华贵的气度丝毫不改。

这位波斯公主曾跟段澄苍学过几年剑术，在刀光剑影之中并无惧色，微微一笑，用波斯话对段澄苍说道："不必顾我，你好意思让一个小孩子独自给你闯道吗？"小虎子早已拔出缅刀，左手用家传的五虎断门刀法，右手施展黑白摩诃所授的罗汉神拳，居然勇不可当，杀得古堡诸人不敢近身，但他到底年小力弱，不能持久，盘天罗有几个弟子换了长枪大戟之类的长兵器来，将他截住，小虎子大汗淋漓，兀是勇战不退。于承珠高兴之极，心道："呀，真不愧是张风府的儿子！"

段澄苍应了一声，拔剑出手，只听得一片"哎哟"之声，立刻便有几人倒地，盘天罗怒喝道："我好心招待你，你怎么反伤我的随从？"段澄苍道："多谢藩王，既是好心，为何不将随从遣散？阻我何为？招待之情，待我到了北京，奏明你们的皇上便是。"他的汉语本来有些生硬，似嘲似讽，听来更觉刺耳，盘天罗怒不可遏，但被黑白摩诃两柄宝杖围住，哪脱得出身去照应弟子？

段澄苍在波斯国中有第一剑师之号，学兼中西之长，出手果然不同凡响，片刻之间，又有几人倒地，于承珠细看他的剑法，只见他出手便刺，很少用横削、斜劈的剑式，与中土剑法甚是不同，剑式只是一味刺戳，看似单纯，却是极为厉害，因他不用横削斜劈的大圈剑式，所以出手极快，剑点密集如雨，而所刺之处，又都是关节穴道要害,这却又与中国用剑刺穴之法相似了。于承珠看得出神,心道:"此人剑法虽然不及我师父百变玄机剑法的神妙,但也有其独特的地方。可见武学之道,确是无穷无尽。"

忽听得暗器的呜呜怪啸之声,原来是盘天罗的师弟蒙元子发出套在臂上的银环,他刚才被黑摩诃一拳打倒,断了肋骨,直到现在才挣扎着爬起来,他虽然不能走动,发暗器的功夫还在,这一下双臂一抖,六环齐打,即算是善避暗器的人亦不容易招架。

段澄苍剑尖疾点,却不料一碰银环,立刻斜飞,听那怪啸之声竟是从头顶飞过,直取波斯公主,段澄苍大吃一惊,回身救时,另外三个银环已向他咽喉前心后心三处要害飞到。段澄苍方自叫得一声:"苦也!"骤见金光连闪,六枚银环尽行落地,原来是于承珠学了阿萨玛兄弟的暗器手法,飞出金花,一举便将银环打落了。于承珠打得兴起,索性把金花都发出来,她囊中有七十二朵金花,堡中围攻的不过四五十人,除了被小虎子、段澄苍击倒之外,不到三十人,她的金花未发到一半,已是将诸人尽数击倒!

于承珠绕场疾走,将金花一一收回。场中黑白摩诃正与阿萨玛兄弟高呼酣斗,绿光、白光、金光纠结成一片光幕。

看这情形,不知还要打到几时。于承珠道:"黑白两位前辈,走吧!"黑白摩诃哈哈大笑道:"棋逢对手,一生中也难遇一次,这场架你可得让我痛痛快快大打一场。"说话声中,双杖一合,"当"的一声,把阿萨玛的月牙弯刀震上半空,阿萨玛手法快极,白摩诃第二招未到,他又已将刀接在手中,与兄弟并肩一站,双刀左旋右转,游斗之中,也不时反击,盘天罗功力虽然稍弱,但在阿萨玛兄弟双刀掩护之下,那条锯齿鞭也是疾进疾退,矫若游龙,但见各色光华,互相纠结,忽聚忽散,连于承珠也几乎分辨不出其中招数。于承珠真舍不得不看,但转念一想,这五大高手拚斗,自己便是要插手也插不进去。天色已将拂晓,若然土司派人追来,自己虽然不怕,伴着波斯公主,终于麻烦,便道:"好,那么我们在南面的山谷等你。"

于承珠拖着波斯公主走出古堡,只见段澄苍已骑在一匹枣红色的马背上,另外还有一匹同样色泽的马,段澄苍道:"我和小虎子乘这匹马,你保护公主坐那匹吧。"这两匹马都是波斯名马,在山路奔驰,如履平地,不一刻便到了南面的山谷,段澄苍跳下马背,笑着对小虎子道:"这两匹马如何?你若欢喜,将来我送给你们。"于承珠微微一笑,小虎子道:"这两匹马确是不错,但若要比起我姐姐的那匹宝马,那还相差太远。"段澄苍意殊不信,道:"是么?"忽听得于承珠撮唇一啸,清越之极,声震林谷,段澄苍怔了一怔,心道:"我家前辈,历代相传,说是中国武功如何如何神妙,果然不是言过其实,连这位小姑娘也有这样好的内功。"

忽听得马声长嘶,但见曙光之中,一匹白马飞奔而来,疾如掣电,倏地跳过一道两丈来宽的山涧,来到面前,原来是那匹照夜狮子马,听得主人呼唤,立即赶到。段澄苍叹道:"欧洲人都说波斯多宝,我说咱们中国,才是物华天宝,人杰地灵,连马儿也这样神骏。"

于承珠盈盈一笑,将波斯公主扶下马背。波斯公主握着于承珠的手道:"谢谢!"她跟段澄苍学晓几句汉语,这两个字说得很生硬,但却非常动听。她和于承珠一见投缘,就用她所晓得的几句汉语,一面比着手势,和于承珠谈话,于承珠问她为何到中国来,她说不清楚,不时叫段澄苍插进来解释。波斯女子的习气,以有情郎挚爱为骄傲,津津乐道,毫无畏惧。于承珠好不容易听懂了他们的话,见他们相偎相依,作出各种手势来比喻解说,初时还觉得好笑,渐觉心醉神驰,陡然想起自己的遭遇,心中忽生出无限感慨。

小虎子毫无兴趣,跳来跳去,跑到山谷遥望,叫道:"哈哈,我的两位师父来啦!你瞧,他们乐成这个样子,一定是打架打赢了。"

只见黑白摩诃策马奔来,远远地就扬鞭大笑,于承珠与小虎子抢上去迎接,黑白摩诃跳下马背,哈哈笑道:"这一场打得真痛快!没打这样对手的架,已有十多年啦!"小虎子眉飞色舞,道:"说来听听。"黑摩诃面向于承珠说道:"十多年前,我两兄弟曾与你师父师母大打一场,当时是我们输了,输得心服口服;今日这一场大打,可是我们赢了,阿萨玛兄弟也输得心服口服!"白摩诃道:"这两兄弟倒是值得交一交的朋友,可惜他们没有你师父的度量,一输

忽听得马声长嘶，但见曙光之中，一匹白马飞奔而来，疾如掣电。

之后，立刻发誓回转波斯，再也不理闲事啦！"黑摩诃道："最痛快的是盘天罗那厮吃了我的一杖，把他的胫骨也打断了，小虎子，也可以出口恶气啦。"于承珠道："听说盘天罗和阳宗海都是赤霞道人的门下。"黑白摩诃哈哈大笑道："赤霞道人又怎么样？难道我和你的师父还能害怕他们！哈，小虎子，你怎么不说话！"

小虎子道："我有点头晕。"黑摩诃一手抓着他的脉门，听他脉息，说道："不对！"于承珠道："他吃了别人的迷魂药，后来又给土司的女儿放了蛊。"黑摩诃道："迷魂药已经解啦，放蛊却是怎么回事？"于承珠道："听说这是苗人将各种毒蛊饲养在一个盆子里，让它们互相吞食，最后只剩下了一种毒蛊，就将这毒蛊研为粉末，炼成毒药，放在茶水或菜饭之中，给人吃下，到了一定期限，或是百日，或是一年，便要发作。非得放蛊之人的解药不可。"白摩诃怒道："既然如此，咱们便回去将那土司的家捣个稀烂，迫那妖女拿出解药来。"小虎子道："不，她不是妖女，我那天晚上给盘天罗和蒙元子打伤，病了半个月，还全是靠她照料呢。"于承珠刮脸羞他道："小虎子挺有良心，疼着他的媳妇儿呢。"小虎子叫道："谁说她是我的媳妇儿？咱们不是早就说开了吗？"黑摩诃奇道："这是怎么回事？"于承珠将小虎子被骗作新郎的事情说了，说到他洞房之夜的尴尬情状，黑白摩诃听了，不禁哈哈大笑。

黑摩诃忽地正色说道："若依我以前的脾气，我也准会将那土司的家捣个稀烂，但自从与你的师父交了朋友，我这鲁莽的脾气已改了许多。听你所说看来，那土司的女儿，其实也是给盘天罗利用的傀儡，咱们何苦与她为难？我就不信天下有不能解的毒药。"黑白摩诃足迹踏遍印度、波斯、中国等东方古国，东方古国的民间偏方最多，黑摩诃尤其到处留心，什么稀奇古怪的病症，他都懂得一些。当下叫小虎子盘膝静坐，再替他诊视，一笑说道："这毒药果然厉害，但却难不倒修习过瑜伽功夫的人。承珠，你和公主、驸马先走一程，待我们给小虎子消蛊。"于承珠等依言走了，黑白摩诃立刻给小虎子推摩。

但觉一股热力从黑白摩诃掌心传入体内，小虎子热得难受，呼吸急速。黑摩诃道："潜心内虚，由虚生明。"这是瑜伽术中调息吐纳的两句口诀，小虎子依着所教，屏神静气，好像日常做功课一样，将呼吸放慢，初时十分难受，渐渐便觉体内真气充沛，气机活泼，过了一会，似觉肚中有物蠕蠕而动，腹如雷鸣，黑摩诃道："成啦！"让小虎子到僻静处大泻一场，然后再给他服食培元固本的补药，如是者一连三日，黑白摩诃相助小虎子运功自疗，不但蛊毒尽解，小虎子在内功上也得益不浅。

走出苗族山区，黑白摩诃重申前议，主张先到苍山，寻觅张丹枫夫妇，苍山脚下的大理城，乃是段澄苍的故乡，段澄苍自表赞同。而且这数日来，他从于承珠与黑白摩诃口中，得知张丹枫的为人，知道张丹枫也曾羁留异国，历尽艰辛，才得重归故国，这身世竟是与自己相同，更恨不得早日相见。

黑摩诃心想：这一行人身份不同，相貌特别，而自己又是钦犯。诚恐在一处行走，容易惹人注目，便提议分批行走。于承珠与小虎子做第一批，段澄苍与波斯公主居中，黑白摩诃押后，这样安排，也是保护波斯公主的安排。若然前面发现敌人，则有于承珠与小虎子报警；若然后有追兵，黑白摩诃尽可抵挡得住。

黑摩诃取出几枝响箭，交给于承珠道："若是白天遇见敌人，可以射白色箭杆这一种；若是晚上遇见敌人，可以射黑色箭杆这一种。这种响箭，不但数里之内可闻，而且还可发出一溜蓝火，在夜间最易辨认。"段澄苍见他设想得如此周到，大是放心。

于承珠与小虎子同乘白马，跨过云贵高原，进入云南，一路上幸喜无事，响箭始终没有放过。小虎子比于承珠小三岁，身体茁壮，仅比于承珠矮半个头，一路上姐弟称呼，彼此谈论武功，倒是毫不寂寞。

数日之后，将近昆明，官道坦荡，更不用担心。于承珠笑道："咱们为了怕距离过远，这几日总不敢放任白马奔驰，白马也一定闷极啦！"一时兴起，放松绳缰，照夜狮子马放开四蹄，两旁的树木房屋也像会移动一般，纷纷后退，小虎子抱着于承珠的纤腰，叫道："爽快，爽快！咱们都变成会腾云驾雾的神仙了！"于承珠一笑勒马，昆明城墙已经在望。

昆明号称四季如春，时节已是仲秋，郊外仍是繁花似锦，进得城来，但见市街整洁，处处花木扶疏，西山迤逦，好像一个侧卧的美人，俯瞰全城，西山脚下，滇池港汊交错，波光浩淼，俨若江南水乡。小虎子道："这地方真好，咱们可以多玩两天。"于承珠道："他们最少要后天才能赶到，够你玩的啦。"两人绕城一匝，先饱览了一遍昆明的景色，然后才到市中心找了一间客店，在外面留下标记。

第二日一早，于承珠打听了昆明的名胜佳处，对小虎子笑道："小顽童，今天放你一天假，上午咱们去游大观园，下午去逛西山。带你去玩，你可不许胡闹。"小虎子道："我还没有向张大侠拜师，你就摆起师姐的架子来了！我偏要胡闹。"于承珠道："你要胡闹，我就不带你去，玄功要诀，也不传授给你。"小虎子笑道："好，你拿玄功要诀来威吓我，我只好听你的话啦。"张风府遗言要张丹枫收小虎子为徒，黑白摩诃这次护送波斯公主前往大理，另一个目的便是要将小虎子转到张丹枫门下，这事情于承珠与小虎子都已知道。小虎子也早已将于承珠当作师姐看待了。

园中空地上一老一少，似是父女，老者头缠白布，女的穿着百褶裙，看来乃是彝族的打扮。那少女抽出一把长剑，表演吞剑的功夫，长剑伸入口内，直没至柄，然后再抽出来，在空中一挥，刷的一声，刺入一棵柳树，没入几寸，表明这把剑并不是把软剑，旁观的几个小伙子大声喝彩。那老者端起铜盘，道："还有更精彩的把戏，看官请先打赏几个银子。"但观众不多，老者绕场一周，收集起来还不够一两银子，老者将铜盘递到于承珠的面前。

于承珠伸手掏钱，忽地粉脸通红，原来她忘记带银子，袋中只有十多文铜钱，怎好意思拿出来。那老者道："请小姐高抬贵手，随便赏赐几个。"于承珠越发尴尬，心一急，拔出头上的玉钗，丢到铜盘中道："这个给你。"忽地想起这是母亲的遗物，怎能随便给人？那老者已拿起了玉钗，面上露出诧异的神色，他一生在江湖卖艺，可还未有过人将饰物送给他的，何况这玉钗是一片通体晶莹的碧玉雕成，虽非稀世之珍，少说也值数百两银子。旁边有一个轻薄的少年笑道："这位大姑娘好阔绰，怎么将聘礼也拿出来啦！"于承珠正没好气，摘下一片柳叶，轻轻一弹，她虽然还没练到"摘叶飞花，伤人立死"的上乘内功，但这一弹劲道也是不小，那片柳叶在轻薄少年的手腕上"削"过，少年的手腕上登时起了一道红印，好像被铁线"勒"了一下似的，"哎，哟，哟！"地叫起痛来，于承珠的手法轻巧之极，那轻薄的少年受了创伤，还不知道是于承珠弄的把戏，连声呼怪，吓得不敢再在园内停留。

那卖艺老人拿起玉钗，看了一眼，忽地笑道："我这个野丫头可不配戴这个玉钗，她年纪又小，要不然我倒可以给她做嫁妆。小姐，你的好心我感激不尽，这样的厚礼我可不敢要呀！你就随便赏赐几文钱吧。"笑嘻嘻地将玉钗递回给于承珠，于承珠红透脖子，接过玉钗，将袋中所有的铜钱，都抖了出来，扔进铜盘，旁观人等，又是一阵哄笑。

卖艺的场子旁边，有一个卖云南米线的担子，炉火烧得正旺，和这对卖艺父女，似乎是熟稔的朋友。在老者向人讨钱的时候，他的女儿已将那柄长剑放到炉火中烧得通红，这时拔了出来，交给他的父亲，那老者提起剑柄一挥，剑尖上尚有火星飞溅，旁观者纷纷避开，那老者笑道："瞧，精彩的把戏来了。"将那柄烧得通红的长剑送入口中，众人哗然惊呼，只见那老者将长剑慢慢送入，直没至柄，忽然张口一吐，那柄剑跳了出来，老者把剑插入米线担子旁边的一桶水中，烫得嗤嗤作响，水中冒出热腾腾的白气，旁观者都看得呆了。没有人再去注意于承珠。

于承珠也是大为震惊，道："咦，这是什么功夫？"小虎子忽然在她耳边说道："这是假的！"于承珠道："怎么是假的？"小虎子将于承珠拉过一边，悄悄说道："这把戏我在印度见得多，假虽然是假，不过吞剑的人最少也得练过十年八年，他们练到可以吞任何利器，在喉道里不会转动，那么就不会受伤了。"于承珠道："但那把剑是烧红的呢。"小虎子道："这老人预先吞下一把剑鞘，那把剑其实是插在剑鞘之中，烧不着皮肉的。"这个解释消释了于承珠的惊奇，但她心中还是疑团莫释。

这吞剑的功夫既然只流行印度，那么这两个彝人却从哪里学来？在那个时候，中印交通尚未发达，云南和印度，虽然只隔一个缅甸，但出国的人还是极少，而且彝人习俗，比汉人更为安土重迁，这两个彝人为何竟肯离乡背井，万里西行，只为求取印度耍把戏的功夫？再说这吞剑的功夫虽然是假，但看这老者的眼神和他刚才挥剑的姿势，却又似是有武功底子的人。更有一样可疑之处，若然他们只是靠卖技为生的艺人，何以刚才却又不肯要她的玉钗？

不说于承珠心中疑惑，且说这老者露了这手吞火剑的功夫，虽然获得全场喝彩，但观众还是不见拥挤，铜盘里只有百多文铜钱和几钱碎银子，那老者好生失望，微"噫"一声，旁边有一个好心的看客说道："你是初到昆明的吧？怎么不知道今天是城隍庙落成的大日子？全昆明的人都去瞧热闹啦，你快到城隍庙去摆开档口吧。"

于承珠大为奇怪，城隍庙乃是最常见的庙宇，在中国的神话传说中，城隍也并不是什么"大神"，怎么听他说来，竟是倾动全城的大事？难道昆明的城隍与别地的城隍有什么不同。

忽听得园子外边人声鼎沸，锣声鼓声与嘹亮的唢呐声，汇成八音合奏，看把戏的人叫道："哈，城隍出巡啦，咱们快看热闹去。"那耍把戏的两父女，那卖米线的小贩，都收拾起家私担子，随着人群到外面看热闹了。

小虎子道："姐姐，咱们也去。"于承珠笑道："天下的城隍都是大同小异，反正不过是一尊木偶，有什么好看？抬城隍的像出巡，你在乡下还未看过吗？"小虎子道："咱们不看神像，去看看热闹的人也好。"于承珠道："小孩子就是贪看热闹！"其实她也想去看，不过心有所疑，不愿跟那卖艺的父女和这些看客一道，因此故意延搁一下，这才和小虎子走出大观园。

街上看热闹的人拥挤不堪，于承珠和小虎子好不容易才挤到前面，这一看，几乎令于承珠叫出声来！

只见这城隍像天庭饱满，面如满月，蟒袍玉带，手捧朝笏，双眼如生，威严之极而又慈祥之极！这正是她父亲于谦的雕像！（按：昆明的城隍庙建筑极为宏伟，现在尚存，不过已改作别用。庙中写明是：昆明城隍于肃愍公于谦神位。）

小虎子道："姐姐，你不舒服么？"于承珠道："没有呀。"小虎子道："你为什么哭了？"于承珠急忙拭掉眼角的泪珠，道："我欢喜得流泪啦。"小虎子大为奇怪，笑道："哈，你还说我呢？原来你比我还爱看热闹。"好半晌不见于承珠答腔，但见她只是呆呆地看着那个神像。正是：

千秋自有公评在，忠臣死后合为神。

欲知后事如何？请听下回分解。

梁羽生作品集
15

散花女俠

梁羽生

下

图书在版编目（CIP）数据

散花女侠/梁羽生著. --广州：中山大学出版社，2012.10
（梁羽生作品集）
ISBN 978-7-306-04344-3

Ⅰ.①散… Ⅱ.①梁… Ⅲ.①侠义小说－中国－当代 Ⅳ.①I247.5

中国版本图书馆CIP数据核字（2012）第254886号

广东省版权局版权合同登记图字：19-2012-059号

本书版权由传慧出版有限公司授权广州市朗声图书有限公司在中国大陆（不包括香港、澳门、台湾地区）专有使用

版权所有·侵权必究

敬告读者

为了维护读者、著作权人和出版发行者的合法权益，本书采用了新型数码防伪技术。正版图书的定价标示处及外包装盒上均贴有完好的防伪标签。刮开涂层，可见到一组数码，您可以通过两种途径查验真伪。

1. 拨打全国免费电话4008301315，按语音提示从左到右依次输入相应数码并按#键结束。
2. 扫描防伪标上的二维码，按提示输入相应数码。

读者如发现盗版图书，可向当地"扫黄打非"办公室、新闻出版局、工商管理部门、公安机关、技术监督部门举报，或直接与我们联系。

联系电话：020-34297719　13570022400

我们对举报盗版、盗印、销售盗版图书等侵权行为的有功人员将予以重奖。

广州市朗声图书有限公司

目　录

第 十 九 回　神庙惊心　忠臣受香火
　　　　　　龙门纵目　玉女动情怀 ………… 319

第 二 十 回　牢底救人　神通来异士
　　　　　　筵前骂敌　正气属娥眉 ………… 337

第二十一回　水榭剑光寒　杨枝挫敌
　　　　　　石林奇景现　骏马追风 ………… 351

第二十二回　弹指神通　少年显身手
　　　　　　飞花绝技　女侠服强人 ………… 367

第二十三回　往事如烟　罡风吹已散
　　　　　　前尘若梦　死水又重波 ………… 385

第二十四回　王府逞才华　联题佳句
　　　　　　魔头施毒手　共闯名山 ………… 407

第二十五回　较技苍山　高峰腾剑气
　　　　　　泛舟洱海　月夜动情怀 ………… 421

第二十六回　踏雪神驹　旅途传警报
　　　　　　凌云一凤　半道劫镖银 ………… 447

第二十七回　宝剑金花　双英施绝技
　　　　　　仁心侠骨　一诺救镖师 ………… 459

第二十八回	雪夜步梅林　相怜相惜
	冰心牵塞外　同梦同悲 …… 477
第二十九回	隐患潜埋　野心图霸主
	伏兵突发　浮海走英豪 …… 493
第 三 十 回	虎帐盗符　军中伤惨变
	征鞍解剑　道上赠嘉言 …… 509
第三十一回	生死难猜　女儿情曲折
	是非莫辨　公子意迷离 …… 525
第三十二回	血雨腥风　魔岩闻恶讯
	刀光剑影　禁苑陷重围 …… 539
第三十三回	策献筵前　丹心图报国
	火焚大内　异士救英雄 …… 565
第三十四回	世乱见人心　来寻侠迹
	疾风知劲草　独守危城 …… 583
第三十五回	萁豆竟相煎　龙头变节
	风云惊变幻　公子多情 …… 599
第三十六回	云破月明　江湖留剑影
	水流花谢　各自了情缘 …… 609

第十九回　神庙惊心　忠臣受香火
　　　　　　龙门纵目　玉女动情怀

　　于承珠定一定神,向一个跟随神像游行的人问道:"你们这位城隍老爷是谁?"那人鼓起眼睛说道:"城隍就是城隍,当然是神。你这位姑娘问得好怪。"于承珠怔了一怔,心道:"他是不知道这神像就是我的父亲呢?还是不方便对我说?"又问道:"城隍庙是谁起的?"那人道:"捐钱的绅商多着呢,我也说不清楚,你问这个干什么?"于承珠锲而不舍,又问道:"这神像是谁雕刻的?"那人愠道:"你问管木工的头子去。我可没工夫和你说废话。"急急忙忙赶上前头,抬着城隍像的行列已去得远了。

　　小虎子道:"姐姐,你不是中暑吧?"摸摸于承珠的额头,但觉一片沁凉,于承珠甩开他的手道:"别胡闹。"小虎子心道:"你才是胡闹呢,哪有这样问人家的。"但见于承珠一幅丧魂落魄的样子,小虎子甚是担忧。

　　他哪知于承珠心头的紊乱,须知于承珠的父亲于谦是以叛逆之罪被抄家处斩的,虽然天下之人,闻讯悲愤,但在皇帝淫威之下,谁敢吐半句不平之语?想不到昆明竟然把于谦奉为城隍。于承珠心道:"昆明虽然僻处南疆,但仍是朝廷管治,若被朝廷官吏看出这是我父亲的神像,发起造像建庙的人定难逃抄家灭族之祸,谁人有这般大胆。"而且也想不到昆明城中,有什么父亲的亲友。心中更是奇怪,暗道:"想不到父亲竟然会到这辽远的边城来作城隍。"

　　于承珠身不由己地跟随着看热闹的人走到城隍庙去,城隍本来不是"尊神",天下各地的城隍庙都只是聊具规模而已,这座城隍庙却大得出奇,进了三重,才到大殿,但见飞檐翘角,金碧辉煌,大理石的檐阶也有数十级之多,于承珠与小虎子挤到前面,但见大殿里香烟缭绕,挤满了人,忽闻得八音齐奏,看热闹的人纷纷让道,有人说道:"瞧,小公爹来了!"

于承珠忙向旁边一位老者请问道:"哪位小公爹?"那老者笑道:"昆明城里能有几位国公?"于承珠大吃一惊,道:"是沐国公?"那老者点点头道:"不错,这城隍庙便是沐小公爹倡修的。"只见那乘蓝呢大轿停在台阶下面,轿中走出一个贵介公子,唇红齿白,看来不过十七八岁,脸上还带有些稚气。他一进来,殿中肃静无哗,赞礼的道:"鸣钟击鼓,请尊神升位。"原来这位小公爹是来主持城隍庙的落成大典的。

于承珠如在梦中,惶惑不已。原来沐家世袭黔国公,镇守云南,在朱元璋的手下大将之中,算得是最有福气的一位。沐家始祖沐英,还是太祖朱元璋的养子,平定了云南的"梁王之乱"后,受封为"黔国公"(见《明史》一二六,列传四),沐家的子孙,有好几位都是驸马,富贵荣华,在功臣之中,数不出第二位。

于承珠的父亲是明朝大臣,于承珠当然熟悉本朝史事。要知明太祖朱元璋刻薄寡恩,得了天下之后,大杀功臣,手段毒辣,实不在汉高祖刘邦之下。他手下的大臣,军功比沐英大的有的是,例如徐达、常遇春、蓝玉都是,但或者本身不得善终,或者子孙遭受诛戮,如蓝玉以"叛逆"罪诛三族,常遇春的儿子也被牵连入蓝玉案内而被赐死;徐达是明朝开国的第一功臣,受封为中山王,赐有免死的铁券丹书,但后来燕王以叔夺侄位(明成祖),徐达的儿子徐辉祖仍不免被削爵幽死(见《明史》一二五,列传十三)。只有沐英一家,远镇云南,世代为"公"(爵位),可算异数。

因此于承珠听说这城隍庙是沐府的"小公爹"倡修的,不胜惶惑,心中想道:"若是别人也还罢了,沐家屡代都得朝廷恩宠,何以他却不怕牵连,给我的父亲立像造庙,虽说是假托城隍,但如此昭彰,岂能瞒尽所有之人。而且也未听说我父亲和沐家有什么交情,这事未免太奇怪了。"

只见那小公爹恭恭敬敬地上了三炷香,下面的绅商依次进香行礼,只是除了那小公爹之外,却并无一个官员。

于承珠忽地排众而出,在庙祝手里接过三炷香,热泪盈眶,跪在神前,低头默祷:"爹爹呵,你被奉敬为神,永受万民膜拜,死也不朽了!"

那小公爹甚是诧异,招手叫她问道:"你有什么委屈,要禀告城隍?"于承珠拭掉眼角的泪珠,道:"没什么,我见你们如此尊敬城隍,一时感触,禁不住流泪了。"小公爹越发奇怪,正想再问,忽听得外面又是鸣锣开道之声,有人报道:"王副将军到。"

小公爹皱眉道:"他也来做什么?"走出去迎接,于承珠乘机退下,偶然一瞥,忽见那两个卖艺的父女也挤在一个角落里,正在偷偷地望着自己。

于承珠心中一凛,想道:"待黑白摩诃一到,可得立刻离开这儿。"她自知露了痕迹,但眼见自己父亲的神像,却又如何能够无动于衷?

锣声一止,只见一个贵官走进庙来,小公爹道:"王将军,你也来进香吗?"那贵官道:"小公爹,你这场功德造得好呀。"向城隍像打量了好一会,笑道:"好手艺,刻得栩栩如生。为什么和我在别处所见的城隍像不同?"小公爹道:"一个地方有一个地方的城隍,这有什么奇怪?"那王将军哈哈笑道:"小公爹此言,真是令我大开茅塞,原来城隍像也是因地不同的。哈哈,这建庙造像,是沐公爹的主意还是小公爹的主意?"小公爹淡淡说道:"这是我的主意,有什么不对么?"

那王将军满脸奸笑,道:"好极了,在蛮夷之区,原不妨以神道设教,这是圣人也说过的。"旁边的土著绅商,听那将军说云南是"蛮夷之区",个个怒目而视。那位王将军似乎也察觉到自己的失言,急忙堆满笑容,补上一句道:"兄弟的意思,咳,咳,兄弟的意思,是说小公爹的作为,颇合圣贤之道。"这句话可捧得极为牵强。那小公爹笑道:"是吗?好,好!那么你也该向这城隍叩三个头!"那个将军名叫王镇南,身受平南副将军之职。云南的军政大权一向操于沐家手中,"平南将军"也是现任的"黔国公"沐琮自兼,这位副将军虽是朝廷派来的,其实形同"伴食",毫无实权,被小公爹沐璘强他向城隍像叩头,心里虽然是万分的不愿意,却不敢不依,果然跪倒地上,乖乖地叩了三个响头,站起来时,满面尴尬之色。于承珠瞧在眼里,心中笑道:"这个王将军一定是曾经见过我的父亲,哈哈,叫一个朝廷命官,向'叛逆'叩头,这位小公爹的恶作剧可真令人痛快!"

那位王将军搭讪了几句,悻悻而退。看他走出庙门,里面的绅商们窃窃偷笑。小公爹沐璘抬起眼睛,在人丛里寻觅于承珠,忽听得门外又是肃静无哗,进香参神的人们自动让开,只见两个丫环陪着一个小姐走上台阶,沐璘急忙迎上去道:"姐姐,你也来了。"这位小姐正是黔国公沐琮的女儿沐燕。看她长眉入鬓,婀娜娇柔,却是步履安详,气度高华,自有大家风范,只见她先向城隍像裣衽施礼,然后对沐璘说道:"弟弟,你跟我回去吧,爹爹在找你呢。"沐璘吃了一惊,道:"爹爹有什么话说?"沐燕似乎不方便在此多说,微微笑道:"都有我呢,你回去吧。"将沐璘拉出庙门,于承珠在人丛里举眼偷窥,但见她眉宇之间,隐有忧色。

沐璘、沐燕一走,庙里乱嘈嘈的,外面的人也争着进来参神,于承珠与小虎子乘机退走,于承珠暗中偷看,那卖艺的两父女还留在庙中,似乎并没有发现她。

于承珠如在梦中,对眼前之事,实是百思莫解。心中想道:"看这情形,听那少女的语气,这建庙造像之事,沐国公想来事先未知。但这小公爹如此年轻,他未曾见过我的爹爹,又怎知道我爹爹的相貌?"

小虎子满怀纳闷,道:"姐姐,你当真不是中暑吗?"于承珠笑道:"你怎么胡乱咒我?"小虎子道:"我看你有点失常,刚才好端端的怎么在庙里哭起来了?"于承珠道:"你看他们那样尊敬城隍,所以叫我也感动了。"抿嘴一笑,小虎子道:"不,你一定有什么心事,瞒着不告诉我。"于承珠皱眉道:"别再在这里胡缠啦,小孩子知道什么大人心事?赶快回去吃中饭正经。"

小虎子道:"不,不!你答应过我,下午去逛西山的。君子一言……"于承珠给他逗得笑了起来,接着他的口头禅道:"快马一鞭!"小虎子笑道:"好,那么说话算数,你快带我去逛西山。"于承珠道:"你就不饿?"小虎子嘻嘻笑道:"我袋里还有几十文铜钱呢。"于承珠道:"你为什么不给那卖艺的老头?"小虎子道:"我是诚心留给你吃午饭的呀。我瞧你那个样儿就知道你忘记带银子了。"笑嘻嘻地拉于承珠到一个小店子里吃了两碗米线,袋里就只剩下三枚铜钱了。

走出城来,天方过午,万里无云,是一个大好的晴天。于承珠胸怀舒畅,把心事抛过一边,尽情观赏山景。昆明西山,果然名不虚传,越上山势越奇越险,一到龙门,更是令人惊心骇目,那"龙门"竟是从山峰上凿出来的,从下望上,峭壁千丈,上面的庙宇,竟似凌空而建,下面是苍茫无际的滇池,拾级而上,山风飞衣,如登仙境。于承珠赞一副对联道:"仰笑宛离天尺五,凭临恰在水中央。"下望滇池,悠然神往。

龙门的沿崖都凿成石廊,迂回曲折,有的地方,仅容一人侧身穿过,小虎子笑道:"这地方最好捉迷藏。"于承珠不禁失笑,道:"带你来逛西山,你却想捉迷藏,岂不辜负了这天然美景?"

登上龙门,只见一幅壁画,画中一条鲤鱼,凌空飞跃,下半身是鱼身,上半身却是龙相,传说中的"鲤鱼跃龙门",便是这个所在,据说"龙门"太高了,所以滇池中的鲤鱼,若能跃过龙门,便可化龙升天。小虎子笑道:"我看,就是天下的第一等轻功,也难以跃过龙门!"于承珠又不禁哑然失笑,但却也佩服他对武功的专心注意,心道:"怪不得黑白摩诃说他是个有根基的孩子,对武学简直是入了迷。"

龙门上还有个魁星的石雕像,那是用整块石头刻出来的,只有手里的笔却是木的。于承珠看那题记,原来这在峭壁上凿出来的龙门,竟有一个哀艳绝伦的故事。据说有位少年,因为失掉了他的意中人,心无寄托,便独自跑到西山上去刻龙门,是想留下一个胜迹,纪念他的情人。刻到最后的魁星像时,没有石头适合刻魁星的笔,这少年一生致力的工作,就差这一点点不能完成,伤心到了极点,竟从龙门跃下,丧身滇池。于承珠读了题记,只感到心头一阵迷惘,想道:"这少年的作为又比逃禅的境界更高了!呀,可惜在这世上,实是难逢具有这样真情挚爱的少年!"铁镜心的影子突然又从她心中飘过,她俯瞰滇池,但见滇池上的点点浮萍,忽地被风吹散,水中的无数花瓣,也各自飘零,心中更增凄楚。

小虎子忽然悄然说道:"听,下面好像有人说话。"

于承珠自小跟随云蕾练金花暗器,耳力极好,又学过"伏地听声"的功夫,当下把耳贴在石壁上一听,龙门的石廊是从峭壁上凿出来的,迂回曲折,数步之外,彼此不见,但那声音从石壁上传过来,虽然细如蚊叫,却是清清楚楚。

只听得一个低沉的声音说道:"王将军郑重付托,这封信关系重要,你一定要送到京中去。"另一个声音道:"交给谁?"先头的声音道:"给大内总管阳宗海。若然阳宗海出差去了,就交给御林军总指挥娄桐荪。若然两人都出差去了,就直接交给宫内的王公公。"那人嗯了一声,过了半晌问道:"若是途中碰到沐公爹的人呢?"先头的声音答道:"能敌则敌,不能敌则跑,跑不了就把书信嚼碎吞下,总之不能让此信落在任何人的手中。"那人道:"哎呀,这可是卖命的事儿,我可不可以回家一转,告别妻子。"先头那声音道:"张老大,干咱们这一行的还怕死么?你今晚可就得立刻动身,嫂子有我照料,你不必担心。"说到此处,两人再无言语,只听得脚步声从里面走出来。

于承珠心中一凛,想道:"这王将军定是今日到城隍庙的那个官儿,只这么一会儿工夫,他就把密信写好了!听这语气,看来这封信定是对沐公爹有所不利。"心中一动,主意已决,拉小虎子道:"玩得够了,咱们该回去啦!"

石廊里那两个家伙忽然听得有人说话的声音,吓了一跳,于承珠与小虎子走进石廊,两人一望,见是一个少女和一个孩子,只当他们是来游山的姐弟两人,放下了心。那个张老大是个好色之人,见于承珠丽质天生,故意迈前两步,堵着石廊的狭窄的通道,嘻嘻笑道:"小姑娘,这里真不好走,要不要我拉你一把?"

小虎子一个箭步跳上,喝道:"让开!"肩头一撞,左拳从肘底穿过,就想来他一招"龙拳",于承珠急忙将小虎子一扯扯开,那人被小虎子一碰,略一侧身,正想施展擒拿手的功夫,将小虎子摔到石壁上,忽觉一阵香风,于承珠已是和他挨肩擦过,那人心魄一

小虎子忽然悄然说道:"听,下面好像有人说话。"

荡,伸手去拉,却没有拉着,他的同伴急忙止住他道:"张老大,别胡闹啦。"张老大被他的同伴喝住,悻悻骂道:"哼,你这小蛮牛,要不是老子今天有事,定要捧你一顿!"小虎子回头还骂道:"好呀,小爷正想打架!"于承珠忙把小虎子拉开,赔笑说道:"我这弟弟是有点牛气,请你们两位大人不要见怪孩子。"那个张老大听得非常舒服,叫道:"喂,你这个小妞儿很好,你叫什么名字?"于承珠只当没听见,在他说话的当儿,已拉着小虎子走出石廊。

小虎子甚是不平,向于承珠发作道:"那个家伙胆敢欺负你,你为什么不让我打他一顿?"

于承珠道:"要打他我不会打吗?快走!"小虎子满肚闷气,但见于承珠声色俱厉,却是不敢违拗,只得提起脚步,跟着于承珠快跑。

还未跑至"三清阁",只见那两个家伙已气呼呼地追了上来,破口骂道:"两个小贼,给我站住!"原来于承珠适才在与那个张老大挨肩擦过的刹那,已施展了空空妙手,将那封密信偷到手中。这手功夫,正是张丹枫所传的绝技之一。当年张丹枫初遇云蕾之时,就曾施展过这一手绝技,将她的银子偷得干干净净,和云蕾开了个大大的玩笑。张丹枫说这不是正派的武功,本来不想传给于承珠的,但于承珠听了师父当年戏耍师母的故事,缠着要学,想不到却在今日派了用场。

那张老大也算得机灵,于承珠一走,他猛地想起:"一个小孩子为什么会撞得我肩头作痛?"一摸怀中,发现失了信件,这一急非同小可,忙与同伴追赶,只见于承珠与小虎子不走正路,已绕过三清阁向后面奔上山去,张老大倒抽了一口冷气,看于承珠这身轻功,竟是在自己之上。

这张老大本是京中的一个侍卫,名叫张大洪,被派在昆明,察伺沐国公的。为怕起疑,所以将家小也带了来,装作一家普通的民居。他的同伴名叫王金标,却是征南副将军王镇南手下的一个亲信,原来也是京中的侍卫,跟王镇南来负监视沐琮之任。沐家虽然世代效忠,极得历朝皇帝信任,但皇帝必须派人监视各省的封疆大吏,乃是明朝行之已久的制度,并非云南一省为然。王镇南到昆明作沐琮的副将,已有十多年,从未发现过半点可疑之迹,张大洪与王金标正愁没有建功的机会,会老死云南,想不到却出了一桩小公爹为于谦造像,奉为城隍的事情,正好借事生非,邀功图赏。所以王镇南立刻写好奏折,叫王金标偷偷交给张大洪,哪料事有凑巧,却偏偏碰到了于承珠,密件竟然给于承珠偷去。

　　于承珠那"登萍渡水"的轻功绝技,虽然令他们大吃一惊,但他们哪肯就此干休,仍然拼命追赶。小虎子的内功根底甚好,轻功却非所长,跑了一会,距离渐渐缩短,于承珠不得不放慢脚步等他,张大洪把小虎子恨得牙痒痒的,追到三丈左右,一抖手便发出两支瓦面透风镖,他在这暗器上下过十年工夫,百发百中,哪知小虎子溜滑非常,听风辨器,身躯一矮,钻入茅草丛中,铮铮两声,两支镖都打在石上,小虎子哈哈大笑,钻出来道:"没打着!"回头还扮了一个鬼脸。但经过这样一会闪躲的工夫,张大洪已追到他背后一丈之地,猛地纵身飞起,喝道:"小贼还想走吗?"一招"苍鹰扑兔",竟是河北岳家"五擒掌"的功夫。于承珠距离小虎子在十丈开外,回身来救,已是不及。

　　张大洪出道以来,曾用这"五擒掌"伤过不少好手,满以为小虎子定然难逃掌下,却忽听得小虎子嘻嘻笑道:"你尽缠着小爷乞讨,没话说,小爷只好把身上这几个铜钱都施舍给你啦!"陡然间铮铮数声,小虎子把身上仅剩的三枚铜钱,用轮指法一下弹出,当作"金钱镖"使用,分打张大洪头上的"太阳穴",胸膛的"璇玑穴"和脚跟的"涌泉穴"。"太阳穴"和"璇玑穴"都是致命的穴道,也亏得张大洪武功不弱,人在空中,居然能够把"五擒掌"法硬使开来,接了小虎子打来奔向他上盘中盘的两枚铜钱,但他为了全力防护"太阳穴"和"璇玑穴",脚跟的"涌泉穴"却给铜钱打个正着,立刻跌倒尘埃,眼泪直流,小虎子笑道:"哈,我不杀你,你哭什么?牛高马大,泪汪汪的,你羞不羞?"涌泉穴被打中必然流泪,小虎子岂有不知?他乃是故意向敌人挖苦。

　　王金标一声大吼,双臂一振,飞掠丈许,喝道:"好小子,朝我来吧。"陡地拔出一支判官笔,向小虎子身上的大穴疾点,他是河北的打穴名家,又善接暗器,立心要点倒小虎子给同伴泄一口气。

小虎子道:"糟糕,我身上不名一文,你怎么还向我乞讨!姐姐,你给我打发他!"这一瞬间,小虎子已接连遇了几次险招,王金标的判官笔疾发如风,把小虎子迫得团团乱转,眼见他笔尖一起,直指到了小虎子的前心,忽听得于承珠清脆的笑声叫道:"好,我给你赏他金子!"王金标只见眼前金光疾闪,急把判官笔招架,但听得铮铮两声,于承珠的两朵金花给他的判官笔碰飞,王金标正想说两句俏皮话,忽地那两朵金花在空中一转,斜飞射下,来势更急,王金标善挡暗器,却还未见过这种打法,猝不及防,两朵金花都打中了他的穴道,登时晕倒。小虎子笑道:"他哪值得你赏他金子。"将金花取回,又向张大洪的软麻穴重重地踢了一脚,这才肯跟于承珠下山。

于承珠试用阿萨玛兄弟发金球的手法,果然一举奏效,甚是高兴。回到旅舍,关上了房门,拆开那封密信,却是一忧。原来那封奏折果然是密报沐小公爹给于谦建庙造像之事,奏折还拟好条陈,叫皇上宣召沐小公爹入京,将他废为庶人,另选沐家的子侄,立为国公。另外有几个条陈,是削沐国公权力的办法。于承珠因为沐璘给她父亲造像,对之颇有好感,拿了这封信,一时想不出处置之法。

黑白摩诃还没有来到,于承珠无人商量,闷闷不乐,吃过晚饭,便躺在房中,小虎子听说云南的"花灯戏"好看,邀她去看,她也提不起兴趣。黄昏之后好一会子,大约是相近二更的时分,旅舍主人忽然进来报道:"外面有一个人要来求见于姑娘,问于姑娘见是不见?"

于承珠道:"是个什么样的人?"老掌柜道:"是一个漂亮的相公。"于承珠道:"就只一个人吗?"老掌柜道:"不错,就只他一个人。"于承珠大为诧异,初时她还以为是黑白摩诃寻来,后来又以为是段澄苍,但段澄苍断无一人前来之理,沉吟半响,想道:"这个地方怎么会有人认得我?"掌柜的道:"那位相公看来人很正派,于姑娘见是不见?"云南的男女大防虽然没有中原严谨,但一个少年男子夜间到旅舍去拜会一个单身女客,事情却也并非寻常,那老掌柜受了来人的厚礼，给她尽说好话，于承珠沉吟半晌道："好吧，那就请这位相公进来。"

掌柜的一走，小虎子便笑嘻嘻地羞于承珠道："一个漂亮的相公！嘻嘻，原来姐姐的意中人在这儿！"于承珠道："胡说八道，看我不撕破你的嘴。"面色一端，道："此人深夜求见，必有机密之事，你躲回房去。"小虎子道："嘻，你嫌我在旁，不好意思么？"于承珠双眼一睁，装作发怒的神气，小虎子伸伸舌头，蹑手蹑脚地走回自己的房中。他的房间就在承珠的隔邻，小虎子淘气得很，跨在墙上，准备偷偷听他们的说话。

于承珠满腹疑团，没有注意小虎子的动静，过了片刻，只听得掌柜的在外面说道："客人来了。"于承珠打开房门，但见一个披着白狐裘披肩的华贵少年，缓缓走入，于承珠怔了一怔：这个人竟似在什么地方见过似的。于承珠道："请问相公高姓大名，夜间到此，有何见教？"那少年打量了房间一眼，听得那老掌柜的脚步声已经远去，忽然微微一笑，将房门关上，而且闩上了门闩。

于承珠勃然色变，喝道："你干什么？"那少年"噗嗤"一笑，笑声甚是柔媚，于承珠心念一动，只见那少年除下头上的方巾，露出一头秀发，于承珠仔细一看，这才认出原来是日间陪着沐小姐到城隍庙进香的一个丫环。于承珠心中暗笑：自己两年来都是女扮男装，竟然看不出她的破绽。

那丫环道："于小姐，请恕冒昧！"于承珠道："你怎么知道我的姓名？住在此间？"那丫环不答这话，道："我家小姐有请。于姑娘见到小姐，一切就明白了。"于承珠更是疑惑，那丫环道："请于姑娘马上动身，小姐有极大的疑难之事，要向于姑娘讨教！"于承珠心头一震，想道："莫非是与今日之事有关？"继而想道，"我正愁没法处置那封密信，交给沐小姐岂不是正好。"那丫环又催道："于姑娘，事不宜迟，三更之后，在街上行走，就惹人起疑了。"于承珠瞧她眉宇之间，隐有忧色，溢急之情，溢于言表，便道："好，我还有点事情要交代一下。"话未说完，只见墙头跳下一个人来。

于承珠吓了一跳，只听得小虎子笑道："姐姐，我在这儿呢。"于承珠向那丫环赔笑说道："我的弟弟淘气得很，你受惊了吧？"那丫环道："没，没什么。吓，你的弟弟真好本领，我家的武师也及不上他的身手。"她口说不惊，心头却在卜卜直跳。

于承珠道："你的黑白师父明日定可赶到，若然我未回来，你就告诉他们，说我是到沐公爷的府上去了。"小虎子道："知道啦！"于承珠道："我未回来，你一个人不可到外面走动。"小虎子道："你当我是小孩子么？这也用得着吩咐。"于承珠道："那匹照夜狮子马，你要好生照料，不可让人偷走了。"小虎子笑道："这马是你的命根，我也宝贝着它呢，谁敢偷，我就和他拼命。"于承珠一笑道："能偷走这马的人，只怕你未必是他的对手。"小虎子撅着小嘴道："那你何必嘱咐我？"于承珠道："这匹马和你已然熟识，生人它不服，你骑它它不会反抗，若有人来偷，你打不过，就赶快骑着它跑。"小虎子满不高兴，道："好啦，好啦，你走吧！少一根马毛，你回来问我。"

于承珠和那丫环走出旅舍，昆明是个山城，二更过后，街上已少行人，那丫环带她走出了小东门，接近郊外，更是寂静，这晚是八月初三，淡淡的一弯蛾眉月在浮云中时隐时现，夜色朦胧，疏杨在夜风中呼啸，颇有萧瑟之感。于承珠但觉日来一连串的奇遇，心中忐忑不安。

两人刚刚走进城门，忽听得呼的一声，城墙上人影一闪，于承珠听风辨器，知是有人暗袭，急忙施展"一鹤冲天"之技，凌空跃起，手中的金花尚未打出，只见那丫环的身子也凌空飞起，于承珠这一惊非同小可，急忙将黑摩诃给她的那支蛇焰箭发出，尖锐的响箭声中，飞起一溜蓝火，只见一个蒙着头面的黑衣汉子，抛出一根绳索，索上的套环将那丫环套着，待于承珠发现之时，那丫环已给他扯上城墙。

于承珠一抖手发出两朵金花，城墙有三丈来高，金花射到，那人已跳下城墙，向郊外逃走。这一下，变生意外，于承珠大为惶急，忙拔出青冥宝剑，一跃丈许，宝剑在城墙上一插，手掌一按城墙，拔出宝剑，一翻身也跃上城头，只见那蒙面人已在数十丈外，月色朦胧，依稀认得出模糊的背影。于承珠心中一凛：这人的身法好快！急忙跳下城墙追赶。

于承珠的轻功，在江湖之上，已是少人能与比拟，但追了半个时辰，还是落在那人背后十余丈之多，于承珠也曾接连发过三朵金花，但终因距离过远，打不着敌人，于承珠不愿浪费暗器，只好紧紧追踪，过了一阵，只见那人走入一个山坳，于承珠追入山谷，已失了那人的影子，但见一间大屋，不似山野人家，屋中透出灯火。

山谷内再无第二家人家，这蒙面人当然是躲进屋内去了。于承珠不假思索，追到那间大屋门前，见那两扇大门，似是虚掩，于承珠用力一推，那两扇又厚又硬的红木大门，竟然应手而开。于承珠心头一震，想道：他故意不关大门，难道是诱敌之计么？但救人要紧，而且她艺高胆大，也顾虑不了这许多，略一迟疑，便拔足跨门直入。

走了十数步，那两扇大门忽然"砰"的一声关合，于承珠回头一望，却又不见有人。于承珠怒道："算你是龙潭虎穴，我也得闯你一闯！"里面隐隐传出笑声，于承珠循笑声追去，几重门户，都是虚掩，应手便开，只有一所厅堂内，一个军官高踞上座，那丫环站在他的面前，身上的绳索尚未解脱。

于承珠一看，不由得怒气上冲，骂道："哼，原来是你！身为大内总管，半夜掳人，该当何罪。"这军官正是阳宗海。

阳宗海哈哈笑道："于小姐，你在青天白日，出手伤人，又当何罪？"敢情他已知道于承珠白天之事。于承珠道："你知道她是谁？"阳宗海笑道："别人畏惧沐国公，我阳宗海何须畏惧？""砰"的一声，拍案喝道："小丫头，快把书信交出来？"那丫环道："什么书信？"阳宗海道："王将军的密信？"那小丫环道："哪个王将军？"阳宗海道："你装什么傻？你家小姐差遣你半夜三更去找于姑娘，为的什么？你不交出来，我只好无礼了，瞧我敢不敢搜你！"伸手便撕那丫环的衣服，那丫环叫道："你敢欺侮公爹府内的人！"阳宗海冷笑一声，"嗤"的一声把那丫环的外衣撕为两片，露出里面女装的红缎紧身。

于承珠大怒喝道："信件在我身上，你欺侮一个丫环，不要脸么？"阳宗海正是要她说出这话，哈哈笑道："你何不早说？将信件交给我，万事干休，要不，你也休想出去。"于承珠道："有本事你就来取!"青冥宝剑倏地进招,阳宗海在椅上一跃而起,施展小擒拿手的功夫,便来抢于承珠的宝剑,转眼之间,拆了几招,阳宗海道:"少年人果然进步得快,哼,哼,但要和我对手,那还差得远呢!"一招"飞龙在天",双掌齐出,于承珠退了两步,阳宗海亦已趁势拔出长剑!

于承珠身落虎口,豁出性命,把"百变玄机剑法"使得凌厉无前,激斗中又将那丫环身上的绳索削断,那丫环吓得软了,绳索虽解,却不会走路,于承珠急道:"你快跑,不必顾我。"阳宗海大笑道:"到了这里,还想逃走,你做梦么?"转眼间只见门口站满了人,被小虎子用铜钱打伤的那个张大洪也在其内,这些人都知道阳宗海素来单打独斗,只有张大洪不知就里,跳进去想报今日之仇,于承珠回身一剑,左手一弹,金花从剑底飞出,在张大洪的额角上穿了一个透明的窟窿。

阳宗海喝道:"抬他出去,你们堵着外边,提防有什么可疑的人潜入。这屋子里谁都不许跨进半步!"于承珠适才那几下子动作虽快,阳宗海若肯出手拦阻,于承珠焉能从容发出金花?看来他是有意让张大洪受伤的了。

阳宗海自恃武艺高强,满心以为百招之内,定能将于承珠制伏,却不料于承珠乘他分神说话的当口,忽地施展出"穿花绕树"的身法,四面游走,阳宗海挺剑来追,好几次剑尖已堪堪刺到她的背心,都被她溜走避开,屋外围观的人乱拍马屁,阳宗海每出一手剑招,他们就啧啧赞赏道:"阳总管好剑法!"岂知阳宗海出手如风,连刺了数十百剑,却还未能伤得于承珠毫发,不但阳宗海自觉面上无光,旁观喝彩的人渐渐也叫不响了。

阳宗海勃然大怒,冷冷笑道:"张丹枫的徒弟连一招也不敢接么?"其实,于承珠的"穿花绕树"身法,只能应付一时,久缠下去,定因气力不继而露出破绽。阳宗海的武功和气力都较她强,只要沉得住气,终能取胜。不过阳宗海自恃身份,总觉得在百招之外,纵然能够将她擒获,亦是胜之不武。故此急着要激她还手、接招。

于承珠果似被他激动,忽地回眸,一声冷笑,喝道:"接招!"

陡然间剑光一闪，铮铮两声，金花从剑底飞出，阳宗海猝不及防，只得退后几步，举剑一格，说时迟，那时快，第三第四朵金花又相继射到，阳宗海掌劈剑挡，将金花一一震飞，哈哈笑道："米粒之珠，也放光华！"说话之间，五、六、七、八朵金花联翩飞至，阳宗海卖弄本领，纵身一跃，一招"神龙入海"，长剑一个盘旋，但听得一阵铮铮之声，四朵金花都给荡开，阳宗海得意之极，发声狂笑，却不料先前给他格开的那几朵金花，在空中斜飞急射，忽地又掉转头来，对准他的穴道射下，阳宗海一怔，刚刚震飞的那四朵金花也一齐掉头飞回，全奔向他的大穴。

阳宗海这才看出，那满空飞舞的金花，走的都是弧线，虽然给他震飞，却是丝毫不乱，竟似都有轨迹可循。阳宗海吃了一惊，心道："这小丫头的手法好古怪！"转瞬间于承珠已是一连发出十八朵金花，在空中织成金光闪闪的大网，将阳宗海的身形笼罩在光网之下，阳宗海多好武功，这时也不禁有点手忙脚乱。

于承珠所用的手法，正是她从阿萨玛兄弟的金球手法中参悟出来的，可惜时日无多，未臻化境，要不然就凭这一手暗器的功夫，便可制阳宗海的死命。这时阳宗海虽然有些忙乱，但金花却伤不了他，只见他把一柄长剑舞得风雨不透，金花一沾着他的剑尖，立刻便给荡开，铮铮之声，繁音密响，不绝于耳！却无一朵能透过他的剑圈！

阳宗海怒极气极，把手一挥，只听得轰隆隆几声大响，那座客厅左右两边的四扇大门全都关闭。于承珠早已绝了逃走之念，仗着一口宝剑，十八朵金花，和阳宗海硬拼，但见满屋子里金光闪烁，有如流星掠空；剑气纵横，俨若银虹交错。屋内的灯火虽然全都熄灭，但在金花宝剑的光芒闪耀之下，对方的身形移动，都看得清清楚楚。

阳宗海一声大吼，振剑疾挥，左手又使出劈空掌的功夫，竟然在金花交织的网中，硬冲而出。于承珠吃了一惊，却也不惧，青冥剑盘空一转，抢着占了上首，和他抢攻。阳宗海的武功虽然较于承珠高出不止一筹，但这时他既要防备那满空飞舞的金花，又得提防自己手中的长剑会给于承珠的宝剑削断，有此两重顾忌，竟然还给于承珠稍占上风。这一战双方都使出平生绝技,阳宗海心中暗暗叫苦,他本来尚有其他办法可令于承珠束手就擒,但自己说话在先,若连一个"黄毛丫头"都无法降服,面子何在?因此只好与于承珠苦斗,只听得外面晨鸡三唱,窗孔渐渐透入微弱的光线,他们大约是在四更之时动手,这时不知不觉已过了一个更次,双方都已感到筋疲力倦,仍是分不出高下,苦战不休!伏在外面从窗眼偷窥的人,都在暗暗担心,却又不敢叫阳宗海罢手。

阳宗海也想不出如何了结,又过片刻,于承珠气喘的声息可闻,阳宗海的头上也冒出腾腾白气,他的内力虽较于承珠远为深厚,但于承珠的金花暗器过于厉害,只要有半点疏神,就会被打中穴道,阳宗海两面照顾,比于承珠自是吃力得多。再过片刻,窗孔中透入来的光线更为明亮,想来外面已是天光大白了。

忽听得外面有人叫道:"阳大人,王将军有请!"阳宗海正巴望有此一唤,应了一声,振剑一封,将于承珠迫退两步,大声喝道:"小丫头,让你多活几个时辰,待我回来再慢慢地收拾你。"于承珠冷笑道:"大总管想逃走了么?"阳宗海顾不得和她斗口,突然振臂一冲,平地拔起,只听得"轰隆"一声,屋顶开了一个天窗,阳宗海箭一般地冲了出去,于承珠正想随着出去,就在这刹那之间,屋子里突然天摇地动,那丫环本是躲在一个"死角",借着大理石桌遮蔽,不敢动弹,这时急得冲了出来,急声唤道:"于姑娘,于姑娘!你在哪儿?"于承珠心头一凛:我怎么忘记了她?柔声答道:"别怕,别怕!我在这里呢!"回身将她抓着,说时迟,那时快,上面天窗已闭,同时,屋中突然裂开了一个大洞,于承珠抱着那个丫环,使不出力来,跟着她一同堕下,下面竟是个黑黝黝伸手不见五指的地牢,于承珠气得大骂,想不到阳宗海的身份,竟然会使出这种下流手段。正是:

滇池也自风波险,虎穴龙潭又一遭。

欲知后事如何?请听下回分解。

第二十回　牢底救人　神通来异士
　　　　　筵前骂敌　正气属娥眉

于承珠正在破口大骂，忽闻得水声淙淙，遍体生寒，上面有人声说道："阳总管有话吩咐，叫你快将宝剑与书信抛上来，否则休怪我们不留情面，先把你淹个半死。"于承珠道："好，你把地牢打开！"待得上面露出天光，于承珠立刻施展"一鹤冲天"之技，同时嗖、嗖、嗖地发出三朵金花，那地牢深达十余丈，于承珠不知深浅，纵起丈余，手刚扣着石壁，只听得"轰隆"一声，地牢的铁盖又再关闭，上面的人哈哈笑道："城隍庙里弄鬼，孔夫门前卖文，哈哈，倒教咱们发了横财！哼，小丫头，你不老实，那只有自讨苦吃！"水声渐来渐大，渐渐淹至膝盖，于承珠气得半死，那小丫环直冻得牙关打战。

于承珠解下一件衣裳，将她搂着，道："你害怕吗？"那丫环眨眨眼睛，说道："本来害怕，和你在一起，就不害怕啦。"于承珠微笑道："为什么？"那丫环道："因为你是我朝第一个大忠臣的女儿。我想令尊大人当年为了挽救国家，甘受灭门之祸，尚且不惧，咱们挨点饿，受点冷，又算得了什么？"于承珠大为感动，心道："古语云：死有重于泰山，真是不错。我父亲虽然含冤屈死，但令得天下妇孺也闻风而起，这死也值得了。"

那丫环抬起眼睛，道："于姑娘，我得见你，这一生总算没有白过了。我家小姐对你仰慕得很。"于承珠道："我对你家的少爷小姐也感激得很。你叫什么名字？"那丫环道："我叫杜金娥，是大理的白族人，从小就服侍沐小姐。"于承珠道："嗯，你们怎么知道我的来历？"杜金娥道："是小姐告诉我的。她还知道是你打伤了张大洪和王金镖呢。"于承珠诧道："她怎么知道？"杜金娥道："昨日在西山巡逻的兵丁，将他们两个人抬回来，恰好沐公爹不在，大家都出来看热闹，沐小姐认得那王金镖是王将军营里的。问他们为什么受伤，他们不肯说。后来王将军就派人将他们领走了。沐小姐匆匆出去，过了一会回来，就要我到旅舍找你。"于承珠道："他们既没有说，你家小姐又怎知道是我打伤的？"杜金娥道："她认得你的金花暗器。她说天下能发这种暗器的只有两人，不是张大侠的夫人就是你了。"

于承珠疑云大起，心中想道："沐小姐兰闺弱质，公府千金，怎的这样熟悉武林之事，再说，她又怎知道我在那间旅舍居住？"恨不得即刻飞出去找着沐小姐将这个闷葫芦打破，但在这深不可测的水牢中，天大的武功，亦是插翼难飞。好在水淹过膝盖之后，就不再上涨了。那丫环又冷又饿，连说话的气力也没有了。于承珠一直将她抱着，不让她受水浸，渐渐于承珠也觉饥饿难堪，气力渐感不支，忽地上面亮光一闪，有一包东西"卜"地跌落下来，于承珠急忙接着，上面铁盖关闭，水牢中又是黑漆一片。

于承珠只觉手心温润，原来上面抛下来的竟是一大包荷叶饭，饭的香味和荷叶的清香混和，透入鼻观，十分诱人。那丫环精神一振，抬起头道："好香，好香！"于承珠心头一动，想道："他们不是恫吓说要饿死我吗？怎么又把食物抛下来了？莫非这荷叶饭中，下了毒药？"忽听得一个声音在耳边说道："别怕，别怕，你放心食好了。"于承珠吓了一跳，只觉得这声音似曾熟识，但透过石壁，原音已变，怎样也分辨不出。

内功有了火候的人，能够鼓气行远，声音比常人传得远几倍，这也不足为奇。但这地牢密不通风，声音竟然能透壁穿入，这份功夫，却是非同小可！于承珠想道："此人竟然具有传音入密的上乘内功，若要擒我，那是易如反掌，何须下毒骗我？"那丫环馋涎欲滴，呻吟说道："饿死我啦，饿死我啦。你拿的是什么东西？"

于承珠微微一笑，道："是荷叶饭。"将荷叶解开，拔下一支银簪插入饭中一试，银簪毫不变色，于承珠放心递给那个丫鬟，那丫

水声渐来渐大,渐渐淹至膝盖,于承珠气得半死,那小丫鬟直冻得牙关打战。

环也无暇问她这饭是怎么来的？用银簪把饭分成两半，两人都吃得津津有味，但觉这一包极其寻常的荷叶饭，胜似任何海味山珍。

接着又有一件奇怪的事情发生，水牢中的水本来已浸至腰部，就在她们食饭的时间，水竟然渐渐消退，过了大约半个时辰，露出牢底的石块，水已完全退去。于承珠又惊又喜，心中想道："这是什么用意？送饭的那人究竟是友是敌？"

那丫环疲倦之极，靠在于承珠的身上沉沉睡去。于承珠不去惊动她，独自呆呆地想，也不知道过了多久，忽听得上面乒乒乓乓的好像是兵器碰击的声音，声音透入地牢，有如晴天打起的闷雷，转瞬之间，诸声俱寂，忽然露出天光，只见地牢上的铁盖已经开启，于承珠一跃而起，叫道："金娥姐姐，咱们有救啦。"

那丫环揉揉眼睛，跳起来道："什么？"于承珠道："你搂着我，不要害怕，我带你上去。"一手抱着丫环，一手拔出宝剑，一跃丈许，将剑插入石壁，如是者七八次，穿出牢洞，睁眼一看，两人都吓得呆了。

只见屋子里十几条大汉，个个都似受了巫术似的，有的伸剑作刺击之状，有的弯弓作欲射之状，有的提刀作劈砍之状，诸般怪像，不一而是，最令人害怕的还是他们脸上的神气，眼睛圆鼓鼓的眨也不眨一下，惊惧、痛苦的神情令人不寒而栗。于承珠一看，便知道他们是被点了穴道，但看这情形，竟然是在一照面之间，就被完全制伏。刚才那兵器碰击之声，可以料想得到，那是他们一窝蜂地拥上，互相碰撞的。于承珠试着给他们解穴，使了几种手法，毫无效果。

这十几个人，其中纵然没有好手，但在一照面之间，就被人完全点了穴道，来人武功之高，简直难以想象！于承珠心道："难道是黑白摩诃听到我的响箭，赶来的么？"走出屋子外一看，但见日影西斜，晚霞隐现，四周围静悄悄的没一个人，若是黑白摩诃，断无不留下半句话便走的道理。更有一桩奇怪的是：看那点穴的迹象，并不似什么奇特的手法，和黑白摩诃那一派大不相同，但以于承珠的本事，竟然无法解穴。看来那人的内功已到了深不可测的地步，即算是用极寻常的手法点穴，若非内功根底可以比得上他的人，便无法冲关解穴，只有等他那一点所凝聚的内力自行消散了。

那丫环道："于姑娘，这里怪骇人的。快走了吧！我家小姐见咱们一夜没回，不知多着急呢。"于承珠瞿然一惊，在水牢里原来已度过一个白天，心中虽是疑团莫释，却是没有时间等那些人醒来再问了。

于承珠与那丫环巡视一遍，但见处处门户大开，所有的人都被点了穴道，僵立如死，神气骇人，就像屋子里的那些人一样，马厩中还有几匹马，于承珠与那丫环各选了一匹马，立刻飞奔入城。

沐家的"黔国公"大府在昆明的小东门外，到得公府，已是掌灯时分，那丫环带于承珠从后门溜入，看门的认得她，只道于承珠是她的姐妹，并无拦阻。这丫环带领于承珠穿堂入室，到了一间精致的房子外边，停了下来，敲门叫道："沐小姐，于姑娘来啦！"里面毫无声息，那丫环道："咦，小姐到哪儿去了？"过了好久，才有一个丫环出来开门，一见面便道："金娥姐，你怎么这个时候才回来？"这个丫环名叫银桂，和金娥都是沐燕的贴身丫头。

金娥道："说来话长，小姐呢？"银桂道："小姐走啦。"金娥道："去哪儿？"银桂道："黄昏时候走出园子的，她神色匆匆，我不敢问。"边说边让于承珠进房来坐，于承珠心急如焚，抬头一望，忽见墙上挂着一张条幅，写的是辛弃疾的一首词："醉里挑灯看剑，梦回吹角连营。八百里分麾下炙，五十弦翻塞外声。沙场秋点兵，马作的卢飞快，弓如霹雳弦惊。了却君王天下事，赢得生前身后名，可怜白发生。"这首词壮气豪情，是辛弃疾的得意佳作，传诵千古，闺阁之中挂这样的一首词，虽然不很调和，亦不算奇怪，但这首词的笔迹，铁书银钩，龙飞凤舞，却是张丹枫的手迹！于承珠心中大奇，想道："咦，她怎么求得我师父的法书？"

只听得那银桂说道："公爹今晚宴客，听说京中来了一个什么总管的大官呢。公爹适才还吩咐小姐，要小姐看管少爷，等席散之后，还有话说的。岂知小姐不声不响地就走了。"

于承珠心头一动，想道："什么总管，莫非是阳宗海？"问道："怎么叫沐小姐看管小公爹？"银桂迟疑一下，金娥道："这位于姑娘是小姐请来的，但说无妨。"银桂道："公爹不知怎的，昨日大发脾气，将少爷锁在内房，这事情外面没人知道，当然也没有武士看守，所以叫小姐看管。"于承珠一听，料想定是因为沐璘替自己父亲建庙造像之事，给沐国公知道了，所以将他幽禁内堂，这事情当然不好明说。

外面有车马之声，银桂道："客人来啦。"于承珠忽道："在哪儿宴客？"银桂道："在园子西边的藕香榭内。"于承珠道："你带我去看看。"银桂吓了一跳，金娥笑道："我带你去，咱们藏在池塘边的假山石后，可以看得清清楚楚。若给人发现了，咱们就当在那里捉迷藏玩儿，料公爹不会见怪。"

金娥招待于承珠胡乱吃过一些东西，换过水渍的衣裳，便带她悄悄地藏到假山石后，但见水榭内宫灯高挂，照耀得如同白昼，筵席似是刚刚摆开，席上诸人看得清清楚楚，坐在上位的是一个面白无须巍峨冠高服的大官，第二位果然便是阳宗海，第三位是个武官，于承珠认得是前日到过城隍庙的那个王将军，主客斜对面的那一位却是个道士，沐国公坐在那道士侧面的主位上，三绺长须，甚是威严。

金娥悄声说道："咦，这事情可真奇怪，沐公爹怎么将道士也请来了。"忽见首席的那个大官口唇开阖，似是说话，杜金娥听不清楚，于承珠练过"听风辨器"的功夫，把耳朵贴在假山石上，却是一无遗漏。只听得那面白无须的大官说道："闻说大理府的白族娃子要造反，由段家带头，将朝廷所派的官员都驱逐了，有这回事么？"说话阴声细气，竟似女人腔调。沐国公道："有这么回事。不过他们所发的檄文，却说不是造反，并不想要汉人的地方。大约是想自立为王。"那大官"哼"了一声道："自立为王，这还不是造反吗？朝廷对段家不薄，当年令祖黔宁王灭了大理国后，世世代代对段家为大理府的知平章事，他怎么还不知足？"沐国公道："是呀，这事情我已奏禀皇上，刘公公恰好到来，那好极了，刘公公接近天颜，又是云南桑梓，我正想问刘公公的主意。"于承珠心道："原来这是个太监。"明太祖初建国时，不许太监过问国事，传了几代之后，这禁例松弛，皇帝常常派太监做钦差大臣，巡阅各省，像明成祖所派的那个太监郑和，七下西洋，声威显赫，压倒朝臣，便是一例。明朝的太监很多是云南人（郑和也是），其中有才能的固有，祸国殃民的也不少。这个刘公公听他的口音，也是云南人。沐国公向他请教，他大为欢悦，微微笑道："公爹下问，我岂敢不尽所言，依我所说，沐公爹早就该派兵进袭！我这次出京之时，皇上也曾叫我转告公爹，提防蛮人作反，既然有了反迹，那就只有把他们杀绝！"

沐琮略一沉吟，拈须说道："大动干戈，岂不令生灵涂炭？"那刘公公心中不悦，但云南省边疆省份，中枢管辖不到，沐家世代掌权，即算皇帝也要给他几分面子，刘公公赔笑说道："沐公爹仁义为怀，不愧为民父母。但治乱世须用重刑，若然不动干戈，焉能敉平叛乱？我倒要向公爹请教。"沐琮微微一笑，说道："日内有两位远客要到昆明，从他们身上，我想好一条怀柔之策，不知能不能行？我还未及禀奏皇上，先说与刘公公听听。"那太监放下酒杯，道："沐公爹请说。"阳宗海插口问道："是两位什么贵宾？"心中甚是怀疑，想道："听沐国公的口气，定然是两位非常人物，如何我的手下人事先都不知道一点消息。"

沐琮道："是波斯国的公主和驸马！"此言一出，阖座惊诧，阳宗海道："波斯公主和大理的叛乱有何关连？"沐琮道："这位波斯公主的驸马，姓段名澄苍，我已查探清楚了他正是当年段平章段功的子孙，他的祖先曾从元军西征，流落波斯，不知怎的，他竟因缘时会，贵为驸马。想是思念家邦，怀乡情切，不辞万里奔波，重归故里。这倒是本朝的一大佳话呵？"那刘公公道："不错，异邦公主来朝，足见圣德远播，但请问公爹，怎的从他们身上，想到怀柔之策？"沐琮道："他是段功的子孙，算起来与现在大理的知平章事段澄平乃是兄弟之辈，我意即请皇上正式封他为大理的平章。"刘公公道："这样就能防止得了大理的叛乱么？"沐琮道："朝廷封他作大理平章，这只是一个虚衔，实际却要他居留昆明，遥领大理的平章事。大理的百官，重要的职位，当然还是朝廷所派。本朝政制，京官也可以遥领边军，把段澄苍羁留在昆明，叫他遥领大理的平章之事，想来也是行得通的。"刘公公道："行是行得通，但公爹怎能保得大理的段家从此便消弭祸心？"沐琮道："段家在宋代之时，在大理自建国号，自立为王；至元代之时，大理国灭，段家仍然世袭平章事；到了本朝，只给他们世袭'知平章事'，官衔职权，一削再削，可能因此而招致怨愤。咱们如今给段澄苍实授平章，总算给了他们段家的面子。他们若然还要叛乱，那么咱们的讨伐也就师出有名。而且段澄苍以驸马之尊来归，咱们给他虚衔，管辖大理，正是名正言顺。趁此也正好削段澄平的权柄，这岂不是分而治之，一举两得之策？"其实大理人要驱逐明朝官吏，正是因为不堪苛政之搅，不甘明朝把他们当作被征服的蛮人来统治，倒并非段家为了自己一家的荣华富贵的。不过当时高官显爵，大都只看到个人，看不到老百姓，所以便把大理的"乱事"看成是个人的权位之尊。像沐琮的不肯用兵，已经算是较好的了。不过沐琮也有私心，他之所以想把段澄苍羁留昆明，实是想便于自己的操纵。

那刘公公听了沐琮之策，沉吟不语，忽见一个丫环，匆匆忙忙地跑到水榭来。

沐琮认得她是上房服侍夫人的一个丫环，喝道："好没规矩，我不叫你，你出来做什么？"那丫环道："小姐，小姐——"沐琮怒道："小姐什么？"那丫环讷讷说道："小姐她走掉啦。"原来沐夫人到了掌灯时分，还不见爱女，心中慌乱，故此遣丫环前来禀报。沐夫人年老多病，长年礼佛，不问外事，与丈夫也经常是数日一见。她根本就不知道丈夫今晚宴请朝中贵宾。

沐琮面色一变，厉声斥道："胡说八道，大惊小怪！小姐是我叫她到杨家去接她的姨母的，许是姨母将她留下了，要你着急做什么！"须知在那时候，仕宦之家，最讲礼教，千金小姐，足不出户，偶一出门，也是乘车坐轿，在丫环婢仆簇拥之下，闲人轻易不能一见。沐琮的女儿，身份仅略次于"郡主"（亲王、藩王之女称郡主），比仕宦之家的"千金小姐"尊贵何止十倍？而今这丫环在钦差大臣、内府总管之前，竟然直说他的女儿"走掉"，不管是否事实，都是大失面子。故此沐琮勃然大怒，急忙厉声斥责丫环，意图掩饰。

那丫环手足无措，心中想道："小姐若是去接她的姨母，夫人焉有不知之理。"被沐琮斥责，极感冤屈，讷讷说道："夫人，夫人

・345・

——"沐琮挥手斥道："回去给夫人炖燕窝，琐碎小事，不许来麻烦我，快给我滚！"那丫环不敢再说，忍着眼泪，走出水榭，副将军王镇南看在眼里，想起昨日沐燕也曾到城隍庙之事，心中一动，大起思疑。

沐琮亦是惶惑不安。心中想道："女儿知书识礼，沉静端庄，何以不禀告父母，私出公府，至今未回？"突然联想到沐璘的胡作非为之事，心中一凉，神色之间，也掩饰不住了。

那刘公公将话题重新提起，冲淡不愉快的气氛，问道："公爹刚才所说的怀柔之策，好虽是好，但讨伐之事，也得早有准备，方是两全之策，不知公爹意下如何？"沐琮道："这个当然。"阳宗海道："那段澄苍和波斯公主，何时方到昆明？怎的叫他知道公爹的好意？"沐琮笑道："我早已派人去迎接他们了。"回顾左右道："看方统领回来了没有？"跟随的上前禀道："方统领回来已有一个时辰了，他说不方便来见国公。"

沐琮怔了一怔，随即哈哈笑道："都是自己人，有何不便？阳总管在此，正好指点他们一二，快叫他和手下人都来拜见。"阳宗海道："方统领是不是滇南著名的勇士方地刚，闻说他曾赤手空拳，打服丽江的十八峒峒主，在下仰慕得很，指点那是太不敢当。"沐琮听得阳宗海也称赞他的武士统领，心中大悦，连声地叫手下去催。

过了片刻，方地刚带领四个武士来到，一进小榭，众人都是大吃一惊！

只见那四个武士面青唇肿，包头扎臂，一个个垂头丧气，好像头败了的公鸡！方地刚比较好些，肩头上也是血迹斑斑，未曾抹净。沐琮气得瞠目结舌，好半晌才说得出声来，喝道："这是怎么回事？"

方地刚道："我们奉命邀请波斯公主和驸马入城，不料他们非但不领公爹的情，反而叫人将我们打了！"沐琮道："段澄苍哪来的军马？"要知方地刚是滇南第一勇士，他手下的四个武士，也都足以力敌百夫，故此沐琮有此一问。方地刚垂头说道："就只两人！"沐琮道一气非同小可，喝道："什么，就只两人？你们是饭桶吗？"

阳宗海淡淡说道："是怎么样的两个人？"方地刚道："是一黑一白的两个印度人。"

阳宗海笑道："公爹这就不能怪他们了。这两个人名叫黑白摩诃，是出名的盗宝贼，十年前在京师也曾做下案子，当时的大内总管康超海也曾败给他们。若是他们，我也没有把握准胜。嘿嘿，方统领只受了一点轻伤，确是名不虚传！理宜赐赏！"亲自斟了一杯酒给方地刚，沐琮见阳宗海将敌人说得如此厉害，虽然吃了一惊，心中怒气却已消散。正想询问，那刘公公忽地问道："你们没有说清楚吗？段澄苍莫非不信你们是沐国公派来的人？"方地刚满肚皮闷气，恨恨说道："我将公爹亲笔的函件交与他们，信封上盖有沐国公的黔记，哼，哼，他们连看也不看，就撕个稀烂，要不然我们也不会与他动手。"原来段澄苍在贵州上过假藩王的一次当，只道这次也是假的，所以叫黑白摩诃绝不留情。

刘公公冷笑道："如何？他一见面便打，对公爹简直是不留余地，请问公爹，怎样怀柔？"沐琮怒道："段澄苍这样不识抬举，嘿，那是没得说的了。我兵破大理之日，定要将他擒来治罪。"刘公公笑道："这才是呵，和蛮子们讲什么道理？方统领，你们因公受伤，都坐下来喝酒。"刘公公和阳宗海一股劲地劝慰方地刚，实是想将他拉拢过来，收为己用。沐琮人极精明，看在眼内，立知其意，心中甚是不快。

喝了两杯，沐琮说道："黑白摩诃既然如此厉害，阳大总管又不能久在昆明，何人能制？"阳宗海笑道："黑白摩诃虽然厉害，只要我的师叔出手，定然手到擒来。"上座的那个道士这时才开声说道："宗海，你也不可太过轻敌，若是你的师父出手，黑白摩诃自是不堪一击。我吗，大约还得和他们打一两百招，才能将他们降服。"沐琮喜道："那就全仗道长出力了。"方地刚道："这位是洪岩道长么？失敬，失敬！"急忙替他斟酒。赤霞道人只有一个师弟，就是这个洪岩道人。赤霞道人名头太响，他的师弟自是远远不及，但武林中人却没有不知道的。

洪岩道人大模大样地喝了方地刚的敬酒，说道："宗海这次邀我到云南来，本来就是准备对付一个比黑白摩诃更厉害的强敌。"

沐琮奇道："谁？"洪岩道人道："是张丹枫。听说他潜入云南，现在已到大理去了，公爹不知道么？"沐琮吃了一惊，张丹枫当年辅佐于谦，打败也先，又与云重深入瓦剌，迎接当今的皇上回朝，声震天下。沐琮虽然僻处云南，亦有知闻。问道："道长和张丹枫有甚仇怨？"阳宗海笑道："张丹枫是于谦的党羽，公爹还不知么？那是皇上所要缉拿的钦犯。不过此人交游广阔，消息灵通，缉拿之事，绝不可以张扬出去。"沐琮心道："于谦赤心为国，惨遭杀戮，不说别人，连我也不服气。皇上再要杀张丹枫，那岂不是恩将仇报么？"他想是如此想，神色上却不敢露出丝毫，说道："呵，原来阳总管是请师叔出山，缉拿叛逆，这等为皇上出力，可佩，可佩！"洪岩道人哈哈笑道："张丹枫纵横中原，获得天下第一剑客的名头，若不是我，大约也无人敢捉他了！"

于承珠伏在假山石后，听得他们大吹法螺，哼了一声，心中暗道："这牛鼻子道士若碰到我的师父，不将他的鼻子削下才怪。"她最敬爱师父，听得洪岩道人诋毁她的师父，几乎忍耐不住，想出去将他刺一个窟窿。

沐琮好奇问道："那张丹枫是怎么模样？阳总管可曾见过么？"阳宗海道："见是没见过。我身边带有他的图像多幅，现在送一幅给你，请公爹饬手下人留意。莫叫他潜入昆明。"沐琮将画图一展，倏然间神色大变，阳宗海道："怎么？"沐琮喝了一大杯酒，微笑说道："我只道张丹枫是个三头六臂的凶神恶煞，原来却像个风流潇洒的书生！"阳宗海道："是呵，怪不得公爹惊诧了。"

喝了两杯，那刘公公忽道："听说小公爹聪明英俊，文武全才，何不请出来一见？"沐琮道："小儿顽劣成性，怎当公公美誉？我正要他闭户读书，不敢叫他烦渎贵客。"阳宗海道："公爹太谦虚了。自古有云知子莫若父，小公爹的聪明才智，尽人皆知，那都是公爹教诲的功劳呵！"沐琮心内暗惊，正在琢磨阳宗海的说话，那刘公公又道："嗯，听说沐小公爹前日主持城隍庙的落成大典，轰动全城，嚓，小小年纪，便能做事，他日无可限量。敬请小公爹出来一见。"沐琮略一沉吟，吩咐下去道："请小公爹出来！"他心中已打定了主意，情知刘公公他们已经知道了沐璘给于谦建庙造像之事，他们既不说破,自己也当不知,等下将沐璘叫出来,当着他们的脸,责骂一顿,要他将庙像毁去,算是心照不宣,交代此事,也便罢了。

过了一会,只见那手下人神色张皇,单身一人,匆匆跑回,沐琮问道:"小公爹为何不与你一道同来?是在换衣服么?"那手下人嗫嗫嚅嚅,好半晌说道:"小,小,小公爹,他,他,他跑了!"

沐琮这一惊非同小可,他只有这一子一女,爱如珍宝,现在全都跑了,不觉心头痛如刀割。刘公公故作惊诧,叫道:"怎么小公爹跑了,他又没做错事,为何逃跑?呀,想是公爹管得过严了!"沐琮定一定神,冷汗直流,急忙顺着他的口气说道:"是呀,我早说小儿顽劣成性,果然他又闹出事了。真是给我丢脸!"阳宗海道:"怎么?"心中思量,若然沐国公坦直说明沐璘建庙造像之事,应该如何措辞。沐琮怒气冲冲地说道:"他就是不欢喜读书,一定又是溜出去看花灯戏了!"

刘公公道:"小孩子贪玩也是有的。"对沐琮的为儿子掩饰,大为不快。沐琮忽道:"小儿顽劣无知,像刚才所说的建城隍庙之事,就是大大的不对。这等是愚夫愚妇的所为,城隍,卑不足道的小神,他去进香叩头。真是成何体统!"阳宗海道:"听说这城隍的神像也与别处不同!"沐琮道:"谁知道他去哪里弄来的邪神木偶?呀,真是丢尽我的脸皮,明天我就马上派人将神庙拆毁,将偶像焚化,再抓他回来,痛打三百大板!"

刘公公这时脸上露出一丝笑意,说道:"小公爹一时听人唆摆,给邪神建庙造像,这也不足深怪。我恳求公爹将小公爹的责罚免了。倒是那个邪神木偶,非得痛打三百大板,然后再焚化不可!免得那些愚夫愚妇受惑!"阳宗海等同声说道:"对!邪神偶像,应该打个稀烂,立刻焚化!"

话声未停,忽见一个少女走到筵前,她身法快极,众人在乱哄哄之际,竟不知她是怎么来的。沐琮还以为她是丫环,一看之下,只见她穿着女儿惯穿的一件衣裳,比女儿大约要小一两岁的年纪,天姿国色,比女儿还美得多!最奇怪的是她神气之间,自有一股尊严,眉尖微蹙,盈盈秋水之中,隐藏着一股怨愤之气,令人悚然生惧,她双眼一扫全场,竟似全不把这些人看在眼内。阳宗海大惊失色,这正是他幽禁在水牢里的于承珠!可是她在此时此际出现,阳宗海却也不敢冒然动手!

霎时间水榭里静得连一根针跌在地下也听得见响。沐琮惶然问道:"你是谁?"于承珠冷冷说道:"我爹爹受万民爱戴,敬立为神。你们是些什么东西?敢将我爹爹的神像焚化!"此言一出,阖座骚然,沐琮跳起来说道:"你说什么?"于承珠大声说道:"我说不许你们将我爹爹的神像捣毁!"沐琮道:"你爹爹是谁?"于承珠道:"我爹爹是内阁大学士兼兵部尚书于谦!"此言一出,沐琮面色如死。虽然城隍庙像,座中人都知道乃是于谦,但一说破了,却是不可收拾!阳宗海喝道:"胡说八道,快把这妖女拿下。"沐琮也喝道:"你真不知天高地厚,如何敢冒称是叛逆之女!我儿子岂有为你父亲造像之理,胡说八道,快滚出去!"正是:

一言惊破胆,正气属蛾眉。

欲知后事如何?请听下回分解。

第二十一回　水榭剑光寒　杨枝挫敌
　　　　　　　石林奇景现　骏马追风

沐国公生怕她真是于谦之女，一拿下了，问出口供，只怕自己的儿子也受干连，所以口口声声指她冒认，恨不得早早将她送走，故此叫她"快滚"，这实是给她指明一条"生路"，好让她自己"落台"；阳宗海明知她是于谦之女，但碍于沐国公的面子，却也不敢即时动粗，顺着沐国公的口气骂她冒认。哪知于承珠绝不领这个情，只见她柳眉一竖，朗声说道："我爹爹扶持明室，独挽狂澜，赤胆忠心，天人同仰。我有这样的爹爹，正是极足夸耀的事情！何用羞惭？何须怕认？只有你们，不理苍生疾苦，但知逢君之恶，那才真是愧对我的爹爹！"这几句话说得正气凛然，沐琮的心底里其实甚是仰慕于谦，听了这话，做声不得。阳宗海诸人，勃然变色。于承珠傲然不惧，"哼"了一声，又道："其实在座诸人，谁不知道城隍庙中的神像乃是我的爹爹？你看此信！"将王镇南奏禀皇帝的密信，倏地掏了出来，递给沐琮。

王镇南面无人色，说时迟，那时快，只见人影一闪，咕咚一声，王镇南刚刚站起，便给于承珠摔倒在地上。于承珠"嗖"地一声，拔出青冥宝剑，站在沐国公的身边，冷笑斥道："你们敢不让沐国公看这信么？"

洪岩道人与阳宗海的武功均足以制止于承珠，但被于承珠先用话迫住，竟是不敢动手！霎时间，气氛紧张之极，筵席前剑拔弩张，大家都在偷偷地瞧着沐国公的面色。

沐国公把信看完，心中又惊又怒，惊者是皇帝竟然对自己不放

· 351 ·

心,原来这个王副将军竟是皇帝派来,暗中监视自己的!怒者是王镇南竟想暗中陷害,想削掉他沐家在云南的权柄!但他究竟是老于官场,饱经世故的人物,看了之后,神色不变,淡淡说道:"王副将军,你看此信,居然有人敢冒你的笔迹,信中所说,荒唐之极!"

此言一出,王镇南、阳宗海等为之大喜,知道沐国公有所顾忌,不敢破面决裂。王镇南这时早已爬了起来,胸脯一挺,大声说道:"蒙公爹推心置腹,不信谰言,小将感恩戴德。这信不必看了,撕毁便是。只是这小妖女胆敢冒小将的笔迹,兴波作浪,背后必定有人,还请公爹追究!"王镇南说这番话的意思,言外之意,也是为沐国公掩饰,将于承珠骂作"妖女",大家都不敢指明她是于谦的女儿。

于承珠怒气上冲,冷然傲笑,紧握剑柄。只听沐国公轻轻说道:"不错,是要追究!"阳宗海等候多时,就是要沐国公说出此话,立刻一跃而前,大声喝道:"小妖女快从实招来,是谁人指使你的!"搂头一抓,用擒拿手的绝招,突施猛袭,于承珠早已豁出性命,阳宗海身形一动,她的宝剑已抢先出招,只见寒光疾闪,电射奔去。三朵金花亦同时出手!

忽见洪岩道人身形骤起,拦现阳宗海的面前,大袖一拂,金光一闪即灭,于承珠所发的三朵金花,全部被他卷入袖中,无声无息。洪岩道人哈哈笑道:"好剑法!"随手抓起一只象牙筷子,将于承珠的宝剑一拨,只听得"刷"的一声,宝剑插到檀木桌上,深入数寸,于承珠紧握剑柄,用力一拔,洪岩道人的象牙筷压在她的剑上,也不见怎么用力,于承珠竟是拔不出来!洪岩道人有意在沐国公面前显露惊人的武功,暗用内家真力,将于承珠的宝剑压住,却并不即动手伤她,哈哈笑道:"小妖女,叫你开开眼界,你服了吗,快快说出,你背后究有何人?"

忽听得水榭外面也有人纵声长笑,声如龙吟虎啸,震得人耳鼓嗡嗡作响,洪岩道人心中一凛,只见一个书生已走了进来,朗声吟道:"千锤万击出深山,烈火焚烧若等闲,焚骨碎身都不怕,要留清白在人间!"这是于谦最出名的一首诗,传诵全国,经这书生一唱,更显得声情沉烈气纵横!听到耳中,令人悚然自惭,凛然生惧!

洪岩道人喝道："你是谁？"那书生笑道："我就是你所要追究的背后之人！"洪岩道人的筷子不由得一松，于承珠拔剑而起，欢声叫道："师父！"这书生竟然是四海闻名，被武林公认为天下第一剑客的张丹枫！

这一下当真是变出意外，顿时间水榭中静得连一根针跌在地下都听得见响！沐国公面色大变，拱手说道："张先生到来，有何指教？"张丹枫道："听说你要责骂公子，我看他给于谦建庙造像，做得很对啊，那是我叫他做的，所以特来为他向公参求情，公参若要责备，责备我好啦。"

沐国公强笑道："张先生说笑了！"急忙面向刘公公说道："这位张先生曾任过小儿西席，虽然为时不过一月，但他的博学才情，我是无限钦佩的。张先生名士风流，喜欢说笑，还望刘公公包涵。"于承珠这才恍然大悟，怪不得沐小姐的闺中挂有自己师父的手书，原来师父竟然做起沐公子的先生，想起师父做事的出人意表，心中暗暗好笑。

张丹枫在路过昆明之时，偶然见到沐璘，觉得他是一个可造之才，谈话投机，便收了他做记名弟子。张丹枫其时已知道大理白族与朝廷之间的纠纷，因此他收沐璘为记名弟子，其中还另有一番深意。沐国公哪知道他是天下闻名的张丹枫大侠，但觉他博雅融通，确实对他钦佩。张丹枫在公府中只留了一个月，便匆匆走了。当时沐国公还非常惋惜呢。

而今沐国公见了阳宗海给他看的画像，这才知道是张丹枫，这一惊端的非同小可！霎时间转了好几遍念头，初时想装作不认识张丹枫，但又怕张丹枫被阳宗海所擒，供出和他的儿子的关系，想来想去，只好替张丹枫掩饰。但望张丹枫不要自己道出名字。阳宗海这些人要给自己面子，料他们不敢公然叫破！

张丹枫变指一弹，侧目睨视，微笑说道："刘公公，别来无恙啊。昆明四季如春，在此赏花饮酒，比起胡疆雪地，那真是天渊之别了。"原来这个姓刘的太监，就是在土木堡之役时，与皇帝祈镇同时被也先俘虏过去的，因他曾与皇帝同受灾难，故此如今才被重用。那刘公公讷讷说道："张先生这话是什么意思？"张丹枫道："皇上善忘，想不到刘公公也一样善忘！刘公公回到京中，请问问皇上，还记不记得我在瓦剌和他说过的话，那件狐皮裘子，想来皇上也早已抛掉了。"当年祈镇被囚，张丹枫去探望他，曾送一件白狐外套给他御寒，这个刘太监正是当场目击之人，听了这话，做声不得。

　　沐国公道："张先生喝醉啦！"张丹枫端起大杯，一饮而尽，仰天大笑道："离骚屈子幽兰怨，岂是：举世沉迷我独醒？哈哈，只怕醉的不是我，而是当今皇上，和你们这一班人！"此言一出，举座失色！张丹枫毫不理会，侃侃说道："只怕皇上和刘公公都忘记了！旧事本来不该重提，但这件旧事，提一提却有极大好处！想当年于阁老派云状元和我恭迎皇上回国，皇上曾信誓旦旦，说是若能重登大宝，必当做个尧舜之君。想不到皇上复位，不到十天，就把于阁老杀了，这样的自毁长城，岂能保没有第二次土木堡之役！岂不令天下的忠臣义士寒心！哈哈，沐国公，我可不是说笑！小公爷替于阁老建庙造像之事，虽然不是我代他筹划，但他确是听我说过于阁老的忠烈事迹，才起了心意的。请你们抚心自问，像于阁老这样的忠心赤胆，重造乾坤的大忠臣，死后难道不配为神？你们若敢毁他的庙，焚他的像，只怕天地不容，人神共愤！"

　　这番话义正辞严，沐琮禁不住手颤脚震，惊惶之极，却又兴奋之极！要知皇帝冤杀于谦之事，稍微正派的大臣，都是心心不愤，只是这股冤郁之气，在专制皇权之下，却不敢有半点发出来。而今经张丹枫痛快淋漓地一说，说到了沐琮的心里，无异替他吐出了一口郁气，他不知是被张丹枫吓住还是有意让他尽情倾吐，竟然没有制止他的发言。

　　好半晌刘公公才定了心神，喃喃说道："妖言惑众！"沐国公忙叫道："快扶张先生出去，给他请医生看！"张丹枫冷笑道："妖言惑众，哼，今日你们若不容我把话说清，谁敢碰我一下，就休怪我不留情面！"洪岩道人瞋目喝道："你是什么东西？胆敢如此放肆！"张丹枫大笑道："你是什么东西？皇上也不敢如此问我，你胆敢放肆！我张丹枫坐不改名，行不改姓，你待怎的？"沐国公一听他自报姓名，吓得面无人色，心中暗叫"糟了，糟了！"一时间没了主意，忽听得阳宗海哈哈大笑起来！

沐国公一怔，道："阳总管何事好笑？"阳宗海道："天时不正，这位张先生大约是患了失心疯了。想那张丹枫与小弟并称天下四大剑客，武功何等了得？这位张先生分明是一位文弱书生，哈哈，他竟敢冒张丹枫的名头，此事岂不大为可笑！"阳宗海明明知道是张丹枫，但却口口声声说他假冒，目的就是替沐国公掩饰，正与刚才指斥于承珠冒名的用意相同。

张丹枫双眼一翻，冷冷说道："你就是阳宗海吗？"沐国公忙道："这位正是大内总管阳大人。"张丹枫道："我不管什么总管不总管？阳宗海，我来问你，是谁封你做剑客的？"阳宗海道："嗯，那是江湖朋友在小弟面上贴金。张先生，话说只该张丹枫才能问我。"张丹枫大笑道："不错，我就是要问你，你有什么本领，凭你也配与我并称四大剑客？哈，哈！我看你才是假冒剑客之名！"阳宗海道："你还要冒认是张丹枫？好，你既然自认是张丹枫，总得露出一两手剑术。"洪岩道人接口说道："不错，你若赢得我手中的长剑，我就认你是张丹枫！"

张丹枫笑道："别忙，别忙，我得先教训教训这冒名剑客的无耻之徒！阳宗海，你若能在我手内接上十招，我就由得你名列四大剑客。"阳宗海恃着有师叔在座，故此敢公然叫阵，他本意是一上场就请师叔出手，不料却给张丹枫用说话挤得下不了台，不由得心中恐惧。但随即想道："张丹枫纵然厉害，我岂不能接他十招？"硬着头皮答道："好，那就请张先生亮剑！张先生是国公的西席，兄弟又素来敬重读书的人，张先生既然有此雅兴，小弟理当奉陪，咱们彼此点到为止，免得叫公爹不安心。"此话听来，似乎是阳宗海暗示有意让他，仍然把他当作教书先生看待，其实却是向张丹枫套交情。

张丹枫喝道："废话多说什么？亮剑！"阳宗海拔剑跳出场心，于承珠拔出青冥宝剑道："师父，你的剑。"张丹枫哈哈笑道："对付这厮，何须用剑？"岸上垂柳，覆盖荷塘，有几枝直伸到水榭外边，张丹枫随手折下一枝柳枝，缓缓走出，道："阳大总管，这是你成名的好机会了。你只要在我的柳枝之下，能接十招，你这四大剑客之一的座位，就算稳了。"

这一下合座皆惊，尤其是国公府中的那几个武士都睁大了眼睛，觉得张丹枫未免太过狂妄。沐国公见阳宗海满面杀气，手中长剑抖动，嗡嗡作声，心中想道："张丹枫这岂不是自己送死么？"心中爱惜张丹枫的才学，大是不忍。但随即想到，阳宗海不肯叫破，那已经是给了自己面子，张丹枫不死固好，死了对自己也没有什么，一场与叛逆有关连的事情，倒可以完全遮盖。因此沐国公踌躇再三，终于没有出声拦阻。

这时张丹枫已与阳宗海面面相对，张丹枫轻举柳枝，拂一拂身上的风尘，笑道："承珠，你给我数清楚了。"

阳宗海至不济也是个大内总管，四大剑客的称号，也享了十多年，如今竟受张丹枫这样的蔑视，这一气非同小可，对张丹枫的畏惧顿时化为怒火！即算张丹枫手中使的是青冥宝剑，他也要豁出性命一拼，何况张丹枫手中握的只是一根一折即断的柳枝！

只见剑光一闪，阳宗海一招"排云驶电"，震得嗡嗡作响，这一剑他使尽内家真力，端的是势挟风雷，迅猛无伦。张丹枫笑道："虚有其表，失之凝练。"脚步不移，阳宗海那一剑却搠了个空，张丹枫柳枝一举，只听得"刷"的一声，一根柔枝竟然抖得笔直，居然带着宝剑出鞘的啸声，柳枝一晃，已点到了阳宗海的面门。阳宗海大吃一惊，这才知道张丹枫的确名不虚传，内功的精纯，确是到了通玄之境。这柳枝一刺，劲道不亚利剑，若给他刺中，面皮势必戳穿。

于承珠盈盈笑道："第一招！"阳宗海一招"横流击楫"，长剑一架，以攻为守，好不容易才将张丹枫的攻势化开，张丹枫柳枝一拂，似左似右，虚实不定，来势变幻无方，阳宗海连用几种身法，刚刚摆脱，张丹枫第三招又到，阳宗海吓得魂飞魄散，但他到底是一流高手，临危不乱，百忙中使出师门绝技的救命神招，反手一削，长剑一个盘旋，守中有攻，居然把张丹枫连接两招的攻势一齐消解，而且还刺了一剑，张丹枫微微一笑，柳枝刷地在他剑背一击，阳宗海震得虎口麻痛，长剑荡开，只听得张丹枫笑道："这两下子的剑法尚可一观，但封闭虽严，破绽还是有的。这还算不得上乘的剑法。你再看我这连接的三招！"这时于承珠已数到第五招了。

只听得张丹枫说道："我这接连三招，第一招分花拂柳，连刺

随即听得扑通一声,浪花四溅,阳宗海那庞大的身躯,已跌下荷塘!

你左右两肩的肩井穴；第二招冯夷击鼓，戳你的咽喉要害，第三招白虹贯日，直刺你的胸膛！"张丹枫边说边做，直似老师教学生一样。阳宗海幸得有他指点，使尽平生所学，第一招用"虚式分金"的阴柔剑术卸开张丹枫的攻势，第二招用"铁门闩"拦挡胸前，第三招想尽方法却无可抵挡，只好用一招"雷电交轰"，以最刚猛的剑势反击，希望凭着手中利剑削断他的柳枝，心中想道："我以这样凶猛的反击之势，拼着与你两败俱伤，料你也不敢放恣抢攻。"依剑学的道理，他这三招还真算得是解拆得宜，中规中矩。

于承珠一口气数道："第六招，第七招，第八招！"心中想道："呀，可惜，可惜我师父若不将招数说破，这三招他焉能抵挡？现在只有两招了，阳宗海拼了性命，全力反击，十招之内，只怕未必能将他打败。"心念未已，忽听得"轰"的一声，一个人影从窗口飞出，那水榭四面临水，窗上都镶着玻璃，这一下直撞得碎片纷飞，人人走避！

随即听得扑通一声，浪花四溅，阳宗海那庞大的身躯，已跌下荷塘！原来阳宗海使到最后那一招"雷电交轰"，用尽全力，忽觉敌人攻来的劲道儿完全消失，长剑被张丹枫的柳枝轻轻一带，这一下正是内家的"四两拨千斤"的绝技，高手比拼，最忌的就是"无的放矢"，攻势突然无着，阳宗海这一下猛冲之势，被张丹枫趁势一牵，等如大石滚下斜坡，更有人在后面推了一把，哪里还能煞住，因而身躯飞了起来，直跌下荷塘才止。

张丹枫笑道："能放能收方近道，武功处世一般同，承珠，这是第几招了？"于承珠吁了口气，叫道："第九招！"张丹枫临窗叫道："阳宗海听着，从今之后，不准你再用四大剑客的名头！"

洪岩道人面似寒水，跳出来道："待我来领教你的玄机剑法！"伸出一双象牙筷子，往张丹枫的柳枝上一挟，洪岩道人是赤城子的师弟，年龄虽然比玄机逸士小了二十年，论起辈分，却是和玄机逸士一辈，比张丹枫高出两辈，张丹枫只使柳枝，他焉能用剑，这一筷子一挟，正是他想与张丹枫赌斗内力输赢。

张丹枫笑道："小的不行，老的也来了么？"身形略一晃，柳枝倏地移开，洪岩道人还道是他避战，一双筷子运足内劲，再挟过去,说时迟,那时快,只见张丹枫的柳枝一卷,喝道:"换过剑来!"连于承珠也看不清楚她师父用什么手法,洪岩道人那双筷子又已脱手飞去,射出窗口,跌下湖心。

以张丹枫的内功而论,其实和洪岩道人乃是伯仲之间。但他修习的是正宗心法,却比洪岩道人较为精纯,更兼他和阳宗海交手在前,知道了赤城道人这一派武功的路子又故意骄敌,趁着洪岩道人狂攻猛袭之际,轻轻一个以逸待劳,立刻奏功。

阳宗海这时已爬了上来,湿淋淋地走到师叔跟前,手捧长剑,递给洪岩道人,道:"师叔,请用剑!"阳宗海跌下荷塘,长剑居然还未曾脱手,也算难得了。洪岩道人辈分太高,近年亦已不用剑与人对敌。这时他筷子脱手,尴尬之极,阳宗海又道:"请师叔用剑!"洪岩道人"哼"了一声,终于把长剑拿起,张丹枫侧目斜睨,柳枝轻拂衣裳,意态悠闲之极!洪岩道人面上火辣辣的,叫道:"张丹枫,你也换过剑来!"自张丹枫来到水榭,这是他们第一次直呼其名。沐国公听了,面色大变。

张丹枫笑道:"好,你现在不说我是假冒了吧?承珠,你给我再折一枝柳枝来。"张丹枫双手各执柳枝,微微笑道:"洪岩道人,你是赤城子的师弟,我若只用一根柳枝,大是不敬。现在我用两根柳枝,对你一柄长剑,咱们彼此都不吃亏!"其实两根柳枝,如何能抵得住一柄长剑?张丹枫这话,固是自高身份,但亦是给洪岩道人圆了面子。

洪岩道人闷声不响,斗鸡也似地紧紧盯住张丹枫,猛地喝道:"小辈无礼,看招!"刷的一剑,分心直刺,张丹枫笑道:"老前辈,这一招用得不错,比你的师侄高明一倍!"似赞似讽,柳枝一起,左右交叉,洪岩道人心中一凛,张丹枫这一招看似轻描淡写,但却妙到毫巅,洪岩道人若削他左手的柳枝,自己右方就要露出空门,半边身子的十八处大穴便全在他右手柳枝的笼罩之下,若削他右手的柳枝,左方的空门,亦是同样受到威胁,洪岩道人迫得退剑自保,他的剑术得过师兄的苦心教授,这一下由攻改守,变招奇快,确是一等一的高手功夫。

张丹枫笑道:"老前辈数十年寒暑之功,在此一招悉见。你已得了上乘武功的秘奥，可惜仅是登堂，未曾入室。回去再与师兄切磋，可能自创剑派。我对你有厚望焉！"这番话更是似赞似讽，直似塾师批学生的文卷。洪岩道人给张丹枫气得几乎炸了心肺，但高手比斗，哪可动怒，洪岩道人满肚皮的怒火，只好自己抑住，凝神对付张丹枫两根柳枝！

片刻之间已斗了二三十招，但见张丹枫的两根柳枝纵横飞舞，矫若游龙，每招每式，都是出人意外，配合得妙到毫巅！洪岩道人虽然有一柄长剑，竟是被张丹枫的两根柳枝牵制得只有招架之功，渐渐连招数也递不出去。本来洪岩道人那柄长剑使开，一丈五六的周围都在他剑光的圈子之内，越斗圈子越小，到了三十招之外，圈子已缩到七尺以内，洪岩道人剑气消减，黯然无光。

于承珠看得心神俱醉，想道："原来双剑合璧的最上乘剑法，一人也可使用。"玄机逸士所创的双剑合璧的剑法，变化精微，无与伦比，但正因为这套剑法太过复杂深奥，分心便学不好，所以玄机逸士当年，教自己门下两个最得意的弟子，谢天华和叶盈盈，每人只教半套，谢天华传张丹枫，叶盈盈传云蕾，四师徒的双剑合璧，天下无敌！张丹枫聪明绝顶，又得了玄功要诀，和云蕾婚后，潜心苦研，钻悟出一人便可使双剑合璧的绝学，只以剑法而言，已胜过他师祖当年，也正因此，张丹枫才敢以两根柳枝，抵敌比自己高出两辈的洪岩道人的长剑。

再斗了二三十招，洪岩道人的长剑仅能封闭门户，气喘之声，合座皆闻。阳宗海从一个武士手中抢过一柄青刚剑，大声喝道："叛逆身份已明，不擒何时？"随着喝声，有十多人进入水榭，有的武士装束，有的道士打扮，原来都是洪岩道人带来的赤城派门下弟子，他们没资格和沐国公同座，故此适才被招待在外面，由国公府的武士陪他们宴饮。如今都被阳宗海召唤了来。这水榭地方宽广，但多了十多个人，亦已把通往岸边的路围得水泄不通。

沐国公大为不悦，但处此情形，只好由自己的几个武士护着，倚壁观战。

但见阳宗海把手一挥，这十多个人立即抢进水榭，各自站好方位，排成了一个铁桶般的剑阵。洪岩道人跳出圈子。站在剑阵的中心。张丹枫微微一笑，又举起柳枝，轻轻拂拭自己身上的尘土，笑道："久闻赤城派的剑阵颇有妙处，今日得观，何幸如之！"

阳宗海与一众同门摆好剑阵，全神凝注，只等师叔下令发动。对张丹枫的冷嘲热讽，竟不敢答半句话。张丹枫转面向于承珠，笑道："这一战总得半个时辰，你在这里，已无事情，你先走吧。若见黑白摩诃，替我问好。你不必等我去找你了，你们可先到大理，我最多迟你们一二日便赶回来。"

张丹枫这几句话说得轻松之极，看来这剑阵虽是声威吓人，却全不在他的眼内。于承珠实在舍不得离开她的师父，但转念一想，师父吩咐，必有道理，而且自己既已知道黑白摩诃到了，也该回去找他们。

于承珠道："那么弟子先走了。"拔剑出鞘，便往外闯，张丹枫笑道："收起剑来，不要吓乱了他们的阵势。"于承珠怔了一怔，眼见这剑阵长剑如林，心道："难道我走出去，他们便不阻挡？我赤手空拳，怎能抵敌十几枝利剑？"但她素来信服师父，师父既如此说，她便无所畏惧，立即把青冥宝剑插入鞘中，缓缓地走出水榭。果然那些赤城的门下弟子，无一人上来拦阻。但见他们都似石像一样，站在原处，动也不敢一动，看情形，就是有人打他们一记耳光，他们也不敢移动脚步。

原来这剑阵最讲究方位的配合，张丹枫知道阳宗海摆这个剑阵，正是以全力来对付自己，料想他们一定不肯为于承珠而乱了阵脚，故此才敢放心叫于承珠空身走出。他叫于承珠先走，正是为了保护她。因为剑阵若然发动，自己无妨，于承珠只恐难以脱身，自己也不能全神应付了。

于承珠刚走上岸，便听得叮叮当当的剑击之声，回头一看，但见水榭内满是剑光人影，于承珠非常想回去观战，但终于还是听师父的话走了。

晚风轻拂，于承珠只觉精神爽快，心中甜美，这两日来她虽然吃过许多苦头，但却出乎意外地碰到师父，这时她才忽然想起，敢情就是师父将她救出水牢，越想越对，除了师父，别人哪能有这份本事？她真想回去问问师父，但这时她已走入城中，将近客店了。

于承珠心道:"小虎子不知多记挂我呢。黑白摩诃也不知来了没有?"回到客店,只见外面墙壁,自己所留的标记仍在,于承珠兴冲冲地走入房中,叫道:"小虎子!小虎子!咱们的师父来啦。"房间内无人回答。

于承珠大为不悦,心道:"小虎子怎的这样贪玩,守候两天也无耐性,真得好好地教训他一顿。"她还以为是小虎子一人偷偷出城去玩。推开小虎子的房门一看,但见衣被凌乱,似乎是小虎子从睡梦中被人惊醒,便突然跑了。于承珠吃了一惊,忙叫店小二来问。

只见店小二战战兢兢地走到跟前,嗫嗫嚅嚅地说道:"小店只管客人食住,失了东西,可不关小店的事。"于承珠道:"什么?失了什么东西?"店小二道:"昆明城中久无盗案发生,这次偏偏在小店发生盗案,真是意外。小姐要不要请我们掌柜的陪你去报案?"

于承珠焦急之极,忙道:"闲话别多讲了,快说强盗偷了我们的什么东西?"店小二道:"强盗偷了你那匹白马!"于承珠这一惊非同小可,叫道:"强盗偷了我的宝马?"店小二道:"不错,你的弟弟追贼去了。"

于承珠旋风一样地急忙奔到马厩去看,但见马厩外蹄印仍留,排成两行,马厩中自己那匹照夜狮子马果然不见了!于承珠奔出数里,见蹄印隐没在郊外的田野之间,这才回去。店小二正守候在马厩旁边,见于承珠如此着急,又口口声声说是"宝马",心中甚是恐惧,生怕于承珠要他们店家赔偿。

于承珠稍定心神,问道:"是什么样的盗马贼?"店小二道:"昨晚大约是四更时分,我们听得小爷大喊,赶出来时,贼人已把马偷走了。小爷跑得真快,他衣服还未穿得整齐,便去追那个偷马贼,转眼之间,就不见了。"

于承珠静了下来,细心一想,大为诧异。心道:"我这匹照夜狮子马只听师父师母和我三个人的命令,旁人休想骑得了它。等闲的盗马贼只怕未曾走近,就要给它踢翻,难道这偷马贼竟是一个武功极强的高手?呀,不对,不对,即算他武功极强,足以制伏龙驹,但我这匹照夜狮子马必然挣扎,怎的蹄印却又并无凌乱的迹象。难道是师母来将它牵走？师母素性端庄，她绝不会和我开这个玩笑！师父现在沐国公府中，更不会是他了。天下尚有何人，能够盗走我的宝马？而又令它乖乖顺从？"想痛脑袋，兀是百思不得其解。

店小二道："于姑娘，你要不要报案？"于承珠愠道："还报什么案？呀，失了这匹马叫我如何赶贼人？"店小二忽道："于姑娘，你失了坐骑，不必心焦，有一位客人留下了一匹马给你。"于承珠大奇，道："什么客人？"店小二道："是两个外国人，一男一女，衣服华丽，男的能讲咱们的云南话，他们走了不久，他说他认识你，听说失了白马，就将一匹坐骑留下了。"于承珠心道："原来是段澄苍和波斯公主来过了。"忙道："他们呢？还有什么人和他们同来？"店小二道："就是他们两个人。看他们行色匆匆，似是有什么急事。一听姑娘不在这儿，留下坐骑便走了。"

于承珠心道："段澄苍和波斯公主途中受到国公府武士拦截，无怪他们不敢在昆明城中久留了。"段澄苍留下的这匹马，乃是阿拉伯名马，虽然远不及"照夜狮子"，但亦是难得的良驹。店小二将那匹马牵了出来，于承珠一跃上马，问道："贼人向哪个方向走？"店小二道："南方！"于承珠一言不发，立刻催马飞奔，在暮霭苍茫中，出城南去，店小二惊愕不已，想道："这姑娘好奇怪！"于承珠不向店家索偿，店小二抹了一额冷汗，心中如同放下一块大石。其实当盗案发生之时，他已被吓得昏头昏脑，那方向乃是乱指的。

于承珠心爱那匹"照夜狮子"马有如性命，虽然明知追赶不上，仍然存着万一的念头，希望自己那匹宝马，不听贼人驱策，会在途中相遇。于承珠这一策马疾驰，直到天色全黑，才至一家农家投宿，第二日一早，又再策马追踪，一路之上，也碰到四五个骑客，有的是粗豪大汉，有的是上了年纪的老头，有的像是跑江湖的女子，每个都好像形迹可疑，但他们骑的都不是"照夜狮子"马，于承珠有事在身，无心理会。

正在策马疾驰，忽听得背后蹄声得得，一骑马如飞赶上，于承珠回头一望，只见骑在马背上的乃是一个浓眉大眼的少年，穿着一件粗布衣，像个质朴的庄稼汉。这少年见于承珠回头，古铜色的脸上现出一圈红晕，讷讷说道："姑娘，你是一个人赶路么？"于承珠道："怎么？"那少年道："我也是一人赶路，此去滇南，路途不靖，咱们不如同走，彼此有个照顾，你看如何？"于承珠满肚皮不好气，要不是见这少年样子老实，不似存着坏心，她真想抽他一记马鞭。当下冷冷说道："我素来不欢喜与人同步，多谢了。"马鞭在空中虚抽一下，噼啪作响，胯下的阿拉伯黄骠马放开四蹄，不久就把那少年撇得不见了。

　　于承珠暗暗好笑，猛地想道："这乡下少年看来身上并无值钱的东西，即算路途不靖，他又何惧？莫非他貌似老实，却是坏人么？"想了一会，"呸"了一口冷笑道："即算是坏人，他不惹我，我又何必理他？"

　　于承珠依着南方的指向，见路即行，直至黄昏时分，仍然没有见着自己那匹白马，心头冷了半截，这才醒悟自己的想法太幼稚，心道："这样追踪，不是办法，不如到大理去等候师父。"抬头前望，只见无数石峰，层层罗列，有的孤峰峭立，有的如障屏连，就像地面上突然涌起无了数玉笋，于承珠心道："前人咏桂林的风景，有诗云：水似青罗带，山如碧玉簪。怎的这奇景云南也有。"于承珠博览群书，地理图籍之题，也曾涉猎，细细一想，猛地想道："莫非这就是前人称为'天开异境'的石林？"这才记起石林的确是在云南省潞南县的，与大理已是背道而驰。

　　于承珠纵马走近石林，抬头一看，只见头顶一块悬空的大石上果然题有"天开异境"四个朱笔红字，旁边还有"天造奇观""大气磅礴""鬼斧神工"等等赞叹的题句，望入"林"中，但见万户千门，阴森可怕，于承珠想道："古人游记中说：石林万户千门闭，不亚武侯八阵图，若非有当地土人向导，切不可孤身擅入。看来不是夸大之辞。"又想道："难得到此，不游一趟，岂非遗憾。反正不差在这一天，明日再问路去大理，也还不迟。"

　　当下找一家农家投宿，这里是彝族地区，土人特别好客，对于承珠殷勤招待，捧出他们待客的上品土产"乳扇"，那是用羊乳或牛乳做成的一种食品，有一股臊味，于承珠甚是不惯，但还是吃了几块,吃了晚饭,于承珠问那主人识不识石林中的道路?主人道:"识是识得,不过现在不好去了。"于承珠道:"为什么?"主人道:"听说林中有盗匪的巢穴,前年有人带两个汉人入内游览,从此不见。我们都不敢去了。"于承珠怒道:"竟有此事?天下奇景,岂容匪徒占据,你带我去,我替你们地方除此一害。"那主人双手连摇,道:"使不得,使不得,休说姑娘只是一人,就是千军万马,他们在里面先占了地利,那也是有去无回。"于承珠见这主人如此害怕,不愿强抱所难,心中闷闷不乐。

吃了晚饭,新月初上,于承珠独出村边漫步,主人家要陪她,于承珠推辞了,土人不善说辞,见于承珠坚执要独自出外走走,只好由她。主人家又千叮万嘱叫于承珠只可在村边散步,不可走得太远,于承珠也点头应允了。

村外有一个小湖,湖边也有平地涌起的石峰,倒影入湖,奇丽无俦,于承珠心道:"前人游记中说,石林中也有湖,名为剑池,想来那里的风景当更胜此。"不觉心旌摇摇,不知不觉移步走向石林。

忽见有两条黑影从侧掠过,距离于承珠约有十余丈之遥,于承珠是练过暗器的,眼力特别锐利,在月色黯淡之下,仍然听得出他们的去路。石林外面有个大草坪,大草坪中也有几石峰,上面如树交柯,如伞如盖,那两条人影就钻进下面洞中,不久又见两条人影入内。

于承珠心道:"莫非这些人就是党匪?"那几个石峰并不高,小巧玲珑,宛如盆景,于承珠艺高胆大,跑了出来,施展上乘轻身功夫,悄无声息地飞身掠上石峰,从石隙缝中张目望下,但见黑影绰绰,只分辨得一人似是个女子。

只听得一个声音说道:"董老大,你可探清楚了,点子就只是孤身一人?""点子"乃是黑道中的"黑话",指盗党所要动手对付的人客,于承珠心道:"果然是盗党在这里商量谋财害命之举。我既在此,岂可不管?"那被叫做董老大的人说道:"千真万确,就是点子一人。"再听下去,可令于承珠大吃一惊。正是:

仙境那容狐鼠占,乍闻黑话最惊心。

欲知后事如何?请听下回分解。

第二十二回　弹指神通　少年显身手
　　　　　　飞花绝技　女侠服强人

只听得一个苍老的声音说道:"点子敢单身一人,独行万里,倒不可大意了。"这句话并不出奇,出奇的是这声音好生熟悉,于承珠仔细一想,不禁吃了一惊,原来说这话的人是曾到过太湖山庄的七个大内卫士之一,名字叫做李涵真,当日那七个卫士被黑白摩诃打死打伤了六人,只有这个李涵真因为能够挡得黑白摩诃两拳,故此黑白摩诃有意放他逃走。于承珠想道:"我以为是匪党,却原来是官家的人,这倒奇了,他们要对付谁呢?"

再听下去,只听得一个少妇的声音说道:"老爷子放心,咱们不和他明刀明枪地动手,自有巧计将他引入石林,哈哈,他单身一人,任他有天大神通,也是插翅难飞。"李涵真道:"他准会被你引入石林么?"那少妇道:"只消略施小计,他没有不上钩之理。"于承珠屏息呼吸,想听那少妇说的是什么诡计,却不料这一干人倒是机灵得很,说到这里,声音登时小了。他们倒不是料得上面有人,只是每逢说到机密之事,便用耳语,在他们已成习惯。于承珠凝神静听,也听不出来。

过了一会,只听得李涵真哈哈笑道:"果然妙计,只是委屈你了。"顿了一顿又道:"收拾了这个点子,咱们再对付那小丫头。"那少妇问道:"这小丫头也是个硬点子么?"李涵真道:"听阳总管说,这丫头的剑法已得他师父真传,一手金花暗器,更是非同小可。其实不必他说,是张丹枫的徒弟,错也错不到哪儿,当然是有本领的了。"于承珠心中一凛:他们说的可不正是自己?真想立刻发出金花,将他们打个半死,但转念一想,暗中偷袭,有欠光明,而且好奇念起,想看看他们所要对付的是什么人,因此咬一咬牙,又忍住了。

那少妇又问道:"那小丫头和点子是同一条路,若然两个同时遇上,咱们先对付谁?"李涵真道:"这还用问么?当然是依计行事,先对付那个点子。切不可叫他们汇合在一起。好啦,咱们可以到石林里先布置一番了。"听到这里,于承珠飘身便走。藏身湖畔,果然见一个黑影走入石林。

于承珠心下自思:"李涵真的本领甚高,这么多人,却不敢和人家明刀明枪地动手,这'点子'是什么样的人物?"又想到自己是"叛逆"之女,阳宗海屡欲得而甘心,但听这干人的口气,他们所要对付的敌人,敢情比自己更为重要。好奇心越发浓了。

第二日天还未亮,于承珠推说要赶路。便向主人告辞,却悄悄藏在石林外面草坪上两块怪石缝中,想看看他们施展的是什么诡计?直等到日上三竿,已有好几个行人经过石林,林中总无半点声息。于承珠心道:"难道那人今日不来了?"忽听得一阵马蹄之声,远远传来,不久即到。

抬头一看,却原来是昨日相逢的那个少年,那少年走到石林前面的草坪,似乎是被这天然的奇景所吸引,跳下马背,仰头负手,驻足观赏。于承珠心道:"看他一副愣头愣脑的样子,却也懂得欣赏风景。"忽听得一个女子的声音尖叫,那少年一眼扫去,只见一个相貌狰狞的恶汉,抱着一个少妇,狂奔入林,那少妇手舞足蹈地挣扎,大叫大嚷,喊道:"抢人啦,救命呀,抢人啦,救命呀!"

那少年一声大喝,飞步抢去。这一切情形自然也入了于承珠眼帘,于承珠呆了一呆,骤然醒悟:那一伙人所要对付的"点子",敢情竟是这个愣头愣脑的少年!于承珠急忙叫道:"别追,别追!这是诡计!"那少年身法何等快捷,不待于承珠话喊出口,他已从两峰交柯的入口,奔入石林。

于承珠侠义心肠,无暇思索,拔出宝剑,跟着也闯进去了石林,但听得里面一片金铁交鸣之声,于承珠仗着耳力聪敏,绕了两个弯路,只见面前有一个丈余方圆的石坪,几条汉子正在围着那个少年厮杀,其中一个老头,正是那个李涵真。适才狂叫"抢人"的那个少妇,倚壁旁观,哈哈笑道:"老爷子,我的计策如何?"

只听得"砰"的一声,那少年的一掌,把一个敌人摔出,撞到岩石上,顿时头破血流,于承珠又惊又喜,想不到这少年竟会金刚掌大摔碑手的功夫。李涵真"哼"的一声,双掌一牵一引,用的是太极拳的招式"如封似闭",将那少年的金刚掌力轻轻化解,但那少年的掌势强劲之极,双掌连环疾扫,呼呼风响,李涵真仗着数十年精纯的功力,亦不过仅能将他打向自己身上的掌力卸开而已,不消片刻,又是一个受伤倒地。

那少妇一面替受伤的同党包扎伤口,一面叫道:"老爷子不必硬拼,先叫他尝尝我的子母连环蝴蝶镖。"一扬手暗器满空撒出,于承珠大怒,霎地从石缝中飞身窜出,喝道:"不要脸的下流行径!"一扬手,也撒出满空金花,把那少妇的蝴蝶镖扫数打落,猛然间只听得铮铮之声,不绝于耳,只见那些蝴蝶镖纷纷碎裂,忽然射出了无数银针,原来这少妇的暗器名为"子母连环蝴蝶镖",一遇外力震荡,立刻分裂,每一个"母体"之内,都有九枚毒针,暗器之中,又有暗器,端的是狠毒非常,防不胜防,不论用手来接,或用兵器碰磕,都会着了道儿。幸亏在半空中便被于承珠用金花打碎,要不然待到近身,那一千数百毒针,只要有一枚射到身上,便是性命之忧。

于承珠骤见毒针飞出,吃了一惊,急把宝剑舞成一圈银虹,只听得那少年叫道:"小心了!"呼的一掌,那满空飞针被掌风一震,都射到对面的石壁上,石坪上众人纷纷射闪。

忽地里那李涵真一声呼啸,叫道:"扯呼!"五个人分向四方逃走,石林中千门万户,道路纷歧,于承珠与那少年认定李涵真的背影追逐,绕了几绕,李涵真钻入了一条极狭窄的通路,把眼望去,但见迂回曲折,阴阴森森,怪石巉岩,如剑如戟,遮着天光,令人不寒而栗。于承珠顿足说道:"你怎么不听我的话?明知山有虎,你却偏向虎山行。你没听见我嚷是诡计么?"

那少年尴尬笑道:"听是听见的。嗯,当时救人心切,那妇人喊得凄凄惨惨,我,我……"于承珠道:"原来你是不信我的话。

敢情当时你还怀疑我是恶徒的党羽吧?"那少年的面色涨红,讷讷说道:"不敢,不敢。"于承珠见他这副样子,又好气,又好笑,转念一想,自己本来与他不相认识,事出偶然,他眼见那少妇被恶徒强抢,也难怪他不敢信自己的话,对他的侠义心肠,倒起了几分敬意。

于承珠道:"进来容易,出去就难了。"与那少年觅路出来,沿路留下标志,走了半天,又回到原来的位置,于承珠也走得有点累了,倚在岩石上喘气,那少年一路上不发一言,这时才拿出干粮,递给于承珠道:"姑娘,你饿了吧?吃一点儿。"于承珠道:"你带有多少干粮?今天对付过去,明天呢?明天对付过去,后天呢?走不出石林看你怎办?"她走不出石林,满肚皮闷气,说话之后,想起现在该同舟共济,实不该怪责那个少年。

那少年却已给她说得讪讪的怪不好意思,望了于承珠一眼,道:"这是我连累姑娘了。姑娘既然知道这里易进难出,何以又要进来?"于承珠道:"我岂能见你遇险不救?"那少年道:"侠士心肠,可敬可敬!"向于承珠作了一揖,于承珠噗嗤一笑,道:"这是你自己称赞自己。"

歇了一会,于承珠闷气稍消,道:"既然来到这儿,正好趁此机会看看石林奇景。"把心事暂抛脑后,仗剑前行,专拣没走过的路走,那少年亦步亦趋,随在后面。但见奇岩怪石,触目皆是,有的地方,狭窄得仅可容身,有的地方却又空阔得可作练武场。走到一处,两峰相接的窄路,忽听得"嗤"的一声,一支暗箭射下,于承珠随手用剑拨落,过不多久,又是一枚钱镖飞来,于承珠大怒,觑准石峰上面人影一闪,立刻一朵金花射去,只听得"哎哟"一声,那放暗器的人似乎受伤不轻,上面有声音说道:"这丫头的金花厉害,何必惹她,让她饿了几天,咱们再去收拾她。"于承珠气他不过,又发出了两朵金花,这回却发了个空,两朵金花碰到石壁上,跌了下来。

风景虽佳,敌人窥伺,于承珠兴致大减。那少年笑道:"姑娘你但放心观赏,再有鼠辈骚扰,我给你打发他。"没多久,在一处峭壁背后,又见有人影一闪,那少年不待她发暗器,双指一弹,便是一块石子飞去,只听得"哎哟"一声,那人抱头飞窜,于承珠赞道:"好一个弹指神通的功夫!"

于承珠心中疑道:"当今之世,金刚手和弹指神通的功夫,要算我的太师伯董岳最为高强,他远处漠外,听师父说,只是十年之前,他到过一次中原,这少年江南口音,却怎的学会了他的两门绝技?莫非是我见闻浅陋,武林中还另有会这两门绝技的高手么?"正想问那少年,忽见眼前豁然开朗,只见峭壁下面一个小湖,湖边野花杂开,幽香扑鼻,峭壁上题有"剑峰"两个大字,这个小湖想必就是"剑池"了。剑峰上透下天光,令湖光更增潋滟,野花树丫,从石壁上横伸入湖,湖中花树的倒影和石峰的倒影,构成了绝美的画图,于承珠心旷神怡,天大的愁烦都归于乌有,微笑吟道:"疏影横斜水深浅,暗香浮动月黄昏。若非石林中有匪徒盘踞,在此池畔,结庐读书,与湖光山色,共伴晨昏,倒是人生至乐。"那少年忽道:"林和靖孤山咏梅的这两句诗,移到这里来用,果然贴切不过。但天下纷扰,咱们又怎忍自得其乐?"于承珠吃了一惊,心道:"看这少年一副乡下的神气,他却也懂得林和靖的诗。"对那少年渐有一些好感。

于承珠站在湖边,出了一会神,心道:"若是师父在这儿,定有佳句吟咏。"忽然又想起铁镜心来,铁镜心似乎也配得上这湖光山色,呆呆地出了一会神,忽然转头问道:"你叫什么名字?"她和这少年在石林中大半天,这时方想起了问他的名字。那少年道:"我姓叶,名叫成林。"于承珠道:"你是江南人吗?"叶成林道:"不错,我是浙西石门人。"于承珠道:"万里迢迢,你跑到云南来干什么?"

叶成林迟疑了一会,瞧了瞧于承珠道:"想到大理去寻访一个人。"于承珠道:"大理可不是走这条路呵。"叶成林面上一红,道:"我不知道姑娘有这么好武艺。"于承珠道:"咦,我问你为什么走这条路?这与我的武艺好坏又有什么相干?"叶成林讷讷说道:"我见姑娘单身一人,路上又有歹徒踪迹,我,我……"于承珠大笑道:"原来你是不放心我,想在暗中保护我呢。怪不得你昨日想邀我同行了。"叶成林道:"听姑娘的口音,也是江南人,请问姑娘何以也到云南？"

于承珠笑道："我也是要到大理。你别忙问我，我先问你，你要到大理找谁？"叶成林道："姑娘是同道中人，不怕见告。我想寻访的是当今天下的第一位剑客张丹枫！"于承珠跳起来道："哈，原来你找的人就是我的师父……"叶成林叫道："什么？张丹枫是你的师父？"突然向于承珠作了一揖，道："那么你是我的师姐了。"于承珠道："你师父是谁？"叶成林道："我师父是史定山。"史定山是董岳的弟子，于承珠可从来没有见过，这才想起了是有这么一个师伯，浪迹大江南北，行医救人。忽地噗嗤笑道："你今年几岁了？"

叶成林怔了一怔，道："虚度二十二个春秋了。"于承珠笑道："我今年刚满十七岁。你怎么叫我做师姐？"叶成林朴讷谦恭，对平辈之人，习惯了称呼别人做兄姐以示敬意，听了此话，不禁哑然失笑，改口叫了一声："师妹。"

于承珠道："你为什么要找我的师父？"叶成林道："是叔叔差遣我来的。"于承珠道："你叔叔是谁？"叶成林道："我叔叔名叫叶宗留。"于承珠失声叫道："原来是叶大哥！"她在义军之时，军中上下都称呼叶宗留做"叶大哥"，她叫惯了口，一时转不过来，忽地想起自己与此人师兄妹排行，怎么叫别人的叔叔做"大哥"？甚觉不好意思。

叶成林道："不错，人们都叫我的叔叔做'大哥'。咦，你是不是于姑娘？"于承珠道："怎么？"叶成林道："我叔叔告诉我的，说你曾帮过他不少忙，称许你是当今女杰。"于承珠想到当时女扮男装，被叶宗留识破行藏，他一直没有说破，却原来偷偷地向侄儿说了，不禁杏脸飞霞，红透耳背。尴尬一笑，掩饰窘态，问道："怎么我在义军之时，却不见你？"

叶成林道："我听到叔叔纠集义军，抗击倭寇的消息，才辞别师父赶往，赶到之时，你们早已把倭寇驱逐下海了。真是惭愧。"于承珠道："你叔叔有什么紧要的事情，要你万里迢迢，赶到大理去寻觅我的师父？"

叶成林道："义军驱逐倭寇下海之后，我叔叔奉毕擎天做天下十八省的大龙头。"于承珠"哼"了一声道："做北五省的大龙头还嫌不够，居然又要自封做天下十八省的大龙头了？"叶成林呆了一呆，略有诧异之色，说道："毕大龙头雄才大略，豪气迫人，这大龙头之位，是我叔叔甘心让与他的。"于承珠道："好，咱们不谈毕擎天，你再说你的叔叔。"叶成林道："毕大龙头要纠集天下义师，揭竿起事，推翻明室，另建皇朝。"于承珠道："我早知他想称皇称帝，嚓，怎么还是谈他？"叶成林道："不谈毕擎天，可就没法说得清楚。"不明于承珠何以如此憎恶毕擎天。于承珠道："好，你说。"叶成林道："现下义军引弓待发，举事在即。毕擎天说你师父有一幅地图，得此地图，用军行兵，当有大助，他知道我是张大侠的师侄，故此叫我叔叔差遣我来向你师父讨这幅地图。"于承珠道："这事他已向我说过一次，我不答应，他现在又想到借用你叔叔的面子了。"叶成林往下续道："地图倒在其次，推翻朝廷，兹事体大，我叔叔最佩服张大侠，也想问问张大侠此事是否可行。因此差遣我来向张大侠问计，张大侠若说可行，再索地图，不过，看目前之势，就算我叔叔尚有犹疑举兵之事，毕大龙头也是势所必行了。"

于承珠思潮纷乱，对此等大事，她也实是想不清楚，只是对毕擎天此人，不知怎的，总是感到不快。过了好久，她忽然抬起头来，轻声问道："你知道有一位铁，铁公子吗？"

叶成林道："你是说台州御史铁镔的儿子铁镜心么？"于承珠道："不错。"叶成林道："我到台州之时，他还在那儿。见过几面。"于承珠道："嗯，他现在已经离开了那儿吗？"叶成林道："上个月初离开的，他好像和毕大龙头不大合得来。"于承珠默然不语，叶成林道："这位铁公子倒是有点奇怪。"

于承珠怦然心跳，道："怎么奇怪？"叶成林道："听说他在抗倭之时，很出过一把力，我叔叔还很看重他呢。我叔叔说他文才武略，都很出色当行，要留他下来教什么孙子兵法，岂知他在抗倭过后，不知怎的，甚是颓唐，经常是独个儿喝酒，又不喜欢与人来往，谁也不知道他有什么心事。上个月初，毕擎天做了十八省的大龙头，倡议举兵，推翻明室，他就悄然走了。毕大龙头狠狠地骂了他一顿,说他是官家子弟,和我们合不来。我叔叔却是惋惜得很。姑娘,你和他很熟悉么?"

于承珠看着湖光潋滟,又一次地想起了长江的骇浪惊涛,想起了初会铁镜心的情景,想起了松林中石惊涛和铁镜心那一幕悲剧,心头一片怅惘,久久始回答叶成林的话道:"嗯,也并不怎么熟悉,随便问问,咱们不提他了。"

叶成林也是一片茫然,心道:"怎么一提起这个铁公子她就郁郁寡欢?"不自禁地起了一种异样的感觉,随即想道:"我理别人的闲事做什么?"一抬头,但见石隙间透入来的日影渐渐黯淡,湖光反照出晚霞的丽彩霞辉,叶成林道:"趁着天还未黑,咱们再到各处走走,找一个好的歇宿地方。湖边风景虽佳,地方空旷,若敌人偷袭,可不易防备。"

于承珠默默无言地随着叶成林从数峰合拱的门户走出,两人信步所之,穿插在奇峰异石之间,前人说石林乃"天开异境",果是名不虚传,但见石峰处处相连,构成了各种各样的图案,几乎是移步换景,佳妙纷呈,于承珠愁眉稍展,但仍是提不起兴致和叶成林说话。走到一处,有一道小溪从乱石丛中流过,水声潺潺,清澈见底,于承珠喝了一口凉水,叶成林道:"哈,还有鱼呢,待我去捉它两条。"忽见上游溪水,有一个少女的影子在水中晃动,一抬头又不见了。叶成林拾起了一把石子,一扬手用"满天花雨"的手法发了出去,石子穿入了石笋丛中,只听得一声惊叫,一个少女从乱石之间露出身来,叶成林左手一扬,一块石子飞去,忽听得"铮"的一声,于承珠发出金花将他的石击落,叫道:"不要动手。"声发人到,"嗖"地飞掠至那少女跟前,笑道,"原来是你,你爹爹呢?"那少女彝族打扮,惊魂方定,望着于承珠,轻轻用汉语道:"姐姐,你还认得我?"

这彝族姑娘就是那日在大观楼下看到的那个表演吞剑的少女,只见她四面张望,忽地低声说道:"说来话长,我先带你们走出石林再说吧。"于承珠惊喜交集,道:"你识得石林的道路?"那少女点点头道:"我是在这儿长大的,闭着眼睛也可以走出林子。"叶成林走了上来,向那少女作了一揖,赔罪说道:"我还以为姑娘是这里的贼党呢。"那少女笑道："谁说不是呢？"叶成林吃了一惊，那少女道："要不是我认得于姑娘，我才真不愿意冒这样大的危险。"于承珠甚是诧异，只见那少女微微一笑，指着她头上的玉簪，于承珠猛然醒悟，那日自己曾要把玉簪送给她，那老头子不肯接受，但玉簪已经她过目，玉簪上刻有于府的记号，她由此而猜到自己的身份，这也不足为奇。

叶成林忽道："既然姑娘熟识林中道路，那么我们倒不忙着走出林子了。"这回轮到那彝族姑娘面现诧异之色，道："你们不赶快出去，在这里坐以待毙么？"叶成林道："就烦姑娘带引，待我们把贼党逐出石林。免得这名山胜景，乌烟瘴气。"于承珠心道："这少女自认贼党，看神气又不似说笑，叶成林怎的对她说这个话？"

那彝族少女望了叶成林一眼，道："你们就两个人？"叶成林道："怎么？"那少女道："贼人说多不多，也有一二百人，还来了些什么京城的侍卫，你们两人成吗？"于承珠一听少女这个语气，喜道："我早知道姑娘不是坏人，但求姑娘带路，以后的事，姑娘你不必管。"

那彝族少女笑道："我不管，张大侠只怕要管。"于承珠呆了一呆，道："哪位张大侠？"那少女道："天下除了你的师父，还有哪位配称张大侠？"于承珠如坠五里雾中，道："这是怎么回事？"心道："我师父本领再大，他又怎有先知之明？难道他预先知道我们会陷身此地？"那少女似是猜到了于承珠的心意，笑道："张大侠差遣我父女到这儿来，想不到在这里遇到于姑娘，真是凑巧极了。"于承珠忙道："好姐姐，你快给我说这是怎么回事？"

那少女道："这里贼党有一大半是彝人，副首领也是彝人，名叫朗英。大头目却是以前滇西道上一个名唤杜焜的独脚大盗，他看中了石林的形势，就邀朗英合伙，占据石林做巢穴。朗英在彝族中算得是个豪杰，只因官府苛捐重税，眼见族人被压得透不过气来。因此竟给杜焜说动，纠集了一二百无以为生的彝族少年，跟杜焜合伙。正因为朗英做了副首领，所以他们从不打劫附近的彝人。"于承珠点了点头，心道："怪不得附近的农人并无惊扰。居停主人不肯带路，敢情也是别有原因。"那少女继续道："杜焜也纠集了一些党羽来，他们人少，但本领却比朗英大，杜焜大权独揽，近年不但劫夺财宝，还杀害客商，弄得彝人也不敢接近他们，石林也成了禁地，朗英极为不满，但却无可如何。"

于承珠想不到一个小小的匪帮，内情也这般复杂。只听那彝族姑娘往下续道："我们父女本来是石林附近的人，后来搬到大理去的。住在苍山脚下，听说苍山上有几位隐士修行，附近的居民把他们当作活神仙。"于承珠心道："这必定是我的师祖玄机逸士和上官天野以及萧老太婆这三个人了。"问道："你见过他们吗？"那彝族姑娘道："听说他们住在苍山绝顶的云弄峰，终年云雾笼罩，等闲人哪能上去？就是上去了，那几位'老神仙'也不肯见外人。不过有一位姓乌的大爷，据说是其中一位老神仙的弟子，他倒时常下山采购杂物，并且行医救人。"于承珠道："这位乌大爷是不是叫做乌蒙夫？"那少女道："不错，乌大爷的名讳，还是前年我们才知道的。我们在苍山脚下种有菜园，乌大爷每次下山都向我们买菜，后来熟了，也常在我们这里歇脚。我爹爹知道他是个大有本领的人，便求他收我做弟子。可惜乌大爷不答允，说是他师父尚在，他不肯滥收门徒。不过闲常也传授我们父女几路防身的拳脚，只是不允以师徒相称。那吞剑的功夫，就是乌大爷一时高兴，教给我们的。"乌蒙夫是上官天野的第二个弟子，在师门的日子最长，比大弟子澹台镜明所得的传授更多，不过那吞剑的功夫，并非上官天野所授，乌蒙夫与黑白摩诃交情甚好，那吞剑的功夫乃是乌蒙夫见着好要却向黑白摩诃学来的。

于承珠道："你们既然在苍山脚下安居乐业，怎的又回到这石林来？"那姑娘道："就是奉了你师父的差遣呀。今年春天，张大侠到了苍山，和我们也很熟稔。张大侠喜欢到处走动，段王爷也时常请他进宫。"段家在元朝以前，在大理世代为王，虽然现在只被朝廷封为"知平章事"，老百姓叫惯了，仍然称他们为"王爷"。那少女续道："最近段王爷想自立为王，云南各族都拥护他，好与汉人的官府对抗。便想起了石林彝族的豪杰朗英，打听之下，知道他在石林为寇，极觉可惜。张大侠献计，将他们招到大理来。因为我们父女本来是石林的彝人，张大侠便保我们来办这件差事。张大侠叫我们先到昆明和小公爷接头,探听消息,然后再到石林。"于承珠恍然大悟,道:"怪不得沐小姐知道我们的住址,想必是那日被你们看破行藏,告诉沐小姐的。"那彝族少女微笑点头,道:"请恕我们暗地跟踪之罪。"

那彝族少女歇了一歇,往下续道:"我有一个表哥,就是朗英手下的一个小头目,我们到这里来已有两三天了,还没有机会得见朗英面谈。我的表哥说,朗英被杜焜挟持,只怕不能作主。前日来了几个京城侍卫,其中一人名叫韩展的和杜焜以前是八拜之交,正在游说杜焜做他们在云南的耳目,我的表哥更不敢向朗英说了。这次定计诱你们进石林的便是韩展夫妇和杜焜的合谋。听说这次来的几位侍卫,都是高手,为首的那个李涵真更是厉害。"于承珠一笑说道:"不过如此!"突然想起一事,却皱了眉头。

那少女道:"好汉不敌人多,于姑娘犯不着以千金之体,冒此巨险。"她只道是于承珠心生怯意,却又因先前的话说得太满,不便转口,故此皱眉。于承珠笑道:"那几个侍卫也算不了什么,凭我和叶大哥还对付得了。只是动起手来,只怕会误伤了你们的族人。"那彝族少女想了一想,说道:"于姑娘既有把握,那么我的差事就请你代劳了。"从怀中取出一面小旗,旗上绣有两头狮子,递给于承珠道:"这是段王爷的王旗,云南各族,无不认得。于姑娘若能将那几个侍卫和杜焜一齐打败,凭王旗作信物,招降朗英,那就易办得多了。"这正是一举两得之计,于承珠大喜,接过王旗,道:"好,请你立即带路。"

匪党的巢穴在石林内的大金岭上,林内的石峰都不很高,只有这大金岭高达百丈,山势亦是最为峭拔,山岭周围,诸峰拱绕,俨若迷宫。那彝族姑娘带领于承珠、叶成林二人,上高下低,穿过奇岩削壁迂回曲折的通道,从如剑如戟的石峰中穿插而过,越上越高,那些石峰,峰峰相连,有许多石峰之间,中横怪石,状如天桥,若非于、叶二人都是轻功绝顶,在石峰之上行走,怕不两腿酸软,寸步难移?此时已是日落黄昏,在石峰高处一望,但见万笏朝天千岩竞秀,在夕阳残照下更显得静穆庄严,恍似神仙境界。于承珠叹道:"如此洞天福地,哪容少数匪徒盘踞,即算不是替段王爷办事,我们也该把这些匪徒驱逐出去。"

这彝族姑娘自小在石林内玩耍,道路极熟,带领他们从秘道进入大金岭内,竟无人知晓。到了岭脚,天色已黑。但见山坡间黑影幢幢,岭上大寨的火光隐约可见。那彝族姑娘怕碰见巡山的人,对于承珠道:"从这里直上,经过三座石峰,便是大寨了。于姑娘,祝你马到成功,待你破寨之后,咱们再见。"悄悄溜开,从第二条路混入后寨。

于承珠坐下来稍为歇息,并与叶成林商议,依于承珠之意,便要直闯入寨中,杀他个落花流水。叶成林笑道:"寨中虽无一流高手,但咱们人少,他们人多,倒也不可不防。不如我与你分为两路,你在前寨引住那些侍卫,我放火烧他的后寨,让他不知道我们的虚实,也绝了朗英盘踞之心,便于招降。"于承珠心道:"看他不出,说来竟是深合兵法,似乎比铁镜心的夸夸其谈要实际得多。"

计议既定,两人分路上山。于承珠展开轻功,端的是捷如飞鸟,掠过第一座石峰,哨兵竟无知觉,于承珠有些轻敌,接着上第二座石峰,从哨岗数丈之地掠过,忽听得"嗖"的一声,利箭穿空,疾地射到,听风辨器,力道颇为强劲,于承珠急忙闪开,那人刚刚出声,便被于承珠一朵金花封闭了穴道,回头看那利箭,竟射入了一块大石,虽非一流高手,亦足惊人,于承珠倒不敢太大意了。

于承珠将那哨兵的号衣剥下,披在身上,接着攀登第三座石峰,夜色苍茫,只见两条人影窜了过来,扬声问道:"周大哥,你怎么不在下面把守?"以于承珠的轻功本领,也被来人听出声息,可见亦非庸手。这回于承珠早有准备,飞身一掠,金花立刻出手,那两人刚刚发觉不是"周大哥",已被金花打中穴道,动弹不得。原来在第二、第三座石峰把守的人,都是杜焜的得力助手,本领自比一般小头目高强得多。

于承珠蛇行兔走,悄悄摸近大寨,她身上披着号衣,夜色朦胧中,值夜的头目绝对料不到敌人能深入石林,并越过三座石峰,虽有一二人听出声息,也以为她是同伴。于承珠摸近大寨,只听得里面猜拳呼啸,闹成一片,于承珠心中冷笑:敢情他们是开"庆功宴"了。

于承珠猜得不差，他们果然是开庆功宴，只听得李涵真那苍老的声音哈哈笑道："韩二嫂，这回设计擒敌，你的功劳最大。韩二哥，你受了点伤，也值得了。"接着一个妇人妖里妖气的声音说道："老爷子过奖啦，我可不敢贪功。说实话，这回的功劳，应数杜寨主最大，要不是他借石林给我们，这两个点子可不容易对付。"李涵真哈哈笑道："大家都有功劳，大家都有功劳！阳总管已到昆明来了，咱们可以将点子解去昆明，省去多少麻烦，还可以就近请功领赏。杜寨主，你若是欢喜的话，就请阳总管对沐国公说说，再请准朝廷封你做这里的土王，哈哈，那时你就名正言顺，不必再局促在这石林里面做山大王啦！"杜焜粗声粗气地笑道："我也不望什么封赏。喂，那姓于的小姑娘赏给我行不行？"李涵真大笑道："你知道她是何人？她是于谦的女儿，也是皇上所要的叛逆之女，你怎能要她？"杜焜失声叫道："于阁老于谦之女？呵，该死，该死！早知是她，我岂敢动这个念头？"原来于谦忠肝义胆，天下同钦，即使是杜焜这样的恶人，心底里也是佩服的。

李涵真道："怎么？于谦的名字把你吓着了？本朝法例，罪人子女，没为官奴。只可惜那小姑娘长得太美，只怕皇上见了会自己要，要不然你花一笔大钱，也许可以将她在内府里赎出来。"说罢，哈哈大笑，笑声未已，忽听得"刷"的一声，帐篷倏地裂开，金光一闪，那"韩二嫂"一声厉叫，首先仆倒地上，李涵真却眼明手快，拔出腰刀，回身一挡，将一朵金花格开，只见于承珠柳眉倒竖，运剑如风，飞身杀入。

杜焜惊叫了一声，吓得呆了，于承珠一声叱咤，一扬手又是三朵金花，那韩二哥首当其冲，被一朵金花穿过喉咙，登时毙命。杜焜刚刚挥动齐眉棍，正想上前助战，也被两朵金花打中，于承珠念他尊敬自己的父亲，这两枚金花，打中穴道，只把他的武功废了，却并不伤他性命。

李涵真看清楚只是于承珠一人，又是哈哈大笑，于承珠喝道："黑白摩诃放你逃生，要你洗心革面，想不到你还是甘为鹰犬，残害忠良。好，今日可不能轻饶你了！"李涵真用太极刀招式，以柔克刚,一连化解了于承珠的三剑猛攻,哈哈笑道:"你不饶我?我可要饶你呢!并肩子齐上,这是叛逆之女,只准活擒,不许毙命!"李涵真带来四个侍卫,除了韩展一人被打死之外,还有三人,都是高手,一涌而上,登时把于承珠围在垓心。

于承珠一声冷笑,青冥剑倏地展开,但见冷电精芒,缤纷飞舞,百变玄机剑法,精妙绝伦,只杀得那几个卫士只有招架之功,毫无还手之力,幸而有李涵真还接得住于承珠的剑招,要不然那几个卫士的兵刃早被削断。

李涵真在太极拳刀两门,下过几十年苦功,刀掌兼旋,堪堪抵挡得住。于承珠恨他口舌轻薄,招招凌厉,剑势如虹,李涵真那三个助手,只求自保,攻势几乎全指向李涵真身上,李涵真挡了二三十招,渐觉应付艰难,招数全被封住,攻不出去。

这一场大打,早把全寨惊动。杜焜在地下爬了起来,嘶声叫道:"朗寨主快叫弓箭手来!"于承珠回身一剑,把李涵真迫退三步,扬手又是三朵金花,那三名卫士,除了一个本领较高的能够避开之外,其他两人,一个被打瞎眼睛,一个也像韩展一样,被金花穿喉而过,登时毙命。于承珠剑锋指着杜焜喝道:"饶你性命,还不领情?再敢多话,这两个人就是你的榜样。"

大寨里人声鼎沸,于承珠运剑如风,紧紧迫着李涵真,不许他逃走,抽眼一看,只见一个彝族打扮的虬髯汉子,双目炯炯,堵着寨门,后面已然集合了几十名弓箭手,想来这人便是朗英了。于承珠取出那面绣着两头狮子的王旗,迎风一展,叫道:"朗寨主,你是彝族英豪,何必为虎作伥,段王爷请你到大理去共图大事,望你三思。"一扬手那面王旗径向朗英飞去,朗英接到手中,登时呆了。

李涵真喊道:"朗寨主,你要荣华富贵,我请皇上封你做石林的土司。快合力把这女贼擒了!"话犹未了,忽听得驴马嘶鸣,脚步嘈杂,后寨火光大起,朗英哪知道只是叶成林一人所做的事,只道大寨已被攻破,陷入包围,怔了一怔,忽地喝道:"谁稀罕你汉人朝廷的封赠!"一挥手叫弓箭手退开,竟然拔出刀来,助于承珠杀李涵真。

李涵真这一惊非同小可,但他老奸巨猾,虽危不乱,忽地心生诡计，霍地一个闪身，左臂一伸，施展大擒拿手法，将朗英扭住，于承珠正自一剑刺来，李涵真把朗英一推，哈哈笑道："好，咱们拼个同归于尽！"

于承珠剑锋一颤，"刷"的一声，从李涵真耳边削过，她投鼠忌器，这一招竟是临崖勒马，不敢骤下杀手。李涵真哈哈大笑，忽听得一声大吼，震耳如雷，帐幕倏地卷开，一条汉子旋风般扑入，李涵真还未看清楚，立觉奇痛彻骨，原来在这一照面之间，已给来人用擒拿手扭弯了右手臂膊，这人不问可知，当然是叶成林了。

这正是以其人之道还治其人之身，叶成林练得有大力金刚手的功夫，五指一紧，略一用力，李涵真已是禁受不住，手上的钢刀翘了起来，反斫自己的额角，李涵真迫得放开抓着朗英的左手，拼力抗拒，朗英身子一松，勃然大怒，反手一刀，"咔嚓"一声，将李涵真斩为两段。

把眼看时，杜焜早已在混乱之中逃走，剩下的那名卫士也被于承珠杀了。这一役，杜焜的党羽以及李涵真带来的人，或死或逃，大寨内剩下来的全是朗英的人。一些人待去救人，朗英哈哈笑道："烧了干净，咱们摆脱了这些狗子，都到大理投段王爷去。"有人应道："不错，咱们再也不干这个营生，也省得被乡亲责骂。"这个人正是那彝族少女的表哥，那彝族少女早已回到寨中，这时正抱着于承珠欢喜得说不出话。

当晚，朗英这一伙人便撤出石林，附近的村子听到这个消息，乡民都赶了来，朗英亲自宣布改邪归正之事，乡民欢声雷动，登时在石林前面的大草坪杀猪宰羊，歌舞狂欢。朗英的手下全是彝人，几乎有一大半在附近的乡村里还有家人亲戚，朗英当即决定，放假三天，让手足兄弟与家人团聚，三天之后，再去大理。

于承珠与叶成林可是急不及待，参加了彝族的狂欢舞会之后，立即向朗英道别，起程上路。拨转马头，改过方向，前往大理。

从石林前往大理，一千多里路程，全是山地高原，十分难走，走了四五天，还是在丛山峻岭之中。叶成林朴讷寡言，对于承珠却是照料得很周到，于承珠但觉这个旅伴，虽然并不讨人喜欢，但却也不惹人讨厌。云南的花木之多，冠于全国，气候又特别好，叶成林虽然朴讷寡言，一路上鸟语花香，山奇水丽，于承珠倒也不觉得寂寞。有一种树叫做"大青树"，当地土人叫做"风水树"，沿路皆可见到。这是在北方见不到的一种乔木，树叶极为茂盛，葱茏耸立，浓荫蔽地，四季常青，树根像龙爪，牢固地盘结在地上，就似青春和生命的象征，任谁见了，都会欢喜赞叹。于承珠忽起遐思，以前她曾把铁镜心比作江南园林里的玫瑰花，把叶宗留比作云贵高原上的松杉，现在又觉得叶成林有些像大青树，静穆庄严却又充满生命力的大青树。但她到底是愿意在大青树下遮荫呢？还是愿意在玫瑰丛中吟咏呢？那就连她自己也不知道了。

进入大理州界，山岭峭峻，山路越见崎岖。这一日，于、叶二人翻过一个极其险陡的山坡，名叫"红崖坡"，在山下时，于承珠曾向山民打探路程，知道过了红崖坡之后，再走两天，便可以到大理了。于承珠一想到即将可以见到师父，精神焕发，忘了疲劳，抢先登山，哪知山坡险陡曲折，极之难走，人纵不疲，马也累了，于承珠和叶成林只好牵着马走，于承珠叹道："一路上人说，天子庙坡最高，红崖坡最险，果是名不虚传。"叶成林笑道："一路上人们也说，大理风景最佳，经过险阻的路程，才更显得那是桃源福地。我看这是天公有意的安排，先有艰难，后有安乐，世事如此，行路亦然。"叶成林知道于承珠欢喜名胜风景，这说话自然是给她"打气"的，于承珠却是心中一动，只觉他的说话虽似说笑，却也自有几分哲理。

好不容易爬上了红崖坡，两匹马都累得喷气嘶喘，于承珠和叶成林坐下来歇息，但见山坡之下是一个山间坝子，地势平坦，庄园隐约可见。于承珠笑道："你的话不错，过了高山，便是平地。"蓦然想起自己从长江之滨来到云贵高原，地方迥异，旅伴也大不相同，不觉倏然神往，铁镜心的影子又在脑海中摇晃，回头一瞥，但见叶成林也正在看着她，于承珠忽然面上发烧，但觉叶成林好似看破了她的心事。其实自从那天在石林之后，于承珠在叶成林面前绝口不提铁镜心，叶成林又哪里猜想得到于承珠此刻心中在想铁镜心？

于承珠低头默想，越想越乱，忽听得下面坝子传来一声骏马的嘶鸣,霎那间,于承珠好似梦中骤然惊起,叫道:"照夜狮子,照夜狮子!"叶成林道:"什么?"于承珠道:"我失去的宝马,我失去的宝马!你在这儿照料牲口,我去看看!"不待叶成林再问,立刻飞奔下山,把叶成林弄得莫名其妙。

于承珠跑到半山,只见坝子上有一间红砖绿瓦的大屋,外面大草坪上有许多庄丁,草坪上并无牲口,于承珠心道:"我绝对不会听错,那是我宝马的嘶鸣。呀,马儿呀马儿,你一定是给恶人关了起来,知道我来,向我求救了。"正待不顾一切,冲下去搜庄,忽见下面有一个白衣少年,向着草坪那群人如飞疾跑,于承珠骤然间又似堕入梦中,呆若木鸡,这个白衣少年不是别人,正是她刚刚念及的铁镜心!

这一瞬间,于承珠心魂迷乱,想冲下去,但两条腿软软地提不起劲来,到底是喜欢过甚,还是仍想似在台州之时那样将他避开?她自己也不知道自己的心情,忽地想道:"且看看他来这里做什么?呀,铁镜心也会到这儿来,这真是做梦也想不到的事!"正是:

是爱是憎难自识,女儿心事没人知。

欲知后事如何?请听下回分解。

第二十三回　往事如烟　罡风吹已散
　　　　　　前尘若梦　死水又重波

　　于承珠做梦也想不到铁镜心会来到这儿。铁镜心却是有意追踪于承珠的。凭他的聪明，他早料到于承珠离开义军之后，定是到大理来找她的师父。他一路兼程追赶，碰巧于承珠在贵州苗区和昆明耽搁了一些时候，中间又走了石林这一段歪路，故此铁镜心反而赶在她的前头。但是铁镜心也是做梦都想不到，于承珠此刻就在这山坡上，离开自己只有半里之遥。

　　于承珠躲在一块岩石之后，心头好像有一头小鹿，跳跃不休，眼睛却注视着铁镜心。只见铁镜心冲入草坪，大声喝道："谷老匹夫，快出来见我！"那些庄丁纷纷吆喝，铁镜心就似一头发了狂的狮子，谁来拦阻，就把谁推翻地上。

　　于承珠正自惊诧，只见庄门忽启，一个虬髯大汉手提一柄厚斫山刀，大踏步走了出来，扬声喝道："好小子，你两次三番到我庄前闹事，到底意欲如何？"铁镜心朗声说道："意欲如何？我才要问你意欲如何？你为什么不让我与于相公相见？"那谷庄主道："这里是谷家庄，哪有什么于相公？"铁镜心喝道："没有于相公？怎的有于相公所骑的宝马？"声音忽然放低，说道："是于相公不愿见我，还是你不让他见我，你总得把话说个分明。"那谷庄主喝道："胡言乱语，你再胡闹，今日我可不客气了。"铁镜心道："怎样我也要见于相公一面，不，不，他不会不见我的！"旁边一个少年叫道："爹，和这疯小子多说什么，一刀将他打发了吧。几次三番在此胡闹，传将出去，岂不辱了我谷家庄的威名？"这少年乃是小庄主，原来铁镜心已在庄上闹过三天了。那谷庄主也曾与铁镜心交过两次手，心中想道："若是一刀打发得了，那倒易办了。"

铁镜心又道："你说不是于相公，那你总得请这匹照夜狮子马的主人出来与我一见！"说话的声气简直近于恳求了。谷庄主大怒喝道："什么照夜狮子马，什么主人？谷家庄是我的，这周围十里的田地、房屋、牲畜都是我的，我就是主人！敢情你是看中了我的这匹宝马，哼，哼！你这小贼擦亮眼睛，我谷中豪可是好欺负的！"铁镜心大喝道："不让我见人，敢情你是谋财害命，杀了于相公，抢了他的马？"谷中豪大怒喝道："疯小子，胡说八道，看刀！"只听得叮当一声，火花四溅，铁镜心与谷中豪已交上了手。

于承珠听了半天，逐渐明白，心中想道："必然是铁镜心发现照夜狮子马在这谷家庄，故此以为我在这儿了。他不知道我已换了女装，怪不得他还是口口声声叫我做于相公。呀，铁镜心呀铁镜心，你原来竟是如此记挂我么？"

刀来剑往，金铁交鸣，加上庄丁呼喝的声音，闹得震天价响。于承珠对这些声音，好似全没有听进耳中，只是痴痴地想："铁镜心这样渴望见我，我却尽是想躲避他！"忽地感到有些对不住铁镜心，几乎就想冲下去与铁镜心相见，忽而又想起以前与他相处的日子，只怕见了反要平添许多麻烦。蓦然间听得铁镜心大叫一声，于承珠瞿然一惊，急忙探头一看，只见铁镜心肩头鲜血滴下，原来已是给那谷庄主的刀锋划了一道伤口。

于承珠这时再也无暇思索，掌心扣了三朵金花，便待出去助战，只听得又是一声厉叫，原来是谷中豪的臂膊也给铁镜心刺了一剑，铁镜心大笑道："来而不往非礼也！看剑！"嗤的一声，这一剑谷中豪堪堪避开，但衣带却给削断。铁镜心受伤之后，更是凶猛难挡，剑势如虹，杀得谷中豪连连倒退。

于承珠心中稍定，仍然躲在岩石后面，心道："铁镜心对付得了这个庄主，我且再看一会儿。"那谷中豪虽败不乱，一柄厚背斫山刀舞得呼呼风响，居然遮拦得风雨不透。于承珠心道："想不到在这个地方，居然有如此人物？我的照夜狮子马怎么会到他的庄上来呢？他武功虽高，却也未必盗得了我的宝马。"

只听得叮当一声,火花四溅,铁镜心与谷中豪已交上了手。

过了片刻，谷中豪又中一剑。铁镜心的惊涛剑法，变幻无方，招招凌厉，谷中豪虽然是臂力沉雄，刀法也遮拦得极为严密，但比将起来，到底是相形见绌。那小庄主见父亲独力难支，在庄丁手里抢过一条长矛，冲来助战。谷中豪急忙喝道："俊儿，退下！"那小庄主蛇矛急刺，哪里收势得住？只见长矛的钢尖，就要触到铁镜心的后心，忽听得"咔嚓"一声，铁镜心反手一剑，将长矛削为两截，一个飞身蹬脚，那小庄主"吧哒"一声，跌出了一丈开外！

谷中豪不知儿子有否受伤，心中大急，斫山刀呼呼风响，疯狂反扑，但高手比拼，哪容分心，如此一来，破绽露得更多，不过片刻，左臂又中了一剑，再也支持不住，铁镜心大喝一声，长剑一展，反手一敲，"当啷"一声，谷中豪那柄厚背斫山刀脱手飞出，铁镜心长剑一指，剑尖对准了谷中豪的咽喉，朗声说道："你让不让于相公见我？"

谷中豪一声长叹，问道："俊儿，你受伤了么？"那小庄主道："没有。"谷中豪道："好，这是我二十年来的第一次败仗，你叫什么名字？"铁镜心道："台州铁镜心！"谷中豪道："好，俊儿，把那匹马的两位主人请出来见铁相公。"铁镜心道："什么，两位主人？"谷中豪不答这话，撕下衣襟，包扎了三处伤口，又叹了口气，吩咐儿子道："把那匹马也牵出来。"

过了片刻，只见那小庄主带了一对青年男女走出来，看来都不到二十岁的年纪，衣服丽都，竟似贵家子弟。

铁镜心呆了一呆，叫道："你，你，你们是谁？"那对少年男女也是莫名其妙，道："你，你是谁？为什么定要见我？"

不说铁镜心惊诧，于承珠更是惊奇不已！她一心等候，想着这个偷马贼是谁，谁知却是沐国公的一对儿女，沐璘和沐燕！他们竟舍弃了国公府中的锦衣玉食，逃到了这儿来！

原来那日沐璘知道大内总管阳宗海到府，自知闯下了祸，和沐燕商量，两人都厌倦了国公府中牢笼般的生活，憧憬着外面的世界，商量之后，竟一齐逃走，想到大理去找张丹枫。张丹枫在国公府教书之时，曾对他们说起自己有一匹宝马，名为"照夜狮子"，神骏无比，现在给了徒弟于承珠作为坐骑，这匹马不但神骏，而且极有灵性，除了主人，谁都不能骑它，它又最认得主人日常佩戴的东西，若是持有它认得的主人之物，它也会听话。张丹枫是无心提起，沐燕却听在心里，在张丹枫离府之时，沐燕求他送一把日常惯用的描金扇子作为纪念，张丹枫不以为意，随手就送了给她。

那一日沐燕既决定了逃到大理去找张丹枫，本来还未打算盗马，她和弟弟逃出国公府后，先到旅舍去找于承珠，岂知于承珠那时正与她的丫环都被阳宗海困在水牢，沐燕姐弟不见于承珠却见了那匹照夜狮子马，心念一动，想到骑了这匹马逃，那当真是最好不过，于是手持张丹枫的扇子，将白马驯服，骑了便走。

两姐弟合骑宝马，不消三日，便过了红崖坡，其时天色已黑，两人到谷家庄投宿，却不知谷庄主谷中豪乃是滇西一霸，见了宝马，心存攘夺，愿以黄金百两，换这匹照夜狮子，沐燕姐弟，当然不肯。这个谷中豪乃是江湖上的大行家，鉴貌辨色，猜想沐燕姐弟乃是初出道的雏儿，用说话一榨，百般盘问，果然给他盘问出了此马并非沐燕姐弟之物。这一来谷中豪更是不肯放过，再盘问沐燕姐弟的来历，沐燕姐弟生怕被送回国公府去，这回却不肯露出半点口风。谷中豪起初以为他们是初出道的小贼，后来见他们举止雍容高贵，心中猜疑不定，倒不敢将他们为难。只是将他们软禁起来，一面派人到昆明打听。那匹照夜狮子马不肯听谷中豪使唤，好几次谷中豪想骑它，几乎被它逃脱，有一次在庄前试骑，恰好铁镜心路过看见，因而惹出了今日之事。

且说沐璘、沐燕和铁镜心见了面，双方都不认识，大为诧异，铁镜心道："你们是谁？哪儿偷来的这匹白马？"沐燕一凛，心道："他怎么也知道我是偷的？"沐璘却发了公子脾气，冷冷说道："这匹马不是我的，难道是阁下的吗？谁能骑它，便是主人，你们都想要这匹马，你们就一个个试去骑它，看它究竟服谁？"

铁镜心怔了一怔，他与于承珠相处过多时，自是知道这匹宝马的灵异之处，心道："对呵，他们怎么能骑得了这匹照夜狮子？"

正待盘问，忽见两骑快马飞来，谷中豪一声欢呼，于承珠在岩石后探头一看，来的竟然是阳宗海和盘天罗，阳宗海在未入京师供职之前，称霸西南，与师兄盘天罗到过几次大理，他们和谷中豪都是旧相识。

阳宗海叫道:"听说你得了一匹宝马……咦,沐小公爹,你,你在这儿!"谷中豪跃后几步,脱出铁镜心的威胁,正跑上去迎接阳宗海,忽闻此语,吓了一跳,叫道:"什么?他是沐小公爹?这匹马正是他骑来的!"阳宗海道:"沐小姐,沐公子,你们私自逃跑,不怕急坏了公爹么?"双眼一扫,又发现了铁镜心,更是惊奇,叫道:"铁公子,怎么你也到了这儿?"谷中豪道:"此人三番几次到我庄上胡闹,要讨什么于相公,又要讨这匹白马,怎么?他是不是你的朋友?"心中自忖,要是阳宗海的朋友,这仇可难报了。

阳宗海仰天大笑,叫道:"铁公子,你何苦在江湖上和一些叛党胡混?尊大人正在杭州抚衙,盼你归去。"转头对谷中豪道:"谷庄主烦你派人备马,送沐小公爹和小姐回去。这匹马是无主之马,我不与大哥客气了。"阳宗海眼见心谋,要夺"照夜狮子",谷中豪怒气上冲,忽而一想,这匹马反正自己降伏不了,乐得做个人情,面色一换,不怒反笑,道:"宝剑赠壮士,名马赠英雄。阳总管正好配这匹神驹。"

铁镜心忽地冷冷一笑,道:"阳宗海,你也想要骑这匹马?"阳宗海歪着眼睛笑道:"铁公子,我不将你与叶宗留胡混之事报告朝廷,总算够朋友了吧?马又不是你的,这份交情你还不卖?"话未说完,只见剑光一闪,铁镜心已是刷地一剑刺到!

原来铁镜心自被师父逐出门墙之后,自思自想,要不是自己当时被阳宗海威胁,劝师父将宝剑交回朝廷,亦不至如斯。他不知自责,却把一腔怒气都发泄到阳宗海身上,这时借此马为由,立刻便与阳宗海动手。

阳宗海哈哈笑道:"铁公子,你这是狗咬吕洞宾,不识好人心。嘿,嘿,刀剑无情,你小心了!"他本来不将铁镜心放在眼内,哪知铁镜心竟是形同拼命,一剑紧似一剑,只听得刷的一声,阳宗海的手腕险被刺中,袖管先被削了一截。阳宗海勃然大怒,想道:"不给你点颜色,你也不知道我的厉害。沐公爹的儿子我不敢伤,你一个退职御史的儿子,给你挂点花也没什么大不了。"长剑一展,全力周旋,双方都是一流的剑术,但见剑光飘瞥!剑气纵横,比起适才与谷中豪之斗,何止激烈十倍!

忽听得阳宗海纵声长笑,叫道:"铁公子,还要再打吗?"骤然间一阵金铁交鸣之声,震人耳膜,只见双剑相交,火星四溅,两人身形倏地分开,铁镜心踏着五行八卦方位,连连后退。原来他的青钢剑已给阳宗海削去了一片剑尖,变成了钝头剑了。要知阳宗海名列天下四大剑客之中,虽说比起张丹枫、乌蒙夫等人那是大大不如,但在剑术上也确有不凡的造诣,而且内力深厚,较之铁镜心自是高出一筹。于承珠仗宝剑、凭暗器,在昆明之时,也不过仅仅和他打个平手,铁镜心在三十招之前还可以与他勉强周旋,三十招之后,却就被迫处下风了。

这时,阳宗海削掉了铁镜心的剑尖,更是全力进迫。铁镜心恨火中烧,豁了性命,虽败不馁,展开了惊涛剑法中的精妙招术,缩小圈子,居然仍是有守有攻,不过已是守多攻少了。

于承珠触目惊心,手抚剑柄,正待跃出,忽听得急促的脚步声奔来,回头一看,只见叶成林已到了背后,脸上现出诧异之容,指着场心说道:"咦,那不是铁镜心吗?"

原来叶成林在上面等得不耐烦,又听得厮杀之声,故此跑下来看,陡然发现了铁镜心在场中厮杀,已是一奇;而今瞧着于承珠一副失魂丧魄的样子,更是大出意外。心中想道:"她和铁镜心乃是相交已久的朋友,日前还殷殷向我打探他的消息。怎么现在却袖手旁观?"

于承珠好像从梦中被人惊醒,抚剑说道:"不错,正是铁镜心。"叶成林道:"和他厮杀的那人是谁?"于承珠道:"大内总管阳宗海。"叶成林"呵呀"一声,叫道:"咱们快去助他一臂之力。"不待于承珠答话,立刻飞步赶下山坡。原来叶成林为人仔细,在未知道铁镜心因何厮杀之前,不敢鲁莽出手,而今一听说对手是朝廷的大内总管,那自是不必再问情由。

就在这个时间,只听得阳宗海又是哈哈大笑:"刷"地一剑,削去了铁镜心头上的方巾,纵声叫道:"铁公子你再不抛下长剑,阳某可要得罪啦!"只见他剑走连环,就要痛下杀手,于承珠一声大叫,身形疾起,宛如大鸟腾空,飞身掠下,后发先至,比叶成林还快了一步,先到草坪。

　　铁镜心骤然间听到于承珠的叫唤,心头大震,百忙之中,抽眼一望,但见一个如花似玉的少女,已是向着自己奔来,铁镜心还是第一次见到于承珠的女儿本相,不觉呆了,阳宗海一剑刺来,他竟然忘了招架,只听得又是"刷"的一声,左边肩膊,已给阳宗海划了一道长长的伤口!铁镜心好似毫不知道痛楚,但见他身躯摇晃,拼命一冲,脱开了阳宗海剑光的笼罩,迎着于承珠奔去,颤声叫道:"承珠,承珠!"

　　这霎那间,于承珠但觉辛酸、痛楚、关怀、感激……诸般情感,一齐涌上心头。骤然间又听得那匹照夜狮子马的嘶鸣之声,原来那匹白马一见主人来到,立刻跑来。谷中豪因为这匹白马不肯驯服,在它四条腿上,都缠上粗长的铁链,叫四个力气大的庄丁牵着铁链,防它逃走。哪知它仍是发力奔跑,四个庄丁,都给它拖倒地上,但白马四足也被铁链磨损,一点点鲜血滴了下来。

　　于承珠对这匹白马,爱得如同性命,怎忍见它受如此折磨?但她更不忍在这个时候,先离开铁镜心去救白马,说时迟,那时快,阳宗海已"刷"地一剑搠来,于承珠正待展剑招架,忽听得呼的一声,叶成林从旁攻上,一照面就是"连环双撞掌"的大力金刚手功夫,阳宗海凛然一惊,喝道:"好功夫!"长剑一缩,转了半个弧形,化解了叶成林的攻势,剑锋一颤,一招"奔雷闪电",分刺叶成林与铁镜心两人,这一招攻守相逢,一气呵成,确是一流剑客的手法。

　　叶成林却也傲然不惧,脚步纹丝不动,连接了阳宗海三招,于承珠一看,知道合叶成林与铁镜心二人之力,尽可抵挡得住,对铁镜心瞥了一眼,柔声说道:"你好生抵敌,我救了白马就来!"飞身一掠,那匹白马亦已来到跟前,于承珠宝剑连挥,将四条铁链全都斩断,那四个庄丁已给白马拖得半死。

　　忽听得阳宗海大声叫道:"这两人都是钦犯,不可放他们逃了。"他与叶成林拆了十余招,已是识破了他的身份,心中真是又惊又喜,喜者是李涵真万里追踪的人,却给自己无意之中在这里撞到(他还不知李涵真已在石林身死);惊者是叶成林年纪轻轻,居然有这样硬的功夫,竟不在铁镜心之下。

于承珠手抚马背,正待回身迎战,忽听得一人哈哈笑道:"于小姐,你的师父呢?哈,这回可没有人救你了!"声发人到,一条人影抖起长鞭,倏地凌空扫下,于承珠喝道:"休得伤了我的宝马!"青冥剑扬空疾展,叮当一声,于承珠但觉一股大力扫来,不由自己地倒退三步,原来来的人正是阳宗海的师兄盘天罗,他是赤霞道人的首徒,功力远在阳宗海之上。

那匹白马见主人危险,扬蹄便踢,盘天罗喝道:"畜生,你找死么?"左手一按马头,那匹白马前蹄半屈,却并未被他按倒,于承珠一招"妙解连环",宝剑一旋,欺身直上,盘天罗放开了马,挥鞭迎战,于承珠撮唇长啸,叫道:"马儿,你跑到山坡等我。"那匹马甚通人性,果然一挣脱便跑,只见场中又飞步奔出两人。

这两个人是沐璘和沐燕,他们想趁混战之际,骑上白马逃走,盘天罗如何肯放走他们,只见他身形一晃,人还未到,长鞭已发,呼地一卷,一棵大树竟给长鞭拔了起来,恰好拦住了沐璘、沐燕的去路。盘天罗嘿嘿笑道:"小公爹休要乱跑,等下子咱们同回昆明。"谷小庄主率领家丁将沐璘、沐燕围着,这时他们已知道了沐璘、沐燕的身份,不敢动粗,恭恭敬敬地说道:"请小公爹和小姐回庄。"沐璘道:"我偏要在这里看热闹。"谷小庄主但要他不再逃走,于愿已足,不敢多说。

于承珠赶上来想接应沐璘、沐燕,却是迟了一步。于承珠大怒,撮手便是五朵金花,盘天罗长鞭飞舞,水泼不进,只听得一阵叮叮之声,有如繁弦急奏,五朵金花都被拨落,于承珠不及再发,长鞭已霍地卷来,于承珠想用宝剑削它,盘天罗的长鞭使得灵活非常,宛如数十条长蛇从四方八面飞来,于承珠宝剑虽利,断不能一举将它削为数段,纵然能削去一截,还是会被他的长鞭圈住。于承珠无法,只好不求有功,先求无过,仗着精妙的剑法自保,免得露出空门。

那匹白马听话得很,跑到山下,便停了下来,翘首扬蹄,有如人立,竟似关心主人的安危,在那里出神观战。谷中豪心中痒痒的,真想赶去,捉这匹白马,但转念一想,捉到了也是阳宗海的,何苦给他卖力。把眼一瞧,只见阳宗海给叶成林与铁镜心二人联手夹攻,渐处下风,阳宗海叫道:"谷庄主,这是你给朝廷立功的机会了。"谷中豪家财万贯,倒不在乎一官半职,但他被铁镜心刺了三剑,在一众家丁之前,要向铁镜心服输求饶,这口气却是难消。一听阳宗海求援,也乐得卖个人情,抬起了厚背斫山刀,上前助战,刀刀劈向铁镜心的要害。谷中豪本领虽然较差,但加上阳宗海这样一个强手,和叶、铁二人刚好旗鼓相当。

于承珠独战盘天罗却是吃力非常,幸而她的玄机剑法,乃是天下第一等的剑法,使将开来,端的变幻无方,奇诡百出,尤其只守不攻,更难找出破绽,盘天罗在迫切之间,却也奈何不了她。沐璘、沐燕全神观战,却是各有所注。看到紧张之处,沐璘喝彩叫道:"姐姐快瞧!于姑娘这一剑端的美妙绝伦,呀,可惜,可惜,哎哟,这一鞭好险哪!好,好,幸亏避过了!"沐燕的目光却跟着铁镜心,她弟弟大呼小叫,她只是含糊答应,忽地叫道:"呀,这一剑才叫妙呢,你看一招'鹰击长空'就把大刀的'三环套月'破解了!"沐璘道:"什么?这一招师父给咱们讲解过,哪里是'鹰击长空',这不分明是'玉女投梭'吗?"他不知道姐姐说的是铁镜心,而他说的是于承珠,自然是牛头不对马嘴。

铁镜心力战强敌,身法仍是潇洒之极,沐燕看得出神,心中想道:"我只道以张大侠的剑法如神,世上无人能及,却原来还有人比得上他。"其实以铁镜心与张丹枫相较,那自是相差甚远,不过两人都是书生本色,铁镜心又正是二十刚刚出头的美少年,在沐燕眼中,更是撩人注目。

两姐弟各自全神观战,心有所思,看到紧张惊险之处,不禁失声叫唤。忽听得远处马嘶,那匹照夜狮子马也突然嘶鸣起来,于承珠怔了一怔,只见那匹白马跃下山坡,跳上官道,如飞奔跑。心中大奇,一个疏神,几乎给盘天罗的长鞭扫中。

白马去得快,来得更快,陡然间,忽听得一声大喝,声如霹雳,只见一个碧服黄须的大汉,貌似胡人,身披锁子黄金甲,手提双龙护手钩,骑在白马背上,如飞奔至!于承珠大喜叫道:"澹台伯伯!"原来来的人正是张丹枫的家将澹台灭明,亦是上官天野的大弟子，论起辈分，比张丹枫还高出一辈，他本是汉人，只因世代居住蒙古，故此貌似胡人。澹台灭明此时已是望六之年，仍然矫健无比，只听他一声大喝，纵马狂奔，当者辟易，盘天罗那一鞭刚要打下，给他一喝，心中一凛，急忙回鞭招架。只见两道金黄色的钩光，倏然劈下，盘天罗的长鞭一下子便被锁住，澹台灭明大喝道："你是何人？胆敢欺侮我的侄女？"盘天罗用力一夺，好容易夺了出来，长鞭已断了一截。于承珠叫道："这厮是赤霞道人的门徒，屡次欺负我，澹台伯伯，你给我在他身上留一个记号！"澹台灭明猛喝一声："好！"双钩霍霍，连环疾进，剪、扎、抽、撤，恰如骇电惊霆，两道金蛇，贴着盘天罗的身子飞舞，转瞬之间，只见澹台灭明双钩一合，"咔嚓"一声，盘天罗的锯齿鞭又被剪断一截，丈许长的长鞭，折下四尺不到，盘天罗魂飞魄散，撤鞭便逃。澹台灭明喝道："看你的师父和玄机前辈的交情面上，饶你不死。记下来了！"钩光一闪，盘天罗哪躲得开，一只耳朵竟给硬生生地撕下。

于承珠转身想助铁镜心，那阳宗海却是溜滑得很，一见澹台灭明进场，势头不对，先自逃走了。铁镜心正在追赶，见于承珠过来，倏地停了脚步，低声说道："于姑娘，你好！"于承珠淡淡地点了点头，道："你到云南做什么？"铁镜心凉了半截，心道："我万里追踪，难道你不知道我的心思？"但当着众人，却又怎好向于承珠倾诉自己的心意？尴尬一笑，道："听说张大侠在大理……"叶成林瞧着两人神情奇怪，插口说道："对呵，想来铁兄也是去找张大侠的了，咱们正好同路。"幸而有叶成林的言语解围，铁镜心神色才恢复正常。但见于承珠态度冷淡，好似故意不睬自己，反而去逗叶成林说话，心中又是无限辛酸。

此时澹台灭明早已把谷家庄的庄丁驱散，将沐璘、沐燕救出来。原来那日张丹枫大闹国公府之后，打探出沐燕姐弟逃走的事，料到他们必是前来大理要跟随自己，可是等了多日还未见他们来到。张丹枫生怕他们在路上出事，故此叫澹台灭明前来，沿途打探他们的消息。澹台灭明是张丹枫的家将，那匹"照夜狮子马"自然听他使唤。

谷中豪父子一见势头不对，便已逃入庄中，在庄前撒下蒺藜，关闭庄门，准备迎敌。澹台灭明向沐燕姐弟问明原委，哈哈笑道："此人是滇西一霸，这次居然肯以黄金百两换取你的宝马，虽说是有眼无珠，但还不算是穷凶极恶，咱们就饶了他吧。"于承珠得回宝马，喜出望外，一心想快上苍山拜见师父和太师祖，亦不愿再在谷家庄耽搁。

沐璘、沐燕脱困之后，急忙跑来与于承珠、铁镜心相见。于承珠正想摆脱铁镜心的纠缠，迎上前道："小公爹，多谢你呵！"沐璘受宠若惊，道："你来救我，我才要多谢你呵！你多谢我什么？"一张孩子气的面上，露出又欢喜又惶恐的情绪，于承珠噗嗤一笑，道："你替我爹爹建庙造像，我怎么不要多谢你。"沐璘道："令尊赤胆忠心，为国冤死，天下同钦。建庙造像还不足表示我心中的敬慕于万一，于小姐你把它当作一桩事情提起来，令我越发惭愧啦。"于承珠笑道："无论如何，你的勇气总是值得佩服。你给国公爹责罚的事情，我都知道啦！"沐璘面上一红，讷讷说道："说实在话，我也有点胆怯，全亏我的姐姐，要不是她替我壮胆，这次我也不敢逃出来。哈，你不知道我姐姐最会做作，哄得我爹爹相信她，以为她不会闹事，平时总是要她管教我。哈，其实她的胆子比我还要大，不过她总是躲在背后，推我出头就是了。"沐璘起初想学大人的口吻和于承珠说客气话，说呀说的，终于还是露出孩子气来。

于承珠忍住了笑，与沐燕招呼，道："那日姐姐派遣金娥召我，可惜我来得迟了。"沐燕道："那日之事，冒昧之极，姐姐勿怪。我一心想见姐姐，谁知临时出了岔子，好在如今还是见着了。"她口说一心想见于承珠，眼睛却暗暗地溜着铁镜心。于承珠道："这位是铁公子，都御史铁鈜的少爷。"铁镜心眉头一皱，只听得沐燕说道："呵，那是当年参劾过奸宦王振的铁御史了，我爹爹也曾提过铁大人。久仰了。"铁镜心听她夸赞自己的父亲，心中欢喜，只听得沐燕又道："多谢铁公子和于小姐这次出力相救，哎哟，铁公子还受了伤呢。"忽地想起还有一位叶成林，忘记招呼，顺口说道："还有这位大哥，也一并多谢了。"叶成林毫无芥蒂，点了点头，走开一边，自去和澹台灭明说话。

铁镜心听得沐燕口口声声谢他相救，心中想道："我根本就不知道你被关在谷家庄,这话从哪里说起?"但有人相谢,心中总是高兴。微微笑道:"一点轻伤,不算什么。"沐燕"咦"了一声道:"还说算不了什么,你瞧血还没有止呢。"铁镜心道:"我有金创药,再敷一点便没事了。沐小姐,这确实不算什么,你不知道,我以前在台州沿海抗倭之时,几乎天天流血厮杀,那才真是惨烈呢。有一次我和几个日本七段八段的武士拼刀,我的胳膊几乎给他们劈断,幸亏我躲闪得快,终于还是把他们打败了。"沐燕露出无限钦佩的神情,道:"是么?铁公子真是年少英雄。嗯,什么叫做七段八段?别动,别动,我替你包扎。"一面说话,一面掏出丝绢,替铁镜心包扎伤口。铁镜心被于承珠冷淡,一口气正自难咽,这时心中甜丝丝的,想道:"哼,你不理我,有人却争着理我呢。她还是公侯的千金小姐,也不见有你这么大的架子。"他本来是想推辞的,终于还是让沐燕给他包扎了。他也有意气气于承珠,沐燕问一句,他答十句,给她说当时抗倭的故事,把自己描绘得好像是抗倭义军中首屈一指的英雄。

哪知于承珠一点也不生气,只是铁镜心的语言和态度,却把她引入更深沉的思索中,她好像更深刻地看到了铁镜心灵魂的深处。她忽然想起了叶宗留,叶宗留是抗倭的柱石,谁的功劳都不似他,但叶宗留就从来没有半句话夸耀过自己。她的眼光又落在叶成林身上,叶成林曾干了不少大事,也曾帮他叔叔做过善后的工作,一路同行,也未曾听他半句谈过自己。那曾经在她脑海中浮沉过的联想,现在是更加鲜明了:"嗯,一个是江南园林中的玫瑰花;一个是云贵高原上的大青树。玫瑰花只会向富贵中人尽量展示自己;大青树却永远是默默无言地荫庇着来往的旅人。"这是两种截然不同的风格,于承珠现在是看得更清楚了。她有一点点憎厌,然而更感到辛酸,就好像忽然发现自己心爱的珍珠项链乃是假的一样。然而她还是忍不住向铁镜心再看了一眼,无论如何,他今日的受伤还是为了自己呵!然而也不过是仅仅一眼,当她的眼光和铁镜心相接,她感到铁镜心洋洋自得好像要向她炫耀的心情,她又把眼光移开了。

沐璘道:"姐姐你想什么?"于承珠道:"没想什么。我只想快点到大理去见师父。"沐璘道:"是呵,我也想快点见到他老人家呢。"澹台灭明笑道:"那么就快点走呀!"于承珠仍把照夜狮子马让给沐燕姐弟骑,沐燕不肯,说是铁镜心受伤,一定要让铁镜心骑马,终于是铁镜心骑了那匹波斯的黄骠马,沐燕骑"照夜狮子",沐璘却自愿步行,陪于承珠。

从红崖坡到大理,不到三百里路,若以照夜狮子马的脚力,不需半日便可走到。但因有人乘坐平常的马匹,有人步行,尤其沐小公爹不惯行走山路,却定要陪于承珠步行,故此在途中又歇宿一宵。这一晚于承珠虽是旅途劳顿,仍然翻来覆去睡不着觉,铁镜心和叶成林的影子交替地在她脑海中浮现,她想得很多很多,她在江湖上经历了一两年,思想已是渐渐成熟,远非寻常的刚满十七岁的少女可比了。沐璘那带着稚气的面孔,也偶尔在铁、叶二人的影子中间穿插进来,她有这样的感觉,沐璘虽说年纪和她相若,在她的眼中,却和小虎子差不多,想起他幼稚的神情,于承珠不禁暗暗发笑。

第二日一早起来,走过了一段山路,中午时分,转出山坳,便望见一座墨蓝色的像是从地底突然涌出的高山巍然耸立面前,开始只见山峰,渐渐走到山脚,看到山脚的时候,在山的东面也看到了被阳光照得耀眼的湖水。澹台灭明道:"下去便是下关,接着便到大理了。你看这便是有名的苍山和洱海了。承珠,今晚,你可以见到师父啦。"

众人加快脚步,到了下关,苍山和洱海的面目,完全豁露,下关坐落在苍山和洱海的南边,依傍着苍山十九峰南端最末一峰的斜阳峰,面临洱海的一端,从洱海泻出来的水,就绕过这座小城,穿过一个山口,流入漾濞河。到了下关,大风陡起,一眼望去,洱海一望无际的蔚蓝海水,掀起了奔腾的波涛,浪花卷着烟雾,随着飞舞,这情景令于承珠想起了在台州的海边看落日,忽然撩起了阵阵情思。澹台灭明道:"下关风,上关花,苍山雪,洱海月。这是大理著名的风花雪月四景。你们若是怕风,可以到民居暂避。下关的风很奇怪,风从屋顶掠过,就是打开窗子,它也吹不进屋中。"于承珠急着要见师父,笑道:"风中看海景,别有韵味,咱们还是走吧。"沐璘赞道："姐姐，你真是雅人。"这时已是凉秋九月的季节，但中午时分，天气还是暖洋洋的如同初夏，街头尚有呼唤卖雪的小贩，沐燕抿嘴一笑，对铁镜心道："此地风物，比起江南如何？"铁镜心道："各有各的好处，我看惯了江南的景色，反而更喜欢这儿。"沐燕道："我小时候念过一首《卖雪词》，是一个大理的和尚写的，诗道：'双龙关里百花香，银海迤逦点苍山。六月街头叫卖雪，行人错认是琼浆。'这首诗下有注说：'大理苍山雪六月不化，市上卖之，犹吴下之卖冰也。'那么你们那边也有卖冰的了，情景比这里如何？"铁镜心笑道："苏杭市况尘嚣，没有这里质朴清雅的情调。"沐燕好像摸熟了铁镜心的性格，一路上和他谈诗论文，铁镜心也觉得这个侯门小姐，居然不俗，虽然不能在他心中替代于承珠，谈得倒也投机。

过了下关，风平浪静，望向洱海又是一番景色，但见湖光似镜（云南人惯把大湖称为"海"，洱海实是内陆的大湖），湖面上帆影点点，令人觉得宁静幽美，湖岸遍植垂杨，细嫩的枝条，飘曳水面，好鸟啭鸣，海鸥飞翔，景物如诗似画。沐璘又笑道："于小姐说在风中看海别饶韵味，我看碧水无波，更是另有佳趣。有一首诗写洱海无波的情景道：'凫雁喋喋菱荇光，翡翠摇裔兰茗香。古寺双林带烟郭，平湖十里通春航。远梦似曾经此地，游子恍疑归故乡。洱海泛舟看明月，浮萍梗泛悲苍茫。'比对眼前的景色，你说是不是妙绝。咱们再选个明月之夜，在洱海泛舟，那就更有意思了。"铁镜心笑道："好一个：游子恍疑归故乡，到了这儿，我真不想走了！"

叶成林一路默不作声，此时忽然有一种奇异的感觉，但觉于承珠的心意好像和他相通，他也是喜欢狂风下的波涛壮丽的景色的。不禁想道："风平浪静，景色虽美，究属平凡。那是适宜于铁镜心和沐燕这类的公子小姐欣赏的。"于承珠的父亲于谦曾为阁老，乃是一品大臣，论"门第"并不在沐燕之下，但不知怎的，叶成林却总是觉得于承珠好像是属于自己这一路人，和沐燕小姐并无相同之处。其实叶成林和于承珠亦还是相知未深，他对于承珠的估计也还是"偏高"了。于承珠的确和沐燕、铁镜心有所不同，但却也不能说便完全两样了。要不然她对铁镜心的情感，也不致那样难以割开。

从下关到大理，不过一个时辰，澹台灭明不进市区，径自带他们从喜州镇穿过，横渡洱海，一行六人，连人带马，分乘两只渔舟，澹台灭明、于承珠、叶成林一边，沐燕姐弟和铁镜心一边，沐璘本来是想跟于承珠的，但澹台灭明却拉着叶成林先下了船，沐璘不好意思挤进去，只好跟姐姐了。

洱海的水源来自苍山的融雪，所以特别晶莹，湖上渔舟很多，鹭鸶漫天翻飞，时时俯冲下来，再飞上来时，口中已衔着一尾尾的鱼，但听得隔舟的铁镜心笑道："这景色又似江南的水乡了。"接着又是沐燕吟诗，叶成林笑道："他们倒是风雅得很。"于承珠心情缭乱，回眸向叶成林一笑，却似心神另有所属地拍打着湖面的柔波。

渡过洱海，已到苍山脚下，只见山顶积雪覆盖，在积雪中露出一点点苍翠的山色，于承珠道："怪不得苍山又名点苍山。这名字真是真极了。"在山顶望上去，又见层层白云笼罩，好像一条白玉宝带，围绕了苍山十九峰。澹台灭明道："此地人称这景致为玉带锁苍山。我没有你们这么雅，现在急着回去，可无心在山脚仔细欣赏了。"说罢，突然放出一枝响箭。

过了一会，山上跑下几个人来迎接，乃是黑白摩诃和小虎子。小虎子高兴极了，蹦蹦跳跳的比黑白摩诃跑得还快，一溜烟地冲到于承珠面前，于承珠笑道："小鬼头，那天急死我了，原来你已先到了这儿。"小虎子嘻嘻一笑，忽然回过头来，照着沐璘的肩头就是一捶，于承珠忙喝道："小虎子不得无礼，他是沐小公爷。"小虎子笑道："我早知道啦，要不然我这一捶还不把他捶扁！"拉着沐璘的手笑道："好小子，那天你怎的不讲明是我师父未入门的弟子，你讲明白了，我焉能不让你骑那匹白马。哎哟，你怎的扁着嘴儿不说话，我打痛了你吗？好，好，别恼，别恼，我给你赔礼，我带你去捉弓鱼。"沐璘自出生以来，国公府里的上下人等，都像捧凤凰似的呵护他，奉承他，他除了和姐姐玩耍之外，就找不到一个朋友，如今小虎子将他当作相等身份的朋友看待，反而令他感到亲热投缘，他虽然舍不得离开于承珠，终于还是给小虎子拉了去，摘野花、看弓鱼了。两个说小不小说大不大的孩子还玩得挺有意思的。

于承珠、叶成林等向黑白摩诃叙礼相见，说起来才知道他们到了大理已有七八天了，段澄苍和波斯公主住在段王爷的王府里，他们则留在苍山上和张丹枫作伴，小虎子也正式向张丹枫磕头拜师，算作他门下的第二个弟子了。澹台灭明将马匹留在山下那个种菜的彝人家中，一行人等便随着黑白摩诃上山。

苍山十九峰十八涧是大理最著名的风景，十八条溪流，犹如人体的脉络一样，穿插在群峰之间，通到洱海，每座山峰中间都流着溪水，围绕着主峰的三塘溪更是晶冰洁莹，于承珠等一路上山，但见太阳照过山峰的背影折射在水面上，碧波微漾，形成五彩虹霓般回旋着的层层圈环，辉映着深紫、天蓝、碧绿、橙黄、鲜红等等色光；各种各式美妙悦眼的石卵，嵌在水底，如珍珠，如翡翠，如宝石，堆成了水底的宝藏。苍山顶上的积雪虽然是终年不化，山坡的气候却暖洋洋恰似江南的暮春，长满了如茵的绿草和万紫千红的花朵。铁镜心朗声吟道："但得名花长作伴，此身终老在苍山。"沐燕微微一笑，神采飞扬，在她心中，以为铁镜心所说的"名花"必是指她的了，偶然一瞥，但见于承珠双眉紧蹙，目注野花，若有所思，又禁不住心头一动。

上到山顶，只见几间石屋，式样古雅，澹台灭明道："你太师祖和上官天野、萧老大娘两位老前辈住在后山石室，咱们先到前山石屋见见你的师父吧。"于承珠道："这是理所当然。"推门而入，只见云重夫妇早在屋中等候，却不见张丹枫。

云重道："你师父到王府议事去了，这几日军情紧张，听说沐国公已在昆明发兵了呢。"沐璘、沐燕"呵"了一声，心中颇感不安。于承珠正想请问师母，忽听得屏风背后婴儿的哭声，云蕾抱了一个孩子出来，原来云蕾到大理之后，不久即养了一个女儿，如今已有半岁了。

于承珠连忙上前拜见，并向师母道喜，云蕾一把拉住承珠，轻抚她的秀发，爱怜备至，说道："承珠，这一年来亏了你了，让你一个人流浪江湖，我们真放心不下呢，好在你现在平安来到了。嗯，你长得和我一般高啦！"于承珠想起这一年多的遭遇，如今才好似回到家中,心中无限感慨,傍着云蕾坐下,许多话不知从何说起,那女婴生得玉雪可爱,与于承珠倒很投缘,于承珠轻轻逗弄,弄得她破涕为笑,于承珠抢着抱她,爱不释手。

说话之间,忽听得山下又是一枝响箭,澹台灭明道:"待我看是谁来了?"过了一会,只听得一阵响亮的笑声,于承珠道:"是师父回来啦!"赶上去开门,只见张丹枫陪着两个人走进来。正是乌蒙夫夫妇。

张丹枫笑道:"好,你们都来啦,来得正是合时,段王爷听说你们来了,也很高兴,明日请你们到王府去玩。"众人上前拜见,张丹枫听说叶成林是叶宗留的侄儿,笑道:"叶兄想必是奉令叔之命来的了。"叶成林恭恭敬敬说道:"正是。有疑难之事,要向张大侠讨教。"张丹枫道:"请说。"叶成林将来意说了。张丹枫并不即答,向铁镜心笑道:"我与令师神交已久,他可好吗?"铁镜心面上一红,道:"好。"张丹枫道:"对江南的义军之事,我不熟悉,你们二人都是从那边来的,依你们之见如何?"

铁镜心道:"只怕不易成事。"张丹枫道:"何故不易成事?"铁镜心道:"用兵之道,三件事最为紧要,那就是天时、地利和人和。"张丹枫道:"不错。"铁镜心道:"现在起兵,似非其时。国家多难,经土木堡一役之后,中华元气大伤,现在刚刚得几年休息生养,只怕人心厌乱。自古以来,帝王崛起,多是以西北而制中原,罕见有在沿海起兵,可以成大事的。而且,不是我敢小看于人,似毕擎天这等草莽英雄,也不是开国之君的材料。所以,依我所见,天时地利人和,三者都不适宜。"铁镜心得张丹枫下问,有意卖弄,接着侃侃而谈用兵之法,断定义军若然起事,必败无疑。于承珠听来,只觉有些道理,有些无理,只是叫她说她却说不出所以然来。

张丹枫微微一笑,对叶成林道:"依你之见,又是如何?"叶成林道:"成败我不敢说。但依我之见,事情只问该不该做,成败倒在其次。"

铁镜心在旁冷笑,道:"若然不计成败,那又何必起兵自惹祸殃。"张丹枫心道:"若是人人都像你这么聪明,一定要有必胜的把握才肯去做，那么当初我的祖先和朱元璋也就不必起兵抗元了。"但他不愿即时发表意见，仍然望着叶成林道："嗯，你再说下去。"

叶成林想了一阵，说道："现下瓦剌复兴，倭氛虽然暂止，隐忧仍在。朝廷不敢抵御外敌，却专向内用兵，大失民望。我看百姓不是怕乱，而是怕朝廷苟安，将来更会惹起亡国的大乱。至于说到地利，当年明太祖也是从江南举兵驱逐鞑虏的，并不一定要倚仗西北才能统一中原。再说到领袖的人才，只要义旗一举，老百姓自会选择。"

铁镜心面色涨红，大声说道："不然，不然！"引经据典，以古证今，从兵法史事种种方面，驳斥叶成林的意见。张丹枫默默静听两人的辩论，不发一言，澹台灭明却听得不耐烦了，道："国家大事，以后再谈如何？我看怎样应付群魔攻山，那才是当务之急。"

于承珠怔了一怔，道："什么群魔攻山？"张丹枫道："你的乌伯伯带有消息来。"乌蒙夫道："我在江南遍找石惊涛，不知怎的，他一回来，就失了踪迹。我就折回来追踪阳宗海。听说他已说动师父赤城子出头，邀请了几个久伏隐居的魔头，要借向玄机前辈拜寿为名，到苍山挑衅。"澹台灭明道："是些什么魔头？"乌蒙夫道："有哀牢山的鸠盘婆公孙无垢，有昆仑山星宿海的摘星上人，还有东海明霞岛的屠龙尊者和甘肃积石山的云阳真君。这几个人若然是咱们的师长出手，想来还可对付，就只怕他们三位老前辈不肯出手，咱们倒不可轻敌呢。"

张丹枫笑道："三位老前辈正在坐关练功，要到我师祖八十大寿之日，才功行完满，选定那日开关。"乌蒙夫奇道："他们还要练什么功？"张丹枫道："武学之道，绝无止境，他们坐关练功，想是要集三家之长为武学创一新境。只不知赤霞道人（赤城子的法号）和那几个魔头什么时候来？"乌蒙夫道："他们以拜寿为名，想当在玄机逸士寿辰的正日来了。"小虎子拍手道："好呵，那日咱们可以看到太师祖大显神通，驱逐群魔了，这眼福真不浅啦。"于承珠微笑道："太师祖是当今武林至尊，他轻易不肯出手的。"张丹枫道："太师伯董岳远在藏边，只怕不能来拜寿了。二师伯潮音和尚远到雁门关外访金刀寨主，只怕来不及赶回。但我的师父和师娘（即谢天华和叶盈盈）到时一定会从小寒山赶至，有他们二人的双剑合璧，敌人虽强，谅亦无足为患。"

小一辈的大都年轻好事，听说几日之后，将有好戏可看，均是大为兴奋。正是：

初生之犊不畏虎，血雨腥风又一场。

欲知后事如何？请听下回分解。

第二十四回　王府逞才华　联题佳句
　　　　　　魔头施毒手　共闯名山

　　张丹枫微笑说道："你们旅途劳累，早点歇息去吧，明日一早，还要去见段王爷呢。"铁镜心瞪了叶成林一眼，好似刚才的辩论，意犹未尽，回头一瞥，但见于承珠仍是一副冷淡的神情，似乎并不欣赏他的"辩才"，铁镜心满怀不乐，也只好随着众人告退，各自歇息。

　　第二日一早，张丹枫带领沐璘、沐燕、铁镜心、叶成林和于承珠五人，一同去拜访段王爷。王府在大理城郊，邻近蛇骨塔，沿途都是大理著名的风景名胜，先是经过蝴蝶泉，泉边一株老树，枝丫交结，下临清碧的池塘，景色清绝。张丹枫笑道："可惜现在已是秋天，没有蝴蝶，要是你们在春夏之交来到，可以看到蝴蝶到处飞来，都集结在这棵大树上，尤其是在四月十七那天，蝴蝶更是一串串地挂在树上，直到水面，首尾相衔，牢结不散，任由游人围观，那才真是人间罕见的奇景呢！"众人悠然神往，沐燕叹道："只怕人事聚散无常，到了明春，咱们这些人又不知散到哪里去了！"有意无意地瞥了铁镜心一眼，铁镜心怦然心跳，低下了头，只当听不懂她说话中的含意。

　　再走一会，经过三塔寺。三塔寺相传是唐朝的大将尉迟敬德所建，有一样奇妙之处，每当斜阳西下的时候，塔影落在十五里外的一个水潭中，称为"三塔倒影"。过了三塔寺，没多久便望见"蛇骨塔"，这蛇骨塔也有一个传奇的故事，据说很久很久以前，洱海有一条大蟒，时常兴风作浪，淹没农田，为害人畜，后来有一个勇士名叫段赤城的，带了七把钢刀，跳进洱海，故意让蟒蛇吞入腹中，在里面将蟒蛇刺死，可是他自己也闷死在蟒蛇肚中，老百姓为了永世纪念这杀蟒的英雄，将蟒蛇的骨头烧成灰烬，修盖了这一座蛇骨塔。相传这位段赤城便是段家的始祖，大理百姓感他的恩德，便拥立他的儿孙世代为王。如今段王府起在蛇骨塔的旁边，想来也是纪念这位传说中的先祖之故。

段家到了明代虽然只被封为"知平章事"，但一般人习惯上仍是称他们为"王爷"，现任的知平章事段澄平算起排行正是段澄苍的堂兄。段澄平、段澄苍和波斯公主听说他们到来，早在花园中设宴相候，段澄苍与波斯公主和于承珠互叙别后之情，倍觉亲热。

段澄平则对沐燕姐弟，招呼备至，沐璘好生过意不去，席间谈起沐琮将要发兵来攻大理的事，于承珠笑道："小公爷，段王爷对你这么好，你的爹爹还要派兵打他？"沐璘涨红一脸，道："我一定劝阻爹爹，请他不要把兵马开进城来。"话是这样说，其实他自己亦无把握。段澄平与张丹枫相视一笑，道："多谢小公爷了！"筵席将散，一位少女笑盈盈地走进花园。

段澄平招手笑道："珠儿，快来见过客人。"原来是他的女儿。段珠儿刚满十六岁，与沐璘年纪相若，聪明活泼，惹人怜爱。沐燕拉着她的手笑道："好一个漂亮的姑娘，真像弹词里面唱的公主。"段珠儿道："姐姐才是天仙化人呢。听说沐公爹要派兵来打我们，将来国破家亡，只怕我给姐姐做奴婢，姐姐也不要呢。"沐燕道："妹妹说这样的话，臊死我了。其实我爹爹并不想与你们为敌，那是朝廷的意思。"段澄平笑道："别说这杀风景的事了，小公爷和沐小姐远远地从昆明跑到咱们这儿来，都是自己人呢。珠儿，你唱一段曲词给姐姐听。"

段珠儿轻敲檀板，唱大理的四季词，第二段是唱夏季的；词道："五月滇南烟景别，清凉国里无烦热。双鹤桥边人卖雪，冰碗啜，调梅点密和琼屑。"沐璘笑道："我们来的时候还见街头有人卖雪呢。"段珠儿微绽樱唇，轻轻一笑，道："大理和你们的昆明一样，四季没有很大的差别。"再唱了两段，总括大理四季的风光，婉转而歌，唱道："雪月风花歌大理，苍山洱海风光美。三塔斜阳波影里,山河丽,黎民但愿征尘息。"张丹枫哈哈笑道:"好一个:黎民但愿征尘息。"沐璘听得心醉神怡,但觉若把大理作战场,那真是莫大的罪过。

席散之后,段澄平带众人游玩王府,段家王府经过几百年的经营,端的是水木清华,高丽幽雅,兼而有之,走到花园的中央,有一个小湖,周围白石栏杆,有四道大理石的长桥交叉穿过,景色美极,湖的东面尽头,有一块大石兀立,状如巨狮,石上还建有亭台楼阁,沐璘啧啧称赏。段珠儿笑道:"你们刚到大理,大约还没有游过观音庵,那观音庵整体建在一块大石之上,那才真是大呢。这块石头和它比起来,不啻小巫之见大巫。"沐燕道:"观音庵是不是又名大石庵?"段珠儿道:"是呀。姐姐你到过了?"沐燕道:"我是在滇南风物志上读到的,听说它还有一段故事。据说古时候有一批强盗,要来洗劫大理,观世音菩萨化成了一个老妇,背着那块大石,强盗见了,非常惊诧,观音说道:'我年纪老了,只能背这块小石头,城里的年轻小伙子,经常背的石头,比这个大十倍还不止。'强盗听了害怕,不敢进城,便逃跑了。这个故事叫做'背石阻兵'是么?"沐燕在铁镜心面前,最欢喜卖弄她的博学,段珠儿点头道:"正是。姐姐博闻强记,令人佩服。据说后来老百姓为了感恩,便在这块大石上建起了一座观音庵来。"这故事其实于承珠也是知道的,她却静悄悄地站在一边,听沐燕一个人说,心中尽在想道:"观音可以背石阻兵,咱们没有观音的神力,可不知道能不能阻止这次刀兵?"

铁镜心一直在暗中留心于承珠的神色,只道她心中不快,笑道:"瞧这风景多美,你们不是赏风景而是谈风景了。"沐燕一笑说道:"咱们不是在赏着风景吗?听你说的,好像只有你是天下第一个雅人了。"傍着铁镜心走过长桥,只见那块大石上正中建有一座小小的凉亭,倒也十分雅致,花园中各处风景都有题咏,唯独这座凉亭,两边的大理石上还留有联语的地位,一片空白。

段澄平道:"素仰张大侠文武全才,请张大侠在此留下一点笔墨如何?"张丹枫笑道:"留给小辈们出出风头吧,你们谁替段王爷在此题上一联。"沐燕跃跃欲试,一时却想不出合适的联语,望了铁镜心一眼,铁镜心一笑说道:"我倒有了,只是在张大侠之前,可不敢献丑。"张丹枫笑道:"铁公子家学渊源,定然是好的了。"沐燕也笑道:"咱们不说你出风头便是,快写出来。"铁镜心得张丹枫一赞,甚为得意,索了纸笔,一挥而就,联道:

依然明媚山川,一石千秋撑半壁;
似此婆娑风月,四桥两岸落双虹。

沐燕首先拍手赞道:"切景切题,命意深远,确是佳作。"段澄平因他联首的那句"一石千秋撑半壁",含有双关之意,借大石而喻段家,亦是极为欢喜,连连赞美,立刻令人将铁镜心所题的联语交给石匠刻上。张丹枫也点头赞好,心中却在想道:"此人确是有点才华,只可惜上联语气甚豪,下联软弱,却是配不上了。看其文而观其人,只怕他有头无尾,欠缺毅力。"

众人在石下小憩,段澄平意兴甚豪,又叫武士来摔角助兴,沐燕看得高兴,笑道:"这个玩意倒好玩,铁公子你何不下去试试!"段澄平道:"原来铁公子也是文武双才,嘿,你们得此机会,快来向铁公子领教。"那两个武士见铁镜心一表斯文,不敢出尽全力,只怕摔坏了贵宾。哪知铁镜心得段王爷一赞,越发有意卖弄,那两个武士本来就不是铁镜心的对手,被他一摔,两个武士都跌得四脚朝天,额上碰起了好大一个瘤!于承珠不觉眉头一皱,看沐燕时,沐燕也似有点尴尬,段王爷身为主人,只有拍掌赞好,铁镜心初时也料不到摔得那么重,但得主人一赞,神色也就恢复自如。

游完王府,已近黄昏,众人告辞回去。在路上于承珠让铁镜心和沐燕先走,故意和叶成林走在后面,悄悄说道:"说到摔角,你的大力金刚手是武林一绝,若然今日是你出手,那两个武士更要吃苦头了。"叶成林道:"又不是和敌人拼命,适可而止不好吗。不过铁公子摔角的手法利落干净,也的确令人佩服。"于承珠微微一笑道:"你今天为何总不说话?"

叶成林道:"我看那王府建筑的形势,三面依山,一面傍水,守御坚固,但若从水道上轻舟奇袭,一上岸便可到内围防地,山坳的防军回师不及,却是危险。加以王府孤悬城外,与城内的守军也缺乏照应,假若我是敌军的主师,我必走用奇兵先攻占王府,以制大理。"于承珠道:"原来你整天不说话,却是在想着用兵之道。"叶成林道:"不过敌人若派奇兵偷袭,只能用少量的兵力,才能偷渡江防,我方若早有防备,只消以数百训练有素的水师,在洱海上游设防,便可以诱敌深入,一网成擒。"于承珠笑道:"怪不得你在王府内尽是看那壁上画的军事地图。"

两人的谈话忽被沐燕柔媚的笑声所打断,于承珠抬头一看,只见沐燕和铁镜心并肩而走,状甚亲昵,于承珠面上一热,眼光尚未及收回,铁镜心忽然回头一瞥,四目相交,两人都缓缓地低下头去。这一刹那,于承珠心头震荡,但觉铁镜心的眼光中含有无限幽怨。

这一晚于承珠又是辗转思量,直到午夜之后,才阖上睡眼。叶成林朴讷沉毅的影子和铁镜心那潇洒而又带着幽怨的神情仍是不断地在她心头浮现。

第二日一早起来,于承珠在她师父的窗外徘徊,却不敢叩门求见。过了一会,张丹枫开门出来,见着于承珠,微微一诧,笑道:"承珠,你可是有什么心事么?"于承珠道:"没有什么,徒儿来向师父请安。"张丹枫微微一笑,与于承珠走出院子,凭栏眺望苍山洱海的水色山光,张丹枫道:"嗯,日子过得真快,你已满了十七岁了,是吗?"于承珠道:"过了十七岁的生日又三个月啦。"张丹枫道:"你来太湖山庄的时候,还只有七岁,那时还吊着鼻涕呢。"于承珠道:"十年来多谢师父的教诲了。"张丹枫笑道:"看你长大成人,我也放心了。不过……"于承珠道:"不过什么?"张丹枫道:"你七岁之时,当时不会想什么心事,现在是十七岁的大姑娘啦,我却不能不为你在其他的事情上担心了。"

于承珠默然不语,过了一会,忽然抬头说道:"这里的景色和太湖山庄各有胜场。"张丹枫道:"是呀,洱海可比太湖,到春天的时候,满山是花,那景色就更像了。"于承珠忽道:"苍山上也有玫瑰么?"张丹枫怔了一怔,道:"我倒没有留意。不过大理四季如春,就算没有玫瑰花,若是从江南移植过来,我想也可以成长的。"于承珠忽道:"师父,你喜欢江南园林里的玫瑰花,还是喜欢这里的大青树?"张丹枫又是怔了一怔,忽然好似从眼光中猜到了于承珠心头的秘密,微微笑道:"两样我都喜欢。玫瑰花令人赏心悦目,大青树可以供人乘凉遮荫。"于承珠道:"不,假如只许你选择一样呢?"凝眸望着师父,那情形就像孩子遇到难题,要请大人给他一个决定。

张丹枫想了一会,笑道:"这就要看各个人的性情了。比如说,若是沐燕,我想她会更喜欢玫瑰花。"于承珠点了点头,只听得张丹枫道:"不过,若说到对人类的用处,那自是大青树有用得多了。"于承珠又点了点头。张丹枫忽地笑道:"其实你再过两年,再想想这些也还不迟。"于承珠面上一红,张丹枫微笑道:"你可以去和师母谈谈。她想考考你的暗器功夫呢。我还要到王府去打一转。后天是你太师祖开关的日子,你练点功夫给他老人家看。"

张丹枫走后,于承珠咀嚼他的说话,心头仍是一片烦闷,想进去找师母,听得里面孩子的哭声,云蕾似乎正在给孩子喂奶,于承珠不想在这个时候去打扰她,正自怅惘,忽见小虎子蹦蹦跳跳地走进来。小虎子一把将她拉住,嚷道:"找了你许久,原来你在这儿,快来,快来,咱们去捉弓鱼去。"小虎子道:"还有沐小公爹呢,他叫我来邀你去。"

于承珠无可无不可地陪小虎子去捉弓鱼,沐璘见了她,大为欢喜,道:"于姑娘,你好?"小虎子道:"呸,她有什么不好?要你问候。"沐璘涨红了脸,道:"这是礼节。小虎子,你真像一个野孩子。"小虎子双肩一沉,道:"好,我是野孩子,你是大少爷,你不要和我们玩!"沐璘忙求饶道:"算我说错了话,小虎子呀,我怕了你了!"于承珠瞧着这两个说小不小说大不大的孩子,嘻嘻哈哈地闹着玩,心头的烦闷倒是解了不少。

那弓鱼是洱海的特产,也是世界上独一无二的有着怪脾气的鱼,别种鱼都是顺流而游,只有弓鱼是逆水上游,永不回头!它从洱海逆游,沿着苍山十八峰的溪流,常常游上苍山的山顶,游不上去时,就弓着腰射向前面,怎么也不退后,所以叫做弓鱼。

小虎子折了一枝柔枝,结成一个圈圈,弄得好似一条软鞭一样,一见弓鱼射出水面,随手一圈,便丢进鱼篓,手法迅疾,百不失一,不多一会,篓中已堆了半篓弓鱼,沐璘看得频频叫好,小虎子正自捉着高兴，忽见溪中人影一晃，横刺里一条柳枝拂来，将小虎子的"软鞭"拂落溪中，接着"卜通"一声，水花四溅，那半篓弓鱼，也全给来人倾倒溪中，转瞬之间，都向上流游去了。这人是叶成林。

小虎子怒道："叶大哥，你做什么？"叶成林笑道："弓鱼不畏艰难，百折不挠，力争上游，实是值得敬仰，你却将它捉来关在鱼篓里，叫我瞧见了，岂能不为它打抱不平？"小虎子呆了一呆，道："好，算你有理！"拍拍手站了起来，连鱼篓也不要了。

于承珠和沐璘都笑了起来，忽听得一声极其刺耳的笑声，将他们的声音都压了下去。

只见六七个奇形怪状的人物，突然在山坡上出现，其中一个，发红如火，双腿挺直，蹦地一跳，就是七八尺高，两三丈远，瞪着两只铜铃大的眼睛，向着于承珠哈哈笑道："好一个漂亮的小姑娘！"凭着于承珠和叶成林练过暗器的耳力，他们那么多人，竟然到了跟前，才给发现，叶成林不由得暗暗吃惊，看来这一伙人个个都是顶儿尖儿的武林高手。

说时迟，那时快，那红发怪人，猛地一跳，就跳到了于承珠面前，伸开蒲扇般大的怪手往下一抓，于承珠冷不及防，几乎给他抓着，小虎子大喝一声，"砰"的一拳打将出去，这一拳乃是"龙拳"，小虎子虽然年少，这一拳少说也有六七百斤气力，但听得"蓬"的一声巨响，跌倒的不是怪人，却是小虎子，他被那怪人弹出三丈开外，收势不住，直跌到水里去了。

这一伙人正是赤霞道人从四面八方邀请来的有名魔头，其中的六阳真君最为好色，一见于承珠这么美貌，竟然不问来历，伸手便抢。

就在小虎子被六阳真君震倒的同时，于承珠早已拔出青冥宝剑，六阳真君毫不在意，咧开嘴巴，长臂一卷，仍然肆无忌惮地抓来，就在这一刹那，但见寒光一闪，于承珠使出"穿花绕树"的身法，在他身边倏地绕过，青冥剑一招"玉女投梭"，"嗤"的一声，将六阳真君的道袍削去了好一大片，但剑锋触及他的衣袖，竟然也给反弹开来，六阳真君哈哈笑道："好一把宝剑，美人宝剑，

· 413 ·

两者俱得,岂不快哉?"一爪抓下,拿住了于承珠肩头的琵琶骨,这琵琶骨是人身上最脆弱的软骨,纵是武功高强之士,被人抓住了琵琶骨,亦是休想动弹。

六阳真君正自洋洋得意,刚要把于承珠扳转过来,只听得又是"蓬"的一声,六阳真君背心一阵剧痛,竟然不由自己地向前冲了两步,于承珠趁势倒转剑柄,疾点他乳下的"志堂穴",剑柄撞到他的胸膛,发出木石般的声响,六阳真君竟不跌倒,摇摇晃晃地叫道:"好呵,原来你还懂武功,这更好了!"于承珠不容他稍息,刷刷刷,便是一连三剑,抬头一看,只见叶成林在地上不停地打着转儿,拳头肿得海碗般大。原来刚才击在六阳真君背心那一拳正是叶成林打的,叶成林的大力金刚手有开碑裂石之功,不料这一拳竟然只能把六阳真君打得冲出两步,而叶成林的拳头反而打肿,还给他的反力震得稳不住身形。

六阳真君也料不到这几个少年男女有这么强的武功,他接连出手,还是抓不着于承珠,反而挨了叶成林一拳,心中甚是恼怒。

于承珠灵巧之极,知道自己的武功比之敌人差得太远,便只用穿花绕树的身法,仗着青冥宝剑,指东打西,指南打北,六阳真君虽然练有金钟罩、铁布衫的功夫,对这把削铁如泥的宝剑,也不能不有所顾忌,转眼之间,已被于承珠接了他十余招,兀是抓不着她的衣角。于承珠叫道:"叶师兄,快回去请师父。"

叶成林这时已消解了那股反震之力,但见于承珠形势危急,不跑回去,反迎上来,他右手红肿胀痛,左手仍然可用,挥动左拳,又向六阳真君猛击。

于承珠叫道:"不可肉搏,他有气功!"剑光一闪,隔开了六阳真君和叶成林,叶成林左臂一展,抱住了一棵小树,"呼"的一声,把那小树连根拔起,向六阳真君拦腰疾扫,端的是勇猛绝伦,奋不顾身。

六阳真君练的是混元一炁(同气)功,适才为了不愿伤及于承珠,舍而不用,只用本身真力,与之周旋,这时久战不下,深感失了面子,杀机陡起,想道:"我先毙了这个小子,再将这个丫头震晕!"酣斗之中,忽然伸腰深深吸气,忽听得赤霞道人大声喝道:"真君手下留情,这丫头是张丹枫的徒弟!"

赤霞道人本来不认得于承珠,他带来的大徒弟盘天罗却认得。盘天罗曾吃过于承珠的亏,恨不得六阳真君将她擒去,因此一直不肯说明;反而是赤霞道人瞧着于承珠的剑法好得出奇,起了疑心,向盘天罗问及,师尊问及,盘天罗自是不能不说。赤霞道人并不是怕张丹枫,也不是对于承珠有所爱惜,但他到底是一派之祖,行事得依武林规矩,未见主人,未曾交手,就侮辱人家的女徒弟,这事说出去总是不大光彩。因此赤霞道人连忙喝止六阳真君。

六阳真君瞿然一惊,心道:"原来是张丹枫的徒弟,倒不可胡来了。"但他的混元一炁功已经使出,急切之间,不能全部撤回,只听得"咔啦啦"几声猛震,叶成林那棵小树折为几段,幸而六阳真君未尽全力,叶成林也有大力金刚掌护身,一见不好,立刻抛树撤掌,回护胸前,在地上一个"鲤鱼打挺",翻出一丈开外,没有受着内伤。

在叶成林手中的树木被震断的那一刹那,于承珠为了抢救叶成林,亦已豁了性命,运剑如风,欺身疾刺,然而到底迟了一步,叶成林已被抛开,六阳真君的混元一炁功亦已收回,长袖一拂,卷着了于承珠的宝剑,哈哈笑道:"等下我再向你的师父讨人,我要张丹枫让你做我的徒弟!"

于承珠气得面色青白,用劲再刺,但那把剑被六阳真君的的长袖裹住,却是拔不出来。

叶成林忍着疼痛,从地上跃起,想叫沐璘回去报讯,举头一看,却不见沐璘的影子。他不知道六阳真君对于承珠只是心存戏弄,见于承珠的宝剑被六阳真君的长袖卷住,心中大急,咬紧牙根,挣扎着又冲上去。

六阳真君冷笑道:"臭小子,想找死么?"一只袖子卷着于承珠的宝剑,另一只袖子噼啪一挥,朝着叶成林迎面拍打,叶成林只有一掌可用,护着胸膛就护不了面门,六阳真君这一拍势道凌厉,看来实是难以躲开。

劲风拂面,叶成林突感晕眩,正想拼死进招,陡然之间忽见绿光一闪,一股潜力将叶成林推出数步,人未站定,但听得于承珠一声欢呼，几条人影飞腾而起，随即听得六阳真君大叫一声，跌下地来，两道绿光白光衔尾急迫而下，叶成林这时才看得清楚，原来黑白摩诃到了！

原来黑白摩诃是被小虎子叫来的，小虎子精通水性，跌下溪流之后，潜水逆游，谁也没有注意他。正好黑白摩诃想下山访段澄苍，在山坡上便碰到小虎子，听得有人敢欺侮于承珠，立刻如飞赶到，一照面便施杀手，六阳真君猝不及防，先吃了一大亏。

六阳真君武功也确是惊人，被黑白摩诃双杖震飞，居然一跌下地便立即稳住身形，白摩诃一杖劈下，六阳真君大吼了一声，这时他的混元一炁功已然使出，双掌齐推，势如排山倒海，白摩诃的宝杖竟被他荡开尺许，六阳真君运足真气，第二掌还未拍出，陡听得黑摩诃一声大喝："何方妖人敢到苍山放肆！"这一喝直如青天骤起霹雳，震得人耳鼓嗡嗡作响，六阳真君大吃一惊，但他凶悍性成，明知来人内功深厚，那一掌更是拼了全力猛击出去。

但见白摩诃身形一晃，白光稍稍一偏，黑摩诃的绿玉杖后发先至，绿光白光双杖一合，登时形成了一道两色的光轮，六阳真君的混元一炁功虽若狂潮怒卷，却被那光轮挡住，便似碰到了铁壁铜墙！

黑白摩诃双杖合围，一招猛过一招，六阳真君仗着混元一炁功左冲右突，却总是冲不出那两色光圈，众魔头中只有哀牢山的鸠盘婆公孙无垢与六阳真君交好，鸠头拐杖一顿，便想走出，赤霞道人道："先别混战，且待我先去把话说明。"缓缓走出，羽扇一挥，道："这两位可是黑白摩诃么？"黑白摩诃双杖齐下，正自施展杀手，被那羽扇一拨，两色光轮竟自缩短了几寸，六阳真君松了口气，猛地跃起，一招"鹏搏九霄"，凌空击下，黑白摩诃大怒喝道："今日若放你这妖人生出此山，江湖道上就抹了我黑白摩诃的名字。"

赤霞道人羽扇轻摇，冷冷说道："几位道兄真不给贫道一点面子么？"黑白摩诃双杖一圈，先挡住了六阳真君，正想回答，忽听得山头上一声清啸，一个极其清脆的声音缓缓说道："原来是赤霞道长前来，有失迎迓了。黑白二兄暂且回来，有话好说。"说话的人正是张丹枫。于承珠心中大喜，她正忧虑师父到段王府去，不及回来应敌，却料不到师父早已赶回来了。

赤霞道人心头一震，想道："张丹枫果是名不虚传，听他这传音入密的功夫，功力竟似不逊于我。"想起张丹枫不过是玄机逸士的第三代弟子，不禁有点心颤，急忙拉着了六阳真君，道："是呵，咱们且去见了主人再说。"六阳真君满腹怒气，不得不依。

于承珠轻轻扶着叶成林，问道："怎么样，伤得重么？"叶成林捧着那条震伤的臂膊，忍着痛笑道："没什么，只是一点外伤。"于承珠过意不去，扶着他走，叶成林不便拒绝，脸孔涨红得比手臂还要厉害。

众人回到山上，沐璘不知从哪儿钻了出来，见叶成林臂膊肿得吊桶般粗大，惊得呆了，叶成林轻轻拍他的肩膊，微笑说道："小弟弟没吓着么？"沐璘好生惭愧，道："呀，可惜我不会武功。"小虎子道："那你跟我学嘛！"沐璘本来想和于承珠说话，想起刚才被敌人吓得逃跑，忽觉难以为情，讪讪地和小虎子先跑上山。

山上张丹枫、乌蒙夫、云重三对夫妇和澹台灭明、铁镜心等人并列一起，张丹枫见叶成林受伤，取出秘制的金创药叫他去敷。赤霞道人率领一众魔头，在黑白摩诃的背后，这时亦已到了山上。

张丹枫微笑问道："赤霞道长此来，有何赐教？"赤霞道人道："特来给玄机逸士拜寿。"张丹枫道："敝师祖的寿辰乃是后天。"赤霞道人道："先到为敬。想来玄机逸士不会闭门不纳，烦你向令师祖通报一声。"张丹枫道："敝师祖与上官老前辈闭门坐关，要到后日寿辰，才开关见客。"赤霞道人面色一变，道："真的么？"黑白摩诃怒道："他们怕你什么？难道你以为玄机老前辈是不敢见你，故作遁词么？"赤霞道人略一沉吟，化怒为喜，笑道："那就真个不巧了。不过我与玄机逸士份属故人，今日既然到来，说不得只好叨扰居停，等候老友开关了。"

张丹枫冷冷说道："敝师祖闭门坐关，事先曾有吩咐，不许别人嘈扰。请恕我不敢招待诸位。"赤霞道人勃然变色，道："我与玄机逸士订交之时，你还没有出世呢！"澹台灭明冷笑道："那么，张丹枫就更不必卖你的账了。你要讲交情，待后日和玄机前辈讲去，江湖上各讲各的交情,你不懂么?"

赤霞道人怒道:"咱们远来非易,你这么说,当真想闭门不纳么?"张丹枫道:"诸位既为拜寿而来,后日上山,待我禀明师祖,自当款待。今日只好失敬了。"鸠盘婆铁拐重重一顿,"哼"了一声道:"好大的架子!"赤霞道人羽扇一摇,忽地又冷笑道:"你们可知,我今日此来,除了向玄机逸士拜寿之外,还有别事么?"白摩诃道:"我们又不是你肚里的蛔虫,谁知道你打的什么心思?"

赤霞道人气得面色铁青,羽扇一摇,道:"我不与闲人打话。张丹枫,我来问你,你的师父师伯也没来么?"张丹枫道:"家师只怕也要到后日才能赶至。"赤霞道人冷笑道:"那就真是冷了我们这一班道友慕名来访之心了。"与赤霞道人同来的昆仑山星宿海摘星上人仰天打了一个哈哈,笑道:"只怕是虚有其名,有意挂免战牌是实。"

张丹枫眉毛一扬,道:"怎么?"赤霞道人道:"三十年前,我与玄机逸士切磋武功,领益不浅。闻说他这些年来,武功越发精纯了。这几位道人都是海内高人,只是未有机缘得与令师祖请教。所以这次与我同到宝山,一来是贺他八十大寿,二来也是想藉此机缘见识见识名扬海内的玄机逸士的绝技。"顿了一顿,冷笑续道:"我们也想到玄机逸士八十高龄,非复当年之勇,但他门下四大弟子,每人都得他传授一项绝技,呀,可惜都不在此,这岂不叫我们空跑一趟了。"张丹枫哈哈一笑,道:"你要见识玄机逸士门下的技艺,那可容易。第三代弟子还有几人在此,绝不会叫你们失望而回。"乌蒙夫也朗声说道:"上官天野第二代弟子也有数人在此,诸位想切磋武功,咱们也一准奉陪!"黑白摩诃大叫道:"咱兄弟二人,不属任何一派,就是看不惯你们这班妖邪,喂,张丹枫,这一架我也是要打定的了。"

赤霞道人道:"两位也肯捧场,那是最好不过,也省得我们落个以大欺小的罪名。"其实赤霞道人听说玄机逸士坐关,四大弟子亦都不在,正是心中暗喜。本来若是他想真心找玄机逸士较技的话,也不迟在这两天,他正是想趁此机会,先在苍山大闹一场。

张丹枫缓缓说道:"那就请道长划出道来,要如何切磋,咱们一定领教。"赤霞道人退下去和几个魔头窃窃私议,张丹枫冷眼旁观,但见盘天罗在他师父旁边指手划脚,面色一变,忽道:"不好!"黑白摩诃道:"怎么?"张丹枫道:"阳宗海是他最得意的弟子,却不同来;他们既然说是拜寿,却故意提前来到,摆明是想攻我们个措手不及。只怕其中有诈!"黑摩诃道:"我还是不懂,你快给我们剖开,他们闷葫芦里卖的是什么药?"

张丹枫道:"我猜阳宗海是请他师父出头,缠着咱们,他却去偷袭王府。这几个魔头虽然厉害,我猜他们也畏忌上官前辈和我的师祖,敢情他们也打探到我师祖坐关,这才放心来此挑衅。哼,他们的算盘可是打得再好不过,在他们的心思,这里只是几个小辈主持,王府那边也无人抵御,岂不是可以大获全胜。"黑白摩诃道:"我不怕这班妖邪,就担心王府被袭。"他们本想即刻赶去王府,却又舍不得错过这场大战,甚是踌躇。

张丹枫道:"阳宗海武功殊不足道,只是他若去偷袭王府,定是从水路进兵。这不是一两个人较量武功的事,须得有一个懂得兵法,懂得水战的人,赶去指挥。王府那边,水师已有防备,就是缺少一个指挥之人。"眼睛向叶成林瞟了一眼,原来叶成林昨晚回来之后,已将王府防御疏忽之处,对张丹枫言及,张丹枫也有同感,今朝匆匆赶去王府,就是提醒段王爷的。不想他们来得如此之快,张丹枫刚刚回来,他们也跟着到了。

在张丹枫的意思,本来是想叫叶成林去最为适合,但见他手臂受伤,红肿未退,眼光一转,又向铁镜心望去。

铁镜心这时正在向于承珠大献殷勤,只听他说道:"哎呀,于姑娘,你受了伤啦,肩头也给抓破啦,让我给你敷上药膏。"其实于承珠适才给六阳真君一抓,仅是给抓裂一片衣裳而已,连皮肉都没有伤及。

于承珠正在用心听师父的话,铁镜心在她耳边唠唠叨叨,她竟没有全听进去。诧然叫道:"什么?你说谁受了伤?呀,师父,你怕王府被袭,叶大哥昨天也有说了,你们两人正是英雄所见,彼此相同!"叶成林跳起来道:"我在水乡长大,稍懂舟旅之事,待我去!"张丹枫微笑道:"你的伤不碍事么?"叶成林挥动一条臂膊,笑道："还有一条可以用呢！比武或者不能，驶舟谅还来得。"张丹枫道："好，澹台灭明，你护送成林到王府去！"于承珠送他走了几步，道："叶大哥，你好好保重了。"

铁镜心一片茫然，想不到自己一片好心，于承珠竟然连他的话也没有听清楚。对叶成林更是不忿，心中想道："你这厮懂得什么兵法，敢去指挥？"若非碍着张丹枫的面子，他几乎就要冷笑出来。

只见赤霞道人那边似是商议已定，一字排开，赤霞道人当中说道："咱们每人干干脆脆各比一场，不过可得说话在先，这几位道兄都练有独门绝技，若有失手，打死打伤，各安天命。我忝属你师祖旧交，只好等待他日和你的师祖或师伯比试了。"张丹枫笑道："不必客气，老前辈若肯指教，那正是求之不得。不过，我们有两位朋友，有事可要先下山去。"澹台灭明伴着叶成林大步走，众魔头俱是一怔，怒目相向。正是：

闯破天罗地网阵，虎穴龙潭走一遭。

欲知澹台灭明与叶成林能否通过，苍山比武结果如何？请听下回分解。

第二十五回　较技苍山　高峰腾剑气
　　　　　　　泛舟洱海　月夜动情怀

　　澹台灭明若无其事，携着叶成林从人丛中闯过，忽听得摘星上人"哼"的一声，喝道："朋友慢走！"忽发一掌，急如闪电，双掌相交，"蓬"的一声，只见澹台灭明抱着叶成林凌空飞起，摘星上人在昆仑山星宿海潜修多年，所练的"摘星手"狠毒非常，这一掌来得无声无息，竟然被澹台灭明接过，但觉火辣辣般一阵疼痛，手腕被澹台灭明铁指所拂之处，起了一条红印，有如火烙一般，心头一震，第二掌又发出去，说时迟，那时快，黑白摩诃已是双双抢出，双杖一横，拦住了摘星上人的去路，大声喝道："想打架么？有人奉陪！"

　　张丹枫叫道："请问赤霞道长，这是什么规矩？"赤霞道人羽扇一挥，道："由他去吧！"说话之间，屠龙尊者早已一把飞刀掷去，射到澹台灭明的背心，赤霞道人眉头一皱，但听得"当"的一声，那把飞刀，忽地射回，原来是张丹枫使出"摘叶飞花"的内功绝技，弹出一颗小小的石子，硬生生地将屠龙尊者的飞刀碰了回来。

　　黑白摩诃大怒，双杖疾起，左打摘星上人，右打屠龙尊者，张丹枫喝道："你们是想琢磨武功，还是想群殴乱打？"赤霞道人亦已料到澹台灭明是去援助王府，但他是一派宗师，被张丹枫用说话问住，又见澹台灭明已奔下山坡，只得做好做歹，将众人劝开，羽扇一摇，把黑白摩诃、摘星上人、屠龙尊者隔开两边，朗声说道："大家别闹，按武林规矩各比试一场。"这说话把黑白摩诃骂在里头，黑白摩诃怒道："好个不分青红皂白，是谁胡闹来了？好，咱兄弟俩就先请教你赤城派大宗师的绝技!"

六阳真君双掌一错,冷冷笑道:"割鸡焉用牛刀?还是咱们把刚才那一场未打完的架分个胜负吧!"黑白摩诃双杖一顿,大怒喝道:"好呀,那正是求之不得!"鸠盘婆公孙无垢在旁边阴恻恻地说道:"六阳真君以一敌二,不怕自损名头吗?"黑白摩诃怒道:"你一人来是咱兄弟接,十人来也是咱兄弟接!"鸠盘婆这番话其实是暗帮六阳真君,六阳真君火爆的性子一时间却听不出来,盛气凌人地喝道:"我就凭这双肉掌要会会黑白摩诃双仗合璧的西域奇功!"鸠盘婆笑道:"六阳真君你是一派宗师,虽然以一敌二,亦是胜之不武。还是待我老婆子替你先打这一架吧!"其实有许多种武功是必须两人合使的,算不得以二敌一,鸠盘婆和六阳真君交好,明知他不是黑白摩诃的对手,故此抢着出头,要替他挡这一场。在这些魔头之中,鸠盘婆的武功仅次于赤霞道人,自信对黑白摩诃可操胜券。

但六阳真君也是狂妄自负之极的人,竟然不肯退让,正自僵持不下,忽听得一人朗声说道:"黑白二兄和公孙先辈请押后一场,待我先见识六阳真君的混元一炁功!"

这人是乌蒙夫,在四大剑客之中的名次仅次于张丹枫,论辈分却比张丹枫还高出一辈。黑白摩诃道:"好,这一场让你,但我们已有话在先,绝不让这人生出此山,你下手可不许留情。"乌蒙夫笑道:"知道啦,不劳二兄吩咐,我自当尽力而为。"

六阳真君勃然大怒,但劲敌当前,却也不敢暴躁出手,只见他头发根根倒竖,绕着乌蒙夫斜走三步,直走三步,沉腰蓄势,就像一只择人而噬的猛狮。乌蒙夫脸上也现出紧张的神色,脚踏九宫八卦方位,六阳真君进三步,他退三步,六阳真君退三步,他又踏进三步。两人盘旋进退,耗了半个时辰还未交手,在场的都是武学的大行家,知道他们二人正在运气蓄劲,寻瑕抵隙,一出手就是非同小可,强存弱亡!

于承珠看得有点发闷,遥望山下,澹台灭明和叶成林的背影尚依稀见到两个白点,于承珠心道:"咦,他们怎么走得如此慢法?"心中挂念王府安危,恨不得催他们快走,但又想向叶成林的背影多看两眼，她自己也不知道这是什么心情，但觉叶成林这次舍了性命，相助自己，而今又带着重伤，救援王府，此一去吉凶难卜，"呀，但愿他能平安回来！"于承珠心道。她可不知道澹台灭明适才与摘星上人对了一掌，彼此都受了一点伤，而叶成林亦被波及，故此不能施展轻功。他们要赶到王府的心情，其实比于承珠更急。

再看一会，澹台灭明和叶成林的影子慢慢消失。于承珠呆呆地出了一会神，偶然一瞥，但见铁镜心的眼光也正对着自己，充满柔情而又充满幽怨的眼光！于承珠心头猛地一颤，霎然之间，叶成林的影子和铁镜心的影子交互在心头翻腾，终于铁镜心的影子将叶成林的影子压下去了，她忍不住抬起头来看铁镜心一眼，忽见铁镜心的面上也现出了紧张的神色，眼光已移向场心，于承珠急忙看时，原来场中的乌蒙夫与六阳真君二人已到了拼死一斗的时候。

但见六阳真君绕着乌蒙夫直打圈圈，越走越急，猛地喝道："不是你，便是我！"这时他已运足真力，混元一炁功猛地使出，但听得呼呼风响，沙飞石走，乌蒙夫身躯一晃，倏地伸出一指，只听得"嘘"的一声，极其尖锐刺耳的声音，好像一个大皮球突然被利针戳破一样，六阳真君踉踉跄跄地倒退几步，面色惨白，恍如斗败了的公鸡，原来乌蒙夫使的是最上乘的内功"一指禅"的功夫，刚好是混元一炁功的克星。要不是六阳真君的护身气功已有了九成火候，这一指就能叫他心脏震裂，气绝而亡！

高手比斗，胜负判于一招。按说六阳真君的"混元一炁功"已被乌蒙夫的"一指禅"所破，就该认输才是。但六阳真君自负之极，岂肯在伙伴面前失了这个面子，只见他倏地一个"鹞子翻身"，手中已多了一样奇形怪状的兵器，那是一条通红如血的长鞭，也不知是什么东西做的，鞭上挂着两个白金所铸的骷髅头，骤眼望去，就像真的白骨骷髅一样，衬着那条色泽殷红的长鞭，更显得狰狞诡异！

只听六阳真君喝道："乌蒙夫，你号称北方剑客，我倒要看你有什么了不起的能为！"不待答话，"唰"地就是一鞭，那两只骷髅随着鞭风翻腾飞舞，嘴巴忽地裂开，露出一排白镴镴的牙齿，也向着乌蒙夫咬来！

乌蒙夫一声冷笑，道："你使用这等邪门兵器，就吓得了人么？"六阳真君来得快，他比六阳真君更快，青钢剑倏地出鞘，但听得挣的一声，两只骷髅头反扑回去，剑光鞭影，登时卷作一团。

六阳真君手腕一翻，那条骷髅鞭倏地又飞了起来，使出了"连环三鞭""回风狂柳"的绝技，风声呼响，卷起了一团鞭影，乌蒙夫双指一弹，把扑近身的两只骷髅头弹开，剑刃一压鞭梢，剑锋沿着长鞭便削六阳真君的手指，六阳真君"呼哧"一声，左掌一劈，奋力挡了一下他的一指禅功，长鞭一撤，刷、刷、刷，又是一连三鞭，两个人使的竟然全都是进手的招数。

六阳真君这条骷髅鞭，专破敌人气功，擅长打穴，那两只骷髅更是一种阴毒的武器，妙用甚多，招数怪异。但乌蒙夫号称北方剑客，岂是浪得虚名，只见他剑式展开，有如长江大河，滚滚而上，奇招妙着，亦是层出不穷，张丹枫看了，也频频点头，心道："乌蒙夫不愧是上官前辈的衣钵传人，武功比他的师兄澹台灭明果然还高出许多！"

两人越斗越急，忽见六阳真君长鞭一卷，似左反右，鞭梢卷到了乌蒙夫的足跟，鞭上的两只骷髅却飞了起来，一个啮乌蒙夫的左肩，一个啮他的右肩，这一下一招三用，端的阴狠之极，于承珠看得几乎要叫出声来。说时迟，那时快，众人但觉眼睛一花，乌蒙夫已是身移步换，一个"燕子钻云"，刷地跳起一丈来高，左剑右指，凌空下击，"砰砰"两声响过，那两只骷髅头骤然裂开，忽然喷出一溜暗赤色的火光！

原来六阳真君这条鞭名为"骷髅烈火鞭"，那两只骷髅除了善于啮人咬断敌人筋脉之外，内中还藏有火器，能喷磷火。六阳真君适才之敢向黑白摩诃再度挑战，就是恃有此鞭！

这一下当真是变出意外，但听得响声一过，乌蒙夫全身已在火光笼罩之下，头发衣裳都已烧着！

这一下变出意外，惊险绝伦，两边都有几条人影纵起，想把自己这边的人救回，救兵来得快，场中动手更快，就在这一瞬之间，只听得又是"砰"的一声巨响，乌蒙夫一掌将那两只骷髅头震成粉碎，掌中夹着一指禅的功夫，那边厢屠龙尊者刚刚赶到，便听得六阳真君一声厉叫,原来他已被乌蒙夫的一指禅功破去了混元一炁功,登时七窍流血,痛得他在地上打滚,辗转呻吟。

鸠盘婆大怒,呼地一拐,卷地扫来,黑白摩诃双杖一架,喝道:"想群殴吗?"斜刺里屠龙尊者一刀劈出,却被云重挡住。张丹枫朗声说道:"赤霞道长,你有言在先,说是若有死伤,各安天命,这说话不算数么?"赤霞道人道:"公孙道友且退。"鸠盘婆只挂念六阳真君,拐杖重重一顿,道:"下一场我挂了号了。"黑白摩诃笑道:"咱兄弟俩一准奉陪。"鸠盘婆退下去看那六阳真君时,但见他口鼻流血,脉息如丝,五脏六腑都受了震伤,显见活不成了。

场中剩下了云重、屠龙尊者,两人更不打话,立即交手,屠龙尊者那口刀式样古怪,刀头上开叉,运动之际,闪出暗赤色的光华,云重见多识广,料到这口刀多半是用毒药淬过的,加倍小心,使出一路罗汉神刀,将周身防护得风雨不透。

这路"罗汉神刀"乃是玄机逸士独创的一路刀法,模拟五百罗汉的姿势,化到刀法上来,招数的变化繁复,可称武学一绝,玄机逸士早年,就曾仗这路刀法,威震中原。董岳是他的大弟子,所以得了这路刀法的真传。而今云重经过十多年的苦练,不逊师祖当年,屠龙尊者占了兵器的便宜,也不过堪堪的打个平手。

但见刀光起处,霍霍风生,光华闪烁,不到半个时辰,已斗了一百来招,猛然间,忽听得屠龙尊者大喝一声,光华忽盛,一招"毒龙出海",身随刀进,那口屠龙刀竟然震散了云重的护身刀光,欺身直进,连黑白摩诃也看得惊心动魄,忍不住"啊呀"一声,说时迟,那时快,但见云重在屠龙刀离面门还不到五寸之际,突然间一个拧身,一翻刀把,反手一刀,立刻改守为攻,径截屠龙尊者的手腕,这一下变招神速之极,屠龙尊者急忙回刀防护,但听得"当当"两声,云重横刀疾扫,从"春云乍展"变为"凤凰展翅",已是将屠龙尊者的攻势,轻轻化解了。

白摩诃叫道:"妙呵,妙呵!"话刚出口,但见张丹枫摇了摇头,道:"这第二刀斫得不妙!"原来罗汉神刀这两刀乃是攻守兼备的刀法,第一刀主攻,第二刀主守,云重急于求胜,把两刀都改为攻招,凌厉是凌厉极了,却不免露出一丝破绽。

张丹枫话声未了，但见屠龙尊者身形疾起，屠龙刀出手如电，以"怪鸟翻云"之式，盘旋扫下，云重在间不容发之际，突然撒手扔刀，这一招是"罗汉神刀"中的救急绝招，掷刀之时，使了巧劲，伤了敌人仍可飞回。只见刀光电射，直取屠龙尊者的咽喉，屠龙尊者大叫一声，在半空中身形一转，咽喉要害是避开了，但肩头的皮肉，却被云重的飞刀削去了一大片。白摩诃松了口气，只道这场云重已胜，正待自己出场。哪知这屠龙尊者竟是凶悍之极，丝毫不顾受伤，忽地在空中疾扑而下，屠龙刀暗赤色的光华划到了云重的面门！

说时迟，那时快，只见云重"呼"的一掌，横空打出，"咔嚓"一声，屠龙尊者的一条臂膊已是断了，云重的手腕，也给屠龙刀划开了一条三寸多长的伤口，屠龙尊者一声狞笑，把断臂拉下，叫道："你累得咱家残废，你这条小命也保不全！"众人大吃了一惊，但见云重踉踉跄跄地奔了回来，手腕上沁出一点点瘀黑色的血珠，原来屠龙尊者给云重的大力金刚掌扫断了手臂，但云重却中了他的毒刀。这毒刀是用东海明霞岛的犀角鸟粪和毒蛇口涎淬炼的，除了屠龙尊者本人所配的解药之外，无药可治。

云重的妻子澹台镜明将丈夫扶了回来，撕开他的衣裳，但见一条黑线慢慢上升，张丹枫急道："你快扶他到静室里去，助他运功，把毒气阻止。"澹台镜明亦是行家，知道这条黑线若升到心房，那就纵有灵丹妙药，也难挽救，急急依言将云重扶回静室。

赤霞道人哈哈笑道："这一场彼此都受重伤，算扯平了。下一场呢？"黑白摩诃双双纵出，叫道："这一场咱兄弟俩早挂了号了！"

鸠盘婆冷笑一声，曳着鸠头拐杖，缓缓走出，哼了一声，说道："久闻黑白摩诃这两根宝杖乃是稀世奇珍，价值连城，俺老婆子倒要和你们赌上两注。"黑白摩诃道："赌什么？"鸠盘婆道："一赌性命，二赌彩头，彩头就是手中的兵器，我看上了你们这两根宝杖呢！"

黑白摩诃冷笑道："有本事的尽管拿去，我可不稀罕这根拐杖。"鸠盘婆缓缓说道："我这根拐杖虽然不起眼，却也是件好宝贝哩。这个赌赛,绝不是占你的便宜,不信你吃一拐就知道了!"黑白摩诃双杖一圈,鸠盘婆话未说完,倏地一拐打出,但听得一阵金鸣玉振之声,嗡嗡不绝,绿光白光,倏地散开,黑白摩诃和鸠盘婆各自震退三步,三人中白摩诃功力稍弱,两膊都给震得酸麻,这才知道哀牢山鸠盘婆公孙无垢的天生神力确是名不虚传!

鸠盘婆也是心头一震,从来没有人敢硬碰硬地接她一拐,这次黑白摩诃不但硬碰硬接,而且将她震退三步,要不是她及早使出千斤堕的重身法,险些就要当场栽倒!

双方一退即上,只见黑摩诃宝杖左指,斜拍脉门;白摩诃宝杖右指,正戳血海,绿光白光,有如奔雷骇电,倏地合围,把那几个素负盛名的大魔头也吓得心惊胆战。猛听得鸠盘婆大吼一声,鸠头拐杖往下一沉,一招"平沙落雁",先卸开了白摩诃的攻势,接着顺势一拍,往上反展,倏地喝声"着!"拐杖一转,鸠头的长嘴,啄到了黑摩诃的面门。

鸠盘婆这几招用得精妙绝伦,险狠之极,满以为黑摩诃难逃拐下。哪知黑摩诃功力比白摩诃深厚得多,她这一下杀手,若是用来对付白摩诃,或许能够奏效,拿来对付黑摩诃,她快,黑摩诃也快,但听得"当"的一声,黑摩诃的绿玉杖已封了上去,冷笑说道:"不见得!"绿光一圈,转眼之间又与白光合围,将鸠盘婆圈在两色光轮里面。

这几下子兔起鹘落,霎忽之间,形势接连变换,把旁观人等看得眼花缭乱,但听得鸠盘婆连声怒吼,鸠头拐杖,指东打西,指南打北,但黑白摩诃的双杖合围,不求幸胜,封闭得谨严之极,直打了半个时辰,兀是不分胜败,双方都觉得对方的压力有如泰山压顶,只好拼了全力抗拒,半点也不敢放松。

众魔头看得目瞪口呆,个个倒吸凉气。猛然间只听得一阵金声玉振,倏地声音静寂,但见鸠盘婆双手紧握鸠杖的中间,左端抵住黑摩诃的绿玉杖,右端抵住白摩诃的白玉杖,三个人成了个品字形,牢牢钉着地面,就像三尊塑像一样,动也不动。不过一盏茶的时刻,三个人的头顶,都冒出热腾腾白气来。

赤霞道人和张丹枫都吃了一惊,要知这等以内力相拼,最耗精神,不是两败俱伤,便是强存弱亡,绝无侥幸!鸠盘婆的武功在一众魔头之中,仅次于赤霞道人。赤霞道人这次邀她上山,原是准备万一上官天野出手,要她来对付上官天野的,见此情形,暗叫不妙,生怕鸠盘婆被黑白摩诃累倒,自己先折了个最得力的帮手。

张丹枫微微一笑,朗声说道:"琢磨武功,原是不必拼个生死,这一场算和了吧。"他何尝看不出来,若是久持下去,黑白摩诃终可占到上风,但即算把鸠盘婆累死,黑白摩诃最少也得大病一场,说不定还会因此而致残废,是以出言劝解。

赤霞道人巴不得张丹枫说这句话,急忙接声说道:"是呵!"手持羽扇,亲自出场。

但见他步履安详,就像平常走路一般,晃眼之间,就到了鸠盘婆身边,略一踌躇,羽扇便往当中一隔,但鸠盘婆与黑白摩诃三大高手的内力拧成一股,端的重如山岳,赤霞道人晃了两晃,场中相持的三个人仍是原地不动。赤霞道人面孔涨得通红,吸了口气,正想再拼损耗真力,将三人分隔开来,忽听得"当"的一声,张丹枫一剑飞来,往当中一插,微笑说道:"我来助道长一臂之力!"赤霞道人羽扇一挥,将鸠盘婆的拐杖托起,张丹枫的长剑一引,也将黑白摩诃的双杖分开。要不是赤霞道人与张丹枫合力施为,只怕世上无人能够以一个人的力量隔开这三大高手!

鸠盘婆与黑白摩诃怒目而视,但三个人都已累得气喘吁吁,说不出话,只好各自退下。张丹枫微笑道:"难得赤霞道长驾到,晚辈现在就请指教一场。"

赤霞道人昂首向天,打了一个哈哈,缓缓说道:"贫道昔时曾三次向令师祖领益,可惜这次无缘得他指教,也罢,听说你们夫妇已得了玄机逸士双剑合璧的真传,好,就请贤伉俪联手同上,让贫道开开眼界。"赤霞道人其实也知道张丹枫的剑法功力都极深厚,甚至比他的师叔师伯还强,不过论起班辈,他到底比张丹枫高出两辈,若然以一敌一,只恐在众魔头眼中失了身份,是以口出此言。

云蕾抱着孩子,倚在门前,听了赤霞道人的话,柳眉一竖,道:"承珠,你给我抱抱小师妹。"张丹枫道:"云妹,你不用来。"于承珠知道师母产后,功力尚未恢复,说道:"师母,我替你去一趣，我若是不成，你再替我。"铁镜心骇道："你去？"要知赤霞道人的武功，久已声震武林，几乎与玄机逸士、上官天野鼎足而三，于承珠要想与他相抗，任谁听了，都会认为是螳臂当车。铁镜心关怀心切，更是惊骇之极，急忙拦阻。沐燕在旁边看了，只觉酸溜溜的满不是味儿。

张丹枫又是微微一笑，道："承珠你也不用来，把你的剑给我。"于承珠略一踌躇，解下青冥宝剑，往前一抛，张丹枫一把接着，随即又亮出白云宝剑，双剑一晃，朗声说道："敝派的双剑合璧之术，原不必两个人使，这就请前辈指教。"

张丹枫这几年来武功已到大成境界，与人对敌，从不用剑，而今亮出两把宝剑，实已是对赤霞道人大大尊重。赤霞道人却仍是自恃身份，羽扇一挥，冷冷说道："好，那你就进招吧。"张丹枫道："敝师祖亦曾称誉过道长的剑法，请道长亮剑，也好让小辈见识见识。"赤霞道人道："是么？令师祖这样说过么？呀，可惜他现在闭关不出，叫我与谁人比剑？张丹枫你不必啰唆，进招吧！"羽扇轻摇，神气狂傲之极。

张丹枫心中有气，不怒反笑，双剑扬空一闪，噼啪作响，冷笑说道："既然如此，那就请恕小辈失礼了！"倏地青光一起，青冥宝剑直奔赤霞道人的"风府穴"，赤霞道人外貌狂傲，实是对张丹枫一点也不敢小觑，见张丹枫剑把一动，羽扇立刻一张，他这把羽扇骨是用百炼合金所打，十几枝扇骨，除了羽毛装饰，都是极为锋利的透骨针，实际上也是一件罕见的外门兵器。

说时迟，那时快，只见羽扇一挥，青光闪烁，赤霞道人哈哈笑道："双剑合璧，不，不，哎呀！"他本想说："双剑合璧，不过如斯！"哪知刚说得半句，那青光已倏地绕过他的头顶，反圈回来，几乎就在同一瞬间，张丹枫左手的白云宝剑，又已电射而出，双剑一圈，把他上半身的十八处大穴，全部笼罩在双剑的威力之下，赤霞道人羽扇左右盘旋，玄功默运，张丹枫一剑紧似一剑，竟是毫不放松，赤霞道人挥扇拒敌，又一连发了三掌劈空掌，两人功力原在伯仲之间，张丹枫一占了先手，劈空掌也震他不退，张丹枫双剑连环疾刺，越迫越紧，忽地冷笑道："老前辈还是不肯拔剑赐教么？"

青冥剑左刺"商丘穴",白云剑右刺"灵枢穴",赤霞道人羽扇一扑,左掌横劈,正自凝神解拆,倏然间张丹枫的双剑倏地易位,青光白光交叉疾掠,竟从赤霞道人意料不到的方位疾射过来,赤霞道人急急施展"移形易位"的身法,羽扇方摇,但觉剑气森森,触体生凉,张丹枫的双剑已在他的头顶削过,剑锋几乎触及了头皮。赤霞道人这一惊非同小可,一个转身,不自觉地把佩剑出鞘,左扇右剑,奋力一挡,好不容易才化解了张丹枫的双剑攻势,吓出了一身冷汗。白摩诃这时喘息已定,在旁边看得拍掌大笑,叫道:"牛鼻子臭道士,摆什么架子?哈,哈,哈!你这是敬酒不吃吃罚酒,瞧,还不是乖乖地要亮剑?"赤霞道人面色一阵青一阵红,但张丹枫的攻势仍紧,他可不敢和白摩诃斗嘴。

　　张丹枫虽然抢了先手,却是半点也不敢大意。心中想道:"这老道居然只凭一把羽扇,连挡我十三手奇门剑法,怪不得师祖也推许他是一流高手。"赤霞道人有剑在手,形势大大不同,但见他那口剑黑漆漆的甚不起眼,但却是千锤百炼的镔铁精华,张丹枫的宝剑,虽然能够令他这口剑损伤,却不能将他削断,只见他的剑不住地打着圆圈,好像一圈圈的波浪似的,要把张丹枫的双剑卷走。原来赤霞道人的内功深湛,他的剑法自成一家,不在乎剑的锋利,所以很少用削刺的手法,反而有锤棒的硬碰手法,每一接触,都是内力相反,比一般的比剑,那惊险之处,胜过万分。

　　激战间只见张丹枫的剑法骤地展开,急如掣电,剑花错落,宛如洒下了满天繁星,将赤霞道人荡起一圈圈"剑痕"都反逼回去。赤霞道人大吃一惊,运足真力,铁剑急压,羽扇翻飞,但听着飒飒连声,剑光闪闪,一时间似乎是赤霞道人占了上风,看看就要将张丹枫的攻势压了下去,只一转眼间,张丹枫的剑光又把他包围起来,如是者两次三番,互相雄长,到得后来,但见剑光霍霍,剑气纵横,盘旋进退,起落变化,不可名状,不可捉摸,即算是黑白摩诃和乌蒙夫夫妇等一等的武学大师,也分辨不出谁强谁弱。

　　赤霞道人胜在功力稍高,张丹枫则胜在剑法精妙,激战了半个时辰,兀自不分胜负。鸠盘婆这时气力早已恢复,铁拐重重一顿,大声喝道:"张丹枫以一个小辈,竟敢闭门不纳,这岂是待客之道?

赤霞道人一个转身，不自觉地把佩剑出鞘，左扇右剑，奋力一挡，好容易才化解了张丹枫的双剑攻势。

咱们打进去向玄机老头儿问个明白。"屠龙尊者接声叫道："对呵，赤霞道友，咱们本来是说好找玄机逸士的，你何苦与小辈纠缠？"要知赤霞道人是一派宗师的身份，与张丹枫战个平手，已是面上无光，若有闪失，那更是盛名尽折。故此一众魔头，大呼小叫，要打进去，一来是为解赤霞道人之窘；二来是想恃多为胜，不分皂白，先闹他个不亦乐乎。

黑白摩诃大怒，喝道："你们说的不算话么？玄机前辈闭关静坐，先头已说得一情二楚，你们擅闯他静修之地，想成心欺侮人么？"鸠盘婆仰天大笑，叫道："不错，就成心欺负你！"铁拐一扫，与黑白摩诃的双杖斗在一起，屠龙尊者失了臂，仍然奋勇向前，一刀劈去，却被金钩仙子林仙韵挡住，乌蒙夫抢上去卫护爱妻，骈指一点，忽觉掌风掠面，乌蒙夫的一指禅功竟然受到极大反击，双方各挨了一招，彼此势均力敌，睁眼看时，原来却是昆仑山星宿海的摘星上人，他的摘星手亦是武林一绝，快如闪电，乌蒙夫的一指禅功只能将他挡住，却克不住他。

转眼之间，双方已成混战之局，众魔头一拥而上，黑白摩诃与乌蒙夫夫妇边战边退，堵截不住。张丹枫想起师祖闭关未出，云重静室疗伤，都万万不能给人打搅，心中焦急，正想与赤霞道人打话，赤霞道人忽地一声长啸，铁剑一挥，羽扇一格，以进为退，冲出了张丹枫的剑圈，哈哈笑道："丹枫，你不给我引见，我自行去拜访你的师祖便是，少陪啦！"张丹枫料不到赤霞道人也耍无赖，冷笑喝道："玄机剑法你已见识过了，还找我的师祖做什么？"这意思是说："你连我也打不过，怎配去找我的师祖！"赤霞道人面上一红，反手一剑，挡开张丹枫的剑招，仍然是往前硬闯。张丹枫与赤霞道人也是半斤八两，彼此都不能取胜，谁也拦不了谁。张丹枫这边少了澹台灭明和云重夫妇三把好手，众寡不敌，在人力上先吃了亏。

赤霞道人率领众魔头强攻猛打，转眼之间，攻到大门，云蕾将婴孩交给沐燕，道："你姐弟二人进去暂避一时。"沐燕抱着婴孩看了铁镜心一眼，铁镜心正自傍于承珠，柔声说道："珠妹，你受了伤，敌人势盛，你不宜再战，也避一避吧。"于承珠好似没有听

433

到他的说话,全神贯注,站到她师母身旁。只见云蕾一声娇叱,弹指之间,发出三朵金花,屠龙尊者正自一刀劈向林仙韵的肩头,"当"的一声,被金花碰个正着,屠龙刀反弹飞起,林仙韵顺手一勾,在屠龙尊者的独臂上划了一道长长的口子。云蕾的第二朵金花射向摘星上人,摘星上人手掌一翻,意欲卖弄摘星手接暗器的功夫,忽听得那暗器嘶风之声,心头一震,急将阴掌改为阳掌,掌心往外一登,用劈空掌的小天星掌力强把金花打落,只见那金花被掌风一激,呜呜怪啸,陡地改向斜飞,盘天罗冷不及防,给金花射中穴道,登时栽倒。摘星上人吓出一身冷汗,暗自庆幸适才没有用手去接。云蕾第三朵金花打赤霞道人,赤霞道人却是不慌不忙,待那金花飞到面前,运足真力,举剑一劈,将金花劈为两边,饶是如此,铁剑上也激起点点火星,令赤霞道人也禁不住心头微怯。于承珠看师母发的三朵金花,看似同时发出,其实却分为三种不同手法,分向三处不同的方向,袭击三个强敌,功力之深,手法之妙,直把于承珠看得呆了。

　　云蕾连发三朵金花,虽然只打伤了盘天罗一人,敌人的攻势却因此稍稍受挫。于承珠技痒难熬,紧接着也发出一把金花,她用的是自己在看了阿萨玛兄弟与黑白摩诃之战后所觉悟出来的手法,十二朵金花满天飞舞,有的斜飞,有的直射,看似杂乱无章,但每一朵金花,都是打向敌人的穴道,可惜她的功力尚浅,十二朵金花,有一半被赤霞道人用羽扇扑落,有一半被鸠盘婆用铁拐震得粉碎,但虽然伤不了敌人,却也把敌人的阵形打乱。云蕾又惊又喜,笑道:"你的暗器功夫,不用我再较考你了!"

　　但金花暗器,只能阻敌于一时,赤霞道人与鸠盘婆挥扇舞拐,掩护着众魔头再向前强攻,瞬即冲到云蕾跟前,沐燕抱了婴孩和沐璘先退入屋内,铁镜心看了于承珠一眼,正想说话,于承珠玉手一伸,忽将铁镜心的青钢剑抢了过来,冷冷说道:"你保护沐小姐去吧,你的剑暂借一用。"铁镜心怔了一怔,鸠盘婆已是一拐扫来,杖风呼呼,将铁镜心迫得倒退几步,猛然间又听得一阵断金戛玉之声,原来是赤霞道人的铁剑劈到,张丹枫飞身掠起,双剑急拦,于承珠挽起了一朵剑花,也正在向赤霞道人胸口疾刺,铁镜心大骇失色，但听得一阵剑击之声疾过，赤霞道人跄跄跟跟向后倒退几步。

原来玄机逸土所创的双剑合璧之术，神妙非常，于承珠这一剑当中疾刺，刚好与张丹枫的剑招配合，论功力，赤霞道人原可以震断于承珠的青钢剑，但若然如此，赤霞道人的两胁就得给张丹枫搠个透明窟窿，若然专门对付张丹枫，胸口的璇玑穴又在于承珠的剑尖威胁之下，这璇玑穴是人身的死穴之一，任赤霞道人武功多强，也不能置之不理。是以赤霞道人急忙躲避。

云蕾微微一笑，赞了一个"好"字，双指连弹，铮铮数声，金花再发。这一来，众魔头中武功最强的赤霞道人被张丹枫师徒阻住，鸠盘婆、摘星上人等虽然奋勇争先，却又在云蕾的金花威胁之下，攻势顿然受挫。

张丹枫双剑一个盘旋，将赤霞道人再迫退了三步，又给林仙韵解了鸠盘婆的一记厉害杀手，朗声吟道："忍见名山腾杀气，且看宝剑退群魔！赤霞道长，你再不知进退，我可要不客气了！"赤霞道人骑虎难下，大声喝道："好，看你能不能挡我入内！"羽扇一摇，众魔头结成了一字长蛇阵，由鸠盘婆铁拐开路，屠龙尊者与摘星上人左右夹攻，赤霞道人自己当中策应，集众魔头之力，强冲猛攻，居然给他们冲出了两三丈路。

张丹枫嘿嘿冷笑，长剑一指，正想变阵反击。忽听得一声长啸，宛若龙吟，云蕾喜道："师父到啦！"话犹未了，只见一男一女，如飞疾至，身法快捷，美妙无伦，正是张丹枫和云蕾的师父：谢天华和叶盈盈。

谢天华长剑出鞘，迎风一晃，峭声喝道："什么人敢到苍山胡闹，都给我滚下去。"这一喝声音并不很大，却震得众魔头耳鼓嗡嗡作响。屠龙尊者和摘星上人不知道谢天华和叶盈盈是谁，兀自不知厉害，冷笑喝道："好大的架子，你有什么本事敢叫我等下山？"一个一刀，一个一掌，夹攻谢天华。谢天华的妻子叶盈盈之外号"飞天龙女"，轻功佳妙，武林无双。见这两人夹攻丈夫，随手一剑，后发先至，屠龙尊者正自凝神注视谢天华的剑柄，不料叶盈盈的剑招来得如此之快，缩手不及，被叶盈盈一剑刺中手腕，屠龙刀脱手飞去，摘星上人大吃一惊，说时迟，那时快，就在这一瞬间，谢天华的剑招又到，双剑一合，剑光暴长，摘星上人和屠龙尊者但觉头顶一片沁凉，慌忙后跃，伸手一摸，头发竟已被削得干干净净。

鸠盘婆急忙来救，反手一拐，只见又有一个胖和尚飞奔而至，猛地张开喉咙，霹雳一声大喝："吃洒家一杖！"这人正是玄机逸士的第二个徒弟潮音和尚，他的外家功夫登峰造极，这一杖有千斤之力，与鸠盘婆正好功力悉敌，双杖一交，有如大锤击钟，"当"的一声巨响，两根杖都当中断了，潮音和尚折了禅杖还并不怎么，鸠盘婆这根拐杖，却是哀牢山的龙血树所制，极为难得，被他一杖打断，心痛如刺。

鸠盘婆相貌奇特，谢天华虽然不认识她，却听过武林前辈道起，见她运神力震潮音和尚的铁拐，剑眉一竖，朗声道："公孙前辈，你不在哀牢山中静修，却与这班妖人到苍山胡闹，意欲何为？"鸠盘婆正自满腔怒气，厉声叫道："今日我与你们这班小辈拼了！"举起半截拐杖，一招"排云驶电"，杖头那尖长的鸠嘴，闪缩不定，分袭谢天华与叶盈盈二人，这一招是鸠盘婆拼了死命的杀手，招数轻异，势似雷霆，潮音和尚也不觉吓了一跳。说时迟，那时快，只听得谢天华冷笑道："念你年迈糊涂，放你回去吧。"话语方出，双剑一合，剑光暴长，刷刷两声，鸠盘婆的左右脚踝，一边中了一剑，那半截铁拐腾空飞起，拐上的鸠嘴也被削平，鸠盘婆被剑风一荡，倒纵出数丈之外，落下之时，已在山坡，吭也不敢再吭一声，一跷一拐地走了。这还是谢天华手下留情，要不然鸠盘婆折了拐杖，焉能在双剑合璧之下，逃出性命。

众魔头个个受伤，纷纷逃走，剩下的就只有赤霞道人一人，他以一派宗师的身份，从未曾试过似今日的惨败，下不了台，也拼了性命，就在鸠盘婆落荒而逃的一瞬间，羽扇一挥，铁剑横挡，左刺叶盈盈，右扑谢天华，谢、叶两人出剑参差，尚未合璧，被他的羽扇隔开，铁剑一圈，三人都晃了一晃。谢天华心头一震，道："你是何人？"赤霞道人势似疯虎，扇剑连挥，疾扑数招，张丹枫在旁说道："禀师尊，这位是赤霞道长！"谢天华"哦"了一声，正想说话，那赤霞道人杀得失了理性，攻势有如长江大河，滚滚而上，谢天华眉头一皱,道:"此人不知好歹,盈妹,不必和他客气。"双剑一合,赤霞道人的铁剑荡开,赤霞道人奋力接了几招,忽听得"当"的一声,火花飞溅,谢天华一剑格开赤霞道人的铁扇,余势未衰,剑锋顺手抹去,"嗤"的一声,削过赤霞道人的头顶,将他的道冠劈为两半,赤霞道人反手一扇,叶盈盈的剑招又到,只听得"喀刷"一声,羽扇的两支钢骨又折断了。赤霞道人头筋暴涨,脚踏五行八卦方位,苦苦缠斗。但双剑合璧的威势,非同小可,赤霞道人刚才与张丹枫单打独斗,已感应付维艰,怎挡得了谢天华与叶盈盈的双剑联攻。

可是赤霞道人凭着几十年功力,又当狂怒之际,所使的竟是挺着两败俱伤的剑法,谢、叶二人就算有心饶他,也不能缓手。这形势个个都看得出来,最多再过二三十招,赤霞道人必然折在双剑之下,不死亦伤,可是谁也没有这个能耐上前分解。张丹枫更是焦急,心中怒道:"赤霞道人原该受点教训,可是若重伤了他,两派的冤仇可解不开了。"他素来足智多谋,而对这个尴尬之局,一时间却也想不出好的主意。

只见场中越斗越烈,赤霞道人已在双剑笼罩之下,兀是顽抗不休,每招每式,都是豁出了性命拼着两败俱伤的杀手,张丹枫踌躇不决,他想出手拆开,一来怕自己的功力不够,弄得四个人都受伤;二来也怕犯了师父的尊严。但看此形势,师父也绝不能稍让,一让也得受伤。

猛听得"喀刷"一声,赤霞道人的扇骨又断了两支,赤霞道人铁剑盘旋,突然一招"后羿射日",疾刺出去,这一招乃是他最后的杀手,死生一掷,谢、叶两人被他迫得骑上了虎背,双剑一合,将他的铁剑圈在当中,直压下去,张丹枫"唉呀"一声叫了起来,眼见赤霞道人的性命便要丧生俄顷之间,忽听得一个苍老的声音说道:"赤霞道友,多谢你有心探望,不必与小辈生嗔了,老朽谢绝尘缘,得见故人一面,诸事俱了。祝贵派兴隆,更祝道友勉力修为,得成正果。道友请回山去吧,老朽恕不远送了。"随着话声,"当"的一声,谢天华、叶盈盈和赤霞道人的三柄长剑都脱手飞出。

众人不约而同地向着发话之处看去，但见后山的那座石室，不知什么时候已打开大门，在门前的草地上，玄机逸士盘膝坐在当中，上官天野和萧韵兰一左一右，神态庄严，俨似三尊得道的菩萨。众人恍然大悟，刚才那颗石子定是玄机逸士发出来的，世上除他之外，无人有此功力。

赤霞道人面色惨白，想起自己苦练了几十年，仍是未足当玄机逸士的一击，当下拾起铁剑，稽首一拜，道："谢居士指点。"从此回转乌蒙山中，再也不敢多事。

张丹枫等见一场浩劫，消弭于无形，祖师又提早开关，俱都大喜。谢天华率众人上前叩见，于承珠排在最后，也拜见太师祖，玄机逸士微笑道："今日得见四代同聚，人生至此，尚有何憾。"顿了一顿，又道："天华、盈盈、丹枫，你们的武功都已大成，我心头再也没有什么挂虑了。只是武学之道，有如大海，你们还是不能自满啊！"谢天华、叶盈盈和张丹枫垂手说道："谢师父师祖的训诲。"玄机逸士微微一笑，又道："我等三人，自惭数十年，苟活人间，于国于民，都未曾做过什么有益之事，所幸者尚留一点微末之技，望你们善自运用我们所创的武功，好好做一番事业。"上官天野也唤乌蒙夫等弟子上前，勉励了几句。玄机逸士朗声吟道："游戏人间几十年，芒鞋破帽自随缘。"上官天野接道："心魔去尽无牵挂，"萧韵兰接道："剑谱拳经后世传！"吟罢诗句，三人寂然不动，原来都是坐化了。

黑白摩诃稽首说道："三位前辈福寿全归，可喜可贺。"谢天华等向遗体行了大礼，进入石室，只见四壁都画满了武功图解，精微奥妙，难以言宣。

张丹枫看得如醉如痴，但觉师祖所留下的武功图解，有不少地方与自己所习的"玄功要诀"暗暗相通，不过"玄功要诀"讲的只是提纲挈领的要理，这图解还要实用得多。张丹枫悟性极高，看了一遍，忽地对云蕾笑道："有了师祖所留下的这个武功图解，咱们何须去求什么灵丹妙药？"云蕾不明其意，怔了一怔，道："你说什么？"张丹枫道："你瞧这座功八式，依你哥哥的功力，照图修习，我看不用三天，就可以把所受的毒气尽泄体外。"云蕾这才知道丈夫从图解中悟出了替云重治伤之法。当下说道："那么等下就将哥哥移到这里，让他静静疗养几天。"

张丹枫仔细将图解看了一遍，最后一段三十六个图式乃是剑谱，将百变玄机剑法又增添了许多变化，复杂之极，只是似乎有几个式子未曾完全，最后的那段石墙，留下一片空白，张丹枫沉吟半晌，恍然悟道："是了，定是师祖因为赤霞道人到来，提早开关，所以不及补上了，若然将这套剑法补足，更可以无敌于天下了。"

玄机逸士对于身后之事早有安排，墓地亦已选好，当下由谢天华与乌蒙夫率领两代弟子，给师尊收殓，择日安葬。玄机逸士、上官天野和萧韵兰三人都是寿登八十，留下武功，安然坐化，实是武林中百年难遇的佳话，故此众弟子虽然对师尊的去世深致悼念，但却没有一般丧家的那种悲伤气氛。

山风吹送，洱海下面隐隐传来厮杀之声，张丹枫待师祖入棺，亲视含殓之后，挂念王府的安危，差遣黑白摩诃下山探听。

这时于承珠也正为着叶成林的安危忧虑。张丹枫和谢天华、乌蒙夫等人在里面商量丧事仪礼，她是小辈，插不进口，独自一人，走到溪边，听洱海下面传来的厮杀声，想起叶成林扶伤赴援，心中既是兴奋，又是挂虑。

这时时方过午，太阳照过山峰的背景折射在水面上，碧波微漾，形成五彩虹霓回旋的层层圈环，于承珠倚着溪边的大青树，临流照影，但觉思潮起伏，不能自休，清溪中一忽儿幻出铁镜心的影子，一忽儿又幻出叶成林的影子，就像碧波上的虹霓圈环一样，变幻无定。经过这两日来的观察，尤其是经过苍山这一战之后，于承珠对两个人的性格是看得更清楚了，然而她少女的心情，却还不能似清溪一样的澄明。

于承珠正自出神，忽听背后一声咳嗽，回头一看，来的正是铁镜心。于承珠飞红了脸，道："你不去陪沐小姐，来这里做什么？"铁镜心叹了口气，幽幽说道："我的心事，要到几时你才明白？她不像你有一身武功，在恶战之时，我奉你师母之命，岂能不照料她？"于承珠气道："我是叫你不理她么？你把我当成了什么人了？"缓缓地回转了头，心中无限酸楚。但觉铁镜心平日虽然善于伺候自己的心意，究其实际，却又似一点也不理解自己的为人。

铁镜心又叹了口气，低声说道："早知今日，何必当初！"于承珠道："今日如何？当初怎样？"铁镜心道："想当日在台州之时，你我同住一个帐幕，情如手足，嗯，你可还记得，咱们曾约好互相琢磨武功呢。如今你眼界宽了，到了这儿，正眼儿也不瞧人家了。"于承珠默不作声，只听得铁镜心又道："即算你不念当初手足之情，也当念我这次万里追踪之苦。"于承珠心中一动，想起他为了追寻自己，在谷家庄前索人、觅马，如疯似傻的情景，不知不觉回过头来。铁镜心心中大喜，却仍然装出一副可怜的神气，幽幽说道："你瞧，我为你在谷家庄所受的刀伤，现在伤口还未合拢呢！"边说边捋衣袖，忽想起伤口其实早已结疤，手指慢慢地卷着衣袖，偷瞧于承珠的神色。

铁镜心原想用说话打动于承珠的心弦，却不料因此引起了于承珠的联想，想起叶成林今日所受之伤，比起铁镜心来，不知重了多少，可是叶成林却从未说过一句称功道劳的说话。铁镜心见于承珠面色沉暗，呆了一呆，道："你想些什么？"

于承珠道："你听洱海下边的厮杀之声已静止了，不知叶大哥扶伤血战，结果如何？"铁镜心凉了半截，想不到于承珠看也不看他的"伤疤"，却想起叶成林来。好半响才搭讪笑道："本来该我去的，我不愿与叶兄弟争功，故此让他去了。呀，早知如此，还是我去的好。"

于承珠好像闻到了一股霉味似的，眉头一皱，心中想道："成林此去，岂是为了争功？"口中却不说出来。铁镜心见于承珠面色越来越不对，纳罕之极，一时间竟想不出说什么话才好。

忽听得前山步履声喧，澹台灭明哈哈大笑道："阳宗海这次全军覆没，全亏了叶成林兄弟，赶到去刚是时候。"叶成林道："我有什么功劳，阳宗海勇猛之极，若不是澹台将军，谁能将他杀败。"澹台灭明笑道："打仗我打得多了，水上打仗可还是第一次，现在还觉晕船呢。我那一刀一枪的功劳算得什么，叶兄弟，你指挥水师的本领，我可是真的佩服呢。"黑白摩诃笑道："不必谦让了，大家都有功劳。咦，于承珠呢？"

于承珠走了过来,铁镜心没精打采地跟在后面,心中极不服气,想道:"若是我去,这一仗打得更漂亮!"悔恨不已,只好装出笑容,加急脚步,抢上前,伸手向叶成林道贺。

只见叶成林衣裳破裂,右臂上两道长长的伤口,血流未止,于承珠惊道:"你怎么啦?"叶成林微笑道:"没什么,给阳宗海扎了两下,这倒省得我放血了,你瞧,肿已退了呢。"眼光从于承珠面上一掠而过,又向张丹枫道:"阳宗海的偷袭虽然失败,事情可没了结,段王爷正想听你的主意。"

张丹枫道:"怎么?"叶成林道:"沐国公亲率大军,已在离城三十里外安下营寨。咱们刚刚打退阳宗海,便接到沐国公送来的战书。"张丹枫道:"战书上怎么说?"叶成林道:"战书上数段王爷的三条大罪。第一条是说国家爵位乃朝廷所封,段王爷不该自立为王。第二条是责备段王爷不该擅自驱逐朝廷命官。第三条最妙,责备段王爷不该派人偷入昆明,拐走他的儿女。"张丹枫笑道:"如此看来,这一仗沐国公也不是诚心要打。"叶成林道:"愿闻高见。"张丹枫道:"战书上口气虽然严厉,其实大有转圜之地。比如说自立为王之事,若然得朝廷追认,再下一道御旨封赏,事情也就了结了。"叶成林道:"朝廷肯么?"张丹枫道:"只要沐国公不愿动兵,难道朝廷还会万里迢迢,派兵到大理打仗么?所以这事情全看沐国公的奏折如何说法了。"叶成林道:"但段王爷的真意也不是想自立为王而已,他是想白族的老百姓不受明朝暴政之苦。"张丹枫道:"只要双方停战,地方政事,自可商量。"顿了一顿又道:"我看沐国公目前最急的就是他的儿女。璘儿,燕儿,你们愿回去吗?"

沐璘摇了摇头,道:"我愿跟随师父。"张丹枫笑道:"你就不念大理州的百姓么?"沐燕道:"听师父吩咐。"张丹枫道:"你们修书一封,替段王爷求和。"沐燕道:"怎么写法?"张丹枫口授了书信的内容,大意是要沐国公答允段王爷的若干条件,然后沐璘、沐燕便可放回。叫沐燕用自己的口气,动以真情,再晓以大义,免百姓受刀兵之劫。

沐燕才思敏捷,立即一挥而就。却沉吟说道:"还得一个能言善辩下书的人。"铁镜心避开了沐燕的眼光,却听得张丹枫笑道:

"那就得有劳镜心一行了。"铁镜心道:"我不行哪。"于承珠道:"能言善辩,你是出色当行,这差事你何必还要推辞。"沐燕这才笑道:"是呀,铁公子去这最好不过。"

铁镜心本有心病,但听得于承珠也这样说了,众人又一致"捧"他,心中得意,把刚才的不快之感,消除了一大半,说道:"那么我就勉为其难,试一试看。"当下取了沐璘、沐燕署名的书信,立刻下山。

第二日午间,众人都在王府中静候消息,只见铁镜心回来,春风满面,一问之下,沐国公果然愿意谈和,要求段王爷正式派遣使者去谈,并先要送沐璘、沐燕到他的军中。段王爷也很赏识铁镜心,便委托他做谈和的使者。沐燕悄悄将铁镜心拉过一边,问他见到自己父亲的情形。原来沐国公也知道铁镜心的父亲是一个正直的御史,在席间试铁镜心的才学,对他夸奖备至,怪不得铁镜心这样得意。沐燕芳心暗喜,沐璘却是愁眉苦脸地舍不得离开张丹枫。

张丹枫笑道:"天下无不散之筵席,何况咱们又不是以后永不再见了,璘儿,你何必悲伤?你们姐弟本来不是武林中人,我这几日教给你们的功夫,你们回去好好练习,也尽够用了。"沐璘哭丧着脸道:"师父话说的是,只是在这儿自由自在,多么好玩,回去之后,关在府中,那可够闷气的啦。"乌蒙夫哈哈大笑,道:"原来你是贪这儿好玩,不愿回去。好吧,这次战祸消弭,咱们正该庆贺一场,今晚就到洱海泛舟去。一来让你玩个痛快,二来给你们送行。丹枫,你大约不日也要离开苍山了吧?"张丹枫点了点头,于承珠心中一动,只见叶成林面露喜色。铁镜心却有点尴尬的神情。

"洱海月"是大理最著名风景,这一晚他们分乘两支画舫,在洱海赏月,乌蒙夫夫妇,谢天华夫妇,黑白摩诃,段澄苍和波斯公主等在一条船,张丹枫夫妇,潮音和尚和铁镜心,于承珠,叶成林,沐燕姐弟等几个小辈在另一条船。碧波似镜,月华如练,一望无际的洱海上浮没着帆影点点,渔火星光,互相辉映,说不出的宁静幽美,真教人想象不到,前两天这里曾卷起过血浪腥风。

沐燕傍着铁镜心,指点湖上的风景。于承珠忽然感到一阵迷惘,心头好似有一种预兆,好似铁镜心明日送沐燕姐弟回去之后,就要和自己远远地离开,不知怎的,忽似有了几分伤感之意。

铁镜心却是意态甚豪,只听他扣弦歌道:"洞庭青草伴中秋,更无一点风色。玉鉴琼田三万顷,着我扁舟一叶。素月分辉,明河共映,表里俱澄澈。悠然心会,妙处难与君说!"沐燕不待歌完,便拍掌赞道:"张于湖这首洞庭秋月,真是千古绝唱!可惜他不曾到洱海泛舟。"张丹枫勾起文思,微微笑道:"太湖与洱海,犹如西子王嫱,各有其美,咱们两处的月色都曾赏过,比起前人是有福得多了。"歇了一会,铁镜心续歌下半阕道:"应念岭表经年,弧光自照,肝胆皆冰雪。短发萧骚襟袖冷,稳泛沧俱空阔,尽汲西江,细斟北斗,万象为宾客,扣弦独啸,不知今夕何夕?"沐燕击掌笑道:"尽汲西江,细斟北斗,万象为宾客!真是大手笔,大气魄,张于湖曾中过状元,自有气概,若是落魄文士,那是万万写不出来!"言中藏有深意,那是劝铁镜心在她父亲之下,求取功名。于承珠眉头一皱,却不说什么。但见铁镜心满满地饮了一杯酒,眼光一瞥,正向自己这面射来,于承珠低头玩水,但听得铁镜心说道:"洱海月色虽美,但我却更怀念长江,只可惜千古以来,多少枭雄,尽是把长江作战场,弄得波涛汹涌。令几许高人雅士,辜负了美景良辰。"有意无意,眼波又在于承珠的脸上掠过。

于承珠轻轻拂开飘到身上的浪花,洱海的月夜美极了,朦胧的月色就像一层薄雾轻绡,罩在水面上,浪花飞舞,水气濛濛,恍似淡烟笼碧。如此月,如此夜,本来容易惹人引起美妙的遐思,可是听了铁镜心的话,却好像不和谐的乐声,反而破坏了这幽美的气氛。可怜铁镜心提起长江,原是想勾起于承珠的回忆,却不料这甜美的回忆,也渐渐在于承珠心中变质了。

铁镜心把眼偷觑,于承珠一直没有说话,却忽听得叶成林插口说道:"谁不愿意有良辰美景,赏心乐事。可是长江南北的老百姓,饥无以为食,寒无以为衣,只怕没有能似铁公子那样的高人雅致呢!"铁镜心被他嘲讽,极不舒服,沐燕道:"如此湖山如此夜,只

· 443 ·

宜把酒说风花。"与铁镜心相视一笑,眉语盈盈,好像是说:你何苦与"俗人"计较。铁镜心好像被熨斗熨过一样,有说不出的舒服。本来想"回敬"叶成林几句的,听了沐燕的暗劝,也不屑说了。

叶成林不理会别人的面色,说开了头,又往下续道:"古往今来,固然有不少残民以逞的枭雄,但也不见得就没有真心真意拯民于水火的豪杰。"于承珠道:"这话说得是,世事原不可一概而论,像你的叔叔,我看他就没存有什么私心。"铁镜心对叶宗留颇有敬意,听于承珠将他举例,默不作声。叶成林道:"张大侠,长江上空,目下正是战云弥漫,此地的事情,既然告了一个段落,我叔叔还在候张大侠的回音。"张丹枫想了一下,缓缓说道:"我会回到江南去。不过须得待铁公子见了沐国公之后,这里的事情安排得妥帖了,我才能放心。"沐燕道:"铁公子,你呢?"铁镜心道:"我纵回江南,也绝不与毕擎天之流为伍。"于承珠道:"你对叶大哥就没有一点情分吗?"铁镜心道:"叶宗留大哥宽厚待人,我素来佩服,只是他太过宽厚了,只怕要受毕擎天之流的愚弄。我铁某人岂能受草莽狂夫的号令。"沐燕道:"是呵,那么,那么,你⋯⋯"想劝他留在云南,忽觉叶成林、于承珠等人的眼光都集在她的身上,她抿嘴一笑,把说到唇边的说话又吞回去了。

于承珠对毕擎天殊无好感,但听得铁镜心如此说法,好像和草莽之人为伍,就失掉了公子身份似的,心中感到极不自然。潮音和尚道:"我看毕擎天很不错嘛,你们怎的总似对他不满。我知道他已请周山民夫妇进关来了。嗯,云蕾,石翠凤很想见你呢。"云蕾想起以前女扮男装和石翠凤作假凤虚凰的事,笑道:"那么,我也只好随丹枫走一趟了。"张丹枫微笑道:"好啦,事情就这样决定。不谈这些大事了,沐姑娘要不高兴啦。"沐燕道:"师父说笑了。不过如此良辰佳景,的确还是尽情赏玩湖山为妙。"铁镜心见她有点尴尬,陪她说笑,不一会,沐燕又愉快如初了。

于承珠却是情怀动荡,不能自休。月亮透过云层,月影波光,端的是玉宇无尘,山河明净,有几只海鸥,不知是贪恋月华,还是将月光误作晨曦,兀自在洱海上空飞翔。于承珠忽地想起她离开台州的那一个早晨,曾下了决心要扔掉自己的记忆的,要像冲波逐浪的海鸥一样,展翼凌云。那情景与今晚多少相同,心情更完全一样。

可是她还是抛不开过去的记忆,一个十七岁的少女,正像含苞待放的花,你不能期望她就像大青树一样,扎根深入泥土,能独自抵挡无情的风雨呵。呀,爱情的矛盾与苦恼,还在折磨一个十七岁少女的心。

这一晚于承珠又是彻夜无眠,铁镜心和叶成林的影子又是交替地在她脑海中浮现。不过有一点不同的是:在以往,当于承珠想起这两个人的时候,不管她怎样佩服叶成林,到了最后,却总是铁镜心的影子占据了她的心头;但今晚,当第一线晨曦透入窗户的时候,叶成林的影子却压倒了铁镜心,于承珠在朝阳的温暖中也睡着了。

待到于承珠醒来的时候,铁镜心已经送沐燕姐弟出城去了。小虎子告诉于承珠,说是铁镜心曾来向她辞行,见她尚在梦中,只好怏怏而去。小虎子道:"这个人真奇怪,又不是生离死别,我却瞧见他在偷偷地拭泪呢!"于承珠一阵心酸,心道:"莫非他是想与我作最后一次的话别!"也许以后还会见面吧?也许这并非最后的"话别"吧?但在感情上于承珠却的确是感到"永远分别"的滋味,正因如此,她没有让铁镜心得到"话别"的机会,感情上总好像还负着债。

过了两日,铁镜心还没有回来,带回来的消息说:沐国公大致同意段澄平的条件,但还要奏禀皇上定夺,同时为了易于转圜起见,沐国公提议由波斯驸马段澄苍奏请朝廷封赠,因为异国公主和驸马来归,算得是"圣朝佳话",封段家为王,也有个好的借口。不过这种种计划,还得到沐国公回昆明之后再详谈。

这一日张丹枫将于承珠唤到跟前,只见叶成林和潮音和尚已整装待发。张丹枫道:"珠儿,我目前还不能走,可能等铁镜心回来之后再动身。你愿意等我们一同走呢,还是现在就走?"于承珠本想说:"我跟随师父。"但听得师父提起铁镜心,踌躇了一阵,抬头说道:"听师父吩咐。"张丹枫微微一笑,道:"那么你现在走吧。

我已绘好了一份江南的地图,你带给叶宗留,叫他不要贪功,暂时守着江南的地盘便好。"于承珠接过地图,眼角忽然沁出晶莹的泪珠。张丹枫道:"你们走吧。嗯,这里有一包大青树的种子,成林,你带到江南去,看它在长江两岸能不能生长?"叶成林怔了一怔,茫然接过种子。张丹枫笑了一笑,但见于承珠已拭了泪痕,随着他们走了。正是:

长江纵有风波恶,大树盘根可护花。

欲知后事如何?请听下回分解。

第二十六回　踏雪神驹　旅途传警报
　　　　　　凌云一凤　半道劫镖银

　　一个多月之后,潮音和尚、叶成林和于承珠三人,已穿过了云贵高原,取道湖南,进入了江西山区,叶宗留的兵力占据着浙江、江苏、福建三省的沿海地带,只要过了江西,进入浙江,那便是叶宗留的势力范围了。

　　张丹枫爱护徒弟,仍然把那匹照夜狮子马让给于承珠乘坐,潮音和尚的坐骑也是一匹宝马,只有叶成林的马匹较差,但也是段王爷所送的大理名马,赣南虽然是山区,但比起云贵高原,已算得是坦途了,以那三匹马的脚程来看,大约不需十日便可回到浙江,经过个多月艰苦的旅程,这时才松了口气,三个人的心情都舒畅了。

　　这一个多月,于承珠与叶成林虽是朝夕相对,但叶成林沉默寡言,又有潮音和尚这么一个长辈同在一起,除了有时谈论一些武林故事之外,于、叶二人极少私下交谈,于承珠的心事更没有在叶成林跟前透露过半点。叶成林虽然有时从于承珠紧锁的双眉,猜到她心中有所苦恼,可是于承珠不说,叶成林也从不敢问。不知怎的,离开了铁镜心之后,于承珠反而有时挂念起他,尤其每与叶成林和她说话的时候,铁镜心的影子更会突然地从脑海中浮起。

　　到了江西,沿途所有的都是逃难的人们,原来官军准备南北夹攻,有一支大军正从湖北南下江西,所以接近战区的江西东北部的老百姓纷纷避难,十室九空。

　　这一日他们过了永丰,为着赶路,错过了宿头,傍晚时分,到了一个荒村,但见家家闭户,杳无人烟,三人在一个古庙中歇脚,时节已入初冬，山区寒风凛冽，所带的干粮恰巧又吃完了，路上无处添购，三人都感觉到有点饥冷。

叶成林想去撞撞运气，看村中有哪一家还未逃走的，求宿一宵，或者买些食物。潮音和尚笑道："抄化是和尚的事情，待我去吧。"不由分说，披起袈裟，匆匆出门。

叶成林拾了一些枯枝，在庙中生起火来，但见于承珠双颊晕红，不知是被火光映红的，还是她心中正在想着什么事情。叶成林呆了一呆，凑近柴火，道："天寒地冻，连日来你辛苦了。"于承珠道："这算得什么？我又不是未出门的娇生惯养的小姐。"忽而想起昆明，昆明四季如春，铁镜心这时也许正在国公府里和沐燕饮酒赏梅。和这里的情景那是大不相同了。

叶成林叹了口气，道："看这样子，很快就会打起大仗来。张大侠不知什么时候才来，我的叔叔一定焦急极了。"于承珠道："是呵，我也盼望师父快来，在他的身边，人也似多了几分主意似的。"叶成林抬起头来，只见她面上有一派彷徨的神色，好像迷途的孩子一样。

叶成林不觉又怔了一怔，揣测于承珠说这句话的意思。于承珠看了叶成林一眼，缓缓地低下头去，心中若有所思，只顾烘火。叶成林搭讪说道："是呵，我但愿铁镜心也能够和张大侠一同回来。"于承珠道："嗯，铁镜心，他，他恐怕不会来了。"叶成林道："我叔叔一向敬重他，说他文武全才，更兼熟读兵书，精通韬略，义军中就缺少这样的人才。就怕他不肯纡尊降贵，屈身草莽之中。"于承珠听叶成林不住地称赞铁镜心，禁不住想起铁镜心曾在她面前讥诮过叶成林粗鄙无文的说话，其实叶成林的文才虽然远不如铁镜心，却也不至于像他所说之甚。这霎那间，于承珠忽然有一个奇异的感觉，叶成林虽然是一个矿工的儿子，但好像比出身在"书香门第"的铁镜心还"高贵"得多。

天色沉黑，有几只夜枭低鸣飞过古庙，潮音和尚已去了许久，还未回来。于承珠说道："咦，怎么还未回来。莫非他老人家又闯出祸来了？"叶成林道："师伯祖武功超卓，在这荒村中还能失事么？"于承珠笑道："老人家有点莽闯，又喜欢管闲事，我倒不怕他被什么红巾女贼捉去,而是怕他被什么闲事绊住了。"原来在路上他们曾听人说,夹在官军区域和义军区域的中间地带,有一个不知名字的红巾女贼占山为王,十分厉害,故此于承珠拿此说笑。

话犹未了,忽听得潮音和尚哈哈大笑,推开庙门,大声说道:"你们两个小娃娃在背后议论我什么?"于承珠道:"不敢。"抬起头来,只见潮音和尚扶着一个鹑衣百结的叫化子,跌跌撞撞地走进来。这事情大出于承珠意外,这叫化子原来竟是毕擎天的弟弟毕愿穷。

毕愿穷衣襟染有血迹,面上透着黑气,似乎受伤不浅,但仍是那副滑稽的模样,只见他屈了半膝,嘻嘻笑道:"叫化子的腿给人家打跛啦,没法给你姑奶奶下跪请安啦!"于承珠忙道:"怎么回事?"但见潮音和尚把毕愿穷放倒地上,双指一夹,在他腿弯起出了一枚五寸来长的钢针,叫道:"是呀,这是怎么回事?你怎么中了金针圣手韩老镖头的毒针?"毕愿穷道:"说来话长,你赶快给我将那老家伙打发了吧!"话声嘶哑,显然是忍着痛楚,那故作滑稽的笑容更令人感到难受。

潮音和尚眉头一皱,道:"韩老镖头是一个正派的镖行人,嗯,你们怎么和他过不去?两边都是朋友,这事情我也不知怎么啦?哎呀,你怎么啦?"但见毕愿穷眼睛翻白,手指外面,口说出两个"急"字,潮音和尚急忙替他划开伤口,挤出黑血,一面叫道:"承珠,你给我跑一趟,看他们闹的什么事情,就在前面那个山口,有一群人打架,你给我拿主意,该劝架的就劝,不让劝的就撒手不管,哈哈,你们别以为我是爱管闲事的人。"

于承珠笑道:"师伯祖放心,我不给你惹事便是。叶大哥,你做事把稳,陪我走一趟吧。"两人奔到村头,只见前面山坳之间,果然有一堆人厮杀。

叶成林放缓脚步,道:"这事情可有点古怪,咱们且瞧瞧再说。"但见镖行的骑马都倒在地上,叫声凄厉,一个个樟木箱笼堆得像小山似的,镖行人围在四周,箱顶有一个老镖头盘膝而坐。拿着旱烟管,一口一口地喷着浓烟。劫镖的乃是一群乞丐,个个骑着健马,向镖行的人冲击,镖行的人看看守不住了,那老镖头把手一扬,嗤嗤之声破空而出,群丐拨转马头便跑,过了一会又攻上来。

看情形是颇为忌惮那老镖头的金针暗器,想引那老镖头把暗器发完了,再大举劫镖。

那老镖头喝道:"你们是丐帮的吗?"为首的一个壮丐笑道:"你既然知道,这个交情你怎么还不肯卖呢?将解药交出,镖银留下,哈哈,咱们绝不会把你难为。"那老镖头喝道:"胡说,想丐帮的毕帮主现在已是天下十八省的大龙头,他岂会劫小老儿区区这一支镖?你们分明是冒名的。哪个是头领?"前头说话的那个道:"你要不信,这也没法。把镖银留下了,我再和你说。"那老镖头怒道:"韩家镖局岂有拱手奉送镖银之理,哼,哼,黑道上劫镖,事亦常有,却从没有像你们这伙的下流行径。暗中下毒,把牲口害了,如此行为,不怕令江湖上齿冷么?居然敢冒充是丐帮的?今日我非把你揪去见毕擎天不可,看我肯饶你,毕擎天也不肯饶你!"那头目哈哈大笑叫道:"我等着你老揪呢!"放马直冲,那老镖头一扬手,他拨转马头又跑,金针不能及远,这伙乞丐骑术精绝,金针自是追他们不上。

于承珠道:"咦,这真奇了,毕擎天为什么要劫韩家镖局的镖?听韩老镖头骂他的话,我也替他难过。"叶成林道:"真是毕擎天派来的人?"看来他也不大相信。于承珠说道:"绝对不会冒充,毕愿穷是毕擎天最亲信的人,这个大头目姓白,我也认得。而且弄倒人家的牲口,这也正是毕擎天的拿手本领。我以前也吃过他的亏,他想把我留下,把我的照夜狮子马也弄得几乎不能行走呢。"叶成林摇了摇头,用这种手段劫镖,确实有欠光明磊落。

于承珠道:"你认得韩老镖头么?"叶成林道:"未曾见过。但听叔叔说,这人算得是镖行中第一个人物,不止是由于他武艺高强,而是他最重义气。他有三不保,来历不明的不保,贼赃不保,贪官不保。但只要他答应保了,那就万无一失。黑白两道的朋友都卖他的交情,不知道毕擎天何故要与他为难?"于承珠道:"听说他很少自己走镖,这回亲自出马,看来所保的镖非比寻常!"叶成林道:"就算他保的是多大银子,毕擎天现在是义军统帅,按理也不该去劫他镖银。"这事情真是古怪之极!于、叶二人虽然聪明透顶,也是百思不得其解!

两人正在窃窃私议，忽听得丐帮的人纷纷叫道："哈哈，这老儿的暗器发完啦。""并肩子攻上去呵！""给他留一点情面，不要拔他的镖旗。"群丐见老镖头双手连扬，却并无一枚飞针发出，估量他的暗器也该发光了，心中少了顾忌，但仍舞动兵器，护着面门胸口等处要害，策马直冲入镖行阵中。

忽听那老镖头舌绽春雷，陡地一声喝道："贼化子，给我留下了！"嗤嗤嗤几声疾响，左右两面的壮丐跌下马背，当中姓白那个丐帮大头目反手一鞭，立即拨转马头，说时迟，那时快，只见韩老镖头身形疾起，在箱顶上飞身扑下，手中使一杆黑漆发亮的兵器，一招"李广射石"，点到敌手胸膛的"璇玑穴"，这大头目名叫白孟川，乃是丐帮中的一流好手，武功不在毕愿穷之下，在马背上一个"镫里藏身"，刚刚闪开，忽地叫道："妈巴子的，你这老贼！"骂声未了，只见几点火星溅起，白孟川一个筋斗，翻下马背，原来韩老镖头除了善使梅花透骨针之外，还精于打穴，他的打穴兵器便是随身携带的旱烟杆，白孟川避开了他的点穴，却给那滚热的烟锅烫焦了一片皮肉。

白孟川逃得快，韩老镖头追得更快，白孟川刚刚翻下马背，他的烟杆又点到了后心，白孟川刷地反手一鞭却扫了个空，但见韩老镖头一口浓烟，迎面喷到，白孟川头晕目眩，鞭法大乱，韩老镖头那根烟杆有如灵蛇四钻，时而作点穴橛用，时而作五行剑使，杀得白孟川只有招架之功，毫无还手之力。

于承珠笑道："咱们该劝架了吧？"叶成林道："且再看一会儿。"丐帮的人想冲上去救，但白孟川被困，两个武功仅次于白孟川的又中了毒针，实力大减，镖行的人，一致奋起，用弓箭射着阵脚，眼看丐帮的败局已是无可挽回。

混战中只听得韩老镖头哈哈大笑，白孟川手忙脚乱，一鞭扫去，韩老镖头不闪不格，反将烟杆凑上前去，长鞭缠在烟杆上，被韩老镖头顺势反卷，越卷越短，猛地喝道："倒下！"白孟川一个踉跄，身子倾斜，但却还并未应声倒下。

镖行中有人看出不对，叫道："咦，这厮敢情真是丐帮中的？"韩老镖头冷笑道："管他是谁！捉他去送给毕大龙头看看，若然真是丐帮中的，不必咱们惩罚，毕擎天便要废了他的双腿！"直到现在，他还不信这伙人是毕擎天差遣来的。叶成林与于承珠躲在一块大石后面，听了这话，伸了伸舌头，笑道："咱们若去劝架，该怎么说，难道好说他们真是毕擎天差遣来的吗？"

韩老镖头口中说话，手底却丝毫也不放松，他的内力本来就比白孟川高出许多，只见他烟斗一振，白孟川长鞭立即断为几段。

眼见韩老镖头这烟袋一磕，白孟川非栽倒不可，就在这霎那之间，忽见镖行中人如潮水般倏进倏退，一条人影疾逾飘风地冲了进来，韩老镖头烟杆一挥，将白孟川震退数步，定睛一看，只见来的乃是一个身穿杏黄色道袍的道士，手持拂尘，遮在白孟川的面前。

韩老镖头打了个突，手抚烟杆，朗声问道："来者可是山东上清观的玄瑛道长么？"玄瑛道人道："不错，久闻韩老镖头大名，今日幸会。"韩老镖头道："敢问道长法驾南来，有何指教？"玄瑛道人道："贫道来向居士化缘，这趟镖请你施舍了吧。"脸上冷气森森，丝毫不似说笑。

韩老镖头烟杆微颤，强抑怒火问道："道长世外高人，要这钱物何用？"玄瑛道人淡淡说道："天下苍生，嗷嗷待哺者甚多，贫道化缘，自有用处。"韩老镖头仰天一笑，哈哈说道："冲着道长的面子，这个善缘本来非结不可。无奈我韩振羽保镖数十年，还是两袖清风，这个镖我可赔不起。若说我也随道长一走了之吧，我韩某一生从未失信雇主，道长，你这不是强人所难么？"

玄瑛道人仍是面色木然，毫无表情，冷冷说道："说来说去，老镖头还是善财难舍的了？"韩振羽烟杆一摆，朗声说道："道长若然定要伸手，那么就请先拔了小弟的镖旗。"话说至此，已是毫无转圜之地。只见玄瑛道人面色一沉，拂尘疾起，一出手便是上乘的拂穴功夫，左指"中明"，右指"百汇"，韩老镖头烟杆抖开，迅即身移步换，避招进招。两人都是打穴拂穴的大名家，登时杀得个难分难解。

玄瑛道人这样地突如其来，不但令镖行中人愕然失惊，于、叶二人更是大感意外。须知玄瑛道人为人耿介，在北五省算得是个响当当的人物，依常理而言，他绝无劫镖之理。叶成林问道："听说毕擎天夺北五省大龙头的时候，玄瑛道人也曾助了他一臂之力。"于承珠道："不错。他们二人是有交情。看来他这次也是受了毕擎天的请托。但以玄瑛道长的为人，若非他认为理所该当的事情，他绝不会伸手多管。这事情越来越奇怪了！莫非韩老镖头这趟镖真是有什么问题？"

场中两人越斗越烈，韩振羽的铁烟杆是短兵器，刺穴也只能刺一处地方，玄瑛道人的拂尘指东打西，指南打北，尘尾散开，千丝万缕，将韩振羽的全身穴道笼罩在一柄拂尘下，要不是韩振羽的武功精纯之极，早已落败。饶是如此，他在兵器上吃了亏，终是屈处下风。镖行中人都捏一把冷汗，只怕几十年来从未失过手的韩老镖头这次难保威名，陡然间，忽听得当的一声，玄瑛道人倒转拂尘，格开了韩振羽的烟杆，尘尾根根竖起，有如千百钢针，向韩老镖头面门疾刺！

叶成林叫道："不好。"正待跃出，陡然间，忽见几点金星疾闪，玄瑛道人倒提拂尘，身形凭空拔起，一个"细胸巧翻云"，倒纵出一丈开外。于承珠赞道："打得好，避得也妙。"原来韩老镖头在弹指之间，发出三口金针。他号称"金针圣手"，确是神技非凡，俗语说："心无二用"，他竟然在抵挡敌人恶招之际，能抽空发出金针，要不是玄瑛道人轻功超卓，应变奇速，几乎遭了毒手。

但见韩老镖头并不跟踪反扑，却好整以暇地装了一口旱烟，镖行的人莫名其妙，心中都道："这岂不是错过良机？"哪知玄瑛道人的拂尘招数神妙无比，看似败走，实是藏有极厉害的后着，韩老镖头可不上这个当，他趁这个机会，缓一口气，心中早盘算好制敌之方。

韩老镖头吸了一口旱烟，哈哈笑道："玄瑛道长，可以饶了小老儿吧？"玄瑛道人拂尘一摆，淡淡说道："几根金针，济不了事，贫道还得向居士化缘！"一招"云麾三舞"，拂尘横扫，韩老镖头叫道："道长，天下间也少见你这样化缘，可叫小老儿没法子啦。"话未说完，骤然一口浓烟喷出，韩振羽的透骨金针，烟杆刺穴和喷烟扰敌，乃是他的三种绝技，尤其喷烟扰敌更是匪夷所思，能在张口说话之时，将烟气留在口中，待到敌人不备之时，这才突然喷出。

高手比斗，最忌敌人在暗，自己在明。玄瑛道人拂尘一扫，忽然烟雾迷漫,饶是他技高胆大,亦自吃了一惊,急忙倒转拂尘,改攻为守,一招"八方风雨",将上中下三路全都护着。韩老镖头也不禁赞了一个"好"字,一口浓烟,又随着"好"字喷出,玄瑛道人骂道:"这算什么正经比武?"韩老镖头笑道:"贵客光顾,小老头该敬烟奉茶,客途无茶,只好向你敬烟了。"口中说话,手底却毫不放松,一口烟杆横挑直刺,时而作点穴橛使,时而作小花枪用,处处不离玄瑛道人的三十六道大穴。

可是玄瑛道人守得很稳,他在拂尘上下了几十年功夫,运用得纯熟之极,虽然被烟雾所扰,只能见着敌人模糊的身影,仍然见招拆招,毫无破绽。韩老镖头那一袋旱烟抽完之后,仍然打不倒玄瑛道人。他的透骨金针又只剩下几根,不敢轻易发出。这一来,表面上他似占了上风,实际却是危机暗伏。

这时丐帮和镖行也在混战之中,白孟川长鞭折断,抢过一口单刀,一马当先,斫倒了镖行两个得力的伙计,哈哈笑道:"韩老镖头,镖旗留下,咱们绿水千山,相见有期。"指挥群丐,将大大小小的箱杠都搬上了骡车。丐帮人多势盛,镖行的人被白孟川困在一角,无法阻拦。

于承珠道:"咱们该出去了吧?"叶成林笑道:"咱们出去是助玄瑛道人劫镖呢?还是助韩老镖头保镖呢?"于承珠道:"咱们劝架。"叶成林道:"玄瑛道长他们非劫镖不可,这场架怎么劝得下来?"于承珠一想,今晚之事,古怪得出乎常理之外,韩老镖头保的是什么镖?毕擎天又为何要劫镖,来龙去脉,自己全不清楚,这场架的确不知从何劝起?于承珠问道:"依你之见如何?"叶成林道:"看来他们只是志在劫镖,不在伤人,咱们就由得玄瑛道长将镖劫去,然后再截住他细问根由。好在毕大哥是自己人,是非曲直,有理可说。"于承珠一想不错,便不作声。

眼见丐帮的人将箱杠都搬到骡车上,叶成林忽道:"你听,这是什么声音?"夜风中隐隐传来清越的角声,不多一会,镖行和丐帮的人也全都听到了,个个心中疑惑,侧耳细听。陡然间,号角声中夹着一声清啸,众人眼睛一亮,但见一队戎装少女,排得整整齐齐,从山坳转角处走出来,最前面的四个少女,提着碧纱灯笼,拥着一位束着红巾的少女,笑声中红巾飘动,端的是"矫健婀娜两有之",两边混战的人都不自禁地静止下来,看那个红巾少女。于承珠心道:"看这气派,莫非她就是路人争说的红巾女贼?"

但见那红巾少女玉手一招,冷冷说道:"这支镖给我留下。"玄瑛道人怒道:"什么?"那少女盈盈一笑,忽地厉声说道:"你没长耳朵吗?这支镖给我留下!"玄瑛道人拂尘一举,道:"凭什么要给你这支镖?"那少女道:"原来你还要动手吗?就凭这个要你的镖!"倏然之间,寒光疾闪,这少女拔剑进招,快得无以形容,但听得"当"的一声,玄瑛道人的铁拂尘已被斫了一道缺口,这尘杆是精铁所铸,看来那少女的长剑纵非宝剑,亦是锋利非常。

玄瑛道人何等武功,竟然冷不防地先给她来了个"下马威",心中又惊又怒,说时迟,那时快,只见这红巾少女,运剑如风,招招凌厉,似这般一见面便拔剑动手,丝毫不按江湖规矩,在黑道上也少见罕闻。

玄瑛道人万万料想不到这少女的剑法竟然如此厉害,抖起精神,展开八八六十四手连环拂穴的功夫,还未使到一半,那少女忽地又是一声清啸,一招"星汉飞槎",剑光如练,上刺咽喉,兼指双目,玄瑛道人挥尘横扫,暗中也藏了杀手,那少女的剑法奇诡之极,堪堪刺到,忽地中途一变,倏然一个盘旋,平削过来,将玄瑛道人的上半身都笼罩在剑光之下,玄瑛道人亦非弱者,拂尘一个飘开,趁着她全力进攻,中路空虚之际,尘尾四散,连拂她胸口的"王衡""关元""天关""璇玑""瑶光""中府"六处大穴,这是玄瑛道人败中求胜的杀手绝招,两人都是近身相搏,眼见一招之间,便要强弱立判。

玄瑛道人的拂尘正要沾着少女衣裳,劲力还未运到之际,那红巾少女忽然张口一吹,笑道:"臭道士的武功还不错啊,由你去吧!"但见尘尾根根飘起,随着"刷"的一声,玄瑛头上的道冠竟被那少女一剑削为两半。

玄瑛道人这一惊非同小可,他自从成名以来,只败过一回,那是玄瑛道人助毕擎天抢北五省的大龙头时,败在阳宗海手下。阳宗海名列天下四大剑客,玄瑛道人力战而败,犹有可说。想不到这少女在三十招之内,便削了他的道冠,败得比那一回更惨!

韩老镖头喜气洋洋,急忙上前施礼,说道:"来者可是芙蓉山的凌云凤女侠么?老朽是京都振远镖局的镖头韩振羽,路过贵地,未曾到宝寨拜山,多多失礼了。"其实不是韩老镖头忘记拜山,这红巾女盗凌云凤出道未满一年,名气未响,韩振羽已拜会了江南的七个大盗头了,却并未将她列内。

凌云凤凤眼一扫,皱眉说道:"老人家,你啰里啰唆,说这一番话做什么?我可并没有请教你的来历啊!"韩老头怔了一怔,赔笑说道:"这支镖是我保的。望姑娘高抬贵手,我必按江湖道上的规矩,送一份厚礼与姑娘添妆。"韩振羽名满天下,黑白两道全有交情,以为这凌云凤乃是初出道的女盗,用意不过在扬名立志,自己下气相求,她不可能不知道自己的名字,按常理而言,她实在犯不着结一个强仇,更与天下镖行作对(韩振羽是镖行领袖)。

想不到凌云凤竟是丝毫不留情面,听了韩老镖头的说话,一张俏脸上仍是冷森森的毫无表情,淡淡说道:"这种银子取之何伤,我管这是谁保的镖?"白孟川眉毛一扬,跳上前叫道:"不错啊,这种银子取之何伤,咱们是道上同源,按规矩平分了吧!"凌云凤道:"这支镖是你们先下手劫的?"白孟川道:"是啊,咱们是奉毕帮主之命来的,这!这……"正想说这支镖的来历,凌云凤好像听得极不耐烦,一挥手道:"哼,你们在我的地界竟然伸手劫镖,本该给你们每人都留下一点记号,看在这道士武功不俗,让你们好好走开,你们还不快滚。"

白孟川大怒,挥舞单刀,噼啪作响,道:"好呀,给你面子,你敬酒不吃吃罚酒,好吧,你就从我们手中再劫去吧。"玄瑛道人拂尘一探,道:"韩振羽,你怎么说?"凌云凤的女兵把装好的镖银的骡车就要驱走,丐帮和镖行的人都上前拦截,那些女兵个个武艺高强,哪里拦阻得住?韩老镖头咬一咬牙,叫道:"好,咱们同舟共济,先把这女强盗打退了再说!"倏地烟杆一探,一口浓烟疾喷出去,与玄瑛道人、白孟川合战凌云凤!正是:

异军突起红巾女,一凤凌云展翅飞。

欲知后事如何?请听下回分解。

凌云凤凤眼一扫，皱眉说道："老人家，你啰里啰唆，说这一番话做什么？我可并没有请教你的来历啊？"

第二十七回　宝剑金花　双英施绝技
　　　　　　仁心侠骨　一诺救镖师

凌云凤纵声长笑，但见她身形微动，青钢剑倏地向韩振羽刺来。韩老镖头左手一抬，立掌护胸，却将右手的铁烟杆当作小花枪使用，霍地一招"白虹贯日"，使出攻守兼备的"中平枪"招数，虚点咽喉，实刺胁下的"檀中元"，却不料凌云凤身法之快，无以形容，韩老镖头的烟杆刚刚封出，她已抢先半步，剑尖指到了韩老镖头的手腕，换是他人，这一招铁烟杆非撒手飞出不可。韩老镖头久经大敌，急忙一个盘龙绕步，呼地一口浓烟喷出，同时左手一扬，金星连闪，将最后的七根透骨金针，一股脑儿都发了出去。但听得长笑声中，凌云凤赞了一个"好"字，一条人影，凌空飞起，她一击不中，早已翩然掠出，七枚金针，都从脚下飞过。

转眼之间，又到了玄瑛道人的身边，但见她身形未落，已在空中使个"飞燕掠波"之势，翩如飞鸟地直冲玄瑛道人而来，玄瑛道人识得厉害，铁拂尘抖得笔直，他已试过拂穴无效，这时改用"玄门拂尘八法"，使了一个"卷"字诀，凌云凤的剑尖竟给尘尾微微缠住，白孟川眼明手快，看得有便宜可捡，一个箭步便跳了上来，刷地一刀劈下，这一刀势捷力沉，端的是凶险之极。

刀光剑影中，但听得凌云凤一声冷笑，白孟川一刀劈下，却忽然不见了她的身影，玄瑛道人叫声不好，铁拂尘脱手飞出，白孟川听得玄瑛道人的叫喊，怔了一怔，仓猝之间，不知如何应付，还未及转身，但觉背后微风飒然，肩头上一阵剧痛，这时才见凌云凤的身影贴身掠过。就在这电光石火的霎那之间，她一举震退了玄瑛道人，又把白孟川刺了一剑，还是她手下留情，这一剑从他琵琶骨旁边三寸刺过。

玄瑛道人武功最强，一飞身抢过拂尘，立刻与韩老镖头连成犄角之势，互相掩护。那白孟川中了一剑，却是心惊胆战。本来以他们三人之力，合战凌云凤，纵不能胜，亦不至败。无奈凌云凤机警之极，她以迅雷不及掩耳的手法，先破了最弱的一环，这一来，便将合围之势打开了一个缺口，受了伤的白孟川，反而成为两人的负担。

于承珠与叶成林在岩石后凝神注视，但见凌云凤在三人围攻之下，倏进倏退，忽守忽攻，身形展开，真如行云流水，挥洒自如。于承珠心道："这是哪一家的剑术，精妙如斯，看来竟不在师祖所创的百变玄机剑法之下。"

忽听得当啷一声，白孟川的单刀被削为两段，凌云凤一个蹬脚将他踢翻，玄瑛道人和韩老镖头急退，混战中，镖行和丐帮之众，都被女兵赶得四散奔逃，凌云凤亦是紧追不舍，玄瑛道人和韩老镖头刚跑了几步，猛听得金刀劈风之声到了背后，凌云凤的剑法奇诡绝伦，似左似右，一招同时攻击两人，韩老镖头和玄瑛道人都感到她剑尖的锋芒！

骤然间，忽听得"当"的一声，玄瑛道人反手一拂，刚刚回过头来，依稀似见细如游丝的金光一闪，只道韩老镖头发出金针拒敌，但见凌云凤已在离身十丈之外，朗声笑道："看在这两枚暗器的份上，放你们走吧！"玄瑛道人怔了一怔，心道："韩老头儿那一手金针，有什么了不得，值得这女魔头如此看重？"

凌云凤来得快，去得也快，转眼之间，那队女兵已把骡车驱入密林，韩老镖头兀自气呼呼地往前奔跑，玄瑛道人冷笑一声，追上去道："女贼已走得远啦，你还慌什么？"韩老镖头怒道："都是你们，害得我这镖局的招牌给人家砸了！"烟杆一抢，抖起个碗大的枪花，朝玄瑛道人的"风府穴"便刺，额上红筋暴露，一脸拼命的神气。玄瑛道人举拂尘挡开，冷冷笑道："又不是我抢你的！"韩老镖头骂道："都是你们惹出来的！"烟杆疾下如雨，他走镖四十年，这还是第一次失手，怪不得他气苦得几乎疯了！

玄瑛道人只道刚才的暗器是他发的,心感他相救之恩,而镖银又已被凌云凤劫去,实已无心与韩老镖头厮拼,只是把拂尘展开,护着全身穴道,但守不攻。韩老镖头却越打越急,招招凌厉,玄瑛道人怒道:"你这老头儿好没来由,我问你,你是想要回这镖银不是?"韩老镖头眉头一扬道:"这个当然!"玄瑛道人道:"这支镖是那女贼劫的不是?"韩老镖头道:"不是你们胡缠,我早已过了芙蓉山啦!"玄瑛道人道:"旧账慢些再算,咱们说目前的。"韩老镖头道:"怎么?"玄瑛道人道:"你想要回镖银,我也想要这支镖。在这一点上,咱们可是志同道合,理该同舟共济才是。"韩老镖头道:"你是说咱们同来想法,向那女贼追回镖银么?"玄瑛道人道:"不错。"韩老镖头想了一想。忽然怒气冲冲道:"我才不与你们这干卑劣小人同谋合伙!"

玄瑛道人大怒,叫道:"我怎么卑劣了?"但见白孟川乘了一匹马,在马背上摇摇欲坠地奔来。韩老镖头怒气大起,骂道:"你们将我的骡马都下药迷倒,这行径还不卑劣么?"突然舍了玄瑛道人,纵身一跃,铁烟杆向白孟川的马头磕下。

烟杆未落,那骑马一声长嘶,白孟川滚翻地下,玄瑛道人大怒,喝道:"你说咱们卑劣,你打一个受伤的人,这算得英雄吗?"拂尘横扫,一连几记疾攻,韩老镖头这才醒起白孟川是与自己联手拒敌之时,受了那红巾女贼的两处剑伤,心中颇感歉疚,但玄瑛道人的拂尘来得甚急,迫得他不好和解,只有奋力招架。正在打得不可开交,忽听得一声清脆的声音叫道:"两位前辈息争,敝师伯祖潮音和尚请两位相见。"

玄瑛道人和韩老镖头收了兵器,霍地跳出圈子,只见面前站着一个美貌如花的少女和一个浓眉大眼的少年,这自然便是于承珠和叶成林了。

玄瑛道人帮毕擎天抢北五省的大龙头之时,在武家庄上见过于承珠,知道她是张丹枫的徒弟,急忙举手为礼。韩老镖头虽未见过,见她如此说法,恍然大悟,问道:"这群叫化子最初与我动手之时,有一匹白马在林外驰过,其快如风,我正追那个叫化头子,马背上的人一把将他抢去,那马跑得太快,黑夜中看不清楚,莫非这人就是潮音和尚么？"于承珠道："正是他老人家。"韩老镖头双眼一翻，叫道："老朋友竟然是这样帮忙我吗？好呀，我非向这莽和尚讨个公道不可！"玄瑛也叫道："潮音大师原来今晚也来过了？他眼见毕愿穷受伤，怎么不助他一臂之力？早将镖银劫走，也省得这许多是非！"于承珠笑道："正因他老人家和两位前辈都是老朋友了，所以才差遣我来请两位息争。"

韩老镖头和玄瑛道人都是满肚子闷气，冷冷地"哼"了一声，一言不发，随着于承珠便走。走到那座破庙，但见潮音和尚正在替毕愿穷裹伤，潮音和尚哈哈笑道："韩老哥，你来得正好，将解药拿出来，省得我费力替这化子治伤啦。"韩振羽一口气冲了上来，叫道："潮音，你帮的是谁？"潮音和尚笑道："我谁也不帮，这女娃刚才还说我爱理闲事哩！两边都是朋友，我再一帮，这事情岂不是更闹大了。"韩老镖头气呼呼地嚷道："你说不帮，怎么迫我拿出解药？"潮音和尚笑道："老兄言重了，我是请你拿出解药，请你不看僧面看佛面。"韩老镖头"哼"了一声，道："潮音和尚，你是拿你老大哥的面子来压打小弟弟了？"潮音和尚道："我没有那么大的面子，我是请你看在天下十八省大龙头毕擎天的面上！"

韩老镖头呆了一呆，叫道："你说什么？毕擎天，毕大龙头？"潮音和尚道："不错。这面子你值得卖吧？"韩老镖头大叫道："依你说来，这群恶叫化竟然是毕擎天差遣来的？"潮音和尚："一点不错！"

韩老镖头两眼翻白，气吁吁地瘫在地上，道："凭他的身份，要劫我区区这一支镖？还任凭手下使出那等恶毒诡计？"玄瑛道人冷冷说道："不劫你劫谁？谁叫你保这支镖？"韩老镖头跳起来道："怎么？我开镖行的不保镖，喝西北风？"毕愿穷疼痛稍止，又笑嘻嘻地道："你韩老镖头还怕没吃的吗？我们倒是要另一些人饿饿肚子！"韩老镖头道："你说什么？"毕愿穷道："请问这支镖是谁交给你保的？"韩老镖头道："你难道不知我生平有三不保，若然这支镖来历不明，我岂有保它之理？"玄瑛道人道："你三不保也好，三十年不保也好，这我管不着，我只问你，这支镖是谁的？"

韩老镖头怒道："好呀，你这算是审问我了？"玄瑛道："不敢。

说不说在你,这支镖我们是要定了。"于承珠噗嗤一笑,道:"这支镖正在人家手里,两位前辈何必你争我夺?"这话两边都刺了一下,可是由她带笑说来,众人都不禁哑然失笑。这剑拔弩张的气氛登时缓和了不少。叶成林道:"镖行黑道,各有规矩。韩老镖头不肯说也就罢了。"白孟川裹好剑伤,瞋目说道:"罢了,你是谁人?我们可并没有请你出主意。"毕愿穷道:"白老弟休得无礼,这位是叶统领的侄子。"白孟川"哦"了一声,仍然说道:"既然如此,那就更无胳膊向外弯之理!"叶成林道:"这支镖是义军要的吗?"白孟川道:"难道是我有这样大的胃口?"叶成林道:"我叔叔——他知道这事吗?"白孟川道:"这,这……"原来这事是他们秉承毕擎天的旨意而行,并未有向叶宗留禀告。

韩老镖头冷笑道:"若是叶宗留要的,或许我还卖这个面子。哈,原来你们是假借义军之名!"白孟川怒道:"毕大龙头做不得主么?就是,就是……"他本来想说:"就是叶宗留也得听毕大龙头的号令。"但这话到底不方便说出来,于是改口说道:"就是叶统领在此,这支镖他也一定是说非劫不可。"潮音和尚是个直肠的人,冲口笑道:"你又不是他,怎么代他说话?"换是别人,这话非引起大争不可,潮音和尚辈分既高,又是救毕愿穷的恩人,丐帮听来,虽然甚不舒服,却无一人反驳。叶成林微笑道:"于姑娘说得好,这支镖反正在人家手里,大家自己人何必先你争我夺。过两天我就能见着叔叔和毕大龙头,我再请他们定夺。谅那凌云凤在几天内未必花得完,这支镖还不是等于寄存在她那里一样吗?"这说话两面都顾到,韩老镖头怒气稍平,点头言道:"好,那我就听你叔叔一句话!"毕愿穷眉头一皱,白孟川面色大变,叫起来道:"这,这事可不能迟办!"

韩老镖头道:"怎么,有本事你去把这镖拿回,我韩某双手奉送。"眼看纷争又起,忽听得有敲门之声,于承珠张了一眼,笑道:"人家可先来啦。"叶成林打开庙门,只见两个少女,杏黄衫儿,白绫束腰,一人捧着拜匣,一人提着灯笼缓缓走入,却原来就是红巾女贼凌云凤的两个贴身丫环。

捧拜匣的那个向众人扫了一眼,眼光停在于承珠身上,行上前来，将拜匣呈上，于承珠奇道："你家寨主叫你来请谁呵？"那丫环道："请女侠把拜匣打开。"于承珠略一踌躇，霍地把拜匣打开，只见内里三朵金花，整整齐齐地压在拜帖之上，那丫环道："我家寨主请这三朵金花的主人！"

于承珠微微一笑，捡起三朵金花，说道："雕虫小技，贻笑你家寨主了。"那丫环道："姑娘的金花妙技，我家寨主佩服得很。她说，看在这三朵金花的面上，请姑娘的朋友们也一同上山。"玄瑛道人这才恍然大悟，原来刚才在混战中发暗器相救的是于承珠，他一直还以为是韩老镖头的透骨针呢。

毕愿穷嘻嘻一笑，道："姑娘，这回咱们全沾了你的光了。白贤弟，你扶我上山去。"白孟川道："你歇歇吧。"毕愿穷道："有姑奶奶出头，这支镖今日非讨回不可。"于承珠啐了一口，道："谁和你穷开心。"毕愿穷笑道："讨回这支镖银，你家大爷可就阔啦。好小姐，我不敢得罪你啦，看在你师父和咱们丐帮老帮主的交情上，这支镖银你是非得讨回不可。"撑着墙壁，向于承珠屈了半膝，那态度竟是十分认真，把于承珠弄得气也不是，恼也不是，心中想道："毕擎天虽然跋扈，但也还不是胡作非为的人，玄瑛道人更是正派的武林人物，他们都这般着急，难道这支镖银真是有什么重大的关系？"

潮音和尚道："韩大哥，你的解药该拿出来了吧？我在这破庙替你们看家，也给这几位受伤的化子大爷调理调理。"韩老镖头一想，丐帮劫镖，虽然可恶，但要他们的命却也太过，先前不知道他们的来历，现在既知他们确是丐帮中人，那便无论如何，总得留有余地。听潮音和尚一说，便顺水推舟地将解药拿了出来，并交了一份给毕愿穷。毕愿穷笑道："你送我解药，我领你的情分。可那支镖我还是非要不可。"韩老镖头哼了一声，道："行呀，那就再看你的本事吧。"

除了潮音和尚之外，一行人都随那丫环上山。上得山来，已是天色微明，晚霞隐现。芙蓉山乃是仙霞岭的一个支脉，山势并不怎么险峻，可是经过凌云凤的布置，冲要之处，碉堡森严，栅城围绕，看来竟不亚于金城汤池。叶成林也不禁暗暗佩服，心中叹道：

"草野之中,不知埋没多少人才?就是这'红巾女贼'便不输于手握兵符的大将。"

那丫环让众人稍候,过了片刻,只听得里面三通鼓响,寨门大开,叶成林急忙将于承珠推到前面,原来这是绿林中迎接贵宾之礼,她请的主客是于承珠,尽管于承珠辈分最低,众人却是不能僭越。

只见寨中两队女兵排列,凌云凤戎装佩剑,出寨相迎。于承珠落落大方,以礼相见。道了姓名,凌云凤忽然间问道:"于小姐与张丹枫大侠怎样称呼?"于承珠道:"那是家师。"凌云凤笑道:"怪不得于小姐用金花暗器。"又道:"江湖上人称散花女侠的想必就是姐姐了?"问这话时,眼光中有一种异样的表情。

于承珠道:"这是江湖上的前辈奖掖后进,小妹岂敢当女侠。"凌云凤道:"人的名儿,树的影儿,那是绝对假不了的。女侠出于忠孝之家,义侠之门,小妹仰慕得紧,请受一拜!"凌云凤是一寨之主,简邀于承珠上山,按绿林的规矩来说,在凌云凤这边是请客,在于承珠这边则是拜山,最多是以弟辈之礼相叙,断无主人拜客之礼。凌云凤这一举动,实是大出寻常,同来诸人,无不惊讶!

于承珠急忙避开,凌云凤却已拦在面前,盈盈下拜,两边挤着女兵,避无可避,只好一面拦着凌云凤,一面屈下半膝还礼,哪知凌云凤下拜之时,猝然间双臂一抬,将于承珠扶起来,于承珠大吃一惊,心道:"难道她是趁势较量我么?"念头方动,还未及运劲相抗,凌云凤双臂一垂,却已深深地作了一拜。忽地眼圈一红,说道:"我生平最敬慕的是于大人和张大侠,于大人当年含冤下狱,我未得尽半点心力,这一拜是拜令尊的,请姐姐替尊大人受礼!"

于承珠暗叫"惭愧",原来这有女魔头之称的红巾女贼竟然是血性英雄,见她如此敬重自己的父亲,这一拜倒不好推辞了。当下含泪还礼,抓紧凌云凤的手,就像一对分别了多年的姐妹见面一般。韩老镖头和玄瑛道人心中暗喜,均是想道:"难得这女贼对于承珠素眼有加,看来讨镖有望了。"

凌云凤请于承珠坐在上首,含笑问道:"小妹这次请姐姐上山,一来是为了心中仰慕,藉此识荆,二来是想请问姐姐发那三朵金花的用意。"于承珠见她意气相投，不再掩饰，单刀直入地说道："明人面前不说假话，那是为了这一支镖。"凌云凤道："嗯，这一支镖？"于承珠道："是呀，这一支镖是韩老镖头保的。"凌云凤道："这我早就知道，就因他保了这支镖，我是非劫不可。"于承珠道："这支镖牵连可大着呢。毕擎天也想劫这支镖。嗯，我是不明白你们为什么都要劫这支镖？但想来必有复杂的内情，不妨大家说个明白！"

凌云凤叫道："什么？自封十八省大龙头毕擎天也要劫这支镖？这群化子和这牛鼻子就是他差遣来的？哼，竟然用那种下流暗算的手段劫镖？要不是你说，我绝不相信。"于承珠脸上热辣辣的，不由得替毕擎天难过，想起毕擎天的做事每多不择手段，确是有损威望。弄得自己也无辞置答。

毕愿穷突然一跃而起，笑嘻嘻地道："请问寨主，别人把刀搁在你的脖子上，你是不是要请别人先放下刀子，再光明磊落地较量？还是尽快地将他击倒，以得免除危险？"

凌云凤道："你这话是什么意思？"韩老镖头气得满面通红，也跳起来道："是呵，你说这话是什么意思？我保我的镖，对你有何损伤？"毕愿穷冷笑道："你这镖运到湖北，那就替朝廷磨利了十万张刀子，来对付我们江南的义军！"韩老镖头怒叫道："胡说八道，你知道我保的是什么镖？"凌云凤溜了韩老镖头一眼，道："好，我此刻就要看你保的是什么镖？"

片刻之间，女兵把昨日打劫的那些大大小小的箱杠，都堆到厅子上，凌云凤道："韩镖头，你说，你保的是什么镖？"韩老镖头嚷道："这是北京乐家托我保的贵重药材，运到湖北，亦是济世救人，有什么错了？"北京乐家乃全国药商的首脑，富甲京华，每年都要请一次保镖，将药材运销江南，是镖行最好的主顾，这一次保的特别贵重，所以才请到韩老镖头。于承珠诧异之极，心道："若是乐家交保的药材，那就更不该劫了！"

毕愿穷冷笑道："济世救人，我说却是乱世害人！"韩老镖头喝道："你狗口里不长象牙！"凌云凤把手一挥，叫道："与我把这些箱杠都劈开来看！"

韩老镖头气得手颤脚震，叫道："你这岂不是将药材糟蹋了么？"乐家交他保这支镖时，曾说明大部分的贵重药材必须密封，免得走了气味，可是这时韩老镖头为了验明真相，势不能上前阻止。

霎那间，那些大大小小的箱杠都被劈开，但见药材拨开，里面露出的都是黄澄澄的金子。毕愿穷冷笑道："如何？这是官家的军饷，总值七千万两白银的金子，那是九门提督奉了皇命，强迫乐家出面，假说是药材托你代运的。湖北十万官军，断饷缺粮，若无接济，不战自溃，你给他们保这支镖到湖北去，那岂不是给官军送上了续命汤，让他们磨利十万张刀子来对付我们吗？"

韩老镖头手脚冰冷，想不到自己一生不保官银，这次却上了官家的圈套。那乐家是著名的殷实商人，怎料他却在官家的威迫之下，叫自己也一同上当。白孟川大叫道："韩老头儿，看清楚没有？这支镖是不是该由我们截下了？"但听得"咕咚"一声，韩老镖头一口气透不过来，晕过去了。

凌云凤道："将这老儿扶进去，用冷水将他喷醒！"于承珠叹了口气，想不到自己父亲一生忠心耿耿扶助的朝廷，行事竟是如同宵小，骗了商人，骗了镖行，江南药材，今年也将因之缺货。毕愿穷得意洋洋地说道："幸亏咱们的大龙头耳目灵聪，官家以为咱们不劫镖行，可以混过，哈哈，到底还是给咱们截住了！"

凌云凤冷笑道："这支镖可还不是在你的手中呢！"

毕愿穷叫道："什么？来历既明，你还要劫这支镖吗？"凌云凤纵声笑道："毕擎天劫得，我就不能劫得么？"于承珠道："看在叶宗留统率的义军份上，姐姐你就得高抬贵手了吧！"叶宗留在江湖上声望极高，毕擎天虽然自封为十八省大龙头，但仍要仰仗于他，"封"他做义军的大统领，凌云凤听得于承珠抬出了叶宗留的名号，耸然动容，微微笑道："这帮恶丐和臭道士我才懒管，叶大哥和你的账我卖了吧。"于承珠大喜道："多谢姐姐！"凌云凤一笑说道："叶宗留不在这儿，那么算是你保镖了！"于承珠道："就算我吧。"但见玄瑛道人和毕愿穷一齐色变，凌云凤道："好，那么就要请姐姐指教了。我也正想见识张大侠所传的剑法呢！"于承珠这才知道凌云凤问她的用意，原来凌云凤还是要固执着绿林道中付镖还镖的规矩，要和她比试一场。

于承珠只好告了个罪，亮出剑来，两人抱剑而立，凌云凤道："姐姐远来是客，主不僭客，请先吧。"于承珠宝剑一持，道："献拙了！"于承珠和凌云凤惺惺相惜，这一剑只是"起势"的招式，哪知凌云凤的剑招却是老辣非常，但见她一个盘龙绕步，方位立变，惊鸿掠燕般地绕到于承珠背后，刷的一剑，就朝于承珠后心搠来，于承珠吃了一惊，心道："原来她真个较量！"急用"玄机剑法"中的"大雁南归"，反手一剑，解了凌云凤的剑势，接着寒光一闪，一招"玉女投梭"，反客为主，直刺凌云凤肩后的"风府穴"，凌云凤赞了个"好"字，一剑搠空，剑招倏变，身随剑转，俨如"鹰隼穿林"，猛地一个"苏秦背剑"，脚步还未旋转过来，剑锋已先剁到。于承珠一见有机可乘，立刻使了一招"举火燎天"，宝剑横封上去，忽地想道："我的剑乃是宝剑，削断了她的兵刃可不好看。"心念方动，但觉劲风扑面，寒气沁肌，于承珠急忙闪避，只觉凌云凤一剑从她鬓边削过，于承珠脚尖点地，掠出三两丈外，凌云凤如影随形，跟踪直上，微微笑道："姐姐不用客气。"口中说话，手底却是丝毫不慢，一连几招"白猿进果""仙人指路""大鹏展翅"，暴风骤雨般地袭来！

于承珠迫得打点精神，奋力拆招，好不容易到二十招之外，才解了凌云凤的先手。但觉凌云凤的剑法奇诡之极，虚虚实实，难以捉摸，自己手中空有一柄宝剑，亦只能堪堪打个平手。其实论起剑法，两人乃是在伯仲之间，不过凌云凤胜在经验，所以用的虽然只是一柄普通的青钢剑，却反而占了六成攻势。

双方又拆了三四十招，凌云凤剑法忽然一变，但见她柔如柳絮，快若惊鸿，招招都藏着无穷变化！

于承珠暗暗纳罕，斗了一百来招，仍看不出她是何家何派，剑法奇诡如斯，要不是于承珠这两年来，武功经验都大有长进，当然不易抵敌。

幸而于承珠曾经跟张丹枫习过"玄功要诀"，虽然时日尚浅，功力未深，但那"玄功要诀"，不但是修习正宗内功的入门途径，而

于承珠迫得打点精神,奋力拆招,好不容易到了二十招之外,才解了凌云凤的先手。

且是各种上乘武术的总纲。斗了许多，于承珠对凌云凤的剑法，渐渐摸到了一点门路，但觉她虽然奇诡百出，仍有迹象可寻，似乎是以武当、少林、嵩阳三派剑法为基础，而加以方向的变化，缓疾的不同。如此一来，于承珠应付虽然不致似先前吃力，但亦不过堪堪打个平手。

玄瑛道人和毕愿穷等人一心盼望于承珠得胜，这时都是十分焦急，心中俱在想道："这样打法，不知何时方了？"陡然间，但见凌云凤一剑横挑，快如闪电，剑光人影，疾转如风，眼花缭乱，突见于承珠身形飞起，"当"的一声，把凌云凤的青钢剑削为两段，毕愿穷大喜，还未叫出声来，但见青光一闪，夭矫如龙，斜飞直上，"咔嚓"一声，插入大梁，于承珠的宝剑也被凌云凤震得脱手飞出。

原来于承珠也是焦急非常，所以突用险招，让凌云凤的长剑欺到身前，仗着青冥宝剑之利，一举将它削断；可是她在内圈发剑，劲力就远不及对方；因之虽然断了对方的剑，可是自己的宝剑，也被对方震飞。

如此一来，只能算是打个平手。凌云凤微笑道："姐姐的剑法，我领教过了，果是不凡，我得陇望蜀，还想再领教姐姐的暗器。"

棋逢对手，于承珠也给她撩起了好胜之心，但觉自己仗着宝剑之力，略占上风，殊不光彩，如今她要较量暗器，正合心意。便道："姐姐肯予指教，那是求之不得，便请姐姐划出道来。"

凌云凤道："咱们先来个文比，然后再来武比。"较量暗器，也有文比武比，于承珠可还没有听过。凌云凤续道："姐姐远来是客，我让你先打三枚暗器，若然我侥幸避过，那么就请姐姐也接我三枚。这是文比。各打三枚，若然两无伤损，那么咱们再来武比，各用暗器攻拒，直至见了强弱方休。"

于承珠笑道："这样，我不是占了姐姐的便宜吗？"玄瑛道："恭敬不如从命，于姑娘，你不必推辞了。"于承珠料凌云凤也不肯让她先接暗器，只得取了三朵金花在手，施了一礼，说道："那么，请恕小妹僭越了。"

只听得"铮"的一声，于承珠双指一弹，一朵金花，电射而出,说时迟,那时快,凌云凤一个转身,那朵金花贴着鬓云飞过,就在这一转身之间,凌云凤已把头上的红巾解下。

于承珠第二朵金花相继飞出,但见凌云凤红巾一扬,金光一闪即灭,竟似泥牛入海,无声无迹。于承珠吃了一惊,第三朵金花又飞了出去,这一朵金花打得劲道十足,直取凌云凤左腕的"曲池穴"。凌云凤赞道:"散花女侠,名不虚传!"突然一个转身,红巾疾展,衣袂风飘,姿态美妙之极,但听得铮铮两声,凌云凤将适才卷去的金花,借红巾一挥之力激射出来,把于承珠的第三朵金花又打落了!

于承珠的金花暗器,每片花瓣都是锋利异常的刀片,凌云凤竟然能用一条红巾将它卷去,这种上乘的内家卸力功夫已是非同小可;她还能攻能放,以金花还击金花,这一手绝技,令玄瑛道人这一班武林高手,也看得目瞪口呆,于承珠是暗器的行家,深悉其中的艰难,更是暗暗佩服。

凌云凤好整以暇地将红巾扎好,微笑说道:"承让了。"忽地皓腕一抬,一枚暗器悄无声息飞了出来,于承珠有意卖弄功夫,只当没有瞧见,直到那暗器飞到身前,一折腰躯,便闪了开去。于承珠练过穿花绕树的身法,躲闪暗器,从容之极,姿态美妙,也不在凌云凤之下,山寨女兵都轰然喝彩。却不料凌云凤那枚暗器古怪之极,在喝彩声中,忽然"嗤"的一响,竟在空中转折回翔,掉转了头,又向于承珠闪避的地方射来,于承珠这才瞧清楚乃是一枚内中藏有机括的蝴蝶镖。于承珠赞了一个"好"字,身形展开,俨如燕子掠波,蜻蜓点水,蝴蝶镖连换了三次方向,仍是追她不上,终于落到地上。

凌云凤赞道:"躲避暗器的身法,要算姐姐独步武林了。""嗤"的一声,第二枚蝴蝶镖又破空打出,于承珠扭身闪过,待那蝴蝶镖的劲道消了一半之时,猛地回头,反手一弹,那枚蝴蝶镖刚刚追到身后,被她一弹,铮然反射,恰恰与凌云凤所发的第三枚蝴蝶镖碰个正着,双双跌落地上。这一下用的却是乌蒙夫的"一指禅"手法,于承珠虽然学得只三成功夫,但用来对付凌云凤的暗器,已是绰有余裕。

凌云凤道:"文比不分高下,咱们可要再来武比了。"于承珠道:"好,这回该请姐姐先行指教了。"凌云凤飞身一掠,手腕一翻,猛地抖手打去,一下子便是十二枚蝴蝶镖联翩飞出,有如流星乱舞,惊霓骤落,于承珠施展从阿萨玛兄弟那里学来的手法,手指疾弹,但听得"铮铮"之声,不绝于耳,也把十二朵金花飞了出去。凌云凤的蝴蝶镖内有机括,可以在空中任意转折回翔;但于承珠的金花互相碰撞,居然也从不同的方向激射,将凌云凤的蝴蝶镖撞得阵形大乱,凌云凤也不禁吃了一惊,陡然间,但见金光一闪,已到面前,凌云凤急忙闪避,但听得"嘶"的一声,半条红巾,已在空中飘舞!

众人眼花缭乱,这时刚刚定下神来,但见凌云凤霍地跳出圈子,纵声笑道:"散花妙技,世上无双!小妹这回,是真的输得心服口服了!"原来于承珠以迅雷不及掩耳的手法,一朵金花削断了她的红巾。

毕愿穷与白孟川喜得跳了起来,凌云凤道:"你们忙什么?"指挥女兵,将箱杠重新装好,笑道:"于姑娘,按照咱们绿林道上的规矩,这支镖现在交给你了。"毕愿穷上前唱了个喏,道:"姑奶奶,多谢你啦!"白孟川也道:"于姑娘,你未到军中,就先给咱们立了一件奇功,真是可喜可贺哪!"

于承珠眼珠一溜,道:"叶大哥,你过来。"叶成林应声而出,于承珠道:"这支镖我付给你,你交给你叔叔也好,交给毕擎天也好,我管不着!"毕愿穷与白孟川满心以为于承珠是替他们夺镖,却不料于承珠付托给叶成林,这不但是当着众人扫了他们的面子,而且是扫了毕擎天毕大龙头的面子,但转念一想,这支镖反正到了自己人的手中,心里头虽然不快,却也不敢多说话。

纷扰中那穿着杏黄衫子的丫环出来禀道:"那老头儿醒过来啦,捶着胸直叹气!"凌云凤笑道:"失了七十万两银子,怪不得他要心疼了。给他几两盘缠,送他下山去吧。"

话犹未了,忽见韩老镖头跄跄跟跟地奔了出来,嘶声叫道:"怪我有眼无珠,走了四十年镖,到头来还翻了这么一个筋斗,玄瑛道兄,你肝胆照人,韩某在北京的家小,托你照顾了!"突然纵身一跳，向着寨中的大柱一头撞去！原来照保镖的规矩，失了镖若讨不回来，镖行就非负责赔偿不可。韩老镖头虽然保了几十年镖，薄有积蓄，但哪里赔得起七十万两镖银？若说一走了之，但一来牵累家小；二来韩老镖头以几十年的信用，亦不愿如此做法。韩老镖头想来想去，无法可施，一口气转不过来，因此自寻短见。

韩老镖头处在绝境，本来谁都可以想象得到。但众人正在欢喜上头，根本就没想到他。这一下端的是大出意外，玄瑛道人一声惊呼，抢上去已来不及，只见韩老镖头去势如箭，看看就要撞到柱上！

忽听得"轰"的一声，寨中的大柱忽然从中断了，韩老镖头从缺口处飞过，给一个人拦腰抱住，这个人正是叶成林。原来是他在间不容发之际，施展大力金刚手的功夫，把大柱打断，救了韩老镖头一命。

叶成林微微一笑，将韩老镖头放下，对凌云凤拱手说道："事非得已，损了贵寨大梁，请恕罪了。"韩老镖头叫道："你救我作什么？"叶成林朗声说道："这支镖仍请你带到湖北去！"

此言一出，石破天惊，众人面面相觑，静得连一根针跌在地下都听得见响！但错愕稍过，霎时间又嘈声四起。韩老镖头颤声说道："这，这……这我怎么敢受？"白孟川嚷道："你，你凭什么擅自主张？将银子送到官军手中，这岂不是助敌人来打自己？"毕愿穷不住价地嘻嘻冷笑，脸上却无丝毫的滑稽神情，笑得大失常态，猛地拍案骂道："叶哥儿，你做得也太过分啦，将大伙儿的性命来送人情吗？"

叶成林神色自若，默不作声，众人嚷嚷骂骂，过了一阵，自然静了下来，无数道目光都盯着他，只见他缓缓走出场心，微笑说道："这七十万两银子，咱们将它截了。湖北的十万官军，缺粮缺饷，势将不战而溃，是也不是？"白孟川道："官军不战而溃，对我们岂不是好得很么？"叶成林道："不错。可是十万张肚子，也得吃饭的是不是？"毕愿穷冷笑道："哈，叶哥儿，你心肠真好，可怜起官军来啦！"叶成林大袖一挥，朗声说道："我是可怜湖北的老百姓！十万溃军，在这天寒地冻的日子里，他们不抢老百姓，吃什么？穿什么？有钱的人家重门深户还可以防范溃军，穷人家可就要大大地倒霉，你们也不想想，这一场大兵灾要害了多少百姓！"

玄瑛道人和毕愿穷面色惨白，好像泄了气的皮球，作声不得。白孟川直瞪眼睛，还想叫嚷。叶成林脸孔一板，斩钉截铁地道："这支镖是于姑娘讨回来的，现在交托给我，我有全权处置，是也不是？"凌云凤道："一点不错。"叶成林道："好，那么谁也不许多话，韩老镖头，这支镖你带到湖北去，尽管交给官军，天大的担子，由我来挑！"

于承珠一颗心卜卜地跳个不休，想不到叶成林这样一个质朴寡言的人这时却活似一个指挥若定的大将，自有一股凛然不可侵犯的神情。只见他双目一扫，缓缓说道："咱们是为民请命的仁义之师，怎能让老百姓先受灾殃？仁义之师，无敌天下，又何惧他十万官军，百万官军？咱们做的好事，总会有人知道。这十万官军，吃饱了肚子，也未必就肯为朝廷卖命？你们怕十万官军，我来做前锋，我有法子要他们投降，不投降就把他们击败！有什么可惧的？打仗要作长远打算，这仁义两字，就值得十万雄师！"

凌云凤纵声长笑，翘起大拇指道："壮哉！这才是大英雄大豪杰的气魄！女兵们将骡车护送下山，交回镖行！来，来，来！叶大哥，我敬你三杯！"登时提壶把盏，斟了满满的三大杯酒，先自仰着脖子喝了。叶成林哈哈笑道："你不要我赔你的大梁，这三杯酒我也只好喝啦！"大寨中一片静寂，但听得叶成林和凌云凤豪迈的笑声！正是：

石破天惊还巨款，仁心侠骨两相知。

欲知后事如何？请听下回分解。

第二十八回　雪夜步梅林　相怜相惜
　　　　　　　冰心牵塞外　同梦同悲

于承珠默默站在一旁，但见凌云凤红巾飘动，神采飞扬，端的似凌云彩凤，傲视空溟。于承珠心中一动，忽然起了一种异样的感觉，但觉他们两人并肩而立，就似古画中的李靖与红拂一般，英雄儿女，豪侠风华，配合得自然之极，如此一想，不觉痴了。

凌云凤哈哈大笑，叫道："于姑娘，你也来饮三杯！"于承珠道："小妹量浅，不敢奉陪。"凌云凤道："酒逢知己何辞醉！于姑娘，这一杯你是非饮不可！"于承珠咀嚼"酒逢知己"这几个字，心中怅然，接过凌云凤手中的酒杯，一饮而尽。凌云凤笑道："这才够痛快。"正想再劝，叶成林卷着舌头说道："我才是真个不行，醉了，醉了！"叶成林确是不善饮酒，在凌云凤豪气凌迫之下，干了三杯，但觉脚步虚浮，摇摇欲坠。凌云凤见他神态非假，纵声长笑，将玉杯掷地，道："好，今晚再饮。杏儿，你收拾厢房，请叶大哥安歇去。于姑娘，我陪你到山前走走。"

白孟川等见凌云凤并不理睬他们，甚是尴尬，当即拱手告辞，凌云凤笑道："忙什么？山下一片荒村，听说你们丐帮有许多人受了伤，好，你们派一个人去，将他们都请上来吧。我这个山寨虽小，总强似荒村野店吧！"毕愿穷与白孟川怔了怔，心道："这个女魔头何故前倨后恭？"只听得凌云凤又纵声笑道："你们义军中确是大有人物，我以前却是小看天下士了。有侄如此，想来叶宗留更是名下无虚士，我将来也要去拜见拜见！"玄瑛道人和毕愿穷大喜，得凌云凤合伙，江西一路可以大振声威，这真是求之不得的事，适才的芥蒂自是一笔勾销。

凌云凤挟着几分醉意，与于承珠携手同行，纵览山寨形势，口讲指划，论武谈兵，于承珠虽非所长，但亦略解兵事，听来确是比铁镜心实际得多。虽觉凌云凤酒后狂气迫人，心中对她却是十分喜爱。

这时正是冬残腊月，山顶上积雪皑皑，远远望去，就像银光泻地一般，转过一个山坳，忽见雪里红白梅花盛开，幽香扑鼻。凌云凤道："我听说邓尉山上的梅花有香雪海之称，可惜我没有到过，这里的梅林，还是我来了之后，才叫她们在各处山谷移来栽的。"于承珠道："原来姐姐如此风雅。"凌云凤大笑道："什么风雅？我种这些梅花，不过是想稍解山野粗鄙之气罢了。姐姐，你冰心侠骨，娴静幽雅，那才真似梅揖清芬呢。"于承珠苦笑道："我但愿能多所历练，可以像梅花耐寒，可是见了姐姐，才知道自己还差得太远呢！"凌云凤忽道："若说耐寒，在天山上那才真是寒冷，这里的冬天简直不像冬天。"于承珠听了，心中一动，蓦然想起一个人来。

记得师父张丹枫有一日和她谈论海内各剑派名家，曾说起天山之上有一个隐士，名叫霍行仲，曾发下宏愿，要搜集天下剑谱，自创一家。他中年隐居，绝迹中原，天山僻处回疆，人迹罕到，知者绝少。只有玄机逸士在他隐居之前，曾和他见过一面。玄机逸士很佩服他的毅力虔心，但也觉得他发愿太宏，谈何容易。分别之后，音信隔绝，玄机逸士也不知道他生死如何，至于他究竟搜集了多少剑谱，武功深浅，那更是无人知道了。

于承珠听凌云凤提起天山，心中一动，脱口问道："姐姐到过天山吗？"凌云凤道："我是在天山长大的。"于承珠道："请问霍行仲霍老前辈和姐姐是怎么个称呼？"凌云凤道："他是我的舅舅。"于承珠道："怪不得姐姐剑法如此神妙，想来是霍老前辈亲授的了。嗯，我听说他老人家要搜集天下剑谱，自创一家，这可真是了不起呵！"

霎然间，忽见凌云凤面上掠过一丝阴影，就像晴空抹上了淡淡的轻云，于承珠于无意之中听到了霍行仲的消息和凌云凤的来历，甚是高兴，一时没有察觉，连珠炮地追问道："天山上很好玩么？

霍老前辈还在那儿么?"凌云凤仰望山顶积雪,淡淡说道:"我舅舅早已死了。天山的情景,日子隔太久,我记不起来了。"于承珠怔了一怔,这才发觉凌云凤面色的变化。心中想道:"为什么提起天山,她好像有什么伤心之事似的?"于承珠本来还有许多疑问,例如她是怎么样离开天山,却到这儿来做女寨主的?见她神情淡漠,也不好再问了。

两人缓缓穿过梅林,过了一阵,凌云凤忽道:"你那位叶大哥真有意思。"于承珠面上一红,道:"我也是几个月前才认识他的,叙起来才知道是同一师门。"凌云凤笑了一笑,道:"他对你关心之极,你和我比剑之时,我从他的眼色里看得出来。"于承珠羞得低下了头,道:"姐姐取笑了。"凌云凤微喟说道:"有人关心,那便是最大的福分。嗯,你的叶大哥真像我一个熟识的人。"于承珠心弦颤抖,轻轻问道:"是么,那是谁?"凌云凤忽地又纵声长笑,道:"我也有点醉了,时候不早,咱们该回去了。呀。一个人常常为往事困扰,那是何苦?"于承珠有如给人在心弦上拨了一下,忽然想起了铁镜心来,登时意兴萧索,也就不再谈下去了。

这一晚,凌云凤邀于承珠联床夜话,可是晚餐之时,凌云凤大杯大杯地喝酒,倒在床上,不一会就睡着了。于承珠却翻来覆去睡不着觉。朦胧间,好像自己又到了洱海之滨,一棵大青树树叶繁茂,浓荫蔽地,于承珠正想跑到树下,忽然平地上又冒起一棵大青树来,眼睛一花,但见两棵大青树下的繁枝密叶之中,藏着一对少年男女。

左边那棵大青树下站的是叶成林,右边那棵大青树下站的是凌云凤。于承珠扑过去叫道:"叶大哥!"天空隐隐响过雷声,叶成林忽然不见了,只有那棵大青树在摇动。于承珠叫道:"凌姐姐。"凌云凤笑面相迎,于承珠奔到她的跟前,正想问道:"叶大哥呢?"陡然间忽见凌云凤柳眉倒竖,刷地一剑刺来!于承珠大叫道:"凌姐姐,是我,是我!"剑光闪闪,迎面刺到,于承珠连连后退,卜通一声,跌入洱海之中,只听得耳边有人柔声唤道:"别怕,别怕,我在这里呢!"

于承珠睁眼一看,但见凌云凤站在面前,自己却跌落床下,再一看时，只见凌云凤穿着一套夜行衣服，手中正拿着一把明晃晃的长剑。于承珠大吃一惊，简直不知是真是梦？

只听得凌云凤低声说道："外面似是有夜行人来了，你别惊慌，我去瞧瞧就来！"窗门早已打开，凌云凤似乎急不及待，说了这两句话，倏地就穿窗飞出。

于承珠定了定神，这才知道确是做了一个恶梦。竖耳细听，外面果有微碎的脚步声，而且不止一人，于承珠一听，便知这些人轻功甚高，心中想道："我岂可让凌姐姐一人冒险。"披起衣服，提起青冥剑，立即也追了出去。

于承珠一口气追到前山，这才见到凌云凤的背影，再追出半里之遥，前面雪地上的几条人影已隐约可见，果然是来了轻功超卓的夜行人！于承珠疑惑之极，猜不透这几个夜行人是什么路道，若说是好意，为何不正正当当地拜山求见？若说是坏意，却为何一来又跑，并不与凌云凤动手过招？

就在这个时候，忽见那几条人影，一齐停步，凌云凤道："你们是谁？"一个瘦长汉子应道："我们是霍天都的至交友好，哎呀，凌姑娘，你不认得我了吗？我是火麒麟郝云台，五年前咱们不是在天山南面高峰见过一面吗？这几位是我的拜把兄弟。"

五年前凌云凤还是一个十五岁的小姑娘，依稀记得霍天都的朋友中似乎是有这一个人，急声问道："既然如此，你们为何这样鬼鬼祟祟夜间偷来？"

郝云台道："我们不想惊动你寨中众人。吓，那是谁人？"凌云凤回头一望，道："那是我的姐妹，有话但说无妨！"

于承珠听到了这几句话，放宽了心，暗道："原来是凌姐姐相识的。"不便上前听他们谈话，正想走开，忽听得凌云凤嚷道："什么？是霍天都叫你们来的？他在哪儿？他在哪儿？"言语中充满激情，似乎是期待着一个渴望多年的音讯。

那自称火麒麟郝云台的瘦长汉子说道："霍天都现在陕中某地，请凌姑娘前去相会。"凌云凤道："天都既知我在此山，为何他不亲来？是病了么？是受伤了么？"郝云台道："千里迢迢，他不方便来，姑娘你去了就知道了。"凌云凤苦笑道："千里迢迢，我也不容易去呀。叫我扔下这山寨，也得有些日子安排呀。"须知凌云凤这两年来与官军作对，早已被列为江洋大盗，单身北上，确是危险之极，而且她也舍不下两年来同甘共苦，亲如姐妹的喽兵。

郝云台道："这可为难了。天都问你，可记得旧时之约么？"凌云凤道："怎么？"郝云台道："现下世乱兵荒，正宜隐居练剑，天都问你，那些剑谱，你还收藏好呢？"凌云凤眼睛一睐，道："这话是天都说的么？"郝云台道："他有亲笔书信在此，你自己看去。"

凌云凤喜溢眉梢，月光下更增妩媚。于承珠已瞧料几分，心中暗笑："这豪气迫人的巾帼英雄，接到了心上人的书信，却羞怯得似新娘子一般！"只见凌云凤手指微微颤抖，展开信笺，看了一眼，忽地轻声念道："凤妹如晤，凤妹如晤……唔！"于承珠几乎笑出声来，笑她隐藏不住心中的情感，竟把情人的呼唤，翻来覆去地念出来。

忽见凌云凤面色一沉，随即纵声笑道："原来天都也料到我不能立即动身，所以请你们这几位武功高强之士代为护送剑谱。哈，难为他想得真周到呀！"郝云台道："我们虽说技业平庸，但受了天都兄的重托，自当舍了性命，也要将剑谱送到天都兄手中。"

凌云凤眼波一转，笑道："好一班够义气的朋友，那几本剑谱本来是霍家之物，天都来要，我没有不给之理，有你们护送，那是最好不过。云台，你过来。"郝云台怔了一怔，道："那几本剑谱，凌姑娘随身携带着么？"凌云凤"唔"了一声，伸手入怀。郝云台走上两步，凌云凤忽地一声长笑，就在这霎那之间，拔剑出鞘，刷地一剑向郝云台刺去。同时左手一扬，三支蝴蝶镖电射而出，原来她掏的不是剑谱而是暗器。

只听得"刷"的一声，郝云台的肩头已着了一剑，还幸他躲闪得快，要不然琵琶骨也给洞穿。郝云台大叫道："咱们是一番好意，你怎么出此毒手？"凌云凤追踪急上，刷刷两剑，连环疾刺，冷笑道："好一番好意，哼，哼，你还当我是六年前不懂事的小姑娘？快说，你们到底把霍天都怎么样了？你们偷学他的笔迹，怎瞒得过我的眼睛？"

郝云台连闪三剑，叫道："你瞧清楚些，这明明是霍天都的亲笔书信,怎么说是假的?"凌云凤冷笑道:"你还不说真话,我就把你的招子废了!"一抖手,又是四枚蝴蝶镖联翩飞出。

只听得叮叮当当一片碎金断玉之声,与郝云台同来的一个维人,舞起一柄铜锤,将凌云凤几枚蝴蝶镖震得粉碎。郝云台拔出一对判官笔,左笔一抬,架开了凌云凤的青钢剑,右笔一指,疾点她胸前的"乳突穴",怒声骂道:"咱们是看在天都兄的份上,谁还怕你不成?哼,这泼婆娘不讲理,咱们先把她废了。"

与郝云台同来的共有三人,其中两个维人,一个手舞铜锤,一个使月牙弯刀,臂力沉雄之极,另一汉人使的是一条钢鞭,长达一丈,鞭风霍霍,专向凌云凤的下三路扫来,也是一个劲敌。但最厉害的还是那个郝云台,他虽受了剑伤,一对判官笔仍是刁钻灵活非常,招招指向凌云凤的要害穴道。

凌云凤纵声长笑,在四人围攻之下,指东打西,指南打北,那两个维人恃着兵器重气力大,想砸断凌云凤的青钢剑,岂知连她的衣裳也沾不着,但见剑光闪闪,就在面门上晃来晃去,叱咤声中,凌云凤手腕一翻,刷的一声,那舞着铜锤的维人先中了一剑。郝云台叫道:"不必硬拼,将她围住。"判官笔一分,左笔点穴,右笔招架,将凌云凤的招数,接了十七八,那使钢鞭的汉子,在一丈之外发招,教凌云凤不能欺身厮拼,鞭长剑短,凌云凤被郝云台绊住,还真无奈他何。那两个维人退到外围,月牙刀与铜锤仍然舞得呼呼风响,拦住了凌云凤的退路。

于承珠叫道:"凌姐姐,你要把这瘦汉子的招子废了,是么?"凌云凤道:"不错!"于承珠道:"好,不必姐姐动手,我先打瞎他左边的眼睛!"郝云台早已防备于承珠会来助战,但见她比凌云凤更年轻,却也并不怎样在意,听她口出大言,哈哈笑道:"小丫头,你家大爷是专打暗器的行家,看是谁把谁的招子废了?"判官笔一抬,护着面门,一枝甩手箭在袖中发出。

但见金光一闪,电射而来,郝云台的判官笔往上一砸,岂知于承珠的金花暗器,神妙非常,她用了反旋之力,刚刚碰着笔尖,忽地一个拐弯,郝云台这才知道不妙,正想撤回右手的判官笔招架,退步抽身,凌云凤身手何等快捷,一招"秦岭云横",把他的判官笔封住，但听得"嚓"的一声，那枚金花已把郝云台左眼的眼珠打出。

郝云台大叫一声，双笔脱手掷出，凌云凤飞身一跃，但见他已和身一滚，滚下山坡，于承珠叫道："还你一枝箭！"将刚刚接到手中的甩手箭反掷出来，坡陡山高，郝云台滚得快极，那枝箭离他三尺，没有射中。那两个维人依样画葫芦，也把兵器飞出，抱着头滚下去了。

那使钢鞭的汉子也想逃走，却被于承珠拦住。这汉子名叫胡宏，是塞外的马贼，骁勇非常，见于承珠年小，恃着鞭长剑短，在离身一丈开外，猛地发招，连环三鞭，疾扫而下，刷，刷，刷，风声呼响，卷起一团鞭影，满以为于承珠纵不受伤，也得让路，哪知于承珠的"穿花绕树"身法，轻灵之极，美妙非常，在胡宏的长鞭疾扫之下，竟是柳腰缓摆，莲步轻移，若无其事地缓缓行来，连衣角也没有给鞭梢沾着，胡宏大吃一惊，要待撤鞭后退，亦已收势不及，倏然间，但见青光一绕，咔嚓两声，那条铜鞭已被于承珠的青冥宝剑削分三段。于承珠随手一招"白蛇吐信"，剑尖抵住了胡宏的咽喉。

凌云凤笑道："姐姐收剑，留一个活口，待我问他。"一跃而前，点了胡宏的麻穴，厉声喝道："霍天都的书信，是你们假冒的不是？"胡宏道："这不关我的事，是郝大哥干的。"凌云凤道："你们怎么摹仿到他的笔迹？"胡宏道："郝大哥从凉州府诱了一个退职的老师爷来，费了一个月的功夫学的。"

凌云凤"哼"了一声，冷笑说道："你们倒是用心良苦！霍天都呢？他到底在什么地方？你们怎能偷到了他的笔迹？"胡宏迟迟疑疑，讷讷不语。凌云凤喝道："不说实话，我就先把你的招子废了！"胡宏低声说道："霍天都，霍天都他早已死了！"凌云凤面色惨白，厉声喝道："怎么死的？"胡宏道："是郝云台将他杀死的！"凌云凤忽地连声冷笑，说道："凭郝云台那点功夫，能把霍天都杀了？哼，你胡说八道，意欲何为？"双指一探，作势就要挖胡宏的眼珠。

胡宏颤声说道："寨主且慢，待我道来。"凌云凤瞪眼说道：

"你说，若有半字虚言，连你的舌头也割了！"胡宏道："霍天都在华山脚下，遇到了大漠神狼哈木图，哈木图想抢他的剑谱，两人大打一场，彼此都受了伤，郝云台趁了现成，在两人都受伤之际，赶走了大漠神狼，向霍天都索取剑谱，作为酬报，愿替他治伤，霍天都不允，又打起来，郝大哥一个失手，点中了他的重穴，解救不及，后悔亦已迟了！"

大漠神狼是塞外有名魔头，胡宏这番话倒是说得入情入理，凌云凤越听越慌，蓦然间花容失色，"哇"地一口鲜血吐了出来，于承珠急忙奔过去将她扶住，说道："凌姐姐，你先别急，待咱们再仔细地问他。"忽听得咕咚一声，却原来是胡宏趁此时机，自己运气冲关解穴，也和衣滚下山坡去了。

于承珠哪还有心情追敌，只见凌云凤泪痕满面，忽地大声叫道："霍天都死了？我不信！"

于承珠说道："我虽然不知道霍大哥是何等样人，但想来总是个智勇双全的英雄好汉，要不然也配不上姐姐，怎能如此轻易地便给人害了。我看是这个瘦汉故意诓你，令你分心，他好乘机逃走！"

凌云凤眼睛一张，眼光中燃起了一线希望，忽地又缓缓说道："那字迹学得真像，呀，若不是他们获得了他手抄的剑谱，又怎样摹仿得来？"凌云凤本来精明之极，这时却是方寸大乱，一会儿往好的方面猜想，一会儿往坏的方面猜想，如痴似傻，好半天木然不语。于承珠急了，正想再劝，凌云凤忽然一手抓起了地上那封假冒的书信，道："呀，假冒得这样像，真似见到了他一般。"恋恋不舍地再一次读这封信，忽地想起这是卑鄙小人的假冒，又狠狠地把它撕碎了。

于承珠自己曾受过情的磨折，深深体会到凌云凤的心情，这时反觉万语千言，不知从何说起？只听得凌云凤喃喃自语道："他真的死了。死了，我不信，我不信呀……"

于承珠道："是呀，本来你就不该相信！"凌云凤道："呀，我心如乱麻，这脑袋也不听使唤，我都说给你听，好姐姐，你给我端详端详。"

于承珠知道此时此际，只有让她尽情倾吐，方能稍解哀愁，难得她把自己当作亲姐妹看待,于是柔声说道:"姐姐,你说。"凌云凤抬起头来,仰望山岭的积雪,好像这里便是天山,而那雪光雪海之中,有着霍天都的影子。

只听得她缓缓说道:"我们凌霍两家,世代交好,本来祖籍江南,比邻而居。大约在百年之前,那时正是元末明初的时候,群雄并起,争城争野,中原大乱,民不聊生。凌霍两家结伴,远避兵祸,直到回疆,两家世代通婚,到了父亲和舅舅这一代,我父亲只有我一个女儿,霍行仲舅舅也只有天都这个儿子。我父亲早死,所以我自幼便在舅舅家中居住,由舅舅抚养成人。

"我们两家本来是武学世家,霍行仲舅舅兼两家家长,武功造诣,尤其远胜前人。他年轻之时,心雄万夫,也曾远游中原,矢志搜集各家剑谱,独创一派。后来见中原仍是战祸频仍,便又回到天山隐居,又搜集塞外的各派剑谱,想以毕生之力,开创天山剑派。

"搜集剑谱,那还比较容易,想将各家各派融会贯通,自创新派,那却是费了一生心血,也未必做得到的。我舅舅穷年累月,苦苦钻研,连头发也想得斑白了,虽然小有成就,却总不能满意。他用心过度,未满五十之年,竟然壮志未酬,便先归黄土。临死前殷殷嘱咐天都,要他继承遗志,传之子孙,一代不行,便两代三代,也总得把融会天下各家各派剑术的天山剑派创立起来!"

于承珠听了这个故事,甚是感动,心中想道:"她舅舅这番虔心毅力,真可以与愚公移山相比。呀,若是霍行仲尚在人间,我一定请师父成全他的志愿。"

凌云凤叹了口气,往下续道:"我舅舅死的时候,我才十二岁。天都比我年长四岁,所以我的武功根基是跟舅舅扎的,剑术却是跟天都学的。我们都没了父母,两个大孩子在天山相依为命,真比亲兄妹还要亲。

"天都样样都好,质朴诚挚就像你的叶大哥一样。不过骨子里却也有点心高气傲,不愿在天山埋没一生,舅舅一生搜集了十二家剑谱,天下重要的剑派,据舅舅说共有三十六家,即是说他所搜集的剑谱，仅仅只是三分之一。天都一直想到中原游学，完成他父亲的志愿，只是因为顾念到我年纪太小，迟迟没有成行。

"晃眼过了四年，瓦剌的小王子带兵侵入回疆，天山南北动荡不宁，天都有一日对我说，咱们本来是中原人氏，先祖为避兵逃到天山，现在回疆也是兵荒马乱，咱们只好再逃回去啦。呀，若是早知有生离死别之祸，还是在天山隐居一世的好。

"不过那时候，其实我也很憧憬中原的繁华，我父亲给我起的名字便叫做凌慕华，那是要我毋忘故国，恋慕中华的意思，趁这个机会回到中华故土，我自然是毫无异言。"

于承珠"呵"了一声，凌云凤凄然笑道："现在你知道我何以一看那封信，就知道它是假的了吧？云凤这个名字，是我逃到中原之后，自己起的。天都根本不知道我有这个名字，他一直唤我做华妹华妹的。"

于承珠道："你们同路而来，怎么又会中途分散了呢？"凌云凤道："你们在中原长大的人，怎知道在沙漠赶路的苦况。那些大沙漠几无边际，常常走了十天半月，未到路头。我们便是在撒马拉大沙漠分散的。那一日我们所带的水快喝完了，天都到几里外一个小山边去找水源，其时天气晴朗，小山距离又近，我疲倦极了，就让他独行。哪知他一走之后，沙漠蓦起狂风，黄沙满天，十步之内，不见人影，我骇怕极了，在狂风黄沙中奔跑，想去找他，哪知方向走错，越跑越远。我被狂风吹倒，醒转来时，但见沙漠变形，远远近近，黄沙堆积成十几个土堆，至于那座小山，却连影子也不见了。幸喜后来我碰到一个骆驼商队，跟他们走出了沙漠。可是又碰到了瓦剌和哈萨克族的两军交战，一路流离，更是无法打听天都的下落了。我想天都既说要游学中原，我便到中原打探，哪知这几年来，还是今天才听到他的音讯，这音讯还不知是真是假？猜不透他是死是生？"

积水浮光，寒梅吐艳，月光花影之下，凌云凤倾吐衷情，把于承珠听得痴了。心中想道："日间看她，是何等豪气迫人，却原来她一方面是侠骨如钢，一方面又是柔情似水。"又想道："她有霍天都这样的风尘侠侣，可以托刻骨相思，纵使有甚不幸，也不枉此一生。"想起自己的遭遇,不禁黯然神伤,对凌云凤既是怜惜,又是羡慕。

凌云凤续道:"霍天都与我从回疆出走之时,他将舅舅所遗下的十二本剑谱,都交给我保管。他曾和我开玩笑地说过,假若有一天咱们不幸离散,这十二本剑谱我已熟记胸中,你凭剑谱自己修练,也可以继承舅舅的遗志。呀,想不到往日戏言,竟成事实。而这也是我看出那封信假冒的又一个原因,试想他既熟记胸中,何须向我索谱。

"我到了中原,也曾想过遍访武林名家,勤修练剑,不料中原也是一样地兵荒马乱,老百姓比回疆还苦,我一个人闯来闯去,人也变得粗野了,我救了一些流离失所的苦命女儿,渐渐觉得这不是办法,索性自己开山立寨,做起女寨主来。我想若是天都知道,他也会同意我的。呀,可惜我今生只怕见不着他了。"

于承珠道:"姐姐侠骨柔肠,就因你这片善心,老天爷也必定保佑你们见面。"凌云凤苦笑道:"我也但愿如此。只是那些人怎知道剑谱在我手中。怎能偷到天都手抄的剑谱,那是舅舅从十二本剑谱中撷其精华叫天都抄下来的。从这两件事看来,天都也极可能遭遇了什么不幸,吃了他们的大亏。"说着说着,眼泪不禁又滴下来。

凌云凤虽说方寸已乱,但评理论事,还是比于承珠老练得多。于承珠竟想不出用什么话来替她开解,好半晌说道:"忧能伤人,目前正有一番事业要待姐姐去做,姐姐还应自己保重。"凌云凤凄然一笑,忽地恢复了日间的神采,毅然说道:"这我理会得到。姐姐,你真是我的知己,我没有兄弟姐妹,我把天都当做兄弟,今后我也要把你当作姐妹了。"于承珠道:"这是求之不得。"叙起年齿,凌云凤比于承珠年长两岁,当下撮土为香,结拜为金兰姐妹。于承珠唤了一声"姐姐",凌云凤唤了一声"妹妹",两人眼角都沁出晶莹的泪珠。

忽见梅枝风动,两人定睛一看,却原来是叶成林走了过来,远远说道:"寨中女兵不见你们,她们又似听得有夜行人的踪迹,嘈了起来,没什么事吗?"凌云凤早拭了泪痕,一笑说道:"没什么事,如此良夜,我和于姑娘出来散心。既然她们担心,我这就回去吧。难得这梅林月色,你既然起来了,就陪于姑娘多玩一会吧。"于承珠追上两步,凌云凤已翩然走出梅林。于承珠心念一转,停了下来,心中大是感动。

叶成林笑道:"你们真是雅兴不浅。"于承珠心中酸楚,默默无言,暗自想道:"凌姐姐身经百变,居然能抑住心头惨痛,却为我们设想。呀,你这番好意,只怕我要将它辜负了。"

叶成林缓步走近,但见于承珠低垂粉颈,眼角儿也不向自己瞟来,不禁面上一红,又退了两步,讪讪问道:"于姑娘,你想什么?"

于承珠轻轻拂开头上的梅枝,忽地低声问道:"叶大哥,你看寨主这人怎样?"叶成林愕了一愕,随即笑道:"凌寨主胸藏甲兵,襟怀爽朗,自是人中豪杰,女中丈夫!"于承珠心中一动,手指一颤,将扳着的梅枝放开,梅花簌簌落下,沾满了她的云鬟衣裳。

叶成林问道:"凌寨主和你说了些什么?"于承珠道:"没什么。嗯,叶大哥,我想问你一句话。"叶成林道:"请说。"于承珠道:"古人说,两情相悦,坚如金石。这话是真的么?"叶成林面红心跳,讷讷说道:"古书所载,像祝英台死后化蝶,孟姜女哭倒长城,如此至情,直可感动天地,坚如金石,那还不能比拟呢。你读书比我多,知道的例子自然比我更多了。"于承珠道:"古人如此,今人如何?"叶成林笑道:"情之为物,只怕是古今一例的。当然古人中有真情薄情,今人也自是有真情薄情的。"于承珠道:"然则那是因人而别,不可一概而论了。"叶成林道:"这个当然,自是彼此相投,方可两情相悦。"

于承珠略一凝思,忽地又问道:"设若是一对知己,因了偶然的变故,人各一方,消息远隔,甚至何时相见,亦自无期,他们该不该至死不变。"叶成林怦然心跳,他哪知于承珠问的是凌云凤的事情,心中想道:"原来铁镜心竟令她如此倾心,幸喜我不曾冒昧!"淡淡答道:"那不是该不该的问题,那只是情深情浅的问题。依我看来,既然是彼此以知己相许,他们就必然会相守不移。"

于承珠又问道:"设若有一方真个死了呢?"叶成林道:"哪有

叶成林笑道:"你们真是雅兴不浅。"

这样轻易便死了的。你说的是谁?"于承珠道:"我是讨论。叶大哥,古礼说女子该从一而终,若是未曾婚配,相爱的人先死了,也该从一而终么?"叶成林见她问得认真,也认真答道:"那自然也是因人而别。愿守便守,不愿守的便不守。"于承珠道:"依你之见,是守的好?还是不守的好呢?"叶成林道:"设若我是那个死了的人,我死后若有知道,必愿我心爱的人找到比我更适当的人,免得她孤苦伶仃,凄凉过世。咦,你今晚怎么问得这样奇怪?"于承珠抿嘴一笑,道:"多谢你通情达理之言,令我顿开茅塞。是啊,是不该让她郁郁寡欢,凄凉过世!"

叶成林诧异之极,叫道:"咦,你到底说的是谁?"于承珠道:"是我一位知心的姐妹,日后你就知道。"叶成林不喜理人闲事,虽是觉得奇怪,听过也就算了。眼光一瞥,但见于承珠遥望远方,呆呆出神,似是有几分悲伤,又似有几分喜悦,良久,良久,始叹口气道:"这里好冷,好冷!"叶成林道:"是呵,这里哪比得上昆明四季如春。"于承珠忽道:"你瞧,铁、铁镜心他会不会来?"这话原是叶成林问过她的,叶成林这时听她拿来反问自己,心中不觉一酸,答道:"铁公子的为人,你比我更为明白。呀,这里是冷,咱们该回去啦!"他哪里知道于承珠另有所思,只当她念念不忘铁镜心;于承珠何等聪明,听他言语神情,也自知道他有这个误会,但这时她却不愿辩解。

第二日,潮音和尚得了韩老镖头的解药之后,把丐帮受伤的众人治好,寻上山来。凌云凤与各女兵头目商议已定,拔寨同行,一齐去投义军的首领叶宗留。

凌云凤的伤心之事,除了于承珠之外,别无一人知道,而凌云凤也真能克制自己,并不在人前表露出来。一路之上,于承珠时时故意让她与叶成林同行,凌、叶两人都是性情爽朗的人,根本就想不到于承珠别有用心,均是言笑自如,胸中毫无芥蒂。他们指点山川,谈论兵法,倒也甚为投合。于承珠每当他们在一起时,就会不期然地想起梦中的情境,但觉叶成林和凌云凤都是像大青树一样的人,这样一想,心中便浮起喜悦,但这喜悦却又掩盖不住内心深处的凄凉。可怜于承珠这样曲折的儿女心事,不要说叶成林,连凌云凤也未曾理解。

半月之后,他们来到浙江某处的义军基地,于承珠回首前尘,不胜怅触。叶成林笑道:"上次在台州之时,义军中只有你一个巾帼英雄,而今有了凌寨主一大帮人,你可不必再女扮男装了。"正说笑间,忽见有一彪军马迎面而来,为首的两个统领一男一女,正是成海山和石文纨。叶成林奇道:"咦,怎么他们就接到了信息,知道咱们今日来到呢?"他还以为是毕擎天派来迎接的。

石文纨一眼就认出了于承珠,纵马上前,执手相叙,笑道:"承珠姐姐,你回复本来面目,越发显得俏了。可有见着我的铁师哥么?"于承珠道:"说来话长。他现在昆明沐国公的府邸里享福呢,你不必挂心。令尊大人呢?"石文纨道:"我爹爹自那晚闹事之后,一直没有回来。"于承珠黯然无语,抬头一看,见成海山正在指手划脚地和叶成林说话,脸上似有愤愤不平的神色,再看石文纨时,见她眉宇之间,也似有隐忧。于承珠心中一动,问石文纨道:"叶统领好么?你们是不是他派来接应我们的?"石文纨道:"我们是被毕大龙头派遣去打仗的,哼,哼,不是看在叶统领份上,我们才不服他!"正是:

但见枭雄图霸业,却教军旅起风波。

欲知后事如何?请听下回分解。

第二十九回　隐患潜埋　野心图霸主
　　　　　　伏兵突发　浮海走英豪

于承珠笑道："义师既起，打仗怎么能免？"石文纵道："咱们不是怕打仗，只是打仗的地方选得不对。"于承珠道："怎么？"成海山道："咱们这支子弟兵本来都是滨海的渔民，从台州调到温州守备，一年多来，在水上与官军交锋，战无不胜，如今忽然要调到山地去作战，而且是孤军深入，奉命去攻略江西的上饶，这岂不是用非其材，而且犯了兵法的大忌吗？"石文纵道："而且咱们这支渔民子弟军调离本土之后，温州门户洞开，官军若从海上来攻，实是危险。"叶成林皱了眉头，道："毕擎天颇通兵法，他昔年在山东为盗，和官军大战小战，也不下百次之多，怎的如此调度？你们跟我叔叔说了没有？"成海山道："说啦。可是毕擎天下了将令，不肯收回，叶统领和他争执了两回，终于还是劝我们顺从他的意思，免得伤了和气。叶大哥，你这次回来，拜托你再去说说，兄弟们实是不想离开故乡。"叶成林道："好，我这就去见毕擎天去。不过将令既下，军中最讲究的是纪律严明，你们还是依旧行军，若然我劝得毕擎天收回将令，那时再用快马将你们请回便是了。"

叶成林和于承珠等一行人回到大营，毕擎天和叶宗留正在大营议事，听得消息，迎了出来。一见叶成林便哈哈笑道："叶老弟，辛苦你啦！帐中歇歇去。哈，于姑娘，你也回来啦，我正想建立一队女军，你回来那是最好不过了。"眼光一瞥，白孟川道："这位是江西芙蓉山的凌云凤凌寨主。"毕擎天拱手道："久仰了！"凌云凤纵声长笑，仰头说道："我也久仰啦，你派人劫韩振羽的镖，所用的手段之妙,可真令我想不到是号称天下十八省大龙头干的!"

说话之时,一行人已进入大营帅帐。叶宗留闻声问道:"什么,谁劫韩振羽的镖?"毕擎天面色一变,随即淡淡说道:"是我派人劫的,这支镖是湖北官军的军饷,嗯,愿穷,这支镖劫来了没有?"叶成林朗声说道:"毕大龙头,小弟特来请罪!"毕擎天双眼一翻,道:"请什么罪?"叶成林道:"是小弟将这支镖放了。想那十万官军,若无粮饷,必然为祸百姓,咱们既号称义军,岂可不择手段。"毕擎天冷笑道:"你倒是仁义为怀!"叶宗留道:"成林说得也有道理,咱们都是老百姓出身,为老百姓打仗,是该先顾念百姓。再说那韩老镖头,也是一位血性汉子,累他赔了身家性命,我也于心不忍。"毕擎天面色一沉,随即哈哈笑道:"叶老弟,你英雄年少,眼光远大,俺好生佩服。劫镖之事,俺思虑不周,既然放了,那就算啦。你这次前往大理,见了张丹枫没有?他有什么说话,那地图呢,可取来了没有?"

叶成林道:"张大侠问候叔叔,地图已经带来了。"毕擎天听得张丹枫只向叶宗留致意,心中已有几分不快,一见叶成林取出地图,慌忙伸手去接,忽听得于承珠叫道:"我师父这幅地图是交给叶统领的。"叶成林怔了一怔,转过脸来,双手捧给叶宗留。毕擎天气得脸皮紫涨,便想发作,叶宗留微微一笑,道:"毕老弟,你收着吧。"转手就交给了毕擎天。

毕擎天打开一看,道:"怎么只是江南五省的地图?"叶成林道:"张大侠的意思,叫我们不必急于进取,能够先保住江南的地盘,与老百姓休养生息,那便立下了不败之基。"毕擎天面色一沉,刚欲发话,只听得叶成林又道:"我适才在大营外碰到了成海山,听说毕大龙头调他去打上饶?"毕擎天道:"怎么?"叶成林道:"成海山这支子弟兵习于水战,调到山地,恐不适宜。再者照张大侠的看法,巩固江南乃是上策,分兵掠地,只怕反为官军所乘。"

毕擎天"哼"了一声,冷冷说道:"张大侠,张大侠!这大龙头的位子可不是张丹枫在坐!"于承珠怒道:"毕擎天,你说什么?"毕擎天横了于承珠一眼,眼光一转,盯着叶成林道:"张丹枫有那么多的意见,何以他自己不来?"叶成林道:"张大侠他护送波斯公主进京去了。"毕擎天冷笑道:"张丹枫在十年之前,从瓦剌将皇帝老儿迎接回朝,如今又入京面圣,哈,功名富贵,可少不了他的份儿!"

于承珠勃然大怒,按剑斥道:"我师父若想功名富贵,这大明江山早姓了张,哪轮到你姓毕的染指。"叶宗留急忙劝道:"张大侠天下同钦,自然不是贪图富贵之人。于姑娘,你的火气也大了一点。"毕擎天一笑说道:"于姑娘年纪轻轻,我岂能与她计较?"于承珠气炸心肺,但转念一想,毕擎天对自己曾有葬父之恩,心中暗道:"看在这个情分,我还是权且不与这厮计较。"

只听得毕擎天续道:"张丹枫自是一个人才,但他远在滇南,怎知这里军中之事?朝廷官军,百倍于我,若非攻城掠地,先打他几个胜仗,怎能振奋民心?怎能令天下响应?我派成海山去打上饶,就是想以攻为守,牵制强敌。为将之道,应当既习水战,亦习陆战,不懂就学,怎可以只在海上称雄。"

叶成林本想驳他,但见他似是动了真气,暂且忍住。叶宗留微笑道:"决谋定策,咱是一个老粗,说不上来。可是听张大侠和毕老弟的所说,两边都有点道理。过几天咱们请全军将士,各抒己见,俗语道:'一人计短,两人计长',总之大家商量一个好办法来。"叶宗留这一调停,给毕擎天挽回了面子,但调回成海山之事,也只好作了罢论。这一晚的接风酒,大家都吃得极不痛快!

过了几天,毕擎天又调了两支军出外作战,这两支军都是跟随叶宗留多年的部属,凌云凤有一日对于承珠道:"这事情有点奇怪,怎么总是把叶统领的人调走?"于承珠心头也蒙了一层阴影,但心想毕擎天或者是好大喜功,军中也不应分开彼此,虽然感到有点奇怪,却也不便多疑。

幸喜那几支军队都打得很出色,官军被抗拒在仙霞岭外,江浙两省和福建北部被义军占领的地方,一片太平景象,毕擎天三日五日置酒庆贺,各地前来投效的绿林,对他更是一片颂赞之声,倒把他弄得有点飘飘然了。

转眼春暖花开,春风解冻。湖北那十万官军有了粮饷,果然兼程东下，前锋到了屯溪。毕擎天以叶成林有言在先，便调叶成林统军一万，前往抵挡。这一万人又是叶宗留的部队，至此叶宗留多年心血训练的精兵，几乎已被抽调一空。

这一日是叶成林大军出发之日，毕擎天和于承珠、凌云凤都前往送行，送出五里之外，叶成林请毕擎天回马，毕擎天道："我静待贤弟好音，这次敌众我寡，全仗吾弟施展将才了。待各路义军齐集后，我定当再给贤弟增兵助战。"叶成林道："这里基业重地，防备相当坚固。给我增兵，倒可不必。只是敌众我寡，我这次前往，不拟与官军即行决战，准备凭着地形，先图固守，消其锐气，击其暮归。官军虽众，斗志不强，假以时日，可以瓦解。"毕擎天拍手赞道："贤弟高见！这一仗一定打胜了！他日成功，我定封贤弟做一字并肩王！"叶成林眉头一皱，道："咱们岂是图什么封王封爵……"话未说完，毕擎天就截住说道："对，咱们是为救民于水火之中。"这话若让叶成林说来，那是自然不过，在毕擎天口中道出，凌云凤和于承珠都觉得有点刺耳，言不由衷。

叶成林拱手说道："毕大哥请回，小弟不须添兵，只有一事请托。"毕擎天道："请说。"叶成林道："这一战只怕不是短期所能结束，军粮接济，务请依时。"毕擎天大笑道："此事何劳嘱咐，三军未动，粮草先行。想贤弟对官军的粮饷尚且放行，难道我还会扣住你的粮草不发不成。"当下与叶成林扬鞭道别。于承珠心念一动，道："凌姐姐，我与你再送一程吧。"凌云凤与于承珠并马走了一阵，忽道："呀，我还有点事情，你再送一程。"于承珠面上一红，但转念一想，仍然策马送行。

直送出十里之外，叶成林道："于姑娘请回吧。"于承珠见他神情淡漠，心内微酸，但又觉得这正是自己所盼望的事，只可惜凌云凤不在这儿，叶成林也似不解自己的心意。叶成林驻马说道："于姑娘有何话说？"于承珠道："叶大哥你此去可要当心！"

叶成林道："多谢你关心了。我会料到，毋劳你挂念。"于承珠道："不是这个意思，我只怕……"叶成林道："怕什么？"于承珠道："你看毕擎天这人如何？"叶成林道："怎么？"于承珠道："毕擎天这人野心极大。一山难藏二虎，我只怕他妒忌你们叔侄。"叶成林笑道:"这不至于吧,我又不与他争位。"于承珠道:"还是小心为妙。提防他弄什么诡计。比如粮草之事……"叶成林道:"我也筹划好了。若然他不运来,我就在当地自筹。想咱们若是一心为着百姓,百姓断不会叫咱们饿着肚子打仗。咱们都是一家人,我倒劝你不要太多疑,尤其不可露于神色,免得与他伤了和气。"

于承珠心中暗叹,想道:"世间只怕不尽是像你们叔侄这般的好人。"无可奈何!亦不再说,只好与叶成林道别。拨马回头,神思困倦,走了一阵,忽听得马铃声响,原来是毕擎天迎面而来。于承珠怔了一怔道:"毕大龙头,叶成林已去得远了,你有什么要事,我的马快,替你追他回来!"

毕擎天哈哈笑道:"我不是追他,我是接你!"于承珠面色一沉,道:"不敢有劳龙头大驾!"毕擎天笑道:"你和叶成林交情倒很好呵,这回送别,你好像比上次听得铁镜心走了,还更伤心。"

于承珠杏面飞霞,柳眉倒竖,怒道:"毕大龙头放尊重些,我是给你消遣的么?"毕擎天赶忙拨马退了一箭之地,赔笑说道:"岂敢,岂敢,我是为姑娘设想。"于承珠冷笑道:"大龙头如此好心,替我设想什么?"毕擎天道:"我若对姑娘毫无心意,当年也不至于冒了大险,偷进京城,收殓尊大人的骸骨了。"于承珠冷着面孔道:"你收殓先父的大恩大德,我不会忘记的。不必劳你三番两次地提起,我定然徐图后报便是。"毕擎天给她抢白,甚是尴尬,叹了一声,掩饰笑道:"我毕某岂是施恩望报之人,只是表白一番心意罢啦。"于承珠道:"好,我明白啦。大龙头,你请便。"毕擎天拦着马头,道:"我替姑娘设想,我不只是替你收殓父亲遗骨便算,我还要为你报却大仇!"于承珠道:"什么大仇!"毕擎天道:"你的父亲是皇帝杀的,我起兵推倒龙廷,灭却大明,不是为你报仇么?"于承珠冷笑道:"不错,推倒龙廷,你做皇帝,岂止只是为我报仇?"毕擎天道:"你知道便好,为你设想,那叶成林将来最多只能做个开国功臣,岂似我有九五之尊之望。你何必对他如此好法?"

图穷匕见,原来毕擎天竟是想用荣华富贵诱她!这比听到铁镜心的夸夸其谈更会令她恶心百倍!"不要脸"三字几乎骂了出来,极力忍住,马鞭一刷,冷冷说道:"请未来天子让路,要不然我要闯驾啦!"毕擎天面色涨红,落不下台,正在纠缠,忽听得凌云凤纵声长笑,飞马而来,叫道:"咦,大龙头,你还在这儿?"

毕擎天拨开马头,尴尬笑道,"我见于姑娘许久未回,只道叶成林尚有什么事情未曾交代,是以前来探望。凌寨主,你也来了?"凌云凤笑道:"我还当你们有什么事商量,几乎吓得我不敢前来打搅呢。"于承珠冷笑说道:"的确是在谈论大事。毕大龙头正在打算登基之后大封功臣呢!"凌云凤纵声大笑,在马背上抚剑施礼,唱了个喏,道:"小女参见龙驾,请王上赏赐。"凌云凤豪迈不羁,毕擎天也惧她三分,被她调侃,啼笑皆非,急忙还礼说道:"凌寨主取笑了。"搭讪几句,先自走了。

凌云凤哈哈大笑,回到帐中,于承珠将适才之事都与凌云凤说了。凌云凤笑容尽敛,道:"你打算如何?"于承珠道:"我真料不到毕擎天是这样的人,我打算走了。"凌云凤道:"唯其如此咱们更不能走。"于承珠道:"怎么?"凌云凤道:"咱们一走,叶统领孤立无援,只怕会有意外之事。"于承珠虽然早已看出毕擎天暗中与叶宗留争权,但尚未想到有何危险,听得凌云凤这么一说,心中不寒而栗,立即打消了出走之意。

光阴迅速,匆匆又过了一个多月,这一个多月中,毕擎天不敢再向于承珠撩拨,倒也相安无事,只是前方军情日紧,除了叶成林一路与官军在屯溪相持之外,其余各路,都有败象,尤其是成海山这支渔民兄弟兵,因为不惯在山地作战,败得更惨,打了两场硬仗,伤亡几近一半,于承珠和凌云凤都是甚为担忧。

这一日于承珠和凌云凤正在帐中谈论,忽听得帐外喧哗,凌云凤唤一个女兵出帐打听,过了一盏茶时刻,那女兵回来报道:"左营的军士们在骂毕大龙头。"

左营的统领是叶宗留的副手邓义七,叶宗留手下的军队,只有这一支未曾调走。于承珠说道:"为什么骂毕大龙头?"那女兵道:"骂毕大龙头不肯给叶成林拨送军粮!"于承珠吃了一惊,道:"有这样的事?"那女兵道:"听说叶成林已派了三拨人回来催送粮草,毕大龙头总是推三阻四。邓统领明明知道城中尚有万担军粮,跑去问他。他说,大营要留下五千担,还有五千担要拨给温州的驻军。

其实温州缺粮,并不严重。权衡轻重,应当运到前方才是。可是毕大龙头坚不肯放,邓副统领回来大哭一场!"

凌云凤冷笑道:"果然给我不幸料中。"于承珠怒气冲冲,道:"咱们找毕擎天说话去。"凌云凤沉思有顷,唤女兵头目来吩咐了几句,立即武装佩剑和于承珠驰到大营。

只见大营戒备森严,迥异往日。凌、于二人到了营外半里之地,便给拦住,中军说道:"毕大龙头正在与叶统领商议军情,未得传唤,任何人不得擅进!"凌云凤柳眉倒竖,怒声斥道:"我们有重大的军情要与他商议,谁敢阻拦!"

那守门的中军被凌云凤一喝,倒退几步。于承珠道:"我们进去见毕擎天,要怪让他怪我,与你无干!"那些卫士们知道毕擎天平日对于承珠另眼相看,果然不敢拦阻,凌云凤与于承珠立刻跳下马背,直闯大营。

只听得帐中乱嘈嘈的闹成一片,蓦然间听得邓义七霹雳一声大喝:"毕擎天你意欲何为?"于承珠暗叫一声"不好!"揭帐冲入,只见毕擎天与白孟川、毕愿穷等总有十余人之多,排成了一个半弧形,围住叶宗留,叶宗留并无卫士,只带来了副手邓义七一人。

但见毕擎天拱手说道:"叶统领连年劳苦,而今年事已高,我实在不忍让他多所操劳,特地给他安排了一所幽静的居处,请他养老,岂有坏心?"邓义七大怒喝道:"你这大龙头的位子还是叶大哥让给你的,你而今却要夺他的兵权,还想幽禁他,哼,哼!天下事总得有一个道理!叶大哥刚满五十之年,请他养老,这是笑话!"

叶宗留哈哈大笑道:"毕贤弟雄才大略,胜我百倍,我做这个统领本来就觉得有点汗颜。毕贤弟能者多劳,愿意给我兼挑这副重担,真是最好不过,老邓,你为这个争论,别人不知,倒以为是我和毕贤弟争权了,岂不教人笑话么?"

邓义七叫道:"叶大哥,你,你……你忍心让多年基业都给他一手毁了么?你,你……你不顾念自己,连弟兄们也不顾念么?"声泪俱下,叶宗留正想说话,忽听帐外号角喧天,叶宗留道:"毕大龙头,这是做什么?"

毕擎天面色尴尬，横了心肠，沉声说道："左营的兵士不肯听命改编，是我要他们缴械！"叶宗留双目一张，喝道："毕擎天，这你就不对了！你要我交出兵权，这个容易，却为何同室操戈？"毕擎天讷讷道："只怕左营兄弟，不是和叶统领一样心肠，不如……"想说："不如请你劝谕他们归顺于我。"这话却不好出口。邓义七大喝道："好，今日算认得你了，你这狼心狗肺的贼子！"

毕擎天勃然变色，喝道："把这犯上作乱的贼子拿下了！"叶宗留振臂喝道："不可动手！"营中虽然尽是毕擎天的亲信，但叶宗留的威望深得人心，众人被他一喝，竟然面面相觑，毕擎天越发大怒，向白孟川一抛眼色，道："要你们何用？"白孟川奸笑道："叶大哥别动肝火，身体保重要紧，到温州静养去吧。"跳上去就想把叶宗留架走，忽听得"铮"的一声，凌云凤徒手发出一枚蝴蝶镖，把白孟川的额角打穿，登时血流如注。

这一下帐中大乱，毕擎天的党羽撕破了面子，便有几个人上来要逮捕叶宗留，凌云凤叫道："承珠，你截住这个反贼，我保护叶统领闯出大营！"

毕擎天叫道："承珠，你怎么与我作对？"于承珠斥道："你又怎么与叶伯作对？"毕擎天道："你这样快就忘了葬父之恩么？"于承珠道："你这样快就忘了叶伯伯扶植之恩么？"针锋相对，半句不让，毕擎天有点气馁，退了两步，于承珠按剑斥道："你放不放叶统领出营？"毕擎天红了双眼，提起狼牙大棒，喝道："把这两个不知好坏的女娃儿也都擒了！"于承珠一声冷笑，刷地就是迎面一剑！

毕擎天举棒一迎，于承珠知他力大，剑锋一颤，回剑反削，这一剑变招快极，凌厉非常，毕擎大吃了一惊，心道："一年不见，她的剑法竟然精进如斯！"狼牙棒舞起一个"雪花盖顶"，护着身躯，于承珠抢了攻势，刷，刷，刷一连几剑，将毕擎天迫得步步退后，但毕擎天武功超卓，内力也胜于于承珠，于承珠虽然在剑法上稍占便宜，急切之间，却是胜他不得。

帐中一片混战，凌云凤一口剑指东打西，指南打北，霎眼之间，刺伤了三名卫士，但毕擎天的亲信之中，有好几个是绿林高手，

毕擎天举棒一迎，于承珠知他力大，剑锋一颤，回剑反削，这一剑变招快极，凌厉非常。

蜂拥而上,终于将叶宗留与凌云凤迫到了一隅。激战中忽听得邓义七一声惨呼,嘶声叫道:"叶大哥,我先去了!你可千万不要放弃这个基业呀!"原来他着了白孟川一鞭,倒下来时,又被两刀齐肩劈下,竟自死了!

多年战友,一旦伤亡,叶宗留肝胆俱裂,霹雳一声大喝,抢过了一口厚背斫山刀,奋起一刀,将那斫死邓义七的卫士劈为两段,喝道:"毕擎天,你听我一言!"毕擎天架开了于承珠的剑招,纵声笑道:"事已如此,无话可谈!"狼牙棒一指,将那些被叶宗留威风慑住的亲信又迫上去。

叶宗留这时端的是动了真怒,与凌云凤背向而立,大刀霍霍,奋战闯营,但帐中高手四布,哪闯得出,叶宗留虽然又劈了两人,肩头却中了一剑。

于承珠本欲擒贼擒王,这时却反被毕擎天绊住,将她与叶宗留、凌云凤隔为两处,见叶宗留处境越来越险,心中急怒之极,猛地一剑刺出,回旋反削,剑光飘瞥,宛如黑夜繁星,千点万点直洒下来,竟然是不顾自身的拼命招数。毕擎天这时已是十八省大龙头之尊,哪敢和她拼命。急急避开,于承珠缓出手来,掏出一把金花,扬声喝道:"挡我者死,让我者生!"双指疾弹,一朵朵金花破空飞出,转眼间伤了数人,闯开了一条血路。毕擎天急忙拦截,于承珠扬手又是三朵金花,毕擎天大棒一荡,将三朵金花全都磕飞,但见这威势,却也不敢迫近,白孟川跳过来掩护,刚刚纵起,就被于承珠一朵金花打中了脚底的"涌泉穴",登时跌了下来,三人会合,叶宗留奋起神力,一刀劈断大柱,帐幕罩了下来,将毕擎天等一干人都罩在里面。立刻闯出营门。

营外千军万马,早已列成阵势,重重围困。叶宗留叹口气道:"为我一人,何须如此?"双目一张,大声喝道:"众位兄弟听着,而今官军压境,咱们四面受敌,绝不能自相残杀,妄动干戈,我德薄才疏,不能扶助你们的毕大龙头,共成大事,实深有愧,如今先告退了,托你们善自力之,营中没有什么事情,你们都散去吧!"大营外的军队当然都是毕擎天的人,人人都知道毕擎天要将叶宗留的势力消灭,预料必有一场火拼,忽听叶宗留口出此言,不但晓以大义,而且还为他们的大龙头掩饰,十人中倒有九人受了感动,轰然大呼纷纷四散,于承珠撮唇一啸,那匹照夜狮子马飞奔而来,于承珠叫道:"叶伯伯,快上马,咱们逃到屯溪去和成林会合。"叶宗留面色一沉道:"你们到屯溪去告知成林,叫他一心抵御官军,千万不可与毕擎天火拼。"于承珠一怔,道:"你呢?"叶宗留道:"我去左营!"凌云凤刚刚道出"不可"两字,毕擎天这一干人已揭开帐幕,抢了快马,追了出来。那照夜狮子马不待主人吩咐,立刻扬蹄疾跑,于承珠和凌云凤急忙也抢了两匹马,紧随着叶宗留闯营。

只见叶宗留的马蹄到处,众军士纷纷让路,万马千军,竟无人发出一矢。毕擎天大怒,率了几百亲兵,亲自来追,于承珠反手一扬,发出两枚金花,射伤了毕擎天的坐骑,待他再换过马时,于承珠和凌云凤也都闯出去了。

只这一霎那工夫,那照夜狮子马已跑出数里之地。凌云凤道:"毕擎天调了重兵围攻左营,叶统领此去无异自投罗网!"两人挥鞭赶马,竭力奔驰,左营离开大营不过六七里之地,赶到之时,只见叶宗留单骑匹马,已陷入包围之中,左营的军士乃是邓义七的部队,本来就不肯缴械,这时见叶宗留来到,都空营而出,眼见就是一场混战。

但见得叶宗留在千军万马之中高声叫道:"没有事儿,左营弟兄都回营去。我自愿解甲归田,你们以后好好听大龙头的号令,这个时候,绝不容自家人火拼!"登时几千军士都哭了起来,围着左营的兵将面面相觑,不敢动手。叶宗留一提马缰,避开了追上来要挽留他的人,疾驰去了。

于承珠和凌云凤拍马追赶,众军士发一声喊,有那些跟随了叶宗留多年,舍不得他走的,也跟着追来,再后面就是毕擎天的马队,但他来迟了一步,那些奉他命令包围左营的军队,都已四散开来,故意壅塞道路,乱成一片,毕擎天不得不下马镇压,重整队形,眼见叶宗留的白马绝尘而去,毫无办法。

于承珠和凌云凤的马跑得最快,虽然追不上照夜狮子马,但已把众军士抛在后头,追了一程,不觉到了海边,远远看见一条小船划到岸边。

于承珠叫道:"叶伯伯,叶伯伯!"只见叶宗留下马上船,待她们赶到岸边,那快船已到了海中心了。

叶宗留立在船头,向于、凌两人扬手道:"你们骑这白马,上屯溪去吧。"于承珠道:"叶伯伯你为什么不回来!"叶宗留道:"我早料到有今日之事,我若不走,事情更要弄糟!权衡利害,让毕擎天独揽大权,总胜于自相残杀,两败俱伤!毕擎天这人心术不好,却也还是个人才!你们愿扶助他就留下,若不能共事,也不可向他寻仇!"这一段话说完,小船也只剩下一片帆影了。

凌云凤拭了一下眼泪,道:"这还是我离开了天都之后第一次流泪!像叶统领才是真正的大豪杰,大英雄!"于承珠叹了口气,黯然无语,凌云凤忽道:"珠妹,你帮我干一件事情。"于承珠道:"什么?"凌云凤道:"找毕擎天去!"于承珠道:"我也恨不得刺他一个透明窟窿,可是叶伯伯的吩咐……"凌云凤道:"我不是要你杀他,我是要你抢他的兵符。"于承珠想了一想,道:"为叶成林。"凌云凤笑道:"是呀,难道你就不挂念他吗?"说到这里,后面的军马已将追上,凌云凤拉于承珠上了白马,笑道:"这个时候,他的女兵已在温州道上,准备截粮。你和我今晚抢到兵符,咱们也来演一出信陵君救赵的好戏。"

叶宗留一走,左营的军士虽然不肯缴械,却也没有反抗,毕擎天大功告成,得意之极。唯一美中不足的是:凌云凤那队女兵,早已开走。想来于承珠也是跟凌云凤逃走的了。想起于承珠的容貌武功,都是女中罕见,就是不肯归顺自己,每一念及,惘然若失。

这一晚毕擎天和亲信属下狂欢"祝捷",回到帐中,早已有了几分酒意,正待安歇,卫士忽进来报道:"于姑娘求见大龙头。"毕擎天愕一愕,道:"她还敢来见我?"想了一下,吩咐那卫士道:"叫她把佩剑解下,空手进来。"那亲信的卫士低声说道:"于姑娘这次前来求见,瞧她神情倒是挺和气的。那把宝剑也没有带在身旁。所以小的才敢擅自作主,让她进入大营。"毕擎天眉开眼笑,道:"原来她也还懂得规矩,好,那就传她进来。"

毕擎天本来对于承珠就既是渴念,又是惧怕,这时想道:"叶宗留已去,莫非她因此而回心转意了么?"虽然还有些少顾忌,但想于承珠的武功纵好,自己尽可抵挡得住。而且她又没有带宝剑,更放了心。

待了片刻,只见于承珠缓缓走进帐幕,似嘲似讽地说道:"小女子于承珠参见大龙头!"毕擎天笑道:"好在今日没有被你刺个透明窟窿,怎么,我以为你随叶宗留走了呢。"于承珠冷笑道:"叶统领自愿息事宁人,让位于你,你如今总该称心如意了吧?"毕擎天眉头一皱,道:"听来你好像对我十分不满,是么?"

于承珠道:"事既如斯,你还用管别人满不满意?你这大龙头的位子总是坐定的了。哼,哼,要不是叶统领再三劝我以大局为重,不许互相残杀,我真恨不得刺你个透明窟窿!"毕擎天大笑道:"不错,如今局势已定,识时务者为俊杰,你是巾帼英雄,女中豪杰,这话,这话本来就不必我再说了。你今晚前来见我,打算如何?"于承珠道:"你今后又打算如何?"毕擎天得意之极,朗声说道:"挥军北上,号令天下,宰割河山!承珠,你留下来吧,给我整顿女军,我绝不计较旧恨。"于承珠冷笑道:"即算你他日登基开国,只怕也未必能令我称臣。"忽地声调一转,道:"只要你要想得天下,我倒可以送你一样东西,让你完成心愿。"毕擎天说道:"什么?"于承珠道:"彭和尚所留下的那幅地图,你得的那分,仅是江南部分,我身边带来的乃是全图!"

毕擎天这一喜真是出乎意外,他盼望得这地图,已不知多少年月,不意于承珠竟肯送他,他几乎不敢相信自己的耳朵,只听得于承珠冷冷说道:"若非叶统领给你迫走,义军舍你之外,无人能够统带,这地图也绝不会落在你的手中。"毕擎天与于承珠相处多时,早已知道于承珠刚柔兼备的性格,要是于承珠向他谄媚,他绝不会相信,而今于承珠一面骂他,一面却又以大局为重,说要送他地图,他心中更无半点怀疑。

忽听得帐上似有轻微的声响,若非落在毕擎天、于承珠这样行家的耳里,端的听不出来。毕擎天抬头一望,只见于承珠已取出地图,慢慢展开,冷冷说道:"这里面有点讲究,你快过来看,我不耐烦久留。"毕擎天酒意醉了几分,心中想道:帐外有毕愿穷等高手巡回,大营外更有三重守卫,料可无虑。见于承珠展开地图,急忙凑过去看,于承珠倏地一下展开,地图中竟包着一柄精光耀眼的匕首,原来于承珠是师法荆轲刺秦皇的故智,绘了一幅假图,图穷匕见,就要用这匕首胁迫毕擎天交出兵符。

说时迟,那时快,但见匕首一闪,刀锋已迫近毕擎天的咽喉,毕擎天忽地一口向于承珠手背咬下,两人动作均快,于承珠缩手斜刀,那刀锋刚刚刺出,毕擎天一个"斩龙掌"劈下,"当啷"一声,于承珠匕首落地,只听得毕擎天嘿嘿冷笑,说道:"你这点伎俩,须瞒不过咱家。"

笑声未绝,陡然间只听得一声裂帛,帐幕上穿了一个大洞,毕擎天未及回头,背心已给一柄长剑抵住,来的乃是凌云凤,她趁着于承珠与毕擎天纠缠之际,施展绝顶轻功,竟然神不知鬼不觉地偷进了毕擎天的帅帐。她拿的乃是于承珠那把青冥宝剑,剑气森森,抵着后心,寒气直透上毕擎天的心头!正是:

欲仗龙泉三尺剑,盗符截饷救英豪。

欲知后事如何?请听下回分解。

第三十回　虎帐盗符　军中伤惨变
　　　　　　征鞍解剑　道上赠嘉言

　　毕擎天在凌云凤宝剑威胁之下，宛如斗败了的公鸡，垂首说道："你要什么？"凌云凤沉声说道："把你的兵符拿出来！"毕擎天道："好，兵符在我怀中，待我给你便是！"说话之间，伸手作掏摸之状，忽然横肱一撞，一记"脱抱解甲"，反手擒拿，他料得凌云凤不敢杀他，这一招冒险施为，竟使出了极狠辣的小天星擒拿手法。

　　但听得"当啷"一声，凌云凤手中的宝剑，给他劈落，毕擎天正想张口大呼，却想不到于承珠出手更快，就在他劈落凌云凤宝剑这一间，啪的一掌打出，事情紧迫，无暇考虑，这一掌竟是全力施为，使出了"玄功要诀"中拍穴的独门功夫，一掌拍下，封闭了毕擎天的七道大穴，即算他武功再高十倍，亦已无力动弹。

　　凌云凤冷笑道："这厮真是奸狡凶狠！"啪的一掌打了他一记耳光，毕擎天双睛喷火，心头怒极，却是喊不出来。凌云凤搜他身上，不见兵符，急忙说道："承珠妹妹，这兵符定在帐中，我给你把风，你赶快搜寻。"

　　于承珠把毕擎天的机密档案，翻了满地，只是不见兵符，心中焦急之极。忽听得帐外人声嘈杂，有一个极熟识的声音大叫道："毕擎天你摆什么架子，敢不见我，于姑娘，是我来了，你快出来呀！"

　　这人竟然是铁镜心！想不到他也在这深夜，闯营求见，于承珠顿时呆了，凌云凤忙道："快搜，快搜！"于承珠心头一醒，忽然想起毕擎天为人貌似粗豪,实甚精细,这兵符应藏在身上,如今既不在身上,也定当在离身最近的地方,想起进帐之时,他已卸下外衣,即将歇息,心念一动,伸手到床上的枕头底下一摸,翻起了一件外衣,果然底下压着一块金牌。

于承珠大喜叫道:"兵符到手啦!"只听得帐外噼啪两声,铁镜心大喝道:"毕擎天,你再不放于姑娘出来,我可要动手啦!"似是有两个人已给他推倒地上。

但见帐幕一揭,毕擎天的侍卫队长闯了进来,军号纪律森严,本来不得毕擎天的吩咐,谁也不敢进入帅帐,但这个侍卫队长名叫顾孟章,当年是和毕擎天同时称齐鲁的大盗,素得毕擎天信任,为人也工心计,见铁镜心在外面大嚷大闹,毕擎天竟然毫无声息,心知定有蹊跷,恃着和毕擎天称兄道弟已惯,进来禀道:"铁镜心定要求见,请,请大龙头……""定夺"两字尚未出口,已是瞥见毕擎天给制住穴道的那副怪状,说时迟,那时快,凌云凤那一剑也已劈面斩到。

顾孟章武功甚高,这一剑竟然给他避过,随手一招"分洪断流",呼呼两声,左击凌云凤,右击于承珠。凌、于两人岂肯与他在帐中混战,凌云凤一剑挑开帐幕,于承珠立刻一把金花洒了出去。

那些人见识过金花的厉害,金光闪处,纷纷躲避,于承珠和凌云凤闯了出来,抬头一望,但见铁镜心已被几个高手围住,运剑如风,拼命冲刺。于承珠禁不住心内一酸,想道:"我只当他在沐国公府内贪恋繁华,却原来他还惦记着我!"这个时候,她哪里还会想及铁镜心惹人讨厌的地方,急忙挺剑扑上,给他解围。

铁镜心得见于承珠,如获至宝,大声叫道:"于姑娘,我又来了,咱们快跳出这个是非之地吧,别理那毕擎天了!"一时狂喜,剑招露出空隙,肩头着了毕愿穷一棒,说时迟,那时快,顾孟章已扑了出来,大声叫道:"大龙头受了暗算,这三个人一个也不能放走!"刷的一鞭,扫到于承珠背后,顾孟章武功超卓,这一鞭迫得于承珠回身招架,哪知顾孟章乃是声东击西,他的虎尾长达一丈,轻轻一抖,鞭梢倏地转了一个方向,铁镜心正向着于承珠的方向飞身纵起,被长鞭一卷,"卜通"一声,跌落地下,立时有人过来,将他擒了。

于承珠大怒,刷刷两剑,欺身直进,在顾孟章长鞭飞舞之下,展开了一派凌厉的进手招数,顾孟章正要将她缠住,见她拼命,恰合心意,长鞭挥动,急忙抢上,先封住了于承珠的退路。

凌云凤叫道:"珠妹,你怎么啦?还不快走!"于承珠陡然醒起了自己已夺了兵符,再不逃走,就要误了大事,可是铁镜心为她而来,她怎忍舍了铁镜心独去?

凌云凤见势危急,翻身杀入,反手一剑,当的一声,立刻把一名卫士的砍山刀削断,顾孟章见她来得势猛,挥鞭一接,只见剑光闪处,那条虎尾鞭又断了一截,原来凌云凤手中拿的乃是于承珠的青冥宝剑。

凌云凤的剑法虽不若于承珠精妙,但奇诡狠辣,却有过之而无不及,更兼宝剑在手,如虎添翼,刷,刷,刷,连进几剑,除了顾孟章等几名高手躲闪得宜之外,另外围攻她们的三名卫士,都被凌云凤的剑尖刺中了穴道,滚在地上爬不起来。

凌云凤与于承珠杀出重围,施展绝顶轻功,接连跳过三重帐幕,于承珠回头一望,铁镜心已被缚入毕擎天的帐中,不觉叹了口气。

两人逃出大营,跨上宝马,不消一个时辰,就已跑出五十里外,离开了毕擎天驻军的范围了。凌云凤松了口气,在马背上回头一望,但见于承珠脸上有几点泪痕,凌云凤心中一动,道:"贤妹,你怎么啦?"于承珠道:"没什么。"凌云凤道:"那少年是什么人?"于承珠道:"是铁镜心。"凌云凤笑道:"原来是御史铁鈜的儿子,我也听说过他的名字,说他一表人才,果然不错。"

于承珠面上一红,心中想道:"可惜铁镜心空自生了一副大好皮囊,哪及得上叶宗留叔侄的英雄气概!"凌云凤瞧她神色,见她久久不语,心中大疑,轻声说道:"贤妹,你可是有什么心事么?"于承珠忽地掏出兵符,说道:"姐姐,你截了粮草,送到屯溪给叶成林吧,我不去了。"凌云凤说道:"你不去见叶成林?"于承珠道:"嗯,有了这道兵符,运粮官不敢违拗你的命令,你坐我这匹照夜狮子马,先在温州道上截粮,再东下屯溪,即算毕擎天派人拦阻,亦是追你不及,我去也帮不了你的忙。"凌云凤道:"你,你可是要回转大营,救那铁镜心?"于承珠道:"不错,他为我而来,我岂可让他落在毕擎天手上?我自有万全之策救他,姐姐但请放心。"

本来在这样情形之下,于承珠要去救铁镜心那也是出于情理之常,但于承珠那脸上的泪痕,那失神的眼色,连着那不自禁而流露出来的彷徨,已是瞧在凌云凤眼内,凌云凤也不禁惶惑不安,心中想道:"我只道她和叶成林是一对风尘侠侣,彼此有情,难道竟是我以前看错了,难道她的心上人竟然不是叶成林而是铁镜心?"但觉于承珠舍弃了叶成林这样的人,殊为可惜,试探问道:"叶成林孤守在外,处境艰危,贤妹,你就不挂念他么?"于承珠道:"今日之事,势难兼顾,只有分开来做,你上屯溪,我回大营,各尽一份心力。叶成林有姐姐相助,我放心得很!"眼圈一红,忽地翻身下马,奔回原路去了。若在平时,凌云凤是要追上她和她细谈心曲,可是情况如斯,救兵如同救火,又哪容得她姐妹细细谈心。

凌云凤哪里知道,于承珠此际正是心中如绞!她让凌云凤独自去助叶成林,实是含有这样的心意:要把叶成林让给她!虽然这心意早在芙蓉山之时,于承珠听得霍天都死讯那晚就已有了,可是如今才是她在心中作了最坚决的割舍,要把她对叶成林正在萌起的爱苗拔掉,这对于一个十八岁的少女,真是最残忍的牺牲,也需要最坚强的勇气!唉,可怜她小小年纪,就接连遭受了两次爱情上的磨折,而这一次的磨折,比起上一次来,更甚几千万倍!因为她已经从心底里爱上了叶成林,而铁镜心却还没有闯进她的心扉,仅仅是情海波涛中的一片浮光掠影。叶成林像大青树一样扎下了根,而铁镜心则不过像花盆中盛开的玫瑰,爱情的根苗并不是种植在深厚的土壤上!

再说毕擎天被于承珠用重手法封闭了七道大穴,仗着精纯的功夫,经过整整一晚,虽然能通了三处穴道,也能够动弹和开口说话了,可是那璇玑、中府、天阙、地藏四处大穴还没有解开,而且于承珠的闭穴法乃是"玄功要诀"中极秘奥的闭穴方法,若不是会家来解,纵能强行运气冲关,也要落个半身残废。

毕擎天自然知道这个道理，想起将来纵然能称王称帝，这残废的缺陷亦是无可补偿，心中不觉凉了半截。他的手下尚未知道毕擎天有难以解救的隐忧，天明之后，纷纷进帐问候，并汇报军情，但觉毕擎天脾气暴躁，大异寻常，众人均是惴惴不安。

顾孟章和毕愿穷等一干人虽知道毕擎天吃了于承珠的大亏，见他已行动如常，也不敢再问，恐有伤他的面子。众将官在帐中商议军情，过了一会，顾孟章渐渐瞧出不妥，正想出言提醒，叫众将官退下，忽见守营门的中军，面色张皇，匆匆进来报道："那，那位于姑娘又进来了！"

顾孟章吃了一惊，偷眼看毕擎天时，只见他面色阴暗，好像就要大发雷霆，却忽地面色一转，压低声音说道："唤她进来！"

于承珠在几十双惊讶敌视的眼光注视下，缓缓走进，只听得毕擎天哼了一声，说道："于姑娘，你好大的胆子！"于承珠冷笑道："你有所求于我，我何须惧你！"毕擎天哈哈笑道："只怕你也有所求于我！"于承珠道："好，咱们就打开天窗说亮话，做一次公平的买卖。"毕擎天道："你说。"于承珠道："铁镜心呢？"毕擎天道："哈，原来你是为这小子而来。"他虽然早已料到于承珠的来意，但由于承珠亲口说出铁镜心的名字，毕擎天心里仍是酸溜溜的怪不是味儿。于承珠面色一板，道："不错，我是为铁镜心而来，但也是为你毕大龙头而来呵！"毕擎天沉声说道："怎么？"于承珠道："只有铁镜心能给你解穴，你不放他，你就准备做一个终身残废的草头皇帝好了。"

此言一出，众将官恍然大悟，毕擎天面上一阵青一阵红，对毕愿穷道："好，你去把铁镜心放出来。"于承珠道："不，让我先去见他。"毕擎天一想，立即明白了于承珠的用意，那是为解穴之际，不免肌肤相接，于承珠敢情是连手指也不愿沾着他，所以要先传铁镜心的解穴之法，假手铁镜心而为。毕擎大妒恨交迸，却是无可奈何，只好吩咐毕愿穷带于承珠去见铁镜心。

毕愿穷将于承珠带到帐后的一间木屋前面，扮了一个鬼脸笑道："姑奶奶，你何以老是和我们的大龙头作对？"于承珠道："你又何苦老是跟着你们的大龙头与叶大哥作对？"毕愿穷心头一震，内愧于心，再也笑不出来，尴尬之极，只好又扮了一个鬼脸道："姑奶奶，算我怕了你啦。这是解开铁镜心镣铐的锁匙，你进去吧。"

铁镜心被囚在木屋内，正大发脾气，听得人声，便大骂道："毕擎天，你是什么东西，俺铁镜心是顶天立地的男子，岂会归顺于你，你给我滚出去！"于承珠一脚跨入房，柔声说道："镜心，是我！"

铁镜心眼睛一亮，许久许久以来，他没有听过于承珠这样温柔的呼唤了，但觉心中甜丝丝的，什么毕擎天、叶成林等所给予他的困恼，在这一声呼唤中，全都化为乌有，抬起头来，瞅着于承珠只是痴笑。

于承珠给他解开镣铐，铁镜心吸了一口长气，低声说道："这不是梦么？毕擎天怎么许你进来见我？"心中蓦一寒，颤声问道："难道是你归顺了他么？"

于承珠"啐"了一口道："你瞧我是没有气骨的女流之辈么？"于承珠这句话其实是恼铁镜心与她相处许久，还不懂得她的为人，在铁镜心听来，却以为于承珠只看得起他，心中想道："是呵，凭毕擎天那副样子，怎配与我相比，她岂能归顺于他？"如此一想，心花怒放，又问道："那么，你是怎样进来的？"

于承珠道："让你去救毕擎天。"铁镜心跳起来道："什么？要我去救他？"于承珠道："不错，正是要你去救他。"将毕擎天被她封闭了穴道，以及她准备传授铁镜心的解穴之法，由铁镜心替毕擎天解穴，作为交换释放的条件说了。铁镜心吁了口气，笑道："原来如此，我到这里来，正是为了与你走出这是非之地，如今可遂了心愿了。"

于承珠道："你又是怎么来的？"铁镜心道："你不知道我是多么惦记你，是我向沐国公讨了个差使，走出昆明，就一直上这儿来了。"于承珠钉着问道："什么差使？"铁镜心讷讷说道："替沐国公拜表上京，奏明大理之事。"其实沐国公早已另派亲信拜表上京，他派遣铁镜心上京，其实是为了女儿。要知铁镜心虽然文武全才，却不屑应考科举，所以还没有功名。沐国公一来是为了顺女儿的心意,二来是他自己也看上了铁镜心,心内早已把铁镜心列为雀屏之选,因此借个来由,请铁镜心代表他上京面圣。沐国公是边疆重臣,异姓封王,料皇帝也要给他几分面子,他再在奏折中将铁镜心重重保举,那么铁镜心定可平步青云,铁镜心也隐约知道沐国公的用意,可是一来他不敢私拆奏折,二来他纵然料到几分,也不敢在于承珠面前明说。

于承珠道:"我的师父呢?"铁镜心道:"张大侠夫妇也为了护送波斯公主之事,上京去了。他比我早走十天,这时只怕快到京都了。"于承珠又问道:"你已知道了毕擎天排挤叶宗留的事么?"铁镜心道:"就是因为知道此事,才到大营找你呀。我早就看出了毕擎天不是个好东西,叶宗留虽然稍为懂得打仗,一个土头土脑的矿工出身的人,却不是毕擎天的对手,吃了亏也是活该。就可惜你偏和这些人混在一起,教我如何不急,所以我就是拼了性命,也要设法令你远离此地。"于承珠一皱眉头,淡淡说道:"是么?"

铁镜心急道:"你怎么还不知道我的心?"于承珠冷冷说道:"听你的口气,好像普天之下,就只有你是英雄豪杰,我不过是个平平常常的女子,怎懂得你想些什么?"铁镜心叫道:"咦,我什么都为了你,你对我冷漠也还罢了,怎么一见面就讥刺起我来?我说,以你的玉骨冰心,和这般粗人混在一起,岂不是污辱了你?咱们出去之后,在杭州或者在昆明筑几间精舍,或者读书,或者练剑,似此清福,想神仙也当羡慕我们!"于承珠端起面色,正容说道:"我不配做神仙,也不想做神仙。我倒是想劝你暂时不必上京,我师父已进京去了,大理的事情,你还愁皇帝老儿不知道吗?"铁镜心喜道:"但得咱们长聚,不进京就不进京!"于承珠愠道:"你怎么总是缠夹不清,我劝你暂时不必进京,是想你上屯溪一趟。"铁镜心诧道:"上屯溪干嘛?"于承珠道:"叶成林在那儿独抗十万官军,正要有人相助。"铁镜心大为失望,叫道:"叶成林这小子就值得你这样挂心,什么叶成林,什么毕擎天,哪一个是能造就大事之人?值得我去相助他?对这些草莽枭雄,我厌烦透了,承珠,你怎么也像越来越变了?"

铁镜心固然失望,他却不知于承珠更是失望到了极点!铁镜心

· 515 ·

抱怨她变了，她更痛惜铁镜心一点也没有变，总是为自己打算，总是看不起别人！她本来下了极大决心，要把叶成林舍弃，要把叶成林让给凌云凤，可是此时此际，不知怎的，叶成林那朴实无华的形貌，却突然涌现心头，虽然只是幻影，这幻影却遮蔽了站在她面前的，伸手可触的铁镜心这个真实的人！

只听得于承珠幽幽地叹了口气，黯然说道："人各有志，我不会勉强你的，咱们不必谈啦。"铁镜心打了个寒噤，叫道："承珠，承珠，你，你听我说。"于承珠淡淡说道："不必说啦。你想快些出去，那就赶快学解穴之法，毕擎天恐怕也等得不耐烦了！"

铁镜心接触到于承珠的眼光，但觉她有一股凛然不可侵犯的神情，不敢再说。"玄功要诀"中的闭穴之法虽极秘奥，对于内功有了根底的人，解穴之法，并不难学。而且铁镜心又是个有小聪明的人，不过一顿饭的时间，他就学会了。

毕擎天果然是等得甚不耐烦，一见他们出来，心中大喜，却故作矜持，板着面孔说道："铁镜心，我看在于姑娘的面上，今日放你回去，你若然私下弄什么手脚，哼，哼，那可怨不得咱家！"铁镜心仰天大笑，道："你怕我给你解穴之时作弄你？我也怕你说话不算数呢。你是什么了不得的人？值得我暗害你？我岂是像你一样的卑鄙小人？好，咱们就在众人面前说清楚了，我给你解穴，你让我出营，谁若食言，就是狗蛋！"此言一出，毕擎天大是尴尬。

虽然顾孟章等一干人自于承珠来后，都已知道毕擎天定是穴道受制，所以才肯释放于、铁二人。但由铁镜心明白道出，总是伤了毕擎天的面子。

但见毕擎天面上一阵青一阵红，心中显是愤怒之极，却又无可奈何。铁镜心偏不放过，迫着他又问一句道："如何？"毕擎天咬一咬牙，道："好，就依你所说。"铁镜心眉飞色舞，大声叫道："你们都听着了，我给你们的大龙头解穴，等下我出去，谁都不得拦阻。毕擎天是这样吗？"毕擎天点点头道："是这样！"铁镜心哈哈大笑，他料想毕擎天虽然心术不正，但毕擎天是个大龙头，当着部下答允的事，不敢推翻，于是放心给毕擎天解穴。

铁镜心和毕擎天的内外功都自不弱，铁镜心运劲于外，毕擎天行气于内,两股内力,冲击关元要穴,过了一炷香的时刻,毕擎天渐觉气机通畅,璇玑、中府、天阙三处被封闭的大穴,已经解开,只有地藏一穴,还未曾打通,忽听得帐外又是喧哗叱咤之声。

但见毕愿穷慌慌张张地进来禀道:"潮音大师不分皂白,见人便打,是要闯进帐中。"毕擎天眉头一皱,道:"孟章,你去暂阻一下。"铁镜心运劲于掌,猛劲一拍,毕擎天"哎哟"一声,倒在地上,众武士大惊,便待上前,铁镜心大笑道:"行啦,四处大穴都已解开,毕擎天你说话算不算数?"毕擎天沉声喝道:"让他们走。愿穷、章逢,你们都出去帮孟章拦阻那个疯和尚。"

于承珠道:"我的师伯祖岂是你们拦阻碍来?待我再给你卖个人情,劝他走吧。"盈盈一笑,移步出营,铁镜心急忙亦步亦趋,跟在背后,出了大营,但见潮音和尚喑呜叱咤,一根禅杖舞得泼风也似,将众武士打得跌跌撞撞,有两匹马在他的背后,其中一匹,正是于承珠的照夜狮子马。

顾孟章和章逢双双赶上,那章逢是毕擎天的亲军统领,手舞两柄开山大斧,有万夫不当之勇,恃着大刀,飞步抢上,双斧齐劈。哪知潮音和尚的外家功夫登峰造极,在点苍山比武之时,以鸠盘婆的神刀,尚且奈何他不得,何况章逢?潮音和尚正自杀得性起,见双斧劈到,大笑道:"来得好呵!"禅杖一挥,"轰"的一声,震耳欲聋,只见章逢的两柄大斧,都已脱手飞去,章逢虎口破裂,摇摇欲倒,顾孟章刷的一鞭扫去,潮音和尚连扫三杖,都给顾孟章避开,潮音和尚大怒,一跃而前,手腕却反而给他的长鞭缠住,潮音和尚猛地一声大喝,运劲一挣,那条长鞭登时断为几段,潮音和尚大叫道:"你也算得是一条好汉,我不杀你,快与我去叫毕擎天出来打话!"

于承珠缓步上前,裣衽一福,道:"师伯祖,你老好呵!"潮音和尚道:"哈,原来你们都在这儿!好,我有什么不好?不好的是毕擎天!咄,你这厮为何还不去叫毕擎天见我?"后面这话是对顾孟章说的。于承珠道:"你老人家要见毕擎天做什么?"潮音和尚道:"我一向把他当大英雄大豪杰,今日我从温州回来,一路上碰到了凌姑娘,才知道他干下这等伤天害理之事。咄,迫走叶宗留,杀死邓义七,这两桩事果是真的?"于承珠道:"一点不假。"潮音和尚叫道:"好,凭这两桩事,我就要向他问罪!"于承珠道:"若是他不服呢?"潮音和尚道:"我一杖把他打杀!"于承珠微笑道:"你一杖把他打杀,倒是容易,这残局谁来收拾?你老人家来做大龙头吗?"潮音和尚瞑目说道:"我稀罕什么大龙头?我也做不来!"于承珠笑道:"是呀,走了叶大哥,军心已是不稳,就再三劝我们顾全大局,不可互相残杀。你和凌姐姐路上相逢,匆匆一面,大约凌姐姐还未曾将叶统领的心意对你详告吧?"潮音和尚呆了半晌,道:"你的话也有道理。"于承珠一笑说道:"师伯祖,多谢你老人家给我带回了这匹宝马,咱们上马走吧!"顾孟章等正苦于无法对付,忽见潮音和尚被承珠三言两语便劝走了,自是喜出望外,但细听于承珠之言,却又暗暗为自己所拥戴的大龙头感到惭愧。

　　潮音和尚虽被劝服,郁闷难消,一声不响地拨转马头便走。铁镜心抢了一匹快马,直追出十数里外,才见前面那两匹白马缓了下来等他,铁镜心追上前去,只听得于承珠问道:"师伯祖你上哪儿?"潮音和尚气呼呼地道:"不知道。反正我不会留在这儿了。"铁镜心道:"是呀,管他们争权夺利,闹得覆地翻天,咱们才不屑沾惹他们,远走高飞,落得一个干净。"于承珠侧目斜睨,心中甚不舒服,她本想劝潮音和尚上屯溪去助叶成林,见他气愤未消,铁镜心又在旁边冷言冷语,只得暂且把话忍住。

　　忽听得马嘶人闹,一彪军马从山坳处出来,潮音和尚怒道:"好,我放过了毕擎天,他还敢派人来追我!"横起禅杖,睁眼一瞧,却是成海山和石文纳两人,带着十数骑人马,衣甲不全,形容憔悴,竟是溃败归来。

　　潮音和尚道:"咦,你们怎么落成了这个样子?"成海山上前见过师兄,垂手答道:"小辈无能,惭愧已极,我们这支渔民子弟军给官军打败了,两千军马,才逃出了十七骑。"石文纳气愤愤地道:"若是在水上作战,咱们一命当十,偏偏给毕擎天调到山地去,弟兄们连马也不会骑,光凭着一股锐气打不了仗!"

　　成海山道:"弟兄们倒是尽了力了,凭着一股锐气,在山地苦战,也支撑了几个月,可是伤亡甚重,一无援军,二无粮草,幸免全军覆没,已算是好的了。只是我将两千多渔民子弟带了出来,只剩十七骑回去,叫我有何面目见故乡父老。"

潮音和尚道:"哼,又是这个毕擎天干的好事!"铁镜心道:"幸亏你遇见我们,你们不回去也罢了!毕擎天已把叶宗留迫走,他把你们当作是叶宗留的人,你们再去见他,这就是自投罗网了。"

成海山呆了半响,作声不得。石文纨道:"呀,可惜我爹爹不在这儿。师兄,你去了哪里,这么久不见你,你可知道我爹爹的消息吗?"铁镜心面上一红,道:"我上大理拜访了张大侠一趟,也是前几天才回来的,未曾见过师父。"

铁镜心眼光一瞥,见成海山腰悬宝剑,诧道:"怎么师父这把宝剑在你这儿?"石文纨道:"是于姑娘给我的,我不见了爹爹,就把它交给成师哥用,那晚到底闹的是什么事情?我爹爹忽然不见,这把宝剑又到了于姑娘手里,这疑团一直未解。于姑娘,你现在可以说了吧?"于承珠道:"这把剑是乌蒙夫从御林军统领娄桐荪手中夺来的,乌伯伯叫我将这把剑还给你的爹爹,可惜他已经走了。呀,只怕就是送还给他,他也不肯要这把宝剑了。"石文纨更是疑心,道:"怎么会落到娄桐荪手中,为什么我爹爹又不肯要这把宝剑?"于承珠道:"你问你们的大师兄。"

这把宝剑实是铁镜心在台州那一晚,被娄桐荪以父亲的性命作威胁,从师父手中讨来,送了给娄桐荪的。为了此事,石惊涛伤心之极,从此不认铁镜心为徒。这一年多来,铁镜心每一念及,悔愧无已。而今被于承珠当着师弟师妹的面提起,不觉面红过耳,对于承珠也是大为不谅,心中想道:"我为你刻骨相思,几番舍命,你对我那般冷淡也还罢了,而今又当着师弟师妹,令我难堪。"要不是他盼望于承珠回心转意,几乎就要发作。

石文纨人甚机伶,见师兄的神色不对,知道定有隐情,他们一向敬畏师兄,不敢多问。铁镜心思潮起伏,转了无数念头,忽道:"成师弟,你把这把宝剑给我,我见了师父再交给他。"于承珠正欲出言拦阻,成海山已道:"我年轻德薄,武功低微,佩这把剑日夜担心,交给师兄保管,那是最好不过。"于承珠道:"这是石家之物,文纨,你们在军旅之中,留着一把宝剑防身也好。"铁镜心愤然于色,石文纨踌躇半晌,仍是说道:"谢谢姐姐关心,我爹爹早已说过,铁师兄虽是外姓,聪明才智远非我所可及,将来这把宝剑要传给师兄,叫我不可多心。这话,爹爹也许未曾对铁师兄说过,我却早已知道。这把剑交给师兄,正是我爹爹的本意。铁师兄,你接了吧!"

铁镜心料不到师弟师妹竟是对他如此敬爱,想起师父的恩义,内愧于心,眼泪几乎要滴了出来,反而不好意思去接那把宝剑。石文纨倒持剑柄,直递到了铁镜心手中,于承珠冷冷笑道:"石老英雄仗着这把宝剑曾干了多少侠义之事,铁公子,你可不要辜负了这把宝剑呵!"铁镜心面上一红,但随即想道:"不错,英雄宝剑相得益彰,我有了这把宝剑,武林中人更要对我刮目相看了。若能仗着这把宝剑,做出一番大事,将来见了师父,也好说话。"如此一想,便坦然地将这把宝剑接了过来。

于承珠道:"文纨、海山,你们打算如何?"石文纨道:"这里变出意外,我也不知该当如何了?"铁镜心道:"我要进京一趟,路过杭州老家。这里不久必将大乱,毕擎天也定然覆败无疑,我看你们大可不必再沾这趟浑水了,不如到我家中暂避一时,待清平之后,再去访寻师父吧。"成海山剑眉一扬,大有不以为然之意,铁镜心正想发话,于承珠抢着说道:"毕擎天确是难于相处,但叶成林还在屯溪,独抗十万官军,不如你们上屯溪也好。"成海山道:"我与叶大哥虽然相交不深,却也知道他是忠肝义胆的汉子,既然他正要人相助,我自该到屯溪助他一臂之力。纨妹,你呢?"石文纨毫不踌躇地道:"你去哪儿,我自然随着你去。"铁镜心虽然暗怪于承珠多事,见他们去意坚决,却也不便阻拦。

当下成、石两人与师兄别过,带了那十七骑人马,拨转马头,投向屯溪路上去了。潮音和尚道:"承珠,你呢?"于承珠想了一想,道:"我师父师母,已上京都,我想去见见他们。"铁镜心大喜,道:"那么咱们正好同路了。"心中还认为是于承珠听了他的劝告,故此远离此地。哪知于承珠是另有一番心事,与铁镜心所想的完全两样。潮音和尚道:"我也想见见丹枫,那么咱们就同路吧。"

石文纨倒持剑柄,直递到了铁镜心手中……

于承珠本来想劝潮音和尚也上屯溪，转念一想，叶成林已有凌云凤、成海山、石文纨等得力的人手相助，潮音和尚只是匹夫之勇，去不去没有大关系，有他同路，不怕铁镜心纠缠，而且师父进京，难保没有危险，潮音和尚进京，自有他的用处，也便欣然道好了。

三人一路同行，铁镜心每每借故与于承珠谈说，但见于承珠的神态总是淡淡漠漠的，端庄之中带着矜持，每当话头说到她的身上便扯了开去，又有潮音和尚在旁，更是不便深谈，饶是铁镜心自负聪明，对着于承珠这样的态度，也有无可奈何之感，心中端的是又爱又恼，于承珠却只当不知，一直把他当作兄长一般看待，尊敬之中，保持距离。感情真是一件奇妙的东西，铁镜心曾对于承珠刻骨相思，在离开她的时候念念不忘，而今朝夕相处，却反而渐渐地冷下来了。

在铁镜心心里，总以为他一切都为了于承珠，纵然于承珠不表示感激，也总该对他亲近一点才是，岂知于承珠竟是对他如此冷淡，比起在大理之时，又好似生疏了许多。尤其令得他烦恼的是，他每每于有意无意之间，试出于承珠对叶成林的心意。于承珠好像极力避免提起叶成林，一当别人提起他时，她脸上就不自禁地露出一种奇异的神色，眼睛也平添了光彩，却又似带着淡淡的哀愁、不安和惶惑。铁镜心在这方面最为敏感，他在于承珠的眼睛里看出了于承珠对叶成林的心意，再联想起自己这次冒了这么大的风险，赶来会她，她却是一见面就劝自己上屯溪去助叶成林，看来她竟是极为看重叶成林的事业。于承珠不爱铁镜心，也许铁镜心还能忍受，但当他感觉到于承珠将叶成林看得在他之上的时候，就大大地伤及了他的自尊！

因此，在有些时候，他会忽然地想起了沐燕来，想起沐燕的善解人意，想起沐燕谈吐风雅，想起沐燕俏丽的颜容，想起沐燕对他的蜜意柔情，而尤其令他感到骄傲的是沐燕以那样尊贵的身份，对他却是如此倾心！当然，若是将于承珠和沐燕比较的话，于承珠是巾帼之中罕见的奇女子，沐燕总似少却那么一层光彩，没有于承珠那种令人心灵震撼的魅力！然而，作为一个少女的话，沐燕却又似更为惹人喜爱。而且比起除了于承珠之外，所有的他所曾见过的少女来,那么沐燕就更似鹤立鸡群了。而且,最重要的一点是,和于承珠在一起的时候,不知怎的,会令他感到自卑,往往也就因此不安和烦躁,和沐燕在一起的时候,却令他感到自己的高贵和内心的满足,因而也就感到喜悦和心境的和平。

铁镜心和于承珠的感情,随着旅程的缩减,距离反而越来越增大了,各人的内心里,也越来越感觉到这一点了,只有潮音和尚还是一点也看不出来,还以为他们是一对天造地设的"金童玉女"。

这一日踏进了浙江的边境,这已经是官军和义军势力的交界之处,一路上人烟稀少,走了许久,才发现路边的一座茶亭,茶亭的主人是个老婆婆,她的儿子被官军拉去当马伕,她年纪老了,无法逃难,而且在她一生之中逃难的次数太多了,这一次她觉得自己已老,能活到几时便算几时,也就不想再逃难了,因此仍像往日一样地在路旁卖茶。

他们赶了半天的路,正自感到口渴,便进茶亭喝茶歇息,和那老婆婆闲聊了一会,有两个人从路上走过来,其中一人,叫道:"好马,好马!"说的是颇为生硬的北方话,于承珠抬头一看,只见一个蒙古装束、相貌粗野的魁梧汉子和一个身材矮小、类似公差模样的人走了进来。正是:

蓦地旅途逢怪客,疑云阵阵更难消。

欲知后事如何?请听下回分解。

第三十一回　生死难猜　女儿情曲折
　　　　　　是非莫辨　公子意迷离

于承珠心中一动,这个公差模样的人好似在哪儿见过似的,仔细一想,却原来是两年多以前,曾在长江北岸一个小镇的酒店里,帮御林军统领娄桐荪捉拿周山民夫妇的那个带刀侍卫褚玄。

褚玄也认出了于承珠,他曾经吃过于承珠的亏,陌路相逢,心中暗惊,但仍然不动声色地陪着那个蒙古武士进来喝茶。

那蒙古武士坐下之后,一对眼睛就尽往于承珠身上瞧,忽地笑道:"你们中国南方的女子原来是这么娇滴滴的,若是到了咱们漠外,一阵大风就能把她刮起!"潮音和尚双眼一睁,便想发作,于承珠抛了一个眼色,将他止住,笑道:"你是从漠外来的吗?好远的路呀!"那蒙古武士见于承珠答话,大为高兴,道:"不错,我特来看看中原的风光,可惜碰上了打仗。你这位小姑娘是从南边来的吗?"于承珠道:"是呀。"那蒙古武士道:"你不怕那些强盗抢你做押寨夫人吗?"于承珠道:"谁说他们是强盗,那些义军大小官兵对人民都是和和气气的!"那蒙古武士道:"真的?有人这么说,我还不信呢。"忽地问道:"听说那边有一个红巾女贼,很是厉害,是真的吗?"于承珠心头一震,道:"千真万确,那位女头领我还曾见过,名叫凌云凤!你认得她?"那蒙古武士站了起来,道:"我不认得,但我有几位朋友前两个月就动身到南方来,正是为了找她。"于承珠道:"那几位贵友叫什么名字,为什么要找她?"那蒙古武士诧道:"你这小姑娘好奇怪,打听这些江湖上的事情做什么?哈,你这样弱不禁风的姑娘也佩着宝剑,你懂得武艺吗?"于承珠道:

"懂是不懂,但这世上坏人太多,带一把剑防身也是好的。"那蒙古武士大笑,道:"可惜了这把宝剑,不瞒你说,要不是见你是这么逗人欢喜的小姑娘,我不愿欺负你,我就要做一次坏人。"于承珠作了一个吃惊的神色,叫道:"什么,你是坏人?"那蒙古武士道:"咱们蒙古的武士,最爱宝刀宝剑,抢人的刀剑,在蒙古稀松平常。但你放心,我不抢你的。"边说边走过来,圆碌碌的眼睛盯着于承珠道:"你长得真好看,就像咱们传说里那个喜马拉雅山的仙女一样。"说着,说着,已挨到了于承珠这张桌子上来。

铁镜心勃然大怒,喝道:"你胡说八道,敢调戏女子吗?"那蒙古武士笑道:"你好小气,在咱们那边,谁有了美丽的妻子,别人看她,做丈夫的才高兴呢。你是她的丈夫吗?"于承珠道:"不要胡说,喂,我有话问你!"那蒙古武士却对着铁镜心道:"哈,原来你还并不是她的丈夫,那咱看她两眼,更不碍你的事了。哈,你这个文弱书生,居然也佩一把宝剑!"铁镜心站起来道:"怎么,你眼红吗?"那蒙古武士大笑道:"不错,我不想抢她的宝剑却想抢你的!"

铁镜心"嘿"的一声冷笑,左手一勾,右掌斜穿而出,划了半个圆弧,搭着了那蒙古武士的寸关尺腕脉,这正是三十六手大擒拿手中的一记极厉害的招数,铁镜心出手如风,更见狠辣,存心要把这身材魁梧的蒙古大汉当场摔倒,并扭断他的手腕。

哪知手指触处,如碰钢铁,那蒙古武士振臂一挥,"啪"的一掌便打过来,铁镜心机警之极,一见不对,立刻跳开,随手抄起了一张板凳,但听得"砰嘭"两声大响,板凳竟给他一掌打折。

那蒙古武士哈哈大笑,叫道:"原来你也懂得两手武功,这更好了!"横身一扑,呼地又是一掌,铁镜心脚尖一点,跳过栏杆,这一掌打在支撑茶亭的圆木柱上,登时瓦片碎落,灰尘蓬飞,那木柱斜倾欲倒,潮音和尚提起禅杖,往那柱上一顶,木柱恢复了原状,潮音和尚叫道:"你这厮好不讲理,抢这位相公的东西已是不该,还想毁了老婆婆的茶亭么?"正欲出手助铁镜心,却被于承珠眼色所阻。

那蒙古武士见潮音和尚露了这手,怔了一怔,随即叫道:"什么该与不该。天上的兀鹰扑兔,地下的猛虎擒羊,天生万物,从来都是以胜者力强,好,你不服气,待咱收拾了这小子后,再与你比划比划!"别看他水牛般的身躯,腾挪纵跳倒是利落之极,飞身跃过栏杆,几乎是前脚随着后脚,追到了铁镜心的背后。

就在这一瞬间,铁镜心早已拔剑出鞘,但见他反剑一挥,紫虹如霓,这把宝剑,乃是石惊涛盗自大内的神物利器,挥动之际,剑尖射出淡红色的光华,耀眼生辉,饶是那蒙古武士躲闪得快,光芒掠处,已把他头上的乱发削去了一大片!

那蒙古武士吃了一惊,赞道:"好一把宝剑!"铁镜心道:"有本事你就抢去!"刷、刷、刷连环三剑,紫色的光华一圈接着一圈,端如大海波翻,狂涛拍岸。那蒙古武士道:"在汉人之中,你的武功是罕见的了,但还不配这把宝剑!"掌力一催,也接着连环三掌发出,掌风激荡砂飞石走,铁镜心的宝剑,近不了身!

这一来,两人心中都是暗暗叫苦,铁镜心素来对自己的剑术自负之极,加以又有这把大内宝剑,满以为那蒙古武士何堪一击,岂知他乃是一个劲敌,那蒙古武士横行大漠,所向无敌,入关以来,也从未遇过对手,更是根本未曾把铁镜心放在眼内,哪知这样一位"文弱"书生,剑术竟然精妙如斯!

转眼斗了五六十招,那蒙古武士的掌力越催越紧,铁镜心的内力支持不住,渐觉气喘力疲,难以为继。斗到分际,那蒙古武士忽地连声怪啸,有如狼嗥,双眼火红,和身扑上!

于承珠吃了一惊,失声叫道:"大漠神狼!"那蒙古武士怔了一怔,去势稍慢,被铁镜心回身一剑,解了攻势,但那蒙古武士的指尖仍然划中了铁镜心的手腕,幸而有于承珠这么一叫,分了他的心神,要不然铁镜心的寸关尺脉,必将被他的指力所闭,饶是如此,铁镜心的手腕也好似被火绳烙过一般,火辣辣作痛,宝剑也几乎把持不住。

那蒙古武士倒跃三步,回头叫道:"咦,你是谁?"于承珠道:"大漠神狼,你不认得我,我认得你!"这蒙古武士正是诨名唤作"大漠神狼"的哈木图,他虽然名震漠北,却是初到中原,想不到竟给于承珠叫破来历,心中大疑,舍了铁镜心,回转茶亭,圆睁双眼,向于承珠打量。

于承珠微微一笑,站起来道:"你想知道我是谁?"大漠神狼道:"正要请教你这小姑娘何以知道俺的来历。"于承珠道:"好,那么咱们就来一个赌赛。"大漠神狼道:"怎么赌?"于承珠道:"咱们比划比划,你不是嘲笑我是个弱不禁风的女子吗?你不是想抢一把宝剑吗?好,你若胜得了我,我手中的宝剑奉送;你若给我打败了呢,我问你一句,你答我一句,不许有半句胡言。"大漠神狼哈哈大笑道:"你这小姑娘与我比划!你究竟是什么人?若是这位大和尚要与我比划,那还有可说。你与我比划?哈哈,俺大漠神狼虽然有时也不讲理,却还不至于欺负小姑娘!"于承珠冷笑道:"这位大师气力比你大得多,你与他动手,不出十招,必然送命,哪还怎能与我赌赛?你敢瞧不起我,我看你空有一身蛮力,武术上头,也还稀松得很呢!不是我有话问你,我还真不屑于与你赌赛!"

大漠神狼幼遇异人,在内功、掌法和兵刃上都有精深的造诣。在漠外横行二十余年未遇敌手,听于承珠讥笑他"空有一身蛮力",气得哇哇大叫,道:"好,你这小姑娘不知天高地厚,待我抢了你的宝剑再与这和尚比划。"这神气好似于承珠不堪一击,潮音和尚叫道:"喂,承珠,你不要重伤了他,待会儿留与我消遣消遣!"针锋相对,更是不把大漠神狼放在眼内!

大漠神狼一声怪叫,双臂箕张,向于承珠便是一扑,与他同来的那个褚玄叫道:"你的狼牙棒在这儿!"示意叫他不可空手,话声未了,只见金光一闪,于承珠反手一朵金花,打中了褚玄的腿弯穴道,褚玄"咕咚"一声,跌倒地上,爬不起来,但那狼牙棒已是脱手飞出,于承珠抢先一步,把狼牙棒接到手中,冷笑道:"饶你一命,留你在这儿做个证人。大漠神狼,我岂能欺你空手,这狼牙棒你拿去吧!"

大漠神狼那一扑快逾飘风,给于承珠轻轻闪开,已是吃了一惊,这时又见她抢先接了狼牙棒,未曾动手,在轻功上头已是把自己压下去了,不禁面红耳赤!

欲待不接,但见面前人影一晃,于承珠倒持棒柄,已戳到了自己的胸前,正对着命门要穴,大漠神狼怕她骤下毒手,横掌一封,左手一勾，于承珠格格一笑，掌心一放，那狼牙棒到了大漠神狼手上。

于承珠叫道："好，咱们手中都有了兵器，谁也没有多占便宜，你留神接招吧！"青冥剑扬空一闪，刷刷两剑，左刺"章门穴"，右刺"环跳穴"，剑光飘瞥，两剑连环，几乎是左右两方，同时并刺！大漠神狼叫道："好，怪不得你敢夸大口，你的剑法在那小子之上！"狼牙棒一封一磕，呼呼带风，他的狼牙棒坚逾精钢，一百零八手棒法也都是阳刚手法，一棒打出，力逾千斤，纵遇宝剑，亦无所惧。

于承珠却并不与他硬接，使出穿花绕树的身法，反手一绕，有如蜻蜓点水，倏地已翻出狼牙棒威力所及的圈子，大漠神狼喝道："怎么不敢接招？"话声未了，只听得飒飒连声，于承珠刷地一剑，又到了大漠神狼背后，剑尖堪堪刺到！大漠神狼亦非弱者，猛地"怪蟒翻身"，风驰电掣般地直转过来，一招"金鹏展翅"，用足力量，提起狼牙棒便往于承珠的剑身硬砸，岂知又是一棒打空，只见青光一绕，于承珠倏进倏退，转眼之间，又从他的左侧攻上。

于承珠这"穿花绕树"身法乃是武林仅见的一种上乘轻功，在茶亭中搏斗，尤其占了便宜，端的是瞻之在前，忽焉在后，瞻之在左，忽焉在右。饶是大漠神狼遮拦得当，也接连遇了好几次险招！

只听得"轰"的一声，大漠神狼一棒打去，打不中于承珠，却又打碎了一张桌子，那老婆婆心痛之极，乱叫乱骂。大漠神狼飞身一跃，跳过栏杆，反手一招，叫道："往外面打去！"于承珠道："好，总之叫你输得心服！"飞身一掠，如影随形，剑尖又点到了大漠神狼的背心。

大漠神狼这时学得乖了，身形一转，大棒抡圆，上一个"雪花盖顶"，下一个"枯树盘根"，将全身遮得个风雨不透，但于承珠溜滑之极，仍是一味和他游斗，见隙即攻，这一来，大漠神狼只有招架之功，毫无还手之力，斗了一百来招，渐渐给于承珠累得有些气喘！

铁镜心凭栏观战，见于承珠剑法精妙如斯，比起初见之时，已不知高明多少！他起初给大漠神狼说他不及于承珠，心中本来不服，这时不由得不自愧不如！

于承珠一是心中暗暗疑惑，想道："这大漠神狼武功虽然不弱，看来却尚非云凤姐姐的对手，凌云凤的剑法是霍天都传授的，这大漠神狼岂能伤得了霍天都？而且这人虽然蛮不讲理，也还不似个穷凶极恶之人。"忽听得潮音和尚叫道："喂，你别把他累死了，我还要与他消遣消遣呢！"于承珠笑道："好，那么我在三招之内，将他打得跪地求饶，也便是了！"

大漠神狼气得哇哇大叫，狼牙棒一招"雷电交锋"，登时好像有数十条杆棒同时舞起，在周围布起了一道铁壁铜墙，大怒喝道："好，看你如何在三招之内将我打倒，除非我是死人！"于承珠笑道："休要恼怒，仔细接招！"身形一晃，青冥宝剑信手一挥，光芒暴长，竟从千层棒影中直穿而入，大漠神狼心道："你要和我硬碰，那是找死！"运足内力，大棒一荡，陡然间忽见面前金光疾闪，大漠神狼叫道："你这女娃娃花样真多！"狼牙棒左起右落，挥了一个圆弧，将于承珠所发的三朵金花全都震飞。哈哈笑道："你发暗器，我亦不惧！"说时迟，那时快，于承珠又是刷地一剑刺到，左手一扬，五朵金花随着剑光齐至，大漠神狼舞棒防身，只听得"刷"的一声，一朵金花已从他的头顶掠过，削去了一片头皮，大漠神狼武功虽高，但同时抵挡宝剑金花，却不免顾此失彼。大漠神狼吓了一跳，但心中仍然想道："只剩一招，我用全力抵挡她的暗器，闪开她的剑招也便是了。"心念方动，于承珠娇叱一声，用"天女散花"手法，一大把金花撒了出去，大漠神狼仍用前法，舞棒防身，只听得叮叮当当之声不绝于耳，这一把金花全都给他震得四处飞散，大漠神狼哈哈笑道："三招满了，如何？"笑声未歇，那给他震得四处飞散的十几朵金花忽然掉头飞回，大漠神狼猝不及防，再舞棒来遮拦时，内劲已是比前减弱，被一朵金花正正打中了腿弯的"环跳穴"，登时双腿酸麻，不由自主地"卜通"跪下。原来于承珠的金花暗器有各种不同的手法，这一次她暗中运用了回力，大漠神狼却还是照旧法防御，这便着了道儿。

于承珠笑道："如何？我说三招，实际只是用了两招半呢！"大漠神狼自己解了穴道,一跃而起,心中尚是未服,但却无可奈何。于承珠冷笑道:"看你的神气,似乎不是硬碰硬地赢了你,你还是不肯心服口服!你自恃力大,敢和这位大师再赌赛一下吗?"大漠神狼叫道:"正要领教,我若再输,从此回转漠北,永不再到中原。"

潮音和尚道:"你打累了,歇一歇吧。再说你毁坏了这位老婆婆的东西,也该先结一结账,小本生意,她可赔不起呀。"大漠神狼怒道:"你这秃驴敢小觑我!"摸出一锭大银,啪地一掷,那锭银子陷入桌中,大漠神狼道:"这总够赔了吧,好,咱们现在就赛一下力气。"潮音和尚轻轻一拍,那锭银子从桌中间跳了出来。潮音和尚慢条斯理地说道:"现在就比?好,但我也不好占你的便宜,这样——"随手把禅杖往地下一插,单手扶着杖头,续道:"你双手来扳,扳得动半分半毫,就算你赢!"大漠神狼怒极,道:"我何须双手?""呼"的一掌扫去,那禅杖纹丝不动,反而有一股大力反震回来,大漠神狼的铁掌也几乎给震得拗折!

潮音和尚笑道:"还是双手齐来的好!"大漠神狼面红耳赤,站了个桩,运足内力,双手来扳,有如蜻蜓撼柱,哪里扳得它动?潮音和尚道:"你再用力,就要受内伤了,看你也是一条好汉,让你去吧!"禅杖轻轻一颤,大漠神狼一跤跌倒,老羞成怒,拾起了狼牙棒喝道:"总得见过真章!"潮音和尚摇头笑道:"好勇斗狠,真是无可救药,饶了你你还未知。"随手一抓,将大漠神狼的狼牙棒劈手夺过,大漠神狼一身武功,竟然躲闪不开。但见潮音和尚将那根狼牙棒搁在膝上,用力一拗,那根精铁大棒登时弯曲如环,潮音和尚哈哈一笑,随手一掷,拗曲的铁环没入地中,踪迹不见!

大漠神狼气沮神伤,这才知道天外有天,人外有人,自己自负一身神力,比起这和尚来,却有如萤火之比月亮,不由得叹了口气道:"好,你有什么话?问吧!"

于承珠道:"有一个霍天都,可是你把他害了?"大漠神狼道:"什么霍天都?俺不认得!"于承珠大喜,道:"你真不认得?"心中尚有怀疑,又问道:"郝云台可是你的朋友?"大漠神狼道:"这倒不错。"于承珠道:"是你要他们去找凌云凤的么?"大漠神狼道:

"是他们自己去找的。"于承珠道:"你可知他们为何要去找凌云凤?"大漠神狼道:"郝云台和我做桩买卖。"于承珠道:"什么买卖?"大漠神狼道:"我得了一本剑谱,甚是奥妙,我看不懂,与郝云台他们参详,他说这是各种剑谱的精华,若将那十几部剑谱都找齐了,再精研这部剑谱,不难创出天下独步的剑法!我说,哪能去找齐这许多剑谱?郝云台认得汉字,他说剑谱后面所记,那十几部剑谱都在一个名唤凌云凤的女子手中,这女子他恰好认得。因此他便要和我做这桩买卖,由他去找凌云凤找齐那些剑谱,再来与我同参。"

于承珠大喜之后接着大忧,颤声问道:"那本剑谱你又是怎么得来的?"大漠神狼道:"有一日我在大漠之中,发现一个少年被埋在沙堆之下,是我救他出来,可惜他被埋了多时,救出来时已是奄奄一息,他自知难活,临死之时,将这剑谱交给我,叫我送到八达岭找一位找一位,话未说完就咽气了。我不知道他要找的是谁,只好将这部剑谱藏起。我想抢你们的宝剑,就是因为我既有了这本剑谱,可能真的能练成天下独步的剑法,故此必须有把宝剑。"

于承珠心头战栗,如坠冰窟,急道:"那本剑谱呢?"大漠神狼迟疑半晌,摸出了一本书来,道:"我既输给你们,你们就是要了这本谱,我也没法。"于承珠不暇与他多说,接过剑谱,连忙翻阅,但见剑谱的字迹与郝云台那封假信的字迹完全一样,凌云凤曾说过那封假信冒霍天都的笔迹冒得逼真,那么这剑谱定然是霍天都手写的了!加以他所说的情况也与凌云凤所说的相合,难道,难道霍天都真的死了!

于承珠捧着剑谱,抖个不休,但觉一阵阵凉气直透心头,好像灵魂就要脱离了躯壳,茫茫然无所依归。铁镜心大为吃惊,叫道:"承珠,什么事情?"于承珠似是听而不闻,只是呆呆地望着大漠神狼,颤声说道:"他,他真的死了?"似是问他,又似是自言自语。大漠神狼摸不着头脑,见她如此伤痛,亦自心酸,说道:"那人是你的亲人吗?呀,人死不能复生,姑娘,你也不必太伤心了。"于承珠忍着眼泪,挥手说道:"我的话已问完了,你可以走了。那位少年要你找的人正是我的好友,这本剑谱应该归她,我替她留下啦。"大漠神狼道:"好,反正我也看它不懂,你有宝剑,就成全了你吧。不管你是送人或自己要,都由得你。"本来于承珠要他剑谱,他心中实是不愿,但他接连受了两次惨败,雄心已挫,壮志全灰,也就乐得做个顺水人情了。

褚玄穴道未解,躺在地上叫道:"哈木图,你不是要到岭南吗?小弟陪你到此,你怎一人独走?"哈木图是大漠神狼的名字,原来这褚玄武功虽然不高,一张嘴却甚是了得,他专替阳宗海游说江湖上的各色人物,前两年曾说到了一个犯了清规的少林寺和尚了缘,不料了缘后来又反了出去,为此着实受阳宗海责备了一顿,这次他打探得大漠神狼从漠北来到中原,便去与他结纳,陪他到南边来寻觅郝云台,想这大漠神狼比了缘和尚胜过许多,若能将他招揽,荐给阳宗海自可将功赎罪。

哪知大漠神狼已是雄心尽丧,壮志全抛,听他呼唤,头也不回,冷冷说道:"这本剑谱我也不要啦,还要到南边做甚?你若遇到郝云台,就告诉他这宗交易算作罢论了。他若得了凌云风的十三本剑谱,那就归他独有。"这话说完,身形已到了一里开外。褚玄大急,叫道:"喂,喂,喂,你走了我怎么办?"于承珠正自不耐烦,接声说道:"你从今以后好好做人,别替阳宗海跑腿,我便饶你一命。"褚玄连声叫道:"但凭女侠吩咐!"于承珠刷地一剑,挑断了他的琵琶骨,顺手解了他的穴道,喝道:"滚吧!"褚玄保全了性命,但却被废了武功,从此不敢再在江湖行走。

铁镜心哈哈笑道:"干得痛快,可浮大白!"但见于承珠泪珠滚滚而下,有如带雨梨花。潮音和尚道:"到底是谁死了,你这样伤心。"于承珠哽咽说道:"霍天都真个死了!"铁镜心心中一凉,道:"谁是霍天都!"只道这霍天都定是于承珠关系密切的人,于承珠以袖拭泪,歇了一歇,说道:"他是凌姐姐的青梅竹马之交。"铁镜心道:"就是那个什么凌寨主凌云风么?"于承珠道:"不错,凌姐姐一直等着他,你不知道。"铁镜心心中一宽,几乎要笑出来,强忍着道:"那么应该凌云风为他痛哭才对。呀,他也许是个人物,但天下之大,英才早折者在所多有,你哪能哭得这许多?你认识他吗?"

于承珠伤心已极，听了这话，生气说道："我与霍天都从未见过一面，他是高是矮，是肥是瘦我全不知道。但我佩服他想独创一派的虔心毅力，更痛惜他与凌姐姐的死别生离，你为什么不许我哭？"铁镜心碰了一个钉子，赔着笑脸说道："哭吧，哭吧，只要不哭坏了身体便好。"想道："你原来是为别人的情郎而哭。"心中虽无顾忌，仍觉颇为奇怪。

他哪里知道于承珠之哭霍天都，有一半是为凌云凤，另一半却也是为她自己，她虽然早已有心将叶成林"让"给凌云凤，心中仍存着万一的希望，希望霍天都的死讯不确。然而现在这一线希望也断绝了，她在痛哭之中暗暗为叶成林与凌云凤祝福，而又暗暗为自己伤心，这种复杂隐秘的少女心情，铁镜心焉能猜测。

这事过后，于承珠一路郁郁寡欢，铁镜心更不敢去招惹她。过了两日，来到杭州，铁镜心的老家正在西子湖边，坚邀于承珠到他家去住两天，于承珠本待不允，但想到铁镜心离家多年，这次趁着进京之便，路过家门，回家省亲，亦是人之常情，恰巧潮音和尚也要到灵隐寺去访一位朋友，于承珠不欲令他难堪，便答应到他家中作客。

铁镜心的父亲铁鈜是一个已经告老的退休御史，当年曾经弹劾过奸宦王振，颇著正声。见儿子带一个美貌如花的少女同回，老怀弥慰，一问之下，始知于承珠竟是于谦的女儿，心中暗暗吃惊，可是仍然对她殷勤招待，留她住下了。于承珠与他谈论，铁鈜对于朝中任用奸邪，虽然也颇多非议，但却也不以叶宗留、毕擎天的举兵为然，他是一派正统的忠君思想，认为食君之禄，当分君之忧，他佩服于谦的公忠为国，为于谦的枉死悲叹，却又不以"乱臣贼子"为然，他劝于承珠谨慎行藏，不要陷入奸人罗网，又劝儿子图个"正途出身"，承继"书香门第"，不可老是在江湖上胡混。于承珠佩服他的正直，但却并不完全同意他的议论，不过铁鈜是她父亲旧日的同僚，属于她的长辈，她当然也不方便反驳。吃过晚饭，谈了一会，于承珠便推说旅途困倦，回房歇了。

铁鈜给她布置的房间十分雅致，对窗一望，面临西湖，正对孤山。于承珠心事难排，中宵不寐，凭窗远眺，但见明月在天，湖光潋艳,孤山就像一个睡美人似的枕着西湖,良夜迢迢,湖山胜景,不输于大理的洱海苍山,于承珠想起了洱海的泛舟之夜,想起了石林中的奇岩异石,小溪流水,只是同游的叶成林已是人隔千里了。想起他独抗十万官军,隐忧重重。但于承珠虽然为他担忧,却也为他的英雄气概而暗自心折。再想起铁镜心的意欲在西子湖边或滇池之畔结庐读书的志向,但觉这志向虽不算坏,却是远不如叶成林的男儿本色了。正在思潮杂起之际,忽闻得楼下隐有人声。

于承珠幼练暗器,耳力极佳,隐隐听出那是肃客进门的声音,脚步上台阶的声音,心中奇道:"这个时候还有客来!咦,为什么不听闻仆役端茶与主客的笑语?"铁家房屋甚多,内外隔绝,这声音来自外面的客厅,若说是远客夜来,理该有点喧闹,虽然不至于惊动内进的家人,但凭于承珠的耳力,一定可以听见。

于承珠心有所疑,更难安寐,想了一会,突然披衣而起,出外偷听。她轻功极好,穿房过屋,无声无息,掠上客厅的瓦面,挂在檐角,往内偷瞧,这一瞧登时把于承珠吓着了。

但见客厅里面坐着三个人,竟是铁鈜父子和御林军的指挥娄桐荪,那娄桐荪压低声音说道:"铁大人不必客气,茶酒招待,都请免了。我此来只是想请教铁公子几件事情,说完了马上就走,不敢惊动你家贵客。"

铁鈜心中一凛,道:"娄大人有何指教,尽管吩咐小儿。"娄桐荪嘻嘻笑道:"不敢,阳大总管近从昆明回来,听说铁公子甚得沐国公看重,如今替沐国公拜表上京,真是前途似锦呵。皇上前些时还曾与我们提起铁老大人,将来见了铁公子,定然龙颜大悦,铁公子自得封官,老大人只怕也要东山再起了。"铁鈜道:"我年老体衰,官是不想再做了。小儿还望栽培。"娄桐荪道:"好说,好说。但有一事提醒世兄,将来陛见之时,这把宝剑可不要佩在身上。"铁鈜奇道:"什么宝剑?"娄桐荪一指铁镜心道:"公子身上的佩剑,那是大内之物。"铁鈜大吃一惊道:"镜心,你这剑何处得来?"娄桐荪道:"是呀,这正是我要向铁公子请教的事情之一。"

铁镜心拼着豁了出去,道:"娄大人问我从何处得来,先问娄大人从何处失去!"娄桐荪哈哈笑道:"大内这把宝剑是给飞贼石惊涛盗去的，前年承蒙公子从石惊涛手中讨还，娄某不才，给张丹枫的党羽乌蒙夫夺去，如今又到了公子身上，原来公子不但与石惊涛有师徒的情分，而且与张丹枫也大有渊源。"

铁鋐吓得呆了，战栗说道："小儿无知，不知底细误交匪人，也是有的。望娄大人包涵。这把剑既是大内之物，镜心，你交给娄大人。缴回大内销差。"铁镜心道："这是我师父的东西，当杀当剐，由我担承，与家父无关。"

铁鋐惊道："镜心，你，你，你怎么这样说话？"娄桐荪一笑说道："铁公子言重了。这把剑虽是稀世之珍，也还不算什么。只要铁公子再答我第二桩事情，那么宝剑仍归公子，我决不奏明皇上。"铁镜心其实也怕连累家人，亦舍不得这把宝剑，听娄桐荪有意卖他交情，他的口风也就软了一些，抱拳说道："那么，请说。"娄桐荪微微笑道："你家中来的贵客是谁？"

铁鋐这一下吃惊更甚，铁镜心冷笑说道："娄大人堂堂一位二品指挥，连江湖上这等跟踪暗缀的勾当也亲自做了？"娄桐荪笑道："若是寻常人犯，娄某自然不必亲自出马，叵奈这是于阁老于谦的千金小姐，那么我就是跟踪暗缀也还不算是失了身份！铁老大人，这位贵客谅你也知道了她的身份，她可是你亲自款待的呵！"铁镜心勃然色变，按剑说道："娄大人，你意欲如何？"娄桐荪道："那就要先看公子意欲如何了？"铁镜心朗声说道："若是你要将她从我家中捕去，我认得你，这把剑可认不得你！"

于承珠听到此处，心中暗暗感动，忽听得娄桐荪哈哈笑道："铁公子宝剑虽利，我娄桐荪谅还不惧。何况纵是你将我杀了，这抄家灭族之祸，你们铁家也不无顾忌吧？"铁鋐本来也准备豁了出去，听娄桐荪的口风似乎还有转圜之地，禁不住颤声说道："娄大人请高抬贵手，铁鋐自当重谢。"娄桐荪笑道："我这个官儿虽无油水，也还不至于贪图铁老大人的谢礼。这事要我不问，铁公子，你可得给我帮忙！"

铁镜心道："那也可得看是什么事情。"娄桐荪道："听说公子是从南边来，和叶宗留、毕擎天都是交情不浅。"铁鋐料不到一波未平，一波又起，忙道："小儿幼读诗书，虽然爱在江湖上混，但清者自清,浊者自浊,谅他还不至于与盗匪同流。"娄桐荪道:"公子为人,我也稍知一二,要不然我也不会与公子说了。"铁镜心道:"你到底要我帮什么忙?"娄桐荪道:"实不相瞒,朝廷将叶、毕二贼视为心腹大患,现下已调了几路大军围剿,浙江方面,由巡抚张骥亲领大军,正面直捣匪巢。娄某也在军前效力。目下朝廷正需要熟识匪情的豪杰之士相助。铁公子亦有意建功立业乎?"铁镜心眉头一皱,想道:"我虽然看不起毕擎天、叶成林,但叫我领兵去打他们,岂不伤了承珠之心?"答道:"我无意在军功上图个出身,再说我正奉了沐国公之命,拜表上京。"娄桐荪道:"沐国公早已有表进京,沐国公之意,不过是将公子荐给皇上罢了,荡平叛逆,再去朝天,正足见公子不是因人成事呵!"铁镜心好戴高帽,听了此言,心中一动,但仍是说道:"我不去!"

娄桐荪阴恻恻笑道:"公子坚执不去,我也无法勉强。只是大内宝剑与于谦之女这两事如何交代?嗯,不如这样吧,素仰公子文武全才,精通韬略。请公子将所知的匪情写出,再为我们拟一剿匪的方案如何?"铁镜心冷笑道:"毕擎天是什么东西,值得你们这样看重?叶宗留早已给他迫走了,他现在独木难支,你们还不知道!"娄桐荪大喜道:"真的?哈,这就是一件重大的匪情,公子,你再写几件。"于承珠听到此处,又急又怒,只听得下面无声无息,隐隐闻得笔锋在纸面移动的如蚕食叶之声。于承珠几乎忍不住。暗暗叹了口气,不愿再听,回到房中,立刻换了男装,房中有现成的纸笔,她抓起了笔就给铁镜心留下了诀别的书信。

尽管以往有过无数次于承珠对铁镜心感到失望,但却从无一次似此刻的伤心。于承珠对他不仅是"失望",简直是"绝望"了,她想不到铁镜心竟会出卖军情,为官军策划对付义军。虽说铁镜心这样做是为了"庇护"她,这却更令她痛心疾首。尽管她对毕擎天也是不满,但对义军她却始终寄以同情,尽管她早知道了铁镜心和叶成林是两条路上的人,但对铁镜心这样的行为却绝不能谅解。"道不同不相为谋",她深深感到这句古训的意义了。

她留下了诀别的书信,换上男装,悄悄地骑上白马,独自一人,头也不回,绝尘而去。到铁镜心发现之时,那已经是迟了,太迟了!

半个月之后，于承珠到了北京。她是在北京长大的，那时她是阁老的千金小姐；现在回来，却是个历遍江湖风浪的女侠，兼且是"潜行回境"的"犯人"身份了，回首前尘，自是不胜感慨。幸喜她换上男装，没人认出她，一入北京，立刻找她父亲的老朋友曹安。

这曹安是一个年老退休的老太监，曾侍奉先帝，颇有功劳。所以当今的皇帝准他告老出宫，归家接受侄子的奉养。当年于谦被枉杀之时，满朝文武，不少是于谦提拔的，无人敢出头说一句话，只有曹安敢向皇帝请求收殓于谦的遗骸，恰巧那时适值于谦的头被毕擎天偷去，皇帝也知群情汹涌，乐得做个顺水人情，批道："姑念于谦乃两朝元老，准予收殓。"其后毕擎天也是靠了曹太监之力，才得将于谦的尸首合一，葬于杭州（事详本书第二回）。毕擎天时时以收殓于谦之事，对于承珠示恩，其实还是曹太监所出的力比毕擎天更多。

曹安见了于承珠，非常高兴，于承珠还怕连累他，他一口应承说道："我历侍三朝皇帝，如今行将就木，就是查出了最多亦是一死，何况未必会赐死呢。"于是于承珠便放心在曹太监的家中住下。

曹家靠近西门，远离市区，曹太监为了替于承珠打听消息，不惜以垂老之躯，三天两头地策杖入宫，到相识的执事太监处闲聊，但总听不到有什么波斯公主入朝的消息。于承珠颇为焦急。依铁镜心所说，他师父护送波斯公主入京，大约是比她迟一个月动身，她在义军之中耽搁了三个月，虽说她的马快，但以路程推算，她的师父也应该到了。

于承珠这一住就住了一个多月，除了挂念师父之外，更挂念叶成林，想他在官军大举围攻之下，毕擎天又与他不和，只怕他纵有才能，亦是凶多吉少。这一日她闷闷不乐，独自出外溜达，听得西门外的一家大院子鼓乐喧天，问看热闹的人，原来是这家员外为儿子完婚，于承珠百无聊赖，信步走去，看看热闹。这一看，有分教：

滔天风浪惊心魄，龙争虎斗闹京华。

欲知后事如何？请听下回分解。

第三十二回　血雨腥风　魔岩闻恶讯
　　　　　　刀光剑影　禁苑陷重围

那员外大约是个有钱人家,院子里搭了一个木棚演戏,外面有许多乞丐鱼贯而入。原来北京的大户人家,有婚丧大事,例须广施群丐,而北京的乞丐也极有秩序,排队唱名领赏,领过之后便退,从来不会重领,更不会骚扰主家。北京人以守礼出名,连乞丐也不例外。于承珠自小看惯了,也不觉得奇怪。

正在伫立闲望,忽见一个乞丐匆匆而来,年纪甚轻,大约是二十岁左右年纪,所背的布袋却与众不同,那是用红黑白三种破布缀成的,布袋上打了七个结,许多年老乞丐,都让他先上,于承珠吃了一惊。她在江湖上几年,知道丐帮上的规矩,背这种布袋的乃是给丐帮首领送急信的,上面打着七个结即是表示差遣他送信的这个人乃是丐帮的"七袋"弟子,丐帮除了龙头帮主之外,以"九袋"弟子为最高,"七袋"弟子那也是少有的了。

于承珠甚是奇怪,心中想道:毕擎天以北方丐帮龙头帮主的身份,自封天下十八省大龙头,在南方高举义旗,不久就要称皇称帝。北方丐帮中有本领的人物,倾巢南下,怎么北京城中还有一个"七袋"弟子,却未到南边投他,留心细看,只见那少年乞丐匆匆挤到前面,与一个年老的残废乞丐耳语几句,竟然没有领赏,便匆匆退出,显然又是要赶到第二处送信了。

于承珠偷偷地跟在他后面,只见他匆匆出城,直驱西山。于承珠瞧着四下无人,轻轻一掠,越过他的前头,回头阻止了他的去路。那少年乞丐突然发现有人跟踪,吃了一惊,睁大眼睛问道:

"相公，你为何拦路？"

于承珠道："我是那家人家的知客，替他派酒菜赏钱给你们。你为什么到了院子里也不去领赏，这岂不是瞧不起我们主人家吗？"那乞丐怔了一怔，唱了个喏，施礼说道："我来得迟，赶到前面本来不合规矩，今天来的花子又多，我不耐烦排队等候。所以到前面与兄弟们说几句话，叫他领了赏钱，各人匀出一点与我，也就是了。"

于承珠道："你若怕麻烦，跟我回去，我马上先赏给你。"那少年乞丐道："多谢，多谢，不敢叨搅了。"于承珠道："不成！不成！你不要就是触了主人家的霉头。"那乞丐生气道："没听过这个规矩，我花子大爷自愿不要，你还能强我不成？"于承珠道："对啦，我就是要强你回去领赏。"那乞丐怒道："你这是与穷叫化寻开心，我可没有工夫与你瞎缠，你让不让路？"

于承珠道："你没工夫？哈，连要钱也没有工夫？那你有什么急事？"那乞丐怒道："咱们穷化子的事情与你们有钱的人家何干？哼，你不让路，我可要得罪你大爷啦！"抖起竹棒，一棒打去，呼呼带风，竟似颇有武功底子。

于承珠微微一笑，说道："我可没见过像你这样的化子，连赏钱也懒得要的？我偏偏要你回去！"随手一拨，在他棒头一按，那乞丐给她的反力推得踉踉跄跄，倒退几步，这一惊非同小可，收起竹棒喝道："我也未见过你这样强迫别人要钱的人，你是什么人？"

于承珠格格一笑，左手指天，右手指地，随即双手打了一个圆圈，朗声念道："以天为盖地为庐，五湖四海为家宅，做惯乞儿懒做官，听我细唱莲花落。"这正是丐帮中相传的隐语，于承珠从毕擎天那里听来的。毕擎天当时将丐帮中的一些有趣仪节说给她听，不过是想博她一笑，哪知今日竟派了用场。

那乞丐惊道："你，你也是本帮弟子？"眼睛瞪得又圆又大，看她那身华美的衣裳。于承珠笑道："你奇怪我着得好么？咱们丐帮今非昔比，咱们的毕大龙头不日还要穿上龙袍呢。我在南边的时候，穿的还是官服呢，这有什么稀奇？"

那乞丐道："你也是从南边来的？唔，那你为什么还要问我？"

于承珠道："我是毕大龙头派来打探消息的，来了两个月了，不敢露出身份。今日见你替七袋弟子送信，只怕有什么重大的事情，是以问你一句。"那乞丐见于承珠说得头头是道，心中的怀疑消失了八九，随口答道："今晚午夜秘魔岩。"于承珠道："秘魔岩做什么？这位七袋弟子是谁？"

那少年乞丐勃然变色，怒喝道："原来你是官府的爪牙。"劈头一棒便打。原来丐帮中的规矩，凡有约会，不许寻根问底，于承珠这一问便露出了破绽。

于承珠笑道："对不住了。我不是官府的爪牙，但也不容你跑了。"那乞丐知道打于承珠不过，那劈头一棒，明是进攻，实是想退，于承珠何等本领，顺手一指，便点了他的穴道。将他搬到山脚一个岩洞里，这种点穴过了十二个时辰可以自解，于承珠给他留下干粮，还给他留下一锭银子。微笑说道："今晚你穴道解后，赶至秘魔岩还可以见我。你吃了点亏，得一锭大银，也总可以补偿得过了。"

秘魔岩乃是西山一处隐僻的所在，有一块大岩石类如人像，貌颇狰狞，怪石下面有一岩洞，幽深莫测，故此号称秘魔岩。于承珠技高胆大，黄昏之后，便悄悄换了一身夜行衣服在午夜之前赶到了秘魔岩。

等了许久，兀是杳无人迹，看看月亮将到中天，忽见岩石上的一棵大树树梢一动，随即静止。于承珠心道："这人的轻功本领不俗，若然他是丐帮中人，应该在秘魔岩下聚会，为何偷偷藏在树上？"正想出去察看，忽听得东边"啪啪"两下的击掌声，接着南边北边击掌之声四应。片刻之后，便有许多乞丐来到了秘魔岩下。

叽叽喳喳的细语声纷纷传至耳朵，于承珠凝神细听，有羡慕的口吻："老毕，你如今可抖啦！"有玩笑的口吻："做惯乞儿懒做官，老毕，你倒说说看，是做花子快活还是做官儿快活？"有担忧的口吻："老毕，是不是南边的事情有点不妙，大龙头派你来讨救兵？"随即听得一个极其熟稔的声音说道："哥儿们别闹啦，今日请各位聚会，正是有极大的事情向各位请教。"说话的正是毕愿穷，他素来滑稽，此刻听他的声调却殊为庄重。

于承珠怔了一怔，心道："原来这个召集群丐聚会的丐帮七袋弟子乃是毕愿穷。他是毕擎天最亲信的人，目下军情紧急，毕擎天何以肯放他离开身边？"只听得毕愿穷道："大龙头差我进京，是派我办一桩极秘密的差使，除了大龙头和我之外，不能让一个人知道。"此言一出，群丐惊疑已极，登时静寂如死，不久有一个苍老的声音说道："毕老弟，这么说来，你就不该召集这个聚会了，这里哥儿们我虽然个个都相信得过，但也得防备泄了风声。不该听的我们就不听。"

毕愿穷苦笑道："本帮的规矩我岂有不知？但这事情关系太大，我老毕担当不了这个关系，没奈何只得请各位到来一同商量。"那苍老的声音说道："好，若是关系到本帮存亡的大事，大龙头有什么行差踏错，你便可说。"

毕愿穷道："这比本帮的存亡，还要严重得多！"群丐越发惊骇，寂静无声，都看着毕愿穷。只听得毕愿穷叹了口气，缓缓说道："咱们的毕大龙头自到南边之后，干下了轰轰烈烈之事，这本来是丐帮自古以来，从所未有的盛事。"有人说道："是呀，大龙头做了皇帝，花子们平地登天。""朱元璋虽然也是乞儿出身，但他并未入帮。咱们的大龙头才是第一个为丐帮争来天下的人。"

毕愿穷又叹了口气，说道："可惜这天下可不容易打呀。大龙头与叶宗留闹翻了，独木难支大厦。"有些已知道这个事情，有些还未知道，纷纷询问。毕愿穷约略说了一遍，登时议论纷纷，有人说毕擎天做得对，认为毕擎天雄才大略，既然叶宗留与他意见不合，为了事权专一，排斥了叶宗留正可放手去干；有人则认为毕擎天大大不该，大敌当前，岂可排斥异己？

那苍老的声音说道："这件事咱们暂且不谈，对不对都已做了。这事情还未关系到本帮的存亡。"有人接声说道："是呀，你快说大龙头到底派你办什么事情，要迫得你不顾本帮的规矩，要将事情公诸于众？"

毕愿穷歇了半响，颤声说道："现下官军分三路围攻，中路的浙江巡抚张骥先锋已过了温州，龙头本部也已在官军围困之中了。东路的叶成林被切断了，自顾不暇，更难回救。"

那苍老的声音哈哈笑道:"这算得什么?咱们的毕大龙头高举义旗,干下了这等轰轰烈烈之事,成也英雄,败也豪杰!更何况成败还在未可知之数,老弟何用气馁?"群丐纷纷说道:"是啊!咱们都愿南下投军,与毕大龙头福祸与共,干下了这等轰轰烈烈之事,死了也是甘心!"

毕愿穷叹道:"可惜大龙头听不到你们的说话,远水又不能救近火。那张骥已派遣密使到围城之中向大龙头招降!"那苍老的声音叫道:"招降?"毕愿穷道:"不错,正是招降!张骥答应保举他做一个总兵。"那苍老的声音问道:"毕擎天怎么样?"毕愿穷道:"咱们的大龙头还没有答应。"群丐欢呼道:"咱们的大龙头可不是没有骨头的人,一个总兵岂能叫咱们的大龙头上钩。"

毕愿穷道:"不错,一个总兵的官衔自是不放在咱们大龙头的心上!是以他修下密函,派遣我到京城,走阳宗海的门路,请他代为禀告当今的皇帝老儿,要投降也得皇上亲自招降,他最少要做一省的督抚!"

这番话一说,登时静得连一根针跌落地下都听得见响,就像风暴前夕一样,人人都闷得透不过气来。只听得毕愿穷往下说道:"叶成林那支军在屯溪打了两次胜仗,因此官军加紧向他进攻,温州虽然被围,却还没有那么吃紧。故此大龙头派我出来。照大龙头的看法是这场战事已事无可为。与其被官军尽数消灭,不如暂且图存。"那苍老的声音说道:"他真是这个意思?"毕愿穷道:"就怕他不是真意。我是他的堂侄,素来得他信任,他派我做他的密使,要通过阳宗海的门路与皇上面谈,其中的条款便包括了义军尽数由朝廷收编,同时还答应替朝廷解决叶成林这支部队,作为立功赎罪。"登时轰叫之声四起:"有这等事?咱们丐帮今后还有什么面目见人?"毕愿穷道:"是呀!大龙头的意思虽说是受了招安之后,咱们丐帮中有头面的人物,人人都有官做。但这等官儿,做了也对不起本帮的列祖列宗。这事情我实在担当不了,是以进京之后,到今天已有三天,我再三踌躇,终是不敢按照大龙头的命令行事。要请各位老哥指教。"

于承珠暗中偷听,又惊又喜,惊者是做梦也想不到毕擎天会受朝廷的招安，而且安排下毒计，要陷叶成林于绝境！喜者是毕愿穷以毕擎天最亲信的人，居然也能辨别是非，将毕擎天的阴谋都抖露出来。

那老者拍了三下手掌，将喧闹之声压了下去，道："这件事确实比本帮存亡还更严重，咱们从长计较。好，派人到四下把风。"话犹未了，忽见岩上树梢风动，那老者蓦然喝道："什么人在此偷听？"于承珠吓了一跳，以为自己已被发现，定睛一看，却见一条黑影从树上跳下岩来。

于承珠看清楚了，这一喜非同小可，从树上跃下的那个小伙子蹦蹦跳跳的，霎眼间就到了群丐聚会的地点，这不是小虎子是谁？于承珠本欲出声相唤，转念一想，且看他到这里做什么？仍然藏在岩石后面，不动声色。

小虎子已是十六岁的少年了，但稚气未消，仍是往日那副顽皮模样，蹦蹦跳跳地跑来，一面叫道："喂，你们吃四方，小爷可要吃五方，你烤那只叫化鸡请不请我。"群丐如临大敌，忽见来的是一个乳臭未干的少年，都怔住了。只有那老丐看出小虎子身手不凡，心中一凛，疾跃而前，伸手一抓，喝道："你是谁？"

小虎子沉肩缩背，脚步一转，竟然把那老乞丐的大擒拿手法化解于无形，这一下全场耸动，纷纷喝问："好大胆的小奸细，谁派遣你来的？"小虎子哈哈一笑，面对那老乞丐道："你不认得我，我可认得你。郑长老，我师父叫我向你问好。"这老乞丐正是管领北京乞丐的长老，在丐帮中的地位比毕愿穷还高一级，是一个八袋弟子。

郑长老吃了一惊，心想自己熟悉的九流三教人物中，可没有谁有这样机伶的徒弟，横掌护胸，丝毫不敢大意，迫视着小虎子喝道："你师父是谁？"小虎子道："苏州张丹枫！"郑长老"呵呀"一声叫起来道："原来是张大侠！他几时来的？小老儿耳目不周，不知张大侠进京，没有前往请安，倒劳烦了小哥儿来了，恕罪恕罪！"小虎子噗嗤笑道："你老人家不用客套，说实在话，我师父叫我来偷听你们聚会到底是做什么的？他还叫我小心，不要被你们拿住了当小贼办呢！哈哈，你刚才那记擒拿手几乎抓住了我的琵琶骨呢！喂！喂！这只叫化鸡你到底是请不请我?"郑长老正为着毕擎天受招降这件意外的大事所困扰,一听张丹枫在京,当真是喜出望外,心中想道:"张丹枫足智多谋,天下闻名,我何不向他请教?"忙道:"请,请！张大侠下榻何处,还望小哥引见。"小虎子道:"我师父忙着哩,这个且慢。喂,喂,除了我之外,这林子里还有旁人,你请不请?"于承珠心道:"原来这小家伙看到我了。"正想跳出,那老乞丐说道:"小哥和谁同来,当然是一并请了。"小虎子笑道:"这人可不是和我同来的,我看他身形高大,也许是个海洋大盗,不像是个小偷呢!"郑长老吃了一惊。忙向四方一揖,叫道:"哪条线上的朋友,请出来相见。"

话声未了,只听得岩石后面一阵洪亮的笑声,一个高大的汉子走了出来,朗声说道:"大水冲到龙王庙,都是自家人！"毕愿穷惊叫道:"顾孟章大哥,你也来了！"心想这顾孟章乃是毕擎天的心腹,得毕擎天的信任,不下于自己,何以毕擎天派了自己却又派他来?

顾孟章哈哈笑道:"毕老弟你们的说话我都听见啦,毕老弟你好见识,好魄力,俺老顾好生佩服!"毕愿穷心中一动,想道:"原来他也是与我志同道合之人。"伸手与他相握,说道:"小弟做得对是不对,还望老兄指教!""指教"两字刚刚出口,突然间顾孟章大喝一声,反手一扭,将毕愿穷的手臂扭得弯到背后,大声喝道:"亏你是大龙头的侄子,居然敢背叛他!"这一扭用上了鹰爪力的功夫,扣着了毕愿穷的寸关尺脉门要害,毕愿穷全身麻软,登时动弹不得。

这一下变出意外,群丐全都惊住,郑长老大吼一声,揉身扑上,顾孟章大笑道:"你再上一步,我就把他废了!"话声未了,忽见金光一闪,顾孟章大叫一声,双手一松,跄跄踉踉地倒退三步,于承珠飞出,一朵金花打中了他的手腕穴道,立刻跳了出来。

顾孟章是毕擎天帐下的第一高手,虽然出其不意地被金花打中,迫得放开了毕愿穷,但却并未受伤,身形一稳,立刻解下了虬龙鞭,阴恻恻地笑道:"原来都在这里,哈哈,教你们一网成擒,省得我再费力!"虬龙鞭扬空一抖,刷刷两鞭,噼啪两声响过,茂林丛草之间，突然跳出了十多名黑衣汉子，同时秘魔岩下的岩洞中也嗖嗖地射出了一排冷箭，登时有几个乞丐中箭倒地，一个黑衣汉子舞刀直扑郑长老，大声喝道："御林军副统领东方洛在此，叛国逆贼，还不束手就缚，要待老爷动手么？"郑长老"呸"了一声，抖起杆棒，格开了他的迎面三刀，登时两方混战！

原来毕擎天外貌粗豪，实是工于心计，毕愿穷虽是他的堂侄，这等大事，他亦自放心不过。因此又派了顾孟章前来，暗中监视。心想纵是有一个人背叛于他，他求降的计划也总能上达朝廷，不致误了大事。顾孟章本来是山东大盗，唯利是图，做义军的官和做朝廷的官都是一样，果然死心塌地地为毕擎天所用，探出了群丐聚会的消息后，立刻通知了阳宗海，阳宗海派遣了他的副手东方洛出马，同来的还有十数名锦衣卫的指挥和十数名御林军的高手武士。

顾孟章勇猛非常，虬龙鞭连环疾扫，打翻了几个丐帮弟子，抢上前去捉拿毕愿穷，小虎子身形溜滑，游鱼般地钻了过去，斥道："枉你生得牛高马大，却是不知廉耻！"顾孟章道："怎么不知廉耻？"小虎子道："吃里扒外，卖友求荣，有何廉耻！"顾孟章见他乳臭未干，居然满口江湖术语，学大人的说话，又好气又好笑，喝道："黄口小儿，胡说八道！"右手一鞭，荡开了毕愿穷的杆棒，左手一伸，施展擒拿手法来抓小虎子，他哪里会把小虎子放在心上。不料小虎子乃是将门虎子，又先后得了黑白摩诃和张丹枫的传授，武功已是胜过许多江湖好手！

顾孟章一抓抓下，扑了个空，小虎子滑似游鱼一样从他的鞭梢底下钻过，"砰"的一拳，正中他的腰胯，这一拳乃是黑白摩诃所授的五行罗汉神拳中的"龙拳"，拳势威猛无比，顾孟章猝不及防，被打得弯下了腰，痛彻心肺。小虎子哈哈大笑，叫道："再接我的虎拳！"右拳一收，左拳随即打出，忽听得于承珠叫道："快用分花拂柳手法，盘龙绕树，向左闪开。"叫声未完，但见顾孟章一个蹬脚飞起，脚尖正对准小虎子的胸口，小虎子那一拳若然打出，就刚好是凑上去给他踢了。

要知小虎子刚才那一下，身法手法虽然都是上乘的功夫，却也带着几分侥幸，论到本身的功力，却还是与顾孟章差得太远。幸好于承珠出言点醒，小虎子急忙转步闪开，饶是如此，也给顾孟章脚尖扫着，摔了一个筋斗。

小虎子哇哇大叫，跳了起来，正想挥拳再打，却见于承珠已与顾孟章斗在一起。小虎子亮出家传缅刀，只听得于承珠笑道："双拳换一脚，已是你占了便宜，还不知足么？你去帮郑长老吧。"小虎子道："好，你给我挖掉他的招子。"怒气未消，挥刀猛斫，杀开了一条血路，冲到郑长老的跟前。

这时双方激战正烈，郑长老对付的是阳宗海的副手东方洛。郑长老武功不弱，可惜年老体衰，开头十余招还能应付，时间一长，渐觉气喘难支，小虎子正好及时赶到，立刻展开了五虎断门刀法，将东方洛的招数接了八成。

东方洛带来的都是御林军与锦衣卫中的高手，人数也比丐帮弟子为多，混战了半个时辰，渐渐分出高弱，双方均是伤亡过半，但丐帮人少，情况自是严重得多。

于承珠与顾孟章斗了数十回合，一个胜在剑法精妙，一个胜在内力深厚，兀是不分胜负。丐帮的形势越来越险，不多时又有两个六袋弟子受伤倒地。毕愿穷本来对毕擎天尚未至恩断义绝的地步，虽然对他不满，多少还有叔侄之情，这时见他所派遣的顾孟章，竟然勾结朝廷，残杀本帮弟子，而他还是大龙头的身份，这真是旷古所无骇人听闻的帮中奇变，不由得心中大痛，欲哭无声。忽听得郑长老叫道："留得青山在，不怕没柴烧！"意思是要丐帮弟子拼力突围，走得一个便是一个。毕愿穷咬一咬牙，呼呼两棒，打倒了身前的一个卫士，顾孟章狞笑道："叛帮恶丐，还想走吗？"反手一鞭，突然舍了于承珠，便来暗袭毕愿穷，他这条虬龙鞭，施展开来，长达一丈，毕愿穷料不到他声到鞭到，杆棒打出，刚好吃他的长鞭缠着，与此同时，早已有另外三名御林军的好手替代了顾孟章的位置，堵截着于承珠。顾孟章大喝一声"倒下"，用力一拉，毕愿穷身形不稳，几乎应声栽倒！

毕愿穷不是顾孟章的对手，那三个替代顾孟章的御林军统领也不是于承珠的对手，顾孟章还希望他们能堵截得一时半刻，等他擒了毕愿穷之后，再回头来对付于承珠。哪知顾孟章的身手固然矫捷，于承珠比他更快，几乎就在顾孟章的长鞭缠着了毕愿穷的同一时间，于承珠陡地飞起一剑，一招"龙门鼓浪"，连环三剑，将这三个御林军手中的兵器全都削断，立刻腾出手来，掏出了一把金花，"铮铮"两声，先向顾孟章弹出两朵，顾孟章识得厉害，急忙抽出长鞭，盘头疾舞，登时卷起了一团鞭影，风雨难侵，将于承珠的两朵金花荡得无踪无影，但毕愿穷却也趁此时机，杀出重围去了！

顾孟章的本领与阳宗海在伯仲之间，长鞭飞舞，护着全身，对金花暗器自是不惧（可是亦仅能防守而已），其他的人却没有他这般本领，于承珠一解了毕愿穷之围，立刻以"天女散花"的手法，五指轮换，连珠疾弹，但见金光闪闪，四面飞开，"哎哟"之声四起！片刻之间，又有六七个御林军统领被打中了穴道，滚倒地上，爬不起来！

小虎子见于承珠得手，精神一振，趁着敌人混战的时机，刷刷两刀，突然展出了"五虎断门刀"的冒险杀着，刀光电闪，欺身迫进。东方洛的月牙弯刀善能勾锁兵器，见小虎子贪攻忘危，攻入内门，正合心意，月牙刀一勾一锁，大喝一声"撒手"，哪知小虎子的刀锋霍地一转，突然从下手刀变为了上手刀，竟从东方洛绝对意想不到的方向斫了进来，只见刀光过处，血花飞溅，"刷啦"一下，东方洛的臂膊已被缅刀拉下了一道长长的口子。但东方洛的武功确是高强，眼见这一刀无可闪避，居然还是以攻为守，月牙刀霍地一翻，刀头的月牙堪堪就要勾着了小虎子的手腕，郑长老奋不顾身，一棒劈进，他年老体衰，这一棒用足气力，但听得"咔嚓"一声，刀棒相交，郑长老的杆棒被反弹飞起，小虎子虽然脱出手来，没有受伤，郑长老的手腕却被那刀上的月牙撕破了好大一片皮肉。

两方都受了重伤，不敢恋战，小虎子拖着郑长老，一轮泼风刀法，杀出重围，与于承珠会合，顾孟章兀自不舍，衔尾急追，于承珠大怒，与小虎子打了一个眼色，陡然间两人一齐纵身飞起，反扑回来，宝剑一个盘旋，缅刀凌空下刺，但见在刀光剑影之下，噼噼啪啪的几声疾响，顾孟章的那条虬龙鞭断成四段！原来小虎子配合着于承珠的剑招,也将百变玄机剑法化到刀法上来,玄机逸士所创的这套剑法,一经配合,妙用无穷,两人合使,功力何止陡增一倍!即算顾孟章本事再高,亦是抵挡不了。于承珠冷笑道:"看你还敢再追!"一抖,发出三朵金花,顾孟章长鞭寸断,无可抵御,闪开了两朵,闪不开第三朵,但见金光闪处,顾孟章的左眼眼珠已被打瞎!小虎子哈哈大笑,与于承珠左右扶持,拉着郑长老,一阵飞奔,追上了毕愿穷,逃到了西山背后。

一场混战,御林军与锦衣卫十伤七八,但丐帮弟子也只逃出了毕愿穷与郑长老二人,毕愿穷心痛如割,咽泪说道:"姑奶奶,不,于女侠,多谢你啦!"他素性滑稽,脸上的神色不论在什么时候看去都似带着笑意,他在义军之中经常与于承珠调侃,总是将她戏呼为"姑奶奶",这时忽觉不妥,改称"女侠",于承珠忍不住"噗嗤"一笑,但听他语调酸涩,脸上似笑非笑的神情比哭还更令人难受,也禁不住心中一酸,低声说道:"毕大哥,你别难过,我寻着了师父,终须为你报仇。"回头问小虎子道:"师父是几时来的?住在哪儿?"小虎子道:"师父是前天到的,他打听到丐帮弟子聚会,他抽不出身,所以叫我来打探。哈,师母和云大侠都同来了呢,他们分做两处地方居住,云大侠住在韩御史家中,咱们的师父师母和波斯公主夫妻却住在靠近皇宫的一家镖局里,热闹得很呢!"于承珠转悲为喜,道:"师母和舅舅都来了?那么咱们就更不用怕啦。"小虎子道:"就因为云大侠在苍山之时,中了那个屠龙尊者的毒刀,在太师祖留下来的石屋里静养了将近一个月,这才复原。要不然我们早就到了京城了。"

于承珠正想再问,忽见郑长老面如金纸,黑气透出眉尖,身子也摇摇欲坠,禁不住大惊失色,急忙问道:"长老,你怎么啦?"郑长老摇了摇头道:"我不中用啦,你们赶快去找张大侠,不必顾我了。毕愿穷,你告诉本帮弟子知道,说我是给东方洛的毒刀斫死的,叫他们给我报仇!"毕愿穷颤声说道:"毒刀?"俯身一看,但见他的伤口裂开,流出汩汩的黑血,试摘一片树叶一试,树叶立刻焦黄,毒性如此厉害,年轻力壮的亦禁受不起,何况是年纪老迈而又经过通宵激战的郑长老。

于承珠等怎忍离开,试用随身所带的"去毒散"替他医治,这种高手所用的喂毒兵器,大都有专门的解药,于承珠的"去毒散"虽然能消无名肿痛,对郑长老的伤却是无济于事,触及伤口,郑长老登时痉挛,强忍着痛苦斥道:"你们还不快走,要待御林军追来将你们一网打尽吗?"毕愿穷道:"宁愿同归于尽,决不舍你而逃。"郑长老大怒,抬起头来,正想用丐帮的帮规命令他速走,只见东方天际,朝阳初现,霜辉丽彩,耀眼生缬,温暖的阳光令人感到生命的喜悦。凝眸再望,西北边的万里长城像一条长蛇般在丛山峻岭中蜿蜒而过,郑长老心中一动,问道:"这是什么地方?"毕愿穷道:"这是西山北面靠近葫芦谷的地方。"郑长老忽道:"好,扶我进谷中去看看那里面有没有人家?"话声断续,细如游丝,但却更为清楚,毕愿穷听出他语声有异,急忙与小虎子扶他走进山谷,但见他嘴角挂着些微笑意,眼睛却渐渐阖上了。

走进山谷,果然见有一家农家,泥屋茅舍与普通人家无异,但偌大的山谷中只此孤零零的一家人家。

于承珠心中一动,想道:"这家人家有点古怪。"但见毕愿穷上去拍门,那门"呀"的一声开了,里面走出一个人来,竟是个老儒生的打扮,穿着一件净蓝色的长衫,头上还束着方巾,与这家农家相衬,殊显得不伦不类。

其实于承珠这一行人:一个鹑衣百结的老乞丐,一个穿着干干净净的直裰,却故意钉上两个破绽了、打扮得像乞丐的中年壮汉;一个十五六岁的少年,还有一个女扮男装、衣服华美俨如贵介公子的于承珠,那更是不伦不类。那老儒生扫了他们一眼,微"噫"一声,却也并不怎么惊讶。

小虎子口快说道:"咱们这一行人山中遇盗,这位老公公受了重伤,请借个地方歇歇。"那老儒生笑道:"竟有这等强盗打劫花子大爷,我活了这一大把年纪,可还没有听过。"毕愿穷道:"咱们与这位少爷山中相遇,强盗们打劫这位少爷,是咱们这两个穷叫化看不过眼,替他抵挡强盗,所以受伤啦。"这话勉强可以自圆其说,那老儒生道:"如此说来你们两位倒是丐侠了,失敬,失敬!"口气显然仍是不信,但却把他们请进屋中。

屋子里虽然陈设简陋,桌椅也不多一张,但却收拾得干干净净,壁上还挂有字画,哪里像个农家的样子?于承珠正打量他屋中的陈设,那老儒生忽地"嘿嘿"笑道:"你们替他抵挡强盗,哈哈,可别笑痛我的肚子。我看你给他做徒弟倒还差不多,可惜年岁不对。而且大闺女也不方便收化子做徒弟。"此话一出,于承珠和毕愿穷都吓了一大跳,这老者的眼光好生厉害,非但一眼看出了他们武功的深浅,而且看出了于承珠女扮男装。

于承珠面红过耳,正想说话。那老儒生忽然一手抢过郑长老的竹棒,一手拨弄他背上的麻袋。郑长老领袖北京群丐,这八节竹棒正是他帮中的"法器",老儒生如此作为,实是犯了丐帮之忌,毕愿穷喝道:"你干什么?"急忙出手抢夺竹杖,毕愿穷学过擒拿手法,相距又近,这一出手,快如闪电,按说没有抢不回来之理,哪知老儒生身子只是微微一晃,毕愿穷竟然扑了个空!

郑长老一直瞌着眼睛,这时忽地张开,缓缓说道:"西山医隐叶大爷,俺郑国有登门求治来啦,望你老高抬贵手!"那老儒生哈哈一笑,道:"我道是谁,原来是丐帮的郑长老,咱们同住北京,本该早就见面。好,俺叶元章不医公侯将相,专医奇人异士,你嘛,也还值得俺替你一医。"

此言一出,于承珠和毕愿穷均是又惊又喜,他们还在童年之时,就曾听人说过北京西山中有一位医隐,行事极为怪诞,病人千方百计想请他未必请得到,他却喜欢找上门去替人医病,于承珠以为这人早已死了,料不到眼前这个老儒生就是他!

这事情已是甚怪。于承珠眼光一瞥,再看到壁上悬挂的对联和条幅,更是惊奇得疑在梦中!

墙上所挂的那副对联是:"柳絮浮萍游子意,桃花潭水故人情。"条幅上写的则是苏东坡的两阕《浣溪沙》,词道:

醉梦昏昏晓未苏,门前辘辘使君车,扶头一琖怎生无?
废圃寒蔬挑翠羽,小槽春酒滴真珠,清香细细嚼梅须。

山下兰芽短浸溪,松间沙路净无泥,萧萧暮雨子规啼。
谁道人生无再少?门前流水尚能西,休将白发唱黄鸡。

联语和词意一说与此间主人的交情,一说主人山居的隐逸情趣,本来亦属寻常,令于承珠惊诧万分,疑真疑幻的是:这联语和条幅的字迹,竟然与霍天都的一模一样。

那西山医隐叶元章正在开始动手替郑长老剜掉腐肉,听得于承珠惊叫之声,眉头一皱说道:"你大惊小怪些什么?敢情是嫌这字写得不好。"于承珠道:"好,好!"叶元章道:"既然是好就不要嚷,你一嚷我就医不好了!"于承珠满面通红,暗暗责备自己只晓得关心与自己有密切关系的人,对郑长老的伤反而疏忽了。

好不容易等待西山医隐动完了手术,郑长老沉沉睡去,面色亦已渐见红润,于承珠这才放下了心,忍不住又问道:"这联语和条幅都没有上款下款,却是谁人写的?"

叶元章道:"看你相貌清秀,实乃巾帼须眉,怎的出语便俗?志同道合,倾盖相逢,便成知己,又何必絮絮不休地问姓道名?"于承珠还是第一次给别人说她"俗",忍着气说道:"这字好像是我一位朋友的笔迹,是以请问老丈。"叶元章道:"既然是你的朋友,你应该知道他的名字,问我作什么?"于承珠道:"我与他许久没见面了,不知他什么时候到过这里?也想知道到底是不是他?"叶元章道:"若是你早来一月,便可与他见面,也好帮我留一留他。"

于承珠大吃一惊,照凌云凤和大漠神狼的说法,凌云凤在三年前与霍天都在沙漠的风暴中失散,大漠神狼在三年前埋了一个在沙漠中倒毙的少年人,若然那少年是霍天都的话,那么霍天都在三年之前就已死了,怎的一月之前还能在此间?忍不住又问道:"他是怎么来的?"叶元章笑道:"不是他来找我,是我找他来的,他生了一种怪病,我从来没有见过,是以强迫他给我医。想不到一医就好,哈哈,这对联和条幅便是他给我的酬金。好,你既然絮絮不休地问我,这两个叫化子身无长物,你是他们的朋友,你有什么东西付我作酬。"于承珠道:"只怕我一出手又是俗的。"叶元章道:"俗与不俗要看过方知。"于承珠随手弹出三朵金花,嵌在墙上,镇着字画的横头,笑道:"金子银子还不俗么?"叶元章忽地改容,哈哈笑道:"不俗,不俗!原来你是散花女侠。那位少年侠士也曾提过你的名字！"

于承珠诧道："他怎么会提起我的名字？"叶元章道："这位少年侠士经我医好之后，无以为酬，知道我爱好字画和剑术，除了给我写下这副对联和条幅之外，并在一个月白风清之夜，为我舞剑祝寿，剑术神妙，真是来如雷霆震怒，罢如江海凝光，老夫曾见过各派剑法，也不禁为他拍案叫绝。他舞剑之后，问起中原的剑术名家，我说当今之世，除了张丹枫大侠之外，只论剑术，只怕没有谁能与他抗手了。这位少年侠士哈哈大笑，说道他这次来到中原，就正是为了寻张大侠指教剑法。我说，听武林朋友所言，张大侠久已闭门封剑，未必肯见客人。他也说曾知此事，不过听说张大侠有一个衣钵真传的女弟子，人称散花女侠，若然见不到张大侠，能见见他的女弟子也是好的。"于承珠想不到自己的声名居然远播，心中颇为欢喜，叶元章续道："这位少年侠士提了你的名字之后，接着就仰天长叹。"于承珠怔了一怔，愕然问道："这是为何？"叶元章道："他有一位未婚妻子，离散三年，生死不知。他从武林朋友口中，知道你是一个少年女侠，所以提起你的名字，便联想起他的未婚妻子。"

于承珠芳心动荡，叶成林的影子又一次地泛了上来，心中想道："这样说来，这少年侠士除了是霍天都之外再无别人。若然他还在世间，若然他还在世间……呀，那我想撮合凌姐姐与叶成林的姻缘岂非弄巧反拙。"一时芳心历乱，一片茫然。只听得叶元章又道："可惜我留他不住，在一个月前，他已进八达岭去了，说是要去找一个武林中隐逸的异人。"

于承珠又是一怔，想起大漠神狼所说，他在沙漠中所埋葬的那个少年，临死前也托他到八达岭去找人，可惜没说完便死了。那个少年若不是霍天都，他们之间又有什么牵连？于承珠真想进八达岭去寻踪觅迹，打破这个疑团，可是目前为了丐帮与江南义军的大事，她却不能不先去谒见师父。

郑长老伤势大减，但还不便走动，于承珠与毕愿穷便留他在叶家医治，辞别了叶元章，由小虎子带路，到飞龙镖局找张丹枫。这家镖局坐落在皇城附近，主人龙腾乃是张丹枫的忘年之交。于承珠一进镖局,便听见师父爽朗的笑声。

镖局的人带于承珠等三人绕过回廊,穿过庭院,走到一间厢房外面,只听得张丹枫的声音说道:"丹枫住在此间,倒教龙镖头受惊了!"一个粗豪的声音哈哈笑道:"张大侠这是哪里话来?龙某谬承张大侠以知己相待,屈膝蜗居,龙某就是粉身碎骨,这一生也不算白活了。怕只怕张大侠名头太大,奸人窥伺,若有意外,教龙某如何担当得起,是以不得不防。"张丹枫笑道:"我看这班送礼的朋友定是当世英豪,咱岂可妄自猜测。张某一剑浪游,五陵结客,高士当前,焉能怠慢。就请龙镖头将那几位朋友的厚赐送来,待我写下拜帖回礼。"

于承珠心头暗暗嘀咕,想道:"师父此次来京,行踪秘密,听他们这番对话,师父竟不知道送礼的是谁。怪不得龙镖头要担心了。"叫了一声"师父",揭帘而入,只见一个紫脸膛的汉子坐在师父对面,张丹枫道:"承珠,你也来了么?嗯,这位是……"于承珠道:"这位是丐帮的毕大哥。"毕愿穷唱了个喏,道:"丐帮弟子毕愿穷参见张大侠。"张丹枫回了个礼,道:"你们丐帮干得轰轰烈烈,丹枫钦佩得紧。这位龙镖头,你没见过吧?"毕愿穷与于承珠上前见过了龙腾,各道仰慕,龙腾道:"张大侠与毕爷慢叙,龙某去去就来。"于承珠想他是去取那"礼物",见他面有忧色,料知这里面定有蹊跷。

张丹枫笑道:"你们丐帮昨晚在秘魔岩聚会,我没有亲临道贺,我这顽徒没有骚扰你们吧?"毕愿穷道:"多谢这位小侠帮忙,要不然我只怕无缘见到张大侠了。"小虎子道:"这是于姐姐金花的功劳,我帮得了什么忙!"张丹枫道:"这是怎么回事?"毕愿穷道:"敝帮不幸,遭逢惨变,正要请张大侠指点迷津。"他虽生性诙谐不羁,想起帮中惨变,在张丹枫面前,忍不住眼泪簌簌而下。

张丹枫微现诧色,道:"我与你们老帮主毕道凡是忘年之交,有什么事情,你尽管说。"毕愿穷将毕擎天与朝廷议和叛帮求荣之事一一说了,张丹枫叹了口气,道:"艰难方自见英雄!毕擎天以英雄自许,却在兵败危困之时变节,真真非我始料所及。呀,震三界毕道凡生前何等英豪,毕擎天将来有何面目见他父亲于地下。"

想了一想，说道："顾孟章既然见过了阳宗海，毕擎天与朝廷议和之事无可挽回。但他们信使虽通，议和尚需时日，唯今之计，只有请你们丐帮快马赶回南边，叫帮中子弟与叶成林合流，即算不能挽回大局，也可避免损伤。待风浪稍平，我再替你们出头，另立帮主。"毕愿穷一想，也只有此法，不待龙腾回来，便匆匆告辞而出。

于承珠满怀心事，正想向师父禀告，只听得师母的声音叫道："珠儿，是你来了么？"门帘一揭，云蕾缓缓走入，一见于承珠，就将她揽入怀中。

于承珠好像娇女见了久别的母亲一样，躲进云蕾怀中，眼泪禁不住夺眶而出，云蕾轻抚她的头发，柔声问道："珠儿，你受了什么委屈了？"于承珠道："没什么。"云蕾道："铁镜心呢？听说他与你一道来京，怎不见他？"于承珠心中酸楚，道："他，他，我与他各走各的路啦。"眼泪又禁不住簌簌而下，云蕾一笑说道："痴孩子，少年人吵吵架事极寻常，这也值得哭么？当年我和你的师父就不知多少次闹得几乎决裂了呢！"在苍山之时，云蕾屡次见铁镜心向于承珠大献殷勤，还只当铁镜心是她的意中人，哪知他们之间却始终是貌合神离。于承珠哽咽说道："不，不是普通的决裂，他将义军的军情泄露给了官家知道。"张丹枫吃了一惊，道："铁镜心虽然书生气质太重，看来却还不是这样的人，这是怎么回事？"于承珠将杭州那一晚的经过说了，张丹枫叹道："原来他是为了维护父亲和你，你以前将他比喻作江南园林里的玫瑰花，确是有知人之明，一场暴风雨，玫瑰花就先凋谢了。那么，叶成林呢？"于承珠道："他在屯溪独抗十万官军。"说话之时，眼中流露喜悦。张丹枫笑道："那还好，玫瑰谢了，还有大青树抗着狂风暴雨呢！"于承珠想着叶成林处境的危险，欢悦之情霎又变为忧惧，张丹枫笑道："待这里事情一完，我和你找叶成林去。"于承珠心中稍稍安慰，但想起其中的许多误会，又禁不住黯然神伤。

云蕾道："少年人多经一些折磨也未尝没有好处。嗯，听说有人给你送礼，是什么东西？"张丹枫道："我也不知道，嗯，你瞧，龙镖头将礼物拿来了。"

只见龙腾捧着一个红漆全盒进来，上面描金漆字写着："敬呈张大侠哂纳。"云蕾道："送礼的人呢？"龙腾道："今日镖局开门，这全盒就摆在大厅正中的桌子上了。"云蕾心中暗惊，想道："镖局之中好手甚多，这人居然神不知鬼不觉地送礼进来，可真是有点邪门。"

张丹枫却似丝毫不以为意，一笑说道："既承厚赐，岂敢推辞。"龙腾"小心"二字还未说出，他已一下子将盒盖揭开，只见里面摆着四式苏州式的糕饼点心，张丹枫笑道："这位朋友真是可人，阿蕾，昨晚我刚和你说起苏式点心，说是和京都的各有风味，你说你更喜欢苏州的，今早他就送来了。"龙腾更是吃惊，试想张丹枫夫妇是何等本领，竟有人偷听了他们的说话而不被发觉，这岂非一大奇事？但见张丹枫竟是毫无顾忌，随手拈起一件送入口中，笑道："不错，正是地道的苏式点心。云妹，你也尝他一件。"于承珠一眼望去，只见盒中的大红拜帖，署名是"八达山人"，于承珠心中一动，还未出声，只听得外面一片喧闹，有人进来报道："有一位公爹求见张大侠！"龙腾大惊失色，云蕾也皱了双眉，心道："难道是送礼的人来了？宫门中人竟有这样的身手？"她拈起一件糕饼，却不敢吃它。

张丹枫仍是神色自如，微笑说道："云妹，咱们今次入京，本意不欲惊动各方朋友，想不到既有高贤送礼，又有官爷下顾，当真是交了运了。"云蕾怔了一怔，心道："你怎么知道他们是两拨人？"只听得张丹枫面向龙腾笑道："官府屈驾光临，我不去迎接已是托大，怎好阻拦，就让他们进来吧。"龙腾见张丹枫言笑自如，早似胸有成竹，心中也定了一半，便吩咐下去，叫镖局的伙计让那人进来。

张丹枫抓起纸笔，匆匆写了一个谢帖，笑道："八达山人之约，只好迟几天了。"在干果盒中随手抓了一把龙眼，塞到小虎子手中，笑道："你这馋嘴的小家伙怎么反停了嘴了。进里面去吃吧。"原来张丹枫见镖局中的气氛太过紧张，小虎子捏拳瞪眼，更是跃跃欲试，故此说了几句轻松的话儿，并将他遣开。

厢房的门早已打开了，只见一个穿着御林军服饰的武士，踏着沉重的脚步，"格登、格登"地走了进来，每走一步，阶砖上就留下一个足印,张丹枫知他是有意炫耀武功,微笑不语。

这武士名唤齐封,是御林军五虎将之一,武功仅在阳宗海、娄桐荪之下,而在东方洛之上,昂昂然地走上台阶,扬声说道:"哪位是张丹枫?快摒退左右,前来接旨!"话声未了,忽听得墙外一声冷笑,暗器破空之声震人心魄,陡然间几支金镖打了进来,齐封大怒喝道:"反了,反了!"双掌一推,掌风呼呼,迎着暗器的方向打出,齐封练的是"伏魔掌"的功夫,掌力雄劲,哪将这种寻常的金镖暗器放在眼内,满以为一掌便可击落,哪知掌力发出,那几支金镖来势虽然稍缓,却分从五个方向打来,四角和中央都有金镖射到,竟把齐封的身形都笼罩在暗器的威力之内。齐封这一惊非同小可,那发暗器的人身在墙外,内力竟然如此强劲,不单自己的掌力封闭不住,此时连躲开也不可能了!

眼见那几支金镖就要射到齐封身上,张丹枫忽地微微一笑,随手抓了几粒龙眼核打出,朗声说道:"多谢外面的朋友关心,丹枫自己会知道应付,盛情心领了。"只听得叮当几声,四角射来的金镖全给龙眼核碰跌,只有中央的那支金镖仍向齐封的太阳穴飞来。

云蕾接着笑道:"齐大人别动,以免误伤。"也将拈在手上的那件糕饼打出,金镖被糕饼一粘,射到茶几之上,连桌面也没有留下刻痕,张丹枫夫妇这手武功一显,登时把齐封吓得魂飞魄散,好半响说不出话来。

但见张丹枫又把那张谢帖平放掌上,鼓气一吹,那张谢帖竟然飞过墙头,墙外有声赞道:"好功夫,那么咱们在点将台再见了!"

张丹枫一笑说道:"齐大人受惊了,请坐呵!"齐封战战兢兢,哪里敢坐,讷讷说道:"御林军统领齐封奉旨而来,参见张大侠,请张大侠摒退左右。"张丹枫道:"我又不是你的上司,你参见我做什么?坐呀。云妹,你和承珠到里面去。"伸出手来和云蕾轻轻一握,微笑说道:"这苏式点心很好,你留下两件待我回来。"云蕾道:"我省得。"嫣然一笑,携了于承珠走入内房。龙腾见云蕾本来神色忧虑,而今却似一无牵挂地离开张丹枫,毫不担心,甚是疑惑,只听得张丹枫说道:"这位龙镖头乃是我的好友,待我和老朋友说几句话,再来接旨,也不迟吧!"齐封哪敢不依,侧着半边身子坐下,张丹枫道:"齐大人你不必客气,请用茶呵,吃两件点心。"转过头对龙腾道:"龙大哥,小弟有一件东西给你。"掏出一个信封,交给了龙腾,龙腾退了下去,抽出信来一看,只见里面附着苏州一个最著名钱庄的银票,数目共是三十万两银子,信上有两句话道:"三日之内,这镖局可保无事。"龙腾明白是张丹枫叫他从速在三日之内遣散镖行伙计,这银票在北京的钱庄也可兑现,那自是张丹枫给他作遣散之用的了。他本想不受,但镖局中缺乏现款,只好打算先行用了,然后再图报答,心中暗暗感激张丹枫想得周到。想起他每件事情都俨似洞见先机,心中又宽了几分。

过了一会,只见张丹枫与齐封走了出来,哈哈笑道:"你看我这次来京,可真是交了好运了!不但有人送礼,连当今的皇上也请我赴宴呢。哈,哈!龙大哥,你好喝酒,待我带一瓶御酒回来给你尝尝。"拍一拍身上的灰尘,就像赴一个老朋友的邀宴似的,漫不经意地就随着齐封走了。

其实张丹枫心内正自翻来覆去地盘算计谋,他这次来京,本来就是想找一个最适当的机会面见皇帝祈镇,好消弭大理的战祸,并安排中国与波斯联盟之事,另外也还有两件事情要与皇帝面谈,不过他也深知祈镇对他最为忌恨,这半个月来,他在京中一切的安排,就是在布置好一个最适当的机会,想不到祈镇已先知道了他的踪迹,派出武士来邀请他进宫了。

镖局靠近皇城,不过半个时辰,齐封就带了张丹枫从御花园进入,穿过了几座宫殿,直到万寿阁前,这万寿阁在御花园的东角,是皇帝赐宴近臣的所在,这时已近黄昏,只见里面灯火辉煌,摆了三个席位,祈镇坐在上席,左面的一席坐的竟是云重,右面一席虚位以待,想必是留给自己的了。两个武士侍立,张丹枫举目一望,禁不住心中微微一凛。

只见在祈镇的两旁,分站着四个并不穿着武士服饰的人,一个是道士装束,张丹枫认得是星宿海的摘星上人,一个穿着麻布大褂,只有一条手臂的,则是屠龙尊者,他的右臂乃是在苍山较技之时,被云重用大力金刚手拗折的,这时正虎视眈眈地盯着云重,另外两个一个是四十岁左右的魁梧汉子,却穿着一件绉纱长衫,儒冠

张丹枫哈哈大笑，道："这可不敢高攀，今时不同往日，……难为皇上还记得故旧之情！"

儒服打扮得不伦不类，连张丹枫也不知道他的来历；还有一个最靠近皇帝的却是一个老头，相貌甚是特别，额骨高耸，太阳穴微微坟起，鹰鼻深目，掌心掌背都像朱砂一样通红。张丹枫心中一凛，想道："摘星上人和屠龙尊者虽然都可列名当世的一流高手，自问还可对付得了他们。看这老头儿的模样，似乎是以分筋错骨手称霸武林的老武师石鸿博，倒不可小视了。这粗汉子看来也是一个劲敌。"

张丹枫心中暗暗戒备，脸上可没有露出丝毫神色，走上了万寿阁，只听得祈镇对阳宗海笑道："我说张先生一定会来，你瞧朕所料不差吧。"阳宗海道："圣上御旨——"正想说上几句奉承的说话，祈镇哈哈一笑，打断了他的话道："张先生是当今的大英雄、大豪杰，岂有不来之理。"张丹枫微微一笑，应声说道："大英雄大豪杰的称呼可不敢当。只是十年之前，丹枫尚敢到瓦剌去面见皇上，今日在本国的疆土之上，奉皇上的宣召，岂有畏怯不来之理。"祈镇听他提起当年之事，面上一红，强笑说道："是呀，何况朕与张先生还是老朋友呢。"张丹枫哈哈大笑，道："这可不敢高攀，今时不同往日，当年皇上住的是敌国囚牢，穿的是单衣，吃的是粗粝，而今住的是雕栏玉砌，穿的是锦绣龙袍，吃的是山珍海味，哈哈，当真是天渊之别了哪，难为皇上还记得故旧之情！"此言一出，满座失色，祈镇心中怒极，但为了保持人君的风度威仪，极力地抑制了火气，干笑说道："十年不见，张先生的狂傲还是不减当年！鸿博，端椅子来请张先生坐下吧。"

张丹枫剑眉一竖，这老头儿果然是大内总管娄桐荪的师父石鸿博，暗暗留了心神，只见石鸿博小心翼翼，有如扛鼎一样将一张椅子举了起来，轻轻放下，朗声说道："皇上赐坐。"张丹枫是武学的大行家，精明之极，一看石鸿博的手法与神情，就知他已是暗中用上了内家真力，将那张椅子的木质震得松软如同豆腐，教自己一坐上去便要出丑，却不点破，对那张椅子望了一眼，淡淡说道："谢坐。"张口一吹，作势要吹去那椅上的尘埃，但见一吹之下，登时哗啦啦的一片响声，那张椅子就似泥沙堆成的一样，一吹便塌，裂成片片，祈镇不由得大惊失色，石鸿博大是尴尬。

这张椅子，虽然已被石鸿博运用内家真力震得木质松软，张丹枫这一吹,可说大半是靠了石鸿博之力,但一吹吹塌,这内家的气功,也确是非同小可,尤其祈镇不明就里,更是心内吃惊。

石鸿博见张丹枫暗中取巧,心中甚是不忿,但却也不敢再弄玄虚,另外端了一张椅子来,张丹枫笑道:"宫中的一些旧椅子也该换换了,唔,这一张似乎还很结实。"大马金刀地坐下,向石鸿博微微领首,道:"多谢你啦。"石鸿博臊得老脸泛红,故意立在张丹枫的背后,只待皇帝眼色一抛,他就要对张丹枫施展分筋错骨的杀手。

祈镇待张丹枫坐定,冷冷说道:"张先生,听说你收了一个得意的女弟子,乃是于谦的女儿,这次可有携她同入都门么?"张丹枫道:"待皇上将于阁老的沉冤昭雪,昭告天下,那时我自会带她陛见。"祈镇哼了一声,道:"你不知道于谦对朕大逆不道,朕免他凌迟,已是额外施恩了么?"张丹枫冷笑说道:"皇上你也可还记得当年于阁老迎你回国,你曾亲口答应我永不会杀他的话么?"阳宗海喝道:"张丹枫你好无礼!"祈镇道:"于谦乘朕蒙尘之际,另立新君,纵有免死金牌,亦难赦罪。张先生,朕不明白,你何以总是要和朕作对?"张丹枫冷笑道:"我若是与皇上作对,只怕皇上而今还在瓦剌忍受那刺骨的寒风呢!"祈镇勃然作色道:"你昔日曾于朕有恩,朕已记下来了,不劳你再三提起。"张丹枫冷笑道:"好,事过境迁,旧事不提也罢。那么,且说如今——"祈镇道:"叶宗留叔侄与毕擎天在江南倡乱,幸在毕擎天迷途知返,如今已向朕通款输诚,叶宗留亦已亡命海外,只有叶成林尚在屯溪顽抗皇师,听说他是你的师侄,你若不是立心要与朕作对,那么就请你写下一封给叶成林的函件,为朕招降。"

张丹枫笑道:"原来丹枫的一封书信,竟值得皇上隆重赐宴,这可使丹枫受宠若惊。可是丹枫也有三件事情要求皇上。"祈镇听他如讥似讽,大是不悦,沉声说道:"你说。"张丹枫道:"第一件适才已经说过,请皇上昭告天下,为于阁老洗冤。"祈镇道:"第二件呢?"张丹枫道:"招降之信,我纵肯写,叶成林亦未必肯降。两全之策,不如让叶成林率领所部到舟山群岛去,既可为朝廷抵御倭奴,又不要朝廷的粮饷,皇上若为了朝廷的颜面,亦可由他遥领封号,海外称王,名义上仍算是大明的臣属,岂非两全其美。"祈镇心中一动,但随即想到"养虎贻患"的古训,默然不语。

张丹枫道:"第三件——"祈镇道:"张先生说得口干了,请先饮一杯润润喉咙。云状元也一并请了。"他亲自提壶,斟了三杯,以示无他,叫阳宗海将那两杯酒分敬张丹枫与云重。张丹枫忽地把云重那一杯酒也抢了过来,笑道:"云状元酒量浅,待我与他喝了。"喝入口中,忽地张口一喷,一股酒浪,直向阳宗海射去!正是:

杀气隐藏惊禁苑,最无情义帝皇家。

欲知后事如何?请听下回分解。

第三十三回　策献筵前　丹心图报国
　　　　　火焚大内　异士救英雄

石鸿博横肱一撞，将阳宗海撞过一边，大声喝道："张丹枫，你在万岁跟前，竟敢如此无礼！"只见那股酒浪，射到了旁立的一个武士面上，登时起了无数泡泡，脸皮迅即焦了一片，好像被火烧过一般。原来这酒壶分为两格，壶柄中藏机括，皇帝喝的才是玉液琼浆，而斟给张丹枫与云重的却竟是一杯毒酒！幸好张丹枫见机得早，喷了出来，而阳宗海也幸得石鸿博那适时的一撞，要不然他就要首当其冲，先被那毒酒射中。

这几下子动作快如电光石火，但听得叱咤一声，刀光一闪，屠龙尊者隔着一张桌子，伸出了长臂，便把屠龙刀舞动斫来。张丹枫哈哈笑道："想不到我以一介小民，竟蒙皇上青眼相加，赐以鸿门宴了！"衣袖一拂，卷着了屠龙尊者那口毒刀，左掌一招"乘风破浪"，荡开了石鸿博的一抓，屠龙尊者大叫一声，毒刀脱手飞出，人也给张丹枫那股反震之力，震倒地上。摘星上人本来也准备出手，见张丹枫这衣袖一卷，竟然有如此的威力，不禁心中一凛，倒提尘柄，不敢冒昧出来。

石鸿博一抓落空，化为阳掌拍出，双掌相交，只听得"蓬"的一声，张丹枫却反而给他震退了两步。原来是张丹枫有意试他的掌力，不过张丹枫因为要兼顾屠龙尊者，将真力分成两半使用，石鸿博的功力与他旗鼓相当，张丹枫以革掌应敌，当然落了下风。

石鸿博是武学的大行家，自是知道其中之理。心中想道："张丹枫只用了五成真力，居然能以绝妙的巧劲，卸开了我这力逾千斤的掌力，怪不得许多武林前辈，也甘愿奉他为尊！"只听得张丹枫连声说道："可惜，可惜！"石鸿博道："可惜什么？"张丹枫道："可惜你以北方武学大师的身份，这样的年纪，还被徒弟骗了出来，替人家做奴才！"石鸿博大怒，喝道："你师父谢天华见了我，也要恭恭敬敬尊我一声前辈，你知道么？"张丹枫笑道："所以说一个人的立身处世，不可不慎，你临老糊涂，甘心做奴才之事，是你自己先叫人看小了，与我何干？"张丹枫寓劝于讽，这一番话石鸿博哪里听得进去，暴喝一声，左掌划了半弧形，向张丹枫又是搂头一抓。张丹枫一个盘龙绕步避开，石鸿博右掌又到，这两掌连环劈至，端的是厉害异常，其中又暗藏着分筋错骨的许多精妙招数，可以随时化掌为指，化指戳为擒拿，与武林各派掌法，迥然相异。

张丹枫一掌护胸，一掌应敌，使用须弥掌法，化解了他的三招，斜眼一瞥，只见云重巅巍巍地站了起来，悲声说道："皇上，请问我云家屡代，忠心为国，何罪何辜，竟蒙皇上两番赐酒？"

原来云重的祖父云靖，当年出使瓦剌，历尽千辛万苦回来，也是被祁镇赐以毒酒鸩杀的。云重想起祖父的惨死，祁镇今日又用同样的手段对付自己，不由得伤痛之极，拼着舍了性命，当着皇帝的面，质问起来。

祁镇见张丹枫将毒酒倒进口中，虽然立即喷出，但那酒毒性甚烈，沾肉肉裂，沾草草焦，而他竟然毫无异状，心中吃惊非小，正自全神注视张丹枫与石鸿博的搏斗，想不到云重突然有此一问，吓了一跳，睁目说道："你说什么？"云重悲愤之极，大声说道："请问朝廷的大法，是否尽忠为国的，都得受那毒酒之刑？"祁镇面色一沉，道："这是什么话？"云重道："我祖父出使胡边，牧马二十年，朝野称颂，说是他节比苏武，可登史册，但他一入国门，便领受了皇上的一杯毒酒！我云重虽然远远不及他老人家，也曾为皇上效过微劳，出使瓦剌，亲迎皇上回国，请问皇上又为甚要用对我祖父的手段来对付我。"祁镇被他一问，答不出话，那穿着长衫儒服的粗豪汉子喝道："云重口出怨言，便当一死！"

云重大怒，一跃而起，忽听得环佩叮当，众武士突然寂静无声，那粗豪汉子也敛手恭候，只见有两对男女走了进来，行在最前面的是一个二十多岁的华贵少年,中间的一对男女,挽手同行,状如夫妇,女的竟是一个西方金发美人,最后面的是一个中年美妇,云重认得正是妹子云蕾。

祈镇忽地哈哈一笑,道:"云状元,你误会了。令祖是奸宦王振所害,朕早已为他昭雪沉冤。今日这酒,乃是十全大补的药酒,你怎的胡乱猜疑,你不见朕也喝了么?"云重心道:"你当我是小孩子么?"正待不顾一切,拆破机关,这时张丹枫与石鸿博亦已罢斗,但见张丹枫眼角飘来,示意叫云重不可妄动。

这四个人走进阁子,那少年俯伏于地,唱道:"父皇万岁,臣儿见驾。"祈镇道:"见深,你来做什么?"那少年道:"波斯公主,远道来朝,臣儿陪她见驾。"

这个少年正是祈镇的太子朱见深。原来张丹枫入京之后,日夕筹谋,要找一个最适当的机会去见皇帝。他探听得太子尚有年轻人的一股劲,颇有振奋图强之心,他想尽办法,打通了太子的门路,与他商量由波斯公主作为桥梁,将来好与波斯联盟,夹击鞑靼的大计。太子被张丹枫说动,正想待有利的时机才带他们去见父皇。想不到祈镇已先把张丹枫请来,张丹枫在离开镖局之前,遣云蕾飞快报知太子,那波斯公主和驸马段澄苍数日前已秘密移居太子府中,是以一接报讯,便能前来,张丹枫和太子都知道此计甚险,但事到临头,只此一策,再无他图。

波斯公主曳起长裙,盈盈一福,轻启珠喉,莺声呖呖说道:"波斯公主偕驸马段澄苍拜见大明天子,并代表波斯大皇帝向大明天子致以最高敬礼,敬祝大明天子福寿无疆,民安国泰。"这几句汉语,波斯公主学了数十百遍,说来字正腔圆,甜美动听。祈镇心中大乐,要知明朝国势日衰,一些小国藩属尚且不依期进贡,远方大国的使者来朝,那更是从所未有之事。

段澄苍因为份属大明治下的子民,虽然是波斯驸马的身份,仍然行了跪拜之礼。太子朱见深代奏道:"段驸马是以前大理段平章段功的八世子孙,和现今大理的知平章事段澄平是堂兄弟。段驸马七代以来,客住波斯,而今方回故国。"

祈镇心中一动,对波斯公主道:"公主与驸马来朝,可有什么事么?"波斯公主的汉语只是一知半解,这几句话听得不大明白,段澄苍给她翻译了,波斯公主盈盈一笑,指着张丹枫说了几句,段澄苍奏道:"波斯公主授权给这位张先生,请他全权代奏,与陛下商议中国波斯两国通好联盟之事。"太子走近皇帝身边,轻声说道:"波斯帝国是中亚的第一大国,国力不弱于我们中国,请父皇稍稍优礼使臣。"这番应对都是张丹枫的事先所教,祈镇听了,只好重新"赐坐",请问张丹枫"高见"。

张丹枫微微一笑,道:"这就是我适才所要说的第三件事了。请皇上封段澄苍为大理世袭藩王,大理府属的各族官吏,由他统辖。然后派遣使臣,前往波斯,让波斯皇帝知道,他的爱女爱婿,已得到中国君皇的优渥礼遇。"祈镇点点头道:"这个可以商量。不过云南一省,在太祖皇帝开基定国之后,已封给沐家世袭罔替,如今要把大理割出来,朕还得下旨给沐国公,再看他有甚禀奏,以示朕对功臣之后的尊崇。"张丹枫知道这不过是朝廷的例行公事,有皇帝诏书,沐国公断断不敢违抗,想到大理的一场干戈,从此可以消弭,纵是身冒奇险,也算值得的了。

张丹枫续道:"波斯当年曾受蒙古铁蹄蹂躏,提起'黄祸'人人变色。如今鞑靼的小皇子乌坷克图,继承瓦剌霸业,国势更盛,兵力直到中亚细亚,几与波斯帝国接壤。皇上若派遣使臣,建议与波斯联盟,共防鞑靼,想来波斯皇帝,定表赞同,如此一来,中国西北的边患,当可减轻,实乃两国之利也。"祈镇之愿封段澄苍为大理藩王,就正是为了这个缘故。虽然对张丹枫甚为忌恨,也不得不点头赞道:"张先生深谋为国,朕失敬了。再赐酒三杯,并传旨内庭,准备厚赏。"云重大惊失色,只道祈镇又要弄什么手段,却见张丹枫笑道:"厚赏不敢领受,这酒倒可润润喉咙。"毫不踌躇地将三杯御酒喝了。

云重见张丹枫喝了酒之后,毫无异状,这才放下了心,想道:"是了,祈镇要与波斯联盟,对波斯公主自须笼络,张丹枫是波斯公主最信任的人,毁了张丹枫就等如毁了桥梁,皇帝亦不能不无所顾忌。"其实这猜度也只对了一半,祈镇见张丹枫如此神通广大,连外国公主也肯为他所用,对张丹枫的忌惮,更是深了一层。

张丹枫续道:"现下鞑靼称雄于西北,倭寇虽被民军挫败,但仍骚扰东南,更可虑者,满洲又崛起于东北,集兵关外,窥伺中原。皇上若不广施仁政,善用民力,只怕尚有第二次土木堡之变。"祈镇道:"朕虽德薄能鲜,自问还不是昏庸之主,张先生若肯辅佐朝廷,朕是求之不得,若然不肯,也请不要去助长叛逆之势。"话锋又转到了张丹枫相助江南义军的事情上。张丹枫神色不变,一笑说道:"皇上若肯外御强敌,内施仁政,全国百姓都是拥护皇上的人。如其不然,纵有一个毕擎天投降了,还有第二个叶宗留会再起来。"祈镇默然不语,张丹枫续道:"我所说的三事,自知是逆耳之言,却无一不是为皇上打算。与波斯联盟,可制鞑靼……"祈镇道:"这件事不是已允了先生所奏么?"张丹枫道:"让叶成林为皇上守护海外诸岛,即停围袭义军之令。"祈镇眉头一皱,道:"此事再从长计议。"张丹枫不理祈镇的插口,一口气说下去道:"为于阁老雪冤,下罪己诏,使天下百姓咸知皇上是知错能改的贤君,百姓才能为皇上尽忠效死。"祈镇面色一沉,旋即冷冷笑道:"看来朕倒应该请张先生做御史大夫了。"目光一转,顾左右而言他,指着云蕾说道:"这位是陪伴波斯公主的女官么?"太子奏道:"这位是张先生的夫人,正是她陪伴公主来的。"云蕾迈上一步,道:"云靖孙女云蕾拜见皇上,谢皇上对我云家的几代大恩!"祈镇面色尴尬,对云重道:"原来是你的妹子,怪不得你宁愿抛了状元不做,却随你的妹夫闯荡江湖。"

云重满肚皮气不便发作,祈镇哈哈笑道:"好,大家再饮酒,国事以后再谈。"张丹枫正想说话,忽见一个内监走了出来,向祈镇低声奏了几句,祈镇道:"皇后听说波斯公主远道来朝,甚是欢喜,请公主和驸马进内廷相见。见深,你陪他们去见母后吧。"这是宫廷仪礼,波斯公主听了驸马的传译,欣然答允。张丹枫心中一凛,于势却又不便阻拦。

待到波斯公主离开,祈镇笑道:"张先生怎么又不肯喝酒了。"石鸿博忽道:"张先生是一代武学大师,适才已蒙赐教,惜未尽兴,且待奴才再献薄技,助他酒兴!"双指连弹,当当当的三杯盛满酒的酒杯,相继飞起,隔着一席向张丹枫的面前飞来。

张丹枫知他是卖弄指上的功夫，微微一笑，道："张某怎敢受老前辈的敬酒，就借这酒回敬了吧！"使出一指禅的功夫，将这三个酒杯又弹了回去。众武士但见酒杯飞来飞去，盛满杯中的美酒竟然点滴不溅，心中均是暗暗喝彩。石鸿博正想运指再弹，酒杯飞到了他的面前，忽地一齐碎裂，这几个酒杯都是白玉所制，质地甚坚，竟被张丹枫暗运指力所碎，大出石鸿博意外，那三股酒浪，如箭径射，石鸿博勃然大怒，衣袖一扬，酒花四溅，两股真力一迫，雨点般的"酒珠"射到两旁侍立的武士面上，也像弹丸一般，吓得众武士纷纷走避。

祈镇笑道："好功夫，一人献技何如两人合演，既然是将遇良材，石老师你就与张先生稍事周旋，让他们开开眼界吧！"石鸿博大叫一声："奉旨！"飞身跃过桌子，提腿便踢，端的是快如闪电，众武士见张丹枫仍是神色自如地坐在椅上，都道这一记"窝心腿"非中不可，虽然他们都已暗中奉旨，将张丹枫当作劲敌，有些仍是不自禁地叫出声来。

只听得"轰"的一声巨响，人影飞腾，眼花缭乱，众武士惊魂稍定，但见那张椅子已被踢下玉阶，碎成片片，而张丹枫却立在阁子的中心，武士中不乏高手，竟然看不清楚他是用什么身法在那绝险之际脱身而出！

张丹枫仰天大笑，朗声说道："好一场鸿门宴呀！陛下也太抬举我了。"笑声未绝，石鸿博早已飞身扑到，左掌一拨，右掌斜劈，张丹枫认得其中藏着分筋错骨手的最上乘手法，不敢怠慢，一挫身一翻掌，反手劈去，石鸿博双掌一合，蓦然往外一分，解开张丹枫的攻势，伸开十指便抓，看来用的是鹰爪功，但只要被他搭上，立刻便是筋断骨碎之灾，他底子里仍是分筋错骨的功夫。

张丹枫退后两步，一掌拍出，呼呼带风，接着又是一记长拳，左掌右掌，直如巨斧开山，铁锤凿石，拳风所至，迫得众武士纷纷退后，登时腾出一片空地，那万寿阁占地甚广，可以筵开百席，不觉拥挤，那几张圆桌隔着了一堵人墙，而且离开两人比武的场心也有三丈开外，桌上的杯盘碗碟，仍是震得哗啷啷地一片作响，幸而都是黄铜或白玉的器皿，要不然定给震碎无疑。

石鸿博的分筋错骨手虽然是天下第一，苦于被张丹枫的拳风所迫，近不了身，斗了三十来招，仍是不分胜负，石鸿博早在皇帝面前夸下海口，这时战张丹枫不下，深觉面上无光，心中焦躁，蓦地一声大喝，欺身扑进，只听得"蓬"的一声，石鸿博的肩上挨了一拳，但却已抢进内圈，来扭张丹枫的手腕，张丹枫拳势一收，回掌护身，竟给他迫得连连后退！

分筋错骨的手法利于近身肉搏，石鸿博以这门绝学称霸武林，被他抢入内圈，攻势更见凌厉，以张丹枫的功力，拳势也自施展不开。御林军统领娄桐荪见师父占了上风，大声喝彩。酣斗间忽见张丹枫呼呼呼连劈三掌，这三掌突然转守为攻，胸前门户大开，娄桐荪心道："可笑你以天下第一剑客自命，竟不懂得我师父这手分筋错骨手的神妙，你如此欺敌强攻自露破绽，当真是自取其辱了！"正待大声叫好，只见石鸿博右掌一迎，左掌一搭，搭上了张丹枫的掌背，右掌立刻反手斫下，眼见张丹枫的手腕就要给他折断，而且下一手左掌只要往上一勾，张丹枫的胸骨也必然要被他扭断，云重见了这个情形，也禁不住大惊失色，要知这两手都是最上乘的分筋错骨手的狠毒绝招，张丹枫纵是武学通玄，这两记绝招，也未必能一齐避过！

娄桐荪的"好"字刚刚喊出，忽见石鸿博"啊呀"一声，双掌都撤了回来，"登，登，登！"的倒退三步，脸上现出惭愧的神色，原来张丹枫在连劈三掌之时，早已料到石鸿博会使出那两记毒招，他自露破绽，其实是诱敌之计，把真气全提到胸口"璇玑穴"的周围三寸之处，果然石鸿博左手那一抓正正向着这个方位抓下，但觉张丹枫胸口的肌肉软绵绵的竟把他的五指吸住，蓦然间一股无形的劲力反弹出来，石鸿博虎口酸麻，身形一晃，扭住张丹枫手腕的那只右手，未曾使出劲力，也给张丹枫一挣挣开，但见张丹枫左手中指指尖一翘，正正对着自己的咽喉要害，石鸿博领教过他的一指禅功夫，知道只凭这一指之力，便可以穿墙洞壁，何况是喉头的脆骨，石鸿博这一吓魂飞魄散，慌不迭地把双掌尽撤出来，却见张丹枫微微一笑，并未乘他双掌还来不及回防之际，乘势戳来。

张丹枫也自心中暗呼"侥幸"，心道：若然这老头儿看破我的预谋,那一抓只要离开璇玑穴三寸之地,我就要与他同归于尽。怜惜他这身绝学武功,更兼看在他是老辈的份上,更不忍取他性命,中指一勾,收了回来,微微笑道:"石老前辈的分筋错骨手法,果然是世上无双,张某心服口服,咱们可不用再较量了吧?"

石鸿博满面涨红,不知所措,那穿着长衫、头戴儒冠的粗豪大汉忽地跳了出来,手捏一把铁扇,迎风一站,大声说道:"张丹枫,楚某不才,躬逢盛会,非得领教你天下第一剑的剑法不可!"不由分说,铁扇一指,便插进两人中间。云重、云蕾听他自报名头,这才知道他是铁扇书生楚大齐。此人读书不成,转而习武,长相粗豪,却偏偏风流自赏,爱作儒生打扮,欢喜掉文,但他虽然粗野无文,那身武功却是非同小可!

眼见张丹枫便要被楚大齐与石鸿博联手围攻,云重勃然大怒,双臂一振,将堵在前面的武士扫得歪歪斜斜,越众而出,大声喝道:"当真是鸿门宴么?"反手一掌,把楚大齐的铁扇荡开,正待进招,却见张丹枫纵声笑道:"这话应该请问皇上!"飞身一掠,快如闪电,竟然从那堵人墙上空飞过,直扑御座。众武士惊醒之时,张丹枫已扑到了皇帝的身旁,众武士登时大乱。

说时迟,那时快,就在张丹枫一爪抓下之时,祈镇向后一靠,墙壁忽地裂开一道门户,待张丹枫扑到,祈镇已是躲进去了。就在这个时候,侍候在皇帝身边的屠龙尊者和摘星上人也已抡刀发掌,阻止了张丹枫的去路。

只听祈镇在复壁之内传声叫道:"张丹枫意欲弑君,大逆不道,着即擒来,格杀不论。云重心怀不忿,诋毁君上,亦属罪无可赦,一并擒了。"张丹枫大笑道:"连于阁老也给你以叛逆不道之罪处死,丹枫承受此罪,荣幸之至,虽死何辞!"他本欲擒着祈镇,作为人质,冲出重围,哪知祈镇也早就布下机关,存心将他除掉。但见众武士如潮涌到,张丹枫这一生屡经风浪,却还未有过今次之险,心中自思:只怕当真要豁出性命了!

摘星上人的"摘星手"以快、狠、变三字著名武林,那一掌劈来,后发先至,张丹枫一声冷笑,朝着他的虎口,中指一弹,若是武功稍弱,这一弹非给他弹断筋脉不可,摘星上人的掌法变化甚多,一见不妙,手腕一拧,掌锋立刻偏开,换了一个方向,化掌为拿,转抓张丹枫的琵琶软骨,张丹枫笑道:"快、狠、变三字果然名不虚传,再练十年,可以成为第一流高手了!"肩头一撞,一个旋身便反臂擒拿,这样一招两用,比摘星上人更快更狠,一面用铁肩膊的阳刚之力,一面用擒拿手的阴柔手法,摘星上人饶是武功多变,也无善法招架!

但见紫墨色的刀光一闪,屠龙尊者这一刀觑准了张丹枫的肩胛骨砍下,他在苍山被云重拗折了一条手臂,两年来苦练独臂刀法,虽然出手较摘星上人稍慢,但这一刀砍下,又狠又准,却是比一般刀法都厉害得多。

却见张丹枫既不招架,也不闪避,仍然伸掌攻击摘星上人,屠龙尊者心中一凛,反而不敢恣意劈下,但听得哎哟一声,摘星上人给张丹枫一掌击倒,幸而他变化得快,要不然手腕也被扭折,就在这同一时间,张丹枫的肩膊一撞,却把一个身材魁伟的武士撞得恰恰向着屠龙尊者飞来,水牛般的身躯撞得屠龙尊者也几乎跌倒,屠龙尊者绝对料想不到张丹枫竟然会出此怪招,那柄含有剧毒的屠龙刀竟然插进了自己人的心窝!

摘星上人犹未爬起,屠龙尊者被那武士压住,毒刀也还未来得及拔出来,张丹枫身手何等快捷,趁这时机,一个盘龙绕步,避开了左面袭来的一刀,反手一拿,又把右面冲来的一名武士的脉门扣住,一把提了起来,就将他作为兵器,一个旋风急舞,扫倒了几个近身的御林军统领,大喝一声,以大摔碑手的功夫,将那武士朝着人丛之中掷去,登时冲开了一条出路,眼光一射,只见云重、云蕾已在合战那个铁扇书生楚大齐。

云重的师父董岳独得玄机逸士"大力金刚手"的秘传,以外家硬功兼有内家劲力,武林之中,无人可与匹敌,云重苦练了十年,虽然尚未及师父盛年,但也有了八九成火候,满以为可以一掌将那楚大齐击毙,哪知楚大齐的武功,路数怪异之极,云重那金刚猛扑的掌力,连环三掌,竟然被他的铁扇一牵一搭一引,轻描淡写地便将那威猛无伦的掌力卸掉了。张丹枫尚未冲出重围,见这情形,急忙扬声叫道:"刚柔兼济,阴掌防身,阳掌击敌。"原来若论到本身的功力，楚大齐实是不如云重，但他这铁扇功长于以巧降力，相同于太极拳的"四两拨千斤"之理，只要被他的铁扇搭上，不但可以卸开敌人的劲力，而且可以迫令敌人失去平衡，重心不稳，幸而云重的内外功夫均已到了一流境界，定着重心，还不至于给他借力反击。

云重得张丹枫传声提醒，一掌护胸，一掌应敌，以刚柔兼济的掌力谨慎周旋，楚大齐果然不敢欺身躁进，但见他扇子倏张倏合，合起来时，便当作点穴橛使，张起来时，却又是峨嵋刺和刀剑的路数，那十几支扇骨，都是精钢所铸，支支锋利，的确是一件罕见的外门兵器！云重一时未能适应，竟然给他迫得只有招架之功，却无还手之力。

云蕾见状不妙，揉身扑上，楚大齐扇子一张，反手挥去，忽地眼神一乱，但见好像有四五个红妆少妇，同时扑了上来，手中铁扇，几乎给云蕾劈手夺去，刚刚避过，"卜"的一声，肩头已是中了云蕾一掌，幸而他长于内力化劲的功夫，云蕾那一掌虽然击个正着，他肩头一沉，那掌力也完全消解了。

并不是云蕾的武功胜于云重，原来武学之道，相生相克，云重的武功，以刚猛为主，遇上了善于以巧降力的一等一高手，就要反为所克。云蕾自幼便习穿花绕树的轻功身法，若只论身法的轻灵，她还在丈夫张丹枫之上，楚大齐的铁扇休想沾得着她，而楚大齐又不似云蕾，有强劲的掌力防身，因此碰到了云蕾，又恰恰被她克住，不过数招，立刻处于下风，只有挨打的份儿！

石鸿博站在场边，犹自发愣。要知他是武林中顶儿尖儿的角色，输给了张丹枫，若非自尽，就该立即回乡，从此闭门洗手，这才合乎他的身份，正踌躇间，娄桐荪走了出来，对他恭恭敬敬地施了个礼，说道："请师尊助楚师叔一臂之力。"石鸿博眉头一皱，道："桐荪，难道你不知道江湖上的规矩么？"娄桐荪道："禀师父，这里是皇宫大内，并不是江湖道上。"石鸿博怔了一怔，想道："不错，我是皇上厚礼聘来，虽然没有受任何职位，也算是食君之禄的了，怎可不分君之忧？而且，我若就此一走了之，皇上他能原谅我么？"娄桐荪又道："师尊偶一失手，算不了什么。除了楚师叔和弟子,也没人看得出来。师尊若然自己认输,从此闭门洗手,那不但是折了我派的威名,而且,而且……嗯,皇上万一起疑,师尊你在太原有家有业,也有点不大便当呵!"石鸿博勃然色变,旋即又叹了口气,道:"不必多说,我明白啦!"

抬头一看,但见楚大齐已给云重、云蕾迫得连连后退,险象环生,石鸿博喝道:"云状元,你究竟曾是朝廷臣子,胆敢不遵皇命,妄自拒捕!"骤然出手,五指如钩,一爪抓下,云重反手一掌,"蓬"的一声,两人都各自震退三步,楚大齐叫道:"让我来对付他。你来收拾这个女贼。"楚大齐忌惮云蕾,对云重却自问有取胜的把握。

石鸿博眉头一皱,他倒并不是畏惧云蕾,却因他的分筋错骨手法必须近身肉搏,才能克敌制胜,实是不愿用来对付女流,但见楚大齐已抢上前去缠着云重,在势不能与他"争功",云蕾反手一扬,铮、铮、铮,三朵金花齐发,分取石鸿博、楚大齐、娄桐荪三人,石鸿博衣袖一掷,将金花收去;楚大齐铁扇一挥,也将金花打飞;娄桐荪功力稍逊,却给金花打穿了肩头软骨,登时血流如注,不敢上前助战,慌忙跳出阁子,恨恨说道:"纵算你三人有天大神通,今日也难逃出我的天罗地网。"自到御花园去亲自布置不提。

石鸿博虽然卷去了她的金花,心中也自微微一凛,想道:"若然她再连环疾发,我可抵挡不住。"不敢让云蕾再有空暇偷发暗器,急忙飞步追前,双袖齐扬,一招"双龙汲水",要用"飞袖流云"的绝技将云蕾摔倒,哪知云蕾的身法快如闪电,石鸿博双袖未曾卷到,她已倏然间从另一个意想不到的方位扑了过来,一掌劈下。

云蕾方庆得手,忽听得石鸿博喝道:"给我倒下!"手指突然从袖管中穿了出来,云蕾大吃一惊,这才蓦然想起,石鸿博的分筋错骨手正是长于近身肉搏,巴望不得自己近他身前,这一掌劈下,正好被他就势一扭,手腕非折断不可!

好个云蕾,就在这间不容发之际,一个"细胸巧翻云"倒纵出一丈开外,两人都暗暗叫了一声:"好险!"但比将起来,云蕾的轻功虽好,近不了身,终是吃亏。石鸿博几乎吃了云蕾一掌,心中也是又惊又怒,恶气陡生,再无顾忌,步步迫近,双掌翻飞,十指如钩,纵横穿插,立心要用分筋错骨手来将云蕾挫败。

云蕾用穿花绕树身法,左兜右绕,好几次从他的掌下穿过,却连衣角也没有给他勾着,虽然如此,究非善法,几度盘旋进退之后,云蕾忽地一声长啸,玉手一扬,手中已多了一条绸带,这本来是她束腰用的,如今却要拿来当作兵器。

绸带舞动,夭矫如龙,竟然带着劲风,向石鸿博的面门刷下,石鸿博心中一凛,想道:"她居然能够把绸带使得似软鞭一样,虽然内功还不若她的丈夫,也算难得的了。"反手一抓,他以分筋错骨手冠绝武林,手法何等快捷,一爪抓去,竟然抓了个空,那条绸带只微微一偏,又"刺"向他的"肩井穴",这条绸带,被云蕾使上了内家真力,不但可以当作软鞭,还可以当点穴的利器。石鸿博更不敢轻视,随着绸带的舞动,起落跳跃,霎时间过了十多二十招,云蕾固然近不了他,他在一时之间,也抓不着云蕾的腰带。

那一边云重和楚大齐也打得难解难分,云重解下围在腰间的软刀,展开五虎断门刀法,刀光闪闪,霍霍生风,每一刀斫出,都是力沉招捷,楚大齐仍然用以巧降力的打法,铁扇忽张忽合,遮拦得风雨不透,云重这一路极刚猛的刀法,竟是被他见招拆招,见式拆式,虽然云重的每一刀都沉重之极,却都被他轻描淡写地化开。所以在表面看来,云重似是占了八成攻势,实则是楚大齐以逸待劳,稳持先手,消耗云重的气力。而且他也并不是只守不攻,那铁扇一合之时,便立即乘暇抵隙,点打云重的三十六道大穴。幸而云重得张丹枫的指点,一手运刀,一掌仍然以大力金刚手法护身,一时之间,还是彼此相持之局。

再说张丹枫击倒了摘星上人与屠龙尊者之后,立即冲入武士丛中,掌劈指戳,不过一盏茶的工夫,便接连伤了十数名敌手,但围攻的武士,不下百人,重重围困,一时之间,却是不易冲出,张丹枫在百忙中抽眼一看,但见云重、云蕾都已陷于劣势,心中一急,陡然奋起神威,这时正有两个手舞八角金锤的御前侍卫,左右合击,双锤打下,距离张丹枫的头顶不到五寸,张丹枫一声大喝,双掌齐出,一手执着一个侍卫,猛地一碰,双锤交击,轰隆地一声大响,张丹枫松手轻轻一推,这两个侍卫被他碰得头昏眼花,金锤兀自舞动不休,将周围的武士打得头崩额裂,纷纷走避。

张丹枫纵声大笑,又冲出了丈许之地,另两名使剑的武士是昆仑派朗月禅师的高足,一手昆仑剑法,也曾在江湖上得过盛名,名列大内八大高手之内,不知厉害,飞身急上,两人不约而同地挽了一个剑花,同时出手,一个剑刺张丹枫的左肩井穴,一个剑刺张丹枫的右肩井穴,双剑齐出,势道凌厉之极,张丹枫大笑道:"来得正好,借剑一用!"劈啪两声,这两个人尚未看清他用的是什么手法,已是各自被打了一记耳光,手中的长剑也被张丹枫劈手夺去。

只听得张丹枫纵声笑道:"看在朗月禅师的面上,饶你不死!你两个还不配用剑,快回昆仑山去再练十年!"双剑一展,登时如虎添翼,只见剑锋所至,喊声四起,兵器抛满一地,张丹枫展开了双剑合璧的战术,专刺敌人手腕上的关节要害,只一招就要叫他兵器撒手,双剑疾发如风,连伤了二三十名武士,当者辟易。这时摘星上人与屠龙尊者方自追到,张丹枫已冲出重围!

云蕾见丈夫冲出,心中大喜,一个疏神,被石鸿博抓着了绸带,一扯扯断!张丹枫叫道:"云妹!接剑!"长剑一抛,石鸿博也纵身来抢,云蕾手快,把剑抢到手中,石鸿博三指一伸,扣她的手腕;说时还,那时快,但听得张丹枫一声长笑,双剑合璧,配合得妙到毫巅,宛如两道银蛇,疾飞而出,一倏向左,一倏向右,一个盘旋,便将石鸿博圈在当中,石鸿博大吃一惊,不暇细思,仍然照着原来的方向,弓身一跃,伸手一抓,接着使一个"燕青十八翻"的招数,身形坠地,滚出三丈开外,依稀听得张丹枫赞了一个"好"字,这才觉得顶上一片沁凉,头顶上本来就已稀疏的头发竟被削了个干干净净!

石鸿博老羞成怒,厉声叫道:"张丹枫你辱我太甚,这几根老骨头送给你吧!"其实张丹枫这个"好"字确是由衷之言,原来石鸿博那一招以攻为守,恰恰迫得云蕾脚步斜移一步,除了用这冒险的一招,绝不能脱出双剑合围的圈子!

石鸿博却把张丹枫的赞语当为讥诮,奋不顾身,又再扑来,张丹枫眉头一皱,道:"这老儿脾气倒硬,云妹,刺他手腕关节!"双剑左右一圈,倏地又同时刺出,石鸿博双手笼在袖中,双袖一拂,但听得嗤嗤两声,两条长袖又被截断,这本在石鸿博的意料之中,正拟待他们未及换招之际,出手攻敌,哪料张丹枫与云蕾的双剑合璧之术,已练到心意相通、变幻无方的妙境,双剑根本不用换招,剑锋一颤,两柄剑陡然间,递出五寸,要知高手拼斗,所争不过毫黍之差,石鸿博以为他们的招数已经用老,哪料他们的剑势竟然未衰,这却大大出乎石鸿博的意料之外!

剑风掌影之中,但听得"嗤"的一声,石鸿博的腰带又给张丹枫剑尖挑断,这还是他趋避得快,而张、云二人的剑势又刚刚放尽的缘故,要不然再待双剑一合,纵然他武功再强十倍,不死也得重伤。

石鸿博费尽心机,冒险进招,屡遭挫败,反弄得衣裳破碎,狼狈不堪,只听得张丹枫又赞了一个"好"字,大声说道:"石老前辈,你能在双剑合璧之下,连挡三招,当今之世,能与你并驾齐驱的也只是有限的几人了。晚辈佩服之极,以你的武功威望,德邵年尊,还侧身在这班奴才之中,听人差遣,实在是有辱身份!请听晚辈一言,早早回家去吧!"

石鸿博倒吸了一口凉气,张丹枫这番说话,句句刺在他的心上,其实他这次出山,倒并不是为了求取功名富贵,而是想令他这派武功,扬名天下,而他自己,也从来不作武林中第二人想,哪知进了大内之后,第一次交手就碰到了张丹枫夫妇,算起辈分来,还是比自己晚了两辈的人,而自己却仅仅只能抵敌三招,还几乎伤在双剑合璧之下。登时雄心尽戢,壮志全灰,长叹一声,立刻跳过栏杆,逃出皇宫,从此果然听了张丹枫之劝,弃掉家业,携带家人,隐居山林,再也不问世事。

那边厢,云重和楚大齐正斗到吃紧的关头,云重的三十六手五虎断门刀法刚刚使完,正拟周而复始,变招换力之时,楚大齐突然变守为攻,铁扇一张,倏地搭着刀背,云重那一刀刚刚斫出,被他铁扇一引,重心不稳,身子前倾,楚大齐立下毒手,一掌拍出,忽见眼前青光一闪,张丹枫的剑尖已刺到了他的虎口,楚大齐大怒叫道:"好哇,这样子偷施暗袭,算哪门子的好汉!"铁扇一转,闪过云重的身后，好不容易，才避过了这一险招。

张丹枫哈哈笑道："高手临敌，理该眼观四面，耳听八方，我到了你的跟前，你还不知，尚敢自夸好汉么？我若有心杀你，这一剑不刺你的虎口，刺你的咽喉，你的铁扇怎么转得过来？再说到江湖规矩，今日我等只有三人，你们的大内高手，却已倾巢而出，这又是怎么个说法？"楚大齐冷汗沁肌，心中自思："他那剑若然改刺咽喉，当真是避无可避！"强颜答道："张丹枫，我不与你斗嘴，来，来！咱们比划几招！"张丹枫叫道："云兄，你替我暂时挡一挡这一班奴才！"一个盘龙绕步，与云重成了犄角之势，扬声说道，"楚大齐，你只要能挡我夫妇三招，我夫妇一齐自缚，成全你一件大功！"陡然间，双剑一合，将楚大齐圈在当中。就在这同一的时间，只听得砰砰两声，原来是云重施展了大力金刚手法，将最先追来的两名武士摔下了石阶！

这双剑合璧之术，乃是玄机逸士毕生心血之所聚，张丹枫与云蕾当年未经练习，第一次出手，就挫败了黑白摩诃（事详拙著《萍踪侠影录》），而今做了十多年夫妇，配合得更是天衣无缝，双剑一合，登时把楚大齐前后左右的退路，全都封住，楚大齐这一惊非同小可，仗着他那一身怪异的武功，在双剑交叉之下，滴溜溜一转，铁扇一挥，以绝妙的卸力功夫，卸去了云蕾的五成劲力，扇柄一格，咔嚓一声，被张丹枫截了两处缺口，出尽平生绝技，才堪堪地拆开了第一招。云蕾心中暗叫可惜，只因张丹枫想与皇帝谈判，不愿带剑入宫。要是他们把青冥与白云两把主剑带来，楚大齐的铁扇早已截为两段了。

张丹枫笑道："这一招挡得还算不错。"青钢剑信手一招刺出，剑势迫得楚大齐斜走三步，云蕾那一剑却刚好从这方向刺来，楚大齐无法抵挡，翻身仆地，云蕾剑锋过处，将楚大齐头上的方巾削去，张丹枫笑道："爬起来，再接这第三招。"张丹枫这一招其实就可取他性命，所以不取，乃是故意让云蕾折辱他，令云蕾消一口气的。

楚大齐明知不敌，拼了一死，蓦然一个鲤鱼打挺，跳了起来，反手一挥，铁扇一抖，分点云蕾的七处大穴，他知道云蕾武功稍逊，冒死反击，端的是出手如电，凌厉非常，哪知他快，别人更快,就在他那扇子扬起之时,张、云二人亦已是双剑齐出,但见剑光点点,有如繁星陨落,浪花飞溅,楚大齐大叫一声,铁扇截为四段,右手被削去了两指,身上也同时受了七处剑伤!张丹枫喝道:"饶你一命,还不快逃!"原来张丹枫念他的武功也已练到了第一流境界,在双剑合璧之下,也能硬接一招,故此那七处剑伤,都并不是戳他要害。

这时摘星上人与屠龙尊者率领数十名武士,也已合围,但张丹枫夫妇双剑在手,这干人哪里拦挡得住,见双剑起处,碰上的不死便伤。摘星上人叫道:"退出阁子,再围困他!"话未说完,张丹枫与云蕾一左一右,双剑已似奔雷闪电般地杀到!摘星上人身躯一矮,抓起了两个武士,左右一挡,那两名武士都给长剑穿过了前心。张丹枫喝道:"好狠毒的恶贼!"抽剑再刺,摘星上人已溜出阁子,逃入花园,众武士见摘星上人为了保全自己,不惜找人替死,更是寒心,当下纷纷逃命,一哄而散。

张丹枫与云蕾、云重闯出了万寿阁,踏入了御花园,忽听得娄桐荪哈哈的大笑之声,叫道:"张丹枫,纵算你有天大的神通,今日也难逃过我的天罗地网!"但见花木丛中,人影绰绰,原来是娄桐荪调来了一千名神箭营的弓箭手,早已埋伏在外,一声令下,强弓猛弩,四面射来,千箭如蝗,把张丹枫等三人当作了活靶子!

张丹枫与云蕾双剑交舞,迫起了一圈银虹,利箭射入圈中,纷纷折断,云重也以大力金刚手法,将射来的箭,在离身八尺之外震落。但那一千名神箭手,都是从御林军中精选出来的,强弓猛弩,从四面八方射来,只要稍一疏神,中了一支,便休想逃命。千箭如蝗,密集如雨,张丹枫等三人本事再大,也难以冲破这个箭阵。

张丹枫凄然笑道:"小兄弟,今天只怕是咱们最后一次的联剑对敌了。你说,咱们是再拼掉他百数十个鹰爪孙呢,还是再这样地挨下去呢?"张丹枫在十余年前初遇云蕾之时,云蕾正是刚离师门,女扮男装,行走江湖,张丹枫叫她做"小兄弟"已叫惯了,结婚之后,改称"云妹",但有时在闺房之中笑谑,这"小兄弟"三字仍会冲口而出。这时在此极度紧张之际,忽听得张丹枫叫出旧日的称呼,云蕾情不自禁地甜甜一笑,说道:"大哥,但凭你的意思!"话语中充满了对张丹枫的信赖。

在这样密集的箭雨之下,若然强行冲出,自是九死一生,但若像目前这样,双剑配合,互相照应,不移动身形,虽然暂可支持,但终是坐以待毙。张丹枫一生中经历过无数艰险,尚能当机立断,但这一回却有点踌躇莫决了。就在他们说话之际,稍一分心,有两支利箭居然射入剑光封锁的圈中,张丹枫衣袖一甩,将它拂落,但觉劲力不小,显然是高手所射。张丹枫咬一咬牙,正想说道:"冲出去吧!"忽觉那箭雨好似比较疏了,张丹枫凝神一听,忽地叫道:"火焰弹!"只听得噼噼啪啪的炸裂声,天空中突然飞下十数朵火花,爆裂开来,火花四溅,云蕾道:"咦,他们为什么要放这种暗器?"张丹枫道:"这火焰弹是从外边射来的!"

转眼之间,又是十几枚火焰弹和蛇焰箭射了进来,火焰弹专在弓箭手的头顶上空爆炸,火星溅处,触着头发衣裳,便烧起来,蛇焰箭挟着一溜火光,却似毫无目的地乱射,射到花木丛中,便立即燃起一片火头,看来火焰弹乃是对人,蛇焰箭乃是对物。

伤人也还罢了,御花园中起火,可是非同小可,娄桐荪分出一部分人去救火,蛇焰箭四处乱射,扑灭了一片火头又起一片火头,御花园又是天下最大的花园,那一千名弓箭手亦不过仅仅包围在万寿阁的周围,占着园子的一角而已,再过一阵,不但这一角起火,靠近内宫那一角也起了火头,宫娥太监的呼号声奔跑声也传出来。

张丹枫大叫道:"快冲出去!"这时射来的弓箭更疏了,摘星上人率领二三十名武士堵着第一圈,张丹枫兔起鹘落,倏地就扑进第一层包围圈,一伸手抓着了摘星上人的肩胛骨,只听得"勒"的一声,却扯下了他披在身上的袈裟。

摘星上人的武功长于变化,以张丹枫的功力,若然换了别人,这一抓万难逃脱,摘星上人居然能在危急之际,施展"金蝉脱壳"之计,舍掉了身上的袈裟,张丹枫先是一愣,继而笑道:"看在你这手乌龟缩颈功夫的份上,就再饶你一次。"袈裟一展,又扫翻了几个武士。

这时御花园里又起了十几处火头,御花园中住的,多是皇帝宠爱的妃嫔宫娥,而亭台楼阁建筑的华丽,更胜于正宫大殿,若给火势蔓延,那真是不堪设想之事!

就在宫娥太监的呼号声中,西北角忽然传来了一声长啸,继而东南角也传出了粗豪的啸声,片刻之间,啸声此起彼落,御花园中各处的守望台纷纷鼓起警钟,报道发现刺客,这一来园中的武士更是乱成一片。

张丹枫笑道:"来人真是聪明绝顶,除了放火之外,确是再无别法退掉这一大批的御林军。"云蕾道:"大哥,你听来的共是几人?"张丹枫道:"这啸声声声不同,好像是混进了许多人,其实只是两人所发。"云蕾道:"这两人的武功,不在你我之下。大哥,我可并未听你说过在京师有这等本事的好朋友。"张丹枫心中一动,笑道:"也许是未曾相识,而有意与咱们结交的朋友吧。哈,他们这份礼物送得太厚了,不由得咱们不去回拜他了!"

张丹枫等三人舒了口气,娄桐荪、阳宗海等人可是着急非常,权衡利害,只得放松对张丹枫的包围,阳宗海大叫道:"救火要紧!"娄桐荪大叫道:"保驾第一!"摘星上人也大叫道:"快随我来捉拿刺客呀!""救人!""保驾!""快拿刺客!"种种叫声,乱成一片,霎时间,那一千名神箭手散去了八九百人!

张丹枫笑道:"摘星老道送给我这件袈裟,正好派上用场!"袈裟一抖,有如大鹏展翼,冲入火场,火势还未很大,被袈裟一拨,火焰两面分开,云蕾、云重随在张丹枫身后,飞掠而过,越过了四五处火场,袈裟烧了起来,但他们也到了御花园的后门,屠龙尊者和十多名武士正在那里救火,做梦也想不到张丹枫竟然来得如此之快,火烟遮眼,还以为是自己人,待到骤然认出了是张丹枫时,"呵呀"一声刚刚出口,就被张丹枫用那着火的袈裟迎头一罩,云重施展大摔碑手的功夫,一把将他抓起,抛入了火堆里面。

这十多名武士哪里还敢抵敌,当下一哄而散,云重奋起神威,大喝一声,大力金刚手以十成真力发出,只一掌就震坍了那包着铁皮的厚木宫门,御花园的后门外面就是景山,张丹枫等三人安然脱险,逃至山上,回头一望,御花园中的火势,还没有扑灭!正是:

可怜报国英雄志,都被冲天一火焚。

欲知后事如何?请听下回分解。

第三十四回　世乱见人心　来寻侠迹
　　　　　　疾风知劲草　独守危城

云重怒气未消，恨恨说道："真是个忠奸不辨的昏君，咱们这样为他打算，他却想把咱们一网打尽。好，这一把火若把他的三宫六院烧为平地，倒也大快人心！"张丹枫笑道："这皇宫也是老百姓的血汗造成的，真的一把火烧了，也太可惜。而且烧了他不会再建么？更苦了天下的百姓。"云重道："我只是气这昏君不过！"回想起自己年轻时候那一股忠君爱国的热诚，再俯视皇宫中的大火，不觉感慨万分，但觉一腔热血，报国无从，少年时候的天真愿望：辅佐君皇，安邦定国的雄心壮志，竟似被这场大火烧得干干净净。

张丹枫又笑道："你说他是昏君，我看他自己一定认为自己精明得很呢。咱们都是被他认为会危害及他的皇位的人，招他所忌乃是必然之理，哈，哈！不招人忌是庸才，咱们招受皇帝之忌，也大足以自豪了呢！"连说带劝，将云重的怒气消了。云蕾记挂波斯公主，道："大哥，你看波斯公主和驸马被皇帝扣在宫中，有无危险？"张丹枫笑道："非但没有危险，祈镇一定还会待他们以国宾之礼。他们不比咱们，祈镇为了自己的江山着想，不管将来是否能够和波斯联盟，他施些小恩小惠，结好一个外邦公主，又何乐而不为。"云蕾也笑道："如此说来，你这次入宫，为他剖陈利害，他虽然想除掉你，却也不得不听从你三策之中远交近攻的那一策略呢。"

说话之间，御花园中的火势已渐渐减弱，张丹枫道："咱们可别只顾说话了，只怕火头扑灭之后，他们又要追出来了。快回去吧。"云蕾道："回去哪儿？"张丹枫想了一想，笑道："你忘记了给咱们送礼的人么？好吧，咱们就连夜到八达岭去向他们回拜，这两个朋友倒是值得交交。"云蕾也笑道："好，你每次料事都料得不错，看看这回料得如何？我却是想不明白，他们怎知道咱们在皇宫中有性命之危，而又肯这样地冒险来救？"

张丹枫和云蕾兄妹都恨不得立即赶到八达岭打破这个疑团。但张丹枫却想不到他的徒弟也为了要打破一个疑团，已先到八达岭去了。

且说张丹枫离开了飞龙镖局之后，龙镖头立即遣散了镖局中的伙计，于承珠本想带小虎子到曹太监家中去暂避一时的，想了一想，临时变计，与小虎子同乘白马，出了西门，直到了居庸关外。小虎子道："咦，承珠姐姐，你带我到这荒山野岭来做什么？"于承珠笑道："小顽童，你最贪玩，我而今带你来看天下的奇景——长城，你还不高兴吗？"推小虎子下马，将马放入山林，这时正是黄昏时分，在苍茫夕照之中，远望万里长城，就像一条金黄色的长蛇，在群山之中蜿蜒而过。

万里长城是中国历史上最伟大的建筑，从嘉峪关到山海关，在丛山峻岭中蜿蜒一万二千余里，居庸关这段通过八达岭。于承珠和小虎子从居庸关的南面山，上了长城，但见山峰重叠，一望无尽，万里长城，有如一条看不见首尾的长蛇，小虎子在城墙上披襟迎风，大呼爽快，忽而怀疑问道："承珠姐姐，你真的只是为了带我来看万里长城？"于承珠笑道："怎么，难道不好看吗？"小虎子道："好看，但天色已晚，回去时城门怕已关了。咦，我不信你今日有这样闲情逸致，带我游山。"

于承珠噗嗤笑道："咱们今晚就在八达岭中寻找一处住宿的地方。小虎子，你怕山中的野狼吃了你吗？定要赶回北京？"小虎子道："我怕野狼？哈，我正想找一只野狼烤来吃呢。可是咱们的师父叫咱们在曹太监的家里等他们，他们找不着咱们，那怎么办？嗯，承珠姐姐，你一向听师父的话，今次却擅作主张，带我到这里来，其中定有缘故，好，你再不说，我将来向师父告你。"

于承珠笑道："我带你到这里，就是为了等候师父，你不记得师父曾与那个什么'八达山人'约定，在八达岭的点将台会面吗?"小虎子道:"师父可并没有约定时间呵。"于承珠道:"他们在皇宫中出来之后,迟早都会到那里的。我着急要见那个什么八达山人,先来探听一下,想师父也不会怪责。"

小虎子奇道:"你认识那个八达山人?"于承珠道:"不认得。"小虎子道:"那你怎样找他?他和师父又不是约定今晚见面,你怎么保得住他会在点将台等你。"

于承珠道:"咱们把八达岭搜遍,不信找不着他。"小虎子道:"什么人值得你这样急于寻觅?"于承珠道:"我希望他是一位我闻名已久却从未见过面的朋友。好,小虎子,不必多问了,咱们下了长城,进林子去吧。"

小虎子怀疑之极,禁不住又问道:"你这位未见过面的朋友,是男的还是女的?"于承珠道:"是男的。"小虎子道:"咦,你不喜欢叶成林哥哥了吗?"于承珠啐了一口道:"你这小鬼头,满脑子不正经,你再胡说,我就打你!"小虎子伸伸舌头,不敢再说。

于承珠想找的是霍天都,她听西山药隐叶元章说那个"少年侠士"住在八达岭,给师父送礼的人又自称"八达山人",心中便怀疑这两人即是一人,多半便是霍天都。他究竟是死是生,这疑团定要打破。于承珠自幼在京师长大,万里长城也是旧游之地,可是"点将台"在什么地方,她却不知道,这时暮霭已合,夜色苍茫,荒山里杳无人迹,于承珠怀着一股激情而来,这时心中却不禁暗暗着急。

于承珠与小虎子搜遍了周围十里之地,连茅屋也没有一间,夜色更浓,月亮也升起来了,森林里夜风呼啸,时不时传来猿啼狼嗥的声音。小虎子笑道:"幸而今晚月亮正圆,要不然若是有野狼偷袭也不知道呢?怎么样?咱们今晚就在这林子里行到天明么?"于承珠忽地仰天吟道:"飞尽辽天寻比翼,凌云一凤落谁家?"小虎子道:"亏你还有这样兴致吟诗!"于承珠的内功已有相当根底,声音能够鼓气行远,但听得"凌云一凤""一凤""一凤""凤、凤……"的回声不绝于耳,自忖十数里内,若然有人,定能听到,可是直到那回音越传越远,听不见了,林子里仍是毫无反应。

月光倒是甚为明亮,一丛丛不知名的野花在夜风中颤抖,景色清幽之极，令人有点不寒而栗。于承珠忽地想起了在芙蓉山之夜，与凌云凤踏雪寻梅，倾谈心事，那景色就像今晚一般。那一晚她第一次在凌云风口中知道霍天都的故事，而今晚则为她寻找霍天都；于承珠不断地在心中默祷："但愿凌云一凤，能寻回她的伴侣，比翼同飞！"

忽听得"嗖"的一声，打破了林子的寂静，也打断了于承珠的默想，抬头一看，只见一颗石子，正好落在她的跟前，小虎子叫道："咦，这是人是鬼？我似乎见到一条黑影，晃眼就不见了。"话声刚停，又是一颗石子落在他们两人的中间。

于承珠朝着那石子飞来的方向，飞身便追，于承珠的轻功何等快捷，追了一会，仍然不见人迹，于承珠心中暗气："我为凤姐这样苦心寻你，你却来较考我的武功。"脚步一停，忽地又是嗖的一声，飞来了一颗石子。

于承珠施展蜻蜓三掠水的上上轻功，三起三伏，掠出了十数丈地，隐隐见到一条黑影，刚换一口气，再施展轻功提纵术时，那黑影又不见了。

黑影时隐时现，于承珠追了一阵，忽见一块硕大无朋的圆石，光滑溜亮，在月光反射之下，如同明镜一般，石上凿有"点将台"三个大字，于承珠怔了一怔，恍然大悟："原来他故意引我来此。对啦，他与师父约定在此会面，他怕我师父来时寻不见他。"于是朗声说道："凌云凤之友、张丹枫之徒，于承珠到此拜会八达山人。"她恐怕这人万一不是霍天都，所以不敢径呼名字，但却特别把"凌云凤"三字先行说出。

"点将台"附近树木稀疏，月光下看得清清楚楚，却并没有人现出身来，于承珠等了一阵，甚为生气，待想离开，小虎子却还没有赶到，石台旁边另有一块石碑，说明这个古迹的来历，于承珠拂拭残碑，细读碑文，始知这是宋朝女杰穆桂英曾在这里点将的石台。

于承珠心道："凌姐姐的文才武略，可与穆桂英比美，但风云际会，两人的际遇却又大大不同了。呀，这人是不是霍天都？"背后脚步声一响，于承珠回头一看，却原来是小虎子，只见他脸上一副惊诧的神色，指着石台说道："于姐姐，这个人就是你的朋友吗？你为什么还不叫醒他？"于承珠这时背向石台，急忙转身看时，只见石台上果然睡有一个人，于承珠自幼练习暗器，耳朵最为灵敏，竟不知这人什么时候来的，这一吓非同小可，呆了一会，好半响才说出话道："霍，霍……八达山人，约我师父的是不是你？"这人用一件蓝布大褂，蒙头大睡，看不清他的面貌，于承珠不敢断定他是不是霍天都。

小虎子跳上石台，怒道："你这厮好生无礼！"一把将他翻了转来，揭开那件蓝布大褂，这一下更把于承珠吓得呆了，这人竟然是个白发苍苍，有着一个酒糟鼻的糟老头子，面貌虽然不算太丑陋，但与凌云凤所描述的那个少年英俊的霍天都，绝无丝毫相类！这老头儿伸了个懒腰，道："哪里来的顽童，为何扰人清梦？"小虎子怔了一怔，道："你是谁？"那老头儿道："你要找谁？"小虎子道："你是不是八达山人？"那老头儿道："怎么，你来找我？我老头儿可不认识你这样顽皮的野孩子。"扯过大褂纳头又睡，小虎子再叫，他竟然呼呼地打起鼾来，小虎子怒道："偏叫你睡不安心！"双指一伸，钳那老人的鼻子，小虎子小时最爱这样和同伴开玩笑，这老人的酒糟鼻又红又大，小虎子忍不住童心大起，双指钳下，想象那老人的窘态，"咭"的一声先笑起来。

于承珠见这滑稽模样，亦自忍俊不禁，正想出声喝止，只见那老人略一侧身，小虎子竟然钳了个空，小虎子还不服气，觑准那老人的大红鼻子，又钳下去，小虎子年纪虽小，武功甚高，在江湖上已是罕逢敌手，这次出手，快如闪电，满以为定能钳中，想不到指尖刚要触及鼻梁，那老人又是略一侧身，小虎子收势不及，双指一直戳到石台之上，几乎跌了个狗吃屎，于承珠大吃一惊，这老人身法的怪异，竟是见所未见，急忙纵上石台，忽听得那老人斥道："顽童无礼，给我打他屁股！"就在于承珠纵上之时，一条人影倏地也从右边纵上，比于承珠先到了一步，"啪哒"一声，一掌拍中了小虎子的屁股，将他摔下石台。

于承珠对小虎子最为爱护，见这人出手奇快，不知是轻是重，只恐他伤了小虎子，不假思索，便一剑向他刺去，剑到之时，小虎子已被摔下石台，那人反手一迎，手上拿的是一根树枝，使的竟然是刀剑的路数，于承珠那一剑没有刺中他，反而几乎给他的树枝刺中手腕。

于承珠急急变招，青冥剑划了一道圆弧，左一招"华枝春暖"，右一招"天心月圆"，这本来是双剑合璧的招数，张丹枫从两人分使的剑术妙悟出来的，如今于承珠一剑双分，左右并进，就像两人合使那套奇妙无比的百变玄机剑法，那人"噫"了一声，赞道："天下第一剑客的高足，果然是名不虚传！"树枝一挑，似戳似刺，倏地跳出了剑光圈子，于承珠一看，只见来人乃是个浓眉大眼的少年，虽然远不及铁镜心的丰神俊秀，但却另有一股豪迈之气，于承珠心中一动，知道这个少年定是霍天都无疑了。

那老头坐了起来，道："月夜比剑，大是雅事，有剑术可看，我老头儿倒不想睡了。"于承珠本想住手，听他这一说。心中动念："且看这霍天都的剑术如何？"青冥剑挽了一个剑花，又是一招刺出。

这少年也正是抱着同样的心思，想看看于承珠的剑法，两人都不叫破，便在这石台之上比划起来，那少年虽然使的仅是一根树枝，挥动起来，却也呼呼带风，劲道十足！于承珠不敢怠慢，将师门剑法疾展开来，一剑紧似一剑，青冥剑又是一把宝剑，施展开来，晶芒四射，不消片刻，就将那少年裹在剑光之中。

于承珠立心要削断他的树枝，剑剑紧迫，那少年溜滑之极，招数着着不同，被迫得紧了，剑法突然一变，树枝乱颤，有如银蛇疾窜，登时四面八方都是那少年的影子，忽而是武当连环夺命剑法，忽而是太极十三剑势，忽而是崆峒的追魂剑术，忽而是青阳的柔云剑术，忽而是天龙的旋风剑法，就像有数十名高手，同使本门绝学，和她动手过招！

于承珠沉住了气，将青冥宝剑舞得霍霍生风，见招拆招，见式破式，守定心神，不为所动，那少年的剑法虽然奇诡百出，却是破不了她，但于承珠费尽心神，却也削不断他手中的树枝。

战到分际，小虎子突然将两块石头掷上台来，分打老头和少年，老头儿哈哈一笑，伸指一弹，将石块弹飞，恰恰碰着了飞向少

于承珠沉住了气,将青冥宝剑舞得霍霍生风,见招拆招,见式破式,那少年的剑法虽然奇诡百出,却是破不了她。

年的那块石头,两块石头一齐飞坠,于承珠和那少年正自斗得紧张,互相抢攻,那两块石头从他们的面前掠过,各自一闪,两人又都是抱着同一心思,觑准了对方所闪避的方位进剑,于承珠一剑刺到了少年的肩胛骨,少年的树枝也点到了于承珠的手腕!

突然间听得两个声音同时叫道:"够了!够了!"那少年和于承珠都觉得手腕一麻,宝剑和树枝都给来人劈手夺去,定睛看时,只见张丹枫和那老头手携着手,一齐飞下石台,两人空着的那只手,张丹枫执的是于承珠的青冥剑,那老人执的则是少年所使的柳枝。

只听得张丹枫笑道:"老前辈可是昔年威震武林的八臂哪吒周谷隐吗?"那老头儿道:"不敢,不敢。好汉不提当年勇,我而今隐迹荒山,已自甘做八达山人了。"云重和云蕾也跟着上了点将台,向那老人施礼。

原来这老头儿乃是和玄机逸士一辈的人物,少年之时曾力败十八名蒙古武士,以勇敢矫捷著称,外号八臂哪吒,他和霍行仲乃是八拜之交,霍行仲后来隐居塞外,他也隐居深山,武林后辈,连他们的名字也很少知道的了。

张丹枫叙过师门渊源,又施礼道:"老前辈今晚这份厚礼,丹枫感激不尽。"周谷隐哈哈笑道:"我老头儿素来不和人客气,我送你的礼物实是指望你报答的呀!"张丹枫怔了一怔,眼光一瞥,但见那少年正注视着他手中的宝剑,张丹枫何等聪明,一猜便着,微微笑道:"这位是——"周谷隐道:"这位是我亡故的把弟霍行仲的儿子,他名字叫做霍天都!"

果然是霍天都!于承珠虽然早已料到,但如今的确证实了是他,心中仍不禁感到极大的喜悦,想道:"凌姐姐得配此人,可以终身无憾了。"随即想到了凌云凤和叶成林尚在危城,生死未卜,又想到他们相处日久,凌云凤既不知霍天都尚在人间,叶成林也不知道自己对他有意,"呀,我会不会弄巧成拙?当时有意相让,反引起难解的纠纷?"意念及此,芳心撩乱。

忽听得师父笑道:"好吧,只怕我的答礼太薄,难酬盛意。"倒持剑柄,将那把青冥宝剑递到了霍天都的手中,于承珠一愣,心道:"师父怎把师祖的传家宝剑送给别人?"霍天都也误会了张丹枫的意思,脸上一红,正想说话,张丹枫却从周谷隐手中接过了那枝柳枝,微微笑道:"承珠,你再留神看霍世兄的剑法吧。"

霍天都这才喜上眉梢,要知以张丹枫的身份,断无与他比剑之理,所以如此,实是暗寓愿指点他剑法的意思。霍天都父子两代,苦心搜集天下剑谱,立志创立天山派的剑法,苦于未得高手指点,而要开创一派,往往费数百年的心血,父死子继,师死徒承,也未必能够做到。张丹枫若肯传他心法,这份厚礼自是比送一把宝剑更难得数千万倍!

八达山人这次的苦心筹划,打听张丹枫的行踪,给他送礼,救他出宫,引他到点将台,目的也无非是想造就霍天都,如今见张丹枫慨然提出,要与霍天都比剑,心中的喜悦,不在霍天都之下,想道:"若是霍天都能成为一代名家,我义弟在泉下也可瞑目。"当即说道:"天都,张大侠肯指教你,你还不赶快亮招。"

霍天都道声:"恕罪。"一招雷电交轰,剑势一发,便似奔雷骇电,向张丹枫杀到!

这一招是武当派连环夺命剑法中最刚猛的一招,两人距离又近,这一剑劈下,剑光四展,把对手完全封闭在剑圈之内,于承珠正自思索该如何抵御,心念方动,只见张丹枫树枝一抖,一道青光,倏地腾空飞起,原来是霍天都所持的青冥宝剑竟然脱手飞出,小虎子拍掌叫道:"妙呵,妙呵!"于承珠笑道:"妙在什么地方,你说说看。"小虎子道:"妙就是妙,有什么可说的。要是不妙,为什么只一招就教他的兵器扔了。"于承珠羞他道:"你只懂得瞎嚷,不怕给人笑掉了大牙!"

霍天都满面通红,拾回宝剑,只听得张丹枫笑道:"这一招不算,再来,再来。"小虎子道:"为什么不算?"张丹枫道:"我这一剑的确是毫无妙处可言,小虎子你不懂装懂,以后切切不可。"霍天都道:"张大侠,我这一剑的招式是不是用得老了?"张丹枫点点头道:"小虎子你听,这才是行家的说话。这一招我不是以剑术取胜,而是以内力震飞他的宝剑的。不过,虽然如此,他这一招雷电交轰,也用得不大适当。要知这招雷电交轰,威猛无俦,用之对付功力悉敌的对手尚可,若碰上了功力比自己高的对手,一个反击,力强则胜,这其间就毫无取巧的余地了。"小虎子道:"别人的功力比你高,还有可以取巧的么?"张丹枫道:"武学之道,功力与招数并重,剑术练到通玄之境,可以借敌之力以为己用,可以因敌之势而破敌锋,这两句话,任何剑诀上都写有的,我只道黑白摩诃已教过你了。"小虎子道:"教是教过了,只我不懂。"

张丹枫一笑,道:"好,霍世兄,你再来用这一招。小虎子,你瞧清楚了。"霍天都依言又是一招"雷电交轰",只见张丹枫树枝一引,轻描淡写地将他的剑势一举卸开,反手就点他的手腕,时间拿捏得恰到好处,手法之巧,剑术之妙,只可意会,难以言传。

霍天都退后一步,反手一剑,剑锋滴溜溜地划了一道圆弧,手腕居然没给点中,张丹枫赞道:"好,举一反三,可以学得上乘剑法了。"原来霍天都这一招留了后劲,所以一击不中,便立刻可以变招,虽然被张丹枫抢了先手,却并未完全受制。

张丹枫有心看他的剑法,所使的剑招点到即止,并不过分进迫。只见片刻之间,霍天都已连换了十几种剑法,战到酣处,霍天都的剑招越展越快,就像刚才对付于承珠一样,俨如有十数名剑术高手,同时使出本门绝学,向张丹枫围攻,把小虎子看得眼花缭乱,又舍不得不看,再过片刻,只听得有人尖叫一声,跌倒地上。原来是小虎子看得入迷,但觉身子也好似跟着他们旋转一样,他定力尚浅,如何禁受得住。

于承珠噗嗤一笑,把小虎子扶了起来,掏出一条丝帕,缚住了他的眼睛。再看斗场,但见霍天都剑势有如狂风骤雨,催迫得更紧了。

但见张丹枫手执树枝,顺着剑风,左右摇晃,骤眼望去,竟似轻飘飘的木片一样,贴在霍天都的青冥剑上,乍见霍大都的宝剑纵横挥舞,却总无法用力削断他的树枝。若是霍天都的攻势稍一缓慢,那根树枝又倏地穿过剑圈,刺了进来。端的是静如处子,动若脱兔,轻灵翔动,变化无方!于承珠看师父所使的剑法,每一招都是自己学过的,但应付霍天都那样复杂多变的剑法,却又是每一招都出乎自己意料之外。斗了一百多招,张丹枫卖了一个破绽,故意让霍天都攻进,霍天都也极溜滑,青冥剑扬空一闪,划了半道圆弧，倏地向左一撇，向右一挑，一招四式，一气呵成，竟是在瞬息之间，接连使出了武当少林昆仑崆峒四种剑法，于承珠正自思索该用哪一招化解，心头上刚刚闪过两招复杂的招式，但见师父树枝一颤，刷的一声，已刺中了霍天都的手腕，用的竟是一招极简单的剑式"白虹贯日"！

"当"的一声，霍天都的青冥宝剑再度脱手飞出，跌落石台。于承珠拾起宝剑，情不自禁地连声叫好，小虎子急急扯开蒙眼的丝巾，但见张丹枫已和霍天都罢手止斗，正在那里用树枝比划，讲解剑法了。小虎子气得顿足，埋怨于承珠没有及时给他解开丝巾。

只听得张丹枫说道："你所学的十三家剑法，都已熟极如流，可以随意运用了。可惜还没有融会贯通，将十三家剑法的精华糅合起来，自成新派。不过，有了你这样的基础，若再领悟上乘剑诀，一理通，百理融，再苦心钻研三五十年，不难创一天下无敌的剑法，为武学放一异彩！"霍天都大喜，便欲拜师，张丹枫阻止了他，微笑说道："这倒不是为了客气，自创一派，艰巨之极。你对各家各派的剑法的钻研，已有心得，实是胜我多多。所欠缺的不过上乘武功的诀窍，与水磨的功夫而已。诀窍方面，我可以与你互相切磋，余下的功夫，还得你自己花数十年的光阴去潜心苦学。异日你自成一家，那是你自己的成就，我岂可掠人之美，分你之功，这师徒的名分，万万不可。"周谷隐一听，心中暗暗佩服："到底是大侠的风度！"要知霍天都若能将各家各派，融会贯通，练成剑术，那就是一派的开山宗祖了。张丹枫不肯收他为徒，所说的理由固是实情，但也含有这样的心意！保全他开山宗祖的地位。后来霍天都得了张丹枫的指点，又得了百变玄机剑法的精华，果然将天下剑法冶于一炉，直到五六十年之后，方与他的高足岳鸣珂（即明朝末年的武学大师晦明禅师）创立了天山剑派。这是后话，按下不表。

且说于承珠急于打破心内的疑团，却见霍天都絮絮不休地与师父谈论剑术，心中忽然起了一种奇异的感觉。

于承珠看霍天都与师父絮絮不休地谈论剑术，禁不住心中想道："凌姐姐是那等挂念他，他却只顾研讨武功，连问也不问她一问。"张丹枫见她面色有异，问道："承珠，你想说什么？"于承珠道："霍大哥听得这样入迷，我怎敢打断你们的话头？嗯，霍大哥，你的定力，真真叫人佩服！"霍天都怔了一怔，道："我有什么定力？"于承珠道："想来除了剑术之外，是再也没有什么事情可以令你分心的了？"霍天都又是一怔，忽地瞿然若惊，问道："于姑娘，我正要向你请教，你刚才说的凌云凤，那是什么意思？"

于承珠道："你当真不知？"霍天都一派迷惘的神情，喃喃说道："凌云一凤，凌云一凤……呀，你说的是，是……"于承珠蓦然醒起凌云凤的本来名字叫做"凌慕华"，"云凤"二字是她做了女寨主之后才起的，微笑说道："不错，我说的正是从漠外飞来，中途失侣的孤凤！"小虎子奇道："漠外也有凤凰？"

霍天都更是惊奇，叫道："你认识慕华？她是我的表妹，你是说她吧？"于承珠道："不错，她现在已改名叫凌云凤了。"霍天都道："她在哪儿？"于承珠道："在江南的义军之中。凌姐姐常常和我说起你，你可知道她在梦里醒里都在想念着你吗？"霍天都面上一红，笑道："是么？我是看着她长大的，难怪她想念我。我和她在沙漠失散的时候，她还是个不大懂事的十六岁的小姑娘呢。现在想必已长大成人了？"于承珠噗嗤一笑道："凌姐姐现在是威震江南的女中豪杰，你还当她是不懂事的小姑娘么？她为了打听不到你的音讯，已不知哭过多少场了！你就不为她挂心么？"小虎子又插口道："既是豪杰，豪杰也哭的么？"云蕾听得忍俊不禁，将小虎子拉开道："大人说话，不要打岔。"

霍天都惊喜交集，以往他只是把凌云凤当做小妹妹看待，想不到这位"小妹妹"长成后却是对他另有一番情意。于是说道："当然我也挂念她。"小虎子又插口道："你哭了没有？"霍天都笑道，"她大约以为我在沙漠之中死了，所以担心。我却知道她没有死，倒是未曾哭过。那天在沙漠之中遇险，我所处的方向正对着旋风的中心，她的方向则在侧边，我料想以她的武功，定然能够脱险。"

于承珠道："你是怎么脱险的？"霍天都道："我险些被流沙活埋了，幸亏遇上了两个人，才保全了这条性命。"于承珠道："可是大漠神狼哈木图和西山医隐叶元章？"霍天都诧道："你都知道了？"于承珠将路遇哈木图和叶元章以及郝云台来骗凌云凤剑谱等事情说了。霍天都大笑道:"原来还有这许多事情!"于是给于承珠细说他脱险的经过。

原来那日在大漠之中遇险,霍天都被刮倒地上,大风卷起了满天黄沙,风过之后,平地堆起了无数沙丘,霍天都就被压在一个沙丘下面,险些被活埋了。幸而大漠神狼来得及时,将他救出,可是亦已奄奄一息,霍天都也以为自己难活了,想起父亲生前曾与他说过,有一个结拜兄弟叫做周谷隐,住在八达岭点将台的附近,但已有数十年不通音讯,不知是否尚在人间?霍天都因为那本剑谱乃是他父子两人心血的结晶,想来想去,无人可以付托,只好请大漠神狼将剑谱交给周谷隐,他本就已奄奄一息,救出之后,又在大毒日头之下晒了半日,竭尽气力,刚说出地址,一口气透不过来,竟自晕倒。于承珠笑道:"对了,那大漠神狼以为你已死了。后来他将那本剑谱与郝云台参详,剑谱上有你的题记,郝云台却叫人冒你的字迹,去骗凌云凤。"

霍天都道:"我被抛弃在大漠之中,本来是活不成了。无巧不巧,大风过后的第二天,沙漠上忽然落了一场百年罕见的大雨,我给雨水滋润,居然复生。但因雨淋日晒,埋在沙堆下面之时,又被那炽热的沙子将热毒迫入五脏,因此得了一种怪病,经常发冷发热。我到了八达岭来寻世伯,幸遇西山医隐叶元章,在他家中住了数月,这才将病根彻底治好。"

霍天都将自己的故事说完之后,于承珠也将凌云凤的情形说给他知道。霍天都听说凌云凤在屯溪陷入官军的包围,甚为着急。当下商议,第二日便与张丹枫夫妇等人结伴同行,到屯溪去见机行事。

周谷隐在点将台的后面筑有三间石屋,这一天,大家便在石屋中欢聚。周谷隐见张丹枫肯指点霍天都的剑术,极为欢喜,投桃报李,自愿传授于承珠和小虎子"移形换影"的上乘轻功,他刚才在石台上忽隐忽现,戏弄于承珠,所用便是这种功夫。小虎子本来恨他叫霍天都打自己的屁股,得他传授这种上乘轻功,气也消了。这一晚大家谈论武功,直闹到五更方睡。于承珠却还是睡不着觉,翻来覆去,总是想着叶成林。叶成林怎么样了呢?凌云凤又怎么样了呢?

叶成林和凌云凤在屯溪也是一样地思念于承珠,他们被围在石城之中,已经数月了,虽然打了许多次胜仗,但官军越来越多,一无援兵,二无粮草,渐渐连马匹也几乎杀得干净,叶成林手下的一万精兵也只剩下了四千,形势越来越险。这一天他们在帐中议事,旗牌官进来传报,说是毕愿穷前来求见,叶成林大为诧异,立刻请他进来。但见毕愿穷满面风尘之色,一向惹人发笑的神情也没有了。

叶成林满腹狐疑,心道:"毕愿穷乃是毕擎天的堂侄,亦是他最亲信的人,毕擎天与我的叔叔闹翻,何故他却单骑到此?"急忙将他接入中堂,问道:"你们那边的军情如何?大敌当前,各路义军理该联结一致,共同御侮。兄弟之争,暂且搁过一边。我这里早已想派出人去向毕大龙头请示了,可惜围城日紧,派不出去。毕大哥今日到此,何幸如之,请问可带有毕大龙头的书信么?援军什么时候可到?"叶成林尽往好里想,还以为毕愿穷是毕擎天派来报信的人。

话未说完,但见毕愿穷虎目蕴泪,惨笑说道:"毕大龙头的书信倒有一封,可不是给你的。他的军队也开来了,可不是援军。"凌云凤叫道:"怎么?"毕愿穷道:"毕大龙头已受朝廷招安,我偷过温州之时,城中已换了朝廷的旗帜,听说那里的义军与官军合编,还说毕大龙头也要亲自带兵来打你们。"叶成林这一惊非同小可,"当啷"一声,手上的茶杯跌得粉碎,叫道:"当真有这等事么?"毕愿穷道:"你看这封信。"那是毕擎天叫他送给阳宗海的密信,他仍然原封带回。信中所说的,就是与朝廷讨价还价接受招安的条件。叶成林看了,作声不得。凌云凤道:"你到了北京么?"毕愿穷道:"我就是从北京日夜不停地赶回来的!嗯,北京我是到了,可并没有踏进大内总管的门!"叶成林一把抱住了毕愿穷,说道:"毕兄弟,好汉子!疾风知劲草,世乱见人心!今日我方知道你的为人。请受小弟一拜。"毕愿穷拦住了他,道:"这些话不必说啦。我在北京碰到了张大侠。张大侠的意思请你从速退兵,能保全得多少就是多少!"

叶成林道:"好,我现在就去布置。云凤,你先陪毕大哥谈谈,商讨一下怎样临危应变。"匆匆而出,凌云凤叹道:"这些日子,也够他累的了,可惜承珠妹妹不在这里,没人给他分劳。"毕愿穷道:"我在北京已见到于姑娘了。"凌云凤心中一动,道:"有一位铁公子,是不是和她一起?"毕愿穷道:"你是说铁镜心吗?没有见他!"凌云凤吁了一口气,道:"不知他们在北京的事何时可了?呀,我真是想见见她。"

凌云凤又问了一些官军的情形,毕愿穷道:"我踏进浙江,但见官军络绎不绝,我是绕小路来的,沿途城镇都不敢停留。只是听说浙江巡抚张骥亲自领兵,其他官军调动的情形就不知道了。"正说话间,忽听得外边轰隆隆的几声炮响,凌云凤道:"毕兄弟,咱们同去看看。你累不累?我想上城墙去与兄弟们一同守城。"刚刚站起,只见叶成林旋风般地跑进来。叫道:"城已破啦!"正是:

谁是英雄今始见,龙头竟作叛徒来。

欲知后事如何?请看下回分解。

第三十五回　萁豆竟相煎　龙头变节
　　　　　　风云惊变幻　公子多情

凌云凤道："城墙前日方才修好，怎么只听得几声炮响，城就破了？"叶成林道："是毕擎天打了进来。守城的兄弟不知道他已降了官军，给他们打开了城门。那几声炮响大约是官军示威的。咱们快从东门撤走！"

奔出帅帐，但见城中已起了无数火头，幸而叶成林早得讯息，预有安排，将城中的兵士都集结起来，要不然更是不堪设想！

火光中厮杀声呼号声乱成一片，城中的百姓扶老携幼，各自逃生，惨不忍睹。凌云凤咬牙切齿，大怒说道："好一个毕擎天，这样狠心，看你有什么面目见我？"话犹未了，但见一彪官军杀了过来，领头的正是毕擎天。

毕擎天哈哈笑道："凌寨主，识时务者为俊杰，你何必还陪叶成林那小子送命？"凌云凤道："对啦，毕大龙头，你来呀！"抢了一张大弓，嗖地一箭射去，毕擎天一捧打飞，这时两人相距不过数丈之地，凌云凤忽地飞身一掠，青钢剑倏地出鞘，刷、刷、刷，便是连环三剑！

这三剑形同拼命，毕擎天虽是武功高强，也给她杀得心惊胆战，毕擎天的随身卫士一涌而上，但听得刷的一声，凌云凤的肩头着了一鞭，毕擎天的衣袖也给凌云凤削去一截。

叶成林正自指挥义军巷战，忽然不见凌云凤，这一惊非同小可，急忙折回，只见凌云凤已陷入包围，与十几个卫士混战。

凌云凤叫道："叶大哥，你快走！"叶成林哪里肯依，挥动大刀,劈翻了几名卫士,冲入重围,骤然见着毕擎天,叶成林喝道:"好一个十八省大龙头,你羞也不羞?"毕擎天大笑道:"叶成林,你死到临头,还敢笑我?大丈夫好坏也要立一番功业,他日我裂土封王,大龙头又算得什么?"叶成林奋起神威,又劈翻了两名卫士,但毕擎天周围武士如林,叶成林哪里冲得进去。

　　叶成林喝道:"有胆的前来与我决一死战!"毕擎天笑道:"你好糊涂,你当我还是在绿林中的黑道人物吗?我而今已是朝廷大将,谁与你一般见识?"其实毕擎天的武功并不在凌叶二人之下,但天下的叛徒心理都是相同,为了求取富贵荣华,哪里还肯和人拼命?

　　叶成林怒极气极,挥刀力战,毕擎天狼牙棒一指,将身边几名得力的卫士也调了上来,叶成林一看,围攻他的卫士群中,有好几个还是他叔叔的部下,忍不住大声叫道:"叶统领以前怎么教训你们?你们今日为虎作伥,将来有何面目见他?"那几个人被毕擎天监视,不敢放松,但兵器斫来,却在有意无意避开了叶成林的要害。毕擎天看了一阵,忽地叫道:"你这几个退下!"换了他的亲信卫士,与叶成林缠身迫斗!

　　叶成林浴血死战,众寡不敌,险象环生。有一股义军发觉主帅陷入重围,折回来救,却被官军截住,而且官军越来越多,叶成林叫道:"你们快逃,逃得出一个算一个!"着急之下,稍稍分心,肩头又着了两刀。

　　忽见毕擎天周围的卫士让开一条路,毕愿穷满身血污,跄跄踉踉地奔来,毕擎天叫道:"咦,你怎么却在这儿?你到了北京没有,阳总管的书信怎么没提起你?"原来毕愿穷日夜不停地从北京赶回,顾孟章告密的书信到温州时,毕擎天又已离开了温州,故此毕擎天直到如今还未知道毕愿穷背弃了他。

　　毕愿穷道:"说来话长,我有机密的事情要告诉你。"毕擎天稍一迟疑,挥手说道:"好,你们都去助战,务必要把那叶成林生擒。"把身边的卫士尽都遣散,说时迟,那时快,毕愿穷一个虎跳,反手一扣,拿着毕擎天的脉门要穴,左手嗖地一声,抽出了一把匕首,抵着了毕擎大的咽喉,叫道:"你快将他们二人放走!"

毕擎天颤声叫道："愿穷，你，你……你疯了吗？"毕愿穷刀锋贴着了他的咽喉沉声喝道："把他们二人放走！"毕擎天道："你是我一手提拔的侄儿，胳膊反向外边弯吗？"毕愿穷刀锋一刮，轻轻一削，削去了毕擎天喉头旁边的一片皮肉，大声喝道："再不放人，咱们今日就同归于尽！"毕擎天吓得魂不附体，急忙叫道："赶快撤开，让他们走！"

叶成林看了毕愿穷一下，心中正自犹疑，还未肯走。毕愿穷叫道："留得青山在，不怕没柴烧。张大侠叫你们走！"叶成林感动之极，他有生以来，从未哭过，这时也不禁洒下了英雄之泪。

毕愿穷目送叶、凌二人混入义军之中，冲出了官军包围圈子，这才长叹一声，惨然笑道："叔叔，我对得住毕家的列祖列宗，愿你也顾全叔祖在生之日那震三界的威名，他日地下相逢，也好有个交代！"蓦然将匕首撤了回来，向自己的胸口一插，登时尸横地上，血溅尘埃。

毕擎天呆呆发愣，片刻之中，心中转了无数念头，但见几个官军方面的将领环立身旁，都在听他的吩咐，他咬一咬牙，骂道："该死！"吩咐卫士道："将毕愿穷枭首示众，以为大逆不道之戒！"狼牙棒一指挥，指挥官军衔尾急追。

叶成林率领四千义军且战且走，黄昏时分已到了离城三十里外，四千义军死伤了十之七八，剩下的不过一千人左右，幸而前面就是一座山林，叶成林将军队都集结在山上，天色已黑，靠着树林掩护，官军倒也不敢冒险冲上。不多时，毕擎天也追来了，下令点起松枝火把，守着下山的咽喉要道。

毕擎天纵马上山，大声喝道："叶成林，你们已是网底之鱼，瓮中之鳖，快快归降，还可保全性命！"叶成林大怒喝道："大丈夫死则死耳，岂能像你这等背弃弟兄、中途变节的无耻叛徒！"取起一张大弓，嗖，嗖，嗖！三箭射出！他是苦练过金刚掌的人，腕力大得惊人，毕擎天狼牙棒一扬，格开了一枝利箭，第二枝射中他的战马，登时马仰人翻，说时迟，那时快，第三枝箭又闪电般射至，毕擎天使了个"燕青十八翻"的功夫，就地一滚避过，那支箭却射中了他身后的一名卫士，从前心直至后心！毕擎天爬了起来,狼狈之极,不敢再上山骂阵,下去部署,准备到天明之后,再大举攻山。

黑夜之中两军相峙,谁也不敢妄动,月明星稀,林中的鸟雀,都已被惊起他飞,空气紧张沉寂。凌云凤闪动着一双明亮的眼睛,忽地说道:"叶大哥,趁这黑夜,你逃走了吧。"叶成林道:"我岂能舍掉这一大群同生共死的弟兄。"凌云凤道:"张大侠也说,能逃出一人就是一人,你是一军主帅,能脱出官军掌握,他日还可东山再起,岂不胜如在这里坐以待毙。"

叶成林仍是摇头,凌云凤道:"承珠妹妹在北京闻知毕擎天叛变的消息,不知多挂念你呢!"叶成林默然不语,凌云凤道:"嗯,叶大哥,你不想再见她了吗?"叶成林道:"这样逃出,叫我有什么面目见她?"凌云凤道:"不,你已经尽了最大的努力支撑,天明之后,再与他们决一死战,也不见得没有生机。"叶成林知道她是想舍了性命,掩护自己逃生,感动之极,握着她的手道:"凌姐姐,多谢你啦!"仍然摇了摇头。凌云凤缓缓说道:"多死你一个人又何补于事?你若不走,承珠妹妹可要抱憾终生,你就全不为她着想么?"叶成林道:"我知道她会一时悲痛,但却又何至于抱憾终生?她早已有了意中人,我放心得很。"凌云凤道:"什么意中人?"叶成林道:"铁镜心文武双全,与她正是一对。"凌云凤道:"呀,你怎么还不知道她的心,我与她姐妹情深,她纵不说一句话,我也全知她的心事。何况她还处处透露出来。"当下将一些自己观察入微的地方都一一说了,甚至连于承珠在梦中曾叫过叶成林名字的事也说了。要知凌云凤何等聪明,于承珠当时叫她到屯溪去助叶成林,过后不久,她就猜到了于承珠的用意,那是想将他们撮合的意思。凌云凤怎会领这个"情"?所以在此刻生死关头,她一定要劝叶成林逃走,以报姐妹的知己之心。

叶成林听了凌云凤的话,默默回想,于承珠对自己果然是万缕柔情,在过去虽似若即若离,但细细想来,却还是可以从心坎的深处感到。

月光透过繁枝密叶,但见凌云凤双眉紧竖,焦灼的神情从眼光中都表露出来,叶成林紧紧握着她颤抖的手指,忽地说道:"凌姐姐，黑夜之中，人多突围，大是不易，你智勇双全，轻功超卓，还是趁这机会，你走了吧！嗯，你见了承珠，替我、替我问候她。叫她、叫她不要再想念我了。"凌云凤道："不，我在外面没有牵挂的人，还是你自己走吧。"叶成林道："在外面，我只挂念她一个人；但在这里，却有我需要顾全的千多兄弟。凌姐姐，不要再说了，赶快走吧。"

听了这样的口气，凌云凤知道是再也劝不动的了。她素性刚强，即算遇到了极伤心之事，也不肯在人前流泪，这时却不自禁地沁出了晶莹的泪珠，心中想道："这才是顶天立地的英雄气概，不枉承珠妹妹爱他一场。呀，我在外面何尝没有牵挂的人？但却不知他是否尚活在世间？若还活着，又不知道他变得怎么样了？"霍天都的影子再一次在她脑海中浮现："但愿他能像叶成林那样地坚强，纵然没有了我，他也能够独创一家。"想到这里，甜甜一笑，缓缓说道："叶大哥，你不肯走，我也不走啦。"

叶成林将握着她的手轻轻放开，相处了这么多时日，他也知道了凌云凤的性格，正像他自己一样，说过了的话，从不肯收回。黑暗中两人默默相对，但觉这种战友的情谊，珍贵处也实不在爱情之下。

山下的官军虽然不敢强攻，但却不时向山上放箭，时密时疏，没有停过。两人在林子里听那簌簌的利箭破空之声，心中均是思潮起伏，想着外面自己所牵挂的人，想着明晨将来到的决战……

忽然那箭雨由密而疏，忽然停止了。叶成林怔了一怔，正要出去瞭望，忽见一条黑影扑入林中，叶成林手按佩刀，厉声斥道："是谁？"那黑影脚步不停，来得极快，倏地到了两人面前，傲然说道："是我！"

淡月疏星之下，现出了那清秀的脸庞，叶成林叫道："呀，铁镜心，是你！"铁镜心道："不错，除了我铁镜心，谁还敢在这时候到来？"

凌云凤定睛一看，见他轻裘缓带，仍然是那副贵介公子的派头，衣服上没有一点血迹，心中大疑，按剑问道："你来做什么？"铁镜心道："我带你们突围出去！"叶成林道："官军怎么放你上来？

毕擎天他见着你没有?"铁镜心冷笑道:"你相信我便随我来,不相信我,就不必多说。毕擎天是什么东西,也值得我与他相见?"凌云凤一声不响地瞧着他的眼睛,但觉他有三分愧意,七分傲态,脸上的神色非常奇异!

凌云凤心中一动,道:"好,铁镜心,我相信你。但只想问你一句:你为什么冒此大险,前来援救我们。"铁镜心冷冷一笑,说道:"我可不要你们领情,我是完全看在于小姐的份上!"这笑声中也有几分傲意,但更多的却是内心的凄凉。

原来那一晚铁镜心在杭州家中向娄桐荪泄漏了义军的军情,第二日一早,便发觉于承珠不别而行,只留下了一封诀别的书信,那封信责备铁镜心出卖朋友,发誓以后永不再与他见面。铁镜心读了这一封信,才感觉到事情出乎自己想象之外的严重,心中先是埋怨,埋怨于承珠不解他的深情:"呀,这一切还不都是为你!"继而后悔,他后悔的倒不是因为损害了义军,而是怕义军覆败之后,天下英雄也会像于承珠那样的想法,把罪过"推"到他的头上:"这群乌合之众,本来就不能抵挡官军的围剿,我泄不泄漏军情,也改变不了他们的必败之局。不过于姐姐既然这样责备我,我倒不可不表明心迹了。纵教身死名裂,我也要向她证明我是一个英雄。"终而想起了一个念头,要做一个令于承珠崇拜的英雄,决意来助叶成林脱险。

他本来聪明,编好一套说辞,索性就投到浙江巡抚张骥的军中,这时毕擎天已经投降,张骥的大军正指向屯溪。张骥是他父亲铁鈜的学生,这次拆散义军,招降毕擎天等事,又都是因为先从铁镜心处得知了义军的军情,这才能顺利进行的。见铁镜心投到,自然收纳,准备完全"平定"了"叛乱"之后,给铁镜心奏报一个大大的军功。这一晚官军将叶成林困在山上,铁镜心便向张骥请求,前来招降叶成林,张骥果然一点都不疑心,还给了他一封亲笔招降的信件。

叶成林哪里知道铁镜心这样复杂的心情,心中正在判断铁镜心的来意,只听得铁镜心缓缓说道:"你们若想脱险,只有两条路走。"叶成林道:"愿闻其详。"铁镜心道:"第一条路是像毕擎天那样投降朝廷，张骥答应给一个水师提督你做。喏？这是他的招降信件。"叶成林勃然大怒，哼了一声道："你当我是什么人？"铁镜心纵声大笑，一把将那封招降信扯得稀烂，笑道："我也知道你不是像毕擎天那样没有骨头的奴才，要不然我也不会来了。不过，你也不是将才，为什么要死守屯溪一地？"凌云凤眉头一皱，道："铁公子，你是来耻笑咱们，还是诚心助咱们脱险？你是将才，突围之后，咱们奉你做十八省的大龙头。"铁镜心大笑道："我稀罕做你们的大龙头？我早说过，全是看在于小姐的份上。"凌云凤实在看不惯铁镜心的气焰，但为了要让叶成林脱险，忍气说道："好，那么咱们就向你请教锦囊妙计！"

铁镜心道："你既不愿投降，那么咱们只有走第二条路，乘夜突围。"叶成林道："官军重重围困，就算冲得下山，也还是在官军包围之中。"铁镜心道："我自有神机妙算，何须你们多虑？一切听我指挥，管保你能突围便是。"凌云凤心道："怪不得承珠妹妹不喜欢他，他冒了这么大的危险，来教咱们突围，本来令人欣佩。但他这副神气，却是像给施恩似的，那却教人反感了。哼，要不是为了叶大哥和这千多弟兄，我就宁愿战死也不受他的恩惠。"但见叶成林抱拳施礼道："令旗在此，一切听凭公子调度。"毫无愠色，凌云凤暗暗佩服他的气度。

铁镜心接过令旗，缓缓说道："山后有条小路，可以直通婺源，这一路官军的兵力最为薄弱。"叶成林道："这一条路全是崎岖的山路。我已看过地形，通向外面的那条峡谷荆棘遮道，甚不易走，只要有数百官军扼守对山，咱们就都是瓮中之鳖。"铁镜心愠道："兵法有云：临危用险，又云：虚者实之，实者虚之。官军就因为料到你们不敢从这条路突围，所以才不安置重兵。其他几条路是好走得多，但都伏下了数千弓箭手与挠钩手，凶险更甚。好吧，依不依从我的计策，全都听你。"原来铁镜心在张骥的幕中，官军进军的计划，他都了如指掌，"兵法"云云，不过是他故意炫耀才华，要想折服叶成林罢了。

叶成林双目炯炯，过了半刻，施礼说道："小弟见识低微，愚者多虑，铁公子请勿见怪。"叶成林聪明内蕴，见铁镜心能够从官军那边从容走来,也猜到他必定是利用他父亲的关系,与官军将领结纳,知悉了官军的兵力部署。再细想铁镜心的为人,不像是卑鄙小人,所以才信任他。至于铁镜心曾泄漏义军军情之事,他是做梦也没有想到。不过,这一次他信任铁镜心却是做得对了。

铁镜心见叶成林低声下气,这才微微一笑,道:"你们还有多少战马,都集中起来。剩下的残军败卒,也都聚集起来,准备出发。"可怜义军因为缺粮,宰马充饥,剩下的战马不过三十来匹了。铁镜心下令扎起了几十个稻草人,都缚在马背上,每匹马都用一条长绳系住,缚在树上。临走之时,将绳子的一端点燃,一千义军便悄悄地从山谷之中出走。

那条峡谷荆棘遮道,甚是难走,铁镜心拔出师父偷自大内的那把紫虹宝剑,奋勇开路,剑光霍霍,转瞬间便拔除了一大片荆棘,他的长衣也被钩烂,手指脚趾都淌出血来,凌云凤见他如此卖力,气也消了一半,挥舞双剑,帮他开路,铁镜心见众人服他,甚是得意,心中想道:"可惜于承珠不在这儿。呀,我今日这番功劳,不知他们会不会说与承珠知道。"

刚刚走出谷口,只听得后面马嘶人叫,战鼓雷鸣,回头一望,但见林子上空已升起浓烟,射出火焰,原来那些系马的长绳一被烧断,战马被火灼痛,在森林里四处奔跑,哪消片刻,便燃起了数十处火头。那几十匹马负痛长嘶,烟腾火起,声势之壮,竟如万马奔腾,千军赴敌!林深树密,黑夜中官军哪看得清楚,但见马背上人影幢幢(那是还未烧着的稻草人),只道是义军就要强行冲出,无不戒备。官军的统帅张骥,乃是深通兵法的人,想道:"穷寇拼死,当避其锋。"下令将弓箭手调在前列,刀斧手与挠钩手在后面严阵相待,只待义军冲下,便用密集的箭雨射散他们,再用刀斧手、挠钩手擒拿斩杀。哪知过了许久,还未见有人冲出来,心中甚是奇怪,想道:"穷寇放火烧山,再不冲出,难道在里面坐以待毙么?"再过一会,马背上的稻草人也尽都着火,烧得那些战马,更是怒叫狂奔,有些战马被烧死了,有些战马在树林里摔倒,被同伴践踏死了,还有十多匹战马,乱冲乱闯,居然从密林深处冲下山来。这时官军才发现其中玄妙,但这时森林中也烧成了一片火海,官军无法攻山，义军也早就从山后的峡谷中逃出去了。

铁镜心遥望火光，抚掌大笑。叶成林赞道："古代田单用火牛阵大破齐军，而今铁公子用火马阵扰惑敌人，阻止追兵，从容脱险。真是先后辉映，妙算神机。"铁镜心洋洋自得，一点也不谦让，将众人的称赞，照单全收，睥睨四顾，心中想道："叶成林有什么能为，偏偏于承珠对他那么赏识？"其实叶成林在屯溪独抗官军，粮尽援绝，尚坚守了数月之久，那才是大将之材。铁镜心自然也有他的聪明智计，运用兵法，偶尔也能够奏效，但比起叶成林来，那却是一个深藏，一个浅露，有如大海之与小溪了。凌云凤冷眼旁观，看出了两人不同的风格，心中不住地称赞于承珠大有眼光。

天明时分，义军过了婺源，一路上果然没有碰过大队的官军，只有一些守在沿路堡垒上的官军。他们不敢出来拦截，义军也不去攻打他们。过了婺源，前面已是平阳大道，叶成林筹思再三，追兵只能暂阻一时，自己只剩下一千多人，断不能再集结一处，以致又陷重围，于是只好挥泪解散义军，叫他们尽速分头逃走，先求性命保全，然后徐图后计。

解散了义军之后，叶成林、凌云凤与铁镜心三人再折入山区，叶成林登高遥望，怅触不已，叹口气道："好好一场事业都被毕擎天葬送了。"铁镜心冷笑道："我在大理之时，早已断定你们不能成事，有说错么？而今我功成身退，但求你们一件事情……"

叶成林道："请铁公子吩咐。"铁镜心道："我这一生恐怕再也见不到于承珠了，你若见到她时，请代我转告她几句说话。"叶成林怔了一怔，想道："呵，原来他是为了于承珠！"心中有说不出的滋味，凌云凤接口说道："承珠若知道你今日所做之事，定然欢喜，你们本来就是朋友，又何至于永不见面。好吧，你有什么不方便说的，我代你说便是。只要不是非分之求，想来她会答应。"

铁镜心道："你告诉她，她希望我做的事情，纵然是我不愿意做的，我也都做了，任凭她心中想我是怎样的人，这一点心意，她应该知道。"凌云凤听了，极不舒服，心中想道："原来今日之事，本是他不愿意做的。他是为了得到承珠妹妹的心。哼，这人貌似清高,实是庸俗得很,这和做买卖又有什么分别?"但想到以他这样的人,居然肯冒险援救义军,也算是很难得的了,不忍讥刺,点点头道:"好,我将你这份心意转达便是。你还有什么说话?"铁镜心道:"我希望她能够安安逸逸地过一辈子,不要再在江湖上混了。不但像毕擎天这样的人,应该远远避开,与朝廷作对的事,也以少沾惹为妙。争王争霸的事,那是枭雄所为,实非她这样玉质冰心的女儿所适宜做。"凌云凤面色一沉,却原来铁镜心的想法和她们的距离是如此之远!

叶成林道:"于姑娘自有主张,什么该做,什么不该做,她会懂得。不过,这些话我还是会给你转达的。"凌云凤还想再说,忽见山坡那边来了十几骑健马。

铁镜心道:"你们走吧,我是反正走不了的,再替你们一退追兵。"叶成林道:"咱们生死同当,患难与共,要不走就大家不走。"铁镜心双眼一翻,道:"你懂得什么?我自有退兵之计,你帮得了我么?哼,你死不打紧,承珠知道,可又要怪我了。"

叶成林给他一顿抢白,只得讪讪走开,凌云凤也只道铁镜心与官军甚有渊源,见他说得甚有把握,也催叶成林快走。两人奔跑了数十步,但听得铁镜心纵声长笑,已向前迎上了官军。

他们哪里知道铁镜心复杂的心情,他这次本来就打算孤注一掷,牺牲自己,以洗脱于承珠对自己的骂名。何况他的父亲还在杭州,他自己也不愿与叶成林一齐逃跑。

来的正是大内总管阳宗海和御林军的统领娄桐苏,见铁镜心长笑而来,甚是诧异,阳宗海道:"叶成林这股残匪怎么样了?"铁镜心道:"都被烧死在山上了。"

娄桐苏道:"明人面前不说假话,我听张巡抚说,是你去招降他们,他们烧死,为什么你又能独自逃出?"铁镜心哈哈大笑,道:"好吧,明人面前不说假话,那么,我就告诉你们,他们都给我放走了!"正是:

翻手为云覆手雨,书生气质报红颜。

欲知后事如何?请听下回分解。

第三十六回　云破月明　江湖留剑影
　　　　　　水流花谢　各自了情缘

　　阳宗海大吃一惊,蓦地双眼一翻,喝道:"那是不是他们?"这时叶成林与凌云凤已转过一处山坳,去得远了。娄桐荪策马便追,铁镜心闪电般地拔出紫红宝剑,反手一挥,娄桐荪一个筋斗翻下马来,只见那匹战马的两条前腿已被铁镜心斩断,娄桐荪大怒喝道:"铁镜心,你家世受皇恩,竟然甘心附逆!"铁镜心道:"谁说我甘心附逆了。"娄桐荪道:"你为什么放走他们?"铁镜心道:"兵法有云:困兽犹斗,不可不防。你们追得紧了,叶成林可要和你们拼命。哈,我是不忍见你们两败俱伤,名将用兵,也要讲网开一面,叶成林的兵力都已消散,放走他们一两个人又算得什么?"阳宗海道:"谁与你议什么鸟兵法?"铁镜心胡扯乱道,实是想延阻时间,这时估量叶成林与凌云凤已逃出数里之外,阳宗海他们就是要追也追不上。哈哈一笑道:"不讲就不讲,你们却待如何?"娄桐荪一招"金豹探爪",施展大擒拿手法反扣铁镜心的脉门,铁镜心笑道:"君子动口不动手,我随你们走便是,扯手扯脚做什么?"倒提宝剑,将剑柄塞到娄桐荪的手中,娄桐荪反而怔了一怔,来不及接,那把紫虹宝剑叮当一声跌落地上。铁镜心道:"大丈夫一人做事一人当,是我放了叶成林,你拿我去见张骧,也尽可以交差了吧。这把大内宝剑,也由你拿回去缴交内库,你一日之间,立了两件大功,尚不爽心快意么?"反手就缚,娄桐荪因他是前朝的老臣之子,倒也不敢虐待于他。
　　半个月后,官军"勘乱"的军事大定,逃散的义军都已藏匿民间,叶成林与凌云凤僻居在杭州北面杨梅岭的九溪十八涧之间。杭州乃是张骥的巡抚衙门所在之地,驻有重兵,那九溪十八涧虽说是山中的僻静所在,但地近杭州,终属危险,叶成林选择这个地方避难,实是另有原因。

原来他已打探到消息,说是铁镜心已被囚在杭城,等候御旨发落。叶成林甚是不安,任凭旧部苦劝,他怎样也不肯远走高飞,非得要把铁镜心救出不可。凌云凤虽然对铁镜心殊无好感,但想起他这次救出一千多义军的功劳,也就不愿意再说什么了。

叶成林避居在一个茶农的家里,这茶农的两个儿子都曾当过义军,绝对可靠。叶成林靠茶农打探消息,说是杭州守备森严,铁镜心囚在城中什么地方也不知道。叶成林与凌云凤曾两次冒险,探过杭州的大牢和抚衙,非但没有发现铁镜心,反而几乎失手,仗着绝顶轻功,这才逃得出来。光阴似箭,不知不觉又过了十数日,计算时间,若以八百里加紧的快马驰报,那御旨也应该请回来了。叶成林和凌云凤都极为焦急。

这一日叶成林对凌云凤说道:"御旨若然发下,只有两个可能,一是治他以叛逆之罪,就地处决。一是念他乃是老臣之子,将他解往京都定罪,依照朝廷律例,最少也要监禁他十年。即算往好处想,他纵然得保全性命,一被监禁大牢,那就更不容易劫狱了。"凌云凤道:"咱们已尽了心力,两次冒险入城夜探,都得不到他的消息,还有什么办法?"叶成林道:"我正在奇怪,咱们两次夜探,城中虽说禁卫森严,却并无一等一的高手拦截,毕擎天驻在城中,也从不见他出现,不知是何道理?"凌云凤道:"难道阳宗海、娄桐荪之流,都去看守铁镜心去了。"叶成林道:"这是一个可能。"凌云凤道:"还有什么可能?"叶成林沉吟半响,说道:"城中经咱们闹了两次之后,听说本要搜索四乡,但至今未有动静,莫非张骥他们另有重大的事情需要对付?"凌云凤道:"这与铁镜心何关?"叶成林道:"若然是被我料中,咱们正好趁此时机,再探一次。"凌云凤道:"事不过三,若然这次失陷,我不打紧,你是义军主帅,呀,岂应再次三番地冒险?"叶成林道:"铁镜心何尝不是冒了性命之险援救咱们。"凌云凤皱眉不语,神色之间,甚不以为然。叶成林道:"我知道你的想法。想那铁镜心虽然不是咱们一路的人,但咱们应该看他的行事,不必勉强他赞同咱们的主张。他这次的行事,实是对义军有极大的恩德,咱们岂可做忘恩负义的人?"凌云凤柳眉一展,道:"好,那就去吧!"心中自思:"叶成林明明知道铁镜心完全是为了于承珠,却还要两次三番,准备舍了性命,救他出来,相比之下,倒显得我的胸襟狭窄了。"

叶成林道:"我已探听得铁家所在,听说铁老御史还在家中,已上了请罪的奏表,张骥是他的学生,不敢将他难为,就让他在家中待罪。咱们这次可以到铁家去探访一下,想那铁老御史必会知道儿子的消息,也许他已探过监也说不定。"凌云凤一想,到铁家夜探,虽然也属冒险,究竟不若前两次之大闹抚衙和大牢的风险之大,欣然同意,立即换了夜行服装,和叶成林从城北的栖霞岭悄悄溜下,直到西子湖边。

铁家坐落湖滨,面对孤山,这时已是午夜时分,湖滨静悄悄的,湖上渔舟都已歇息了。两人走近铁家,但见朱门紧闭,里面的灯火也完全熄灭了。周围也没有兵把守,叶成林心中暗叫奇怪,稍一踌躇,便和凌云凤飞身入内。

但见里面落花满地,花棚倒塌,乱草也无人剪理,冷清得出乎意料之外,叶成林在外面把风,凌云凤穿房入室,过了好久,出来叫道:"这真奇怪极了,里面一个人也没有!"

叶成林奇道:"难道铁鈜竟是弃家逃走了么?"立即想道:铁鈜是一个退休的大臣,儿子犯了法,虽说巡抚张骥是他的学生,对他存有几分客气,但受到暗中监视,那是必然免不了的,他又是一个文官,不通武艺,怎能说逃便逃,而且又是举家逃走?

两人正自猜疑不定,忽听得"轰隆"一声,铁家的大门给人打破,一个人闯了进来,叶成林以为是朝廷武士,急忙跳上屋顶,定睛一望,却原来是潮音和尚。

只见他倒拖禅杖,满身血污,身上中了几支箭还未拔出,叶成林大吃一惊,潮音和尚已先发现了他,叫道:"你两人怎么也在这儿?铁鈜那老头儿呢?"

叶成林和凌云凤跳下来与他相见,凌云凤说道:"我们也正在找他,这里却一个人也没有,想必是弃家走了。潮音大师,你怎么这个样子?"

潮音和尚道:"我去找铁镜心了。"叶成林叫道:"见着了没有?"潮音道:"没有。前几天我从铁鈜这老头儿口中,打听出他的儿子被囚禁在六和塔内,我就要去劫他出来,是这老头儿死拉着我,不许我这样做。我忍了几天,到了今天,听说御旨已到,再不救他,他明日就要被押解进京了。我不理一切,也不愿再与这老头儿商量,准备一顿禅仗打碎了六和塔,将他儿子救了出来,再让他欢喜。哪知六和塔里虽关有几个人,却没有铁镜心,白白给我打死了几个卫士。"

叶成林道:"师伯祖,你且歇歇。"凌云凤上前给他拔箭裹伤,问道:"阳宗海和娄桐苏在六和塔那边么?"潮音和尚大手一挥,道:"别忙裹伤,赶快逃走!"凌云凤道:"我们已细心察看过了,外面没有伏兵。"潮音和尚道:"外面没有伏兵,城中的官军却正在巷战!"

叶成林吃了一惊,急忙问道:"什么巷战?是哪路人马和官军巷战?"

潮音和尚道:"我分辨不清,也不耐烦去打听。嚓,我大闹了六和塔后,找不到铁镜心,越想越气,想这一切都是为了毕擎天而起,便独自去闯毕擎天的大营,哈,哪知正碰上两军交战,在乱军之中,我吃了无数乱箭,连毕擎天的影子也没见着。好在我这根禅杖还够斤两,一顿泼风禅杖,打出城来,那些官军,自顾厮杀,也没有人追我!"

说到这里,已是有点声嘶力竭,叶成林心道:"师伯祖真是个莽和尚!"凌云凤刚刚给他拔掉身上的那几支断箭,还想问他,潮音和尚又叫道:"快走,快走!我死不了,但大军若然来到这儿,我可没气力再打啦。"话刚说完,便听得城中传来几声闷雷也似的炮响。叶成林、凌云凤急忙扶持潮音和尚走出铁家,但听得战马嘶鸣,一彪官军已冲到西子湖边。

叶成林一看,几乎不敢相信自己的眼睛,在前面狼狈而逃的竟然是毕擎天!但见他马失鞍,人弃甲,在他周围保护的卫士,不过二三十骑。后面的大队官军如潮涌至,领头的便是大内总管阳宗海与御林军的总指挥娄桐荪,但听得吆喝声中,弓如霹雳,箭似弦惊,阳宗海"嗖"的一箭,将毕擎天跨下的黄骠马先射毙了!

原来朝廷的招安毕擎天,不过是权宜之计,他要求最少做一省的督抚,这正犯了皇帝之忌,想这毕擎天野心勃勃,皇帝怎肯让他据地自雄?所以皇帝在招安毕擎天的同时,就下了一道密令给官军的统帅、浙江巡抚张骥,密令他在"叛乱"敉平之时,即逐渐解除毕擎天的兵权,最后将他拿到京师问罪。

毕擎天貌似粗豪,实是工于心计,官军的这一番布置,他瞧在眼里,暗自生疑,到了杭城之后,毕擎天的部属十九已被改编,调驻各地,而朝廷对他的封赏又口惠而实不至,毕擎天以前吞并叶宗留之时,也是将他的嫡系部队调开,然后举事的,而今官军对付他的手法,就正与他以前对付叶宗留的手法一模一样,他静夜思量,焉得不惊?

于是毕擎天对张骥处处戒备,这样一来,更令得张骥不能不加快动手,这一日张骥要他赴京面奏皇上关于这次"平乱"的经过,毕擎天推病,连张骥派来的使者也不肯接见。张骥大怒,便立即派兵攻打他,责他以抗命之罪,不消一个时辰,就将毕擎天有限的亲兵全部消灭,毕擎天总算武功高强,在数十倍的官军包围之中,居然还能够带领十多个卫士,冲出城门,逃到西子湖边。

阳宗海一箭将毕擎天的战马射毙,大声喝道:"朝廷有命,只罪毕擎天一人,谁人能将他生擒的赏以黄金千两,官封总兵;将他格毙的,也赏三百两黄金,五品顶戴!"此言一出,登时有两个随行卫士反戈相向,乘着毕擎天还没有跃起,两支长矛,立刻刺下。毕擎天武功真个高强,双臂一振,把两支长矛格开,大怒喝道:"我待你等不薄,何故临危叛我?"拾起狼牙铁棒,一招"横扫千军",又将另外两根刺来的铁枪打折,这几个卫士素知毕擎天有霸王之勇,一来为了自身活命,二来为了贪图重赏,三来见毕擎天被射坠马,这才敢于反戈相向,暗袭不成,个个惊心,拼了一死,大声叫道:"叶统领以前也对你不薄,你又何故反他?"

毕擎天怔了一怔,突然怒吼一声,狼牙棒狠狠劈下,将两个反叛的卫士,打得头颅碎裂,随行的卫士发一声喊,尽都散了。毕擎天发力狂奔,冲过了西泠桥,逃上孤山,官军衔尾急追,箭如雨落!

这时,叶成林、凌云凤与潮音和尚三人也已逃到山上,但见官军撒网似的,四方八面而来,潮音和尚周身受了十几处箭伤,跳跃不便,叶成林拉着他走,凌云凤心急如焚,连声催道:"快走,快走!"要知叶成林若被官军发现,在官军的心目之中,自是比毕擎天还要重要得多。

潮音和尚更是一个心急的人,竟然挣脱了叶成林的手,道:"我还会跑路,不必劳你招呼。"叶成林想不到这位莽师伯祖如此要强,甚是尴尬,潮音和尚奋起神力,果然一鼓作气,跑过了几处山坳,直到了岳王庙后的栖霞岭上。黑夜之中,山路崎岖,忽然碰到了一块大石,潮音和尚奋力一跃,脚踝脱臼,身上的箭伤创口也裂开来,任他如何骁勇,也自抵受不住,"卜通"倒地,怎样挣扎也站不起来。

叶成林急忙将他扶起,潮音和尚道:"你自己走吧,山上这么大,官军未必就找得到我。"叶成林笑道:"那么他们也未必找得到我。"不由分说,将潮音和尚扶到一块大岩石的后面,凌云凤一看,只见他十几处伤口,都在汨汨流血,心中甚是抱歉,说道:"现下官军分股搜山,纵算给他找到,小股官军,也不放在咱们心上。潮音大师我先替你裹伤。"从山上望下,但见火把蜿蜒,络绎不绝,好在他们先搜孤山,还没有来到栖霞岭上。

叶成林惦记着铁镜心,一面替潮音和尚裹伤,一面问道:"师伯祖,你怎知道铁公子落在官军手中?"潮音和尚道:"我一直住在铁镜心的家中呢。凌女侠和于承珠那次行刺毕擎天的事,我全都知道。"凌云凤说道:"不是行刺,是于姐姐用计要迫毕擎天交出兵符,调动粮草,接济叶大哥。后来于姐姐要我自去屯溪,她大约是独自回去救铁镜心了。"潮音和尚道:"不错,她将铁镜心救出之后,恰好遇见我,我们一道赴京。"叶成林忙问道:"我听毕愿穷说,他在北京已见到于承珠,怎么你和铁镜心却留在这里?"

潮音和尚道:"正是呢,我也不知道他们少年人闹的什么事情。

铁镜心倒是处处护着于承珠的,于承珠却来一个和他不辞而行。"叶成林心里又甜又酸,想道:"呀,在外人眼中看来,他们都是天造地设的一对。铁镜心这次又有恩于我,我岂可插在他们中间。"心如辘轳,情思不定。但听得凌云凤问道:"那是怎么回事?"潮音和尚道:"我们三人一同上京,路过杭州,铁镜心坚请我和承珠在他家里先歇息几天,我有一位方外的朋友在灵隐寺做主持,那一日我到灵隐寺访他,在寺中住了一晚,第二日回到铁家,这才知道于承珠已在昨晚偷偷走了,只留下了一封信给铁镜心。铁镜心讲给我听的时候,手上还拿着于承珠写的那几张信笺,哈,于承珠不知怎么有那么多话说,信写得那么长。哈,你猜铁镜心这傻小子怎样?"

凌云凤听得奇怪,道:"他怎么样了?"潮音和尚道:"他把那几张信笺,团成一团,吞到肚内去了!"凌云凤道:"这是什么意思!"潮音和尚道:"我也不懂呀。还有更古怪的呢,他把信吞了之后,竟像女孩子一样哭了起来。"凌云凤道:"哭些什么?"心想铁镜心此人真会做作。潮音和尚道:"他反反复复地只是说一句话,说是对不起于姑娘,说是于姑娘不谅解他。我说少年人吵吵闹闹,事属寻常,待老纳替你劝说她便是。他许久不语,却忽然向老纳行起大礼来。"凌云凤笑道:"这却是为何?"潮音和尚道:"他说他为了于姑娘要干一桩大事,务必要令得于姑娘称心满意。但他这一去只怕就此不能回来,托老纳照顾他的老父。我问他是什么事情他不肯说,呀,如今我才知道他是独上屯溪为义军尽力去的。"

叶成林听了不胜感动,心中想道:"不知他与承珠之间有什么误会?呀,他既然肯牺牲自己援救我们,我难道不可以牺牲自己成全他们么?"凌云凤的想法却又不同,她反复咀嚼铁镜心那句"对不起于姑娘"的说话,心中想道:"承珠妹妹不是个心胸狭窄的人,她不别而行,留下的那封信八九成是封诀别的书信,这定然不是一件小小的误会。"

潮音和尚续道:"一个月前,铁镜心被押回杭州,把铁鈜急得不得了。我答应了铁镜心照料他的父亲,一直没有离开杭州。幸而张骥只是派人监视铁鈜,倒没有到铁家啰唆。铁鈜还曾瞒着我到六和塔去会过他被囚的儿子。可是这事情却真奇怪,待老纳得知消息,到六和塔去大闹之时,却又不见了铁镜心了。今日赶回铁家,连铁鈜的全家也不知去向了。这里面究竟是有甚玄虚?"

三人反复推敲,都是猜想不透,这时登高遥望,但见官军的火把,已从孤山那边蜿蜒而来,凌云凤给潮音和尚扎好了伤,叶成林道:"师伯祖,我背你走吧。"潮音和尚摇一摇头,正说话间,忽见有几条黑影从对边的山头飞奔而来,叶成林急忙将潮音和尚拉到了岩石的后面。

蓦然间,忽听得一声厉叫,一个背上带箭,满身浴血的汉子冲了过来,飞身一跳,跳过这块岩石,大约也是想找寻藏匿的地方,这一跳正巧落在叶成林的面前。叶成林失声喊道:"毕擎天!"

说时迟,那时快,潮音和尚不知哪里来的气力,突然一跃而起,禅杖抡圆,一杖就向毕擎天当头打下,叶成林叫道:"且慢!"哪里阻挡得住,但听得轰然巨响,毕擎天的狼牙棒断为两段,潮音和尚的那根禅杖也飞上了半天。本来潮音和尚的神力,世罕其伦,只因受了重伤,而毕擎天又是拼命一击,恰好斤两悉敌,潮音和尚气力使尽,怒吼一声一跤栽倒!

凌云凤叫道:"不要让他走了。"料想叶成林一人能对付得了,俯身察看潮音和尚的伤势。

毕擎天骤然间见着了叶成林,羞惭、恐惧、懊恼、妒恨,诸般情绪,霎时间都涌上了心头,提着半截狼牙棒呆呆发愣,叶成林拔出佩刀,刀柄一横,刀锋在胸前划了半道圆弧,却没有斫下去。毕擎天忽地叫道:"叶兄弟救我!"但见一条黑影,凌空下击,却原来是阳宗海追到了。

叶成林大喝一声,一刀横扫,阳宗海刷刷两剑,迫起了碗口般大的剑花,这口剑是他从娄桐荪手中暂时借用的那把大内宝剑,剑光映月,照见叶成林的面庞,阳宗海吃了一惊,随即喜而叫道:"哈,原来是你!"心中想道:"拿着了叶成林,可要比毕擎天还值价得多!"宝剑一个盘旋,一招"拦江截斗",当的一声,把叶成林的佩刀削去一截。

毕擎天趁这个时机,便想逃走,刚刚踏出一步,说时迟,那时快,又是一条黑影凌空飞下,手臂一伸,就搭上了毕擎天的肩头,毕擎天但觉好像钢钳一样紧紧钳着自己，百骸欲裂，痛彻心肺，这人正是御林军的总指挥娄桐荪，毕擎天受伤之后加以心神未定，竟然在照面之际，就给他的分筋错骨手搭上了。

叶成林大叫道："云凤，出手救他！"凌云凤稍稍犹疑，只听得叶成林沉声叫道："这是军令！"凌云凤青钢剑扬空一闪，势捷如电，刺向娄桐荪的背心，娄桐荪迫得撤掌应敌，拿着毕擎天的那只手一松，"咕咚"一声，毕擎天也跌倒地上，晕了过去，恰恰倒在潮音和尚的旁边。

叶成林初时未知道阳宗海所使乃是宝剑，佩刀几乎给他截断，阳宗海抢了上风，狂傲之极，一招"直指天南"，剑尖刺到了叶成林的手腕，迫得叶成林又退了几步，阳宗海哈哈笑道："叶成林，你现在已是穷途末路，还与我打做什么，趁早将毕擎天缚了，归顺朝廷，赏你总兵一个！"猛听得叶成林一声大喝，呼的一掌劈出，掌风所及，砂飞石起，阳宗海还真料不到他如此拼命，居然穿剑进招，猝不及防，肩头给扫了一下，火辣辣般作痛。阳宗海大怒喝道："好小子，不识抬举，连你也一并宰了。"长剑挥舞，紫虹电射，一招紧似一招，他名列天下四大剑客之一，虽然是四大剑客中最弱的一个，但论到武功造诣，却还在叶成林之上，加上所用的乃是大内宝剑，剑光霍霍展开，登时把叶成林笼罩在内，但叶成林刀掌并用，右手使出五虎丧门刀法，每一刀都是拼命的招数，左手却是大力金刚手法，那更是武林绝学，勇猛无伦！

阳宗海的剑术虽然精妙，但在叶成林刀、掌兼施豁出性命的死拼之下，却也不能无所顾忌，但见刀影剑光，宛似银蛇乱掣，掌风人影，赛如蝴蝶穿花，片刻之间斗了一百余招，阳宗海虽是稍占上风，迫切之间，却也奈何不得。

那边厢凌云凤以一柄青钢剑，恶斗娄桐荪的分筋错骨手，也是杀得难解难分。凌云凤的剑势展开，极得轻灵翔动之妙，娄桐荪无隙可乘，分筋错骨手的威力打了一半折扣。但凌云凤也不敢欺身迫近，两人都是倏进倏退，觅隙寻瑕，看来打得比叶成林那对还要热闹，其实双方都是小心翼翼，绕身游斗。娄桐荪功力较高，也像阳宗海一样，稍稍占了上风。

这时官军的火把已从孤山那边蜿蜒而来,当前的一股已过了黄龙洞,阳宗海发声长啸,作为讯号,不久就听到了下面官军吹起了呜呜号角之声,一个宏亮的声音叫道:"宗海,是你在上面吗?"阳宗海应声道:"大师哥,我已缠上了叶成林,赶快上来帮我一臂之力!"率领这股官军的人正是赤霞道人的大弟子盘天罗,阳宗海特地从苗疆请他来助阵的。

叶成林暗叫不妙,潮音和尚和毕擎天受伤之后,尚还昏迷未醒,他和凌云凤力战强敌,仅能应付,休说脱身不易,即算能够拼命冲出,他们又怎忍舍了潮音和尚而逃。

形势危急之极,阳宗海趁势攻击,剑锋一转,使一招"斗转星横",指东打西,指南打北,"当啷"一声,又将叶成林的佩刀削去一截,叶成林一声虎吼,将半截佩刀一掷,呼的一掌横扫出去。

阳宗海哈哈大笑,叫道:"谁和你拼命?"横剑护胸,把那半截佩刀碰飞,叶成林这一掌劈来,刚好就要碰到他的剑锋之上。

猛听得轰隆隆闷雷也似的声音,但见几块磨盘般的巨石从山顶上滚下,那一股官军发一声喊,纷纷躲闪,大石一块接着一块,滚滚而下,震得山谷轰鸣,声威骇人,看情形,山顶竟然另有能人,暗助叶成林拒敌。

阳宗海吃了一惊,顾不得伤人,举目一看,但见两条人影飞驰而至,叶成林看到了,急忙一个盘龙绕步,回掌护身,高声叫道:"承珠妹妹,真是你么?"

但见于承珠衣袂风飘,自对面的山头上疾驰而至,恍如仙女素娥,凌空飞降,她的背后还跟着一个长身玉立的少年人,叶成林怔了一怔,方自想道:"这人是谁?竟然有这样俊的轻功?"但听得于承珠纵声长笑,遥遥招手,朗声说道:"不错,是我。凌姐姐,你看,我把谁带来了?"

凌云凤抽眼一看,喜极如狂,疑在梦中,随着于承珠而来的这个少年人,正是她日思夜想的霍天都!她张口欲呼,"霍哥哥"三个字在舌头上打滚了无数遍,却是叫不出来,原来喉头已咽住了。

高手比斗,哪容如此分神,娄桐荪疾攻几记,蓦地一招"猿猴摘果",将凌云凤的剑柄抓着,但于承珠早已料到娄桐荪会趁凌云凤说话之际强攻,一抖手飞出了三朵金花,上打双目,中打胸口,下打膝盖,娄桐荪顾不得伤害凌云凤,急忙一个"细胸巧翻云",以绝妙的身法倒纵出三丈开外,而且在倒纵之时,手腕用力一带,"喀喇"一声,竟把凌云凤的青钢剑折断,断剑跟着射出,令得凌云凤也不敢乘机追杀,确是一流高手的功夫。

娄桐荪快,于承珠更快,就在这一瞬间,于承珠飞身一掠,青冥宝剑吐出了碧莹莹的寒光,剑锋也已堪堪刺到娄桐荪背后。娄桐荪反手一记擒拿,解招进招,立即和于承珠斗在一起。

于承珠笑道:"凌姐姐你们久别重逢,这厮交给我吧。"凌云凤口唇颤动,"霍哥哥"三个字直到如今才叫出口来。霍天都微笑道:"凌妹妹,你歇歇去。叶大哥,你也把这贼子交给我吧。"长剑一展,搭上阳宗海的剑脊,将叶成林替了下来。

凌云凤又是失望,又是欢喜,但那些微的失望迅即被巨大的喜悦掩盖了,正如淡云遮不住燃烧的太阳。她心中想道:"我的霍哥哥不失英雄本色,是呵,若然换我是他,我也会先替下了叶成林的,儿女私情慢慢还可以谈,强敌却万万不能放过。只是阳宗海名列天下四大剑客,霍哥哥,他,他不知可抵挡得住?"

但见阳宗海越斗越狠,一招"长河落日",剑光如练,刷地便向霍天都左肩刺来,这一招虚中套实,实中套虚狠辣狡猾,兼而有之,端的厉害。哪知霍天都兀然不动,待他剑尖离身数寸,看看就要沾衣之际,手腕倏翻,疾如闪电般地还了一招"金雕展翅",拿捏时候,妙到毫巅,阳宗海这一招若然放尽,那就是将一条手臂送上给霍天都砍了。

阳宗海大吃一惊,料不到这个陌生的少年,剑术竟是如此精湛,急急变招,再不敢丝毫轻敌。霍天都运剑如风,鹰翔隼刺,每一招使出,都是攻敌之所必救,阳宗海虽然有一柄大内宝剑,竟然被他的凌厉攻势,迫得只有防守的份儿,霍天都一剑紧过一剑,一点即收,前剑刚收,后剑又出,有如长江大河,滚滚而上,阳宗海想尽办法要削断他的兵刃,但霍天都深得"快、狠、稳、准"四字剑诀的精华,一沾即走,一走即攻,两柄剑从不相交,已把阳宗海杀得有点手忙脚乱!

凌云凤看得又惊又喜,心中想道:"几年不见,想不到他的剑木竟然精进如斯。记得小时候与他在天山之上一同学剑,他立誓要继承父志,独创一家。我当时曾与他戏话:你若自成一家,我也要创出一派剑术专破你的。呀,现在他在别后第一次与我相见,见我的剑被人空手折断,不知他心中可在笑话我么?"看一看地上的断剑,高兴之中又有几分惭愧。凌云凤是个心高气傲而且志在四方的女子,后来她与霍天都结了婚,由于性格不同,两夫妻虽极恩爱,终于不能偕老,而在几十年后,她果然也创出一派剑术,这是后话,不在本书范围,暂且不表。

再看娄桐荪以分筋错骨手恶斗于承珠。于承珠这一年来,在师父身旁得到许多指点,剑术也大有进境,再加上她用的是玄机师祖的镇山主剑,娄桐荪被她迫得离身一丈开外,分筋错骨手只能自保,根本就无法进攻。

官军的火把从孤山那边蜿蜒而来,有百数十名官军已在向栖霞岭上攀登,山顶上的大石仍是源源不断地滚滚而下,看来除了已经到来助战的霍天都与于承珠之外,还有高手帮忙,叶成林心中一动,想道:"莫非是张大侠也来了?"想出去助战,却放心不下潮音和尚,于是先去察看潮音的伤势。

潮音和尚功力深厚,一时虚脱,过了片刻,便悠悠醒转,这时毕擎天也刚好醒转,他被娄桐荪捏碎了筋脉,但觉骨节剧痛,百骸欲裂,一点力气也使不出来。睁开眼一看,突然见潮音和尚正坐在他的对面,两只眼睛睁得又圆又大,登时吓得魂飞魄散!

潮音和尚看清楚了是毕擎天,端的是怒从心上起,恶向胆边生,捏起两只拳头,嘿的一声冷笑道:"天网恢恢,疏而不漏。嘿,你终须还是撞在洒家手上!"来不及跳起,便是一拳劈面捣去。

叶成林叫道:"师伯祖且慢动手!"潮音和尚正在气头上,一拳打出,收也收不回来,忽听有人笑道:"师伯,你真是姜桂之性,老而弥辣!也用不着为这厮生气呵!"但见微风飒然,白衣一闪,却原来是张丹枫到了!

张丹枫左手按着潮音和尚,右手按着毕擎天。潮音和尚道:

"丹枫，你怎么啦？"张丹枫微笑道："我有话说。"两道眼光有如利剑，朝着毕擎天一笑说道："听说你想向我讨彭和尚那份地图，与朱明天子一争天下，却怎的这样没有骨气，你将来有何面目见你父亲于地下？"

毕擎天恨不得有个地洞钻了进去，羞惭愧悔之极，一咬牙根，冷冷说道："事已至此，不必多言，张丹枫，你就一剑把我杀了吧！"

张丹枫仰天大笑，倏地笑声一收，庄容说道："我要杀你，也不待今天。想你毕家世代英豪，你曾祖毕清泉创立丐帮，你祖父毕凌虚助张士诚驱逐元兵，你父亲震三界毕道凡更是英雄盖世，武林共仰，你想想你的列祖列宗，当真一点也不知道愧悔么？"

毕擎天面上一阵红一阵白，蓦地嚎啕大哭，跳了起来，就向大岩石一头撞去，却被张丹枫轻轻地把他救了回来，只听得张丹枫缓缓地说道："你小时候我在官军手中将你救过一次（详见《萍踪侠影录》），今天之事，是你自己造孽，自作孽，不可活，按说不再救你了。但一来看在你祖父、父亲的份上，二来你毕家独门武功，丐帮世代相传的衣钵，也不当至你而绝！好吧，我便在官军手中，再救你一次！"

潮音和尚火气虽大，其实心肠极软，听张丹枫提起毕家历代的英雄，想起了毕擎天的父亲毕道凡正是他的最好朋友，更因为看见了毕擎天流了眼泪，那一对拳头早已不知不觉地收了回来，但仍是放心不过，问张丹枫道："江山易改，品性难移，你不怕他再造孽么？"

张丹枫道："他受了这一次教训，料想不会再蹈覆辙了。何况他已被娄桐苏的分筋错骨手弄破了十二条筋脉，这一身武功，已是废了。他今后只可以指点别人的武功，自己是不能再与别人斗胜争强了。"

毕擎天刚才全神贯注，听张丹枫对自己的处决。这时松了口气，想起自己已经残废，登时又觉周身剧痛，一粒粒黄豆般大的汗珠直淌出来。张丹枫掏出一颗碧绿色的丹丸，说道："这是我自炼的少阳小还丹，可以保得住你三天的元气，趁着我们给你挡着官军,你赶快从山后逃走吧!"

毕擎天叫道:"好,这次乃是死后重生,昨日的毕擎天算是埋到坟墓里了!"向张丹枫磕了三个响头,立即转身便跑。

众人目送他的背影下山,无不感叹。忽见小虎子蹦蹦跳跳地跑来,叫道:"又有一股官军上山来了。师父,你不去帮忙师叔么?"原来云重、云蕾都与张丹枫同来,山上的石头,正是云重以金刚掌力推下去的。

张丹枫笑道:"等你师姐和霍大哥一会好吗?你留心看看你霍大哥的剑法。"

阳宗海见张丹枫突如其来,早已慌了手脚,但被霍天都制了机先,无法脱身,迫得死中求活,迭使险招,霍天都以静制动,以缓制急,一口剑不疾不徐,却是紧紧封了阳宗海的退路,端的有流水行云,极得轻灵翔动之妙!张丹枫频频点首,对潮音和尚道:"从此之后,武林中又将多一剑派了!"

小虎子道:"于姐姐的剑术也不见得就输于他了。"小虎子因为第一次遇见霍天都之时,便遭他戏弄,故此对他总是不大服气。众人看时,只见于承珠的青冥宝剑霍霍展开,端的是柔如柳絮,翩若惊鸿,加上宝剑的光芒四射,与娄桐荪打得难分难解,两个人都似裹在精光冷电之中,看上去比霍天都的剑势还更要美妙好看。

张丹枫笑道:"你师姐这一年来进境甚速,大是不易。但霍天都的剑法亦已渐至融会贯通,独创一家之境,将来连我也未必比得上他。"凌云凤把眼看时,但见阳宗海忽地猛攻,剑起处,"怒涛卷空""黄沙蔽日",一连两招最凌厉的招数,剑光恍似渔翁撒网,一大片光网当头直罩下来,张丹枫笑道:"阳宗海情急拼命,更促其败。"话犹未了,只见霍天都绕身晃步,反踏洪门(中路方位),蓦然间舌绽春雷,大喝一声"撒剑",只听得"当啷"一声,紫虹电射,阳宗海的那把大内宝剑,果然脱手飞去,霍天都飞身一掠,把宝剑抢到手中,阳宗海武功也确算高强,就在这一瞬之间,在半空中一个"鹞子翻身",落下山坡,如飞奔跑,张丹枫哈哈大笑,说道:"宝剑易手,从今之后,天下四大剑客也换了新人!"

于承珠见霍天都得胜,自己与娄桐荪却仍是相持不下,心中焦躁,蓦然间剑法一变,使到疾处,一片青光挥霍,连人影也淹没在剑光之中,娄桐荪渐感难以应付,但他功力究竟比于承珠尚胜一筹,掌指兼施,每每将于承珠的剑点震歪,到了紧张关头,便突然运用一两招极精妙的分筋错骨手法,阻遏于承珠的攻势,小虎子叫道:"师姐,你号称散花女侠,为什么不用金花暗器?"话声未停,只见于承珠反手一剑,在剑光耀眼之中,三朵金花已是电射而出。

娄桐荪身回势转,第一朵金花贴着肋旁,倏然穿过,挥袖一拂,纵身一跃,二三两朵金花一被拂落一被闪开。于承珠冷冷笑道:"看你能闪得几时?"越打越狠,接连打出了三十六朵金花,但见金花交织,满空飞舞,飞来飞去,互相碰击,或走直线,或走弧形,竟无一朵跌落地上,而且三十六朵金花,分打人身的三十六道大穴,认穴之准,毫不混乱,妙到毫巅!张丹枫也暗暗叫好。原来于承珠这个"金花打穴"的手法,除了得自云蕾传授之外,还参悟了西域异人阿萨玛的金球手法,除了功力稍差之外,已是青出于蓝,在师母之上了。

娄桐荪在三十六朵金花包围之下,像煞一只无头苍蝇,乱飞乱闯,忽地里一声惨叫,前心后心膝盖脚踝一连中了七八朵金花。张丹枫叫道:"珠儿,可以住手了!"

于承珠的金花暗器不但可以打穴,而且花瓣锋利,赛如匕首,住手一看,但见娄桐荪已成了一个血人。张丹枫道:"看在你师父的份上,饶你不死,还不快走!"娄桐荪一跷一拐地奔下山坡,他的琵琶骨已被打穿,膝盖的筋脉也给削断,像毕擎天一样,这身武功亦已废了。

这时官军已汇集了数百人攻上山头,盘天罗挥舞锯齿长鞭,首先攻到,张丹枫道:"这是一个浑人,小虎子,你给我打他几个嘴巴,叫他快滚!"盘天罗听得张丹枫说话的声音,已先慌了,但见小虎子果然扬手来打他的嘴巴,怒气又生。锯齿鞭霍地一扫,要将小虎子拦腰卷倒,哪知鞭梢刚起,手腕关节忽地一阵酸麻,力不从心,竟被小虎子狠狠地打了两巴掌,噼啪两声,两颗门牙竟然打折。小虎子在贵州苗疆之时,曾被盘天罗欺侮,这时仗着师父暗助,得以亲手报仇,快意之极,大声叫道:"我师父叫你快滚,还不滚么?"啪的又是一记嘴巴,这一记打得更重,打得盘天罗果然抛了长鞭,抱头疾滚,小虎子乐得哈哈大笑。

张丹枫率领众人前去与云重、云蕾会合,拔起了十几株大树,在山下滚下,云重又施展了金刚大力手法,推倒了几块大岩石,那些官军只恨爹娘生少了两条腿,避之唯恐不及,哪还敢再攻上山头。

张丹枫等一行人立刻从后山逃走,栖霞山离叶成林所住的九溪十八涧不过二三十里路,走到了杨梅坞时,刚好是三更时分,众人放慢脚步,霍天都与凌云凤握手并肩,互问别后之情,当真是恍如隔世。

叶成林与于承珠相聚,也自有一番感慨,但觉心事如麻,不知从何说起。于承珠正想问他在屯溪的情形,叶成林却先问她道:"你可知道铁镜心的下落吗?"于承珠眉头一皱,说道:"刚一见面,你为什么就提起他来,讨厌死了!"叶成林怔了一怔,低声说道:"要不是铁镜心,我与凌云凤姐姐都不能与你相见了。"将铁镜心救义军脱险的经过,详详细细,一一说给于承珠知道,于承珠呆了半响,道:"想不到他能这样。嗯,这还像是一个人!我本来是当他死了,现在我倒希望他能够活着。"叶成林本以为于承珠对铁镜心的侠义行为会有一番赞叹,见她如此,殊出意料之外,但听得于承珠幽幽地叹了口气,道:"在杭州之时……"张丹枫忽地插口笑道:"知人论世,若是功能掩过,那么偶然的失足,那就不提也罢。嗯,成林,你真的想见铁镜心么?"叶成林大喜道:"师叔,你知道他的下落?"张丹枫笑道:"你们今晚安心地睡一觉,明日我便带你们去见他。"叶成林喜出望外,于承珠更是惊疑不定,想不到师父有什么神通。但她素来最信服师父,师父既然这么说,那么明天就一定能见着铁镜心。

这一晚于承珠和凌云凤联床夜话,她们二人,情同姐妹,无话不谈。凌云凤听说霍天都得到张丹枫指点剑术要诀,上乘心法,十分欢喜,再听到铁镜心在杭州曾向娄桐荪泄漏义军的军情,又不禁大骂铁镜心的糊涂,但骂完之后,却又笑道:"铁镜心经过这次教训,也未尝无益。这次他来救义军脱险,大家就很感激他,张大侠说得好,知人论世,若是功能补过,那么偶然的失足,也就不必再提了。嗯,我看他对你倒是情深一片呢。"于承珠叹了口气道:"师父是有意隐恶扬善,我看铁镜心这个人,不是一次两次的教训所能改变的。我总是感到,他终究不是和咱们一个路子的人,这次也并不见得是偶然的失足呢。"于承珠可算得是最看得透铁镜心的人,想起往日诸般情事,心头不觉惘然,辗转反侧,将近天亮,才阖上眼睛。

一觉醒来,只听得小虎子吱吱喳喳地和人谈话,起来一看,却原来是沐璘。沐璘叫道:"承珠姐姐,你果然在这儿。你看我是不是长高了?"于承珠奇道:"你怎么来到这儿?你姐姐好吗?"沐璘道:"我姐姐等着你呢,不过师父吩咐,叫我先带你看铁镜心去。"于承珠叫道:"什么,你带我去看铁镜心?"小虎子未曾回答,张丹枫已走出来招手笑道:"珠儿,师父没骗你吧,我说今天能见着铁镜心就一定能见着铁镜心。"

原来沐国公见铁镜心久久不回,放心不下,另外派人进京奏禀皇帝,说是大理之事,铁镜心帮他处理,乱子得以不至闹大,因此保奏铁镜心做他的参军,沐燕、沐璘也跟了专使进京,打听得铁镜心已在杭州被押,立刻请朝上的大臣保释。那时张骥的奏折还未到京,大学士(相当宰相职位)杨瑄是张骥的亲戚,和沐国公又是至交,立刻斡旋此事,将张骥的奏折留下不发,写了一封详细的信给张骥叫他卖沐国公的人情,张骥当然奉命唯谨,在御旨未到之前,便将铁镜心转移一个地方软禁,极为优待,张丹枫耳目众多,他一到杭州就知道这个消息,这时沐燕、沐璘也已到了杭州,带来了确实的消息,说是皇帝已准予所请,就派沐国公的专使来传递御旨,这一两日便会到杭州来迎接铁镜心。沐燕、沐璘住在杭州抚衙,张丹枫悄悄去会他们,于承珠一点也不知道。

这些变化铁镜心也不知道,他本来被囚在六和塔,忽然有一日张骥派了杭州知府将他接出来,安顿在钱塘江畔的一幢别墅内,锦衣玉食,极为优待,铁镜心向知府询问,知府只是叫他安心静养。铁镜心一切行动自由,本来可以逃跑,但他怕连累父亲,而且他也抱定了决心,要为于承珠牺牲,所以也只好怀着闷葫芦在杭州知府的别墅内静养。

这一日铁镜心起得很早,屈指一算,搬到这儿来已经有四五天了,什么消息也没有。铁镜心也烦得很,走出小楼,倚栏远眺,北望是林木郁瀚的凤凰山,南望是晴空一碧的钱塘江,铁镜心叹了口气,朗声吟道:"江山如画人何在?问花无语水空流!"楼前的几树碧桃蓓蕾已绽,看来用不了几天,就将开满枝头了。江南的春天来得早,寒冬方过,园子内已是春意盎然。

可是铁镜心的心中却是异样地阴冷,他眼看桃花,耳听江潮,陡然间又想起了于承珠来,想起了在波涛汹涌的长江,和她第一次相逢的情景,而眼前的钱塘江却是这么平静。"呀,我这样为了她,她可知道,今生今世,难道我就是这样地和她永诀了么?"他知道只待御旨一下,他的命运就决定了,他也曾抱过万一的希望,希望皇上会念及他的父亲是前朝老臣,对他从宽发落,但想到自己所犯的罪名是如此严重,这希望又像天边一闪的彩虹,迅即消失了。

忽听得有轻轻的脚步声走上楼梯,铁镜心回头一望,只听得一个极稔熟的声音轻轻唤道:"镜心!"铁镜心心弦颤动,几乎不能相信自己的眼睛,过了好一会子,心情才稍稍平静下来,叫道:"承珠,你是怎么来的?"

于承珠道:"叶成林将你的事都告诉我了。"铁镜心秀眉一展,道:"我拼着舍了性命,将他从九死一生的境地之中救了出来,他都告诉了么?"于承珠道:"没有一点遗漏。倒是我将你在杭州所做的事情瞒了他了。他们对你很是感谢。"

铁镜心"嘿嘿"一笑,道:"承珠,要不是为了你,我才懒得理会他呢。承珠,你那封信骂得我好惨,现在你总该看清楚了我铁镜心是怎样的一个人物了吧?"于承珠道:"不错,经过了这一会,我是看得更清楚了。你怕我看不起你,更怕天下英雄耻笑,说你出卖朋友,因此你总算做了一桩好事。你有点糊涂,却也还算得是有点正义感的读书人。"铁镜心好像泄了气的皮球,愤然说道:"就仅仅是这样吗?"于承珠笑道:"你要我把你说成是一个古往今来,绝无仅有的大英雄大豪杰么?"

铁镜心傲然冷笑道:"不敢,不敢,我当然不是什么英雄豪杰,但叶成林要不是我,他早已被官军所俘,现在在监牢里将是他而不是我了。"于承珠眉头一皱,正容说道:"要不是你做了这件事情,我还会将你当作一个人看待吗?要不是你泄漏了义军的军情,他们也不至于一败涂地。镜心,一个自傲的人也应该是一个善于自责的人!"这一瞬间,只见铁镜心倏然变了颜色,他想不到于承珠此来,竟然并没有表示什么感激,却是向他说出这一番说话。

过了半晌,铁镜心冷笑道:"难道他们这一群草莽英雄,乌合之众,弄到今天这个样子,就完全是为了我铁某人?"于承珠道:"当然不是完全为你,可是你泄漏军情,也正是像落井投石一般,义军在危难之际,你却帮皇军推了他们一把!"铁镜心气道:"我做的事情,样样都是为了你。我也不知我还有几天性命,你却在我临死之前,特地跑来向我责备。"

于承珠微微一笑,道:"镜心,我是为了你好,可怜你却不懂。不过,你可以放心,你死不了。非但死不了,还会有大官做,这是我师父探听到的确实消息,再过一会,就会有人来接你了。"铁镜心这一喜非同小可,但却尽力抑制着不让它流露出来,他还要做最后的挣扎,想获得于承珠的心,他叹了口气,继续说道:"纵算你这消息是真,我死不了,但总也可以表明,我为了你,不惜去死!"于承珠道:"所以我今日才来看你。呀,镜心,可怜你总是不懂。如果我称赞你,过分地将你捧上三十三天,那就是反而累了你了。看来咱们终究不是一条路上的人。"铁镜心从她温柔的声音中听出了凄凉惋惜,心头一片茫然,又叹了口气道:"我真是不懂。承珠,每次我和你见面,你都似乎比上一次又变了,越来越变得使人难于索解了,越来越变得令我感到,你好像是一个陌生人了!"

于承珠怜悯地看他一眼。钱塘江早潮方起,眼光看出楼外,但见海鸥三五,正随着潮头上下,逐浪飞翔。铁镜心道:"承珠,你可还记得咱们在长江共度的时刻,也有这样的拍岸惊涛,逐波海燕?"于承珠点点头道:"不错,钱塘江虽然不及长江浩荡,但两者都流到大海之中。"于承珠的思想跑得太快,铁镜心跟她不上,许久许久还会不过意来,只是喟然叹道:"过去的日子真像江水一样,一流过去就不会回来。承珠,我真不懂得你为什么与我越离越远?"

于承珠凄然一笑,忽地说道:"你瞧,懂得你的人来了。我也该走啦。"铁镜心愕然回顾,只见沐燕笑盈盈地跑上楼来,迎着铁镜心笑道:"唔,这里的景色还居然不错哩。不过昆明春日,比这里更佳,这个时候,桃花、李花、蝴蝶花想来都已开了。镜心,我爹爹已将你保释了,专使带了御旨,马上就来,你与我一同到昆明去吧。嗯,于姑娘,师父和叶大哥都在下面,怎么,你不多留一会儿,就要走了。"于承珠笑道:"你们在这楼头赏赏花吧,我不打扰你们了。嗯,这园中什么花草都有,就可惜没有大青树。"铁镜心目送她下楼而去,只见叶成林在一棵大树旁边,正在向他招手。铁镜心心中一酸,几乎也想追下楼去,但却还是给沐燕的轻颦浅笑留下来了。

沐燕将前因后果说清,铁镜心这才恍然大悟自己为什么被移到别墅中备受优待,问道:"我爹爹呢?"沐燕道:"家父久仰令尊大人的道德文章,也已请准皇上,将他接往昆明去了。"铁镜心感激之极,想道:"原来沐家父女对我这样体贴入微。我的才学到底还是有人赏识!"

沐燕目注房中,抿嘴笑道:"你的东西这样凌乱,咱们就要走啦,我替你收拾收拾。"铁镜心不知不觉地跟她入房,只见沐燕拈起一张词笺,笑道:"原来你还有兴致填词。"轻轻念道:"望里春山接翠微,无情风自送潮归,钱塘江上怅斜辉。我以江潮来又去,君如鸥鹭逐波飞,人生知己总相违。"铁镜心尴尬一笑,说道:"因居郁郁,用坡老词意填了这一阕《浣溪沙》调,教你见笑了。"原来他的这首词乃是怀念于承珠的,这时心中却是想道:"我把于承珠当作我的知己,她却并未把我当作知己。呀,只怕天下之大,只有这位沐小姐才是我的红颜知己了。"

沐燕盈盈一笑,说道:"小妹不辞班门弄斧之诮,用韦庄词意,也来填一阕浣溪沙,请你指正。"就接在铁镜心词稿下面,挥笔写道:"酒冷诗残梦未残,伤心明月倚栏干,思君郁郁锦衾寒。咫尺天涯凭梦接,忆来唯把旧诗看,几时携手入长安?"韦庄是唐朝秀才,后来奉使入蜀,被前蜀王王建留在四川做"记室",沐燕用韦庄词意填词，不但曲曲折折地表达了她的心事，而且是劝铁镜心学韦庄一样，既然在中原不得志，那就不如到云南去佐她父亲。铁镜心读了此词，暗暗称赞沐燕的聪明，手捧词笺，正待说话，但见沐燕回眸一笑，两人心意相通，一切的话都不必再说了。

过了半响，沐燕说道："他们都在下面，你不下去和他们见见么？"铁镜心与沐燕步出楼头，只听得沐璘大叫大嚷道："姐姐，你快向承珠姐姐道喜，咱们快要喝她的喜酒啦。"原来沐璘从小虎子口中，探听到于承珠已由张丹枫作主，与叶成林的婚事定了。沐璘有点失望，但却是高高兴兴地大叫大嚷出来。

沐燕笑道："是么？"但见于承珠满面飞红，道："你听这小鬼头乱说，沐璘，你等着先喝你姐姐的喜酒吧。嗯，我得回去见师父啦，你们不必下楼相送了。"铁镜心倚楼凝望，只见叶成林已与于承珠走出园门，向他挥手道别了。铁镜心有些惆怅，只听得沐燕娇声说道："东西收拾好了，咱们也该走啦！"正是：

惆怅晓莺残月梦，梦中长记误随车，此中情意总堪嗟！

大树凌云抗风雪，江南玫瑰簇朝霞，各随缘分别天涯。

（全书完）